Hans Sterneder – Der Wunderapostel

Hans Sterneder

Der Wunderapostel

Roman

Eich-Verlag

Originalausgabe erschienen im
L. Staackmann Verlag, Leipzig 1924.
Bis zum Jahre 1998 sind 20 Auflagen erschienen.

1. Auflage 2008

ISBN 978-3-940964-01-4

Umschlagfoto: Axel Mast
Umschlaggestaltung und Satz: Thomas Eich
Druck und Bindung: Bercker Graphischer Betrieb GmbH & Co. KG
Printed in Germany

www.eich-verlag.de

Meinem edlen Freunde

VALENTIN ZEILEIS

Schloss Gallspach, Oberösterreich,

in Liebe.

Erstes Kapitel

Glashell klingendes Morgenschweigen lag über dem Bannkreis des königlichen Dachsteins.

In urweltweisem Gleichmut ragten die vereisten Zinnen gegen den Himmel. In urweltweiser Ruhe hauchten sie ihren grimmen Atem auf die goldgrünen Frühlingsalmen. Eine Welle lebensfreudigster Naturkraft quoll aus dem heiligen Leibe der jungstarken Erde, sich mit dem Odem des Eises zu einem Elixiere verschmelzend, wie es den Magiern aller Zeiten in keinem ihrer Tiegel geglückt.

Mit klirrendem Schrei kreiste ein Wildadler um das Haupt des Dachsteins. Jeden Morgen, wenn die Sonne seine Gipfel vergoldete, stieg der Raubvogel auf und brachte ihm seinen Gruß. Es war ein altes Tier, das seit einer Vogelewigkeit seinen Horst im Geklüft des Bergriesen hatte. Nun schwebte er über der einsamen Alm, die sich unter den Schneehängen des weisen Freundes hinzog, spähte mit blickscharfen Lichtern in die Tiefe, rüttelte ein paar Blutschläge lang über derselben Stelle und flog dann in weitem Bogen um die Hochwiese.

Dort unten, die Arme auseinandergestrafft, den entblößten Kopf tief in den Nacken geworfen, lag Beatus Klingohr in den Knien, das verklärte, weltentrückte Gesicht dem göttlichen Taggestirn zugewandt, das zuvor, als der Wildadler sich zur Firnzinne des Berges emporschraubte, in gleißender Pracht über die zerklüfteten Morgenberge stieg.

Den Mund halb geöffnet, die Augen in unerforschliche Weiten gerichtet, kniete er regungslos in der würzigstarken Blütenpracht, wie ein Heiliger, der von einer himmlischen Vision erfüllt ist.

Höher stieg die Sonne, stärker wurde ihr Leuchten, wohliger ihre Wärme.

Durch Stängel und Blätter der Almblumen ging ein leises Zerren und Spannen, aus jedem Blütenkelch drang in vermehrter Stärke betörender Duft, so dass sich die emsigen Insekten für einen Augenblick ganz benommen an den lockenden Blütenblättern festhalten mussten, welche die Pflanzen in behutsamer Lautlosigkeit der Göttin des Lebens zudrehten.

In einer Flut von duftender Wärme und morgendlicher Frische lag der Kniende.

Und nun begann sich sein Mund zu öffnen, und mit der Inbrunst eines durch härteste Askese vergeistigten, erdentrückten Klostermönches strömte es ungestüm wie ein junger Gletscherbach von seinen Lippen:

„Sonne, leuchtende, strahlende, goldene Sonne! Hüterin des Himmels, sei mir gegrüßt! Sei mir gepriesen ob deines Lichtes! Siehe das freudige Erwachen aller Kreatur! Sie vermag nur zu leben in deinem Schein. Vermag nur froh zu sein unter dem Gold deiner Scheibe. Siehe, wie die Kronen der Bäume leise im Morgenwind rauschen, wie die Kelche der Blumen aufbrechen und die heiligen Opferdüfte trunken ihren farbigen Lichtschalen entströmen!

Ihr Leben und Sein ruhet in deiner Liebe.

Siehe die Vögel des Himmels! Traumbang kauern sie nachts im Gezweige des Waldes. Doch kündet der Frühschein des Morgens dein nahendes Kommen: Siehe, da steigen sie aufwärts mit tauig glänzendem Gefieder, erfüllen die Himmel mit jauchzender Lust.

Kein Kelch vermöchte zu strömen, kein Lied zu ertönen, wenn du nicht bei uns wärest, Königin!

Mutter des Lebens, o sei gegrüßt! Höre das Donnern der Wildbäche in den Schluchten; sieh die Formenwunder der Wolken in den Zelten der Himmel! Leben in allen Tiefen der Erde, in allen Höhen der Lüfte. O Wunder des Himmels:

Leben! Von dir geschaffen, von dir erfüllet. Dir auch ergeben in Ewigkeit!

Leuchte, lohe und sprühe, glühende Göttin, Göttin des Seins! Ströme hernieder Fluten des Lichtes, erfülle uns ganz mit deinem Glanz! Verbrenne das Dunkle, entfache das Lichte zu lodernden Bränden, entfache das Reine!

Dein Strahlen ist Liebe, Liebe dein Kreisen!

Dein Lieben ist Leben, das Leben dein Sein!

Aus jedem Geschöpf grüßt dich der Strahl deiner Liebe! Grüßt du dich selbst. Wie groß bist du, Göttin, in deiner Macht!

Sieh mich auf den Knien, o höre mein Danken, allewige Mutter! Ein Hauch nur bin ich vor deinem Glanz, doch bis zum Versprühen, Verglühen des letzten Funkens in mir sei gepriesen! Sei gesegnet für dein himmlisches Licht, welches das Dunkel der Nächte in die Freuden der Helle wandelt! Gesegnet für die Ströme der Wärme, die den Tod besiegen und das Leben schenken. Sei gesegnet, Königin, dass ich bin und dich lieben kann!"

Beatus hält eine Weile seine Hände der Sonne entgegen, dann wirft er sich zu Boden, presst die Stirne auf den frühlingszarten Teppich des Almgrases und spricht andächtig:

„Heilige Erde, sei mir nicht minder gesegnet! Du trägst mein Leben, duldest mein Wandeln, weist mir in Liebe unendliche, selige Wunder!"

Da werden seine Blicke von einer Enzianblüte angezogen, die ihm ihren Saphirkelch hingebungsvoll entgegenhält. Zärtlich betrachtet er eine Weile das Blütenwunder, dann neigt er sich nieder und umschließt mit behutsamen Fingern die zarte Krone.

„Holdselige Schwester, Rätsel des Lebens, fühl meine Liebe. Nimm sie auf in dein reines Wesen, wärme dich an der Liebe eines Menschenbruders und verwebe sie in die geheimnisvollen Kräfte deines Seins!"

Tief beugt er sich über die Blume und berührt bewegt mit seinen Lippen das azurblaue Mysterium.

Lange verharrt er so, dann hebt er den Kopf, die Blüte noch immer haltend, und murmelt wie im Traum vor sich hin:

„Wärme dich, du Keusche. Und sende meine Liebe deinen Schwestern zu, damit auch sie erleben, wie Menschenliebe ist."

Und sich vom Boden erhebend und über die Blütenpracht der weiten Almwiese schauend, bewegt er mit feierlicher Ruhe die Arme ringsum und spricht:

„Ich segne euch, Kinder des Lichtes, segne dich, holdseliges Lächeln der heiligen Mutter Erde! Meine ganze Liebe gebe ich euch, o gebt mir von eurer Reinheit, von dem unerschütterlichen Glauben eures Lebens, gebt mir von dem stillen Glück eures Freuens! Lasst mich teilhaben an den heiligen Wundern des Seins, die wir Menschen verloren und die sich in die Schreine eurer zauberhaften Körper zurückgezogen haben!

Heilig seid ihr, die ihr stumm dieses Wissen traget, heilig seid ihr Erwählten!"

Und er preist die wehenden Lüfte, die ziehenden Wolken, die glänzenden Firne, die funkeln, wie wenn sich der ganze Schimmer des Sternenzeltes in sie gesenkt hätte; er segnet die schweigsamen Wälder, die in weitem Bogen die hügelige Alm umsäumen, für den Schutz, den sie dem Getier geben; er segnet das Wasser, dessen kristallklare Flut alles Lebendige labt.

Dann lässt er die Arme sinken und, die Lider schließend, steht er lange Zeit, wie von Erschöpfung überfallen. Fährt mit der Hand langsam über Stirn und Augen und blickt wie benommen über die sonnüberflutete Almwiesenpracht, auf der noch immer die märchenhaften Taugeschmeide der Nachtgeister glitzern, die sie beim Anbruch des Morgens der Sonne als Gruß und Huldigung zurückgelassen haben. Lange betrachtet er dieses menschenentrückte Paradies, das rings von hohen Schneemauern und Eiszacken umschützt ist, deren Alabaster sich unirdisch von der goldgrün leuchtenden Frühlingspracht der Almwiese abhebt. Es scheint, wie wenn die wildzerrissenen Felsgiganten mit ihren weißen Schultern und Häuptern, drohend auf trotzenden Wächtern gleich, geradewegs aus dem bunten Teppich der weiten Wiese wüchsen.

Es ist, als habe der Herrgott sich hier heroben, mitten im ewigen Eis und Schnee, durch die Kraft Seiner Allmacht einen Zaubergarten geschaffen, unzugänglich dem Fuße der Menschen, von keinem Sterblichen geahnt und gewusst.

Dies hatte Beatus Klingohr mit überwältigender Wucht empfunden, als er vor ungefähr einer Woche unerwartet diesen Gottesgarten betreten, und die nie geschaute Schönheit dieses Märchens hatte ihn derart bestrickt, dass er nicht loskonnte und Weiterwandern und Ziel vergaß.

Vom ersten Lichtschimmer bis tief in die sternklaren Nächte hinein wandelte er immerzu kreuz und quer über die Almwiese, lag er bald dort, bald da zwischen den insektenumsummten Blumen, kniete er über jeder Knospe, ihr mit dem warmen Hauch seines Atems helfend, den Wiegenschlaf von ihren geschlossenen Lidern zu lösen, damit ihr Auge früher der himmlischen Glückseligkeit der Sonne teilhaftig würde.

Er wusste, wo die größten Enziane leuchteten, die mehligsten Primeln dufteten, wo die strahlendste Arnika stand.

Viel hockte er auch bei den Bann- und Zauberblumen, von denen man sagt, dass sie unheimliche Kräfte in Wurzeln, Stängeln und Blütenknospen bergen, mit denen man Geister und Kobolde rufen und bannen, sich unsichtbar machen und vor Stich und Schuss feien könnte; die nie erlahmende Stärke zu geben vermochten und Haus und Hof vor fressendem Feuer bewahrten.

Wie vielverratend allein schon ihre Namen klangen! Beschreikraut und Trattelblümel, Geisterwurz, Teufelsbart und Wetterhex! Es war ihm jedes Mal, als zögen sie ihn mit unsichtbaren Netzen in ihren Bann; die unheimlichsten Geschichten wurden in seinem Gehirn lebendig und immer wieder zog es ihn in ihren Machtkreis.

Stundenlang sah er dann wieder dem Flug der Adler und Geier zu, kannte jedes Tier am Klang seines Schreies, seinem Schweben und Flügelklaftern, an der Art seines Aufsteigens und der Richtung des Rückfluges zum heimischen Horst.

Dann wieder lag er regungslos und belauschte in nicht endender Geduld die scheuen Murmeltiere bei ihren possierlichen Spielen.

Dazu stand Tag um Tag die jungstarke Sonne am wolkenlosen Himmel, der schimmerte wie eine riesige Schale von Lapislazuli, die der Ewige behutsam über diesen Himmelsgarten gelegt. Und manchmal verspann sich Beatus in den Gedanken, dies Gestirn oben sei gar nicht die Sonne, sondern das warme, gütige Auge des Schöpfers, der mit unendlicher Liebe auf dieses Wunder herabblicke.

Und es durchrieselte ihn jedes Mal das Glücksgefühl, dass der Herrgott ihn sehr lieb haben müsse.

Die ganze Zeit war kein Menschenlaut an sein Ohr gedrungen und er war dadurch noch mehr in dem Gedanken bestärkt worden, in den Garten Gottes geraten zu sein.

So lebte er wie ein Verzauberter.

Am liebsten aber saß er am Ufer des kleinen Bergsees, dessen smaragdgrüner Kristall so klar und durchsichtig war, dass sein Auge auf dem mannstiefen Grunde jeden Stein, jede Alge und jedes zuckende, flossenschlagende Fischlein betrachten konnte.

Wie seliger Traum war es, wenn in feierlicher Gelassenheit große, weißballige Wolken über den blanken, sonnenlichtfunkelnden Spiegel hauchten oder ein beutesuchender Adler ahnungslos seine stolzen Kreise über ihm zog.

Zu diesem See lenkte Beatus nun seine Schritte, setzte sich auf einen großen Felsblock, ließ seine Blicke ringsum wandern und hatte sich bald wieder in sein tief versunkenes Schauen verloren.

Manchmal höhlte sich seine Hand unbewusst zur Trinkschale, tauchte in den See und führte das kalte Wasser, das noch nach herbem Winterschnee schmeckte, an den Mund.

Denn Beatus aß seit Tagen nur einmal, und zwar, wenn die Sonne sich tief auf die Abendseite neigte und der Wald lange Schatten auf die Almwiese zu werfen begann. Deshalb musste er seinem Magen Wasser zuführen, damit der Hunger nicht gar zu arg wurde.

Als er vor einer Woche nach vielstündigem, schwerem Aufstieg durch den Wald drüben unerwartet in dies verborgene Zauberreich menschenscheuer Berggeister getreten war, über das die eben untergehende Sonne den blauen, goldschimmernden Abendschleier wob, hatte Beatus den Frieden auf der Almwiese so unirdisch empfunden, dass sein Entschluss, hier zu bleiben, vom ersten Augenblick an festgestanden war.

Der suchende Blick hatte sofort einige geduckte, steinbeschwerte Almhütten in einer sanften Mulde entdeckt. Und als die Tür der Sennhütte seinem prüfenden Versuche nachgegeben und ihn eine wirtlich eingerichtete Feuerküche mit offenem Herde begrüßt, hatte er sich so gastlich willkommen gefühlt, dass ein heller Jauchzer durch die winterverschlafene Hütte bis hinauf in die Firstsparren gehüpft war. Beim letzten Dämmerschein war er die alte Holztreppe hinaufgestiegen und in eine urgemütliche Schlafkammer gekommen. Es wäre schwer zu sagen gewesen, wer behaglicher geschmunzelt hatte, das dicke, rotwürfelige Federbett oder der es zärtlich streichelnde Fremdling.

Bis tief in die Nacht war Beatus im Fenster gelegen, hatte in die Sterne und die Mondsichel geschaut, zum silberglänzenden Seespiegel hinüber geträumt und vor Freude keinen Schlaf finden können.

Und als ihn kommenden Tags die Sonne aus der Behaglichkeit seines Bettes geholt und er das Himmelswunder so recht in der starken Frische des prangenden Sonnenmorgens gesehen, war er vollends verzaubert worden.

Erst am Nachmittag, als sein Magen zu knurren begonnen, war er zu sich gekommen und mit besorgter Miene in die Feuerküche getreten, auf deren Ofenbank sein Ränzel lag. Doch so hartnäckig er auch bis auf den Grund gebohrt und gekramt, hatte er darin doch nicht mehr als einen Laib Brot gefunden. Trübselig an der spärlichen Schnitte kauend, die er sich zugemessen, hatte er halb gedankenlos in der Küche herumgestöbert und bald zu seiner freudigen Überraschung einen großen Laib Käse in den Händen gehalten, hart wie Stein zwar, der ihm aber die Möglichkeit bot, längere Zeit in diesem Zaubergarten weilen zu können.

Doch die ständigen Ekstasen, dieses inbrünstigste Sichversprühen und Versenken flammten als lodernde Brände durch seine Lebenskraft und steigerten das Hungergefühl weit über das gewöhnliche Maß.

So war der Vorrat dennoch rasch geschrumpft.

Um nicht aus diesem Paradies durch den Hunger vertrieben zu werden, übte sich Beatus seit Tagen in schwerstem Fasten, das er mit gleicher Standhaftigkeit durchhielt wie ein frommer Waldbruder seine heiligen Ereiferungen.

Die ersten Tage war er dabei halb wirr geworden. Nachts hatte er vor Hunger nicht schlafen können. Aber wer hätte überhaupt bei diesen Sternennächten schlafen können, in denen ein so allgewaltiges Gleißen, Flimmern und Funkeln am samtdunklen Firmamente stand, dass es einem mit überwältigender Wucht durch Kopf und Herz hämmerte: Bruder Mensch, sieh deinen Gott! Sink in die Knie und bete!

So wachte Beatus viele Nächte durch, stand stundenlang regungslos draußen im tauigen Almgras, den Kopf tief im Genick, die Hände erhoben.

Erschöpft vor Hingabe ans Herz der Mutter Natur und von schwerem Fasten fiel er mittags, wenn die Sonne brütend über dem Kessel stand, auf einige Stunden in Schlaf. Aber seine Seele fand auch im Schlafe nicht Ruhe. Es schien ihr, als versäume sie inzwischen etwas Herrliches, Großes, das unwiederbringlich vorübergehe.

So war Beatus in den letzten Tagen durch Inbrunst, Fasten

und Nachtwachen, ohne sich dessen bewusst zu sein, in jenen erdentrückten Zustand der Eremiten gekommen, in dem die Seele sich langsam aus dem Leibe entfesselt und dadurch immer mehr jene Fähigkeiten des Schauens, Fühlens und Erlebens erlangt, die der Mensch meist als überirdische Wunder anspricht, während sie in Wirklichkeit nichts anderes sind als ein Rückerlangen göttlicher Fähigkeiten der Seele, die im Alltagsleben niedergebunden bleiben.

Und dann kam die Stunde der Dämmerung, die Beatus über alle Maßen liebte.

Die Hände im Schoß gefaltet, den Kopf an die Hütte gelehnt, saß er bewegungslos auf der Bank neben der Tür und blickte in die Sonne, die unmerklich den Gebirgsgrad hinunterstieg. Auf der Mondseite aber begann es nun zu lodern und zu glühen. Jäh verwandelten sich die milden Glutmauern in wildaufbrennende Feuerlohen, die den Gottesgarten gegen anschleichende Unholde schützen zu wollen schienen.

Kein Vogellaut kam mehr von den Wäldern her. Mit ruhigem Flügelschlag schwebte der uralte Wildadler über den feierlichen Himmel seinem Horste im Geklüft des Dachsteins zu.

Die erhabene Feierlichkeit des Himmels hatte sich auf die Alm herabgesenkt und lag auf ihr als ein Friede, der so unaussprechlich war, dass die Seele vermeinte, jetzt und jetzt müsse Gottvater selber aus dem Wald dort treten und über die Wiesen wandeln.

Und dieser hehre Friede, vereint mit dem Glühen der einsamen Hochgebirgsgrate, löste in seiner Seele täglich dieselbe tiefe, ahnende Andacht aus, dass ihre wahre Heimat nicht hier auf Erden sei, sondern irgendwo oben über den Gluten der Gipfel, wo die Seele frei und leicht, entbunden von den Fesseln und Lasten des Fleisches, einzig nur ihrer wahren Bestimmung lebe: der Anbetung Gottes.

In solcher Stunde gingen seine Gedanken immer in sein stilles Heimatdorf und in das vertraute Haus seiner Eltern. Stumm setzte er sich zu den beiden einsamen Menschen und redete mit ihnen viel über die einstigen seligen Tage seiner Kindheit und Jugendzeit. Und es überfiel ihn jedes Mal eine derart heftige Pein über sein zerbrochenes Leben und die bittere, sorgenbange Verlassenheit der beiden alternden Eltern, dass er sich ungestüm aus der herzpressenden Not dieser schmerzlich-trauten Bilder reißen musste und seine Zuflucht in der Werkstatt des alten, schlohweißen Hahnvaters in Bernau nahm. Und es kam über ihn stets eine leise Wehmut bei diesem Denken an den Alten, der so einsam in den langen Nächten beim Licht der Schusterkugel in der Werkstatt saß und niemanden um sich hatte, der ihm Liebes erwies. Und Beatus holte dann das heilige Vermächtnis des greisen Freundes aus der Tasche und erbaute sich beim Fackelschein der brennenden Berge an einem der tief ins Gemüt greifenden Lieder Paul Gerhards.

Und stärker als in allen Zeiten seiner Wanderjahre, seit ihn das Schicksal so jäh auf die heimatlose Landstraße geschleudert, stieg hier heroben in der erdenlärmentbundenen Stille seiner Einsiedlertage eine erregende, selige Sehnsucht in ihm auf, die ihn tief beunruhigte. So deutlich standen die Bilder vor ihm, das einsame Schloss im Odenwald, die edlen, schönen Züge der hohen Herrin, deren tiefe, traurige Augen immer wieder mit einer vorwurfsvollen Frage auf ihm ruhten, so nah und greifbar, dass quälende Unruhe sein Herz erfüllte. Rief ihn ihre Seele, suchte ihn ihre Liebe so gewaltig über Berge und Länder oder war es die Sehnsucht des eigenen Herzens, die ihm diese schmerzlichsüßen Bilder so lebendig vor das innere Auge stellte?

Er musste dann jedes Mal seine aufgeregten Gedanken in der Gestalt des legendenumwobenen Wunderapostels sammeln, auf dessen Fährte er seit Wochen einhergewandert war und die ihn auch in diese Bergeinsamkeit geführt hatte.

Und wieder, wie schon so oft die letzten Tage, glitt Bild um Bild an ihm vorbei, genoss er noch einmal im Geiste die behagliche Winterrast beim baumlangen Dr. de Christophoro im

Kundenspital zu Zams bei Landeck am Inn. Ja, bist uns ein echter Christophorus gewesen, hast uns auf deinen breiten Buckel genommen, mich, den schelmischen Vögeli-Heini, und meinen guten Heinrich Truckenbrodt, und hast uns gar sorgsam hinübergetragen über die Fährnisse des Winters!

Ob wohl schon irgendwo in der Welt deutsche Vagabunden sich so gestreckt und so herzhaft und sorglos ins Schneetreiben gelacht haben wie wir?

Ende Februar, am Tage der heiligen Walpurga, ist Vögeli-Heini davongeflogen. Der goldgekrönte Haselwurm ist wieder Nacht um Nacht in seinen Träumen erschienen und hat ihn hinausgeholt in die Welt.

Bald darauf hat auch Heinrich Truckenbrodt das warme Nest verlassen.

Da hatte auch er keine rechte Freude mehr gehabt. Dazu war von Tag zu Tag die Sorge in ihm größer geworden, er könnte hier den nach Deutschland ziehenden Wunderapostel verpassen. Denn dass der Heißgesuchte über den Winter in Italien gewesen, war nach der Erzählung des weißbärtigen Zigeunerfürsten, der sich ihrer in Frankreich drinnen in ärgster Not angenommen hatte, so gut wie sicher.

Als dann am Maria-Verkündigungs-Tage, nach wilden Föhnstürmen, über Nacht grünes Gras auf allen Hängen leuchtete, hatte es ihn schreckjäh aus seinem geborgenen Nest gescheucht. Wie ein Häufchen Herbstlaub, in das die jungstarken, übermütigen Lenzwinde fuhren, hatte es ihn südwärts geweht, nach Bozen zu und das Etschtal hinunter. Viele Tage lang hatte er sich hier aufgehalten und an jedem Haus den Zinken des Wunderapostels, das Herz mit der Blume, gesucht – doch vergebens!

Deutsche Zugvögel waren etschaufwärts gekommen, bei Tag und Nacht marschierend, doch so viel er auch gespäht, der Wunderapostel war nicht gekommen; so viel er auch gefragt, keiner hatte ihn gesehen. Und als ihrer immer mehr geworden, die instinktgetriebenen Herzens der Heimat zuflogen, hatte ihn eine Angst überfallen, die ihn Tag und Nacht nimmer schlafen ließ. Bis tief unter Rovereto hatte ihn die Unruhe hinabgetrieben, nur von dem einen Gedanken erfüllt, den sehnsüchtig Gesuchten zu finden.

In den italienischen Nestern hatten sie bereits das Fest der Palmkätzchenweihe begangen, die Osterglocken waren mit Jubelgeläute vom Heiligen Vater aus Rom zurückgekehrt und hatten unter großem Gepränge in den warmen, sonnigen Frühlingstag geklungen, dass es im Etschtal sang wie von Tausenden heller Vogelkehlen – und immer noch war die Prophetengestalt des Alten nicht erschienen, so sehr seine suchenden Augen auch südwärts gespäht.

Ganz verzagt und kleinmütig hatte er eines Tages wieder im Straßengraben gesessen, im Schatten zweier mächtiger Edelkastanien, als ein graubärtiger Kunde des Weges gekommen war und sich mit der Frage vor ihm aufgepflanzt hatte, wie man bei solch gottvollem Wetter nur ein so grämliches Gesicht machen könne.

Und er fühlte ordentlich noch die schreckhafte Freude in sich, die ihn dortmals durchfahren, als ihm der fremde Walzbruder auf seine Klage eröffnet hatte, dass er in der Lage sei, seiner Betrübnis Abhilfe zu schaffen.

„Wie du mich hier siehst“, hatte er lachend gesprochen, dabei mit dem Knotenstock an seine Brust klopfend, „habe ich das Glück gehabt, vor noch nicht ganz zwei Wochen in einer Osteria zu Cremona mit dem Wunderapostel und seinem Freund, dem Kundendichter, zusammenzutreffen und mit ihnen einen Abend zu verplaudern. Aus ihrem Gespräch habe ich entnommen, dass der Wunderapostel den Weg den Gardasee aufwärts hat nehmen wollen und der Kundendichter ihn bis Trient begleitet.“ Und laut auflachend: „Ja, Freund, so ist es schon mal in der Welt! Während du da trübselig am Straßenrand gesessen bist, ist der Heißerwartete ein paar Kilometer seitwärts an deiner Nase vorbeigezogen!“

Gegen Mittag des übernächsten Tages waren sie beide in Trient einmarschiert und bald hatten sie das Herz mit der siebenblättrigen Blume entdeckt, deren einzelnes Stängelblatt etschaufwärts wies.

Jedes Mal, wenn er beim Nachsinnen an diese Stelle kam, spürte Beatus die tiefe Ergriffenheit, die ihn beim Anblick des heiligen Zeichens, das er seit Straßburg nimmer gesehen und das er mit so viel Sehnsucht gesucht, erfüllt hatte; und sie erregte ihn so, dass ihm das Herz mächtig im Leibe zu klopfen begann.

Diese Erregung wurde jedes Mal durch den bangen Gedanken gesteigert: Wie würde der Wunderapostel ihn aufnehmen! Wohl hatte er zwei mächtige Nothelfer: den alten Evangelisten, mit dem er innige Freundschaft geschlossen, und den Zigeunerfürsten und dessen Geheimparole, die dieser ihm in Frankreich anvertraut hatte. Aber die Bangnis wich dennoch nicht von ihm. So war er fliegenden Fußes und klopfenden Herzens viele Tage den Weg der Zinken einhergeeilt und dem Gesuchten sehr nahe gekommen. Da hatte er eines Morgens staunend bemerkt, dass der Wunderapostel den beschwerlichen Weg über den Dachstein eingeschlagen hatte.

Beklommenen Herzens hatte er sich an den Aufstieg gemacht, ganz von dem Gedanken erfüllt, nun jeden Augenblick dem geheimnisvollen, mächtigen Manne gegenüberstehen zu können. Und der Gedanke, dass er dem großen Meister nicht willkommen sein und alle Hoffnungen, auf welche die sehnlich-bangen Träume eines gänzlich neuen Lebens gebaut waren, zunichte werden könnten, hatte ihn plötzlich so mächtig überfallen, dass er sich auf die Erde geworfen und sein Gesicht in den würzigstarken Bergboden gepresst hatte. Wie lange er so in der Not seines Herzens gelegen, das wusste er nimmer; aber als er sich plötzlich auf verfehltem Wege gesehen und ihm schließlich klar geworden war, dass er sich verirrt, hatte ihn neben schmerzlichster Betrübnis doch auch eine wohltätige Erleichterung ergriffen, die so schwerwiegende Entscheidung hinausgeschoben zu sehen.

Als er hernach unerwartet bei den letzten Strahlen der Sonne in dies weltverborgene, von seligem Frieden überwehte Zauberreich geraten war, hatte er es als gute Fügung des Schicksals genommen und sich mit jener Inbrunst in das hohe Mysterium der Gottesnatur und in sich selbst versenkt wie ehedem Verkünder des Wortes der Gottheit, bevor sie die Bahn ihrer öffentlichen Wirksamkeit betraten.

Und er hatte hier jene feste Gleichmütigkeit gewonnen, die ihn voll freudiger Zuversicht dem Zusammentreffen mit dem prophetischen Wunderapostel entgegensehen ließ.

Während Beatus Klingohr dies alles überdachte, waren die lodernden Brände auf den Zinnen der zackigen Gebirge verglüht und langsam erloschen. Tiefblaue Schatten hatten sich auf die Hänge der Berge gelegt, die, gigantischen Unterbauten gleich, das alabasterne Weiß ihrer Opferaltäre gegen den Himmel hielten. Und der Ewige sah es mit Freude, die bei Ihm erhabene Einmut ist, und befahl all Seine Lichtengel an das Firmament Seines Himmels, auf dass sie der Ihm opfernden Natur die Ströme Seiner Liebe zutrügen. Alle Sterngeister schimmerten in sinnverwirrendem Glanz.

Es waren die Nächte, in denen die Zwillinge die Herrschaft im Tierkreis hatten. Mächtig strömten sie starke Lebensfeuer in die ihnen zugeordneten Karneole, und die Beschwörungs- und Zauberkräuter schossen kräftig empor und standen im besten Saft für Salben und Zaubertränke. Merkur hatte ein starkes Wort zu reden und die sagenumwobenen Wurzeln der Mandragora zogen unheimliche magische Bannkräfte in ihre Leiber, die seit Menschengedenken von Wissenden erregten Herzens gegraben wurden. In den Tälern und Wiesen aber stand die Kamille in höchstem Segen. Dazu fand alles, was gelb blühte oder glänzte, Hilfe durch die Hierarchie der Zwillinge.

Beatus ahnte in diesen Tagen noch nichts von den gewaltigen Zusammenhängen alles Seienden, seine Seele aber war von einer seltsamen und unerklärlichen Erregung erfüllt. Abend um

Abend versprühte er sein ganzes Ich in die hinreißende Schönheit des Sternenhimmels, seine schwebende Seele stets wieder sammelnd und findend am heimatmilden Lichte der Sichel des zunehmenden Mondes, die unmerklich durch das Lied der Gottesallmacht ihre Bahn dahinzog.

Hirsche schrien wild auf, dass ihr kampfmutiges Röhren unheimlich durch die Nacht klang, und von den Waldrändern her zitterte ununterbrochen das klagende Gewimmer großäugiger Nachtvögel, das sich wie das Stöhnen unerlöster Geister anhörte. Beatus waren sie längst der trauliche Pulsschlag dieses tiefen Nachtfriedens. Seine Brust war von feierlicher Glückseligkeit erfüllt.

Endlich löste Beatus die Blicke aus dem Sternenzelt, stand auf und ging zum See. Ein Bild wie die Offenbarung aus einer überirdischen Welt bot sich hier seinen Augen. Ein riesiger, eirunder Edelstein, der von Hunderttausenden gleißender Goldsplitter übersät und durchädert war, lag vor ihm in kristallener Regungslosigkeit. Aus dem einen ovalen Ende schob sich ein weißlich schimmernder Keil in den flimmernden Spiegel: der Dachstein.

Und weiter schritt Beatus, bis an jene Stelle, wo die unheimlichen Kräuter der Hexen und Zauberer wuchsen. Kniete dort nieder, mitten zwischen sie, streckte seine Hände aus, die Finger weit gespreizt, und murmelte selbstgeformte, dumpfe Worte der Beschwörung, sie heißend, ihm Kraft von ihren Kräften und Macht zu geben, dass sich ihm die Geheimnisse erschlössen, welche die Natur ängstlich verbirgt. Legte seine Finger auf Blätter und Blütenköpfe und bat sie, in ihn ihre Zauberströme, an die er glaube, einfließen zu lassen, auf dass sie ihn verwandelten und er mit wissenden Sinnen an dem Leben der Natur teilhaben dürfe.

Auf dem Rückweg überfiel ihn plötzlich eine derart bleierne Müdigkeit, dass er sich nur mühsam in die Sennhütte schleppen konnte, wo er augenblicklich in schweren, tiefen Schlaf verfiel.

Mit gleichmäßigen Atemzügen schlief Beatus. Schlief die Natur und mit ihr die Zeit, der unberührbar Stunde um Stunde aus den Händen rinnt ...

Als er wieder eines Nachts am See saß und lange in dessen Spiegel starrte und die unirdisch klaren Grate des Dachsteins betrachtete, schreckte ihn plötzlich ein grell aufschimmerndes Licht auf. War ein leuchtender Stern mitten in die Dachsteinmauern gefallen?

Beatus hob den Kopf und blickte auf die gewaltigen Wände. Und er sah mit heftig anwachsendem Staunen ein großes, wunderbares Licht, das rasch zu kreisen schien und allmählich überging in ein ruhig leuchtendes, gleichschenkeliges Kreuz.

Ebenso überrascht wie befremdet starrte Beatus unverwandt auf die Licht-Erscheinung. Doch je länger er hinsah, umso gesammelter schien ihm das Lichtkreuz zu werden, das auch an der Innenwand seines Heimatkirchleins stand und von dem er irgendeinmal gelesen hatte, dass es das älteste über die ganze Erde verbreitete Zeichen der Menschheit sei.

Und das Licht verharrte in der gewaltigen Wand. Beatus fühlte, tief überzeugt, dass es nicht von gewöhnlich Sterblichen herrühre. Es schien ihm, dass das Strahlen und Blinken umso stärker wurde, je mehr er dies dachte und je länger er auf dieses heilige, geheimnisvolle Zeichen starrte. Doch so gewaltig die Erregung in ihm war, noch viel gewaltiger war der Strom, der von dem Lichtzeichen auf ihn zufloss und in ihn einbrach!

Beatus fühlte deutlich, wie ein nahezu Körperhaftes ihn traf, und er empfand es als eine machtvolle Anrührung, eine stark gebietende Anrufung und Aufforderung. Namenlose Unruhe überfiel ihn so übermächtig, dass er plötzlich am ganzen Leibe zitterte. Er spürte sie immer bewusster, ohne sich darüber klar werden zu können, dass dieses heilige Lichtzeichen ihn gebieterisch ansprach, aber es war ihm nicht möglich, es zu verstehen. Alles, was er vermochte, war, dass er regungslos in das Blinken des Kreuzes starrte und seine Seele in Ehrfurcht hingab.

Schließlich fühlte er eine unsägliche Wohligkeit im Herzen, wie man sie empfindet, wenn man nach langer Abwesenheit das Dorf seiner Jugend und Heimat betritt oder die Gnadenstunde erlebt, in der man ganz nahe bei Gott ist.

Plötzlich verschwand das unfassbare Licht.

Wie im Traum wankte er heim, warf sich auf sein Lager und fiel sofort in tiefen Schlaf.

Den ganzen anderen Tag konnte er nichts anderes denken als an dieses geheimnisvolle, unfassbare, nicht von Menschen stammende Licht. Und er war geneigt, es für ein Wahnbild zu halten, obwohl seine Seele es ihm anders sagte.

Mit immer größer werdender Spannung erwartete er den Abend, die Nacht. Lange vor der Zeit saß er genau an derselben Stelle am Ufer des Sees und starrte auf die immer dunkler und dunkler werdenden Wände.

Und siehe, zur selben Stunde brach wieder aus den unbesteigbaren, wild niederbrechenden Felsmauern das rätselhafte Licht! Und formte sich wieder zum Kreuz mit den gleichen Balken, dem ältesten Lebenszeichen der Erde, und wieder ging die seltsame, erschreckend körperhaft-spürbare Kraft der Anrührung auf Beatus über, so deutlich, dass kein Zweifel möglich war.

Was war das für ein Licht?

Wer formte und sandte es aus?

Und wer vermochte eine derart fühlbare Macht in das Licht zu legen?

Seine Unruhe und dieser Strom, der auf ihn floss, steigerten sich bis zur Unerträglichkeit. –

Und das Lichtkreuz erschien auch in der dritten Nacht und war leuchtender und eindringender als in den beiden vorigen Nächten.

Nach dieser dritten Nacht erschien es nicht mehr.

Da wusste Beatus mit Schaudern, dass es ein Zeichen gewesen aus einer hohen und verschlossenen Welt, das ihm gegolten. Sollte es auf Erden Wesen geben, Menschen und doch unerreichbar hoch über allen Sterblichen, wie die Kunde ging, und den Erdgebundenen dennoch so unheimlich gegenwartsnah?

Beatus lag die ganze Nacht wach. Seine Seele flatterte und war in Regionen, die sein Tagverstand nicht fasste. In ihm war eine große, geweitete Feierlichkeit, wie sie in kühlen Gotteshäusern ist, wenn deren eherne Portale an heißen Sommertagen weit offenstehen.

Wer waren sie, diese Unerreichbaren?

Was taten sie auf diesem Thron der Götter?

Und was, was wollten sie ihm sagen? Denn dass sie zu ihm geredet, das wusste er.

Erst als die Sterne verblassten, verfiel er in Schlaf.

Doch wieder erwachten die Vogellieder, stieg die Sonne strahlend mit königlichem Glanz über die Firnkämme der Hochgebirge.

Als Beatus am fünften Morgen nach dem letzten Erscheinen des Lichtkreuzes über die Schwelle der Sennhütte in die Pracht des Morgens treten will, werden seine Augen von dem leuchtenden Prangen einer Himmelschlüsselblume gebannt, die dicht an der Schwelle aus der Erde wächst und ihre voll aufgebrochenen Golddolden dem Heraustretenden entgegenhält.

Verzückt starrt Beatus lange Zeit auf das Blütenwunder, das gestern noch nicht da gewesen ist.

Und sich niederbeugend, die würzigen Kelche behutsam in die Hände nehmend, spricht er ergriffen:

„Habt Dank, ihr himmlisch lieblichen Schwestern, für das Zeichen, das ihr mir gebt! Ich nehm euch als Mahnung und goldene Schlüssel, die mir ein neues Leben erschließen! Nun ist die Stunde erfüllt, nun will ich dem Wunderapostel begegnen!"

Wendet sich, packt eilig sein Ränzel, steigt hinauf in die Schlafkammer, blickt sich noch einmal in ihr um, fährt dankbar über das Federbett und steigt hinunter in die Feuerküche. Nimmt Ränzel und Wanderstock, legt seine Hand einen Atemzug lang auf die Ofenbank und tritt über die Schwelle. Beugt sich zum buschigen Primelstock nieder, bricht die zartgoldenen Blüten und befestigt sie an seinem Hut. Sagt dann der gastlichen Hütte ein letztes Lebewohl und schreitet rüstig durch die tauglitzernden Gräser der morgenfrischen Wiese.

Am See taucht er seine Hand eine Weile in das kristallgrüne, eisige Wasser, schaut forschend mit starkem, fragendem Blick auf die Felswand, in der das geheimnisvolle Licht erschienen. Dann geht er mit weit ausholenden Schritten über die einsame Alm, die ihn an das versiegelte Tor der Geheimnisse der Schöpfung geführt hat.

Hoch über ihm aber, in der kaltklaren Bläue des Morgens, kreist mit weitgespannten Schwingen und scharf äugenden Lichtern der König des Dachsteins, der uralte Wildadler.

Zweites Kapitel

Hinter Munderfing zieht sich die Landstraße sanft einen niedrigen Hügelrücken hinauf, um ebenso gemächlich auf der drüberen Seite wieder in eine Talmulde hinabzukriechen. Es ist hier alles so gemächlich und behaglich im Innviertel: die Landschaft, die Dörfer und die Bauern. Da ist nirgends etwas Wildes, Eigensinniges wie im Salzkammergut; hier ist alles ein ewiges hügelauf, hügelab, eine stete Geruhsamkeit. Und hügelauf und hügelbreit, so weit das Auge reicht, ist das Land ein einziger Fruchtboden von goldenem Korn und saftigen Weiden.

Oben, wo die Straße den Hügelrücken erstiegen, steht an ihr ein uraltes steinernes Wegkreuz, von einer riesigen Holderstaude umbuscht, die aus Aberhunderten gelblichweißer Blütenteller betäubend süßen Duft über die Höhe ausgießt und wie eine Wächterin in das Dorf hinabsieht, das mit den festen Fäusten seiner Bauern die Scholle betreut. Weit über hundert Jahre muss der mächtige Busch alt sein, denn der Bauer Peter Suchentrunk, der am Pfingstsonntag hundertzwei Jahre geworden und der Dorfälteste ist, behauptet fest und steif, der Holderbaum wäre schon zu seinen Bubenzeiten so groß gewesen. Und Barbara Maatz, die alte Häuslerin am Ende des Dorfes, die seine Jugendgespielin gewesen, bestätigt dies und erzählt immer wieder, sie hätten als Kinder oft und oft unter den Ästen des Baumes gespielt.

Und es konnte den Kindern ganz unheimlich werden, wenn die Alte von dem heiligen Busch erzählte und mit gekrümmtem Buckel die Verslein zischelte, die sich anhörten wie ein Zauberspruch.

Barbara Maatz hatte den Glauben, der diesen Sträuchern ohnehin schon anhängt, durch ihre Geschichten so lebendig gemacht, dass der Holderbaum von Munderfing weit im Innkreis als heilig galt. Kein Fuhrmann fuhr an dem Wunderbaum vorüber, der nicht den Hut ehrfürchtig vor ihm gezogen hätte, und wenn im Dorfe unten einer starb, dann stieg der Schreinermeister Martin Ansorge feierlichen Schrittes die Chaussee hinauf und schnitt unter schweigender Anrufung eine Stange aus dem Holderbusch, um mit ihr das Maß der Leiche für den bestellten Sarg zu nehmen. Martin Ansorge war der Einzige, der dies durfte. Dies wäre der Frau Holle, die in dem dichten Laub des Strauches hause, angenehm, erklärte Barbara Maatz; wenn einer aber aus Unfug einen Zweig bräche, der beleidige die hohe Frau und ziehe ihren Zorn auf sich.

Von ihr wussten die Leute im Dorfe auch, dass man sich das ganze Jahr über vor Fieber bewahren konnte, wenn man sich zur Zeit, da der Baum die Blüten ansetzte, in den ersten Nächten des abnehmenden Mondes früh vor Tag unter seine Äste legte und sich mit einem niedergezogenen Zweig den Tau ins Gesicht schüttelte.

Wenn aber jemand zu ihr kam und über die staunenswerte Rüstigkeit in ihrem so hohen Alter redete, da wiegte Barbara Maatz den schmalgeschnittenen, klugen Kopf hin und her und hatte ein geheimnisvolles Lächeln um ihren kraftvollen Mund, in dem kein einziger Zahn fehlte. Es waren dann immer die nämlichen Worte, die sie beinahe im Flüsterton sprach: „Ja. die Beeren, die Beeren! Die schwarzen Beeren vom heiligen Hollerbaum!“

Und wenn man sie dann bestürmte und weiter in sie drang, konnte man wohl erfahren, dass diese Beeren die Kraft besaßen, das Leben zu verlängern, wenn sie am richtigen Tag und in der rechten Stunde gepflückt wurden. Ob man aber auch noch so sehr bettelte oder noch so schlau herumredete, Tag und Stunde hat ihr nie einer herauslocken können. Und sie schien an dem Bestreben der Leute, ihr dies Geheimnis zu entreißen, helle

Freude zu haben, denn listig funkelten dann ihre rabenschwarzen Augen in den tief eingesunkenen Höhlen. Und während ihr Kopf pendelte, kam es wohl mehrmals beinah in singendem Tone von ihren Lippen: „Ja. der Tag und die Stunde ...“ Sie erzählte ab und zu ganz Vertrauten, dass der Bauer Peter Suchentrunk von ihr Beeren bekäme, und dies deshalb, weil sie in ihrer Jugendzeit ein Liebespaar gewesen und schon von Kind auf oft unter dem heiligen Hollerbaum gesessen hätten.

Und sie kam schließlich in den Ruf, sich unsichtbar machen zu können, denn so viel und so hartnäckig man sie auch belauerte, es hat nie einer die Stunde erspäht, in der sie unter der mächtigen Staude die schwarzen Beeren brach.

Die Kinder aber sahen immer wieder mit großen, neugierigen Augen zu dem alten Busche hinauf, von dem ihnen das Weiblein erzählt, Frau Holle habe sie alle aus seinen Zweigen geschüttelt.

Unter diesem heiligen Holderbaum von Munderfing lag Beatus Klingohr längelang im kühlen Schatten.

Er wusste von dem allem nichts, aber auch er musste sich in seinen Gedanken mit der alten Barbara Maatz beschäftigen, die dort unten am letzten Häuschen des Dorfes auf der Hausbank in der Sonne saß. Was war das für eine seltsame Alte! Deutlich konnte er ihre regungslose, ein wenig vorgeneigte Gestalt sehen. Und er konnte sich nicht genug wundern über ihre frische, beherzte Art, mit der sie ihn angehalten, als er die staubige Dorfstraße heraufmarschiert war: „Ist ein feines Vergnügen, so in der warmen Sonne zu laufen!“ So hatte sie ihm zugerufen. Überrascht war er stehengeblieben und hatte ihr entgegnet: „Ei ja, Mutter, das ist es wohl!“ Hierauf hatte sie ihm schelmisch zugelächelt und gemeint, dass man es sich an solch gottgeliebten Tagen nicht zu eilig machen solle. „Aufs Genießen, ich mein, aufs dankbare Hinnehmen und Würdigen dessen, was der Herrgott in seiner Güte gibt, darauf kommt's im Leben an, mein Lieber“, fuhr sie fort. „Aber die Menschen bekommen dafür gewöhnlich erst im Alter einen Sinn und dann haben sie nimmer viel davon und müssen auf den Bänken sitzen." Und mit lebhafter Beweglichkeit etwas auf die Seite rückend und ihren bauschigen Rock an sich drückend, hatte sie so gemütlich gesagt: „Aber darüber können wir beide geradeso gut sitzend reden", dass er sich mit frohem Behagen neben der Greisin niedergelassen hatte.

„Die Menschen haben den Kopf viel zu viel auf die Erde gerichtet und sorgen sich zu sehr um die Notdurft des Leibes und den kommenden Tag", hatte sie nun ernst das Gespräch wieder aufgenommen.

„Und dabei sehen sie nicht, wie die Welt rings um sie lacht und voll Sonne ist, und so entgehen ihnen ungezählte Freuden, welche das Leben erst lebenswert machen."

Beatus hatte stumm genickt. Die Greisin fuhr fort:

„Es ist bitter traurig, dass so wenige Menschen das wissen! Was bedeuten ihnen die Wunder der Welt neben ihrer Arbeit! Sie sorgen sich nur, dass ihr Auswendiges gut geborgen ist; um ihr Inwendiges kümmern sie sich nicht. Von dem wissen sie nahezu nichts. Nur einen hab ich in unserem Dorfe gekannt, der darin anders war. Er ist ein Großbauer gewesen, und wenn er hinter seinem Pfluge hergegangen ist, dann hat er nicht bloß die braune Ackererde gesehen, sondern hat sich über jede Blume am Weg gefreut und über jeden Vogel, der über ihm geflogen ist, ja über jede Mücke, die vor ihm tanzte. Und wenn der Wind vom Gebirge her geblasen hat, dann ist es für ihn nicht nur ein Wind gewesen, den die andern nicht wahrnehmen, wie sie in ihrem Innersten einen blühenden Baum oder eine schöne Wolke kaum wahrnehmen, weil es ja doch nur ein Baum oder bloß eine Wolke ist, die sie bestenfalls nur mit den Augen streifen, nicht aber mit der Seele erleben. Sondern für ihn ist es ein lustiger Geselle gewesen, der viel Spaßiges und Ernstes zu erzählen gewusst hat, und der einem das Haar zausen konnte, dass es nur so flatterte! Ja, der hat mir oft über derlei Dinge erzählt. Und siehst du, Junge, darauf kommt es im Leben an, man muss das Herz offen haben und muss sich freuen können, und man darf nie gleichgültig sein! Weil die Menschen aber ihren Sorgen viel zu viel Raum geben, darum sehen sie die unzählbaren Schönheiten nimmer, die Gott in Seiner grenzenlosen Liebe über Seine Erde gebreitet hat. Und darum ist ihr Leben und Wirken auch ohne die wahre Freude, und glaub mir, eben darum, weil die Menschen es nimmer verstehen, aus jeder Stunde ihres Lebens Freude zu ziehen, darum werden sie so schnell alt! Du kannst es mir glauben, dass es so ist! Sich freuen können, das ist das Geheimnis des Lebens! Sich freuen können, heißt lange leben, denn Freude haben, heißt die Gesundheit haben! Der Peter Suchentrunk hier im Dorf ist einer von den wenigen, die den Sinn des Lebens verstanden haben. Darum ist er auch hundertzwei Jahre alt, und wenn er sonntags zwischen seinen Kindern und Kindeskindern zur Kirche geht, ist sein Rücken so grad wie der seiner Enkel."

Nun hatte die Alte eine Weile innegehalten, und er entsinnt sich deutlich, wie jetzt die Worte über seine Lippen gekommen sind, dass es wohl schön und wahr sei, was sie gesagt, und er ihr mit Freuden zustimme. Aber ohne es recht zu wollen, war ihm der Nachsatz entschlüpft, dass das Leben es einem manchmal doch arg schwer mache, froh zu sein.

Wie war die Greisin da lebhaft geworden!

„So lass es hart sein, das Leben!", hatte sie ihm entgegnet.

„Wer von uns hat denn ein Recht, ohne Leid zu sein! Wer darf verlangen, dass es ihm immer gut gehen soll! Das steht keinem von uns zu und darüber dürfen wir nicht klagen, denn es ist sicher, dass sich dahinter ein tiefer, großer Sinn verbirgt. Vielleicht der tiefste des Lebens." Und nach einer kleinen Pause: „Aber das sollen wir wissen, die Welt und das Leben bleiben allezeit schön und voll Wunder, auch wenn die Hand des Schicksals einmal hart auf uns liegt! Wohl, es kann dir ein Leid geschehen, die Welt aber ist darum nicht weniger licht und die Freuden derselben sind darum nicht geringer geworden!

Ob du in diesem oder jenem Augenblick deines Lebens in der Sonne stehst oder im Schatten, darauf kommt es nicht an, sondern darauf kommt es an, dass du nicht lau bist! Das ist das weit schwerere Übel! Jedes Leid vergeht und findet seine Versöhnung in den Schönheiten der Welt. Glaub mir: Nur auf das bewusste Leben kommt es an! Wer das kann, der vermag sich auch im Leid zu freuen, denn die Freuden der Gotteswelt sind ohne Zahl. Darum hab ich zuvor gesagt, das tiefste Geheimnis des Lebens ist: sich freuen können."

Bei diesen Worten hatte er ihre Hand genommen und zärtlich gestreichelt. Und Barbara Maatz, die wusste, wie sehr er sie verstanden, hat mit der tiefen Liebe einer Mutter auf ihn geblickt. So waren sie eine Weile gesessen, dann hatte er gerührt gesagt:

„Wie schön habt Ihr das ausgedrückt, Mutter! Ich danke Euch und ich glaube, wir müssen als Gleichnis nicht erst zum alten Bauer Peter Suchentrunk greifen!"

Doch die Alte hatte abgewehrt und entgegnet:

„Wir wollen nicht von mir reden; ich bin dazu zu alt geworden! Aber als ich dich da vorhin langsam die Dorfstraße heraufkommen sah, die Augen bald links auf einem Giebel, bald rechts in einem Blumenfenster, und als du dich gar vor den mächtigen Birnbäumen beim Suchentrunkbauern seiner Toreinfahrt aufgepflanzt hast, den Kopf in der Höh, und aus dem Schauen gar nicht herausgekommen bist, siehst du, da hast du mir gefallen und da hab ich meine Freude gehabt an dir! Und da hab ich auch gewusst, wer du bist, und mir vorgenommen, dich anzurufen. Ach, es geht so mancher Wanderer des Weges, doch fast immer haben sie den Kopf zur Erde gesenkt und mit ihrem Schuhwerk auch ihre Augen verstaubt! Wie tut mir das immer bis in mein altes Herz hinein weh, wenn ich so blinde Augen sehe!"

Und nun ihrerseits ihre runzelige Hand auf die seine legend, hatte sie ihm zugelächelt: „Dein Gesicht aber war froh und in deinen Augen hat noch die Freude geglänzt über die großen, schönen Bäume. Gelt, das sind Bäume! Die haben hier im Ort ebenso viel zu reden wie der Bürgermeister und der Pfarrer. Schau, und darum ist mir um dich nicht bang! Schauen können, erleben können, das ist alles! Wer das vermag, in dem seiner Brust kann es nie dunkel bleiben, in dessen Innerem bricht früher oder später die Freude durch und wenn's vordem stockdunkel in ihr gewesen wär! Aber ich denk, wir wollen miteinander eine Schale Kaffee trinken. Nein, nein, das darfst du mir nicht abschlagen! Es ist grad Jausenzeit und was Warmes im Magen ist zu allen Tageszeiten gut."

So hatte er denn mit Freuden zugestimmt und in Barbara Maatz' Küche einen Topf Kaffee getrunken.

Und als er ihr zum Abschied die Hand mit gutem Segenswunsch gedrückt, hatte ihn die Alte noch einmal forschend angesehen und gesagt: „Ich seh, dass du etwas sehnlich suchst. Ja, es ist dir aufs Gesicht geschrieben! So merke: Heute ist ein Glückstag, und wenn du von mir einen guten Rat annehmen willst, so tu Folgendes: Dort oben auf dem Hügel siehst du den großen Hollerbaum, von dem seit alters her die Rede geht, dass er unter dem Schutz ganz besonderer Mächte steht. Geh dort hinauf und leg dich recht andächtig unter seine Krone, das wird dir Glück bringen!"

So lag er nun hier unter dem heiligen Holderbaum von Munderfing und harrte auf das Glück. Und seine Gedanken waren bei der alten, klugen Barbara Maatz mit ihrer tiefen, feinen Seele, die so weltversteckt in diesem kleinen Dörfchen saß und doch eine ganz große, wundervolle Frau war!

Seine Blicke gingen immer wieder ins Dorf hinunter und über die Feldbreiten hinweg, die in vollem Segen standen.

Und immerzu strömte der gewaltige Busch eine derartige Fülle süßesten Duftes aus, dass der ganze Hügelrücken nach der Würze seines Honigs roch. Hähne krähten im Dorf unten, ab und zu kläffte ein Hund, sonst kein Laut, soweit die Augen gingen. Glühendheiß lag die Sonne über dem strotzenden Fruchtland und buk die Körner in den Ähren, die so zahlreich waren wie die Tropfen im Meere. Der Wanderer, der in diesen Tagen durch das Innviertel Oberösterreichs ging, roch das Brot auf den Äckern.

Im Süden zog sich in dunstigen Schleiern die langgestreckte Kette der Alpen hin. Beatus kam unter der Gewalt des Sonnenglastes und Honigseims ins Träumen und erlebte voll dankbarer seliger Freude noch einmal alles von der Almwiese am Dachstein bis zur kleinen Wegkapelle am Eingang des Dorfes Munderfing. Hier hatte ihm der Zinken des Wunderapostels entgegengegrüßt und das Datum ihn belehrt, dass der Zeichenschreiber ebenfalls erst heute an dieser Kapelle vorbeigekommen sei. So war er also dicht hinter ihm und heute vielleicht noch, spätestens morgen, musste er auf ihn stoßen. Wo es sein würde und um welche Zeit? Und wie die Begegnung wohl sein würde? Heut ist ein Glückstag, hat die alte Barbara Maatz gemeint. Der käm mir gerade gelegen! Glück könnt ich gebrauchen! So hilf mir, du schöner, sonnenleuchtender Tag, und auch du, du uralter, geheimnisvoller Holderbaum von Munderfing!

Lange sah er in die mächtige Krone des Busches hinauf, dessen weiße Blütendolden, die fast bis zum Boden niederhingen, wie goldene Teller leuchteten, in denen der würzige Honig unter den Gluten der Sonne zu kochen schien, denn der ganze Strauch war ein siedendes, brodelndes Bienenlied.

Als Beatus wieder ins Dorf hinabblickte, bemerkte er einen Mann, der eben daran war, die Straße heraufzusteigen. Gemächlich, wie einer, der nichts Dringendes vorhat, setzte er Fuß vor Fuß. Ohne besondere Aufmerksamkeit beobachtete Beatus das langsame Heraufkommen des Mannes. Dieser musste eine kraftvolle Gestalt haben, denn es schien ihm, als höbe dieselbe sich machtvoll von dem weißen Bande der Straße ab. Ein Bauer war es nicht, denn Bauern bewegen sich anders, schwerfälliger. Der unten aber hatte etwas in seinem Gang, das auf endloses

Wandern deutete. Plötzlich musste sich Beatus ordentlich zurechtsetzen. Er konnte keinen Blick mehr von dem Heraufkommenden wenden, so gefesselt war er von der Art dieses Schreitens. Nie noch in seinem Leben hatte er einen Menschen so schreiten sehen!

Je näher der Fremde kam, umso größer wurde sein Staunen über die Erscheinung, die bei aller Kraft dennoch kaum den Boden als Halt für die Füße nötig zu haben schien, während sie heraufschwebte. Sein Gehen war, wie wir Menschen uns das Schreiten Christi oder Buddhas vorstellen, wenn wir in den heiligen Evangelien darüber etwa Folgendes lesen: ‚Und Jesu schritt aus den Toren der Stadt und wandelte über die Felder und es wollte Abend werden', oder wenn uns in den heiligen Palischriften der Inder etwa die Worte begegnen: ‚Zu einer Zeit weilte der Erhabene im Lande der Sacker, bei Kapilavatthu, und wandelte unter den Feigenbäumen des mächtigen Parkes.'

Und je näher die Gestalt heraufkam, umso mehr wuchs auch der Eindruck, dass er einen solchen Erhabenen vor sich hätte.

Beatus war wie gebannt. Wer mochte das sein! Welcher Sterbliche vermochte so zu schreiten! Erregung und Entzücken wallten heftig in seinem Herzen gegeneinander. Er hatte das Gefühl, dass in den nächsten Augenblicken Großes, Unvorstellbares sich ereignen müsse, und in seiner Aufregung standen plötzlich die Worte der alten Barbara Maatz vor ihm. Ihm selber unbewusst, verkroch er sich unwillkürlich tiefer unter die niederhängenden Zweige.

Nun wandte sich die Gestalt, blickte ins Dorf hinab und nahm den breitkrempigen Hut ab.

Als der Wanderer hierauf in deutliche Nähe kam, fuhr ein Schlag durch Beatus Klingohr, der ihn beinah umwarf.

Der Wunderapostel! Beim allmächtigen Gott: der Wunderapostel!

Ja, er war es, er war es Zug um Zug! Sein Antlitz kündete es so gewaltig, wie es sein Gang gekündet hatte, den er nicht sogleich als den seinen erkannt. Der Atem wollte ihm stocken, in seinen Augen glomm ein Feuer der Verzückung, wie es in denen jener Glückseligen geglüht haben mag, an denen der Erlöser vorbeigegangen.

Die Mär der Vagabunden hatte nicht zu viel gesagt! Sie hatte viel zu wenig gekündet! Auf diesem Antlitz lag die Hoheit, wie sie das Haupt weiser, sagenumwobener Könige längst verklungener Jahrtausende geziert haben mag, gepaart mit einer derart sonnenhaften Klarheit, die nur Auserwählte kennzeichnet, deren Geist in alle Höhen und Tiefen des Seins gedrungen, und dem sich Geheimnisse der Schöpfung geoffenbart, die sich den andern Sterblichen eifersüchtig verschließen. Der assyrisch gehaltene dunkle Bart, in dem die ersten Silberfäden spielten, unterstrich noch diesen Eindruck. So denken wir Menschen uns das Antlitz eines Erhabenen. Doch so sehr dieses Antlitz auch leuchtete, wurde es dennoch überstrahlt von dem blendenden Glanz zweier Augen, die so mächtig waren wie die Majestät der Sonne vor der Erhabenheit des Himmels.

Beatus war nicht fähig, sich zu bewegen. Wuchtig lag die Ehrfurcht vor der Größe dieses Erhabenen, dem er sich so einfältig hatte nähern wollen, auf ihm und drohte ihn zu erdrücken. Gewaltig, wie eine Sturzflut, brach die Nichtigkeit seines Seins in ihn ein. Als er aber seine Blicke neuerdings auf die zwei milden Sonnen richtete und die unendliche Güte fühlte, die von diesem Gesichte ausging, war doch wieder eine unerklärliche, wohlige Ruhe in ihm und freudige Zuversicht senkte sich in sein Herz.

Die machtvolle Gestalt, die dem Gliederbau des hünenhaften alten Evangelisten nur wenig nachgab, ragte wie eine Säule gegen das Blau des Himmels. Das stark angegraute Haupt von den Strahlen der in seinem Rücken stehenden Sonne wie von einem Heiligenschein umspielt. So sah er lange ins Dorf hinab. Unten, neben dem fließenden Brünnlein vor ihrem Hause, gewahrte Beatus die anheimelnde Gestalt der alten Barbara Maatz.

Es war alles so klein dort unten zu den Füßen der Gestalt vor ihm, die aufragte wie der heilige Leib eines Weltüberwinders.

Und die alte Barbara Maatz, die so klein da unten am Brünnlein stand, gab Beatus plötzlich gläubigen Mut, dass er sich leicht und freudig vom Boden erhob. Laut raschelte das Laub des alten Holderbaumes von Munderfing. Ruhig wandte sich der Wunderapostel um, und als er die Gestalt aus den Zweigen treten und über den mit Sternblumen übersäten Hang auf sich zukommen sah, legte sich ein so freudiges, gütiges Lächeln auf das Antlitz des heißgesuchten Meisters, dass es Beatus' Sinne verwirrte und sein Schritt unsicher wurde. Gleichzeitig aber war es ihm, als flute eine starke, bebende Welle von Liebe in sein Herz.

Ohne einen Laut über seine Lippen bringen zu können, trat Beatus vor den Wunderapostel, die Hände hilflos herabhängend, seine weitgeöffneten Augen mit der ganzen Kraft seines Glaubens auf den Ersehnten gerichtet.

Doch wie vor einer überirdischen Erscheinung taumelte Beatus zurück, als der Wunderapostel die Arme öffnete und ihn mit den Worten an seine Brust zog:

„Sei mir gegrüßt, Beatus, mein Sohn! Ich habe lange auf dich gewartet!"

Drittes Kapitel

Die Turmuhr von Aurolzmünster schlug Mitternacht. Laut und behäbig drangen ihre vollen Töne durch die mondklare Stille, über Dächer und Felder hinweg, bis weit hinaus auf die Wiesen am Waldrand.

Dort standen zwei Gestalten im hohen Gras, die sich immerzu niederbeugten. Aufgerichtet lauschten sie, bis der letzte der zwölf Schläge verhallt war, dann krümmten sie die Rücken wieder zur Wiese hinab. Hell floss das silberne Licht des Mondes über sie.

„Du hast es also nicht verwechselt", kam es von dem größeren der beiden Suchenden: „Von der Schafgarbe und dem Teufelsabbiss nehmen wir das Kraut –."

„Und vom Spitzwegerich, der Pfefferminze und dem Thymian die Blüte", fiel der andere mit eifriger Stimme ein.

„Ja, so ist es recht!"

Schweigend suchten und rissen sie eine Weile nebeneinander, dann stellte der Jüngere der beiden die Frage:

„Hat es eine bestimmte Bedeutung, Vater, dass wir von allen Blumen der Wiese heute gerade diese Kräuter pflücken?"

„Ja, Beatus! Denn jede Pflanze hat eine Zeit, in der ihre einzelnen Teile in stärkster Heilkraft stehen, und in dieser Zeit sollen sie gebrochen werden. Diese aber ist für die Kräuter, die wir heute nehmen, der Juni."

„Und stehen außer diesen im Juni keine anderen in höchster Heilkraft?"

„Doch! In diesem Monat steht sogar eine ganz große Anzahl von Pflanzen in voller Kraft, nur müssen diese wieder an anderen Tagen geholt werden."

„So hat also Vögeli-Heini doch recht gehabt, wenn er sagte, jedes Kraut habe seinen Tag und seine Stunde?"

„Freilich! Dies war die volle Wahrheit!", erwiderte der Wunderapostel.

„Wenn es so ist, dann könnten wir also diese Kräuter an gar keinem anderen Tag der Woche pflücken als dem heutigen?"

„Das stimmt nicht ganz, Beatus; aber insofern hast du recht: Willst du die Kräfte in ihnen in ihrer gesteigertsten Heilwirkung, dann musst du sie an ihrem Tage brechen. Wie ich dir schon gesagt habe, kannst du im Juni eine Unzahl von Pflanzen sammeln; doch musst du dies bei Kamille und Johanniskraut zum Beispiel an einem Sonntag tun und beim Baldrian und der Königskerze an einem Mittwoch. Den heilsamen Salbei müsstest du an einem Donnerstag suchen, den leuchtenden Feldmohn hingegen an einem Montag."

„Wie ist das seltsam", sprach Beatus ernst. Und nach einer Pause: „Warum muss es in unserem Falle gerade ein Freitag sein?"

„Weil die Schafgarbe und die anderen Kräuter, die wir heute sammeln, Venuskräuter sind!"

„Venuskräuter? Was heißt das und was hat es mit dem Freitag zu tun?"

„Das soll heißen, dass diese Pflanzen dem Planeten Venus unterstehen und am Freitag die gesteigertste Heilkraft haben, weil dieser Tag unter der besonderen Beherrschung der Venus steht.

Doch damit du dieses ganze Pflücken der Pflanzen in den Nachtstunden tiefer verstehst, will ich weiter ausholen. Komm, setze dich hier nieder und höre!

Gott hat in seiner ganzen Schöpfung alles auf die Zweipoligkeit, also auf den Gegensatz gestellt. Denn erst im Gegensatz werden die Dinge sich bewusst und entsteht jene geheimnisvolle Spannung, durch die sich das Leben erkennt.

Der eine Pol ist immer der strahlende, aktive; der andere Pol der empfangende, passive. Der strahlende, männliche Pol strebt danach, sich voll bewusst zu werden. Diese volle Bewusstseinserlangung aber ist nur möglich durch das Aufstoßen auf den Gegenpol. Erst dadurch, dass der weibliche, passive Gegenpol die Strahlung des männlichen, aktiven Poles auffängt, wird sich dieser durch die Empfindung seines Seins am hemmenden Gegenpol bewusst.

So wird selbst Gott sich seiner erst an Schöpfung voll bewusst; Christus an Luzifer, der Geist am Stoff, das Licht an der Finsternis, das Gute am Bösen, das Gesunde am Kranken, das Große am Kleinen, der Mann am Weibe, das Leben am Tod, das Positive am Negativen.

Auch innerhalb unseres Sonnensystems herrscht zwischen der Sonne und unserer Erde diese Zweipoligkeit.

Die Sonne ist positiv und verkörpert das zeugende, schöpferische Prinzip und ist männlich; die Erde ist negativ und verkörpert das aufnehmende, tragende Prinzip und ist weiblich. Beide zusammen sind die ‚himmlische Ehe' und schaffen in ihrem sinnvollen Zusammenspiel ebenso wie Mann und Weib das Leben.

Oder, wenn wir es vom Standpunkt eines Wesens aus betrachten, die Sonne ist der Geist dieses Sonnensystemwesens, die Erde der Körper, und der Mond, der um die Erde kreist und aus ihr stammt, ist die zu diesem Leibe gehörende Seele. Du weißt längst, dass die Erde und alle Geschöpfe der Erde nur durch die Sonne leben können. Die Menschen sagen, durch das Licht und die Wärme, die von der Sonne strahlt. So richtig das ist, ist es doch nicht das Urgründige!

Der Urgrund dieses lebenschaffenden Geheimnisses ist nicht das Licht und nicht die Wärme, sondern die Lebenskraft, das Lebensfluidum, das ewig aus der Sonne strömt. Die unsichtbare Lebenskraft, die mit dem sichtbaren Licht- und Wärmestrahl dauernd auf die Erde fließt, ernährt und erhält die Erde und jedes Geschöpf ebenso am Leben, wie im Mutterleib der Embryo am

Leben erhalten wird durch das Blut und die Säfte, besonders aber durch die Lebenskraft der Mutter! Das zu wissen ist entscheidend!

Und auch dieser Lebenskraftstrahl der Sonne ist zweipolig und besteht aus einer positiven und einer negativen Seite. Er ist Tag und Nacht derselbe, nur dass die Erde ihn in den Tagesstunden unmittelbar aufnimmt und in den Nachtstunden umweglich über den Mittler oder die Linse des Mondes. Dadurch wird der Lebenskraftstrahl zweipolig.

Der geradewegs auf die Erde fließende Lebenskraftstrahl ist positiv elektrisch, also zeugend oder männlich, und dient der Erde und den Gottesfunken aller Geschöpfe zum aktiven, stofflichen Aufbau des Körpers: der dauernden Nahrungsbereitung, der Bildung der Zellen und der ungeheuren Abwicklung aller Lebensfunktionen. Denke bloß, um nur eine einzige zu nennen, an die ungeheure Leistung des Wasserpumpens von der Wurzel bis zum Wipfel! Und bei Mensch und Tier noch an die vielgestaltige Art ihrer Bewegungen und Tätigkeiten. Dieser große Verbrauch an Lebenskraft ist das Geheimnis, warum Mensch und Tier, und auch die Pflanzen, abends nach getaner Arbeit müde werden.

Der des Nachts hingegen mittelbar über den Mond auf die Erde fließende Lebenskraftstrahl ist negativ magnetisch, also aufnehmend oder weiblich, und dient der Erde und der Seele der Menschen, Tiere und Pflanzen zur passiven Auffüllung der Körper, also zur Aufspeicherung dieser astralen Fluide in den Nervensträngen, dem Blut und den Säften, um das ausgelaugte Geschöpf immer wieder zu erneuern und kraftstark zu machen für die ungeheure Tagesarbeit unter dem unmittelbaren Strahl der Sonne. Denn der Tag dient der Arbeit und verbraucht die Lebenskraft. Die Nacht dient der Ruhe und der Aufladung derselben.

Dass es so ist, siehst du bei Menschen, welche die Nacht durchschwärmen! Sie schauen welk aus, denn die Lebenskraft, welche des Nachts auffüllend in sie fließen sollte, wurde nicht aufgespeichert, sondern verbraucht, und so sind ihre Zellen nicht genügend geladen und somit ohne Spannung. Darum ist es von zwingender Notwendigkeit, dass jeder Mensch wenigstens zwei Stunden vor Mitternacht auf seinem Lager ruht.

Und nun wirst du ohne Weiteres begreifen, warum die Pflanzen des Nachts gebrochen werden müssen, wenn du sie zu Heilzwecken verwenden willst.

Brichst du die Pflanze des Tages, brichst du nur ihr Kraut, denn da die Lebenskräfte der Sonne, also die astralen Heilessenzen der Pflanze, während des Tages verbraucht werden, steht sie in diesen elektrischen Stunden in ihrer Ohnmacht und Schwäche.

Brichst du sie aber in den passiven, aufnehmenden Stunden der Nacht, in denen die Pflanze ruht und voll geladen wird mit dem heiligen Feuer des leuchtenden Lebensgottes, dann brichst du sie in den Stunden ihrer Gnade und Stärke. In diesen Nachtstunden ist die Pflanze und die ganze Natur einem Weibe gleich, das den lebentragenden Samen des Mannes in sich aufnimmt.

Ebenso wie bei jedem Geschöpf nicht der sichtbare, vergängliche Körper das Wahre ist, sondern der unsichtbare, unsterbliche Geist, so ist in den Pflanzen nicht der Saft das Wahre und Heilende, sondern die im Saft wesende und webende Lebenskraft der Sonne!

Diese im Safte webenden, magnetischen, astralen, himmlischen Arkana sind das Wahre, die Quinta Essentia der Pflanze!

Darum hatte euer größter priesterlicher Arzt und Kosmosoph Theophrastus Paracelsus vollkommen recht, wenn er sagte: ‚Was dich am Brote nährt, ist nicht so sehr das Stoffliche an ihm, als die im Stoffe wesenden, geistigen Kräfte.'

Ist dir durch diese Darlegungen also klar geworden, dass die Pflanzen des Nachts reicher an Saft und den in ihnen wesenden geistig-magnetischen Heilfluiden sind, dann wird dir auch das andere Geheimnis einleuchten: die Beziehung der Pflanzen zu den Planeten. Denn genauso wie Gott jeden Menschen nach der Kraft seines Tierkreisfeldes gebaut hat und ihn mit den Mächten der Planeten hält, hat es Ihm gefallen, jede Pflanze einem Planeten zu unterstellen, der ihr Former und Lebenspate ist. Dieser durchstrahlt sie und prägt sie mit seiner geistigen Wesenskraft und es ist selbstverständlich, dass dessen astrale Kräfte ebenfalls in den sammelnden Stunden der Nacht stärker in die Pflanze einfließen werden als in den aufbrauchenden Stunden des elektrischen Tagesstrahles der Sonne. Denn während die Sonne des Tages in ihrer Herrschaft steht und allem Astralen feindlich ist, weil sie es aufzehrt, stehen die Planeten des Nachts in ihrer Herrschaft und das nun ebenfalls astral-magnetisch gewordene Licht der Sonne ist ihnen huldvoll.

Nun musst du aber wissen, dass in dem Gang dieser göttlichen kosmischen Weltenuhr die Planeten des Nachts sich in wundersamer Weise in ihrer Herrschaft ablösen. Willst du eine Pflanze also in ihrer gesteigertsten Lebens- und Heilkraft sammeln, dann musst du sie nicht nur des Nachts und an ihrem Tage, sondern auch in ihrer Planetenstunde brechen. Dann trägt sie die ganze Kraft des Kosmos in sich. Es ist darum notwendig, die Planetenstunden zu kennen und deren Aufeinanderfolge. Was diese Planetenstunden betrifft, musst du wissen, dass in jeder Nacht, mit dem Augenblick, da die Sonne untergegangen ist, jener Planet seine Herrscherstunde beginnt, der den betreffenden ganzen Tag der Woche regiert hat. Und die Aufeinanderfolge vollzieht sich hierauf so wunderbar, dass die erste Stunde des aufziehenden neuen Tages genau von jenem Planeten geführt wird, der die Regentschaft dieses ganzen Tages hat."

Hier hielt der Wunderapostel eine Weile inne. Mit stummem Staunen sann Beatus dem Gehörten nach. Dann fuhr der andere fort:

„Und so will ich dir hier gleich auch einiges über den tieferen Sinn der Woche und die Namen der Wochentage erzählen, das du kaum wissen dürftest. Dass man die Woche, diesen nächstgrößeren Zyklus des Lebens, mit 7 Tagen ansetzte, hat seinen Grund im 28-tägigen Umlauf des Mondes um die Erde, der sein immerwährendes Ab- und Zunehmen in 4 stetig gleichbleibenden Vierteln zu je 7 Tagen vollzieht und so zum monatlichen Zeitenzeiger und Einteiler des Jahres wird.

Die Einteilung eurer Woche aber ist völlig unrichtig, da sie dem kosmisch-biologischen Lebensrhythmus nicht entspricht!

Die Woche beginnt nicht mit dem Montag und endet nicht mit dem Sonntag – sondern sie beginnt mit dem Sonntag und endet mit dem Samstag. Dies bezeugt am besten einer eurer Wochentage, der Mittwoch, der seinen Namen nur dann zu Recht trägt, wenn er mitten in der 7-tägigen Woche steht, also 3 Tage vor sich und 3 Tage nach sich hat.

Bei eurer christlichen Einteilung aber dürfte er nie diesen Namen tragen, da er nicht in der Mitte der Woche, sondern zwischen 2 und 4 Tagen steht. Beginnst du aber die Woche mit dem Sonntag, wie das alle alten Kulturvölker taten, dann steht er tatsächlich mitten in der Woche.

Warum nun dem 1. Tag der Woche die Sonne zugewiesen wurde und der Sonntag den Anfang der Woche bildet, geht auf Folgendes zurück:

Da die Sonne die Mutter aller Planeten unseres Sonnensystems ist, aus der alle anderen Planeten stiegen, sie somit also das erste Gestirn desselben ist, wies man zwangsläufig dem 1. Tag der Woche die Sonne zu.

Betrachten wir nun den 2. Tag. Er heißt Montag, trägt also den Namen des Mondes.

Dass man diesem 2. Tag der Woche das kleine Gestirn des Mondes zuwies, hat seinen Grund darin, dass er, wie wir schon gesehen haben, mit seinen 7-tägigen Vierteln nicht nur der Wochengestalter ist, sondern, wie alle alten Kulturvölker es erkannt haben, von ungeheurer Bedeutung für das Wachstum aller Geschöpfe der Erde ist.

Und nun kommen wir zum 3. Tag, dem Dienstag.

Was immer nun als Geschöpf auf der Erde vorhanden ist, befindet sich von seiner Geburt bis zum Tode in einem immerwährenden Entwicklungszustand, einem das ganze irdische Sein erfüllenden Lebenskampf.

Aus einem Planeten unseres Sonnensystems haben nun die großen Seher der Frühe diese doppelte Kraft herausgelesen. Die Römer nannten ihn den Gott ‚Mars', während bei den germanischen Urvätern derselbe Kampfgott ‚Thiu' oder ‚Ziu' hieß. Der Wochentag, den sie nun diesem germanischen Kampfgott unterstellten, hieß daher bei den germanischen Frühvätern ‚Thiustag' – heute Dienstag genannt.

Dem 4. Tag wurde kein Gott zugewiesen. Er ist, wie ich schon sagte, der machtvolle Teiler der 7-tägigen Woche in 2 gleiche Hälften zu je drei Tagen. Er ist gleichsam die Zunge der beiden Waagschalen und heißt darum ganz richtig der ‚Mittenwochentag'. Der Name dieses 4. Wochentages sagt es mit aller Eindeutigkeit, dass die Woche am Sonntag beginnt und nicht mit dem Montag. Daraus ist klar ersichtlich, dass nicht die christliche Einteilung der Woche, sondern jene der alten Kulturvölker richtig ist.

Und nun der 5. Tag.

Alles irdische Leben der Erde könnte nicht erstehen ohne die vom Schöpfer vorgesehene Zeugung.

Diese Zeugung vollzieht sich im körperlichen Teil des Geschöpfes durch die Verbindung des männlichen Samens mit dem weiblichen Ei. Diese irdischen Teile können sich wohl vereinen, sie können aber nicht die tatsächliche Wahrheit des neuen Geschöpfes, sein Leben, schaffen.

Das wirkliche Leben des Geschöpfes ist, wie du später von mir ausführlich hören wirst, rein geistiger Natur und wird dir in meinen Darlegungen immer wieder unter dem Namen „Gottesfunken" begegnen. Hier nehme ich nur vorweg, dass der Gottesfunke das Geistwesen oder die wahre Wirklichkeit jedes Geschöpfes ist. Geschöpfe entstehen auf der Erde also nur dadurch, dass in das körperlich Gezeugte die geistige Wesenheit, der Gottesfunke, einfährt, oder anders gesagt: dass der Himmel sich mit der Erde vermählt!

Dieses ungeheure Mysterium der Lebensforttragung haben eure germanischen Frühväter durch einen Gott symbolisiert, dem sie den Namen ‚Donar' gaben und der in der rechten Hand einen Hammer trug, mit dem er aus den Bereichen des Himmels, also der Geistigen Welt, die Gottesfunken herausschlug, die hernach wie Blitze zur Erde niederfuhren, in den Leib des harrenden neuen Geschöpfes.

Bei den Römern hieß dieser lebenbringende Gott ‚Jupiter' oder ‚Blitzeschleuderer' und demzufolge trug er bei diesem Volk ein Bündel Blitze in der Hand. Du weißt nun, dass diese Blitze das auf die Erde niederfahrende geistige Leben sind.

Ist durch den 5. Wochentag das Mysterium der Zeugung dargelegt, so sagt uns der darauffolgende 6. Tag, wie diese Zeugung vor sich zu gehen hat, nämlich in höchster Reinheit. Dieser Tag heißt heute Freitag, abgeleitet von dem Namen der altgermanischen Göttin Freya oder Frigga, welche die Gemahlin Wotans und als solche die Hüterin der Ehe und somit der Zeugung war.

Können Götter viele Attribute haben, so ist doch ihr höchstes das der Reinheit. Sie ist gleichsam ihre erhabendste Zier. Daher wurde bildlich dem Allgott Wotan Freya als Gemahlin zugegeben.

Und nun kommen wir zum letzten Tag der Woche, zum Samstag. Das Geheimnis, das hinter ihm steckt, ist so tief wie die Welt. Wir wissen, dass ihm der Planet Saturn, nach der römischen Gottheit gleichen Namens, zugehört.

In der Frühgeschichte der arischen Völker findest du das Wort Satur oder Surtur, was so viel heißt wie ‚der ständig im Ur', also im Ewigen, ‚Stehende'.

Wer ist dieser ‚ständig im Ur Stehende'? Im Ur, in der unsterblichen Geistigen Welt, kann nur das unsterbliche Leben stehen. Also der Gottesfunke, die Geistwesenheit, die in jedem stofflich-vergänglichen Körper wohnt.

Betrachten wir nun das Wort Satur. Es besteht aus zwei Urworten: ‚Sa', was zeugen, und ‚tur', was wenden heißt. Die Zeugung, oder richtiger gesagt: das Gezeugte, das Geschöpf, das Leben wenden aber heißt, seine bisherige Lebensbahn umdrehen. Dieses Umdrehen aber ist ein Aufhören des bisherigen irdischen Weges.

Das Aufhören des irdischen Lebens aber ist der Tod! Also jene allmächtige Kraft, die allem Leben gebietet, alles Leben bezwingt, alles Seiende aufhören lässt!

Diese große, allmächtige, alles Leben bezwingende Kraft, diesen unheimlichsten aller Götter haben deine Frühvordern Satur oder Surtur genannt. Er ist der große Endiger des Lebens. Und da mit dem Samstag die Woche endet, so wurde diesem Tag folgerichtig der Gott Saturn zugewiesen.

Und auch sprachlich ist euer Samstag aus der altdeutschen Form ‚Sameztag' entstanden. Diese Wortform bildet sich aus ‚Sa' und ‚mezz', wobei ‚Sa' wiederum machen, zeugen, und ‚mezz' abschneiden oder abscheiden bedeutet, was völlig der im vorigen genannten Wortwurzel ‚turn' (wenden) gleichkommt.

Also auch hier: Der Tag, der die Woche abschneidet, beendet.

So zeigen dir die sieben Wochentage, dass sie das Sinnbild für das Leben sind.

Darum haben die atlantischen Frühmenschen diese letzten und höchsten Erkenntnisse über das Leben und seine Hegung in den Ring der Woche gesenkt, damit diese allezeit als eine leuchtende, lehrende und mahnende Gesetzestafel über der Menschheit stünde, gebietend und sagend: Seid euch eurer Göttlichkeit allzeit bewusst und haltet euch danach bei der Zeugung und in eurer ganzen Lebensführung!"

Stumm saßen die beiden lange nebeneinander. Beatus war wie von einem mächtigen Sturm überfallen, dessen Gewalt ihn ganz beanspruchte. Er brachte kein Wort über die Lippen.

Viertes Kapitel

Von der Turmuhr tönten zwei kurze, helle Schläge herüber. Der Wunderapostel richtete sich auf, steckte die Kräuter, die er in der Hand hielt, in einen der vollgestopften Beutelsäcke und sagte:

„Halb zwei Uhr; die Planetenstunde der Venus ist um, nun tritt Merkur die Herrschaft an."

Langsam gingen sie durch die Wiese dem Waldrand zu, wo sie sich unter dem Dache einer gewaltigen Eiche niederließen. Schweigend sah der Wunderapostel eine Zeit lang in das Fruchtland hinaus, das von dem Gefunkel eines prangenden Sternenhimmels hell überflossen war, dann begann er weiterzusprechen:

„Und nun will ich dir zum Schluss noch vom tiefen Sinn der Krankheiten erzählen, denn der Krankheiten und ihrer Heilung wegen pflücken die Menschen ja die Pflanzen und Kräuter.

Du siehst, dass die Menschen von unendlich vielen Krankheiten befallen sind und sich unsagbar viele Leidende ächzend unter ihren Gebresten über die Erde schleppen. Das müsste die Menschen längst zu der Frage geführt haben, was eigentlich der Grund der Krankheiten ist. Denn wenn Gott, wie es heißt und richtig ist, den Menschen nach seinem Ebenbilde geschaffen hat, dann muss Gott, der Vollkommene, die Menschen auch vollkommen, also gesund, gedacht und geschaffen haben. Und da der Mensch aus Gott stammt, Geist von Seinem Geiste und ein Teil Seines Seins ist, so muss er die Gesundheit selber sein, denn bei Gott gibt es keine Krankheit.

Und wenn dir jemand antwortete: Der Mensch wird eben von Krankheiten befallen, dann antworte ihm ruhig: Nein, kein Mensch wird ‚eben' von Krankheiten ‚befallen'! Sondern die Menschen selbst sind es, welche die Krankheiten rufen, anziehen, sich die Krankheiten holen und aufbürden!

Denn jede Krankheit ist etwas Unnatürliches, Ungeistiges, Antigöttliches, Dämonisches!

Wenn das so ist, dann müssen wir uns fragen, wieso sie entsteht und wie man sie meiden oder beseitigen kann.

Wenn du das Leben in Natur und Mensch tiefer betrachtest, wird dir nur zu bald bewusst werden, dass es im ganzen Weltall keinen Zufall gibt, sondern dass alles auf dem ehernen, göttlichen Boden der Weisheit und der Gesetze steht.

Also müssen auch Gesundheit und Krankheit auf diesem ehernen Boden des Gesetzes stehen! Und es ist nicht schwer daraus zu folgern: Solange ein Mensch im Licht der göttlichen Gesetze steht, wird er gesund sein; und in dem Augenblick, in dem er aus dem Gnadenkreis dieser göttlichen Gesetze hinaustritt, gegen sie verstößt, wird er erkranken!

Harmonie mit Gott: Gesundheit.

Zerfall mit Gott: Krankheit.

Wir wollen diesen Gedanken nachgehen. Du weißt, dass Gott das ganze Weltall mit all seinen Lebensformen vom größten Gestirn bis zum winzigsten Mikrobus geschaffen hat; dass alles in Seinem geistigen Wesen ruht, von Ihm durchdrungen und durch Seine göttliche Lebenskraft am Leben erhalten ist. Und es ist dir nur zu leicht vorstellbar, dass jedes Geschöpf mit dem Augenblick sterben müsste, da Gott Seine Lebenskraft, den Atem Seiner Liebe aus dem Geschöpfe zöge und diesen Lebensstrom nicht mehr in es fließen ließe. So wie wir ein Ähnliches von der Lebenskraft der Sonne wissen.

Gott strömt also immerzu Seine Lebenskraft in das ganze All. Jedes Geschöpf wird von diesem Strahl genährt, wie das Kind genährt wird von der Milch der Mutter, und muss sich somit der stärksten und blühendsten Gesundheit erfreuen.

Wer also in Gott lebt, wird die Fülle und darum die Gesundheit haben. Denn er befindet sich mit Gott in vollem Einklang, in vollkommener Harmonie! Der Liebes-Gnadenstrom Gottes wird Tag und Nacht in voller Kraft in ihn fließen. Oder richtiger gesagt: Dieser Lebenskraftstrom wird vom makellos reinen Geist des Menschen, dem Gottesfunken, voll aufgenommen werden und in ihm leuchten im hellsten und reinsten Licht. Die geistige Nabelschnur oder der Lebenskanal, der ihn mit Gott verbindet, ist weit offen, unverstopft, und trägt in vollem Umfang den Lebensstrom Gottes zu den Menschen. Ein solcher, in der völligen Eintracht mit Gott befindlicher Mensch wird blühen am Geiste und am Körper.

Im selben Augenblick aber, in dem ein Mensch diese Harmonie mit Gott zerreißt, wenn er sich bewusst oder unbewusst von Gott abwendet und gegen die ewigen, göttlichen Gesetze vergeht, muss selbstverständlich eine Störung im Verhältnis Gott und Mensch eintreten. Muss es zu einem kleineren oder größeren Kurzschluss kommen. Ein solcher Mensch, der gegen die Gebote Gottes verstößt, ist gleichsam aus der Einheit herausgefallen und aus der Harmonie in den Zwiespalt mit Gott, in den Gegensatz, in die Disharmonie gesunken. Oder geistig krank geworden, denn jeder Zerfall mit Gott ist eine Erkrankung des Geistes!

Und nun höre! Diese geistige Erschütterung, dieses Zerwürfnis mit Gott bringt es zwingend mit sich, dass der reine, fleckenlose Lebensstrom Gottes nicht mehr ungehindert und voll in das sündige Geschöpf fließen kann.

Zufolge dieses verminderten Einstromes trübt sich das Licht des Gottesfunkens. Die weitere Folge ist nun, dass dieser zu wenig gespeiste Gottesfunke es nicht mehr vermag, die Seele und ihr Haus, den Astralkörper, voll mit der Gotteskraft zu füllen. So sickert die geistige Erkrankung vom Geist in den Seelen- oder Astralkörper hinab. Und dieser Astralkörper, der bei einem Menschen, der sich in Eintracht mit Gott befindet, in sattblauem bis violettem Licht leuchtet, beginnt seinen Glanz an irgendeiner Stelle zu vermindern bis hinab zu müdem Grau.

Ich habe gesagt, der Astralkörper oder auch die Seele beginnt ihren satten Glanz an irgendeiner Stelle zu vermindern. Das ist nicht zufällig gesagt! In diesen Worten liegt eine ungeheuer tiefe Bedeutung und göttliche Weisheit!

Denn ebenso, wie Gott es eingerichtet hat, dass Seine Lebenskraft vom Gottesfunken aufgenommen und der Seele zugeleitet wird, welche dieselbe im Astralkörper aufspeichert, ebenso hat umgekehrt der Astralkörper dauernd den physischen Körper zu speisen und gesund zu erhalten.

Und nun höre eines der größten Wunder im Lebenshaus des Menschen! Gott hat den menschlichen Körper so gebaut und derart in das Verhältnis mit Ihm gestellt, dass jedes Organ desselben einer göttlichen Eigenschaft entspricht!

Verstößt nun der Mensch gegen eine dieser göttlichen Eigenschaften oder Tugenden, so beginnt die Seele krank zu werden, oder irdisch gesprochen: vermag der Astralkörper die göttliche Lebenskraft in dem Organ nicht mehr voll aufzunehmen, welches jene Tugend verkörpert, gegen die der Mensch sich verging. Und so wird das Organ zufolge dieses Mangels genauso krank wie die Pflanze im Keller, wenn sie nicht der volle Strahl des Sonnenlichtes trifft.

So ist der Weg der Krankheit immer ein dreifacher: Zuerst Verstoß des Geistes, also Erkrankung des Geistes; dann Erkrankung der Seele mit Erkrankung des Gemüts- oder Astralkörpers; und erst als letzte Stufe Erkrankung des physischen Körpers.

So siehst du, dass jede körperliche Erkrankung für Menschen, die weder das geistige Zerwürfnis noch den Zwiespalt in ihrer Seele wahrgenommen haben, das letzte und gefährliche Signal ist, dass der Mensch mit Gott in Disharmonie gekommen ist.

Jede körperliche und seelische Erkrankung ist das Mahnzeichen, umzukehren und die Eintracht, die Harmonie mit Gott wiederherzustellen, ehe es zu spät ist, und nachzusinnen, worin er gegen Gottes Gesetze verstoßen hat. Und er wird nicht ruhen, ehe er nicht den Grund erkannt und die Ordnung mit Gott wiederhergestellt hat. Im selben Augenblick aber, da er den Verstoß behoben und die Schuld getilgt und die Harmonie hergestellt hat, reinigen und öffnen sich wieder die Kanäle, vermag der Liebesstrom Gottes in alter, unverminderter Kraft und Fülle in Geist und Seele einzufließen, die an Lebenskraft verminderte Astralkörperstelle füllt sich wieder auf – und das physische Organ wird dadurch gesund.

Der Mensch, der in diese tiefen Zusammenhänge nicht vorzudringen vermag, aber wenigstens noch genügend Naturverbundenheit besitzt, greift zu den Kräutern und holt sich durch sie unbewusst die mangelnde Lebenskraft aus den kosmischen Fluiden in den Pflanzensäften. Nicht ahnend, dass er die Wurzel der Erkrankung allerdings nicht früher vollends ausrottet, bevor er den geistigen Verstoß gegen Gott nicht behebt. Das ist der Grund, weshalb solche Menschen wohl vorübergehend Erleichterung und nahezu Heilung finden können, das Leiden aber immer wieder über sie kommt. Es ist eben die Wurzel nicht beseitigt.

Nun könntest du mir allerdings entgegnen, dass du Menschen zu wissen glaubst, die voll in der Kindschaft Gottes leben und tugendsam sind und dennoch von schweren Leiden heimgesucht und geplagt werden, und dir dies somit als ein beunruhigender Zwiespalt erscheinen will. Und ist dennoch keiner! Denn siehe, diese Menschen haben wohl in diesem Leben keine Schuld begangen und leben nicht im Zwiespalt mit Gott, aber sie haben von ihren früheren Leben her noch eine ungetilgte Schuld. Und Gott, der ihr Sein nicht im engen Rahmen eines vergänglichen Einzellebens schaut, sondern in der Weite ihrer Unsterblichkeit, verlangt vom göttlichen Geist eben erst ‚heute' und nicht schon ‚gestern' die Abtragung der Schuld, damit das Gleichgewicht zwischen Mensch und Gott wiederhergestellt wird.

Ebenso verhält es sich umgekehrt mit Menschen, die in diesem Leben geistig-seelisch gegen Gott sich vergehen oder ihren Körper mit Süchten und Leidenschaften schänden und dennoch gesund bleiben. Gott holt die unsterblichen Gottesfunken eben erst in einem späteren Leben zur Sühne heran. So wollen wir beim Pflücken der Kräuter stets den heißen Wunsch in ihre himmlischen Essenzen senken, dass der Hilfesuchende mit ihrem Trunk die Erkenntnis des wahren Sinnes der Erkrankung in sich aufnehmen möge!"

Der Wunderapostel schwieg.

„Mein Gott, wie erhaben und weise ist das alles, was du mir unter dem Licht der Sterne verkündet hast! Klein werde ich wie ein Pünktchen, das im Wind der Welt treibt!"

„Habe Geduld, mein Sohn, und öffne die Tore deiner Seele weit, und es wird die Stunde kommen, in der du selbst das wunderbare Ineinandergreifen der Räder der erhabenen Schöpfungsuhr schauen wirst. Und du wirst dann sehen, wie alles in Zusammenhang und Wechselbeziehung steht und kein Ding allein zu bestehen vermag, unabhängig vom Ganzen. Und dir wird sich die Schau auftun, die das höchste Geheimnis alles Seins umschließt und die vor Jahrtausenden der große Eingeweihte Hermes in Altägypten mit den Worten auf eine smaragdene Tafel geschrieben hat:

‚Es ist unten wie oben und oben wie unten, und alles zusammen ein einziges Wunder!'

Diese Offenbarung aber besagt: Ob der ganze Weltenraum oder ein einzelner Stern, ob ein Mensch, eine Pflanze, eine Mücke oder selbst ein Atom! – Es ist in allem dasselbe Gesetz!

Es ist alles nach einem großen, einheitlichen Plan gedacht und geschaffen: ein Sonnensystem ebenso wie ein Atom!

Wer das Atom zu ergründen vermag, der hat das Sonnensystem ergründet!"

Da beugte sich Beatus stumm nieder und barg seinen Kopf in den Schoß des Erhabenen.

Nach langer Stille nahm der Wunderapostel wieder das Wort: „Die schweigsamen, feierlichen Sterne, die ihr mildes Licht so friedlich zu uns niedersenden, sind es, die alle Rätsel des Seins und alle Wunder des Lebens in ihren Engelhänden halten.

Dies mag dich seltsam dünken, obwohl, sich selber unbewusst, jede Seele es ahnt, und ich muss dich nun mitten in den kreisenden Reigen jener unzähligen Welten hinaufführen, die der Schöpfer an Seine Himmel gestellt hat, um dir das tiefste Geheimnis des Seins, den Sinn des Lebens, entschleiern zu können. Nahe dich dem Göttlichen, das sich dir offenbaren wird, mit der ganzen Demut des Herzens und vergiss alles, was man dich je gelehrt, und werde noch einmal einfältig wie ein Kind, dessen unschuldiger Sinn durch nichts getrübt und verwirrt ist!"

Und sein Seherhaupt, das im Scheine der Sterne leuchtete, zum Himmel erhebend, begann er:

„Es ist eine alte, tiefe Lehre, vielleicht die älteste Lehre der Welt, dass das ganze Universum ein großer Organismus ist und alles Geschaffene mit seiner Wesenheit an der gesamten Wesenheit des Weltorganismus teilhat.

Und die Lehre begründet dies damit, dass jedes Geschöpf, ob Stern, Mensch, Tier, Pflanze oder Stein – als Teil des Ganzen – mit den waltenden Kräften des Weltganzen verbunden sein muss. Welch ungeheure Kräfte aber von Gestirn zu Gestirn durch die Weltenräume wallen, dies zeigen dir ja am deutlichsten Sonne und Mond. Du kannst also ruhig annehmen, dass die Gestirne in einer ganzen Flut von Kräften kreisen, und es ist klar, dass jedes ihrer Geschöpfe, in unserem Falle also jede Pflanze, ebenfalls dem Einfluss dieser Kräfteströme ausgesetzt ist und von ihnen Nutzen ziehen wird."

„Ja, dies leuchtet mir ein!", stimmte Beatus zu.

„So höre weiter!", fuhr der Wunderapostel fort.

„Ist nun laut uralter astrologischer Lehre schon das ganze Universum ein durch sein Kräftespiel geeinter Körper, so kann doch unser Sonnensystem umso leichter als ein durch seine Planetenkräfte verbundener Körper gedacht werden. Und du weißt ja aus der Astronomie, dass alle Planeten unentrinnbar von der Sonne gehalten werden und dauernd um sie kreisen. Dadurch bildet unser Sonnensystem ein Ganzes, das wie ein kleiner Kern in die riesige Fruchtfleischhülle des Tierkreishimmels eingebettet ist. Wozu noch kommt, dass die Planeten einst mit der Sonne vereint waren und aus ihrem Leibe geboren sind.

Noch klarer wird dir dies werden, wenn du dir die Entfernungen der Planeten von der Sonne nicht mit Menschensinn und Menschenmaß ausdenkst, sondern wenn du, was das einzig Richtige ist, mit Sonnenmaß misst. Wir Menschen, die wir nicht einmal die Größe eines Staubflöckchens gegenüber der Sonne besitzen, sagen, die Sonne ist von der Erde zwanzig Millionen Meilen entfernt. Messen wir den Abstand jedoch mit der Sonnengröße, so schrumpft diese für uns unausdenkbare. Entfernung zu rund 150 Sonnenkörpern zusammen! Stellst du dir nun noch die ungeheuerlichen Kräfte vor, die in ihrem Leibe aufgespeichert sind, so kannst du dir dadurch am deutlichsten vorstellen, wie sehr die Planeten mit ihr durch die Kraftströme der Sonne geeint sind!

Hier will ich dir nun auch sagen, was die uralte Lehre der Astrologie über die Entstehung unseres Planetensystems kündet."

Der Wunderapostel schwieg, das Antlitz in den funkelnden Nachthimmel gerichtet. Es schien, als eilte sein Geist, vom irdischen Körper befreit, durch den lichten, rätselhaften Kosmos.

Unverwandt hingen Beatus' Blicke an den Zügen des Meisters. Durch sein Herz zogen Seligkeit und Glück, an der Seite dieses prophetischen Mannes weilen zu dürfen, dem er in diesen wenigen Tagen bereits mit der ganzen Hingebung seines Wesens verfallen war.

Wer war es wohl, der sich unter diesem Namen verbarg, den ihm die Brüder der Landstraße gegeben? Ja, sie hatten recht, ein Zauberer war er, der Wissen und Macht zu haben schien über

Dinge der Erde und des Himmels. Was suchte er auf der Landstraße! Welch tiefer Sinn mochte darin liegen? Und woher mochte er gekommen sein? Eines war Beatus' feinem, geschultem Ohr in der ersten Viertelstunde ihres Beisammenseins bewusst geworden: Der geheimnisvolle Mann war trotz der meisterhaften Beherrschung der deutschen Sprache kein Deutscher. Beatus hatte seither viel hin und her gedacht und immer wieder war er bei derselben Vermutung gelandet, die ihm trotz des seltsam weichen Gaumenklanges dieser Stimme so phantastisch erschien, dass er sie jedes Mal verwarf, so oft sie sich ihm auch aufdrängte.

Da wandte der Rätselhafte sein Gesicht, in dessen Augen noch Glanz der Sterne lag, und begann mit jenem seltsam fremdländischen Schmelz in der Stimme, der Beatus stets das gleiche Bild vor Augen zauberte: Christus, der seine Jünger segnet und dabei die Worte spricht: „Der Friede sei mit euch." Dieser Klang, den wir zu hören glauben, wenn wir uns in jenes biblische Bild vertiefen, war es, der nun erneut an des Lauschenden Ohr drang:

„Lange vor der Bildung unseres Sonnensystems war der Tierkreishimmel. Als dann die Sonne in dem ihr von Gott zugewiesenen Raum in Erscheinung trat, wirkten die Kräfte des Tierkreises auf sie und halfen ihr bei der Geburt ihrer Planetenkinder. So wurde zum Beispiel durch die Tierkreiszone Widder jener Teil losgerissen, den wir heute Planet Mars nennen. Und es ist klar, dass er deshalb auch von jenen Kräften durchdrungen ist und somit dieselbe Schwingung in sich trägt wie der Widder. Ebenso wurde die Venus durch die Zodiakzone Waage losgerissen, weshalb sie die gleichen Kräfte in sich trägt wie die Waage.

Auf diese Art sind sämtliche Planeten entstanden: Kinder der Sonne, doch ins Leben gerufen von Teilen des Tierkreises.

Diese Planeten beeinflussen sich also nicht nur gegenseitig, sondern stehen auch unter dem Strahleneinfluss des gesamten Tierkreises.

Es ist also klar, dass alles Werdende nur unter dem Banne dieser Wirkungen ins Leben treten konnte.

Höre nun die uralte Lehre der Astrologie über dieses Geschehen!

Du weißt, unsere Erde ist aus vier Elementen aufgebaut, die wir schlechtweg mit Erde, Wasser, Luft und Feuer bezeichnen. Ich sage, man nennt sie schlechtweg so, denn richtiger ist es, wenn man die vier Grundstoffe, aus denen nicht nur die Erde, sondern jede Lebensform der vier Naturreiche, ob Mineral, Pflanze, Tier oder Mensch, geschaffen worden ist, fest, wässerig, gasförmig und ätherisch bezeichnet, wobei das letztere Element ein Stoff von solch unendlicher Dünnheit ist, dass ihn der Mensch nicht sehen kann und von dem die Eingeweihten wissen, dass er der eigentliche Träger alles Lebens ist.

Da jede Lebenserscheinung aber eine Verbrennung ist, hat man für dieses vierte, unsichtbare Element dessen sichtbaren Ausdruck genommen: das Feuer. Wobei du also, wie ich nochmals betonen möchte, wenn je von diesem Element die Rede ist, nie an das gewöhnliche Feuer denken sollst, das bloß die Folgeerscheinung eines chemischen Vorganges ist, sondern an einen unendlich feinen Zustand der Materie.

Die alten Seher sind daraufgekommen, dass diese vier Elemente, aus denen die Erde besteht, ebenfalls von den zwölf Zonen des Tierkreishimmels geschaffen worden sind, und zwar wurde je ein Element durch das Zusammenklingen der Kräfte dreier Zodiakzonen gebildet.

Damit dir klar wird, durch welche wundersame Schaffensharmonie die Tierkreisteile aus dem von Gott gegebenen unsichtbaren Urbaustoff die vier Elemente bauten, will ich dir das Bild dieser Schaffensharmonie, die den Grund zu allem Leben bildet, nachdem Gottes Wille: ‚Es werde!' auch auf die Erde getönt war, in dein Tagebuch zeichnen."

Glücklich, dies Buch von der Hand des verehrten Meisters geheiligt zu bekommen, holte Beatus es eilig aus dem Ränzel.

„Ich will dir jetzt den Tierkreis aufzeichnen, wie er am Himmel ist, und die zusammenwirkenden Zodiakzonen mit Linien verbinden.“

Und mit kraftvoll sicheren Strichen entwarf der Wunderapostel dieses Bild:

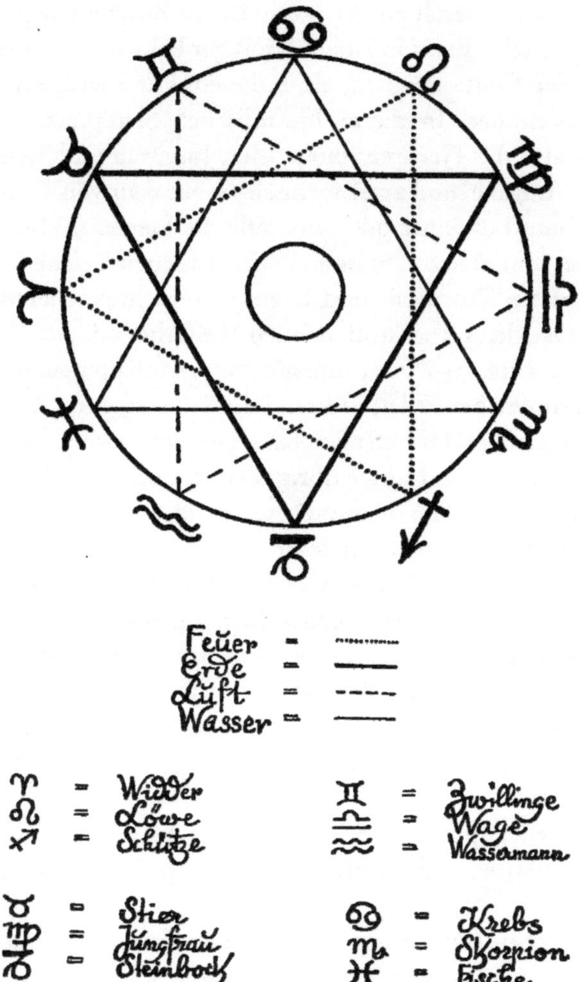

„Der kleine Kreis in der Mitte stellt die Erdkugel dar, die durch die Einwirkung der Zodiakalkräfte aus vier Elementen sich formte. Du siehst, dass die Zeichen, die ein Element schufen, immer gleichweit voneinander entfernt sind und ihre Verbindung stets ein gleichwinkliges Dreieck ergibt; und erkennst dahinter, wie in allem Geschaffenen, die göttliche Weisheit, welche die Kräfte überall zu harmonischstem Zusammenspiel ordnet und verteilt. Es ist in einem Kreis gar kein vollkommeneres Spiel dreier Kräfte möglich, als in diesem Himmelskreis.

Nun sieh her! In dieser himmlischen Schöpferwerkstätte wirkten also die Tierkreiszonen Stier, Jungfrau und Steinbock an einer Aufgabe, und zwar formten sie aus dem von Gott gegebenen Urstoff das feste oder mineralische Element. Man nennt diese drei Himmelszonen deshalb die irdischen Zeichen.

Den Fisch, Skorpion- und Krebsgeistern hinwieder fiel die Aufgabe zu, den Urbaustoff, den ich Weltäther oder das Urlicht nennen möchte, zu Wasser umzuformen, weshalb man hier von wässerigen Zeichen redet; während die Wassermann-, Zwillings- und Waagegeister das Luftreich bauen mussten. So blieben noch Widder, Schütze und Löwe übrig. Da man die Geister des letzteren die ‚Herren der Flamme' nennt, ist es nicht schwer zu erraten, welches Element diese drei Zonen schufen.

So war durch die harmonische Arbeit der Tierkreisgeister ein ungeheures kosmisches Baustofflager geschaffen.

In hoher Schöpferfreude ersann und entwarf nun Gott die unzählbar vielen Pläne für die Lebensformen der vier sichtbaren Reiche, der Mineral-, Pflanzen-, Tier- und Menschenwelt, sowie jene der unsichtbaren Welten, die nicht geringer sind an Zahl und Wundern.

Und wieder sprach Er Sein göttliches: ‚Es werde!'

Und strömte all die Gedanken als heilige Lebensfunken auf die Erde.

Diese Lebensfunken begannen nun ein geheimnisvolles Weben auf ihr, das du später einmal erfahren sollst, wenn dir die verborgenen Mysterien der Schöpfung klarer sind, und bauten die Gehäuse der unerfasslichen Fülle von Erscheinungsformen. Diesem Weben liehen nun die Planeten ihre Hilfe, indem sie ihre Kräfte in die Gedankenformen Gottes gossen.

Planet Saturn war der erste, der freudig dem Wunsche der Gottheit Folge leistete, und alsogleich schoss unter seinem Willen das von den irdischen Tierkreiszeichen gebildete Element zu jenen geheimnisvollen Wundergebilden zusammen, die im Schoße der Erde als Edelsteine und Metalle zu funkeln und gleißen begannen.

Vereint mit der Hilfe Saturns zauberten hernach die Gottesfünklein der Pflanzen jenes erste Himmelswunder auf den jungfräulichen Leib der Erde, das Gottvaters besondere Freude ist bis auf den heutigen Tag. Lebensselig begann es sich zu entfalten und aufjubelnd der himmlischen Sonnenmutter zuzustreben. Doch in dankbarer Hingebung blieb es im Leibe der Erde verwurzelt. So entstand das Pflanzenreich.

Bei dieser Erschaffung der Pflanzengattungen herrschte je nach der Stellung der Wandelsterne zur Erde bald dieser, bald jener Planet stärker vor und erfüllte das neugeborene Pflanzenkind derart mit seinem Schwingungsgesetze, also mit seiner Kraft, dass es zum Kinde seines Geistes wurde. So deutlich ist dies ausgedrückt, dass der Wissende, der die Lebensgesetze der Natur kennt, es mühelos aus Bau, Form und Blütenfarbe herauszulesen vermag; daraus auch gleichzeitig die Heilkraft erkennend, die in wundersamer Stärke oft in ganz unscheinbarem Kraute haust.

Nun wird dir klarer geworden sein, was du in unserem heutigen Falle dir unter Venuskräutern vorzustellen hast. Sonnenkinder, die von den besonderen Kräften der Venus erfüllt sind und deren Lebensrhythmus nach dem gleichen Gesetze schwingt wie jener ihres himmlischen Paten!“

„Mein Gott, wie tief ist die Welt, Vater! Mir ist, als flösse der Pulsschlag der Schöpfung durch mich. Was hast du mir für einen Ausblick eröffnet! So haben wir ja die Kräfte des Himmels zuvor in Händen gehalten und mit ihnen den ganzen Kosmos! Immer heller beginnt ein Licht in mir aufzuleuchten von der Einheit alles Seins!"

Und sich beinah scheu zum Wunderapostel wendend:

„Was trägst du für ein Wissen in dir, Vater! Wie arm ist dagegen meine Seele!"

Da hob der andere leise die Hand und sprach ernst und mit großem Nachdruck die Worte:

„Glaube nicht, Beatus, dass deine Seele weniger weiß. Deine Seele ist ebenso göttlich wie meine und trägt in sich ebenso die ganzen Geheimnisse der Schöpfung! Du hast ihr nur bisher nicht die Möglichkeit gegeben, dir ihr Wissen mitteilen zu können! Bete jeden Tag, lege dich nie schlafen, ohne Gott und Mutter Natur aus inbrünstigem Herzen anzurufen, und du wirst erfahren, welche Wirkung dies hat! Glaube mir, dies ist auch Magie, Beschwörung der göttlichen Kräfte und vertrauensvolles Herabflehen himmlischer Hilfe. Und wer diese aus reinem, uneigennützigem Herzen sucht, der bittet nicht vergebens, und es wird seinem Flehen früher oder später Erfüllung werden! Glaube mir, Beatus, wenn alle so beteten, die ganze Menschheit stünde auf einer höheren Stufe. Wenn Mutter Natur mir mehr erschlossen hat als andern Menschen, so geschah es nur deshalb, weil ich nie etwas für mich erstrebte, weil mir die Sucht des Egoismus fremd ist, welche der Riegel ist, mit dem sich die Menschen selber die Türen zu geheimnisvollen Gängen verschließen. Nur dem, der gänzlich selbstlos sein ganzes Sein der Allliebe weiht, dem naht sich die hehre Göttin, ihm Schleier um Schleier von seinen Augen nehmend."

„Wie danke ich dir, dass du so reichen Segen in mich gießt!"

„Nicht mir sollst du danken, mein lieber Beatus, sondern dem Schicksal, das weise über jedem Menschen waltet."

Schweigend sahen sie beide eine Weile über die sternlichthellen Wiesen hin, dann sprach der Wunderapostel weiter:

„Ich habe dir heute manches über die Kräfte des Kosmos gesagt und wie sie in allem Geschaffenen pulsen. Du sollst jetzt noch einiges im Besonderen über die Wirkungen des Mondes hören, damit du dir eine annähernde Vorstellung machen kannst über das Kräftespiel des Universums. Denn die Menschen begehen gewöhnlich den Fehler, zu meinen, es gäbe nur das auf der Welt, was sie mit ihren Sinnen wahrnehmen. Und doch hören sie gewöhnlich nur mit einem Vierzehntel ihres Hörvermögens, während sie die andern dreizehn Teile desselben gar nicht in Anspruch zu nehmen wissen. Und ebenso verwenden sie nur ein Sechzehntel ihres vollen Sehvermögens. Wie viel Fähigkeiten liegen da brach, wie viel an Eindrücken geht dadurch verloren! Ist schon dies dem Menschen nicht bewusst, soll es da dann nicht noch unzählige kosmische Kraftmöglichkeiten geben, die er überhaupt nicht zu verspüren vermag, weil sie unter oder über der Schwelle seines Empfindungsvermögens liegen! Wer aber sagt, dass das, was er physisch nicht wahrzunehmen vermag, nicht doch auf seine Seele wirkt!

Dass die Sonne auf Wachstum und Wohlergehen von Pflanze, Tier und Mensch von lebensnotwendiger Bedeutung ist, das weiß jeder. Im Todesschlaf liegen die Bäume den ganzen Winter durch. Plötzlich aber, nach Weihnachten, werden sie verzaubert. Das Mysterium der ‚zwölf geheinmisvollen Nächte', in denen Baldur vom Tode aufersteht, erweckt sie zum Leben. Bis zu diesen heiligen Nächten hat sich keine Knospe gerührt, nun aber, nach der Wintersonnenwende, steigt Tag und Nacht der Saft unter der Rinde der Bäume, und die Knospen harren nur noch, bis die Sonne in das Tierkreiszeichen des Widders tritt, und unaufhaltsam entfalten sich dann Blüten und Blätter.

Wie wenig aber weiß der Mensch vom Monde! Und doch ist sein Einfluss auf das Wachstum ein gewaltiger! Denn der Mond ist die Mutter alles dessen, was Form hat. Daher wirken die Tage des ‚wachsenden Mondes' und jene, da er mit der Sonne in Opposition steht, also seine volle Scheibe hat, so unendlich günstig auf den Pflanzenwuchs, die Tierentwicklung und den Menschen, weil in dieser Zeit die Erde seinen vollen Lebensstrom empfängt. Dies ist darum die Zeit, in der die Arbeitsfreudigkeit des Menschen eine weit gehobenere ist und in der er mit Vorteil neue Unternehmungen beginnen kann. Hingegen ist die Zeit des abnehmenden und des Neumondes, da der kosmische Lebensstrom am schwächsten ist, für ihn mehr eine passive Spanne, die Zeit der Besinnlichkeit und Einkehr der Seele. Jeder Mensch, der diesen göttlichen Kräften mehr Glauben entgegenbrächte, könnte an sich selbst diesen vierzehntägigen Mondrhythmus als eine Art Ebbe und Flut in seinem Denken und Fühlen wahrnehmen und bemerken, wie auf eine Zeit der Passivität eine solche gesteigerter Aktivität folgt.

Aber nicht nur dies allein! Auch die Zeit der Empfängnis wird mit mathematischer Genauigkeit von der Stellung des Vollmondes zum Geburtspunkt bestimmt, dass jeder Skeptiker mit überwältigender Wucht davon überzeugt werden würde, so er den Willen hätte, sich davon überzeugen zu lassen. Schon die alten Ägypter haben gewusst, dass der Same des Mannes, selbst wenn er das ganze Jahr wirkungslos geblieben sein sollte, das weibliche Ei unbedingt befruchten musste, wenn die Zeugung in den Tagen vollzogen wurde, in denen die Sonne – welche den Geist des menschlichen Lebens symbolisiert – im Krebs steht. Denn der Krebs, welcher das erste der drei wässerigen Zeichen ist, ist die Lebenssphäre des Mondes, des Planeten der Befruchtung. Ebenso genau bestimmt der Mond auch die Befruchtung bei Tier und Pflanze; sie kann nur bei ganz bestimmter Stellung des Mondes stattfinden! Es gibt in der ganzen Natur keinen Zufall; alles vollzieht sich nach weisen, wohlbestimmten Gesetzen. Dann und wann kann es vorkommen, dass du einen alten Bauern triffst, dem solche Dinge noch als heiliges Wissen von seinen Urvorderen aus mündlicher Überlieferung überkommen sind, und der dir etwa sagt, er streue die Saat nie bei zunehmendem Mond aus, weil diese Pflanzen hernach rasch emporschießen und wenig Frucht bringen, sondern stets bei abnehmendem Monde, da um diese Zeit der Saftstrom der Pflanzen ein geringer sei, sie sich deshalb langsam entwickelten, dafür aber viel stärkere Wurzeln ansetzten, im Ganzen stärker würden und weitaus mehr Frucht brächten. Und viel Schmerz und manche gefährliche Entzündung hätten sich all jene erspart, die sich, diese geheimen kosmischen Kraftgesetze nicht wissend, Zähne ziehen ließen, während der Mond im Zeichen des Widders stand. Du wirst dies einst noch näher erfahren, für jetzt lass dir nur gesagt sein, dass der Widder den Kopf regiert und deshalb jene Tage für Kopfoperationen sehr ungünstig sind.

Und aufmerksame Ärzte, die den Naturgesetzen und ihrem Walten gegenüber nicht blind sind, werden dir von der seltsamen und höchst merkwürdigen Beobachtung künden können, dass die kritischen Tage bei gefährlichen Krankheiten, in denen eine augenblickliche Verschlimmerung eintritt, der achte, fünfzehnte, und zweiundzwanzigste Tag nach Ausbruch der Krankheit sind, und in ihnen dann stets der Mond in Konjunktion, Opposition und Quadratur mit jener Stelle steht, die er beim Beginn der Krankheit innehatte.

Endlos ist die Zahl der Krafteinwirkungen der Gestirne auf die Erde. Ich will es mit dem Gesagten genug sein lassen."

Voll Staunen sah Beatus auf die Sichel des Mondes, die schräg über dem Dorfe auf die Dächer hinabsank.

Ein Meer von Gedanken flutete durch seinen Kopf.

Es war ihm, als spüre er Kräfte durch seinen Körper fließen, deren er sich früher nie bewusst geworden.

Und die Seligkeit kosmischer Allverbundenheit erfüllte seine Brust.

Mild löste ihn der Wunderapostel aus seiner Versunkenheit:

„Komm, mein Sohn, wir wollen uns noch eine Stunde zur Ruhe legen, ehe der neue Tag über die Wipfel des Waldes steigt."

Fünftes Kapitel

In der Gaststube „Zum goldenen Stern" in der Altstadt zu Passau saß der Bäckergeselle Heinrich Truckenbrodt am weißgescheuerten Tisch vor einem Krug Bier und malte gedankenlos Figuren mit dem übergelaufenen Schaum auf die Platte.

Es war um die Vesperzeit. Im Raume war's lautlos still, er und ein Dutzend summender Fliegen waren die einzigen Wesen in der Stube. Zum Fenster legte sich die Sonne breit herein und wischte ihm immer wieder die Zeichnung weg. Der Walzbruder tunkte den Finger sorgfältiger in die Feuchtigkeit und malte das Herz dicker; doch es half nichts: bis er mit der siebenblättrigen Blume darüber fertig war, begann das Herz schon wieder zu schrumpfen. Hartnäckig zog er die Ränder nach, doch die Sonne war nicht weniger dickköpfig. Und nun legte sie sich so mollig auf seinen Handrücken, dass ihm die wohlige Wärme den Arm hinauf lief und schnurgrad ins Herz hinein.

Da hielt der Handwerksbursche in seiner Malerei inne, hob den Kopf und sah die Sonne. Und plötzlich schien er sie zu verstehen. Es war so dumpf im Raum und draußen war es so warm, der Himmel lockte tiefblau über den alten Giebeln. Sonnabendstimmung lag in der Gasse, die Schustergesellen drüben am Fenster hielten immer öfter in ihrem Hämmern ein und streckten die Köpfe sehnsüchtig in die Höhe. Sie rochen bereits Sonntagsluft. Im Vogelbauer an ihrem Fenster hüpften zwei knallgelbe Kanarien rastlos Stang auf, Stang ab. Und es legte sich eine so glückliche Freude über seine Freiheit in Heinrich Truckenbrodts Brust, dass er die Vögel im Käfig zu zählen begann, und von diesen auf die Gesellen und den Meister blickend weiterzählte: drei Kanarie, vier Kanarie, fünf Kanarie – fünf

Kanarie, arme Luder alle miteinander! Klopfte ans Glas, dass es laut durch die stille Wirtsstube irrte und die Köpfe der Schustergesellen drüben in die Höhe fuhren, zahlte und gab der Kellnerin Bescheid: Falls während seiner Abwesenheit zwei Männer nach ihm fragen sollten, ihnen zu sagen, er sei seit gestern hier und wäre nur ein wenig in die Sonne gegangen.

Gemütlich schlenderte er durch die sonnabendlichen Straßen, schritt über die alte Brücke und stieg den Oberhausberg hinan. Oben setzte er sich auf eine sonnenwarme Mauer. Was war das für ein gottvoller Genuss, über das malerische Gewirr der verwitterten Giebel der Altstadt und die wuchtig aufragenden Türme des ehrfurchtgebietenden Bischofsdomes auf die beiden, aus weitgedehntem Fruchtland strömenden Silberbänder des Inns und der Donau zu schauen, in deren Zusammenfluss sich die felsige Landzunge der alten Grenzstadt wie ein Schiff in das Wasser schob.

Weit ging sein Blick ringsum nach Bayern und Oberösterreich hinein, über manchen Kirchturm hinweg in fruchtschweres Land. Doch nirgendwo ragte ein Wahrzeichen so stolz in die Höhe wie der gewaltige Dom des Bischofs zu Sankt Stephan da drunten vor ihm. Wehrhaft von der Bergfestung am jenseitigen Ufer der Donau unterstützt, die drohend ins Land lugte.

Aber die Augen des jungen Bäckergesellen gehen bald nach Süden und spähen scharf ins Innviertel hinein, wie die Lichter eines Turmfalken. Dort irgendwo müssen die beiden Wandergefährten sein. Welche Straße sie wohl kommen werden? Die am Inn oder jene geschlängelte dort? Wenn sie wüssten, dass ich da wie ein Sperber auf der Höh sitz und sie beinah sehen könnt! So hat er ihn nun also doch gefunden, den Wunderapostel! Der Wunderapostel! Ja, wenn ich denk, wie der Beatus und ich in Straßburg vor seinem Zinken gestanden sind! Was dann aber alles kommen ist, mag ich nicht einmal denken! Brr! Gott sei Dank, dass jetzt Sommer ist und die Sonne am Himmel lacht! Nach Frankreich geh ich so schnell nicht wieder hinein! Dass der Beatus aber den Wundermann doch noch find't, daran hab ich bei Gott nimmer geglaubt! – Herrschaft, bin ich neugierig, nachdem, was der Beatus mir über ihn nach Salzburg geschrieben hat!

Und er kam ins Sinnieren und begann sich die Gestalt des Wunderapostels auszumalen und war in tiefster Seele froh, nun mit diesem geheimnisvollen Menschen und seinem lieben Beatus durch den lachenden Sommer wandern zu dürfen.

Um dieselbe Zeit, zu der Heinrich Truckenbrodt die kühle Gaststube „Zum goldenen Stern" verließ, saßen der Wunderapostel und Beatus unter den weitausladenden Ästen eines großen Apfelbaumes am Straßenrand. Aus der blauen Ferne grüßte Passau mit seinem hoch ragenden Dom ins Land. Ihr Reiseziel war nahe, und da sie mehrere Stunden lang Kräuter gesammelt, hatten sie sich zur wohltuenden Rast unter den Baum gesetzt. Der Tag war von wunderbarer Schönheit. Das reiche Erleben ungeahnter Geheimnisse der Natur, die der Wunderapostel stündlich in seine Seele goss, erfüllten Beatus mit einer so dankbaren Lebensfreude und glücklichen Zufriedenheit, wie er dies seit jenen fernen Zeiten nimmer erlebt, die vor dem Entschlusse lagen, seinen Gram über sein zerschlagenes Leben auf der Landstraße zu betäuben. O Vögeli-Heini, wo immer du gerade ziehen magst, sei mir gesegnet! Du hast mir die Sehnsucht nach dem Wunderapostel ins Herz gelegt, hast mir als erster von dem wunderbaren Manne gekündet, der ein Weiser ist. Möge deine Sehnsucht sich so restlos erfüllen, wie die meine gekrönt wurde! Ja gekrönt, denn mein Leben hat nun wieder Sinn und die qualvolle Planlosigkeit des blinden Getriebenwerdens auf den Straßen der Welt hat ein Ende. Ich habe ein Ziel, ich habe klaren Halt und der Halt ist in dir, du großer, mächtiger, gütiger Mensch. Und überwältigt von seinen Gefühlen legte Beatus beide Hände um den Arm des Meisters und sprach zu ihm: „Ich bin so glücklich, Vater, dass ich bei dir sein darf!"

Da hob der alte Weltwanderer seine Hand, wobei der tiefgrüne, große Smaragd strahlend aufblitzte, und legte sie liebevoll auf Beatus' Kopf.

„Schicksal, mein Sohn, es ist alles Schicksal!" Und mit tiefem Nachdruck in der Stimme: „Du wirst es einst noch erfahren, Beatus!"

Schweigsam saßen sie lange Zeit nebeneinander; Beatus von einer seligen Ergriffenheit erfüllt, als läge er im Herzen des geliebten Meisters. Nun erst bemerkte er eine wunderbar gegliederte Wegwarte, die mit ihren zauberhaften, frischblauen Blütensternen vor ihren Füßen dicht am Rande der staubigen Straße stand. Ohne das Schweigen zu brechen, umfing er die Pflanze mit warmen Blicken, einen ganzen Strom von Liebe über sie gießend.

Mit Wohlgefallen betrachtete ihn der Wunderapostel. Dann beugte er sich vor und, einen Blütenzweig der Wegwarte zwischen seine Finger nehmend, sprach:

„Du hast gestern so schön gesagt, es sei dir nun, als hieltest du den ganzen Kosmos in Händen, wenn du eine Blume brichst. Ich ergänze dein Wort und behaupte, du hältst weit Höheres, du hältst einen Gedanken Gottes in Händen!"

Und von der Straße einen runden Kieselstein aufhebend:

„Auch dies ist ein Gedanke Gottes, ja ich wage zu sagen, dass ich gleichsam Gott selber in Händen halte!"

Aufs Höchste entzückt sah Beatus bald auf den Sprecher, bald auf den Kieselstein, dann sprach er:

„Blumen und Steine Gedanken Gottes, die Gottheit selber! Wie ist das schön und groß, Vater!"

Da hielt der Alte den Stein dicht neben das himmelblaue Blütenwunder und fuhr lächelnd fort:

„Ja, ich behaupte noch etwas: dass diese zarte Blume und dieser harte Stein ganz dasselbe sind!

Denn das, was wir hier zu sehen glauben, ist in Wirklichkeit nicht Stoff, sondern konzentrierteste Energie, Kraft in rasender Schwingung. Und es ist auch nicht das!"

Ratlos sah Beatus auf den Wunderapostel. Dieser hub nun folgendermaßen zu reden an:

„Uralt ist die Erkenntnis, dass alle Dinge, so mannigfach sie erscheinen mögen, letzten Endes ein und dasselbe sind.

Und dass alle Dinge im tiefsten Urgrunde etwas ganz anderes sind, als sie scheinen, weshalb die alte indische Philosophie die materielle Welt der Erscheinungen als Maja, Täuschung, Wahn bezeichnet.

So höre, was der Geist des alten Indien spricht! Ob dieser Kiesel, ob diese Pflanze, wenn du beide bis in ihre kleinsten Teile zerlegst, die ein Menschenauge noch unter dem Mikroskop zu erfassen vermag, kommst du zum Molekül. In diesem nun ist das Wunder der Welt verborgen. Die Physiker des Abendlandes seit Plato und Aristoteles sind bei ihrer Erforschung von Licht und Elektrizität unentrinnbar zu der Annahme gezwungen worden, dass diese Moleküle noch nicht, wie sie ehemals vermutet, die kleinsten Bausteine des Weltganzen sind, sondern dass es noch feinere Bau-Urstoffe geben müsse, die weit über alle irdischen Wahrnehmungsfähigkeiten hinausgingen. Und diese bloß spekulativ errungenen und angenommenen Teilchen nannten sie Atome.

Große Seher des alten Indien jedoch haben viele Jahrtausende vorher, lange ehe abendländischen Gelehrten sich dieses tiefe Mysterium zwingend aufdrängte, diese Wahrheit ergründet, die sich in der Kleinheit des Moleküls verbirgt, und es tatsächlich als einen Riesenbau geschaut, der aus jenen winzigen Teilen gefügt war, welche die Wissenschaft in ihren Atomen annahm.

Und als sie ihr von aller Erdenfessel entbundenes Seherauge nun sorgfältig auf dieses Atom richteten und sich in es versenkten, haben sie etwas gesehen, das derart über alle Maßen überwältigend und göttlich war, dass sie auf die Knie fielen. Urweltdonner drang an ihre Ohren und gewaltig war der brausende, tobende Ansturm aus dem Innern dieses winzigen Stäubchens, das erst in hunderttausendfacher Vergrößerung dem Forscher von heute sich offenbart.

So wie einst vor diesen alten Sehern brach in unserer Zeit vor den Augen der Atomforscher das bis dahin angenommene Weltbild zusammen. Sterne zerfielen, Gebirge stürzten ein, Kreaturen lösten sich auf. Das ganze Weltall stürzte ein. Fürchterliche, zerschmetternde Weltendämmerung vollzog sich vor ihren Augen.

Denn was sie sahen, war dieses:

Dieses winzige Pünktchen war kein Pünktchen, das ruhig, fest und geschlossen war, sondern es offenbarte sich ihnen als ein Wunderkügelchen, das sich als ein Sonnensystem erwies, in dem eine Zahl noch unvorstellbar winzigerer Teilchen um einen festen Kern kreisten!

Je aufmerksamer und länger sie sich in dieses Erschreckende versenkten, umso klarer wies es sich ihnen als das mikroskopische Spiegelbild des ihnen vertrauten, großen makrokosmischen Sonnen-Systems, in dem, ebenso wie in diesem, die winzigen Planetensplitterchen in ewig gleicher, weiser Bahn nach allen Seiten innerhalb des Kügelchens um einen festen Sonnenkern kreisten!

Es mag ihnen lange als Blendwerk aus dem Reich der Dämonen erschienen sein, doch so oft sie auch ihr Seherauge auf das Atom hefteten: Immer offenbarte sich das gleiche Spiel, immer löste sich das Weltkügelchen in ein streng gehaltenes System weise wirbelnder Sterne auf! Und es mag dortmals zum ersten Mal jener Gedanke in ihrem Hirn aufgeblitzt sein, den der große altägyptische Eingeweihte Hermes dann in die Worte kleidete, die du schon kennst: ‚Es ist oben wie unten und unten wie oben!‘, ahnend, dass alles, ob Sonnenwelt im Makrokosmos-Weltall oder Splitterwelt im Mikrokosmos des Atoms, nach einem einheitlichen Gesetz gebaut ist.

Das Atom, dieses winzige, unter hunderttausendfacher Vergrößerung noch nicht sichtbare Kügelchen, dieser ‚Baustein des

Lebens', aus dem die ganze Schöpfung zusammengesetzt ist, war nicht fest, war nicht geschlossen, war nicht ruhig, sondern war aufgelöst in eine Zahl wirbelnder, schwingender Teilchen, die in großen Entfernungen innerhalb der Atomhülle kreisten!

Die neue Erkenntnis war:

Es gab keine Ruhe, es gab keine Festigkeit! Alles war Bewegung kleinster, wundersam zu einer Einheit Zusammengehaltener Teile!

Zertrümmert war die Welt: Es gab keine feste Masse an sich, das heißt also: Es gibt keine Materie an sich!

Sie sahen immer wieder nur dieses eine: SCHWINGUNG!

Die ganze Welt aufgelöst in Schwingung!

Tief beugten sie ihr Haupt. Sie waren in die geheimnisvolle Werkstatt Gottes vorgedrungen.

Und je mehr sie sich staunend in dieses Wunder, das die ganze Welt verwandelte, versenkten und ihm nachsannen, umso mehr wurde ihnen klar, dass auch Schwingung nicht das letzte Geheimnis, nicht der letzte Urgrund der Schöpfung sein konnte!

Denn es gab auch keine Schwingung an sich!

Jede Schwingung muss hervorgerufen werden durch eine KRAFT!

Oh, wie viele Kräfte kannten sie nicht! Die Kraft der Fäuste, die Kraft des Sturmes, die Kraft des strömenden Wassers. Aber all diese Kräfte erschöpften sich einmal. Die Faust wird müde, der Sturm erstirbt, das Wasser versiegt.

Wenn also nun diese geheimnisvolle Kraft im Atom aufhörte, erlosch, welche diese winzigen Splitterchen so planvoll kreisen lässt und zusammenhält, dann würde das Atom in nichts zerfließen! Denn das Atom ist nur das Produkt dieser Kraft.

Wenn aber die Atome zerflössen, dann müssten sich die Moleküle auflösen, dann würden die Leiber der Geschöpfe und der Gestirne zerfallen, dann müsste die ganze bunte Erscheinungswelt vergehen, dann müssten die Sterne der Blumen ebenso vergehen wie die Sterne des Himmels und in das unsichtbare Meer des Nichts zerrinnen. Dann würde sich alles auflösen in das Meer des Urbaustoffes, des Weltäthers.

Hier aber war eine Kraft, die ewig war! Was war das für eine Kraft? Woher kam sie? Woraus stieg sie? Wer löste sie aus? Woher nahm sie ihren Antrieb?

Denn es gibt keine Kraft an sich! Und erst recht keine ewige Kraft! Das wäre das heißumdachte Perpetuum mobile.

Hinter jeder Kraft muss ein Etwas stecken, das sie wachruft, sie auslöst, in Bewegung bringt: ein WILLE!

Und ihr fiebernder Geist grübelte weiter: Wenn es also Stoff an sich nicht gab, sondern er nur der täuschende Ausdruck konzentrierter, schwingender Energie war, und diese Kraft von einem Willen erzeugt werden musste, wo stammte dann der Wille her?!

Denn es gab ebenso wenig einen Willen an sich!

Jeder Wille muss einer denkenden, wollenden Intelligenz, also einem GEIST entstammen!

Das zeigte die ganze Schöpfung vom Größten bis zum Kleinsten! Jeder Planetenlauf in seiner wohldurchdachten Bahn und seiner nicht minder weisen Umlaufzeit; der Wunderbau eines menschlichen Körpers, allein nur der eines Auges; ja schon die Gliederung eines einzigen Ameisenbeines wies unendlich viel Weisheit, Kenntnis und Erwägung auf. Alles Geschaffene war ein sinnvolles, planmäßig geordnetes Bauwerk, ein Wunderwerk, das nie aus sich selber sein könnte. All diese weisesten, wohldurchdachtesten Wunderwerke setzen GEDANKEN voraus, ein tiefes, weltumspannendes, weises Denken! Gedanken aber konnten nur und mussten einem Geist entsteigen.

So war also auch die Annahme, dass Stoff verdichtete Kraft sei, nicht aufrechtzuerhalten! Denn wenn Kraft nur der Ausdruck eines wollenden Geistes war, dann war Stoff nichts anderes als sich auswirkender und offenbarender Geist!

Stoff an sich war Trug. Kraft an sich war Schein. Es gab nur eines: Geist! Geist war der Grund aller Dinge. Geist war der Herr des Weltalls!

So wenig es aber Schwingung, Kraft, Wille an sich gab, so wenig gibt es Geist an sich.

Jeder Geist muss einem WESEN zugehören!

Wir kennen unzählige Wesen. Die ganze Schöpfung wimmelt von Wesen. Von diesen Atomwesen aufwärts über Mikroben, Mücken, Blumen, Tiere, Menschen bis hinauf in die unermesslichen Engelchöre der Gestirne. Alles im ganzen Weltenraum: – Wesen, Wesen!

Aber diese großen Seher, die so tief in den Urgrund des Lebens und der Schöpfung hineingedrungen waren, wussten, dass es auch keine Wesen aus sich selber gab!

Da begann es ihnen vor den Augen schwindlig zu werden, Lichtglanz brach in sie, der sie zu blenden drohte, und es war ihnen, als ob sie Engelsfittiche um ihre Ohren rauschen hörten. Denn ihr Geist war in Bezirke vorgedrungen, die sie mit ehrfürchtigem Erschauern erfüllten: Sie standen vor dem Thron jenes großen, unausdenkbaren, unermesslichen Wesens, das Vater und Mutter aller Geschöpfe, der Schoß aller Schöße war und das nie ein Menschenauge geschaut hat und nie ein Menschengeist erfassen wird. Sie standen vor GOTT!

GOTT also ist das A und O alles Seins.

Und da Sein Geist in allem voll und ganz west, jede Form durch Ihn und aus Ihm ist, konnte ich eingangs zu dir sagen, dass ich in diesem Kiesel und dieser Wegwarte Gott selber in Händen hielt."

Ein Ausruf der Begeisterung entsprang Beatus' Munde. In seinen Augen stand der Glanz dieser Offenbarung. Fest umklammerte er die Hand des Erleuchteten.

Endlich stieß er beinah scheu heraus:

„Vater, dann bin ja auch ich Gott, bist auch du Gott!"

Mit weitgeöffneten Augen schaute er den Wunderapostel an, der wiederum neben ihm saß mit jenem unbeweglichen Ausdruck im Antlitz, wie ihn sich die Menschen bei Christus oder Buddha vorstellen.

Der lächelte mild und nickte.

„Ja, so ist es, mein Sohn! Sei stolz darauf, aber in Demut! Ja, du bist Gott und ich bin Gott und der Vogel dort, der uns mit seinem Liede grüßt, ist ebenso Gott wie die Blumen hier, die uns mit ihrem süßen Duft umkosen! Aus allem grüßt dich Gott. An jedem Wegrande steht Er unaufdringlich und gütig und harrt auf deine Liebe.

Denn wisse, das höchste Geheimnis und der tiefste Sinn alles Seins ist die Liebe!

Liebe ist es, die Gott veranlasste, das Werk der Schöpfung zu beginnen, Liebe sind die lebendigen, leitenden Kräfte, Liebe, dass Er das Geschaffene erhält; denn zöge Gott Seine Liebe aus allen Welten, müssten sie im selben Augenblick noch in Nichts zerfließen.

Deshalb heißt es in dem Heiligen Buche der Inder, der Bhagavad Gita:

‚Wenn Ich nur einen Augenblick in sündigen Schlaf verfiele und zu wirken aufhörte, alle Welten müssten vergehen.‘

Und einige Jahrtausende später hat im Dominikanerkloster zu Köln ein Mönch gelebt, der in einsamer, weltabgeschlossener Zelle heiß und inbrünstig mit der ganzen Glut und Gewalt seiner Feuerseele um das Licht des Himmels kämpfte und in vielen schlaflosen Nächten sich vom Boden des Hebräerbriefes aus dieselbe Erkenntnis errang wie die fernen, ihm unbekannten Meister des Ostens. Und als er diese höchste Erleuchtung ersiegt, schrieb er mit bebender Hand die Worte auf ein Blatt:

‚Unterließe Gott das Aussprechen Seines Wortes nur einen Augenblick in allen Zeiten, Himmel und Erde müssten sofort vergehen.‘

Der Mönch aber war der größte Prediger, von einer Gewalt der Sprache und des Bildes, wie sie vor ihm nur einer hatte, der sein Meister war: Jesus Christus. Dieser Mönch war Meister Eckhart.

Darum, Beatus, lebe dein Leben so, dass du – der du Gott

Vater und Sohn in dir vereinst – der Gottheit stets würdig bleibst!

Denn dies ist das große, unausdenkbare Geheimnis Gottes: Er ist in jedem Wesen voll und ganz und bleibt doch ganz und voll Er Selber, hoch über allem thronend. Im ganzen Universum gibt es nichts als Gott allein. Gott freut sich in Seinen Geschöpfen Seiner Selbst, liebt jedes Geschöpf, und wir Menschen haben die Aufgabe, diese Liebe dadurch zu erwidern, dass wir unser ganzes Sinnen und Trachten darauf richten, unbefleckt durchs Leben zu gehen, mit unserer ganzen Liebe Seinem Schoße zustrebend, von dem wir ausgegangen. Über diesen großen, geheimnisvollen Kreislauf des Lebens, das aus der Liebe der Gottheit geboren ist, will ich dir einst, wenn die Stunde gekommen ist, mehr erzählen."

Das Kinn in beide Hände gestützt, die Finger auf die Augen gepresst, sann Beatus lange vor sich hin. Ungeheures wogte durch seine Seele und er rang darum, das Gehörte ganz zu verstehen und zum Eigenbesitz zu machen. Endlich richtete er sich auf und begann langsam, jedes Wort betont vor sich hinstellend:

„Am Anfang also ist Gott. Er ganz allein und sonst nichts. Und Gott denkt die Schöpfung. Und mit einem Male erwacht nun der Wille in Ihm zu schaffen. Dieser Schöpfungswille aber, der Seinem Selbst entströmt, dringt in alle Räume und schafft auf der einen Seite die Gottesgedanken, die Welt des Geistes, und auf der anderen Seite den Weltäther, die Welt des Stoffes, und aus diesem Urbaustoff ist alles Seiende gebaut, ob Sternenwelt oder Stein."

„Ganz recht so", lobte der Wunderapostel. Und Beatus weiterhelfend fuhr er fort:

„Und zufolge eines unfassbaren Gesetzes ballen sich aus diesem Urbaustoff die Atome zusammen und diese ‚Urbausteine des Lebens' werden nun von den Gottesfunken je nach dem ihnen vom Schöpfungswillen Gottes unverrückbar eingesenkten Lebensplan zum Bau ihres sichtbaren Körperhauses verwendet. So ist die unausdenkbare Fülle der irdischen Lebensformen vom Mikrobus bis zum Menschen und Stern entstanden sowie auch die unsichtbaren Wesen des Astralreiches.

Der heilige Evangelist Johannes nennt diesen Schöpfer- oder Kraftwillen Gottes ‚Logos' oder das ‚Wort'.

Du erinnerst dich, dass am Eingang seines Evangeliums die geheimnisvollen Worte stehen, die beinah wie schwerfällige Wortspielerei aussehen und doch die höchste Erkenntnis offenbaren:

‚Im Anfang war das Wort und das Wort war bei Gott und Gott war das Wort. Dasselbe war im Anfang bei Gott. Alle Dinge sind durch dasselbe gemacht und ohne dasselbe ist nichts gemacht, was gemacht ist.'

Du siehst, auch der Apostel spricht nicht über Gott, denn über Ihn kann weder geredet noch gedacht werden. Er ist unergründbar. Auch der heilige Johannes vermag nur bis zu diesem Schöpfungswillen oder dieser universellen Kraft, dem ‚Logos' oder ‚Wort', wie er sich ausdrückt, vorzudringen. Ganz richtig sagt er also: Am Anfang der Schöpfung war der Schöpfungswille. Dieser war bei Gott, denn er kam aus Gott. Weil er aber aus Gott, dem ewigen Urschoß alles Lebens, kam, so war er gotthaft und lebendig.

Und so ist also auch alles vom Schöpfungswillen Geschaffene, ob es der geistigen oder irdischen Welt angehört, lebendig und Leben ist nie und nirgends Ruhe, sondern Schwingung, wie wir gesehen haben. Und zwar derart, dass die Schwingung im selben Maße sich steigert, wie die Schöpfungsform sich Gott nähert.

Das heißt: Gott, der reinste Geist, hat die größte Schwingung, und je mehr sich eine Schöpfungsform vom Urgeist oder Urgrund entfernt und stofflich verdichtet, umso mehr nimmt diese Schwingungszahl ab.

Es hat also jede Lebensform eine andere Schwingung als Gesetz ihrer Erscheinung in sich und dieser Schwingung zufolge einen anderen Dichtigkeitsgrad.

Du siehst, dass meine Behauptung Sinn hatte, als ich eingangs sagte, dass diese zarte Blume und dieser harte Stein ganz dasselbe seien, nämlich Gebilde aus dem gleichen Urbaustoff: dem Weltäther oder dem indischen Akâsha, und dass sie ihre Erscheinung dem gewaltigen Gesetz der Schwingung verdanken und letzten Endes nichts anderes sind als verkörperte Gottesgedanken, oder um urgründigst zu reden: Offenbarungserscheinungen der ewigen Gottheit selbst. Und dass ich den kühnen Vergleich wagen konnte, du hieltest in ihnen gleichsam Gott selbst in Händen!

Alles Geschaffene, alle Formen des Lebens sind also Gedanken Gottes, die ganze Welt ist ein Gottesgedanke – und ist hinwieder Gott selber.

Im heiligen Buche der Inder, der ‚Bhagavad Gita', steht dies in folgenden tiefen Worten:

‚Ich bin der Ursprung von allem. Das ganze Weltall entspringt aus Mir. Siehe das Universum mit allem, was sich bewegt, als eine Einheit, ein Ganzes in Meinem Leibe.'

Und an einer anderen Stelle wieder heißt es weiter:

‚Durch den geheimnisvollen Zauber Meiner Schöpfungskraft habe Ich dieses ganze Weltall mit allen seinen Erscheinungen aus Mir selbst hervorgebracht.'

Wohl am sinnreichsten aber drückt dies der Apostel Petrus aus, der einmal mit den Worten des Psalmisten spricht:

‚Himmel und Erde werden vergehen, denn alles ist wie Gras und alle Herrlichkeit wie des Grases Blume. Das Gras ist verdorret und die Blume abgefallen, aber des Herren Wort bleibet ewig.'"

Hier schwieg der Wunderapostel und Beatus, der von der Wucht dieses Weltbildes so überwältigt war, dass er kein Wort über die Lippen zu bringen vermochte, hielt fest umschlossen die Hand seines Meisters. Lange starrte er vor sich hin in die blauen Sterne der Wegwarte, dann kam es feierlich von seinem Munde:

„O Vater, wie groß und gewaltig ist das Leben! Wie schön ist es nun erst, zu sein. Und was ist es für eine Gnade, leben zu dürfen! In tiefer, wissender Gemeinschaft mit allem Lebenden. Ich mit allem durch den gleichen Urbaustoff verwandt, jedes Geschöpf aus dem Herzen desselben Meisters geboren, alles, alles Kinder eines Vaters! Und Gott hinwieder in jedem Blütenkelch, in jedem Vogelauge! Vater, ich glaube, ich kann nun mein Leben lang nie mehr ganz traurig, kann nun nie mehr einsam werden. Oh, was ist es für ein Glück, Gott wissen zu dürfen, Ihm so gewaltig nah zu sein in jeder Kreatur! Unaussprechlich groß ist das Leben und heilig!"

„Ja, das ist es", stimmte der Wunderapostel zu, „und je tiefer du in die Mysterien des Seins eindringst, umso größer und heiliger wird es, bis du schließlich nur mehr durch Sphärenmusik und Strahlenglanz wandelst."

Da wandte sich Beatus ungestüm seinem Lehrer zu und bat: „O Meister, lass mich nimmer allein, lass mich stets an deiner Seite sein und dulde mich neben dir in meiner Nichtigkeit! Flügel spüre ich an meiner Seele, die mich aus dem Staube heben, und fern, fern ahne ich eine Menschenseligkeit, die göttlich ist! Vater", flehte er, „wenn ich würdig bin, dass ich das grenzenlose Glück erleben darf, dann lass mich die Wege finden, die du gegangen bist, denn ruhelos ist nun meine Seele und ewig hungernd nach dem Licht, das du ihr gewiesen hast!"

Da zog der Wunderapostel, der wie ein Buddha vor ihm saß, Beatus an seine Brust und legte die Hand mit dem königlichen Smaragd auf seinen Scheitel. Und Beatus spürte, wie Ströme der Liebe von dieser Hand mächtig in sein Wesen flossen, mit tiefem, gläubigem Glücksgefühl sein ganzes Ich erfüllend.

Und als er endlich den Kopf hob, lag ein Glanz in den Augen des Erleuchteten, der nicht von dieser Welt war.

Da stieg in Beatus zum ersten Male ein Ahnen auf, dass sein zerschlagenes Leben noch für Großes bestimmt sei. Und wie als Antwort auf den beredten Ausdruck dieser Augen hub der Wunderapostel wieder an:

„Ich bin dir nun noch schuldig, das Geheimnis der Schwingung, die der Ausdruck der unendlichen Gedanken Gottes ist, näher zu erklären. Bleiben wir bei unserer Wegwarte hier. Wir reihen ihre Erscheinungsform ins Reich der Pflanzen und nennen sie eine Blume. Und wissen nun bereits, dass ihr Sichtbares Schein, Täuschung ist, dass diese Wegwarte in ihrem innersten Wesen etwas ganz anderes ist, als sie scheint: nichts Ruhiges, Festes, sondern Schwingung, denn es gibt im ganzen Weltall nur wirbelnde Bewegung. Es wäre nun aber ein großer Fehlschluss, zu glauben: diese Blume hier sei nur auf die Wegwartenschwingung abgestimmt und jener Salbei dort nur auf die Salbeischwingung, entsprechend dem Wegwarte- oder Salbeigedanken, der Gottes Vorstellung entstiegen ist.

Ganz im Gegenteil baut sich jedes Geschöpf aus einer Menge verschiedener, wundervoll zusammenklingender Schwingungen auf. Ob Pflanze, Tier oder Stein, Licht, Wärme und Geruch, alles ist aus dem Weltäther oder Urlicht geschaffen; dies weißt du schon. Dass es aber Härte, Wärme, Geruch, Grün, Blau oder Rot gibt, dies ist Sache der verschiedenen Schwingung. Wenn wir also die Wegwarte zerlegen und uns fragen, was das, was wir eine Blume nennen, ist, so kommen wir zu dem Ergebnis, dass die Pflanze die Summe einer Menge von Eigenschaften ist, wie Gewicht, Festigkeit, Härte, Farbe, Geruch.

Jede einzelne dieser Eigenschaften aber ist nichts anderes als Weltätherschwingung mit einer jeweils andern Schwingungszahl.

Nun aber höre etwas ganz Wunderbares! Mir sagt die Blume noch mehr als dies: dass ihr Sein eine Vereinigung verschiedener Schwingungen ist! Für mich ist sie verkörperte Musik, wie alles im tiefsten Grunde Musik ist, was aus der Hand des Schöpfers kam.

Ja, sieh mich nur verwundert an! Es ist so, wie ich dir sage: Diese Blume ist in ihrem innersten Wesen Musik und dieser Stein hier ist Musik und alles auf Erden bis hinauf zu den Sternen des Himmels ist Ton, ist Musik!

Du weißt, jede Schwingung, in die man ein Instrument versetzt, wird zum Ton. Ebenso selbstverständlich muss alle Schwingung Ton erzeugen, denn der Begriff Schwingung ist unlöslich von jenem andern Begriff, den man Ton nennt. Dass wir viele Töne aber nicht hören, ist kein Beweis für ihr Nichtbestehen. Die Schöpfung ist göttlich, unser Ohr aber menschlich und darum begrenzt. Und infolgedessen für die Töne, die über oder unter dieser Grenze liegen, deren Schwingung also zu stark oder zu schwach ist, nicht vollkommen genug. Dem aber, der diese Wegwarte ins Leben rief, dem ist ihr Sein, Wachsen und Blühen ein ebenso bezaubernd zartes Lied, wie für unser Ohr die von weit, weit her vom Winde getragenen Töne eines traulichen Volksliedes aus Kindermund.

Denn da alles im Universum Schwingung ist, alles Geschaffene sein Leben Schwingungen verdankt, muss auch alles Musik sein. Und es ist für mich stets einer der ergreifendsten Gedanken bei der Betrachtung der Schöpfung, dass jedes Gebilde, ehe es noch recht Form angenommen, schon zum Preislied der Schöpferallmacht des Ewigen wird und mit in die Weltallsymphonie einfällt, die das All durchbraust und das Ohr des Ewigen trifft, der auf Seinem Throne mit feinem Lächeln den wunderbaren Klängen lauscht, die Ihm die Erschaffung der Welt zur Freude machen."

Ein Ausruf tiefsten Entzückens löste sich aus Beatus' Brust. In seinem Gesicht lag eine derartige Verklärung, als brausten in seinen Ohren himmlische Schöpfungsakkorde. Mit zufriedenem, wissendem Lächeln sah der Wunderapostel auf den Entrückten. Ja, Seele, glühe, so brauche ich dich, so wirst du recht für mein Werk und die Aufgabe, die deiner harrt!

Doch als Beatus sich endlich wiederfand, saß der Meister mit jenem unbeweglichen Einmut da, wie sie das Antlitz der Überwinder ziert, die sich nie mehr verlieren, weder in Freude noch in Leid, und die beides tiefer erleben als die Sterblichen um sie.

Beinah scheu auf die unbeweglichen Züge schauend, sprach Beatus: „Alles Sein Musik, die ganze Schöpfung im geheimsten Grunde eine ewige, gewaltige Symphonie – O Vater, das ist eine Vorstellung, so groß, dass sie mein Herz zersprengen könnte!"

Und nach einer kleinen Pause:

„Ob es wohl je Sterbliche gegeben hat, die diese Symphonie des Geschaffenen, dieses Lied des Kosmos zu vernehmen vermochten?"

Da wandte ihm der Wunderapostel sein Antlitz zu und in seinen Augen strahlte machtvoll ein sieghaftes Leuchten.

Einen Augenblick starrte Beatus wie verständnislos in dieses Leuchten, dann tat er den Mund auf, ohne aber einen Laut hervorbringen zu können.

Dieser stumme Ausdruck unfassbaren Staunens wich einer solchen Trauer, dass der Wunderapostel gütig die Hand auf seine Schulter legte und sprach:

„Auch du, Beatus, wirst einst das Lied der Schöpfung, die große Symphonie des Universums, vernehmen; harre geduldig der Zeit."

Da barg Beatus sein Gesicht am Herzen des Propheten.

Und wieder lag die Hand, diese Zauberhand mit ihren machtvollen Kräften, auf dem Scheitel des Überwältigten.

Als Beatus endlich den Kopf hob, nickte ihm der Unerforschliche mild und väterlich zu:

„Ja, mein Sohn, es ist so, wie ich es dir sagte: Auch du wirst dereinst diese himmlische Musik vernehmen! Und damit du jetzt schon eine leise Ahnung bekommst von den Harmonien im Weltall, will ich dir sagen, auf welche Töne die Planeten unseres Sonnensystems abgestimmt sind, damit du siehst, dass dies, was Menschenohr als grundlegenden Akkord all seiner Musik zu erfinden vermeint hatte, längst vom ewigen Schöpfer vorgedacht war, wie alles vorgedacht ist, was je durch Menschenherz und -hirn gegangen.

Als der Ewige daran ging, die große Symphonie zu bauen,

die wir unser Sonnensystem nennen, stellte Er vorerst die Sonne in den Raum, und ihr gab Er den Grundton aller Musik mit. Seit jenem Schöpfungsmorgen schwingt der Leib der Sonne im C. Und als sich dann unter dem Doppeleinfluss der Wirbelbewegung der Sonne und der Zugkraft der Tierkreiszeichen die übrigen Planeten bildeten, stimmte sie der Schöpfer der Reihe nach auf folgende Töne: Saturn auf D, Merkur auf E, Mond auf F, Mars auf G, Venus auf A und Jupiter auf H. Uranus schwingt in der höheren Oktave der Venus und Neptun in der höheren Oktave des Merkur.

Du siehst also, unser Sonnensystem erbraust in seinem Sphärengesang ganz wunderbar in den Grundtönen der gesamten Oktave, auf der seit den Tagen der Menschheit alle Meister der Musik ihre göttlichen Kunstwerke aufbauen.

Und aus der unausdenkbaren Fülle von Harmonien, die sich durch das ewig wechselnde Zusammenklingen ihrer Töne aus den verschiedensten Stellungen der Planeten ergeben, sind alle Herrlichkeiten des Lebens unserer Erde entstanden, die der Ewige als göttliche Notenwunder Seiner Schöpfungssymphonie auf sie schrieb, nachdem Seine erhabenen Hände sie auf den Saiten Seines Planeteninstrumentes hervorgerufen.

So siehst du, dass jene, denke zum Beispiel an Goethe, die vom Sphärengesang der Gestirne sprechen, uns damit mehr geben wollen als ein poetisches Bild. Goethe, der selbst ein hoher Eingeweihter war, hat oft und oft in seinen Werken sein tieferes Wissen der Welterkenntnis durchleuchten lassen, doch die Menschen verstehen es nicht, weil sie sich nahezu mit freudiger Genugtuung gegen jene göttliche Erkenntnis wehren, dass alles in den Himmeln und auf Erden Harmonie ist!“

„Was muss es für eine Seligkeit sein, so wie Beethoven stets das Klingen dieser Lebensmusik der Geschöpfe Gottes im Ohr zu haben!“

„Sie stets zu hören, das ertrüge keines Menschen Ohr. Aber sich ihr hinzugeben in Stunden hoher Feierstimmung, ja, Beatus, dies ist eine Seligkeit, die dich auf Erden schon teilhaben lässt am Glücke des Himmels!“

Der Wunderapostel schwieg und blickte eine Weile sinnend in das lichtüberflossene Fruchtland hinaus.

*

Dann richtete er sein Auge wieder auf seinen Schüler und sprach:

„Doch nun wollen wir wieder zu unserem Atom, dem ‚Baustein des Lebens‘, zurückkehren!

Wir haben gesehen, dass es in diesem keine Ruhe und keine Festigkeit gibt.

Und so hat uns das Atom den Wahn vom festen Stoff zerschlagen und gezeigt, dass es überhaupt keine Materie an sich gibt, sondern dass alle Materie nur Schwingung, also verdichtete Kraft ist.

Und diese Kraft hat uns wiederum über Wille und Gedanke zu der Erkenntnis geführt, dass es auch sie an sich nicht gibt, sondern dass Kraft und Stoff letzten Endes nichts anderes sind als Geist, der sich mittels der Atome sichtbar offenbart!

Und dieser Geist hat uns schließlich zu Gott geführt.

Da dieses Atom, diese Winzigkeit, die bei hunderttausendfacher Vergrößerung immer noch nicht auf den sichtbaren Plan der irdischen Welt tritt, die ungeheure Gewalt in sich birgt, dass es zum einen das ganze irdische Weltbild zertrümmert und zum andern uns zwingend zu Gott zurückführt, so will ich dir jetzt von diesem Eckstein aller Schöpfung erzählen, wie er entstand und wie er beschaffen ist.

Als Gott einst aus Seinem völligen Alleinsein heraustreten und schaffen wollte, um sich durch den irdischen Gegensatz der stofflichen Schöpfung Seiner reinen Geistigkeit voll bewusst zu werden, gestaltete Er den Plan Seiner ganzen Weltenschöpfung so, dass Er, der Er alle Weltenräume voll und ganz durchdringt, dennoch in keiner Form gebunden ist. So wie die Sonne nicht gebunden ist, obwohl sie mit ihrem Licht, ihrer Wärme und ihrer Lebenskraft das ganze Sonnensystem durchdringt.

Er strahlte also Seinen zeugenden Schöpfungswillen aus und spaltete ihn nach dem ewigen Gesetz der Bipolarität, der Zweipoligkeit oder des Gegensatzes, in ein Geistfeld und in ein Stofffeld, also in die Gottesfunken und den Weltäther.

Ich werde dir später einmal das ganze Mysterium der Schöpfung ausführlich erzählen.

Heute wollen wir uns nur an dieses Stofffeld halten.

Dieses Stofffeld oder dieser Urbaustoff des Alls war so unaussprechlich dünn und fein, dass kein Geschöpf der Erde ihn je schauen oder erfassen wird. Ich habe ihn darum das ‚Urlicht' genannt.

Und wenn ich dieser ersten Form des Stoffes den Namen ‚Licht' gebe, so ist diese Bezeichnung nicht neu. Sie ist uralt. Du begegnest ihr in euren Heiligen Schriften in der Genesis des Moses, wo dieser in seinem Schöpfungsbericht spricht: ‚Am ersten Tag schuf Gott das Licht.'

Unter diesem Licht hast du dir nicht das Sonnenlicht zu denken, denn laut diesem Bericht schuf Gott die Sonne erst am vierten Schöpfungstag. Was ja auch insofern völlig richtig ist, denn der Schöpfungsbericht sagt uns, dass am Anfang der Raum völlig leer war, also kann am ersten Tag nicht sofort das riesenhafte Gestirn der Sonne bereits am Himmel gestanden haben. In diesen vorerst leeren Raum schuf Gott das ‚Licht' hinein, also den ersten Urbaustoff, aus dem dann nach und nach die sichtbare Welt aufgebaut und geformt werden konnte.

Von diesem Urlicht, dem Weltäther, sprechen genauso die heiligen indischen und chaldäischen Aufzeichnungen und auch die alten Ägypter sagen: Das Urlicht ist dasjenige Element im materiellen Weltall, das Gott am nächsten steht.

Ein Element im materiellen Weltall aber muss Stoff sein! Er ist für unsere Sinne, ja selbst für unsere Gedanken aber so dünn, dass er uns als unmateriell, unkörperhaft, also als Geist erscheint; dennoch ist er keine volle Geistigkeit mehr, so dass er vor Gottes Auge schon Stoff oder Materie ist.

Dieses Urlicht, diesen Urbaustoff hast du dir nun als lauter allerwinzigste Teilchen, Pünktchen, Kernchen zu denken, die Urteilchen. Diese Lichtpünktchen wird eure Wissenschaft später einmal, wenn sie bis zu ihnen vorgedrungen sein wird, Photonen nennen. Sie sind tatsächlich Spiegelpünktchen, weil sie in ihrer Urnebelmasse zu einem Spiegel werden, in dem sich das grobstoffliche Geschehen des Weltalls abbildet oder einfotografiert.

Da du nun bereits weißt, dass alles in der Schöpfung Schwingung ist, so kannst du dir wohl ohne Weiteres vorstellen, dass die Schwingungszahl dieser als Erstes aus Gott getretenen Lichtpünktchen oder Photonen so ungeheuer ist, dass kein Mensch auf der Erde je im Stande ist, sich eine Vorstellung davon zu machen.

Wie unvorstellbar die göttliche Energie ist, mit der diese Lichtpünktchen geladen sind, und wie gigantisch demzufolge ihre Schwingung ist, magst du daran ermessen, wenn ich dir sage, dass die Schwingungszahl unseres gewöhnlichen, irdisch wahrnehmbaren Lichtes, das also schon von festen, geschaffenen Körpern abstrahlt, 800 Billionen mal, also eine Million mal 800 Millionen in der Sekunde schwingt und mit einer Geschwindigkeit von 300 000 Kilometer in der Sekunde durch den Weltenraum rast.

Und dieses Lichtpünktchen vollzieht auf seinem Wege ganz dasselbe Wunder, das dann viel später die Urzelle, die Eizelle, vollzieht.

Es teilt sich und wächst sich in einen positiven, männlichen und einen negativen, weiblichen Teil aus. Und so wie bei der Zelle durch diese Spaltung das sich forttragende Leben in den zwei Zellen entsteht, entsteht durch diese Teilung des Urlichtes der Stoff, oder um es wohl absonderlich, aber doch verständlich zu sagen: Aus ‚geistigem' Stoff wird der erste ‚physische' Stoff.

Ich könnte auch so sagen: Ein ‚himmlisches' Urlichtpünktchen (Photon) verwandelt sich und gibt zwei ‚irdischen' Teilchen das Leben.

Diese beiden Teilchen wollen wir Elektronen nennen.

Sie sind die zwei ersten wirklichen Kinder der irdischen Welt.

Alles vergeht in der Schöpfung, also auch das Urlichtpünktchen. Was aber nicht vergeht, ist die Kraft, welche diese Photonen in Schwingung erhält und sie nun spaltet und die zwei Elektronenkinder schafft und in diesen weiterwirkt und sie weitertreibt.

Wir wissen, wer diese Kraft ist. Sie ist der ‚Atem Gottes', der ‚geistige Lebensstrahl Gottes', der als Geist im Urlicht webt. Er allein ist das einzige ewig Fortbestehende hinter den Dingen.

Später wirst du hören, dass es die ‚Weltseele' ist, also die Summe oder Gesamtheit aller von Gott gedachten Gottesgedanken.

Durch einen schöpferischen Willensimpuls müssen sich diese beiden ‚Ersten Kinder der Welt', der ‚erste Mann' und das ‚erste Weib' der Weltallschöpfung vereinigen und verschmelzen, und aus dieser Verschmelzung entsteht ein Ur-Kern – die kosmische Urzelle alles Lebens – der sich in dauernder unvorstellbarer Drehbewegung befindet.

Dieser Ur-Kern wird nun in seiner Gänze positiv männlich und vollzieht in sich dasselbe Wunder, das wir in uns in den roten und weißen Blutkörperchen tragen: Er teilt sich in lauter Protonen und Neutronen.

Und dieser positive Kern fängt sich nun aus dem Raumozean, der von ‚freien' Elektronen voll ist, eine Zahl von negativen Elektronen ein.

Diese eingefangenen, negativen Elektronen werden nun vom positiven Kern gehalten und schließen sich mit ihm zu einem

Körper, zum ersten Körper der Schöpfung, zusammen: zum Atom.

Dieses Atom ist, wie du bereits weißt, der erste ‚Baustein des Lebens' und ist zugleich ein Sonnensystem. Die eingefangenen Elektronen kreisen nun dauernd um den Kern herum, so wie die Planeten um unsere Sonne, und bilden ein gewaltiges Kraftfeld.

*

Über dieses Atom will ich dir nun einiges sagen.

Das Atom besteht also aus dem Kern, aus einer elektrischen Krafthülle und aus 1 bis 96 Elektronen.

Es ist, wie ich dir bereits sagte, die kleinste in sich abgeschlossene Welt.

Diese Atome werden vom Urlicht umspült, das dauernd in Bewegung, in Schwingung ist.

Dieser ‚Baustein der Welt' ist ständig vom Urlicht getragen, wie ein Schiff vom Ozean.

Sonnenlicht und Sonnenwärme sind Atomkraft, die im Innern der Sonne entsteht, und zwar durch Überführung von Wasserstoff in Helium.

Und nun will ich dir die Größe des Atoms darlegen, damit du das unzulängliche menschliche Begriffsvermögen auf der einen und Gottes unfassbare Allmacht auf der anderen Seite nur ein wenig ahnst.

Der Durchmesser dieses ‚Bausteines des Lebens', mit dem Gott die ganze Schöpfung aufgebaut hat und der der Lebensziegel des Leibes der Sonne ebenso ist wie deines Leibes oder jenes einer Mücke, beträgt den zehnmillionsten Teil eines Millimeters!

Was ist groß, was ist klein!? Hörst du nicht das Wort des Allmächtigen durch das All brausen: ‚Groß ist Mir das Kleinste, klein ist Mir das Größte und in allem waltet Meine Majestät!'

So klein und fein ist dieser ‚Baustein der Welt', dass 600 000 Trillionen Atome auf 1 Gramm Wasserstoff gehen! Diese Zahl musst du dir mit 22 Nullen denken.

Wenn man alle diese Atome von 1 Gramm Wasserstoff auf die Erdoberfläche legen wollte, und zwar derart, dass auf jedem Quadratmillimeter ein solches Atom läge, dann wären 1 200 Erdoberflächen notwendig, um nur die Zahl der Atome dieses einzigen Gramms Wasserstoff auflegen zu können.

Und doch sind diese 600 000 Trillionen Atome so dünn, dass man sie mit Leichtigkeit in die Hülle einer großen Nuss hineinbringen könnte!

In Ewigkeit wird sich ein Mensch nie die Größe oder die Winzigkeit dieses ‚Bausteines der Welt' vorstellen können, denn 60 Trillionen Atome vermögen in einem leeren Fingerhut das Spiel ihrer kreisenden Lebenstänze zu vollführen!

Und aus der Winzigkeit eines einzigen Grammes Curium, das künstlich aus dem Uran gewonnen werden wird, stürmen in jeder Sekunde 70 000 Billionen Atome heraus.

Und so unvorstellbar die Kleinheit des Atoms ist, das doch der Grundstein alles Lebens ist, so unvorstellbar groß und gewaltig sind zum andern die Kräfte, die im Atom aufgespeichert sind!

Sie sind Millionen Mal größer als alle Kräfte und Energien, die uns bisher bekannt sind.

Ja so gewaltig ist die ins Atom gesenkte und in ihm gebundene Kraft, dass man mit der Energie, die in 1 Kilogramm Uran sich befindet, das ganze Massiv des Dachsteins 1 Meter hoch heben könnte!

Haben diese Tatsachen dir bisher einen Begriff über die Kleinheit und die Kräfte des ‚Bausteines des Lebens' gegeben, so vernimm nun das weitere Wunder: ihre Festigkeit!

Die Atome sind, wie du bereits weißt, nicht massiv. Die Materie in ihnen ist nicht zusammengeschlossen zu einer dichten Masse, sondern innerhalb des Atoms ist das Entfernungsverhältnis zwischen seinem Kern und den ihn umkreisenden Elektronen genauso ungeheuer wie in unserem Sonnensystem zwischen der Sonne und ihren Planeten.

Das Atom ist innerhalb seiner Hülle genauso leer wie das Sonnensystem, dessen mikroskopisches Spiegelbild es ja ist!

Ich will dir ein Beispiel geben: Wenn du annimmst, dass eine winzige Ameise der Atomkern sein soll, dann müsstest du eine Pyramide von der dreifachen Größe der Cheops-Pyramide von Giseh bauen, um den Umfang zu haben, der der Atomhülle entsprechen würde. Da die Cheops-Pyramide der größte sakrale Koloss der Erde ist, so kannst du dir vorstellen, wie titanenhaft ihr dreifacher Umfang wäre! Und in diesem Riesenraum säße im Mittelpunkt unsere Ameise als die allgewaltige, diesen ganzen Raum mit ihrer Energie bezwingende, durchstrahlende und zusammenhaltende Herrin dieses Riesenkörpers.

Du ersiehst daraus, wie winzig der Kern des Atoms auf der einen Seite und wie gigantisch seine Kraft auf der andern Seite ist. Und wie ungeheuer der Raum ist, in dem seine eingefangenen und von ihm zu einer Einheit zusammengehaltenen Elektronen kreisen!

Und noch ein zweites Bild: Wenn du einen Apfel dieses Baumes hier nimmst und links und rechts von ihm einen Kilometer misst und um diese Zirkelspanne vom Apfel aus eine Kugelhülle bauen würdest, dann hättest du das getreue Verhältnis von Atomkern und Hülle.

Du siehst daraus, wie erschauernd leer der Weltenraum dieses Atomkernes ist, ebenso erschauernd leer wie der Lebensraum unseres Sonnensystems am Himmel oben!

Und nun höre zur Kleinheit, Kraft und Leere des Atoms sein viertes Wunder: – das Geheimnis seiner Verdichtung!

Zufolge dieser inneren Leere lässt sich der ‚Baustein des Lebens' zusammendrücken. Natürlich benötigt man dazu eine riesige Kraft, denn da sich die Elektronen dauernd in einer großen Geschwindigkeit und dieser zufolge in einem riesigen

Beharrungsvermögen befinden, stellen sie jedem Druck einen gewaltigen Widerstand entgegen. Vermag der Druck den Widerstand zu bezwingen, dann werden Kern und Elektronen zu einem Brei, dem Kernbrei, zusammengepresst.

Wenn man auf diese Weise den gesamten Atomen unseres Körpers ihren Hüllraum nehmen könnte, dann würde der große stattliche Körper eines Menschen in seiner Atomverdichtung nur die Größe eines Bazillus haben, ohne dass dieser Bazillus auch nur das Geringste vom Gewicht des Menschen verlieren würde!

Wenn man den Eisenatomen ihren inneren Raum nehmen würde, dann würde man die gesamte Jahreserzeugung von allen Eisenhütten der Welt in eine lose geschlossene Hand hineinbringen! Da in dieser Faust aber das wirkliche Gewicht der gesamten Welterzeugung sich befände, wer vermöchte dieses eiserne Ei zu bewegen und wo könnte man es hinlegen!? Es würde durch die Erde hindurchfallen, wie ein Stein im Wasser untersinkt. Denn ein Kubikzentimeter Kernbrei, der dem Inhalt von einem Fingerhut voll entspräche, hat das Gewicht von 250 Milliarden Kilogramm.

Und noch ein Beispiel: Im Sternbild des Orion befindet sich ein Stern, dessen Körper durch Überdruck zusammengebrochen ist, so dass die Atome auf ihm dicht gefügt sind. Auf diesem Gestirn haben die Schreibfedern unserer Schulkinder das Gewicht von Wolkenkratzern.

Über den Kern des Atoms will ich dir nur sagen, dass er tausendmal härter als Diamant ist und Milliarden Mal schwerer als unsere schwersten Stoffe. Er ist praktisch die Gesamtmasse des Atoms, der undurchdringliche Zentralkörper, die eigentliche und wesentliche Materie, und hat alle Energien in sich verdichtet.

Und über die Elektronen, die aus den im Sterben sich teilenden Urlichtpünktchen, den Photonen, entstehen, sollst du wissen und dir merken, dass sie nach ihrer Geburt frei im Weltenraum herumschweben, und zwar mit einer Fortbewegungsgeschwindigkeit von 2 000 Kilometern in der Sekunde, so dass sie in zwanzig Sekunden die ganze Erde zu umfliegen vermögen.

Und als letztes möchte ich dir noch sagen, dass innerhalb des Atom-Sonnensystems die kleinste Entfernung der inneren Elektronenplaneten vom Kern so groß ist, wie der halbe Erdradius. Und dass die Abstände der inneren, mittleren und äußeren Elektronen vom Kern immer ein Vielfaches von sieben betragen. Da dies aber auch bei den Planeten unseres Sonnensystems der Fall ist, so ersiehst du daraus, wie Gott Seine Schöpfung tatsächlich immer auf ein und denselben Plan gestellt hat und wie weise und erhaben die Wunderwelt der Werke Gottes ist.

Das, mein lieber Beatus, ist das Hohelied vom ‚Baustein der Welt', dem Kind des Urlichtes!

Das Kleinste ist das Allmächtige. Das Kleinste ist der Herr und der Eckstein des Lebens!

Weltengestirne und Riesengebirge, Menschen und Blüten werden mit dem Atom gebaut und von seiner Kraft gehalten. Es ist der Träger und der Wahnversieger. Sieh, seine Gebilde täuschen eine Wahnwelt uns vor die Augen. Der ‚Baustein des Lebens' aber dreht sich im ewigen, wirbelnden Tanz seines Seins. Er verjagt das Phantom des ruhenden, festen Stoffes. Er zerschlägt den Trug. Er baut eine neue Welt vor uns auf: die Welt der kreisenden Kraft, die Welt des ewig schwingenden Geistes!

Das Atom ist der Schlüssel der Befreiung.

‚Der Baustein der Welt' führt uns hinüber in das Reich des ewigen Lichtes."

Lange saßen die beiden schweigend nebeneinander. Beatus brachte kein Wort über seine Lippen, so ungeheuer wogte das Gehörte in seiner Brust, seine bisherige Welt zertrümmernd, eine neue Welt vor ihm aufbauend. Und seine Seele mitten drinnen in der zerkrachenden Schöpfung und im morgenjungen Neuerstehen einer neuen Welt. Und immer kreiste und wirbelte, gleißte und schimmerte dieses unausdenkbare Kind des Himmels vor seinen Augen, dieser winzige allgewaltige „Baustein des Lebens“.

Endlich erhob sich der Wunderapostel und bald wanderten sie mit rüstigen Schritten der sinkenden Sonne zu, die den Himmel über Passau vergoldete.

Sechstes Kapitel

Als sie über die alte Innbrücke gingen, schlug die Domuhr sieben klare, klobige Schläge, die dröhnend über die Altstadt herabrollten.

Noch war der letzte Ton nicht verklungen, als vom Wasser herauf hell und klar der Ruf „Beatus!“ klang.

„Heinrich! Der Heinrich Truckenbrodt ist schon da!“, rief Beatus freudig dem Wunderapostel zu, und wie beide sich über das Brückengeländer beugten, sahen sie den Bäckergesellen hutschwenkend neben einem alten Fischer stehen, der seinen weitbogigen Netzkorb in das blaugrüne Wasser des Inn hielt.

Mit wahren Bocksprüngen kam der Freund die Böschung herauf. Das war ein Wiedersehen! Heinrich Truckenbrodt strahlte über das ganze runde, farbfrische Gesicht, wie selbst das knusprigste seiner Gebäcke nie gelacht, wenn es appetitlich im geflochtenen, blitzblanken Weidenkorb gelegen. Die Freude des zwar seit Langem erwarteten, aber nun doch so plötzlichen Wiedersehens hier an der alten Innbrücke half ihm auch leichter über die Scheu hinweg, die er dem Wunderapostel gegenüber seit Tagen im Herzen getragen. Froh schritten sie durch die Innstadt. Überall herrschte reges Leben, auf den Straßen wurde emsig gekehrt und aus Gießkannen der Boden besprengt. Mehrmals fuhren Leiterwagen an ihnen vorbei, hochbeladen mit mannshohen, weißleibigen Birkenstämmen oder mit Gras. Alles rüstete in der Stadt für das morgige Fronleichnamsfest. Nur die kleinen Buben und Mädel waren heute weniger spielrührig, standen in Gruppen beisammen und hielten neugierig die Straße hinunter nach jedem neuen daherpolternden Wagen Ausschau. Hunde schnupperten in der Luft herum, die stark nach Wiese roch, und auf den niedrigen Türstufen kauerten scheckige Katzen.

Wo immer die Drei vorbeikamen, hielten die Leute in der Arbeit ein, nahmen die Männer die Kappen vom Kopfe, blickten weitgeöffnete Augen aus plötzlich ehrfürchtig werdenden Gesichtern auf den Wunderapostel. Köpfe fuhren aus den Fenstern, halbwüchsige Kinder liefen in scheuer Entfernung hinter den Wanderern her. Regungslos blickte die ganze Straße der Gestalt des Mannes in der Mitte der beiden Jungen nach, tuschelte es vor ihm und hinter ihm den zauberischen, für diese Stadt so verheißenden und ereignisschweren Satz: Der Wunderapostel ist wieder da!

Der Wunderapostel war wieder bei ihnen, der Wunderapostel würde heute Nacht mitten unter ihnen weilen! Dies wurde von allen als gutes Zeichen empfunden und fieberhafte Erregung strömte durch alle Gassen. Es währte keine Stunde, und es gab keine Seele, die nicht gewusst hätte, dass der gewaltige Zauberer in der Stadt war. Sogar in die stille Studierstube des mächtigen Bischofs von Sankt Stephan, der eben über dem Buche des heiligen Thomas a Kempis saß, drang die Kunde. Der legte breit seine mit dem wuchtigen Amethyst geschmückte Hand auf die Seiten des Buches und sah bedeutsam nickend in das Gesicht des Priors.

Vor beiden stand dasselbe Ereignis, das ob seiner Übernatürlichkeit in jenen Tagen die ganze Stadt, bis hinein in die abgeschlossenen Gemächer des Bischofspalastes, mit Aufregung erfüllt hatte. Es war dortmals ohne Zweifel ein Wunder geschehen, ein Wunder, das aus den machtvollen, zauberischen Geheimkräften dieses seltsamen, rätselhaften Mannes gestiegen, der hinterher ebenso jäh und spurlos verschwunden, wie er aufgetaucht war. Und alle erlebten sie wieder in voller Gegenwärtigkeit jene schreckreichen, unheimlichen Tage vor drei Jahren. Der Bürgermeister Franz Winter war mitten in der Ratsversammlung plötzlich vornüber auf den Tisch gefallen, und als sich die Ratsherren um ihn bemüht, hatten sie ihn tot in Händen gehalten. Wie ein Lauffeuer war die Hiobsbotschaft durch die Stadt gesprungen.

Schwarz war die Straße vom Rathaus bis zur nahen Wohnung des Bürgermeisters von Menschen, durch die man den Toten trug, und ihnen allen gellt noch der grauenhafte Schrei in den Ohren, mit dem sich seine Frau über die Leiche ihres Mannes geworfen. Zwei Tage und Nächte war der Tote bereits zwischen flackernden Wachslichtern im Sarge gelegen, fürsorglich von zwei Leichenfrauen bewacht. Doch die Witwe, die sich wie eine Wirre gebärdet, hatte das Haus mit ihren stets gleichen Schreien durchgellt, ihr Mann sei nicht tot, er lebe, sie wisse es felsenfest, und er dürfe nicht lebendig begraben werden. Ruhelos, einem unseligen Geiste gleich, das Gesicht wie vom Wahnsinn verzerrt, hatte sie sich immer wieder über die Leiche des geliebten Mannes geworfen, seinen Kopf in die Höhe reißend und, unter heftigen Küssen auf den Toten einredend, ihn getröstet und beruhigt, sich nicht zu fürchten, denn sie würde ihn nicht lebendig begraben lassen. Gott würde es nicht zulassen, Gott würde barmherzig sein und ein Wunder tun. Und als versäume sie Unwiederbringliches, war sie stets auf die Knie gefallen, hatte die Hände zum Himmel emporgehoben und mit einer Inbrunst und Todesnot zu beten begonnen, dass es den beiden Leichenfrauen eisig über den Rücken gelaufen war.

Wohl ein halbes Dutzend Mal des Tages ließ sie den Medizinalrat, einen alten Freund des Hauses, holen, starr und hartnäckig behauptend, ihr Mann sei nicht tot. Langsam war selbst den Leichenfrauen gruselig zumute geworden. Und als die zweite Nachtwache anbrach, hatten sie sich vor dem Toten zu fürchten begonnen. Denn manchmal, wenn das Licht zuckend über das Gesicht des Regungslosen huschte, der das Kruzifix in verklammerten Fingern hielt, war es ihnen selber, als habe sich der Tote geregt.

Am Spätnachmittage vor dieser Nacht war der Bischof selber gekommen, hatte mit der Bürgermeisterin gebetet, sich lange über den Toten, der ihm ein lieber Freund gewesen, gebeugt und ihn scharf und forschend angesehen, denn der Bischof war ein Mann, der sich viel mit den geheimen, übersinnlichen Dingen beschäftigte und dem dieses seltsame, starre Überzeugtsein der Witwe von der Lebendigkeit ihres Mannes viel zu denken gab. Doch so forschend und bannend er auch seine Blicke in die Züge des Toten senkte, er hatte weder Leben an ihm wahrzunehmen, noch ihn zu demselben zurückzurufen vermocht.

Mit feierlicher Miene war der Bischof durch die Menge der Angesammelten geschritten, wortlos hatte er zur Nacht gegessen, wortlos war er in sein Arbeitsgemach gegangen. Lange war er bei flackerndem Kerzenschein über den Schriften des Theophrastus Paracelsus gesessen.

Es war gegen halb zehn Uhr nachts gewesen, als die Dienstmagd der Bürgermeisterin mit fliegenden Haaren ins Gasthaus „Zum goldenen Stern" gestürzt war und dem Medizinalrat mit sich überschlagender Stimme zuschrie, sogleich ins Bürgermeisterhaus zu kommen. Der Tote habe sich bewegt, die beiden Leichenfrauen hätten es auch gesehen. Willig, doch mit ungläubigem Kopfschütteln war er der Magd eiligst gefolgt, die Bürger in höchster Aufregung zurücklassend. Alle waren von dem starrsinnigen, unheimlichen Verhalten der Bürgermeisterin angesteckt. Die tollsten Vermutungen surrten und schwirrten durch die dichten Wolken des Tabakqualms. Wie ein Bienenkorb vor dem Schwärmen brodelte die Gaststube.

Mit einem Schlag riss es die Köpfe herum, als sich die Tür endlich öffnete und der Medizinalrat wieder eintrat.

Seine Handbewegung ließ alle sofort Bescheid wissen.

„Es ist, wie ich es mir dachte", sprach er, sich auf seinen Stuhl setzend, von den andern umdrängt, die von ihren Tischen kamen. „Die arme Frau, die vor Schmerz wie von Sinnen ist, hat förmliche Wahnvorstellungen und hat die Leichenfrauen auch schon damit angesteckt. Der Tote rührt sich nicht und wird sich auch nimmer rühren.“

Kaum war dies gesprochen, drang eine feste, klare Stimme durch die Stille, die mit einer Macht, die alle bedingungslos zwang und allen das Grausen über den Rücken trieb, die Worte sprach:

„Euer Bürgermeister ist nicht tot; die Frau hat recht!“ Hoch aufgerichtet stand ein übergroßer, ihnen unbekannter Mann hinter einem der entfernten Tische, sein machtgebietendes Gesicht, das selbst im Halbschatten wie von innen heraus leuchtete und von einem dunklen, grau durchzüngelten Barte umrahmt war, ruhig auf die aufgeschreckten Bürger gerichtet.

Wie vom Blitz getroffen, starrten alle auf den Fremden, der ihnen mit unbeweglicher Ruhe gegenüberstand. Wie Lähmung lag es auf allen. Der Medizinalrat war der erste, der die Fassung wiedergewann und an den seltsamen Fremden die Frage richtete, wieso er dies behaupten könne.

Ohne davon Notiz zu nehmen, wandte sich der Unbekannte an die andern: „Es ist hohe Zeit, dass der Tote erweckt wird; wer von euch führt mich ins Haus?“

Keiner meldete sich; der Gedanke, mit diesem unheimlichen Fremden, der so ruhig erklärte, den Toten, der seit zwei Tagen starr auf dem Schragen lag, zum Leben erwecken zu können, durch die Nacht zu gehen und die finstere Stiege im Sterbehause hinaufzusteigen, war zu gruselig.

Da richteten sich die blitzenden Augen des Fremden auf den Hufschmied, und während es diesem war, wie er später berichtete, als ob etwas Unerklärliches in ihn hineingefahren wäre, redete ihn der Fremdling also an: „Bruder, ich weiß, du wirst mich begleiten; komm, wir wollen gehen!“

Und ohne einen Laut der Widerrede stand der Schmied auf. Einen Augenblick später hatten sie die Wirtsstube verlassen. Nun erst fiel es wie eine Bleilast von den Gästen. Wie ein aufgeschreckter Bienenschwarm summte es im Raume. Alle umringten den Medizinalrat. Maßlos war die Erregung der Menge, jeder einzelne schrie, keiner vermochte ruhig zu reden, die innere Erregung stieß ihnen die Worte gellend aus der Kehle. Der Arzt jedoch, der dem letzten Geheimnis des Lebens schon zu oft gegenübergestanden und dem der Fremde ebenfalls einen gewaltigen Eindruck gemacht, begnügte sich damit, eine unbestimmte Handbewegung zu machen und zu sagen: „Wir wollen es abwarten. Ich kann nur wiederholen, was ich bereits behauptet habe."

Inzwischen war der Hufschmied, der den ganzen Weg keinen Laut über die Lippen brachte, mit dem Fremden, der Tote zum Leben erwecken wollte, an die Tür des Trauerhauses gekommen. Wuchtig riss seine Hand an dem Glockenzug. Laut gellte der Ton durch das Haus.

Jäh wurde die Tür aufgerissen, die Magd steckte den Kopf heraus.

Schweigend stiegen sie die knarrende Holztreppe hinauf in den ersten Stock, wo der Tote aufgebahrt lag. Die eine der Leichenfrauen stieß einen lauten Schrei aus, als sie die beiden Männer in das Zimmer treten sah.

Starr wie eine Säule stand ihnen die Bürgermeisterin gegenüber. Der Schmied brachte keinen Laut aus der Kehle. Das Gesicht der Wittib verzerrte sich. Wild stießen ihnen die Worte entgegen: „Nein, nein, ich lass ihn nicht holen! Fort, fort! Geht fort!" Und sich jäh mit weitgebreiteten Armen über die Leiche ihres Mannes werfend, schrie sie gell: „Ich lasse nicht zu, dass er begraben wird! Er ist nicht tot, er ist nicht tot! Geht heim; es ist noch lange nicht Zeit!"

Da trat der Fremde an den Sarg, legte der armen Frau, in deren Zügen die Not der Verzweiflung geschrieben stand, seine Hand auf den Kopf und sprach mit unendlich gütiger Stimme: „Sei ruhig, Schwester, fürchte nichts, ich will dir helfen!"

Mit forschendem Blick beugte er sich dann über das starre Gesicht des Toten. Gierig hingen die weitgeöffneten Augen des Weibes an seinen Zügen. Ihre Seele erharrte ihr Urteil.

Fest legte er seinen Arm um die Unglückliche.

„Du musst ganz ruhig sein!" Und wie zu einem kleinen, verängstigten Kinde:

„Wir müssen sehr still bleiben, damit wir dem Armen nicht schaden, er ist sehr, sehr krank!"

Und sich an alle wendend: „Der Bürgermeister ist nicht tot! Seid gefasst und stark! Und verhaltet euch bei allem, was kommen wird, lautlos, damit ihr den Kranken nicht erschreckt. Ihr könntet ihn sonst töten!"

Hierauf zog er dem Scheintoten das Kruzifix aus den Fingern und hob ihn aus dem Sarge. Eisig überlief es die Zuschauer. Trug ihn in das Schlafzimmer und entkleidete ihn dort bis aufs Hemd. In höchster Spannung verfolgten alle jede Handbewegung des unheimlichen Fremden, von dem etwas ausging, das sie dennoch mit grenzenlosem Vertrauen erfüllte. Wie mit Eisenklammern hielt der Schmied die bebende Bürgermeisterin in den Armen.

Nun beugte sich der Unbekannte über den Toten, öffnete ihm das Hemd, und legte die Hände auf Kopf und Herz. Nach geraumer Zeit begann er die Hand über dem Herzen in allmählich sich immer mehr steigernde, kreisende Bewegung zu versetzen, hielt plötzlich ein, beugte sich tief nieder und hauchte mehrmals tief und lang auf die Brust. Dann entfernte er auch die Hand vom Kopf und zog mit beiden Händen seltsame, lange Striche über den ganzen Körper. Hierauf wandte er sich zu den Umstehenden und ermahnte sie, bei dem, was nun kommen würde, die volle Fassung zu bewahren, legte rasch seine Hände um das Hinterhaupt der Bürgermeisterin und senkte einige Atemzüge lang seinen Blick in ihre Augen, von dem der Hufschmied hernach jedes Mal behauptete, er würde diesen Blick bis in seine Sterbestunde nicht vergessen können.

Nun wandte sich der Fremde wieder dem Toten zu, verschränkte die Arme über der Brust und sah unverwandt auf ihn nieder. Atemlos hingen die fünf Menschen an den gewaltigen

Zügen. Sie glaubten, ihr Herz müsste ihnen stehen bleiben. Was sie sahen, war gespenstisch. Das Gesicht des Fremden verlor alles Leben, begann sich zu versteinern, wurde starr wie der Kopf des Toten. Aber alles Leben, alle Kraft dieses Zauberers – und das war das Unheimliche! – schien sich in seinen Augen zu sammeln, denn die begannen derart zu funkeln und zu leuchten, dass ganze Strahlenbündel magischen Lichtes aus ihnen lohten und auf den Toten schossen. Immer mehr nahm das Licht in ihnen zu, von anfänglichem Zucken in klares, ruhiges Brennen übergehend. Sie alle waren von der Überzeugung durchdrungen, dass der Fremde kein Irdischer sei! Ein Wesen war er, das Gewalt hatte über den Tod.

Wie lange dieser Zustand währte, sie wussten es nicht.

Plötzlich begann der hünenhafte Hufschmied zu wanken, als habe ihn eine unsichtbare Faust wuchtig vor die Brust geschlagen.

Er hatte zufällig, von diesen unheimlich brennenden Feuerscheiben weg, auf den Kopf der Leiche geblickt, und was er wahrgenommen, war selbst für seine Kraftnatur zu viel: Der Tote schlug die Augen auf und sah ausdruckslos vor sich hin. Doch die Blicke bekamen rasch Klarheit, so wie ein Blütenstern sich unter dem belebenden Strahl der Sonne zusehends entfaltet, und richteten sich aus weitgeöffneten Augen mit einer großen Frage auf das Gesicht des Schmiedes. Der vermochte sich nicht zu regen, doch das plötzliche Beben seiner Gestalt lenkte die Blicke der Bürgermeisterin in dieselbe Richtung und als sie die offenen Augen ihres Gatten sah, die sich eben müde schlossen, ging ein Schlag durch ihren Leib und ohnmächtig sank sie in den Armen Karl Bühlings zusammen.

Jäh erlosch das Feuer in den Augen des Unbekannten, rasch kehrte das Leben in seine Züge zurück. Sich auf den Bettrand setzend, legte er wieder seine Hand auf die Herzgrube des Erweckten.

Fast im selben Augenblick schlugen der Schwerkranke und

die Ohnmächtige die Augen auf. Stumm warf sie sich über ihren Mann, der mit müdem Lächeln sie ansah. Am ganzen Leibe fröstelnd, bekreuzigten sich die Leichenfrauen. Nur der Schmied vermochte sich noch immer nicht zu regen.

„Was ist mit mir?“, kam es schwach und hohl vom Munde des Erweckten.

„Ihr seid sehr krank gewesen“, fiel der Fremde rasch ein. „Doch seid ganz ohne Sorge, in wenigen Tagen befindet Ihr Euch wohl!“

Und ein Fläschchen mit einer seltsam grün schimmernden Flüssigkeit aus der Brusttasche ziehend: „Ihr müsst nun von dieser Arznei trinken.“

Bald nachdem er ihm die Tropfen eingeflößt, verfiel der Kranke in gleichmäßigen, tiefen Schlaf. Alle sahen, wie sich die Bettdecke langsam hob und senkte. Auf den Wangen blühte bereits leise Röte; das Blut begann wieder regelmäßig zu kreisen.

Da fiel die Bürgermeisterin vor dem Fremden auf die Knie und bedeckte seine Hände mit heißen Küssen.

Die Leichenfrauen aber erzählten, es sei ihnen in jenem Augenblick die Eingebung gekommen, dass der Unbekannte ein Heiliger sei.

In dieser Annahme bestärkte sie, und viele andere in der Stadt später, auch noch sein unerklärliches Verschwinden, das allen ein Rätsel war.

Der Hufschmied wusste zu sagen, dass der Fremde noch ruhig am Bettrand gesessen und den Schlafenden aufmerksam beobachtet habe, als er selbst den Raum, in dem er es nimmer ausgehalten, eiligst verlassen hatte.

Und die Frauen erzählten, er habe noch ausführlich mit der Bürgermeisterin gesprochen, ihnen allen klare Anweisungen gegeben und wäre noch geraume Zeit bei dem Schlafenden geblieben, ehe er aus dem Zimmer gegangen sei. Deutlich hätten sie das aufgeregte Gemurmel der Stimmen von der Straße herauf vernommen. Umso unerklärlicher war der dichtgedrängten

Menge des spurlose Verschwinden des Fremden, denn niemand hatte ihn aus dem Hause heraustreten sehen.

Ganz rätselhaft aber war ihnen allen, was der Pförtner des bischöflichen Palais behauptete.

Der sagte aus, er könne seinen Kopf dafür verpfänden, er habe gegen elf Uhr nachts das Tor aufschließen müssen und den Fremden – dessen Gestalt und Züge er deutlich im Kerzenlicht wahrgenommen – an der Seite eines Vikars eintreten sehen. Doch die Geistlichkeit war schweigsam wie ein Grab. Und stumm waren die Mauern des bischöflichen Palastes.

Ein Fischer, der früh vor Tag zur Donau hinunterstieg, verbreitete fünf Tage später die Kunde, er hätte soeben den Unbekannten aus einer Seitenpforte des bischöflichen Gartens heraustreten sehen. Was der fremde Mann beim Bischof von Sankt Stephan fünf Tage lang getan und in welchen Beziehungen der oberste Hirte der Stadt zu dem Zauberer stand, darüber gab es die tollsten Vermutungen. Doch wagten alle darüber nur im Geheimen zu tuscheln.

Soviel war sicher, er war ein Wundertäter, ein Magier, mit einem Wort ein Übermensch, dem Geheimnisse offenkundig waren und der Kräfte besaß, die nicht von dieser Erde waren, denn der Bürgermeister erholte sich von Tag zu Tag zusehends und saß bald wieder in den Ratsversammlungen der Stadt.

Einige Monde später hockte an einem Frühherbsttag ein alter Vagabund in der Gaststube „Zum goldenen Stern", der aufmerksam dem ständig gleichen Gespräche der Bürger über den geheimnisvollen Fremden und den waghalsigen Vermutungen zuhörte.

Durch ihn erfuhren sie, wie der Zauberer unter den Kunden hieß und welch königliches Ansehen er unter ihnen vom Apennin bis hinauf zur Nordsee genoss. Und der alte Vagabund versäumte auch nicht, den begierig lauschenden Bürgern alle Wunder und Geheimnisse und unerhörten Zaubereien zu berichten, die in Pennen und Straßengräben über jenen erzählt wurden. Er selbst sei einmal einen Abend lang mit ihm in der Herberge „Zur Heimat“ in Heidelberg zusammengesessen.

Seit jenem Tage gab es keine Seele im Weichbilde der Bischofsstadt Passau, die nicht wenigstens allwöchentlich einmal den Namen Wunderapostel aussprach.

Und dieser geheimnisvolle Wunderwirker war nun unerwartet wieder in ihrer Mitte, war plötzlich und ungeahnt, wenn auch von jedem heiß ersehnt, neuerlich in ihre Stadt gekommen!

Wie ein Lauffeuer züngelte es rings nach allen Seiten von ihm die Gassen hinunter und hinauf.

Der Wunderapostel! Der Wunderapostel ist da! Eben schritt er über die Innbrücke in die Altstadt hinauf! Wo er wohl nächtigen wird? In einer Herberge? Beim Bürgermeister? Oder am Ende gar wieder beim Bischof!? Und wer seine beiden Begleiter waren? Ach, wie oft haben sie ihn herbeigesehnt! Ehrsame, hoch angesehene Bürger entblößten ihr Haupt und grüßten ehrerbietig.

Beatus und Heinrich Truckenbrodt bemerkten staunend, mit welcher Ehrfurcht und scheuen Aufregung die ganze Stadt den Wunderapostel willkommen hieß.

Beinahe zaghaft schritten sie neben dem aufrecht Einherwandelnden durch die ehrfürchtige Menge.

In der Einhornapotheke bot er die gesammelten Kräuter an. Von diesen hat ihre Kundschaft nie auch nur ein Quentchen bekommen. Abergläubisch verwahrte sie der Apotheker im untersten Fach des eisernen Schrankes in seiner Privatarbeitsstube.

Ehe die Drei noch den Gasthof „Zum goldenen Stern“ erreichten, war die Wirtsstube schon voll mit Menschen. Gelassen nahm der Wunderapostel an jenem rückwärtigen Tische Platz, an dem er vor drei Jahren gesessen. Ehrerbietig und neugierig von den Insassen des Lokals betrachtet. Er schien die vielen auf ihn gerichteten Blicke ebenso gewohnt zu sein, wie ein berühmter Domprediger, an dem die Blicke seiner Gläubigen hängen.

Ungestüm wurde die Tür aufgerissen und Franz Winter, der eisgraue Bürgermeister, trat ein. Unbeholfen ging der sonst so aufrechte Stadtoberste auf den Mann zu, der ihn vor einem grauenhaften Tod errettet hatte. Der Wunderapostel erhob sich und hielt dem Herantretenden lächelnd die Hand entgegen. Im Raume war es totenstill. Wie ein Patriarch legte er seine Hände auf die Schultern des Bürgermeisters, der nur mühsam und den Gästen unverständlich zu sprechen vermochte. Sie sahen, wie der wundertätige Mann mehrmals nickte, sich zu seinen beiden Begleitern niederbeugte und etwas zu ihnen sprach, worauf er zur großen Bekümmernis der Gäste mit dem Stadtoberhaupt die Wirtsstube verließ.

Aufgeregt flogen die Reden hin und her und bald waren Beatus und Heinrich von den Gästen umringt, die, als sie zu ihrer Enttäuschung nichts wesentlich Neues erfuhren, sich damit entschädigten, ihnen nun ihrerseits jenes unerhörte, drei Jahre zurückliegende Ereignis bis ins Kleinste hinein, von Legenden umrankt, zu erzählen.

Beatus war wie benommen; in seinem Kopf wirbelten und tanzten wilde Phantasien. Was er hier vernahm, bestätigte die unwahrscheinlichsten Gerüchte der Landstreicher. So war es also tatsächlich wahr, der Wunderapostel war ein Zauberer!

Und während die Stimmen der Bürger, die sich in Hitze geredet hatten, um ihn herumschwirrten, stiegen verschiedene Bilder und Aussprüche des geheimnisvollen Mannes vor ihm auf, die ihm jetzt erst verständlich wurden und ihn zu überwältigen begannen. Zu wem hatte ihn da die Hand des Schicksals geführt? Das Herz klopfte ihm bis zur Kehle hinauf. Er hörte kein Wort mehr. Sein Sinn war von der einen großen, alles übertönenden Frage erfüllt: Wer, wer um des Himmels willen war eigentlich der Wunderapostel? Wer verbarg sich hinter diesem Namen? Denn dass er nicht einer vom fahrenden

Volke war, darüber waren sich selbst alle Vagabunden einig. Sein Wissen und seine Macht waren königlich und der Adel seiner Seele von der Reinheit eines Heiligen. Wie ein Sendapostel, den ein geheimer, erhabener Orden ausgesandt hatte und der mit hoher Aufgabe durch die Lande zog, war er ihm von Anbeginn erschienen, von jener Stunde an, in der er die Hügelstraße von Munderfing zum heiligen Holderbaum der alten Barbara Maatz heraufgeschritten war.

Diese Gedanken beschäftigten ihn in solchem Maße, dass er beinah die Stimme überhört hätte, die nun zur Wirtstür hereinschrie:

„Kommt, kommt, unerhörte Dinge geschehen! Der Wunderapostel sitzt beim alten Brunnen, von Leidenden und Siechen umringt! Unheilbare Wunden schließt er, Fieber vertreibt er, Kranke genesen unter seinen Augen! Zu Hunderten stehen die Leute um ihn. Sie haben ihn aus der Wohnung des Bürgermeisters geholt und händeringend um seine Hilfe angefleht!"

Stühle krachten, Tische polterten, so blitzjäh schossen die Gäste zur Tür hinaus. Selbst der Sternwirt verließ sein Haus und rannte mit.

„Gott hat uns Seinen Engel gesandt", rief eine Frau mit gellender Stimme, ein Kind in ihren Armen haltend. „Gott hat uns Seinen Engel gesandt am Tage vor Fronleichnam! Ein Wunder, ein Wunder ist geschehen, seht mein Kind, mein armes Kind, es ist gesund! Er hat es gesund gemacht!"

Immerzu schrie sie dieselben Worte mit vor Freude sich überschlagender Stimme.

Es war ein Gewirr und Gesurr von Stimmen um den uralten, plätschernden Steinbrunnen, wie in einem Bienenkorb, in dem die Revolution ausgebrochen ist. Kranke frohlockten, zeigten das Wunder, das an ihnen geschehen. Bettlägrige wurden von ihren Angehörigen hastig herbeigetragen, Geheilte taumelten, trunken vor Verzückung, die Straßen heim. Genesene schleppten übervolle Körbe mit Nahrungsmitteln und allerlei nützlichen

Dingen herbei, stellten sie ehrfürchtig vor die Füße des Wunderwirkers und baten ihn demütig, ihre geringen Gaben gnädig anzunehmen. Ein Mann, der viele Jahre Knochenfraß gehabt, wickelte immer wieder den Leinwandfleck von seinem Wundloch und rief mit zuckender Stimme: „Seht, kaum eine halbe Stunde ist es her, seit der Zauberer das Loch mit seinen Fingern umstrichen hat; ja, bloß mit seinen Fingern hat er es umstrichen! Schaut her! Peter, du hast meine Wunde gekannt! Was sagst du dazu?"

„Wahrhaftiger Gott!", staunte der Angeredete, „mindestens um die gute Hälfte ist sie kleiner geworden!"

„Hört ihr's, hört ihr's", triumphierte der Kranke. „Bloß mit den Fingern ist er herumgefahren! Und dann hat er einige Tropfen von einer Flüssigkeit hineingegossen; wie Feuer hat's gebrannt, sag ich euch, Leute! Doch da guckt her: Unterm Reden wird die Wunde kleiner! Gott sei gepriesen! Jetzt glaub ich wieder an einen Hergott und an eine Gerechtigkeit. Acht Jahre hab ich das Leiden; acht Wachskerzen stift ich morgen der Mutter Gottes! Und wenn ich gesund bin, lass ich eine Messe lesen für die armen Seelen!"

Ganz närrisch von fiebernder Freude gebärdete sich der Genesende.

Beatus sah und hörte all das Unbegreifliche. Er wagte nicht, sich zum Wunderapostel durchzudrängen. Ein Bild stand vor seiner Seele, ein Bild von so edler, erhabener Größe, dass es ihn durchschauerte: Jerusalem, die Volksmenge und zwischen ihnen der Heiland, Lahme gehend, Blinde sehend machend. Es war ihm, als sei er nicht würdig, diese Wunder zu schauen.

Dann aber stieg die Sehnsucht, dem verehrten Meister nahe zu sein und das unvergessliche Bild sich in die Seele zu brennen, so mächtig in ihm auf, dass er sich scheu durch eine Lücke der Menge drängte.

Und nun sah er ihn! Sah die grenzenlose Hingabe in diesem überirdisch klaren Antlitz, das leuchtete wie die Züge eines

Erlösers; sah die weitgeöffneten Augen der Kranken und Siechen, die ein einziges Gebet der Hoffnung waren und auf deren Gesichtern die Ehrfurcht vor den erlebten Wundern lag.

Und Beatus sah mit starrem Staunen, wie der Wunderapostel seine Augen auf die Siechen richtete und ihnen, ohne sie zu berühren oder zu fragen, Ursache und Sitz ihrer Leiden sagte. Wie zwei Diamanten strahlten diese hellsichtigen, alles durchdringenden Augen auf die Hilfesuchenden, und alle Umstehenden fühlten mit Schaudern, wie er ihnen durch und durch bis in den geheimsten Winkel der Seele sah.

Dies aber beunruhigte die Zuschauer mehr als die Kranken.

Und immer waren es Kräuter, Rinden und Moose, von denen sie Tees zu kochen hatten, manchmal auch Salben aus Pflanzensäften, vermischt mit Naturmitteln wie Honig, Bienenwachs und Schweineschmalz.

Und stets wieder verwies er auf die Macht des Gebetes, sprach er von unsichtbaren Kräften, die ein tief aus dem Herzen kommendes Gebet herbeiriefe und die Wunderbareres vermöchten als die Hand des Menschen.

„Dir kann ich nicht helfen“, sagte der Wunderapostel zu einem Manne in mittleren Jahren, nachdem er ihn eine Weile forschend angeblickt.

Der Angeredete zuckte zurück.

„Nur du selber kannst dir helfen!“

„Wie soll ich das können, da es alle Ärzte nicht vermocht, die ich aufgesucht habe?“, fragte der Kranke mit verzweifeltem Blick.

„Und doch ist es so, wie ich dir gesagt habe! Du bist verloren und kannst dennoch gesund werden, wenn du die Ursache deiner Krankheit beseitigst!“

„Wie soll ich die Ursache finden, da sie alle Ärzte nicht entdeckt haben?“

„Die Ursache ist auch nur dir bekannt, doch willst du sie nicht dort suchen, wo sie zu suchen ist!“

„Wie soll ich das verstehen, Meister? Ich bitte Euch, habt Erbarmen und helfet mir, wie Ihr den andern allen geholfen habt!"

„Das möchte ich ja, doch ich darf dich nicht berühren, das Gesetz verwehrt es mir!"

„O Ehrwürdiger, warum seid Ihr so grausam mit mir! Was wäre das für ein Gesetz, das Euch hindern könnte?"

Da sprach der Wunderapostel mit einer Stimme, dass es alle Zuhörer eisig durchlief:

„Das größte Gesetz der Menschheit ist es, das zwischen uns beiden steht, das mir verwehrt, dir zu helfen."

Und während sich die Augen des Kranken und der Umstehenden weit öffneten, mit erhobener Stimme fortfahrend:

„Dem unbestechlichen Gesetz, auf das Gott alles Sein aufgebaut hat, bist du verfallen: dem Gesetze von Schuld und Sühne, das Gültigkeit hat durch alle Wiedergeburten."

Der Mann taumelte zurück.

„Es liegt eine schwere Schuld auf dir, die du in Eigensucht auf dich geladen hast. Denn wisse, es gibt kein Geschöpf auf Erden, das der sühnenden Hand der Gerechtigkeit sich zu entziehen vermag! Großes Unrecht hast du begangen, die Not einer Witwe und die Tränen unmündiger Waisen gehen Tag und Nacht auf dein Haupt und haben den Todeskeim in deinen Körper gepflanzt."

Der Mann bedeckte seine Augen und zitterte am ganzen Leibe. Der Menge bemächtigte sich eine gewaltige Erregung. Alles bebte vor diesem Manne, der ihnen bis in die geheimsten Winkel der Herzen sah.

Doch der Wunderapostel fuhr ruhig fort:

„Wer von euch gewillt ist zu hören, der höre! Es ist ein trauriger Fehlschluss der Menschen, die Ursache gefährlicher Leiden in blinden Zufällen und in einer Erkrankung des Körpers zu suchen! Es gibt keine schwere Krankheit an sich, wie es keinen Zufall gibt! Jeder Erkrankung des Leibes geht eine Ursache voraus und diese Ursache liegt im Kranksein der Seele. Krank aber wird eine Seele, wenn der Mensch mit Gott zerfällt und Schuld auf sich lädt.

Es ergeht ihm dann, wie es einem Baum ergeht, der in seinem Boden nicht mehr genug Nährstoffe findet.

Darum versteht das Menetekel der Krankheit, diesen Mangel an liebender Lebenskraft Gottes, richtig und tuet alles, um den Verstoß gegen Gott aus der Welt zu schaffen! Und sehet, im selben Augenblick verschwindet die Krankheit, so wie der Schatten einer dunklen Wolke auf der Erde verschwindet, wenn die Wolke sich aufgelöst hat."

Hier hielt der Wunderapostel inne und sah ernst auf die Menge. Dann sprach er weiter:

„Darum lebet stets in Harmonie mit Gott! Und wer mit ihm zerfiel, der tue Buße noch in dieser Stunde, damit die Schuld von ihm genommen werde und er nicht Schaden habe an seiner Seele! So bewahret ihr euch vor Leid, Krankheit und frühem Tod!"

Und sich zu dem Manne wendend, der vor ihm in gänzlicher Zerknirschung stand:

„Auch für dich, Bruder, ist es noch nicht zu spät! Denn Gott verstößt keinen, der wahrhaft in sich geht! Darum gehe hin und sühne deine schwere Schuld, so gut du es vermagst. Und bitte die Armen, dir nicht mehr zu grollen! Ich werde wiederkommen und in deine Seele schauen. Und ich will dir die Gesundheit wiedergeben, wenn deine Seele fleckenlos ist bis zu jener Frist!"

Gelobend hob der Verlorene die Hand und neigte sich tief vor dem Gewaltigen. Dann war er in der Menge verschwunden. Diese aber sah mit Blicken auf den heiligen Mann, die vor Ekstase glühten. Keiner wagte eine Silbe zu sprechen. Feierlich blinkten über ihnen die Sterne.

Nun erhob sich der Wunderapostel und nahm von der Fülle der Gaben, was er für seinen Bedarf brauchte. Und forderte seine beiden Begleiter auf, ein Gleiches zu tun. Dann rief er die Armen herbei und verteilte unter sie den großen Überfluss.

Hierauf hob er die Hand verabschiedend zum Gruß gegen die Menge.

Und obwohl es jeden Einzelnen drängte, den Erhabenen zu preisen, folgten sie dennoch lautlos dem Wink und verließen in scheuem Schweigen den Platz am Brunnen. In ihren Herzen wogten die Fluten überirdischen Erlebens.

Sinnend schaute der Wunderapostel über den weiten, nachtstillen Platz. Gurgelnd stieg das Wasser des Brunnens aus den Rohren, laut plätschernd in den weiten Steintrog fallend.

Regungslos standen Beatus Klingohr und Heinrich Truckenbrodt neben dem Erhabenen. Durch ihre Herzen hämmerte die Größe der Stunde.

Da huschte eine Gestalt aus dem dunklen Schatten der Häuser, trat auf den Erhabenen zu und murmelte, sich tief verbeugend, die gedämpften Worte:

„Seine Gnaden, der Herr Bischof, grüßen den Meister und bitten ihn, noch heute Nacht zu ihm zu kommen!“

Siebentes Kapitel

Ruhelos ging der Bischof von Passau seit zwei Stunden in seinem Studierzimmer auf und ab. Auf den Wangen seines scharfgeschnittenen Gesichtes, das den willensstarken Köpfen glich, wie sie Hans Holbein vor Jahrhunderten gezeichnet, zeigte sich die Röte innerer Erregung.

Immer wieder hielt er inne und sah nach der Uhr. Eine Ewigkeit schien es ihm, seit er den Famulus auf den Marktplatz gesandt, wo der Meister saß und die Kranken heilte.

Der Bischof hob die Hand, an welcher der daumendicke Amethyst funkelte, und presste sie auf die Augen, Er darf es nicht denken, darf es sich nicht vorstellen. Ja, der draußen am alten Brunnen, der hatte sich wahrhaftig alle jene Gnaden und Gewalten errungen, nach denen es ihn so viele Jahre bitter verlangte!

Der saß am „Brunnen des ewigen Lebens“ und trank zu jeder Stunde von den köstlichen Wassern des göttlichen Geistes!

Diesem geheimnisvollen, gewaltigen Manne, diesem König des Lebens, der unerkannt durch die Lande zog, war es gelungen, das Tor zu öffnen und einzutreten in die heilige Burg der hohen Brüder!

Oh, wie hat er, der Bischof, gesucht und gerufen! Aber es ist kein Laut an sein lauschendes Ohr gedrungen.

Und auch der uralte Brunnen hat nicht aufgerauscht! Und seine Wasser sind nicht geflossen! Durstig geblieben ist seine Seele und lechzend sein Geist. Ein Stümper ist er geblieben, obwohl er sich tausendmal über die alten Folianten gebeugt und über Tiegel und Retorten geneigt hat in heißem Ringen.

Der draußen aber, der gelassen am Stadtbrunnen sitzt, ist Herr über das Leben!

Könige und Führer sitzen ringsum als blinde Narren auf Thronen und goldenen Stühlen – er, der scheinbare Bettler jedoch, geht als heimlicher König durch ihren Wahn.

Sie alle, die mächtigen Herren der Erde, schlafen, so wach sie sich wähnen! Sein, des Bischofs Herz aber schreit nach Wiedergeburt und Auferstehung!

Wie nur hat der Meister draußen, der Bruder der großen Brüderschaft, die Grabplatte gehoben? Wie hat er dem Tod den Stachel genommen und die Himmelfahrt vollzogen?

Wie fand er Schlüssel und Schwert?

Dazu das Alter! Die Jahre sausen dahin wie im Flug. Schon liegt Schnee auf dem Haupte des Bischofs. Kurz ist sein Leben nur noch auf dieser Erde, wenn es ihm nicht gelingt, endlich die Siegel zu öffnen und das Magnum magisterium zu finden! Es darf nicht sein, dass sein Leben erlischt, ins Nichts verhaucht, ehe er die Schleier des Mysteriums gehoben! Leben will er, noch lange leben! Nicht um dem Klerus seiner Diözese vorzustehen, nicht um zu herrschen! Gott ist sein Zeuge! Nein, derartige Herrschaft lockt ihn schon lange nicht mehr! Es ist eine andere Herrschaft, die er seit nahezu zwei Jahrzehnten erstrebt, um die er ringt im Lichte der Tage und im Dunkel der Nächte, ruhelos, rastlos, mit der ganzen Glut seiner Seele. Und die ihm seit jener Stunde vor drei Jahren, da der Geheimnisvolle das erste Mal in sein Laboratorium trat, das Mark aus den Knochen zehrt. Und dieser sitzt nun gelassen draußen auf dem Brunnenstein! In seinem Herzen aber lodern Flammen, die ihn zu verbrennen drohen. Nein, um weltliche Herrschaft geht es ihm nicht! Und auch nicht um irdisch vergängliches Gut! Das ganze Sein zerbröckelt zu Staub, so es dem Menschen nicht gelingt, Mutter Natur ihre königlichsten Geheimnisse abzuringen!

Das Höchste ist sein Ziel, die Erringung jener königlichen Kunst, gegen die der Glanz der gekrönten Häupter zu fahler Asche erlischt; zwei Jahrzehnte hat er in heißen, zähen Kämpfen gerungen, sich über hundert mittelalterlichen Folianten geheimer

Künste die Augen müd studiert, das Geheimnis der hermetischen Kunst zu lernen – vergebens! Die Siegel sind nicht aufgesprungen, der „Stein der Weisen“ ist nicht in seine Hände gefallen. Vor drei Jahren nun ist jener wundersame, geheimnisvolle Mann in seine Studierstube getreten und hat ein grelles Licht auf den Pfad seines Forschens geworfen.

Wunder sind geschehen in jenen Stunden! Monatelang noch nach dem Fortgang des Meisters klirrten Retorten und Tiegel, meldeten sich die dienenden Geschöpfe der Elemente, suchten sie in heißem Drange immer wieder den großen Gebieter und Meister.

Was hat er seit diesen drei Jahren nicht geforscht, gerungen, gestrebt! Umsonst! Das Geheimnis der Geheimnisse ist ihm nicht zuteil geworden!

Und nun haben die Mächte des Schicksals den großen Meister, der das Geheimnis des Lebens in seiner Brust trägt, wieder in die Mauern der Stadt geführt! Und er sitzt gelassen draußen und lindert der Kranken Not, als ob er nicht wüsste, dass die Wunde, die er, der bischöfliche Hirte, im Herzen trägt, weit schmerzhafter brennt als alle Leiden seiner gläubigen Herde!

Unruhig tritt der Kirchenfürst an das hohe Fenster, dessen Flügel bis zum Boden gehen, und schlägt den schweren Vorhang zurück. Doch so sehr auch sein Auge in die Nacht späht, er kann die Gestalt des Ersehnten nicht gewahren.

Wieder geht sein Blick nach der großen Standuhr!

Er muss seinen unruhigen Sinn ablenken.

Mit energischem Schritt geht er an seinen Arbeitstisch. Aufgeschlagen liegen vor ihm des königlichen Meisters Theophrastus Paracelsus Schriften: „De Tinctura physica“ und „De projectionibus“. Zärtlich legt er seine Hand darauf. Bis tief in den Morgen hinein hat er gestern Nacht in dem alten Schweinslederbande gelesen, dem ungeheuren Wissen nachgehend, das moderner Hochmut verschüttet hat. Göttlicher Theophrastus! Du bist einer der Seltenen gewesen, einer jener unbekannten, ungeahnten Lichtträger der Menschheit, der wie unser Herr Jesus Christus ans Kreuz gemusst, weil er mehr gekonnt und mehr gewusst als die törichten und eitlen Menschen zu begreifen und zu dulden vermochten!

Deine göttliche Seele hat das „Arkanum des Lebens“ gefunden. Wie viel hast du uns hinterlassen von all den Wunderdingen, die deine Seele geschaut! Das Geheimnis der Geheimnisse aber hast auch du mit in das Grab genommen! Und es ist gut so! So sehnsüchtig ich in meinem Leben auch danach geforscht, so möchte ich doch eher sterben, als dass ich wollte, es wäre für alle Welt zu finden in deinem so vielgeheimen Buche „De projectionibus“! O ihr ewigen Wesen, lasset mich nicht von hinnen gehen, ehe ein Strahl vom Glanz jener Großen mich berührt hat.

Und er langte nach der zerfransten, stark vergilbten Schrift des Naturphilosophen Johann Baptist Helmont, die über und über mit braunen Stockflecken besät war; und sie an einer Stelle aufschlagend, die vom häufigen Lesen von selber aufsprang, beugte er sich mit dem Blatt unter das Licht und las zum soundso vielten Male mit aller Aufmerksamkeit die Sätze: „Denn ich habe jenes Pulver einige Mal gesehen und berühret. Eyn viertel Gran in Papier gewickelt warf ich auf acht Unzen Quecksilber, als ich den Tiegel heißgemacht hatte. Und sogleich gestand das ganze Quecksilber mit einigem Geräusch wie gelbes Wachs. Als ich es vor dem Gebläse wieder umgeschmolzen hatte, fand ich acht Unzen des reinsten Goldes.“

Erregt, wie am Tage, als er diese Stelle zum ersten Mal gelesen, schlug er das Heft zu und starrte, in der gebeugten Stellung verharrend, mit schmerzlichem Gesichtsausdruck vor sich auf die Folianten.

Es ist kein Zweifel, das Pulver, von dem Helmont hier in seinem „vita aeterna“ spricht, ist das auch von ihm heißgesuchte Arkanum, das Magnum magisterium, die „Essenz des ewigen Lebens“, welche die Elemente zwingt und dem Tod zu wehren vermag! Glücklicher Sucher, der du, obwohl du es nicht selber fandest, es dennoch in Händen halten, mit deinen seligen Augen schauen und mit ihm experimentieren durftest! Dass mir doch auch ein Butler erstünde, ehe ich von hinnen gehen muss! Qualvoller Gedanke, sterben zu müssen, ohne den Stein der Weisen geschaut, ohne die Wunder der in ihm schlummernden Gotteskraft gesehen zu haben!

Schmerz lag auf seinem edlen, durchgeistigten Forscherantlitz. Von Bitternis erfüllt, presste er die Augen zu.

In diesem Augenblick drang von der Türe her unendlich gütig und warm der Gruß: „Mögen die Rosen auf deinem Kreuze blühen, Bruder!"

Jäh fuhr der greise Bischof herum. Freude durchschoss sein Herz; nur zu gut war ihm der Klang dieser Stimme vertraut!

Und während die beiden Männer aufeinander zugingen, öffnete der Bischof die Arme, und sie lebhaft um den Heißersehnten legend, sprach er freudig:

„Sei mir von Herzen willkommen, Meister!"

Liebevoll führte er seinen Gast zu einem hochlehnigen Armstuhl und ließ sich ihm gegenüber in einem ähnlichen nieder.

„Wie oft habe ich dich sehnlichst mit meinen Gedanken gesucht", begann der Kirchenhirte.

Der Wunderapostel nickte lächelnd:

„Ich weiß es, Bruder! Deine Seele ist oft des Nachts aus deinem Körper ausgetreten und zu mir gekommen!"

„Tat sie es wirklich? Ach, soviel ich mich auch mühte all die Zeit, ich kann das deutliche Wissen meiner Seelenfahrten nie voll in das klare Tagbewusstsein herüberbringen! Einmal nur, es war im März dieses Jahres, ist es mir gelungen. Es war in der Nacht, als ich das Experiment mit dem Sulphur und dem Rosenkreuzer-Elixier machen wollte. Ich weiß nicht, wie es kam, alle Tiegel waren bereits gerichtet und ich wartete nur noch auf das Eintreten der astrologischen Stunde, da überfiel mich plötzlich eine unerklärliche Unruhe, und mir war, als wollte ein unsichtbares Wesen mich mit aller Gewalt von meinem Vorhaben abhalten. Da mich ein derart machtvoller Ansturm aus der Geisterwelt in meinem Laboratorium noch nie befallen, habe ich mit der ganzen Kraft meiner Gedanken mich zu dir geflüchtet. Wie es nun kam, ich weiß es nicht, kurz, ich schlief ein und war plötzlich bei dir, sah dich so deutlich vor mir, wie ich dich jetzt sehe, und neben dir lag ein Zweiter mit kurzem, graumeliertem Vollbart. Sternhell war die Nacht, und wie in jener Stunde sehe ich das Bild der Landschaft vor mir. Es war unstreitbar rein italienisches Land, weite, campagnaartige Ebene, Berge, verstreute Dörfer im silbernen Licht. Ein kleines, weißleuchtendes Nest, kühn an schroffen, senkrecht abfallenden Fels geschmiegt, eine barocke Rundkapelle darauf, mit zwei großen Heiligen davor, riesenhafte Zypressen und ihr beide links unter ihnen. Ich könnte schwören, dass ich als junger Priester oftmals von Rom aus dort gewesen bin. Warst du um jene Zeit in Terni am Hange des Apennin?"

Der Wunderapostel nickte stumm.

„Dann ist auch alles andere wahr", rief der greise Bischof erschüttert. „Ich habe dir von meinem Vorhaben erzählt und dich um deinen Rat gefragt. Du hast beschwörend die Hände gehoben und mir strenge verboten, die magischen Kreise zu ziehen und die Elemente zu transmutieren. Dein Einfluss auf meine Seele muss bannend gewesen sein, denn ich fühle heute noch, wie du mich jäh ins volle Bewusstsein hineingeworfen hast, sah die Tiegel, Retorten, mit einem Worte, ich war wieder in meinem Laboratorium, aber ich hatte jedes deiner machtvoll befehlenden Worte und die ganze Situation so lebendig und anschaulich vor mir, als wäre meine Seele noch bei dir."

„So war es, Bruder", bestätigte der Wunderapostel mit tiefernstem Blick. „Ich war in jenen Tagen mit meinem Freunde, dem Kundendichter, genau an dieser Stelle, die du beschreibst, und es hat meiner ganzen Kraft bedurft, dich damals vor dem Tode zu bewahren!"

Stumm drückte der Bischof die Hand des Adepten. Dann sprach er mit bewegter Stimme:

„Wie wundersam sind Gottes Wege!"

„Doch versuche Ihn nicht zu sehr, mein Bruder! Ich bin deinethalben nach Passau gekommen, damit dir kein Leid widerfährt."

„O Meister", rief der Bischof klagend, voll heftiger Leidenschaftlichkeit aus, „kann mir denn ein ärgeres Leid noch geschehen, als dass ich das heißerstrebte Arkanum des Lebens nicht finde! Gibt es eine höhere Not der wissenden Seele, als zu sehen, wie alles Mühen vergebens ist, den Stein der Weisen zu gewinnen?"

Voll unendlicher Anteilnahme blickten die Augen des Wunderapostels auf den greisen Bischof.

„So meinst du denn wirklich noch immer, dass es diesen Stein gibt?", fragte er mit einem seltsamen Tonfall in der Stimme.

„Ja, ich glaube es, ich glaube, nein, ich weiß es so sicher, wie es einen Gott im Himmel gibt!" Hingerissen stürmten die Worte über die Lippen des Kirchenfürsten.

Prüfend durchforschte er eine Weile das regungslose Gesicht ihm gegenüber, das wie die Maske eines versunkenen Buddhas war. Dann schüttelte er heftig sein weißlockiges Haupt. Feuer sprühte aus seinen Augen.

„Seit dem großen ägyptischen Eingeweihten Hermes klingt durch die Jahrtausende die Kunde von jenem rätselhaften Stein, dem Elixier des Lebens! Nur wenige haben es stets gewusst und das Geheimnis der Geheimnisse schweigsam hinter ihren Lippen bewahrt.

Und wenn auch selbst du mich daran zweifeln machen möchtest, o Meister, um mich zu trösten in meinem vergeblichen Ringen, ist es für mich dennoch sicher, dass es dieses Wunder gibt, ja geben muss! Denn da alles aus der Hand Gottes kommt und von seinem Geiste erfüllt ist, so muss es auch dieses göttliche Elixier geben! Dies ist mir so klar wie das Licht der Sonne."

Und sich zum Arbeitstisch hinüberneigend und zwischen mehreren Büchern eine dünne Schrift hervorziehend:

„Bis hinauf zu Theophrastus Paracelsus haben es die Alchemisten, die stets die edelsten und erleuchtetsten Köpfe ihres Volkes waren, immer wieder behauptet und in ihren Schriften der Nachwelt hinterlassen. Und wieder, ich weiß nicht zum wievielten Male, ist es mir in diesem Heft begegnet, das von dem großen Arzt und Alchemisten Baptist von Helmont geschrieben ist und sich „Demonstratur Thesis" betitelt. Höre, was dieser Mann bei Paragraph 58 sagt!"

Und mit dem Finger die Zeilen suchend:

„Denn ich habe jenen goldmachenden Stein einige Mal mit meinen Händen betastet und mit meinen Augen gesehen, wie er käufliches Quecksilber wahrhaft verwandelte, und es war einige tausendmal mehr Quecksilber als goldmachendes Pulver."

Und langsam, mit gewichtiger Betonung Wort um Wort formend:

„Es war safranfarbiges, schweres Pulver, das wie nicht ganz feingestoßenes Glas schimmerte."

Triumphierend sah der Bischof auf den Meister.

Doch dieser saß mit Augen, die geheimnistief schimmerten, schweigsam und gänzlich regungslos in seinem Armstuhl und schien in weite Fernen zu sehen.

Und den Band weiter hinten aufschlagend, fuhr der Bischof fort:

„Derselbe besaß einen gelben, porösen, nach gebranntem Seesalz riechenden Stein, mit dem er binnen einer Stunde einen Mitgefangenen, einen gefährlich an der Rose erkrankten Mönch, heilte, bloß dadurch, dass er ihn daran lecken ließ."

Erwartungsvoll sah der Kirchenfürst auf.

Doch der Meister saß noch immer in der gleichen Regungslosigkeit vor ihm. Beinahe kleinmütig hielt der Lesende inne.

Er vermochte keinen Laut mehr über die Lippen zu bringen. Ehrfürchtige Scheu verschloss ihm den Mund. Unwillkürlich falteten sich seine Hände im Schoß.

Der mächtige Kirchenfürst fühlte sich in hilfloser Kleinheit der Majestät des Meisters gegenüber, der in überirdischer Unnahbarkeit, an die keines Menschen Wunsch zu dringen vermochte, vor ihm thronte. Er war vollends zum Buddha geworden, das Gesicht gänzlich erstarrt, das Licht seiner Augen, das vorhin noch so seltsam geschimmert, ganz in sich gezogen, als habe es dem ungeheuren Geiste dieses Wesens auf einem jener inneren Wege voranzuleuchten, von denen sterblicher Menschensinn nichts ahnt. Gespannt hingen die Blicke des Bischofs an dem Antlitz seines Gastes. Er wusste, dass diese scheinbar gänzliche Geistesabwesenheit ebenso wenig eine Anwandlung von Müdigkeit wie von Teilnahmslosigkeit war, sondern dass der Meister sich in jenem Zustand der schärfsten und gesammeltsten Tätigkeit des Geistes befand, die man Versenkung nennt und die ein inneres Schauen ist, bei dem die Seele bei vollem Bewusstsein des Leibes sich von ihm löst und, unabhängig von Raum und Zeit, Erkenntnisse zu schauen und dem Jogi zu bringen vermag, die diesem wissensnotwendig erscheinen.

Lautlos war es in dem fürstlichen Raum; tief waren die langen, wohlriechenden Wachskerzen in den beiden Armleuchtern niedergebrannt, ab und zu unruhig aufzuckend. Selbst das ewig gleiche Ticken der Pendeluhr war längst wesenlos geworden.

Plötzlich bemerkte der Bischof, wie Licht von innen heraus in die Augen des Versunkenen brach und sie sich klar auf sein Antlitz richteten.

Hingegeben blickte er auf den Meister.

Der sah ihn mit einem Lächeln voll grenzenloser Liebe an und sprach mild und langsam:

„Im habe den Pfad deiner Seele geschaut, o Bruder! Du bist so weit auf ihm vorgeschritten, dass ich offen mit dir reden kann: Ja, es gibt den ‚Stein der Weisen', dein heißgesuchtes Arkanum!

Durch all die Jahrtausende haben ihn die Eingeweihten und Wissenden durch die Wirrnisse der Menschheit getragen und ihn den ‚Roten Löwen' genannt."

Ruckartig beugte sich der Kirchenfürst in seinem Armstuhle vor. Blitzend leuchteten seine Augen auf.

„Nie hat die Menschheit erfahren", fuhr der Sprecher fort, „wie sie ihn gewannen; nie hat die Menschheit erfahren, was sie darum gelitten!"

Hier machte er erneut eine Pause. Und seine Augen, die nun gleißten wie Sonnen, voll auf den Bischof richtend, fragte er ihn:

„Doch willst du nicht lieber in Frieden sterben, Bruder?"

„Gib mir eine ganze Hölle von Mühen, Kämpfen und Leiden, o Meister", rief der greise Kirchenfürst glühend, „denn ich ahne blitzartig, dass ich den wahren Weg noch lange nicht beendet habe, der die Versuchungen überwindet und zur Vollendung der Seele führt!"

Da sprühten die Sonnen des geheimnisvollen Adepten für einen Augenblick so stark, dass der andere die Augen schließen musste.

„Da du so sprichst, so sei es!" Und sich von seinem Stuhle erhebend: „Komm und folge mir!"

Beinahe stürmisch griff der greise Bischof nach einem der siebenarmigen Leuchter. Der Wunderapostel ging auf einen schweren, mit Schnitzwerk verzierten Schrank zu, öffnete dessen Türe, stieg hinein und schob die eine Hälfte der Rückwand zur Seite. Berührte eine Stelle an der Mauer und lautlos sprang eine kleine, schmale Türe auf, durch die beide über viele Stufen eine Wendeltreppe hinabstiegen in eine kühle Kammer.

Obwohl der Bischof mit dem Lichte noch weit zurück und es unten stockdunkel war, ging der Wunderapostel mit sicherem Schritt auf eine bestimmte Stelle an der einen Wand zu und drückte auf einen Steinquader. Für seine hellsichtigen Augen gab es keine Finsternis. Sogleich begann sich das Mauerstück zu drehen und beide traten in ein geräumiges Laboratorium mit hohem Deckengewölbe. Bald war es hell erleuchtet.

Ringsum war die große Alchemistenküche übersät mit Retorten, Gläsern, Schmelztiegeln und Töpfen. An der hinteren Wand ragte ein großer offener Feuerherd vor, über den sich ein gewaltiger Rauchfang dachte. Auf dem Herd standen mehrere Dreifußtiegel. Rechts davon, mächtig die ganze Wand beherrschend, ein schwarzes Holzkreuz, an dem sich ein dorniger grüner Stamm emporrankte, die beiden Balken mit einem geschnitzten Kranz von sieben blutroten Rosen umschlingend. Hinter dem Kreuze ein großer goldener Stern mit fünf Zacken in der Form des Pentagramms.

Vor dem großen, offenen Feuerherd zog der Wunderapostel unter seinem Bart an einer Kette ein merkwürdiges Kristallgefäß hervor, ungefähr von der halben Länge und vollen Rundung eines Männerdaumens. Es schien ein Bergkristall zu sein, war glatt geschliffen und gleichmäßig mit Ringen überdeckt, die sich bei schärferem Hinsehen in Bilderzeichen auflösten und dem Bischof als Hieroglyphen erschienen.

Der Wunderapostel schraubte den oberen Teil ab, stülpte das Kristallgefäß über den hohlen Handteller und auf ihm lag ein länglicher, safranfarbiger Stein, der lebhaft glitzerte. Erregt neigte der Episkopus den greisen Kopf über das Wunder der Welt, das er zwanzig lange Jahre heiß gesucht. Dies also war der Traum aller Alchemisten, der Lapis philosophorum, das göttliche Arkanum, das Gold schuf, Jugend erhielt und Leben zauberte! Der Blick des Fischerringträgers wurde feucht vor Ergriffenheit. So durften seine alten Augen am Abend seines Lebens ihn doch noch schauen und sich selig preisen! Leben und Wunder verheißend, strahlte der „Rote Löwe“ in der Hand des Meisters.

Ohne ein Wort zu sprechen, trat dieser an den Herd, fachte Feuer an und warf Zinn in den Tiegel. Als es zu schmelzen und brodeln begann, nahm er ein Messer, kratzte wenige Splitter von dem safranroten Stein, knetete sie in Wachs ein und warf das Kügelchen auf die brodelnde Masse. Sofort erhob sich über dem silbernblinkenden Metall ein anfangs roter, dann in allen Farben spielender Schaum. Mit angehaltenem Atem starrte der Kirchenhirt auf dieses seltsame Farbenspiel. Minute um Minute verging und der Aufruhr im Tiegel wollte kein Ende nehmen. Wohl eine gute Viertelstunde lang arbeitete die Masse mit Zischen, Poltern und Blasenwerfen. Vorgebeugt starrte der Bischof wie gebannt auf die Transmutation. Seine ganze Forscherleidenschaft wallte in ihm mit. Dann verschwanden die Dämpfe, das Metall begann sich trotz der Glut des Feuers niederzuschlagen. Der Meister hob den Dreifuß vom Herde, und als sich die Masse vollends gesetzt hatte, sah der Bischof mit namenlosem Staunen, dass das Zinn reinstes Gold geworden war.

Gleichgültig stellte der Meister den Tiegel weg, wandte sich um und ließ sich in einen Armstuhl nieder.

Nachdem der Bischof, noch ganz benommen von dem Erlebten; sich ebenfalls gesetzt hatte; sprach der Wunderapostel zu ihm:

..Ich weiß, du hast es schwer, mein Bruder, denn um dich sind der Glanz und der Wahn. Der Glanz deiner Würde und der Wahn der Welt. Wohl liebt dich Gott, dass Er dich dennoch diesen zweifachen Schleier durchstoßen ließ – doch du bist in die Irre gegangen.

Du suchst nach dem ‚Stein', aber du sollst nach dem ‚Wasser' suchen! Nach dem Wasser der Taufe und der Verwandlung.

Denn siehe, wenn du dein ganzes Leben und die Macht deines ganzen Geistes verwendest, um zu diesem Urgesetz der stofflichen Verwandlung vorzudringen, so erreichst du damit doch nur, dass du Materie in andere Materie überführst. Denn wenn du selbst bis in die Urkammer des Atoms vordringst, in der tatsächlich das Gesetz der Transmutation verborgen ist, so dass du überführen könntest ein Element in das andere – was ist damit getan und was hilft es dir!?

Du kannst damit die geistige Welt doch nicht bezwingen!

Das kannst du nur mit dem unsichtbaren Stein deines zum göttlich funkelnden Kristall umgeformten Geistes. Er allein vermag die Hölle zu bezwingen, dich aus dem Grab zu heben und dich in den Himmel der geistigen Welt hineinzuführen. Darum, o Bruder, warum suchst du am verkehrten Ort und verschwendest so viel Kraft und Mühe an den Staub?

Willst du dein Ziel nicht höher stecken? Willst du dein ganzes Streben nicht auf die eigene Verwandlung und Wiedergeburt richten und nicht auf die von plumpen, irdischen Metallen?

Werde darum ein anderer Alchemist! Suche und finde das geistige Atom in dir! Erwecke es, schmilz es um, brich aus ihm die göttliche Kraft! Dies ist die wahre Alchemie, das ist die wahre Transmutation, die das Blei deines gefangenen Erdenmenschen in das Gold des freien Himmelsmenschen umschmilzt und verwandelt und so zu Tage hebt den wahren und wirklichen Stein der Weisen.

Und dieses geistige Atom in dir: Dein unsterblicher Gottesfunke wird dich führen auf den wahren Weg. Den Weg der Schwere und der Einsamkeit. Den ältesten Weg der Menschheit.

Den Weg der Könige des Lebens und der Herren der Welt.

Nur so wirst du zum ‚Herrn des südlichen Reiches‘ und zum ‚Herrn des nördlichen Reiches‘, wie die alten Ägypter diesen ‚Königlichen Pfad‘ nannten, und der der ‚Menschen-Weg‘ ist, der dir das ‚Menschheits-Urwissen‘ und die Freiheit schenkt.

Dann wirst du ein aus dem Grab ‚Auferstehender‘ werden und die Himmelfahrt vollziehen und wirst so werden zum wahren Priester und Ritter des heiligen Gral! Dann gehörst du zu unserer Brüderschaft, dann bist du ein Angenommener, ein Gesegneter, ein Freier!“

Immer eindringlicher, wie die Donner eines näher und näher herankommenden Gewitters, hatte der Wunderapostel zum greisen Kirchenfürsten gesprochen. Und immer hingebungsvoller, wie ein in der Sonnenglut ausgedörrter Erdboden, der dem erquickenden, erlösenden Nass dieses Gewitters entgegen drängt, hatte sich das Antlitz des hohen kirchlichen Würdenträgers in Freude, Befreiung und Begehren verwandelt.

„O Bruder, wie hast du recht und wie danke ich dir! Ich erkenne den Wahn meines Weges und ich sage es noch einmal, was ich zuvor oben in meiner Arbeitsstube zu dir gesagt habe: Ich erkenne, dass ich den wahren Weg noch lange nicht beendet habe, der die Versuchung überwindet und zur Vollendung der Seele führt.

Recht hast du! Ich bin abgeirrt. Der König des Stoffes hat mein heißes Streben gesehen, er hat geschaut, wie sehr es mich verlangte, aus seinen Fesseln mich zu befreien und aus dem Grab zu steigen und er hat auf diesem sehnsüchtigen Weg unmerklich sich mir entgegengestellt und mir das Verlangen nach dem irdischen Stein der Weisen in den Sinn gesenkt, um mich bei meinem rastlosen Lichtsuchen dennoch erneut an sich und seine Welt zu binden!

Wie danke ich dir, dass du gekommen bist und die Lichter in mir umgestellt hast. Du hast den Schatten aus meinem Weg geräumt und mir das wahre Ziel gewiesen.

Doch sage mir, mein Bruder, ich bitte dich darum, wie geht dieser Weg aller Wege, wie geht der ‚Menschen-Weg'?"

Der Wunderapostel sah lange in die forschend auf ihn gerichteten Augen, dann sagte er in unendlicher Güte:

„Den Weg, geliebter Bruder, musst du selber finden! Nie ist einem Sterblichen der Weg gesagt worden. Das Einzige, was Not ist, um ihn zu finden, ist die Stille! Die Stille und der stumme, innere Ruf. Versenke dich in dich. Tue ab von dir alles Weltliche. Gehe in die Stille, steige tief hinab in die innerste Kammer deines Herzens – und lausche andächtig!

Nichts ist Not als die Stille, das verlangende Lauschen und die große Geduld!

Denn wisse, sowie du dich dieser Dreiheit hingibst, geht es wie ein lauter Signalruf durch das All, und alle lichten Wesen des Jenseits und die hohen Geister der ‚Großen Brüder' werden getroffen von deinem Ruf, wo immer sie sind, denn sie alle sind verbunden im Geiste und vernehmen dein Verlangen und fühlen dein Streben – und sind im selben Augenblick verpflichtet, dir zu helfen. Ohne dass du es weißt und vorerst fühlst, gehen Ströme liebender Bereitschaft zu dir, um deinem suchenden Geist zu helfen, sich aus der gewaltigen Macht des Stoffes zu entwinden."

Der Bischof legte seine schmale, ringgeschmückte Hand vor sein Gesicht und verharrte lange in dieser Stellung.

Als er die Hand endlich entfernte, blickte der Wunderapostel in ein Antlitz, auf dem hohe Feierlichkeit lag und der unerschütterliche Entschluss, den ‚Königlichen Pfad', den der Wunderapostel ‚Den Menschen-Weg' genannt hatte, zu suchen und zu gehen. Stumm reichte er dem großen Lehrer die Hand. Fest und lang war der Druck der beiden Hände. Und mit einer Stimme, die voll tiefer Verheißung war, redete der Wunderapostel zu ihm die Worte:

„Sei getrost und voll der stärksten Zuversicht. Du bist ein Erwählter, so wirst du auch ein Angenommener werden! Der Geist der Zeit auf dem Entwicklungsweg der Menschheit kommt dir entgegen und unsere Hilfe wird um dich sein!"

„Oh, Bruder, dass du mir dies sagst! Sei um dieses trostreichen Wortes willen tief bedankt. Doch was meinst du mit dem Wort: der Geist der Zeit auf dem Entwicklungsweg der Menschheit komme mir helfend entgegen?"

Der Wunderapostel sah den Fragenden eine Weile stumm an, dann sprach er mit Nachdruck:

„Nahe ist die große Stunde der Verwandlung der Menschheit. Gewaltiges bereitet sich unmerklich vor, wie es seit 12 000 Jahren auf Erden nicht mehr geschehen ist.

Der Fisch will sterben und bald wird der Krug zu fließen beginnen.

Die Nacht wird weichen und der Tag wird kommen und im Morgengrau dieser neuen Weltenstunde wird die Erde zum großen, gebärenden Weibe werden. Die Erde wird bis zum Rande getaucht sein in Blut und Not und Schmerz und Tod. Und die Menschen werden wehklagen und schreien und ihre Einsamkeit wird eine immer ärgere werden. Immer mehr wird der goldene Friede der Väterzeit schwinden.

Ein Stand wird sich gegen den anderen stellen und ein Mensch wird des anderen Feind werden. Der Vater wird den Mund bewahren vor dem Sohne und die Tochter sich fürchten vor der Mutter.

Ichsucht, Besitzgier und Herrschsucht werden auf eine Höhe steigen wie nie zuvor und werden zwischen den Völkern stehen wie eine tödliche Seuche.

Und Gott wird einsam sitzen auf Seinem Throne.

Die Wissenschaften werden sich aufblähen in ihrem Wahn, Gott entthront zu haben, und ein Großteil der verführten Menschheit wird darob heulen wie siegesfrohe Wölfe. Trostlose Finsternis wird auf die Erde sich senken und in ihr wird sogar die Kirche hinabsinken in die trüben Bezirke des Weltlichen.

Die Besitzenden werden nur sich selbst kennen und den Armen der Erde verachten und treten. Und werden so beschwören das schlichte Herz der Demut zu Aufruhr und Erhebung.

Throne werden stürzen und zu Ende gehen wird auf der Erde die gesegnete Zeit der Patriarchen. Und die Zeit der Verwirrung und des Chaos wird anbrechen.

Edle werden fallen und mit ihnen wird mehr und mehr der Menschenadel aus der Welt schwinden.

Wo Würde war, wird Schande sein. Wo Aufrechtheit war, wird Ehrlosigkeit sein.

Das Dunkle wird triumphieren. Was minderwertig ist, wird sich vordrängen. Was unfähig ist, wird nach der Führung greifen. Und die Verführten werden von ihnen verraten werden um dreier Silberlinge halber. Judas wird über die Erde gehen und Kain wird die Waffe des Mordes schwingen.

Und alle zusammen werden sich und die Erde schänden!

Der Geist und das Gemüt, die lichten Kinder des Himmels, werden nichts mehr gelten. Und alles gelten wird die Faust, die Unbarmherzigkeit und die List.

Und die Dämonen der Tiefe werden sie verblenden, so dass die Völker der Erde sich aufeinanderstürzen und sich zerfleischen werden in vielen Jahrzehnte währenden Kriegen, welche die ganze Welt umgreifen und schänden. Weltuntergangs-Raserei wird über die Erde toben. Die Menschheit wird immer mehr ihr Anrecht auf den Namen Mensch verlieren.

Und die gefallene, entwürdigte, entmenschte Menschheit wird bei lebendigem Leibe untergehen und es wird ein großer Gestank sein auf der Erde. Und der Gestank der Erde wird sich vermählen mit dem Gestank des Himmels.

Wenige nur werden wissen, dass diese trübe Weltenstunde der Schoß ist für die Verjüngung der Erde. Tief wird der Pflug einer neuen Zeit durch die verzweifelte Menschheit gehen und eine neue, gesegnetere Erde aufreißen.

In dieser Endzeit wird das Goldene Kalb zu wanken beginnen auf seinem hohen Sockel und herabgestoßen werden in die Tiefe.

Denn das Ur-Licht wird aufzuleuchten beginnen und die Welt verwandeln. Und es wird ein großer Hohn sein für die, welche die Menschheit einst von Gott weggeführt haben. Denn das Gesetz wird es wollen, dass die Wissenschaft, die das Goldene Kalb der ‚Stoffanbetung' aufgerichtet hat, sich demütig wird beugen müssen vor der ewigen Allgewalt des Geistes hinter dem Trug der Materie, und dass die Menschheit ehrfürchtig wieder zurückführen muss zum ewigen Gott.

Nach diesem Sintbrand wird eine neue Erde und eine neue, gereinigte Menschheit erstehen.

In dieser Zeit, in der das Ur-Licht aufzuleuchten beginnt, wird der große Krug zu fließen anfangen und seine jungen, erfrischenden Wasser werden die Seele der Menschheit erquicken und ihr helfen bei ihrer großen Verwandlung, wie das irdische

Nass dem in der Erde liegenden Korn hilft, dass aus ihm der Keimling des neuen Lebens emporsteige.

Diese Stunde, in welcher der Fisch stirbt und der Krug des Wassermanns zu fließen beginnt, wird der Anfang sein des von der Menschheit seit Langem geahnten und ersehnten Reiches des auferstehenden Geistes der Liebe und des Friedens."

Achtes Kapitel

Mit immer größer werdenden Augen hatte der greise Bischof dieser apokalyptischen Vision des Wunderapostels gelauscht. Nun, da der Sprecher schwieg, beugte sich der Kirchenfürst zu ihm hinüber und sagte:

„Ungeheuer und überwältigend groß ist das Bild, das du aufreißt, und es übertrifft weit das, was meine Seele manchmal in stiller Stunde ahnt. Doch willst du die Güte haben und mir sagen, was du damit meinst, dass die Menschheit bei lebendem Leibe untergeht, weil der Fisch am Himmel stirbt? Und inwieweit dieses vielleicht zusammenhängt mit deinem Wort, dass der Geist der Zeit auf dem Entwicklungsweg der Menschheit mir entgegenkomme."

Der Wunderapostel nickte ernst und sprach:

„Unter dem Fisch, der sterben wird, meine ich den großen Himmelsfisch, das Tierkreisfeld der Fische, dessen zweitausendjährige Herrschaft bald zu Ende gehen wird. Denn die Sonne wird in kurzer Zeit aus diesem Hause scheiden und hineintreten in das neue Haus des Wassermannes, des Mannes, der in seinem Krug das ‚Wasser des ewigen Lebens' trägt.

Der Übergang der Sonne von der einen Himmels-Zone in die andere Zone, also von dem einen Schwingungsfeld in das ganz andere Kraft-Strahl-Feld aber wird sie in eine große Erschütterung versetzen, dass die Erde darob bis in ihre Grundfeste erbeben wird.

„Wie soll ich das verstehen?"

„Damit du dies versteht, lass mich weiter ausholen. Du kennst das Leben der Natur in ihrem 365-tägigen Jahresring von Frühling, Sommer, Herbst und Winter, oder klarer gesagt, mit ihrem ewigen Rhythmus von Werden, Sein und Vergehen.

Dieser Rhythmus entsteht dadurch, dass die Erde auf der schiefen Bahn ihrer Ekliptik in 365 Tagen um die Sonne herumgeht und so das ‚Erden-Jahr' bildet. Auf diesem Weg ist die Natur nicht Herr, nicht der Wollende, sondern der Geführte! Der Herr, der über Leben und Tod, also über Sommer oder Winter entscheidet und beides bestimmt, ist die göttliche Sonne! Was die Sonne tut, das muss die Natur tun. So wie die Sonne sich verhält, so muss die Natur sich verhalten. Stirbt die Sonne, stirbt die Natur. Erhebt sich die Sonne aus ihrem Grab zu neuer Lebensfahrt, erhebt sich auch die Natur aus ihrem winterlichen Grab zu jubelndem, frühlingsseligem Lebensbeginn. Steht die Sonne in ihrer hohen, königlichen Majestät, steht auch die Natur in all ihrer sommerlichen Pracht und Lebensstärke.

Was für die physische Entwicklung, den körperlichen Weg der Natur, ob bei Pflanze, Tier oder Mensch, gilt, das muss auch für den geistigen Entwicklungsgang der Menschheit gelten!

Wer nun die Entwicklung der Völker der Erde sorgfältig betrachtet, wer ihre Kulturen und Religionen aufmerksam studiert, der sieht in beiden ein seltsames Wogen und Fließen, wie Wellenberg und Wellental in der gewaltigen Bewegung des Ozeans. Er schaut ein mächtiges Auf und Ab weitgesteckter Entwicklungskurven, und innerhalb dieser viele Jahrtausende umfassenden Kurven ein frühlingshaftes Aufblühen, hochsommerliches, machtvolles Sichentfalten, herbstlich verblassendes Herabsinken und ein müdes, winterliches Sterben.

Er schaut, wie jedes Volk sich aus der Tiefe hebt und sich hinaufringt zum Himmel, zur Erkenntnis und zu Gott; unter dieser Vereinigung mit dem Göttlichen wie ein gewaltiger Baum sich entfaltet, markstark seinen Lebensraum, seine hohe Religion und Kultur sich schaffend; dann aber eines Tages aus der Fülle seiner körperlichen und geistigen Kräfte vermessen von Gott sich wendet, sich selber vergottend und den Stoff mehr liebend und höher wertend als den Geist und dadurch, von der allmächtigen Kraft des Lebens gelöst, seine physischen und sittlichen Kräfte immer mehr verliert; und von der Macht des Stoffes, dem es sich verschworen, allmählich gänzlich gefangen und verschlungen wird.

Wo immer du auf dem Erdenrund hinsiehst, immer erblickst du dieses große Gesetz des Werdens, Seins und Vergehens der einzelnen Völker. Immer hat der Betrachter dasselbe, ehern wiederkehrende Bild: Ist das Volk bei Gott, sind Reich, Leib und Geist in gesegneter Machtfülle, blühen Religion und Kultur; entfernt es sich von Gott, sinkt es in Tiefe und Verfall und verliert jede Bedeutung in der Welt.

Denn auch hier beim Geiste der Völker der Menschheit ist es so wie beim Leibe der Natur im Erdenjahr! Ebenso wie hier die Natur nicht ihr Werden und Vergehen bestimmt, bestimmen auch dort nicht die Völker der Erde den Wogengang ihres Aufstieges oder Abstieges, ihrer Gottnähe oder Gottferne, ihres Wissens oder ihres Wahns. Sondern der Bestimmer, Herr, Lenker und Führer dieses geistigen Entwicklungsweges der Menschheit ist genauso wie in der Natur, wie ich es dir schon gesagt habe, die Sonne!

Nur dass diesmal nicht entscheidend ist der Weg der Erde um die Sonne, sondern eine weit größere und gewaltigere Bahn: der Weg der Sonne um den Tierkreis, also der Weg unseres Lebensgottes durch die zwölf königlichen Reiche des Himmels.

Zur Durchwanderung eines einzelnen dieser Reiche braucht die Sonne 2 000 Jahre. Und für den Weg über den ganzen Tierkreis somit rund 24 000 Jahre. Diesen Zeitraum wollen wir das große ‚Sonnen- Jahr' nennen.

Nun weißt du längst, dass es im gesamten Weltall, das von Gott geschaffen und von Seinem Lebensgeist durchdrungen ist, nirgends etwas Totes gibt, sondern dass alles lebendig ist. Und du weißt, was auch eure größten Geister, Kepler, Newton, Herschel, Kant und Goethe wussten, dass die Wahrheit jedes Geschöpfes, also sein innerstes Wesen, sein Urgrund oder Kern, Geist ist! Dass also jedes Gestirn genauso wie unser Körper von einem Geist, einer gewaltigen, hohen Intelligenz, bewohnt ist. Und dass darum jedes Gestirn ein erhabenes, machtvolles Wesen, ein Gottesengel ist.

Demzufolge ist jedes Gestirn (ebenso wie jeder Mensch und jedes Atom) von unvorstellbarer Energie oder göttlicher Lebenskraft und von einer bestimmten Geisthaltung erfüllt.

Es hat nun Gott in Seinem Schöpfungsplan gefallen, stets Millionen solcher Himmelsengel oder Sternzellen genauso zur wesensgleichen Einheit eines Tierkreisfeldes zusammenzufügen, wie Er ungezählte Zellen im Leib eines Menschen zu einem bestimmten Organ zusammengefügt hat.

Diese Millionen Geistwesen, die Gott zu einem großen, einheitlichen Lebensfeld zusammengeschlossen hat, tragen alle dieselbe Energie und zusammen eine ganz bestimmte Geisthaltung in sich.

Im Tierkreisrund sind nun zwölf solcher verschiedener Lebensfelder. Jedes von ihnen strahlt oder schwingt eine andere Energie und geistige Haltung ins All.

Die Ausstrahlungen dieses unvorstellbar weit von der Erde entfernten Tierkreisringes könnten natürlich nicht entscheidend die Erde beeinflussen und das winzige Mohnkörnlein Erde vermöchte diese Strahlen nicht mehr zu greifen und anzuziehen. Aber der ungeheure Koloss Sonne vermag diese Strahlung der Tierkreisfelder zu fassen und sie der winzigen Erde einzugießen. So bekommt die Erde die Energien und Geiststrahlungen dieser zwölf Tierkreisfelder – man könnte sagen, dieser ‚Worte Gottes' – unmittelbar durch die Riesenlinse Sonne.

Da nun die Sonne immer 2 000 Jahre lang in einem Tierkreisfeld steht, gießt sie diesen ganzen Zeitraum hindurch dessen Energie und Geiststrahlung auf die Erde. Demzufolge ist die Menschheit während dieser Dauer einer bestimmten geistigen Beeinflussung unterworfen.

Somit tritt die Menschheit im 24 000-jährigen ‚Sonnenjahr', also laufend alle 2 000 Jahre, ebenso in eine andere geistige Entwicklungsstufe, wie die Natur im 365-tägigen Erdenjahr jeden Monat in eine andere organische Entwicklungsphase tritt. Oder anders gesagt: So wie die zwölf Monate des Erdenjahres einen biologischen Entwicklungsring von Werden, Sein und Vergehen schaffen, ebenso bringen die zwölf Tierkreiszeichen eines Sonnenjahres einen geistigen Entwicklungsring von Aufstieg, Höhe und Abstieg der Menschheit hervor.

Da aber jedes Tierkreisfeld von einer anderen Energie- und Geisthaltung erfüllt ist, so ist es klar, dass der Übergang der Sonne von einem Feld in das andere mit großen Erschütterungen verbunden sein muss, ähnlich dem Verhalten unseres Auges, wenn wir abends plötzlich von einem Scheinwerfer angeblendet werden. Diese Übergangs-Erschütterungen sind der Grund, warum man auf der Erde deutlich alle 2 000 Jahre große Veränderungen und Umschichtungen sowohl im staatlichen Gefüge wie weltanschaulich, religiös, ethisch und künstlerisch wahrnehmen kann.

Es ist genau wie bei den Pflanzen! Die Pflanzen glauben, dass sie das Wachsen, Blühen und Früchtebringen vornehmen, während in Wirklichkeit ihr Lebensweg im Jahresring von den zwölf Monatsständen der Sonne am Himmel hervorgerufen wird. Ebenso glauben die Völker der Erde, dass sie planen, handeln und gestalten und die Wege ihrer geistigen Entwicklung formen, während in Wirklichkeit auch in sie hinein gedacht, gestrahlt, gewollt und dadurch ihr geistiger Entwicklungsweg vorgezeichnet wird.

So wie die Sonne nun zufolge des das ganze All durchdringenden Urgesetzes der Bipolarität für die Natur die zwei Pole Sommer und Winter, also Leben und Tod in sich birgt, ebenso muss auch der Tierkreis für die Menschheit dieselben zwei Pole in sich tragen, innerhalb derer sich der geistige Entwicklungsweg der Menschheit vollzieht.

Was nun ist für den göttlichen Geist Sommer und Leben? Und was ist für ihn Winter und Tod? Es ist nicht schwer. Im Sommer, dem vollen geistigen Leben, wird die Menschheit stehen, wenn sie die höchste kosmisch-geistige Erkenntnis hat, und derzufolge voll mit Gott vereint ist. Also wenn sie in inniger Gottesnähe steht.

Im Winter, dem geistigen Tod, aber wird die Menschheit sich befinden, wenn sie im tiefsten, blinden Stoffwahn steckt und demzufolge in Gottesferne sich befindet. So wie der Weg der Natur vom Winter über den Sommer zum neuen Winter geht in dauernder Wiederholung, ebenso muss der Weg der Menschheit von Gottferne zur Gottnähe und wieder zur Gottferne gehen in stetem Wechsel. Zufolge dieses weltalldurchdringenden Urgesetzes der Bipolarität wissen wir, dass dieser geistige Entwicklungsweg immer nur sein kann ein Weg zwischen Tod und Leben, irdischer Welt und geistiger Welt, also zwischen Materie und Geist.

Die gesamte Menschheit der Erde ist die große ‚Gottesblume' und muss genau demselben Gesetz folgen wie die unschuldige, kleine Erdenblume!"

Hier hob der Bischof leise die Hand:

„Verzeih, Bruder, dass ich dich unterbreche! Aber wenn dem so ist, wie du eben dargelegt hast, dann vermag sich die Menschheit ja nie höher zu entwickeln, denn dann läuft ihr Weg ewig in diesem 24 000-jährigen Kreis, wie der 365-tägige Lebensweg der Natur, und dann hätten die recht, die behaupten, dass alles schon dagewesen sei und die Menschheit eigentlich nie weiterkäme, wogegen sich eine unbewusste Ablehnung in mir sträubt."

„Mit diesem Gefühl hast du vollkommen recht! Aber was den Menschen, die ja nur winzige Zeitspannen zu überblicken vermögen, auch wenn sie über einige Jahrtausende schauen, so erscheint, ist wirklich nur Schein! Denn wer die Natur genauer betrachtet, sieht, dass selbst ihre körperliche Entwicklung im Jahresring trotz des scheinbar ewig gleichen Lebensablaufes nie völlig dieselbe ist! Der Ablauf des Lebensringes ist wohl stets der gleiche. Immer folgt auf die Winterstarre der jubelnde Frühlingsausbruch. Immer folgen Knospe, Blatt, Blüte, Frucht und Blattfall aufeinander – aber dennoch wird dabei der Baum immer größer, treibt er den Wipfel höher, breitet er die Krone weiter und weiter, nimmt sein Stamm an Umfang zu, geht er Jahr um Jahr einer höheren Vollendung entgegen, bis zur vollen Erfüllung seines Seins. Und ist es nicht ebenso bei Tier und Mensch?

Und siehe, genauso ist es beim 24 000-jährigen geistigen Entwicklungsweg der Menschheit! Wohl vollzieht sich innerhalb dieses großen ‚Sonnenjahres' ebenfalls immer wieder dasselbe, aber immer auf einer höheren Ebene! Denn der Weg des Menschen, der vom Tiermenschen zum Gottmenschen geht und ihn immer mehr aus den stoffgefangenen, irdischen Niederungen in die freien, geistigen Höhen hebt, geht nicht ewig im selben Kreis, sondern in den fortschreitenden Bahnen einer sich dauernd emporschraubenden SPIRALE."

Der Wunderapostel machte eine kleine Pause, dann fuhr er fort:

„Und nun wollen wir uns klar werden, welches Tierkreisfeld im großen Ring dem geistigen Sommer entspricht und die Menschheit zur Gottnähe und Gottverbundenheit emporführt; und welches Feld die Menschen in den geistigen Winter, also in den Zerfall mit Gott und die Gottferne zieht.

Wir wissen, im Sommer steht die Sonne hoch im Zenit, im Winter im tiefsten Gegenpunkt, dem Nadir.

Diesem Hochstand der Sonne entsprechend, befindet sich die Kreatur im Sommer in ihrer stärksten Geeintheit mit der Sonne und somit im Hochgefühl ihres Lebens.

Dem Gesetz der Gleichheit zufolge entspricht diesem physischen Hochstand der Natur der geistige Hochstand der Menschheit: also die innigste Geeintheit mit Gott. In dieser Entwicklungsphase hat die Menschheit neben allen äußeren irdischen Kräften auch ihre inneren göttlichen Kräfte wiedererlangt und voll entwickelt.

Gottgeeintheit, und was dasselbe ist: vollen, inneren Frieden aber drückt seit jeher das Tierkreisfeld Waage aus.

Also müssen wir in dieses höchste Feld, das zum Zenit emporsteigt und sich an ihn schmiegt, die Waage einsetzen. Doch damit du mir von jetzt an leichter folgen kannst, will ich das Ganze aufzeichnen."

Der Wunderapostel streckte die Hand vor. Der Bischof erhob sich, holte Bleistift und Schreibblock und reichte beides seinem Freunde. Dieser begann mit fester Hand das Bild des Tierkreises aufzureißen. [Zeichnung siehe nächste Seite]

Hierauf zeigte er auf das Feld links von der Zenitlinie und sagte:

„Das ist also hier! Und dem Gesetz der Analogie entsprechend, demzufolge dem Licht die Finsternis, der Gottnähe die Gottferne, dem geistigen Leben der geistige Tod und der Kulturhöhe die Kulturtiefe gegenüberstehen muss, muss sich diesem ‚Lebens-Feld' der Menschheitshöhe in genau 180 Grad das ‚Todesfeld' der Menschheitstiefe gegenüber befinden.

Ist im Waagefeld also die Gottgeeintheit, Gottesliebe, und aus dieser die weltweite All-Liebe erblüht, so müssen wir in jenem gegenpoligen Feld tiefste Gottesferne und somit stärkste Ich-Liebe oder engsten Egoismus finden.

War die All-Liebe wie ein zwischen den Menschen stehender Lichtengel, so steht die Ich-Sucht wie ein dunkler Dämon zwischen ihnen. Denn Ich-Liebe führt zum vollkommenen Zerwürfnis mit Gott, der Welt, den Geschöpfen und Menschen – und hinein in die Arme des Teufels! Ist der allliebende Mensch der wahrhaft lebendige Mensch, so ist der Ichsüchtling der ‚gestorbene' oder ‚tote' Mensch. Dieser rücksichtslose, nur sich kennende Mensch muss also im Gegenpol der Waage stehen, welchem diese trostlose Geisthaltung ausströmt, und dieses Feld

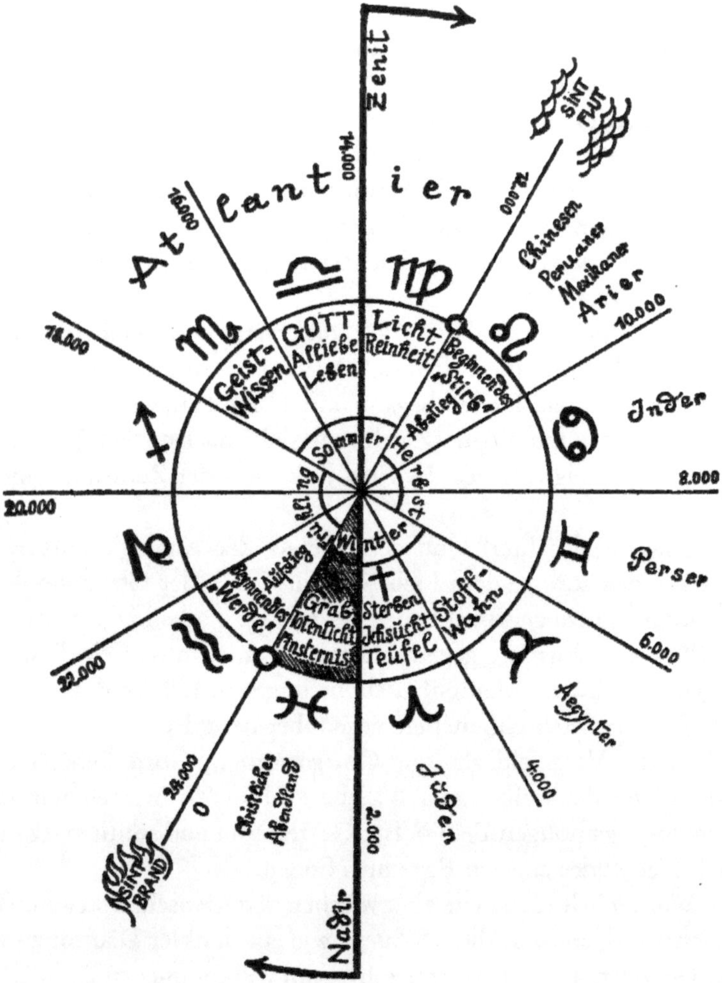

der Ichsucht ist seit grauester Vorzeit mit dem Namen Widder benannt worden.

So stehen also Waage und Widder, Gott und Teufel, All-Liebe und Ich-Sucht, Gottgeeintheit und Gottferne einander gegenüber wie Leben und Tod.

Tritt hierauf die Sonne, und somit auch die Menschheit, aus diesem Waagefeld und überschreiten beide den Zenit, also ihren Hochstand, dann beginnt die Menschheit ihre engste Gottverbundenheit zu verlieren und damit ihre göttlichen Fähigkeiten. Aber auch in diesem neuen Feld ist die Menschheit noch immer dicht beim Zenit, also bei Gott, und hat noch Gottes edelste Kraft in sich: die lichte Reinheit.

Nun wissen unsere Frühväter seit urdenklichen Zeiten, dass das Tierkreisfeld der Jungfrau diese Reinheit ausstrahlt, und so müssen wir rechts vom Zenit das Siegel der Jungfrau einzeichnen.

Wer in der Reinheit steht, steht noch voll im geistigen Licht.

Also muss der Mensch, der im Gegenfeld steht, in der vollen geistigen Trübung, der Finsternis sich befinden.

Wenn nun der Widder das geistige Sterben der Menschheit darstellt, was kann auf dieses Sterben noch folgen? Wir wissen es: der Tod, das Ende, das Grab! Also der tiefste Tiefstand der Menschheit.

Nun wissen wir, dass der körperliche Tod, das Ende des Menschen, mit dem Tierkreiszeichen Fische bezeichnet wird. Und sowohl der körperliche Grabeszustand wie der geistige Tiefstand der Menschheit sind Phasen der völligen Finsternis, die dem hohen Geistlicht-Zustand der Jungfrau tatsächlich diametral gegenüberstehen.

So haben wir bereits:

- den Hochstand der Menschheit in der Waage,
- die erste Wende zum Abstieg in der Jungfrau,
- den Tiefstand der Menschheit im Widder
- und die erste Wende zum neuerlichen Aufstieg aus dem Mysterienbezirk des Grabes im Fisch.

Dass dieses Feld der Fische buchstäblich das Grab ist und den finsteren, lichtlosen Grabeszustand einer völlig von Gott abgekehrten Menschheit darstellt, sagen uns schon die alten Ägypter, die diesem Feld der Fische den Namen das ‚Totenlicht‘ gegeben haben, wodurch sie ausdrücken wollten, dass der geistige Strahl, der aus diesem Feld kommt, nur mehr geistig Tote trifft. Oder: dass dieses Licht eben ein vollkommen ‚finsteres' Licht, ein lichtloser Strahl ist, der alles geistige Leben erstickt und gleichsam zudeckt.

Aus der Stellung dieser vier Tierkreiszeichen sind nun auch ‚Abstieg' und ‚Aufstieg' der Menschheit klar vorgezeichnet.

Rechts vom Zenit geht also der Abstieg der Menschheit von der Jungfrau über Löwe, Krebs, Zwillinge, Stier und Widder vor sich, bis hinein in das Grab der Fische.

Und links vom Nadir geht der Aufstieg der Menschheit aus dem Grab der Fische über Wassermann, Steinbock, Schütze und Skorpion wieder zur höchsten Geisthöhe und Gottverbundenheit in der Waage vor sich.

Rechts vom Zenit, von der Jungfrau bis zum Widder, sind die Felder und die 2 000-jährigen Zeiträume oder Äone immer mehr fortschreitender Gott- und Geistabgekehrtheit und völligen Stoffwahnes, also der Weg des geistigen Sterbens der Menschheit.

Die 12 000 Jahre links vom Nadir, die Tierkreisfelder empor, zeigen uns den Weg des geistigen Lebens der Menschheit.

Und es ist uns klar, dass der Weg des Abstieges, der immer mehr in Gottferne, Geistverdunkelung und Stoffgefangenschaft führt – und demzufolge in Ichsucht, Herrschsucht, Stoffanbetung und Habgier – aus diesen Kräften heraus zu Feindseligkeit, Friedlosigkeit und Kriegen führen muss. Denn der Mensch, der in das ‚Reich der Dämonen' abgesunken ist, wird auch zunehmend von ihrer Dämonie überwältigt werden.

Der Weg aus dem Grab, also der Weg zum Lichte der Erkenntnis, dem Zerreißen des Schleiers der Maya, der Weg in die geistige Welt und zu Gott empor, wird im gleichen Maße immer mehr ein Weg in die Freiheit, zur Liebe, zu Christus, also ein Weg des Friedens!

Dass das so ist, beweist dir der Weg der Kulturvölker der Erde!

Betrachten wir das älteste Kulturvolk, die Söhne der Atlantier: die alten Ägypter!

Heute, im Äon der Fische, ist dieses einstige größte Kulturvolk am ewigen Lebensbaum der Menschheit völlig abgeblüht und hinabgesunken zur gänzlichen Bedeutungslosigkeit stumpf robotender Fellachen. Elend stehen sie auf dem unsterblichen Trümmerfeld ihres einstigen geistigen Königtums, dessen frühe Herrlichkeit heute noch die ganze Erde überstrahlt.

Gehst du etwas über dreitausend Jahre von heute zurück, das ist also bis zur Mitte der Widder-Zeit, findest du dieses Volk auf der gewaltigen Höhe des mächtigen Kriegspharao Ramses II. und begegnest der großartigen Bautätigkeit, die sich in Karnak und Luxor verewigte.

Gehst du noch um ein volles Jahrtausend weiter zurück, also ungefähr in die Mitte des Stier-Äons, über viereinhalb Jahrtausende von heute, tritt dir der gewaltige Pharao Cheops entgegen, der im Zeitalter des ausklingenden Stoff-Äons das gigantischste Bauwerk der Erde aufrichtete, die unsterbliche, unübertroffene Cheops-Pyramide, die in ihrer Gänze das ‚Steinerne Buch der Menschheit' ist, in dem deren höchste Erkenntnis, das ganze Urwissen der Menschheit, geheimnisvoll in Zahlen, Linien, Flächen, Winkeln und Kuben, aufgezeichnet ist.

Und wieder ein Jahrtausend zurück, also 3 000 Jahre vor Christi Geburt oder 5 000 Jahre vor heute, stehen wir im Bannbezirk des Ältesten Reiches, der ältesten geschichtlich erfassbaren Königszeit des Königs Menes.

Und wir sehen: Je weiter wir zurückgehen in den grauen, immer weniger durchdringbaren Schoß der Vorzeit, umso gewaltiger werden die Bauwerke, umso vollendeter die Plastiken, umso meisterhafter die Bildwerke der Malerei! Nehmen wir zum Beispiel ihre Schrift, die Hieroglyphen! Gehst du über die Zeiten von Ramses und Menes noch weiter zurück in die früheste Vorzeit, 6 000 bis 8 000 Jahre von heute, so bricht diese Schrift mit einer derart meisterlichen, bereits völlig in sich abgeschlossenen vollendeten Gedrängtheit aus dem undurchdringlichen Dunkel der Zeit, dass sich uns die überwältigende Erkenntnis aufzwingt, dass vor dieser Zeit unmöglich die Primitive gewesen sein kann! Denn aus dem Primitivzustand eines Volkes springt nie und nimmer, ohne jeden Übergang, die vollendetste Kultur! Das ist ebenso wenig möglich, wie niemals aus einer Knospe sofort die Frucht herausspringen kann! Denn alles braucht seine langsame stufenweise Entwicklung.

So werden wir also in die Überzeugung hineingezwungen, dass diesem nebelhaften, undurchdringlichen Frühschoß vor 8 000 Jahren Äonen noch weit höherer Kultur vorausgegangen sein müssen, da die Menschheit im selben Maße, wie sie dem Zenit, also der völligen Gottvereinigung, nahe war, ein immer bewussteres Gottesleben besessen haben muss und demzufolge immer lebendigere und gewaltigere Schöpferkräfte!

Dasselbe zeigen dir die Babylonier. Einst vor vielen Jahrtausenden ein hohes Geistvolk, das – um nur eines zu nennen, auf seine gebrannten Tonziegel das unsterbliche Epos des ‚Gilgamesch' schrieb, das wie kein zweites Buch auf das Eindringlichste den Bericht der einstigen Sintflut aufzeichnete, den Moses für seine Darstellung als Vorbild nahm – heute ausgelöscht und vom Wüstensand bedeckt und begraben ist.

Und um noch ein Volk zu nennen: die Inder. Heute zerrissen, elend, versklavt, einst in frühester Vorzeit auf einer derartigen Kultur- und Geisteshöhe, die jener der alten Ägypter völlig ebenbürtig war und der Menschheit die unsterblichen Veden der Upanishaden schenkte, jene einmalige, tiefste Schau in die Urgründe der Schöpfung und des Lebens, wie es umfassender nie mehr geschehen ist. Und deren Sternenkatalog von Surya Shiddhanto zum Beispiel mehr als 58 000 Jahre alt ist.

Und diesen selben Niedergang lehren dich die Chinesen, Peruaner, Mexikaner, Griechen, Römer und das Abendland! Nimm die unvorstellbar hohe Kosmogonie, wie sie dir aus eurer Edda entgegentönt, und betrachte die heutige Hilflosigkeit, ja Ohnmacht eurer Völker der lebendigen Gottheit gegenüber!

Es ist also aus diesem Weg der ägyptischen Kunstdenkmäler und Hieroglyphen, der babylonischen und indischen Kultur, so wie aller anderen Kulturvölker klar und eindeutig bewiesen, dass sich die Menschheit seit vielen Jahrtausenden unaufhaltsam immer mehr auf dem Wege des Abstiegs und Niederganges befindet, hervorgerufen durch ihr immer größeres Absinken und sich Entfernen vom lebendigen Gott.

Das alles führt uns zur berechtigten Annahme, dass weit vor uns, im Zenit unseres Großen Sonnenjahres, lange vor der Sintflut, also vor 12 000 bis 16 000 Jahren, ein Volk von unvorstellbarer Kultur auf Grund seiner innigsten Gottverbundenheit in den Zeiträumen der Jungfrau- und Waage-Äone gelebt haben muss, das der Schoß und die Wiege der gesamten Menschheit ist, und dieses Volk waren die Atlantier, das Muttervolk der Menschheit.

Dieses Volk hatte auf Grund seiner völligen Gottgeeintheit das Menschheits-Urwissen in seiner kristallklarsten Form. Es war in unserem Großen Sonnenjahr das Urvolk des heiligen Gral, das alle anderen Völker, ob Ägypter, Peruaner oder Arier, aus diesem heiligen Kelch trinken ließ und ihnen sein Erkennen, Wissen und Können schenkte, so das Licht des heiligen Gral über die ganze Erde gießend.

Dieses immer wiederkehrende, zwölftausendjährige Auf und ebenso lange Ab der Menschheit, dieses riesenhafte, geistige Stirb und Werde in gewaltigen Wellenbergen und Wellentälern nimmt Gott vermittels des Sonnenweges durch den Tierkreis deshalb vor, damit die Menschheit sich auf diesem ungeheuren Spiralenweg zwischen den beiden Polen Licht und Finsternis, Wissen und Wahn, Leben und Tod, Himmel und Grab, Gott und Teufel, allmählich immer höher entwickle, bis zu ihrer völligen Stoffüberwindung, Vergeistung und Vergottung.

Betrachtest du dir meine Zeichnung sorgfältig, so siehst du

ein wundersam göttliches Spiel in dieser geistigen Entwicklung der Menschheit, das überwältigend unter dem Gesetz der Bipolarität, also der Gegenpoligkeit steht.

Dieser Gegensatz ist der Träger der ganzen Schöpfung.

Dem Werden steht das Vergehen gegenüber.

Dem Tag die Nacht.

Dem Sommer der Winter.

Dem Männlich-Positiven das Weiblich-Negative.

Ich will dir auf der Tierkreisscheibe nur einige Gegensätze dieses geistigen Entwicklungsweges zeigen.

Aus dem Tierkreisfeld Stier ergießt sich der Stoffwahn durch die Sonne auf die Menschheit.

Der Gegensatz des Stoffwahns ist das bewusste Geistwissen.

Und dieses Geistwissen strömt, wie du siehst, genau aus dem gegenüberliegenden Feld des Skorpions.

Weiteres Gegensatzpaar: – Widder und Waage.

Da, wie wir wissen, aus dem Widder-Feld die Ichsucht (Ichliebe) sich ergießt, muss ihr Gegensatz, die Alliebe, aus dem dem Widder gegenüberliegenden Feld der Waage strömen.

Und noch das dritte Beispiel: Fische und Jungfrau.

Dem Grabesfeld der Fische, das die völlige Verdunkelung des Geistes auf die Menschheit schüttet, steht im Jungfraufeld ihr Widerpart, das strahlende Licht, die Reinheit, gegenüber.

Du siehst also, wie wunderbar auf diesem Weg der Menschheitsentwicklung alles auf dem Gesetz des Gegensatzes steht.

Sehen wir uns nun den Tierkreis genau an, zeigt sich, dass die drei Felder: Stier, Widder und Fische Stoffwahn (Besitzgier), Sterben (Ichsucht) und Grab (geistige Finsternis) versinnbildlichen und auf dem Entwicklungsweg der Menschheit die Zeit des tiefsten Absinkens von der Geistigen Welt und somit die äußerste Geist- und Gottferne oder den geistigen Winter darstellen. Das ist also die Zeit von heute bis 4 000 vor Christi Geburt. Und lehren nicht die Gelehrten unserer Tage noch immer, dass kein Gott existiere, sondern die ganze Welt aus

Stoff und Kraft entstanden sei und es nirgendwo weder Geist noch Seele gäbe?

Da dem Winter der Sommer gegenübersteht, so ist es nicht schwer, in den drei gegenüberliegenden Tierkreisfeldern Skorpion, Waage und Jungfrau den geistigen Menschheitssommer zu sehen, die Zeit der höchsten Geisterkenntnis, des höchsten Schöpfungs- und Lebenswissens, die Äone stärkster Gottverbundenheit. Das ist die Zeit von 12 000 bis 18 000 Jahren von heute zurück.

So sind also auf dem Wege der geistigen Entwicklung der Menschheit im 24 000-jährigen Sonnenjahr:

Skorpion, Waage, Jungfrau : der Sommer,
Löwe, Krebs, Zwillinge : der Herbst,
Stier, Widder, Fische : der Winter,
Wassermann, Steinbock, Schütze : der Frühling.

Und so zeigen dir diese vier Viertel der Großen Sonnenjahr-Bahn deutlich die vier Phasen des geistigen Entwicklungsweges der Menschheit: Höchste Gottverbundenheit, Lösung von Gott, tiefstes Einsinken in den Materialismus und neuerliche Rückkehr zu Gott!"

Aufmerksam war der Bischof den Darlegungen des Wunderapostels auf der Zeichnung gefolgt. Lebhaft rief er nun aus:

„Großartig und voll zwingender Wahrheit ist, was du mir entwickelt hast! Doch dann fällt also unserer Zeit, wie ich sehe, das bittere Los zu, zutiefst im Grabe der Fische zu stehen!"

Der Wunderapostel nickte:

„Ja, Bruder, die Grabeszeit hat ungefähr mit der Geburt Christi begonnen und Gott wusste genau, warum er am Tor der Finsternis, also im Grenzbereich zwischen Widder-Sterben und Fische-Grab, seinen Lichtsohn sandte. Es ist geschehen, damit die Menschheit – die in die tiefste Tiefe hinuntergesunken war – in der Grabesfinsternis schmerzlichster Gottesferne doch wenigstens von Gott und dem Licht der geistigen Welt hören sollte. Christus kannte seine schwere Aufgabe, die er einer sterbenden und im Grabe liegenden Menschheit gegenüber hatte, wohl! Bitter sagte er einmal: ‚Und das Licht kam und schien in die Finsternis, aber die Finsternis hat es nicht begriffen!'

Wie sollte auch eine Menschheit, der das Stier-Äon den Mayaschleier des Stoffwahns vor die Augen gelegt und das darauffolgende Äon des Widders zur Besitzgier noch die Ichsucht eingebrannt hatte, nun das hohe, hehre, geistige Licht, die Abkehr vom Golde und die Abkehr vom Ich und die Hingabe zum Geist und zum Bruder, verstehen können! Es war so unmöglich, wie der Blinde nicht das Licht begreifen, der Winter nicht Wärme spenden und Leben hervorbringen kann!

Und darum lebte Christus der Menschheit mit seinem Sterben und seiner Grablegung vor, was in den zwei Jahrtausenden der Fische mit ihr selber bitter sich vollziehen sollte.

Durch das Leiden, Sterben und die Grablegung Christi drückte die christliche Religion das aus, was der Menschheit selber widerfuhr.

An die 2 000 Jahre dauert dieser Grabeszustand der Menschheit nun fast schon und so wirst du verstehen, warum auch eure Kirche absinken musste und das kosmische Urwissen nicht geben konnte. Es war unmöglich! Denn ebenso wenig wie im Winter des Erdenjahres im Freien die Blumen blühen und das Leben sich entfalten kann, ebenso wenig konnte im Äon des ‚Totenlichtes' eure Kirche das hohe kosmisch-geistige Licht geben, das Christus nur als aufrüttelnde Mahnung, Stütze und fernes Ziel der Menschheit gelehrt hat. Eure Kirche musste ebenfalls, von der Gewalt des Tierkreisfeldes Fische bezwungen, das Wissen von der ewigen Urreligion verlieren. Wenn Winter ist, kann nicht Frühling sein. Wenn Tod ist, kann nicht Leben sein.

Aber Christus ist nicht im Grabe geblieben – Er ist auferstanden.

Auch die Sonne bleibt nicht ewig im Grab, auch sie vollzieht alle Jahre ihre Auferstehung.

Und so wird auch der Geist der Menschheit nicht ewig in der Gefangenschaft des Stoffes bleiben – auch er wird auferstehen!

Auch er wird das Grab seiner Gefangenschaft überwinden, wie die Natur alle Jahre auf Erden die Starre des Winters überwindet und in die Düsternis seines ‚Stirb' ihr jauchzendes ‚Werde' hineinjubelt.

Bald wird die Menschheit das 2 000-jährige Schattenreich des Fische-Äons durchwandert haben. Bald wird sie vor dem ‚Großen Tor der Verwandlung' stehen. Bald wird der himmlische Hornruf zur Auferstehung ertönen. Derzeit liegt die Menschheit noch in der Todesstarre, so wie euer Bürgermeister hier in den Banden des Todes lag. So wie es aber bei ihm nur ein Scheintod war und er aus diesem auferstanden ist durch meinen Willen, so ist auch der geistige Tod der Menschheit nur ein Scheintod, und bald wird sie ihn überwinden und auferstehen zu neuem, großem, herrlichem Frühlingsleben durch den Willen des herannahenden Wassermann-Äons! Schon wirft dieses seine ersten zarten Lichtstrahlen in das Grab! Denn wir sind am Ende dieser Zeit und der kommenden Auferstehung nahe!

Darum habe ich dir eingangs gesagt: Der Zeitengeist in der Entwicklung der Menschheit kommt dir helfend entgegen!

Aber ehe Frühling in der Natur werden kann, toben die gewaltigsten reinigenden und befreienden Winterstürme. Und so stehen auch der Menschheit ungeheure Stürme bevor. Stürme, wie die Menschheit sie seit undenklichen Zeiten nicht mehr gekannt und erlebt hat. Denn wie sollte das Größte, Gewaltigste, das in alle Höhen und Tiefen greift, wie sollte jenes Geschehen, in dem der Tod sich in Leben verwandelt und das Grab überwunden wird durch die Auferstehung, wie sollte jener furchtbare Kampf, in dem Luzifer durch Christus überwunden wird, ohne tiefste Erschütterung vor sich gehen!?

Ich habe dir früher schon gesagt, dass der Übergang der Sonne von einem Tierkreisfeld in das andere zufolge des Spannungswechsels mit starken Erschütterungen verbunden ist und dass dadurch die großen Kulturwenden der Erdenvölker ausgelöst und hervorgebracht werden.

Doch diese Übergänge sind verhältnismäßig harmlos, denn sie sind Übergänge im laufenden Entwicklungsfluss des Aufstieges oder Abstieges der Menschheit.

Zwei Übergänge im Großen Sonnenjahr aber sind von einer derart ungeheuren Gewalt, dass sie die Sonne, die Erde und die ganze Menschheit in wildeste, nahezu zerstörende Erschütterung bringen.

Das ist die Weltenstunde, wenn die Sonne beim Übergang von der Jungfrau zum Löwen ihren Abstieg beginnt. Und jene andere Weltenstunde, wenn sie nach diesem 12 000-jährigen Todesweg beim Übergang von den Fischen zum Wassermann erneut ihren aufsteigenden Lebensweg antritt.

In der ersten Weltenstunde zerreißt die Menschheit ihren Bund mit Gott. In der anderen knüpft sie neuerlich ihren Bund mit Gott.

Die erste Weltenstunde ist die Stunde des beginnenden Sterbens, der Abkehr von Gott, der beginnenden Gefangenschaft, des Todes-Weges.

Die zweite Weltenstunde ist die Stunde der Auferstehung, der Heimkehr zu Gott, der beginnenden Befreiung, des Lebens-Weges.

Sowohl die Weltenstunde der Zerreißung des Bundes mit Gott wie jene der neuen Knüpfung des Bundes, also die Stunde des ‚Stirb' und die Stunde des ‚Werde', müssen gleichermaßen eine ungeheure Erschütterung auslösen.

Von erster Erschütterung im diesmaligen Großen Sonnenjahr weiß die gesamte Menschheit noch. Die zweite Erschütterung wird sie bald erleben.

Die erste Erschütterung, als die Sonne von der Jungfrau in den Löwen ging, tragen alle Völker der Erde bis auf den heutigen Tag in ihrem Gedächtnis, und zwar in der Kunde von der Sintflut.

Dortmals gab die Menschheit das geistige Licht auf und begann in die Finsternis zu sinken; und jetzt, beim nahen Übergang von den Fischen in den Wassermann, wird sie die Finsternis verlassen, um das Licht zu gewinnen. Licht und Finsternis, Abstieg (Sterbe-Beginn) und Aufstieg (Auferstehungs-Beginn) stehen einander diametral gegenüber. Also muss diese große Erschütterung von jetzt zurückgerechnet vor ungefähr 12 000 Jahren gewesen sein.

Diese Losreißung der Sonne von der Tierkreisring-Höhe zwischen Jungfrau und Löwe und die damit gleichlaufende Lösung der Menschheit von Gott griff so sehr in die Weltenuhr und brachte die geistige und die irdische Welt derart in Erschütterung, dass der zweite Mond, der bis dahin ebenfalls um die Erde kreiste, aus seiner Bahn gestoßen und auf die Erde geschleudert wurde. Dieser Einbruch peitschte die Ozeane so mächtig empor, dass die Erdteile Atlantis auf der westlichen und Lemurien auf der östlichen Erdhälfte überflutet und in die Tiefe gerissen wurden und die Wasserflut die halbe Menschheit verschlang.

Die Heimsuchung, die nun der Erde und Menschheit bevorsteht, ist ebenso unausweichlich. Denn die nahe herankommende Zeit des Fische-Wassermann-Überganges der Sonne steht diametral der Sintflut gegenüber. Doch wird die diesmalige Erschütterung keine materielle sein, sondern eine geistige. So wie die Menschheit dortmals, als sie die geistige Welt verließ, mit der Materie: Wasser und Erde, heimgesucht wurde, so wird sie nun, da sie sich der geistigen Welt wieder zuwendet, vom Geiste, also vom Feuer, geläutert werden.

Oder, wenn du es mit den Worten deiner Religion hören willst: Es wird kommen die ‚Wiederkehr Christi'!

Und zwar nicht, wie einst, in Seiner irdischen Körperform, sondern durch die Kräfte Seines geistigen Reiches, das mit dem Wassermannfeld beginnt! Es werden also einbrechen und zu wirken beginnen die geistigen Feuer der Christuskraft des

Wassermannfeldes, welche von der Menschheit die Bande des Stoffes sprengen und einleiten werden die Auferstehung und Heimkehr und die große Scheidung von Spreu und Weizen, also der tauben, leeren Menschen, die auch weiterhin den Stoffwahn schlafen, und der erwachten, sehnsüchtigen Menschen, die lange schon nach dem Reiche Gottes sich sehnen. Dieses zehrende Feuer wird kein irdisch-grobstoffliches sein, sondern das unsichtbare Feuer kosmisch-geistiger Strahlkräfte.

Damit wird sich die uralte Prophezeiung erfüllen, die sagt, wenn die Menschheit zum zweiten Mal heimgesucht wird, dann wird sie durch den Sint-Brand heimgesucht werden. Die geistleugnenden, stofflich eingestellten Menschen werden diesen hohen Geistfeuerstrahl des Wassermannfeldes nicht ertragen und unter ihm wegsiechen wie unter einer Seuche; die dem Geiste Zugekehrten aber werden unter diesem Strahl vollends genesen und emporgetragen werden in die geistige Verwandlung.

Darum wird dieses Feld dargestellt durch einen Mann, der aus einem Krug Wasser fließen lässt.

Dieses Wasser aber ist das ‚Wasser des ewigen Lebens', die kosmische Erkenntnis: das ‚Feuer der geistigen Welt', also der lebendige, alles durchdringende ‚Gottgeist'. Dieser Geist wird dem lebendigen Weizen zum ‚Wasser' werden, das ihn speist und ins wahre Leben trägt; der dürren Spreu aber wird er zum ‚Feuer', das sie verzehrt.

So wirst du nun das herrliche Wort in Christi Nachtgespräch bei Nikodemus verstehen, wo der Heiland sagt: ‚So du nicht wiedergeboren wirst aus Wasser und Feuer, kannst du das Himmelreich nicht gewinnen!'

Darum, mein Bruder, sei beglückt: Bald wird die Sonne in dieses göttliche Geistfeld des ewigen Lebens und der Verwandlung treten und seine bereits vorausstrahlenden Kräfte werden deinen suchenden Geist lösen, stärken und vorwärtstragen in das Reich deiner Sehnsucht!"

Die Augen des greisen Kirchenfürsten leuchteten. Und sich ungestüm vorbeugend, fragte er:

„Und wann, o Bruder, wird diese große Verwandlung der Menschheit beginnen?"

„Die Zeit dieser großen Verwandlung - die, wie ich ausdrücklich betonen will, für die Menschheit Jahrhunderte umschließen wird - wird mit dem Augenblick beginnen, in dem die Menschen in den ersten Weltkrieg hineingerissen werden. Dann ist die große Weltenstunde angebrochen.

Und wer die Zeichen der Kriege, die die ganze Welt erschüttern werden, nicht verstehen wird, dem wird das unfehlbare Zeichen gegeben werden durch die Entdeckung der Wissenschaft. Wenn die Stunde der Verwandlung nahe ist, werden die gottleugnenden, geistfeindlichen Gelehrten in die Urkammer der von ihnen angebeteten Materie hineintasten und im Herzen des Urbausteines des Lebens, im Atom, das ‚Feuer des ewigen Lebens' finden, welches ihr mühselig aufgerichtetes Weltbild von der Herrlichkeit des Stoffes zertrümmert und sie mit unbezwinglicher Gewalt hineinführt in den heiligen Tempelbezirk des Geistes. In jenes heilige Banngebiet, wo Materie zu Geist und Geist zu Materie wird und beides sich als Einheit erweist und in königlicher Majestät sich offenbart als der ewige Atem Gottes!

Und wieder wird sich das Wort der Schrift erfüllen, das da heißt: ‚Und sie haben Augen und sehen nicht!', denn die ‚Toten' werden gierig nach dem ‚Feuer des Lebens', der Energie im Atom, greifen, um mit ihm die Herrschaft ihres Gottes, des Teufels, zu erzwingen - und wenn diese Stunde kommen wird, wird die Wende nahe sein.

Draußen in der Stadt harrt in sehnsüchtiger Hingabe mein geistiger Sohn, der vom Schicksal bestimmt ist, mit lebendigem Wort den Geist des Wassermann-Äons heraufzuführen und das ewige Ur-Wissen zu bringen.

Eure Kirche hat es besessen. Denn es ist der Urgrund der

Lehre Christi, wie es die Urzelle jeder großen Religion ist. Aber der dunkle Erzengel des Fischefeldes wollte nicht, wie du weißt, dass auf Erden das Licht scheine, sondern dass es gebunden sei für 2 000 Jahre. Darum musste unter seinem allgewaltigen Willen eure Kirche das ‚Ewige Wort' verschleiern. Und so ist die erhabene, kosmische Lehre des Christentums in der Fischzeit der ‚Verschleierte Gott'.

In der kommenden Wassermannzeit aber wird der lichte Erzengel dieses Reiches den Schleier vom Gesichte des Gottes nehmen und euer Christentum wird strahlen im Glanze des ‚Alten Wortes', bis in fernen Äonen sich alle Religionen in dieser einzigen Ur-Religion vereinigen werden.

Und er, mein Sohn, wird es sein, der die Schleier löst und die Morgenröte der Menschheit heraufführt. Seine Seele vernimmt bereits im tiefen Schlaf das Rauschen der ‚Wasser des ewigen Lebens' und bald wird die Stunde sein, wo er den Adler schreien hört und, von verzehrendem Verlangen erfüllt, er die Einsamkeit suchen und in die Stille gehen wird. Sein stürmender Fuß wird nach Norden geführt werden und in der Weltabgeschiedenheit einer tausendjährigen Schafhürde wird er die Stätte der Verwandlung beziehen und dort das Grab sich bereiten, um in ihm das Geheimnis aller Geheimnisse zu vollziehen: das Sterben, um aufzuerstehen bei lebendigem Leibe zum ewigen Leben.

Und plötzlich werden die rauschenden Wasser brausend auf ihn zuströmen und einbrechen in seine Brust und die ältesten Zeichen der Erde werden zu ihm reden.

Und er wird besitzen ‚Urwissen' und ‚Weg'. Und wird bereit sein für seine große Bestimmung."

Der Wunderapostel hatte die letzten Worte noch nicht beendet, als an der Wand über dem Rosenkreuze ein Licht aufflammte, das wie ein rasend sich drehender Lichtkern war und sich allmählich in ein gleichschenkeliges Kreuz formte. So blieb es unbeweglich über dem heiligen Zeichen.

Mit weitgeöffneten Augen starrte der greise Kirchenfürst auf das herrlich leuchtende, uralte Lichtmal. Taghell stand in seiner Brust das Wissen, wer dieses Zeichen zu ihnen sandte. Mit Erschauern sah er, wie sehr die über dem Grabe stehenden Meister bei ihnen waren und die Worte ihres Bruders bestätigten.

Ehrfürchtig, wie angezogen, ging er mit geweihtem Herzen auf das schwebende Lichtkreuz zu, kniete nieder und neigte tief sein Haupt.

Neuntes Kapitel

Fünf Tage später zog der Wunderapostel in aller Herrgottsfrühe mit seinen beiden Begleitern aus der alten Bischofsstadt. Schäumend gluckten die Wellen der Donau um die Pfähle der Brücke. Eisige Kühle hauchte der Fluss. Im Osten stand der erste zarte Morgenschimmer am Himmel.

Noch lag die Stadt im Schlafe und träumte von ihrem wundertätigen Heiligen.

Heinrich Truckenbrodt ging scheu, beinahe beklommen, neben dem Geheimnisvollen, der, kaum dass er ihm begegnet, ihn schon in einen Strudel unfasslichster Geschehnisse gerissen hatte, die auf sein harmloses Gemüt wie Donnerschläge wuchteten. Und in Beatus hatten die Erlebnisse in Passau vollends die Überzeugung gereift, an der Seite eines Wesens leben zu dürfen, das nimmer mit Menschenmaß zu messen war, das vielleicht überhaupt –. Hier hatte er jedes Mal zäh seinen Gedankengang abgebrochen, beinahe ängstlich, als könnte er, wenn er diesen Grübeleien noch weiter nachhinge, den Mut verlieren, die Nähe des Gewaltigen zu ertragen.

Und das Gesicht der alten Zigeunermutter stieg vor ihm auf, die einst beim Abschied seinen Handteller forschend betrachtet hatte, und deutlich hörte er ihre Worte an sein Ohr dringen: „Gehe gerade weiter den Weg des Leides, denn er wird der Weg deines Glückes werden!“

Hatte sich die Prophezeiung der Alten nicht schon erfüllt? Stand nicht der Weg seines Leides bereits tief im Pfad des Glückes!? Gab es ein höheres Glück, als an der Seite dieses Großen leben zu dürfen, der in unberührbarer Schlichtheit den erhabenen Weg des Meisters zog! In allen Dörfern trugen sie ihm die Kranken zu, flehten sie ihn an, ihre Gaben anzunehmen.

Endlich standen sie vor dem böhmischen Grenzpfahl.

Ein seltsames, schmerzlich-wehmütiges Gefühl war es, das Beatus beim Anblick dieses Pfahles durchbebte. Mit einem bitteren Zug um den Mund starrte er auf dieses Zeichen. Das Auge des Wunderapostels beobachtete ihn aufmerksam.

Wie lange war es schon her, dass Beatus diese Grenzpfähle nimmer gesehen, sie ängstlich gemieden hatte, als könnten sie geheime Wunden, die noch leise bluteten, erneut tief aufreißen.

Schwer fuhr er sich über das Gesicht.

Doch plötzlich schien etwas in ihm erwacht zu sein, etwas so Mächtiges, Sturmgewaltiges, dass es ihn förmlich in das Land hinter dem Pfahl hineinriss.

Unbewusst drängte er mit heftigem Schritt, als müsste er einem Feinde wehren, der ihn noch im letzten Augenblick zurückhalten wollte, in das Land des doppeltgeschwänzten Löwen hinein.

Und nun ging es immerzu nordwärts durch den romantischen Böhmerwald. Es war eine Seligkeit in diesem Wandern, für die es keine Worte gab.

Doch gerade auf dieser langen Wanderschaft durch den schweigsamen Böhmerwald stieg in Beatus immer wieder die Frage auf: Wie war der Zauberer zu diesen unerhörten Fähigkeiten gekommen? Wer war er? Und was wollte er auf der Landstraße? Denn dies war Beatus klar: Der Wunderapostel war freiwillig auf der Straße! So sicher wusste er dies, wie das andere, dass er kein Deutscher war! Wahrscheinlich überhaupt kein Abendländer! Solch Antlitz und dieser weiche, gutturale Tonfall der Sprache, beides wies nach dem Osten. So mochten arabische Scheichs, persische oder indische Fürsten aussehen!

Doch jedes Mal wies er diese Gedanken als Übersteigerung seiner Phantasie zurück.

Was hätte ein Perser oder Inder bei ihnen zu suchen gehabt? In einem Lande, das seiner Seele völlig fremd sein musste.

Und was zwang ihn, bei der Mächtigkeit die er besaß, auf die Straße?

Wenn er etwa geflohen wäre aus seiner Heimat? Doch auch dies war sinnlos!

Menschen mit solchen Augen, die gleißen wie Stahl, die Tote lebendig machen und Lebende töten könnten, Zauberer mit derart magischen Kräften fliehen nicht! Dieser Geist war wohl imstande, Könige zu beugen, alle Könige der Erde aber waren nicht imstande, ihm ihren Willen aufzuzwingen! Und wenn sie ihn in Fesseln legten, er würde dieselben mit dem Feuer seines Willens schmelzen. Oder würde Geister rufen, die ihn befreiten!

Was aber nur wollte er auf der Landstraße? Es umgab ein Geheimnis diesen Mann, das unergründlich schien.

All diese Gedanken und die wundervollen Schönheiten des Böhmerwaldes erfüllten und beschäftigten Beatus dermaßen, dass seine Seele ganz in diesen Erlebnissen aufging. Ja, es kam ihm nicht einmal klar zum Bewusstsein, dass sie ihre Wanderung ständig nordwärts führte und sie sich schon dem Nordende des Oberpfälzerwaldes näherten.

Doch eines Tages stockte die Flut des endlosen Baummeeres und vor ihren Augen dehnte sich ein breites, malerisches Tal, das, einem gewaltigen, grünen Wehrgraben gleich, die bläulichen Wogenrücken des Oberpfälzerwaldes von den langgezogenen Gebirgsketten auf der drüben liegenden Seite schied. Ein Fluss eilte durch das Fruchtland, und gegen Abend zu, woher das Wasser kam, erblickten sie die Türme und Dächer einer Stadt.

Wie ein Schlafwandler starrte Beatus eine Weile in das freie Land hinaus. Plötzlich aber schien etwas durch ihn zu gehen, denn das Blut schoss ihm in die Wangen und dieselbe Erregung, die ihn beim Anblick des ersten böhmischen Grenzpfahles durchbebt hatte, erfasste ihn nun so gewaltig, dass er die Worte beinahe herausschrie: „Dort liegt Eger! Ja, bei Gott, es ist Eger!“ Wie entgeistert starrte er auf die Stadt hinüber. Und dann den Kopf nordostwärts der Gebirgskette zudrehend und beinahe unbewusst in sich hineinmurmelnd: „Und das, das ist das Erzgebirge! O sei gegrüßt, du heiliges Land!“ Ein Beben lief durch seinen ganzen Körper und der Wunderapostel, der ihn aufmerksam beobachtete, sah, wie es in seinem Gesicht arbeitete und zuckte. Teilnehmend betrachtete er seinen Schützling, während der Bäckergeselle, nicht ahnend, was in Beatus vorging, auf die wehrhafte alte deutsche Kaiserpfalz Barbarossas hinüberblickte.

Lange stand Beatus ohne sich zu rühren, ohne einen Laut aus der Kehle zu bringen. Seine Augen aber falkten unentwegt nordostwärts über die Bergkuppen des Erzgebirges und kreisten immerzu über einem Punkt.

Stumm fasste er den Wunderapostel an der Hand und, mit der anderen auf einen hoch am Horizont aufragenden Gipfel weisend, sprach er in geheimnisvollem Flüsterton:

„Siehst du den Berg dort oben, ganz hinten am Horizont? Die Seite halb verdeckt von dem lichtgrünen davor? Das ist der Fichtelberg! Und der andere davor der Sonnenwirbel. Seht ihr sie?“

Und während sie alle drei scharf nach Nordosten sahen und die beiden ihm zunickten, sprach Beatus mit der Feierlichkeit eines Beters:

„Dort zwischen den beiden Bergen, hoch oben auf einsamer Moorlandhöhe, liegt meine Heimat …“

Überrascht blickte der Bäckergeselle auf seinen Freund. Doch dieser spähte bereits wieder mit verzückten Blicken auf die blauen Bergkuppen am fernen, lichten Himmelsrand.

Der Wunderapostel gab Heinrich Truckenbrodt ein Zeichen, den Versunkenen nicht zu stören. So standen sie am Nordhange des Oberpfälzerwaldes und sahen hinüber in das Land, das einem von ihnen Heimat war.

Da wandte sich Beatus an die beiden ruhig Harrenden und sprach mit ergriffenem Ernst die Worte:

„Kommt, wir wollen in meine Heimat gehen!“

*

Es war am Abend des nächsten Tages.

Der Kalender zeigte den 14. Juli an, einen Freitag nach dem Feste Maria Heimsuchung.

Auf halber Höhe des Erzgebirges, weit über dem Egertal, lagen die drei am Rande des Waldes. Vor ihren Füßen züngelten die Flammen eines Feuers um den eisernen Kochtopf.

Der Tag war, wie alle vorhergehenden, drückend heiß gewesen; der Abend war dagegen so lau, dass sie beschlossen hatten, im Freien zu nächtigen. Eben war die Sonne untergegangen, doch die schöngeformten Wolken, die sie begleiteten, zogen alles Gold in sich und warfen den leuchtenden Schein hinunter in das Fruchtland der Eger, als wollten sie die emsigen Schnitter, die unermüdlich Schwade um Schwade des goldenen Roggens mähten und zu Bündeln aufrichteten, mit neuer Kraft und Arbeitsfreude erfüllen.

So mächtig wurde das Gleißen der goldenen Wolken auf hauchgrünem Himmel, dass selbst die Schnitter innehielten und zu ihnen aufsahen.

Glücklich genossen die drei Lagernden das Bild.

Trotz der Hitze des Tages hatten sie beinahe im Eilmarsch das ganze breite Tal durchquert und waren noch bis zur ersten Anhöhe der Hochfläche emporgestiegen, willig dem eilenden Fuße Beatus' folgend, dem in seiner inneren Erregung gar nicht bewusst geworden, wie rastlos seine Schritte dahinflogen.

Seit er gestern so unerwartet die Berge seiner Heimat gesehen, die er drei Jahre, trotz schwerster innerer Kämpfe, mit der ganzen Kraft seines Willens gemieden, all den bittenden und beschwörenden Briefen seiner alten Eltern sich verschließend, hatte ihn die Sehnsucht nach allen den Leiden, die ihn in die Heimatlosigkeit der Landstraße getrieben hatten, so gewaltig ergriffen, dass sein Herz keine Scheu mehr vor alten Wunden kannte, sondern nur mehr eines: sehnsüchtige Liebe, unwiderstehliches Heimverlangen.

Und nun lagen sie in den Bergen seiner Heimat, kaum mehr einen halben Tagweg vom Dorfe seiner Kindheit entfernt.

Ab und zu legte der Bäckergeselle dürres Reisig um den brodelnden Topf. Würziger Wohlgeruch stieg unter dem Deckel hervor.

Jäh verhauchte das Gold des Himmels; doch es sollte in diesen Tagen des Roggenschnittes nicht dunkel werden: Liebevoll hing der Mond seine runde Ampel an das samtdunkle Himmelszelt. Wie trauliches Raunen der Mutter Natur geisterte das leise, unermüdliche Wispern der Grillen über den Hang.

Und weiter rauschten die gierigen Sensen durch den lauen Abend. Wie Blitze zuckten sie durch das weiche, stille Licht.

Köstlich mundeten den zwei Jungen die Suppe. Sie bestand aus würzigen Kräutern und Pilzen, die sie am Fuße der Erzgebirgswiesen gesammelt.

Und dann kam die Nacht. Eine laue, mondlichtklare Hochsommernacht. Heinrich Truckenbrodt legte noch immer ab und zu ein dürres Stück Reisig in das Feuer. Mehr aus alter Gewohnheit; der Bäckergeselle hatte Freude an den aufflackernden Flammen.

Auf den Arm gestützt, der Länge nach hingestreckt, ruhte der Wunderapostel. Seine freie Hand hielt den linken Ellbogen Beatus' umschlossen und strich ihn in väterlicher Sorgfalt. Glückseligkeit durchrieselte den Schützling.

Die Lichter der beiden Städte und der lange gewundene Streifen, der sie zu verbinden schien, grüßten zur Höhe herauf.

Da brach Beatus die Stille und begann unvermittelt zu reden: „Morgen sind wir in meiner Heimat. Morgen werden wir das Haus meiner Eltern betreten."

Er machte hier eine kleine Pause, dann fuhr er mit leiser, bebender Stimme fort:

„So hört denn, ich will euch vorher die Geschichte meines Lebens erzählen!

Ich habe euch gestern die Berge meiner Heimat gewiesen; hoch scheinen sie sich in die Luft zu erheben und sind doch nur niedere Kuppen, denn das Hochland, aus dem sie wachsen, liegt tausend Meter hoch. Dort oben, in dieser Höhe, in der sonst nur Wildadler kreisen, bin ich in einem kleinen Dorf zur Welt gekommen. Ängstlich, als wollte es sich vor dem grimmen Wüten der Winterstürme schützen, ist es an den Sonnenwirbelberg gekrochen und hat auch von ihm den Namen geliehen. Ich bin also ein Sonnenwirbler. Das Dorf ist alt, es geht weit hinter den Dreißigjährigen Krieg zurück. Es hat kaum zwei Dutzend Häuser und alle Männer in ihm sind Geigenbauer und Musikanten. So ist es dort von jeher gewesen. Und so kommt es, dass in diesem Nest jeder Bub mit einer Geige zur Welt kommt.

Und es ist dort gerade umgekehrt wie anderswo sonst. Im Sommer still, denn alle Männer sind draußen in der Fremde und durchziehen in Truppen als böhmische Musikanten aller Herren Länder bis Konstantinopel hinab. Vögel kommen wenig in unsere raue Höhe und die weiten, düsteren Moorflächen sind schweigsam.

Die Frühherbststürme aber fegen die Mannsleute wieder heim, bald liegt der Schnee bis hoch über die Dächer hinaus, und dann singt und zwitschert es den ganzen langen Winter durch in dem einsamen, vergrabenen Dorf.

Es ist kaum nötig zu sagen, dass auch mein Vater Geigenbauer und Musiker ist. Er ist beides mit Leib und Seele, und was ich mit Stolz sage: Er ist der Beste alle Geigenbauerdörfer durch! Es weiß keiner wie er das Holz zu schneiden und ich hörte schon als Bub immer reden, mein Vater besäße vom Großvater her ein überkommenes Geheimnis, den Leim anders zu mischen als die andern. Wie es sich damit nun auch verhalten mag, Tatsache ist, seine Geigen waren die gesuchtesten ob ihres einzigartig klaren und vollen Klanges. Aber er baute sie nicht nur wie kein zweiter, sondern er spielte sie auch so! Es gibt überhaupt kein Instrument, das mein Vater nicht spielt. Am liebsten aber war ihm immer die Geige. So ist es begreiflich, dass er der Führer der Spielleute bei ihren sommerlichen Verdienstfahrten war, die sie in die Welt zwangen, da der kärgliche Boden nicht genug Ertrag zum Leben hergibt. Mein Vater aber liebte das Wandern und hat seine Leute weit in der Welt herumgeführt. Und ich erinnere mich heute noch deutlich, wie mein Herz brannte und meine Blicke an seinem Munde hingen, wenn er winters nach Feierabend, während die Schneestürme ums Haus fauchten und brüllten, dass es bebte, von seinen Wanderfahrten und der Schönheit der Welt erzählte. Und man muss meinen Vater erzählen hören! Dies war mir damals noch weitaus lieber als sein Spiel. Nichts ist seinen Augen entgangen in der Welt, und wenn er dann daheim davon sprach, hat er es mit einer solchen Liebe und Sorgfalt getan, wie etwa ein Vater, der in der Stadt gewesen ist, sein buntes, breites Taschentuch aufknotet und es vor den neugierigen Blicken der Kinder auseinanderzubreiten beginnt.

Da das Häusel klein ist, wie alle Klausen am Sönnenwirbel, saßen wir alle in der großen, geräumigen Werkstatt. Vater war aus ihr in der Zeit, die er daheim war, überhaupt nicht herauszukriegen; Mutter und ich fühlten uns ebenfalls nirgends so wohl wie hier, wo es so wunderbar würzig nach Tannenharz und Waldduft roch.

Ich muss auch noch sagen, dass ich das einzige Kind meiner Eltern war und blieb. Da Vater ein Mann mit ständig frohem, gütigem Gemüt war, genügsam und anspruchslos, und meine Mutter das ganze Jahr durch sonnig, wie die paar wenigen Wochen im Hochsommer bei uns heroben, war meine Kindheit glücklich und nicht von dem leisesten Schatten getrübt.

Es hat mir auch an guten Spielkameraden nicht gemangelt,

denn in der strengen Einöde solch weltvergessener Dörfer schließen sich die Herzen der Menschen inniger zusammen als in den lärmenden Tälern.

Wie eine Krähenschar haben wir uns herumgetrieben, sind auf die Koppe des Sonnenwirbels gestiegen und haben halbe Tage lang über das große Schweigen der Hochfläche geblickt und hinuntergespäht in die endlosen Ebenen, die sich in weiter Ferne im Dunst der Sommertage verloren. Gewöhnlich haben wir unsere Ziegen mitgehabt.

Viel lockte es uns auch in die schweigsamen Flächen des Moorlandes hinaus. Unheimliche Sagen und wilde Geschichten aus dem Dreißigjährigen Krieg geisterten über ihm und an vielen Ecken lauerte tückischer Sumpfboden. Im Sommer war es über und über mit Heidekraut bewachsen und es gab für uns Buben keine größere Freude, als uns in diesem Meer von zarten, weinroten Blüten herumzutreiben.

Im Herbst aber, wenn das Moor kupfern wurde, begann es gegen Abend wild und gespensterhaft zu werden. Dann sagte wohl einer von uns: Nun sind unsere Väter schon auf dem Heimweg. Und des waren wir froh.

Es wurde rasch rau und wir wagten uns nicht mehr in die stumme Heide, in der der letzte Vogellaut erstorben, denn fahle, dicke Nebel brauten über den Mooren und die großen Burschen hatten uns eingeredet, dies wären feine Gespinste aus den Hemden der ertrunkenen Schweden, mit denen diese die Menschen in die Tiefe zögen.

Tag um Tag stellten wir uns nun wieder wie ein Rudel Füchse auf die Koppe des Sonnenwirbels und lugten in das düstere Land hinaus.

Und dann kam tatsächlich der Tag, an dem wir die heimkehrenden Väter eräugten!

Jauchzend brausten wir den Hang hinab, das Dorf hindurch und den Heißerwarteten entgegen.

Nun wurde es wieder lustig, denn nun kam die Zeit des Erzählens und der ausführlichen Berichte, der klopfenden, sehnsüchtigen Herzen, die Zeit des Lachens und der Lieder, die aus jedem Fenster schwirrten.

Und über Nacht war dann auch der Winter da! Der strenge, harte, nicht enden wollende Winter. Das weiße Schweigen sackte die endlose Fläche des Moorlandes ein und auf den Kuppen des Sonnenwirbels und des Keilbergs standen die Hirsche und schrien vor Hunger und Kampfeswut gegen den machtvollen Feind, den ihr Geweih nicht fassen konnte. Bis zu den Schornsteinen hinauf schneite es die Häuser zu. So lebten wir, oft viele Wochen lang, lebendig begraben unter dem Schnee. Wir waren wie Ameisen, die sich in die Tiefe ihres Baues gezogen hatten. Nach Stallungen und Schuppen führten Stollen unter der Schneedecke. Und wenn die Männer nach Feierabend zum Plaudern zusammenkommen wollten, mussten sie durch die Dachluken aus- und einsteigen. Den Großen war das Wetter gleichgültig; sie arbeiteten von früh bis spät in ihren Werkstätten, nur ihren Geigen lebend; sie hatten sich im Sommer die Füße genug müdgelaufen. In diesen Monden saß ich fast immer vom ersten Hammerschlag bis zum Schlafengehen in der Werkstatt meines Vaters und sah ihm mit Neugierde zu, wie geschickt er die dünnen Tannenbretter schnitt, sie bog und in die Leimrahmen spannte. Es war für mich immer ein Wunder, wie sicher und kunstvoll er die flachen Brettchen wölbte und aus ihnen den geschwungenen Leib der Violine baute.

Und wie unfehlbar er unter den Klötzen des harten Holzes das richtige Stück für Schnecke und Hals heraussuchte! Mit welcher Lust habe ich ihm dabei immer zugesehen; mein ganz besonderes Staunen aber hat es erregt, wenn er mir auf meine Frage die Antwort gab, dass zu jedem Geigenrumpf ein ganz bestimmter Schneckenhals gehöre und diesen der Herrgott auch für jede Geige habe wachsen lassen. Und ich weiß, wie er oft behauptet hat, es komme nur darauf an, ob einer die Geigen im Walde bei der Holzwahl schon klingen höre.

Und unvergesslich mein ganzes Leben lang werden mir die Gänge bleiben, wenn er mich im Herbst nach seiner Heimkehr mit hinausnahm in den Wald, um sich Geigenholz zu suchen.

Bedachtsam, ohne ein Wort zu reden, ging er kreuz und quer durch den Wald, prüfend jede Tanne betrachtend, betastete er den Stamm, klopfte bedachtsam daran, trat wieder zurück und studierte sorgfältig ihren Bau. Und er hatte es gern, wenn der Herbstwind brauste und die Bäume bog. Er sagte mir, daran könne er deutlich die Schwingungsfähigkeit der Stämme und ihre Eignung für die Instrumente erkennen.

Und ich habe lebhaft das feine, glückliche Lächeln seines Gesichtes vor mir, wenn er nach langem, heiklem Suchen einen Baum gefunden hatte, der seinen Wünschen voll entsprach. Er legte dann den Arm um den Stamm, und mit der Hand zärtlich daraufklopfend sprach er zu mir:

„Bub, das werden wundervolle Geigen! So feinen Klang wie dieser hat selten einer!"

Und wenn ich ihn verwundert ansah, dann strahlte er mich förmlich an und rief: „Horch doch, hörst du es denn nicht, wie es in der Tanne drinnen klingt und singt?"

Er legte dann das Ohr an den Stamm, schien andächtig hineinzuhorchen, und mit glückseligem Gesicht, den Finger hebend, flüsterte er gerührt:

„Oh, wie es in dem Baum singt! Wie es singt! Tausend selige Vogellieder hat er sich eingefangen! Komm, leg dein Ohr daran; hörst du es, wie die Geigen jubeln!?"

Ich hab ja wohl in jenen Tagen noch nichts gehört, so scharf ich auch hineinlauschte; aber geglaubt habe ich es ihm froh und gerne, und heute weiß ich es längst.

Dortmals ist mir mein Vater wie ein Zauberer erschienen. Und ich bin stolz darauf gewesen, dass ich sein Sohn war, denn ich ahnte seine Meisterschaft schon früh!

Und was war es für ein Fest für mich, wenn er die fertige Geige aus dem Spannrahmen nahm und beizte! Wie sorgfältig und behutsam ging er auch hierbei zu Werke! Immer wieder drehte er sie, studierte ein letztes Mal die Maserung des Holzes nach Linienverlauf und Dichte der Jahresringe, hielt sie ans Ohr und klopfte mit dem Knöchel daran, gespannt auf den Klang lauschend, nickte dann mehrmals zufrieden und suchte unter den Beiztöpfen den für die Geige passendsten hervor. Vater hatte sie vom hellsten Harzgold übers weiche Rehbraun bis zum tiefsten Dunkel. Und wenn sie dann die glänzende Lackschicht trugen, waren sie für mich vollends stets eine Augenweide.

So bin ich von der Wiege auf in das Geigenbauen hineingewachsen, wie jeder Junge in unseren Dörfern heroben.

Und es ist wohl Vaters feine, liebevolle Art die Ursache, dass mir das Geigenbauen von Kind auf schon als etwas ganz Besonderes, Heiliges erschien.

Ich war kaum erst sechs Jahre alt, ich weiß, ich bin noch nicht in die Schule gegangen, da hat mir Vater das erste Mal eine Geige unters Kinn gesteckt."

Hier machte Beatus eine längere Pause. Der Wunderapostel wusste genau, was durch das Herz des Erzählers ging.

„Aber wir Buben konnten nicht immer in der Stube hocken! Wir wollten auch wissen, wie es draußen war! Wir hatten ja das unruhige Blut unserer Väter im Leibe! So krochen wir nach dem Mittagsbrot wie auf Kommando aus den Dachluken heraus, schnallten die Schneeschuhe an und trieben uns über dem Dorfe zwischen den Rauchfängen herum. In diesen Wochen des schwersten Schneefalls wagte sich keiner über das Dorf hinaus. Die Gefahr des spurlosen Versinkens und Begrabenwerdens war zu groß. So lärmten wir in diesen Zeiten wie eine Schar Krähen buchstäblich über den Dächern unseres Dorfes. Wie weit aber auch unser Auge an klaren Tagen sehen mochte, wir erhaschten über der ganzen endlosen Fläche keinen einzigen Baum. Alles versunken, begraben im Schnee.

Es war eine Einsamkeit und Kälte heroben, die uns eine

Vorstellung gab, wie es in jenem fernen Lande sein musste, das unserer Hochfläche den Namen ‚das böhmische Sibirien' eingebracht hatte. Wenn aber der Schnee zurückging oder sich so hart gelegen hatte, dass keine Gefahr mehr war, dann sausten wir allmorgendlich beim Grauen des Tages, Buben und Mädels wie ein Rudel Wölfe, johlend und heulend vor Freude und Lust den Hang hinab und die Fläche hinaus, in der eine Wegstunde weit unser Schulort Gottesgab lag.

Mit mörderischem Geschrei brachen wir täglich in den Morgenfrieden des Ortes ein, von den Leuten mit den Worten begrüßt: ‚Die sibirischen Wölfe kommen.'

Und wenn endlich das späte Frühjahr erschien, lang, lang nachdem die nächtlichen Schreie der wieder nordwärts ziehenden Wildgänse durch die Stille klirrten, und die Schneewasser um die ersten blühenden Weidenbüsche rieselten und gluckssten, dann war auch der Tag nimmer fern, an dem sich unsere Väter wieder versammelten und, in kleine Gruppen geteilt, in die Welt hinauszogen.

Und wir Buben gingen ein weites Stück mit ihnen und wünschten uns ebenfalls, schon groß zu sein und mit hinauswandern zu können in die bunte, weite, geheimnisvolle Welt. Es hat manch einer von uns geheult, ob des fortziehenden Vaters und seiner eigenen Kleinheit. Aber auch dieser Schmerz ging vorbei. Die Sonne lag vom ersten bis zum letzten Strahl über dem Dorf und das machte wieder seinem Namen volle Ehre. Oft und oft aber, wenn wir mit unseren Ziegen auf der Koppe des Sonnenwirbels hockten, spähten wir mit sehnsüchtigen Augen und begehrlichen Herzen in die geheimnisvollen, lockenden Weiten hinaus, unflügge Brut, die den zugvogelseligen Vätern nachträumte.

Und eines Tages ist auch die Schulbubenzeit vorüber gewesen; ich bin neben dem Vater an der Hobelbank gestanden und habe Geigenbauen gelernt! Und ich war mit doppelter Liebe dabei, denn ich darf sagen, dass ich dortmals, trotz meiner Jugend, schon ein guter Geigenspieler war. Dies danke ich vor allem der unermüdlichen, geduldigen Liebe, mit welcher der Vater mich all die Kinderjahre hindurch geschult.

Und dann kam der große Tag meines Lebens!

Ich hatte das erste Lehrjahr bei meinem Vater hinter mir und nach Feierabend viel mit ihm musiziert. Ich habe mich im Stillen oft bei mir gewundert, weshalb der Vater diesen Winter mich gar so unermüdlich unterrichtete.

Als aber der Tag heranrückte, an dem er mit seiner Gruppe in die Welt ziehen sollte, eröffnete er mir mit schmunzelnder Miene, dass ich mit dürfe. Ich wollt es schier nicht glauben und auch die Mutter regte sich nicht wenig auf, er aber blieb dabei und so stand ich am Abreisetag mit dem Ränzel auf dem Rücken und mit meiner Geige unterm Arm mitten zwischen den Männern. Ihr könnt euch denken, wie glücklich ich war! Ich fieberte vor Reiselust und konnte es kaum erwarten, bis es losging. Dazu blähte ein nicht geringer Stolz meine Brust! Ich war damals ein Bub von kaum dreizehn Jahren und sollte schon als böhmischer Musikant mit in die Welt ziehen! Ich sah die sehnsüchtigen und neidischen Augen der Dorfbuben auf mich gerichtet und kam mir vor wie ein König.

Nach dem Abschied spielten wir einen klingenden Marsch, und mitten drin marschierten wir unter dem Jauchzen der Kinder zum Dorfe hinaus. Ich an der Spitze.

Und dann bin ich hinaus in die Welt gekommen. Herrgott, wie groß und wunderbar die Welt war! Was es da für prachtvolle Städte und gewaltige Ströme gab! Ich kam aus dem Staunen und der Verwunderung nicht mehr heraus. Gar oft bin ich dann nicht mehr an der Spitze marschiert! Zu oft hab ich mich umdrehen müssen – und manchmal hab ich vor Müdigkeit kaum mehr weitergekonnt. Aber schnell bin ich immer wieder nachgehumpelt, wenn wir in die Nähe einer Ortschaft kamen.

Hell drangen die Klänge unseres Spiels in Gassen und Häuser und rüttelten alt und jung heraus. Rings jauchzten die Rufe:

‚Die böhmischen Musikanten sind da!' Ich musste die Primgeige spielen und fiedelte drauf los, so keck ich es nur vermochte. Und wenn mein Solo zu Ende war und Flöten, Hörner und Bombardon sich zu den Geigen mischten, jubelten die Leute und riefen: ‚Hurra, hoch der kleine Musikant!' Ihr könnt euch denken, wie wichtig ich mir da vorkam! Wenn wir dann absammeln gingen, regnete es mir die Kupferkreuzer nur so in den Hut.

Oft wurde ich auch in ein vornehmes Bürgerhaus gerufen und bekam dort gute Dinge zu essen, die ich mein Leben lang nicht gekannt hatte. Alle Taschen standen mir hernach prall vom Leibe, voll Obst und Naschwerk.

Wenn wir dann draußen am Feldrain irgendwo Rast machten und ich meinen Überfluss austeilte, hieß es immer: ‚Ja, Meister Klingohr, das war eine kluge Idee, dass du den Beatus mitgenommen hast!'

Wir sind damals bis tief nach Kärnten hinunter; und ich bin mir vorgekommen wie ein Verzauberter."

Beatus machte erneut eine Pause und sah zum Mond empor, der mit voller, silberblanker Scheibe über ihnen stand. Beide Arme unters Kinn gestützt, die Ellbogen auf den hochgezogenen Knien, hockte der Bäckergeselle beim Feuer; doch er legte längst kein Reisig mehr nach; zu sehr war er eingesponnen in die Geschichte.

Bewegungslos ruhte der Wunderapostel in seiner vorigen Stellung. Seine Hand lag noch immer um den Ellbogen seines Schützlings. Der träumte eine Weile in den Mond hinauf, dann fuhr er fort:

„Ihr könnt euch den Jubel nicht denken, als wir heimkamen. Und ich kann euch meine Glückseligkeit nicht beschreiben, als ich wieder die Häuser unseres Dorfes sah! Zauberhaft schön und wunderbar war es in der Fremde gewesen, aber schließlich habe ich sie doch als Fremde empfunden und das Heimweh ist mir oft heiß ins Herz gestiegen! So war ich doppelt glücklich, als ich mit meinem reichen Erleben wieder in der traulichen Geborgenheit des Elternhauses saß, Mutters warme, sonnige Stimme hörte, und, umringt von meinen Spielkameraden, mit stolzer Wichtigkeit die reiche Ernte des Geschehens vor ihnen ausbreiten konnte.

Ich habe Mutter stets mit meinem ganzen Herzen geliebt; nun aber liebte ich sie geradezu abgöttisch.

Vater aber war stolz auf mich; das fühlte ich und das machte mich froh. Er hat nie ein Wort gesagt darüber, aber ich spürte es an der Sorgfalt, mit der er mich in diesem Winter in die Geheimnisse des Geigenbaues einweihte.

Als der Winter zu Ende ging, hatte ich meine erste Geige gebaut. Ich habe Tränen über sie geweint und bin nachts leise von meiner Kammer in die Werkstatt geschlichen und habe die Geige genommen, sie an meine Brust gedrückt, wie es sonst Mütter mit ihren Kindern tun. Mir war es, als hätte ich etwas Lebendiges geschaffen! Und es war ja auch so!

Ich habe in den kommenden Jahren viele Geigen gemacht und ich darf sagen, sie sind mir von Mal zu Mal besser gelungen – am meisten aber habe ich doch jene erste Geige geliebt. Sie hängt noch heute in der Stube der Eltern neben Mutters Bett."

Hier war es, als ob ein schmerzlicher Schatten über das mondklar beschienene Gesicht des Erzählers huschte. Doch rasch schien dieser ihn zu zwingen, denn ruhig sprach er weiter:

„Und als dann der Frühling kam, hat es mich von Neuem mit den Männern fortgerissen. So zog ich nun Jahr um Jahr mit ihnen hinaus.

Ich war mit Leib und Seele Geigenbauer und Musikant. Wie beides auch gar nicht anders sein konnte bei einem Sonnenwirbler!

So war ich sechzehn Jahre geworden. Und wieder zogen wir in der Welt herum. Wir hatten uns diesmal nach Bayern gewandt und wollten über den Bodensee hinüber ins Schweizerische.

Es war in München, an einem schönen, lachenden Sonntagvormittag. Wir waren die Isar entlang zum Englischen Garten gekommen, in dessen Kühle sehr viele vornehme Bürger lustwandelten. Als wir die vielen Menschen sahen, haben wir uns im Halbkreis hingestellt, ich wie immer vorne, die Hüte zu unseren Füßen, und haben zu musizieren begonnen. Die hellen, fremdartigen Töne unserer böhmischen Märsche machten denn auch die ganzen Parkbesucher lebendig und bald waren wir von ihnen umringt und mit stürmischem Beifall überschüttet. Das machte uns großen Spaß und so spielten wir, angeeifert durch das frohe Lachen, ein Stück ums andere. Unter dem Spielen ist mir plötzlich ein äußerst vornehm gekleideter Herr mit leicht angegrautem Haar aufgefallen, der mich keinen Augenblick aus den Augen ließ. Das hat mich erst etwas gestört, als ich aber sah, wie er zu einem jungen, schönen Fräulein, anscheinend seiner Tochter, eine beifällige Bemerkung zu machen schien, da ist erst recht die Freude über mich gekommen, und ich habe nun nur mehr für sie beide gespielt.

So viel Geld hat es noch nie in unsere Hüte geregnet, wie an jenem Sonntag.

Da trat auch die junge Dame auf mich zu und drückte mir mit freundlichem Lächeln eine größere Geldnote in die Hand, wie ich eine solche mein Lebtag noch nie gesehen, dazu mit wohlklingender Stimme die Worte sprechend: ‚Dies ist ganz allein für Sie! Für Ihr schönes Spiel!'

Dann haben wir unsere Hüte aufgehoben, haben höflich gedankt und gegrüßt und sind weitergezogen. Ich aber hab unausgesetzt an die zwei Menschen denken müssen und es ist eine leise, unerklärliche Traurigkeit in mir gewesen.

Wir sind schon ein gutes Stück weiter oben im Englischen Garten gewesen, als meine Schulter plötzlich ein Stock berührte. Ich hab mich jäh herumgedreht und, was glaubt ihr, wer hinter mir stand? – Der vornehme, freundliche Herr mit seiner Tochter!

Die Freude muss hell in meinen Augen gestanden sein, denn

der Herr lächelte mich geradezu väterlich an und legte seine Hand auf meinen Kopf.

Inzwischen hatten auch die anderen die zwei bemerkt und zogen höflich die Hüte; unwillkürlich trat mein Vater einen Schritt vor.

Der fremde Herr erklärte ihm, er hätte Wichtiges mit ihm zu besprechen. Ich war sicher nicht weniger gespannt als mein Vater, was dieser anscheinend sehr reiche Herr von uns wollen mochte.

Mit einer ruhigen Selbstverständlichkeit, der man ansah, dass er zu befehlen gewohnt war, wies er unseren Leuten einen Gasthof in der Nähe, sie auffordernd, dort zu warten und sich in allem als seine Gäste zu betrachten. Dann lud er uns beide ein, mit ihnen zu kommen. Ich kann euch nicht sagen, wie ich gespannt war, was wohl alles kommen würde!

Aus dem Englischen Garten tretend, führte er uns in eine baumbepflanzte Straße, in deren Beginn auf weiter, mit Blumen und Marmorfiguren geschmückter Rasenfläche ein geradezu fürstliches Palais stand. So selbstverständlich es auch zu unseren Begleitern passte, waren wir doch bis ins Tiefste erschreckt, als der Herr die Hand auf den Klingelknopf des Parktores legte. Im selben Augenblick erschien auch schon ein Diener und öffnete."

Hier hielt Beatus inne und starrte in die verglimmende Glut. Heinrich Truckenbrodt hing mit der ganzen Spannung seines schlichten Herzens an den Lippen des Erzählers. Der strich sich leise über das Gesicht und fuhr fort:

„Ihr müsst mir ersparen, euch zu schildern, was wir nun alles sahen, und wie der Prunk und die Pracht der Räume, in die wir traten, auf mich armes Dorfbübl wirkten! Ich hab geradezu gemeint, das könnt gar nimmer irdisch sein. Einfügen muss ich, dass wir zuerst von einem Diener in einen Raum aus schneeweißem Marmor geführt und dort von ihm aufgefordert wurden, uns zu waschen und gründlich vom Staub zu befreien. Das war uns ordentlich eine Erleichterung. Ich hab dabei den Vater angeschaut und der Vater hat mich angeschaut und wir haben beide die große Frage in den Augen gehabt, was das nun eigentlich werden sollte. Aber die fürstliche Pracht hat uns so sehr beklommen gemacht, dass wir selbst hier kein Wort zu sprechen wagten. An mir ist alles Weitere wie in einem Zustand des Schlafwandelns vorbeigezogen. Meinem Vater ist es wohl nicht viel besser ergangen. Ich weiß nur, wir standen plötzlich alle vier in einem großen Raum, in dessen Mitte sich eine mit feinstem Geschirr und Gläsern gezierte Tafel befand. Was mir den meisten Eindruck machte, waren die Diener, die steif wie leblose Figuren hinter den hochlehnigen Stühlen standen. Und ich muss offen gestehen, meine Verwunderung ging in nicht geringen Schrecken über, als sie in dem Moment, da der Hausherr an den Tisch trat und uns mit einer freundlichen Handbewegung zum Platznehmen einlud, wie auf ein Kommando die Stühle zurückrissen und sie im Augenblicke, wo wir uns setzten, wieder gegen den Tisch schoben."

Herzhaft lachte hier der Bäckergeselle auf; sein frohes Lachen sprang weit über die mondbeschienene Anhöhe. Auch über des Wunderapostels Gesicht glitt ein leises Lächeln. Beatus wandte sich an Heinrich Truckenbrodt:

„Ja, du hast jetzt leicht lachen, mein lieber Freund! Mir aber ist dortmals nach allem andern eher zumut gewesen, als nach Lachen! Ich hab mich kaum auf den Stuhl zu setzen getraut.

Doch ich will es kurz machen und euch ohne längere Umschweife sagen, wie sich alles verhielt. Wir waren im Hause eines Großindustriellen.

Er erkundigte sich bei meinem Vater nach diesem und jenem und eröffnete ihm schließlich, dass die Ursache unseres Zusammenseins mein Geigenspiel sei. Er fragte ihn, ob er nicht spüre, dass in mir ein Künstler stecke. Vater aber schüttelte in seiner biederen Schlichtheit den Kopf und ich höre heute noch seine Worte: ‚Spielen kann er halt.' Der Herr aber beteuerte ihm, in mir stecke weit mehr als ein gewöhnlicher Spieler, und er machte meinem Vater mit eindringlichen Worten klar, dass es geradezu eine Sünde wäre, wenn man das Talent, das in mir läge, nicht zur Entfaltung und Ausbildung bringe. Er redete von Konservatorium und Schule, kurz von Dingen, die ich kaum dem Namen nach verstand. Mein Vater schien über das Lob und die Ausblicke sehr bewegt zu sein und ich sah auch aus seinen Worten, dass er wusste, um was es sich handelte. Er entgegnete in seiner ein wenig ungelenken Art, er wäre wohl der Letzte, der seinem Kinde nicht wünschte, es möge einmal bessere Tage erleben als die Eltern, aber er sei ein armer Geigenbauer im höchsten Dorf des Erzgebirges, der Boden so karg und der Verdienst so spärlich, dass die Not des Lebens die Männer alle Jahre in die bittere Fremde zwinge.

Da legte der reiche Herr seine Hand auf die Schulter meines Vaters und sagte in äußerst gewinnender Art: ‚Dies sollen Sie auch ganz meine Sache sein lassen! Ich wollte von Ihnen nur wissen, ob Sie Sinn und Verstehen für die Gaben Ihres Sohnes hätten; für alles andere werde ich Sorge tragen!‘

Da ist etwas geschehen, was ich noch nie gesehen hatte: Meinem Vater sind helle, dicke Tränen in den Augen gestanden.

Dies schien unseren Gastgeber und seine Tochter tief zu rühren. Während er den ganzen Plan entwickelte, wurden die Augen meines Vaters immer heller, und zum Schlusse leuchteten sie wie die Strahlen der Morgensonne, wenn sie den Sonnenwirbel trifft. Mein Herz aber hüpfte im Leibe, dass ich schier hätte aufschreien mögen vor Lust und Seligkeit!

Nach München sollte ich kommen, diesen Herbst noch, im Hause des mächtigen Mannes wohnen und auf dem Konservatorium Musik studieren!

Ich weiß nicht, wie es gekommen ist, aber ich hab plötzlich losheulen müssen vor übermäßiger Freude und Dankbarkeit. Ich glaube, es hätte mir sonst das Herz abgedrückt.

Am späten Nachmittag erst haben wir das Palais verlassen. Es ist uns beiden bis zum heutigen Tag ein Rätsel, wie wir in das Gasthaus zu unseren Kameraden gefunden haben. Vater erzählte später daheim der Mutter, es habe ihm derart vor den Augen getanzt und im Kopfe gebrummt, dass er gar nichts von sich gewusst hätte. Und mir ist es nicht anders gegangen!

Was haben unsere armen, braven Kerle für Gesichter gemacht, als wir ihnen sagten, wer der vornehme Herr sei und was er von uns gewollt! Freude und Stolz leuchtete aus ihren Augen. Ich, das Bübel, nach München, auf die hohe Musikschule; ins Haus eines steinreichen Großindustriellen! Vielleicht einmal ein berühmter Künstler! Das ganze Dorf war dadurch geehrt. Jeder einzelne fühlte sich mit ausgezeichnet. Wann war dies je geschehen, wann hatte sich Ähnliches je zugetragen in den armseligen Geigenbauerdörfern des Erzgebirges! Seit Menschengedenken nicht! Und vordem auch nicht! An diesem Abend ist manches Glas froh geleert worden.

Am andern Morgen ging's in aller Herrgottsfrüh vor das Palais, denn alle wollten das Haus sehen, in dem einer von ihnen, ein Sonnenwirbler, wohnen sollte.

Wie haben sie gestaunt, als sie den gewaltigen Prachtbau in dem großen, wundervollen Park sahen! ‚Kinder', sagte einer, ‚der hat mitten in der großen Stadt mehr Land beisammen, als wir alle bei uns daheim zwischen Berg und Moor!' Und nur Vaters energischem Zureden, den hohen Herrn nicht im Morgenschlaf zu stören, ist es gelungen, sie von einem Ständchen abzuhalten, das sie ihm durchaus in ihrer Freude bringen wollten.

Ins Schweizerische sind wir dann nicht mehr hinüber. Am Bodensee haben wir kehrtgemacht und sind heimwärts. Vater wollte, dass ich noch einige Wochen zu Hause wäre, ehe es fort ginge in die große Stadt.

Und dann waren wir endlich daheim!

Wie ein Sturm rüttelte es durch das ganze Dorf! Es nahm des Staunens, Lobens und Verwunderns kein Ende! Sogar die Gottesgaber kamen an Sonntagen zu uns herauf. Fast wäre mir in jenen Tagen der Freude der Stolz zu Kopf gestiegen!

Mittlerweile war's bei uns heroben Herbst geworden, die ersten rauen Stürme geigten in den kahlästigen Eschen und die Moorheide lag in kupfernem Schweigen.

Da kam eines Tages ein Brief aus München, von der Hand meines Gönners gezeichnet, der mich aufforderte, nun zu kommen. Wir waren starr über das gewaltige Stück Geld, das dem Brief beilag!

So bin ich denn noch einmal auf die Kuppe des Sonnenwirbelberges gestiegen, bin still durch die schweigsamen Heiden des Moorlandes geschlendert und dann bin ich aus der Heimat gegangen in eine neue Welt, in ein neues Leben, hinein in ein Rätsel mit tausend Wundern."

Hier hielt Beatus wieder in seiner Erzählung inne. Lange schaute er versonnen ins mondhelle, bläulich durchwobene Egertal hinab, als sähe er dort unten einen schmächtigen Jungen mit einem kleinen Handkoffer durch die Mondnacht schreiten.

„Ich müsste wohl die ganze Nacht durch erzählen", fing er dann wieder an, „wollte ich euch ausführlich wiedergeben, was ich in diesen Münchner Jahren alles erlebt, und wie dieses reiche Leben der Stadt auf mich einfachen, jungen Menschen, der aus den denkbar schlichtesten Verhältnissen gekommen ist, wirkte.

Lasst mich nur sagen, dass es dem Herrgott wahrhaftig gefallen hat, Seine Gnade auf mir ruhen zu lassen. Mein Beschützer hat sich nicht getäuscht. Ich war bald der beste Schüler des ganzen Konservatoriums. Die Liebe der Professoren hat mich getragen, die Freude meines Wohltäters mich angefeuert. Vulkanartig brachen die schlummernden Kräfte in mir durch und trieben mich vorwärts, wie der Sturm einen schwebenden Adler. Und es war ein Schweben! Ich kann euch nicht sagen, mit welchem Glück, mit welcher Lust ich mich meinen Studien hingab!

Wilhelm Ysenberg, so hieß mein Förderer, hat mich wie seinen Sohn gehalten. Sooft er ins Theater oder in Konzerte ging und es meine Arbeit zuließ, durfte ich mit. Was waren das für Eindrücke! Mein Lebtag hatte ich ja noch kein Theater gesehen. Was habe ich überhaupt von der Kunst- und Kulturwelt gewusst!

Die Ferien verbrachte ich zum Teil mit meinem väterlichen Gönner und seiner Tochter. Doch mochte es auch noch so herrlich sein, wo immer wir uns aufhielten, wenn es einmal gegen Mitte August ging, dann riss es mich förmlich in die stille Abgeschiedenheit meines Heimatdorfes!

Ich wusste, der Vater drängte in diesen Tagen irgendwo in der Welt ebenfalls mit beflügelten Schritten und der Sehnsucht nach seinem Buben im Herzen der Heimat zu. Was waren das für glückliche Wochen in unserem Häusel!

Und in der Abendstille kamen unsere Weihestunden. Dann setzten sich die Eltern dicht nebeneinander wie ein junges Liebespaar auf die lange Bank an der Werkstattwand und ich musste ihnen vorspielen. Ach, wie gerne ich ihnen vorspielte! Ich glaube, nein, ich weiß es, nie in meinem Leben habe ich andächtigere Zuhörer gehabt als meine Eltern. Und ich glaube, ich habe auch nie so gut gespielt, wie an jenen Abenden, in der atemlosen Stille der traulichen Werkstätte, in welcher der Fleiß meines Vaters und meiner Vorväter wob. Mir war es, als ob all ihre heimlichen Sehnsüchte, all ihre bescheidene, vom harten Leben niedergehaltene Künstlerschaft in mein Spiel flössen, wie wenn der gute Geist meiner Väter mich segnete.

Wie oft habe ich Tränen in den Augen meiner Mutter gesehen; wie oft gingen während meines Spieles die Hände meiner Eltern unbewusst zueinander! Es ist mir im Leben nie ein schönerer Lohn geworden als der Anblick dieser beiden einander umschließenden Hände! Es war das wortlose, unbewusste Gebet ihrer Seelen. Und wenn ich schließlich aufhörte, dann konnte es wohl sein, dass der Vater seine Hand auf meine Schulter legte und schlicht sagte: ‚Ja, Beatus, wie segnet uns der Herrgott! Nun kann ich längst nimmer mit!“

Wisst ihr aber, was das Schönste war? Ach, dass ihr dies ein einziges Mal nur erleben, ein einziges Mal nur hättet sehen können! Dass ihr es hättet erleben können, wenn es mir gelungen war, meinen Vater zu bereden, und er mich begleitete! Ich habe nie so etwas von Hingabe, von Heiligkeit des Spieles erlebt! Jede Faser seines Wesens wurde Musik, atmete den heiligen Eifer eines Entflammten. Schönheit lag auf seinem Gesicht, Verklärung und tiefste Frömmigkeit. Dies waren die glücklichsten Stunden unseres Lebens."

Hier hielt Beatus einige Atemzüge lang inne, dann sprach er weiter:

„Und dann kam das letzte Jahr auf dem Konservatorium."

Überrascht blickte Heinrich Truckenbrodt auf Beatus; denn so gespannt er auch wartete, kein Laut kam mehr über dessen Lippen. Jäh hatte er den Satz abgebrochen und starrte in tiefem Schweigen vor sich hin. Ab und zu tönte der Schrei eines Nachtvogels aus der Finsternis des Waldes. Forschend betrachtete der Bäckergeselle das Gesicht des Freundes. Er hatte das deutliche Empfinden von einem inneren Kampfe. Doch wartete er geduldig, bis der andere das Schweigen selber lösen würde. Das Gesicht des Wunderapostels lag im tiefen Schatten, denn der Mond näherte sich dem Zenite.

Endlich, als gehörten die Worte gar nimmer zu dem vorher Gesagten, begann Beatus wieder mit stockender, leiser Stimme:

„Ja, wie wunderbar sind Gottes Wege! Seine Güte und Gnade macht vor den Hütten der Armen und Weltvergessenen nicht Halt. Wie soll ich es nur sagen; es fällt mir schwer. Im letzten Jahr brach alles mit urkräftiger Gewalt in mir durch. Und plötzlich durchdrang es mich mit starker Überzeugung, fühlte ich selber mit heiligem Schauern, was die Professoren mir immer unumwundener sagten: dass ich ein Künstler sei. Als ich dies fühlte, ging etwas Absonderliches in mir vor: Todesnot begann mich zu überfallen und zu peinigen; eine unaussprechliche Ehrfurcht vor der Gnade, die sich über mich senkte, erfüllte mich.

Es war für mich etwas geradezu Unheimliches, mich von der Gnade Gottes so offensichtlich berührt zu wissen.

Es wurde mir mitgeteilt, man plane einen großen Violinkonzertabend mit mir. Man sprach davon als einem musikalischen Ereignis. Die Zeit der Aufführung rückte näher. Nachts überfiel mich Fieber. Längst war ich ja nimmer das Dorfbübel von einst, das in harmloser Freude seine Geige auf Straßen und Plätzen strich. Ich hatte doch in all den Studienjahren erleben dürfen, was Kunst war! Welch göttlicher Sinn sich hinter diesem kleinen, kurzen Wort verbarg! Und mich nun auf dem Podium zu denken, allein, vor Aberhunderten von Menschen, einem erwähltesten Publikum! Es steckte ja trotz allem noch so viel Schwerfälliges, dörfisch Unbeholfenes in meiner Seele!

Und dann kam der Abend! Ich stand oben auf der Bühne, der große, lichtdurchflutete Konzertsaal gefüllt mit Menschen bis zum letzten Sitz. Totenstille trat ein. Ich habe nicht aufzusehen gewagt. Ich fühlte all die unzähligen Blicke in meinem Herzen. Mit aller Gewalt musste ich auf den Boden zu meinen Füßen schauen; mir wäre sonst schwindlig geworden. Doch da setzte das Klavierspiel ein. Und in dem Augenblick, als der erste Ton erklang, ging eine wundersame Wandlung in mir vor. Ich muss es ja nicht erst sagen, dass Musik längst die eigentliche Heimat meiner Seele geworden war! Und so war nichts anderes mehr in mir als Freude, helle, glückliche Freude. Ich hörte nur mehr die Klänge der Musik, durch meinen Körper flossen nur Töne.

Mein Spiel vor der großen Zuhörerschaft ist mir kaum mehr zum Bewusstsein gekommen, so sehr war ich in den Geist der Komposition versunken.

Erst der tosende Beifallssturm erweckte mich, brauste mir so gewaltig entgegen, dass ich beinah ins Wanken kam. Jähem Schreck folgte seligste Freude. Und dennoch war eine Befangenheit in mir, die mich nicht in den Saal sehen ließ.

Im Künstlerzimmer erwartete mich Wilhelm Ysenberg und mein liebster Professor. Sie haben mich umarmt wie ihren Sohn.

Als ich wieder in den Saal hinaus musste, war jede Scheu von mir genommen.

Zuerst war ein längeres Vorspiel auf dem Flügel.

Mit gesenktem Kopf wartete ich auf meinen Einsatz. Traumverloren ging mein Blick über die ersten Reihen.

Und wurde plötzlich unwiderstehlich angezogen von einer jungen, unvergleichlich schönen Zuhörerin, die mit großen, versunkenen Augen auf mich sah. In diesen Augen war eine Erlebnisgröße und Erwartung, die mich fast erschreckte. Doch dieser Schreck wich rasch einem unaussprechlichen Frohgefühl. Als ich die Geige hob, habe ich noch einmal in dieses Gesicht schauen müssen.

Lasst mich alles Weitere übergehen. Lasst mich nur nochmals sagen, dass es so ist: Gottes Wege sind wunderbar!

Als ich am nächsten Morgen erwachte, war ich ein berühmter Künstler.

Die Zeitungen brachten lange Artikel, sprachen ohne Zurückhaltung von einem jäh am Musikhimmel aufgegangenen Stern. Ich konnte es nicht fassen. Mir war zumute, als triebe die Welt einen bösen, unbarmherzigen Scherz mit mir.

Doch es sollte Wahrheit sein. Ich war über Nacht ein gefeierter Künstler geworden. Sogar das Bezirksblättchen meiner erzgebirgischen Bergheimat brachte einen umfassenden Aufsatz. Ich lasse es mir heute noch nicht nehmen, dass hinter diesem mein väterlicher Helfer steckte, der meinen braven Eltern damit eine große Freude machen wollte. Ich besitze aus jenen Tagen einen Brief meines Vaters, der zum Heiligsten gehört, was mir das Leben schenkte. Nie hat Vater an mich geschrieben, dies war die Aufgabe der Mutter, die beweglicher war und auch leichter schrieb als er. Dieser Brief aber hat den Ton der Evangelien oder der alttestamentarischen Psalmisten. In diesen Brief hat Vater alles gelegt, was er ein langes, ernstes Leben durch in seine Brust verschlossen. Er endete damit, dass er mir in erschütternder Art mitteilte, er hätte es seit dem Tage meiner

Geburt bis zu dieser Stunde keine Nacht unterlassen, für mich zu beten, und oft seine gefalteten Hände über mich gehalten, wenn ich als kleines Musikantenbündel, müd von des Tages Strapazen, auf meinem Lager fest geschlafen hatte.

Ihr könnt euch denken, wie diese Worte, die er seinem verschwiegenen Herzen abgerungen, mich überwältigt, wie sie mich beglückt, mich geweiht haben!

Um dieser Worte willen habe ich es in Demut zu glauben gewagt, dass ich ein Künstler sei.

Mutter aber hat mir im Sommer, als ich die ganze schöne Zeit daheim war, gesagt, Vater habe sich damals halbe Tage lang in der Werkstatt eingeschlossen und sei rastlos auf und ab gegangen, dabei immerzu laut betend. In diesem Jahre haben die Kameraden meinen Vater nicht aus dem Dorfe gebracht. Mit fieberndem Herzen wartete er auf seinen Sohn. Plötzlich war er aus dem Dorfe verschwunden. Und eines Tages, dicht vor den Ferien, stand ein einfacher, ländlich gekleideter Mann in München auf den marmornen Fliesen im Palais des Großindustriellen Wilhelm Ysenberg. Nie habe ich in meinem Leben das Gesicht meines Vaters von solcher Freude verschönt gesehen, wie in jener Stunde.

Es hätte ihn getrieben, sagte er dem hohen Herrn, der sich seines einzigen Kindes mit der Liebe eines Vaters angenommen und dem wir beide alles Glück zu verdanken hätten, Aug in Aug dafür zu danken und den Segen Gottes auf ihn herabzuflehen.

Dieser ist mir auch weiterhin ein zweiter Vater geblieben. Wir aber sind damals wie zwei selige Vaganten durch die Welt gefahren, Sonne auf dem Scheitel, Sonne, so viel Sonne und Lebensfreudigkeit im Herzen! Ach, wohin sind jene Zeiten entschwunden!“

Bei diesen letzten Worten kam ein schwerer Seufzer aus der Brust des Erzählenden. Schon während des letzten Teiles seiner Erzählung war es mehrmals wie tiefe Schatten über seine Züge geglitten, die jedes Mal aber wieder ebenso schnell vergangen waren, wie sie gekommen. Nun aber lag düstere Schwermut auf seinem schmalen Gesichte. Grell umfloss das Silberlicht des Mondes den Kopf des schmerzlich Versunkenen. Unbarmherzig das Leid offenbarend, das sich immer stärker in seinen Zügen ausprägte. Herbe Runen gruben sich um seinen Mund.

Mit besorgter Teilnahme blickte Heinrich Truckenbrodt auf seinen Freund. Durfte er ihn denn überhaupt noch Freund nennen? Durfte er zu ihm noch Freund sagen? Zu dem, der so gewaltig über ihm stand, der ein Künstler war! Aber da tauchte die Erinnerung an die Zeit ihres Elendsmarsches durch Frankreich auf, stand das Bild vor ihm, wie Beatus ihn, den Verlorenen, selber jammervoll elend und schwach, mit der Aufbietung seiner letzten Kräfte auf den Rücken genommen und durch den weißen Tod getragen hatte. Jene Stunde hatte sie für ewig zu Freunden gemacht. Jene Stunde, in der Beatus, der große Künstler, ihn, den armseligen Bäckergesellen, trotz der eigenen Lebensnot den Armen des Todes entrissen.

Immer mehr war seine Spannung während der Erzählung des Freundes gewachsen, immer größer die Verwunderung und Ehrfurcht vor ihm geworden. Nun aber erfüllte seine Brust nur ein Gefühl: grenzenloses Mitleid.

Der Wunderapostel lag noch immer regungslos hingestreckt. Nichts bewegte sich an ihm; kein Laut kam von seinen Lippen. Tief im Schatten verborgen lag sein Kopf. Nur seine Augen leuchteten. Auf seinem Antlitz aber lag der Ausdruck tiefer Liebe und ein leises, unerforschliches Lächeln spielte darüber.

Beatus aber sah nicht dieses seltsame, unerklärliche Lächeln und er sah nicht die tiefe Teilnahme des anderen. Beatus sah auch nicht die stille, waldumsäumte Fläche vor sich und den romantischen Zauber des Egertales, in dessen Städten die Lichter unmerklich zur Ruhe gegangen waren. Es waren andere, ferne, ferne, bunte Bilder, die vor seiner Seele aufgestiegen. Bilder, welche seit langem nimmer so machtvoll, so gegenwartsfrisch vor ihm gestanden, weil er sie stets mit verzweifelter

Angst von sich getrieben hatte, wenn sie ihn tückisch überfallen wollten.

Und nun standen sie wuchtig vor ihm, riesenhaft, ihn nahezu erdrückend – von ihm selber heraufbeschworen. Und als wollten sie sich jetzt rächen, so zentnerschwer legten sie sich auf die Brust des Kauernden.

Selbst die Natur hielt ihren Atem an. Ununterbrochen hatten zuvor die Baumkäuze geschrien. Nun war auch ihr klagendes Stöhnen erstorben.

Es schien, als sei der Erzähler eingeschlummert, so regungslos verharrte die zusammengekauerte Gestalt in tiefem Schweigen. Er hatte wohl ob der aufsteigenden Gesichte die Umwelt vergessen und war dann in Schlaf gesunken.

Der Mond stand auf Mitternacht.

Ein leiser Wind wehte plötzlich aus dem Walde und lief über die Hochfläche.

Da wandte Beatus unmerklich den Kopf nach seinen Begleitern und sagte mit müder, dumpfer Stimme:

„Ich muss euch meine Geschichte fertigerzählen!"

Und aufseufzend fuhr er fort:

„Die Wellen des Glückes haben mich hochgetragen. Auf Höhen, vor denen mir selber schwindelte, wenn ich manchmal in stillen Stunden auf meinen Weg zurücksah und meine Gedanken sich in das Land meiner Kindheit verloren. Es ist geschehen, was die Blätter nach jenem ersten, öffentlichen Abend prophezeit haben: Ich bin durch Gottes Gnade jäh aufgestiegen. Einhellig bezeichnete mich die Kritik mit dem Namen ‚der Geigerkönig Europas'. Dies geschah bereits zwei Jahre nach meinem öffentlichen Auftreten. Als ich in jenem Sommer, mit höchstem Ruhm gekrönt, in mein Heimatdorf kam, da sah mich mein Vater lange, lange, ohne ein Wort zu sprechen, mit einem bangen, forschenden Blick an. Dann machte er mit bebendem Daumen das Zeichen des Kreuzes auf meine Stirne.

Ich habe Vaters seltsames Gebaren verstanden. Er wollte mich vor den Gefahren des Ruhmes schützen. Unter Stocken hat mir Mutter gestanden, dass er nachts oft laut zu beten anfange; er hätte Angst, ich könnte ob des Ruhmes die Schlichtheit des Herzens verlieren.

Und dann kam jener Abend, an dem Vater mit mir die oberste Spitze des Sonnenwirbels bestieg und dort Worte voll tiefster Weisheit zu mir sprach, die mich erschauern ließen. Ich werde dieses heilige Vermächtnis mein Lebtag nicht vergessen. Der Sinn gipfelte darin, dass nur jenem die Lorbeern nicht welken, der dessen allzeit eingedenk bleibe, dass das Glück ebenso wie das Leid aus der unerforschlichen Hand Gottes komme, und der sich deshalb stets die Demut des Herzens bewahre.

Manchmal hat mich ein Taumel der Trunkenheit erfasst. Die Welt überschüttete mich mit Liebe, Ehren und Lob und ich war noch so jung! Führende Geister, Kulturträger, Staatsmänner, Landedelleute, Bankiers, Großindustrielle, kurz alles, was Namen und Bildung besaß, stritt sich darum, mich zum Gast zu haben. Schöne, edle Frauen haben mich mit ihrer Gunst überhäuft, Kunstliebhaber reisten weit, um meine Konzerte zu hören. Ich musste vor Königen und Kaisern spielen. Höchste Orden wurden mir verliehen. Wie viel selige Wochen habe ich auf deutschen und ausländischen Landsitzen verträumt!

Doch ständig, wo immer es sein mochte, haben mich diese Worte des Vaters wie ein Segen, wie ein schützendes Amulett begleitet.

Warum ich euch jetzt dies alles erzähle? Welchen Sinn hat es, über Vergangenes, Verlorenes, zu reden?

Damit ihr erfassen, ermessen könnt, was mich betroffen.

Einmal, es war im dritten Jahr, spielte ich wieder in Frankfurt am Main. Mit dem Augenblick, als ich auf der Bühne stand, war die Umwelt für mich versunken. An diesem Abend jedoch zwingt mich etwas, meine Blicke über die ersten Sitzreihen gleiten zu lassen. Da durchfährt mich freudige Überraschung! Genau an derselben Stelle, wie einst an jenem ersten Abend in

München, gewahre ich jene edle Gestalt, deren Bild mich all die Jahre begleitet, als etwas Unvergessliches. Sie war zum wundersamen Weibe erblüht. Ich fühlte, der Herr neben ihr war ihr Gemahl. Sie schien mein leises Zusammenzucken bemerkt zu haben, denn eine feine Röte stieg in ihre Wangen.

Ich habe an jenem Abend nur für sie gespielt.

Nach dem Konzert fand ich unter vielem andern eine Visitenkarte mit der Bitte vor, auf ein Schloss im Odenwald zu kommen und dem Unterzeichner die Ehre meines Besuches zu geben. Der Einlader war ein Fürst, der einem der ältesten Adelsgeschlechter Deutschlands angehörte.

Da ich gerade einige freie Tage hatte, fuhr ich auf sein Schloss.

Es lag in der Nähe von Heidelberg, stolz auf seinem Berge über dem endlosen Meer von Buchenwäldern thronend.

Wer aber beschreibt meine freudige Überraschung, als ich dort, unerwartet und mit keinem Gedanken auch nur geahnt, jener Frau gegenüberstehe und von ihr als der Herrin des Hauses willkommen geheißen werde!

Nun sah ich erst ganz, was die junge Fürstin für ein unvergleichlicher Mensch war!

Ich bin in all den Jahren manch edler Frau gegenübergesessen, aber selbst die schönste konnte sich an Adel der Erscheinung nicht mit diesem jungen Weibe messen! Ihre Gestalt war schlank, jede Bewegung harmonisch, ihr dichtes Haar, das sie in straffgeflochtenem Knoten trug, goldblond wie die Ähren ihrer reifen Roggenländer. Die Augen goldbraun wie kostbarster Bernstein. Ihre Sprache so voll Wohllaut, dass sie mein Musikerohr jedes Mal beglückte und mich bis in die Grundfesten meines Wesens ergriff. Und wie es nicht anders denkbar war: Ihr Geist befand sich in vollendetstem Gleichklang mit diesem Leibe!

Einmal, im Westchor zu Naumburg, war ich dem Geist dieses höchsten Adels, der von ihr ausging, gegenübergestanden.

Und plötzlich wusste ich, warum diese Frau mich so unerklärlich Tage und Nächte durch verfolgt hatte: – Sie glich in Zügen und Haltung völlig Frau Uta. Und es betäubte mich fast, als ihr Mann sie mit diesem Namen nannte!

Wir haben uns gefunden, wie sich Kinder finden. Nach einer Stunde schon war es uns, als wären wir einander nie fremd gewesen.

Wir haben den ganzen Nachmittag musiziert. Unsere Wangen brannten, unsere Seelen jauchzten. Wir lohten beide im heiligen, reinen Feuer der Musikbegeisterung.

Wie lange uns der Fürst schon zugehört hatte, ich weiß es nicht. Aber als wir endlich aufhörten, saß er hinten im Musiksaal.

Ich bin nun oft auf das Schloss gekommen. Nirgends ist mir meine Kunst selber so viel geworden wie in dem schönen, stillen Saal im Odenwaldschloss, wenn die junge Fürstin am Flügel saß. Am schönsten aber waren die Nächte der warmen Jahreszeit, wenn die laue Luft von den Wäldern durch die offenen Fenster in den Saal hereinstrich.

Einmal, im Sommer, als sich die Fürstin in Karlsbad befand, war sie in unser Dorf gekommen, um meine Eltern zu sehen! Wie hat die hohe Frau verstanden, zu diesen schlichten Menschen zu finden! Wie hat sie den Weg in ihre Herzen gewusst!

Es ist nun kein Jahr vergangen, in dem sie nicht zu ihnen kam, sehnsüchtig erwartet von den zwei alten Leuten."

Hier schwieg Beatus. Es war, als überlege er etwas. Dann sprach er, jäh abspringend, förmlich wie zu sich selber:

„Ich muss zu Ende kommen! Ich muss es! Ja, ich darf es sagen, ich war ein glücklicher Mensch. Es mögen wenige Irdische dortmals gelebt haben, die so bis in die tiefste Faser ihres Wesens glücklich waren wie ich!

Ich war jung, blühend vor Gesundheit, auf dem höchsten Gipfel des Ruhmes, geliebt von den Menschen.

Ich war oben in Hamburg gewesen. Den brausenden Jubel, der wie die Fluten der Nordsee rauschte, noch im Ohr, fuhr ich südwärts. Und ich hatte ein Glücksgefühl in mir wie selten und segnete das Schicksal. Ich war gerade mit meinen Gedanken daheim bei den Eltern, sah mich als halbwüchsigen Buben an der Hobelbank meines Vaters stehen und arbeiten, als mich plötzlich eine unerklärliche Angst überfiel. Ich verwunderte mich darüber sehr und horchte forschend in die Nacht. Es war mir, wie wenn die Räder unheimlich klagten und stöhnten. Ich hielt es für Nervenüberspannung und bemühte mich, auf andere Gedanken zu kommen. Aber plötzlich sagte etwas in mir: Du solltest in Lüneburg aussteigen! Du warst noch nicht in der Lüneburger Johanneskirche. Du musst sie sehen, Sebastian Bach hat dort auf der mächtigen Orgel gespielt! Ich zog die Uhr. Wir waren nahe vor Lüneburg. Einen Augenblick schwankte ich tatsächlich. Ach, hätte ich doch jener unerklärlichen Stimme nachgegeben! Wäre ich ihr doch gefolgt!

Heute weiß ich, dass das meiste Elend auf der Erde nur davon herrührt, weil die Menschen jene geheimnisvolle Stimme in ihrem Innern zu wenig beachten! Und doch weiß diese Stimme, was immer sie sein mag, mehr, als der weiseste Mensch zu wissen vermag! Ich glaube, es ist die Stimme der unsterblichen Seele.

Ich habe nicht auf sie gehört. Dazu war es mitten in der Nacht. Bald darauf fuhr der Zug aus der Station. Im Augenblick, als er sich in Bewegung setzte, überfiel es mich noch einmal so stark, dass ich meinte, ich müsse aus dem anfahrenden Zug springen."

Beatus presste beide Hände vor seine Augen. Sein Atem ging schwer. Überwältigt saß er eine Weile, ganz in sich zusammengekrümmt, dann hasteten die Worte über seine Lippen. Sie klangen hohl und stöhnend.

„Es war zu spät! Kaum zehn Minuten hernach erbebte der Zug plötzlich unter einem furchtbaren, mit keiner Phantasie auszudenkenden Krach! Ich spürte den Rückstoß, sah noch in meinem Entsetzen, wie sich die Wände aufeinander zu bewegten, fühlte einen heftigen, brennenden Schmerz – und dann wusste ich nichts mehr.

Als ich wieder zu mir kam, lag ich in einem weißen Spitalbett. Mein Kopf war müd und schwer und schmerzte stechend. Langsam wurde mir alles bewusst. Und nach einer geraumen Weile erst fuhr es wie ein tötender Blitzschlag durch mich. Mit frierender, zitternder Seele begann ich meinen Körper zu überprüfen. Der ewige, der allmächtige, gütige Gott sei gesegnet: Die rechte Hand war heil! Und auch die linke hatte ich am Leibe! Schauer des Glückes, Freuden, wie sie sich kein Mensch auszumalen vermag, durchwallten mich! Ich hatte meine Hände! Mein Gott, ich hatte meine Hände! Mit einer Seligkeit, wie eine Mutter es nicht glückseliger mit ihrem ersten Kindlein tun mag, liebkoste ich sie. O Gott, was wäre ich noch gewesen ohne diese Hände, ohne eine dieser Hände! Ja, bloß ohne einen dieser Finger! Ich habe in jener Stunde gebetet, wie meine Eltern wohl nie inbrünstiger für ihren Sohn gebetet haben. Wohl merkte ich später mit leisem Schreck, dass der linke Ellbogen sich in einem Verband befand. Doch ich konnte den Unterarm, wenn auch mühsam und mit Schmerzen, bewegen – also würde auch das sich geben! Die Ärzte sagten, es wären zwei Rippen gebrochen und beglückwünschten mich, so glimpflich davongekommen zu sein.

Tags darauf stand die junge Fürstin an meinem Lager.

Bald nachher wurde ich auf ihr Schloss gebracht. Die Schreckenssekunde des Eisenbahnunglückes ging durch alle Blätter Europas, sie war auch in mein Heimatdorf gedrungen. Doch die Fürstin hatte meine Eltern vor dem Einlangen der Zeitungsnachricht aufgeklärt und beruhigt.

Mutter schrieb mir, Vater habe in dieser Nacht plötzlich entsetzlich aufgeschrien und zu ihr gesagt: ‚Eben ist unser Sohn gestorben.‘

Wie es sich damit auch verhält, die Ahnung des Vaters, der in jener Stunde so länderweit fern war, und die eigene Stimme, ich möchte sagen, die Witterung, das Voraussehen meiner Seele, haben in mir dortmals die starke Überzeugung ausgereift, dass in unserm Innern Kräfte sind, von denen wir nichts ahnen.

Es waren stillglückliche Wochen auf dem Schlosse. Jeden Tag kam der erste Chirurg Heidelbergs heraus. Auch Wilhelm Ysenberg, mein väterlicher Gönner, erschien an meinem Lager.

Und dann kam der Tag, an dem ich zum ersten Mal wieder meine Geige in die Hände nahm."

Tief holte Beatus Atem. Es schien, als könne er nicht genug Luft bekommen.

„... Ich – konnte nimmer – spielen."

Dumpf kam es aus seiner Brust.

„Ich habe es nicht glauben können, nicht glauben wollen. Ich durfte es ja nicht glauben – es wäre meine Vernichtung gewesen! Ich habe es immer wieder versucht, habe mit Verzweiflung, mit der Kraft blinder Wut gespielt – vergebens: Die Gelenkigkeit der linken Hand blieb behindert. Die Meisterschaft war zertrümmert! In Todesnot fand mich die Fürstin. Sie tröstete mich, sie gab mir Glauben und neue Zuversicht. Sie riss mich mit der ganzen Kraft ihrer starken Seele aus der dumpfen Verzweiflung, aus dem Abgrund der Selbstvernichtung. Ich habe mich an ihre Worte geklammert wie ein Versinkender und bin voll Hoffnung geworden. Es konnte ja gar nicht anders sein; sie musste recht haben. Es konnte sich nur um etwas Vorübergehendes handeln, um eine kleine Schwäche des Armes, eine Schlaffheit der Sehnen, verursacht durch die langen Wochen gänzlicher Ruhe.

Von Unruhe getrieben, verließ ich das Schloss und fuhr nach Berlin zu dem berühmtesten Kliniker der Gegenwart. Er untersuchte mich lange, seine schweigsame Prüfung wurde mir zur Ewigkeit. Hatte er mir doch die Entscheidung über Leben oder Tod zu geben!

Und er sprach mein Todesurteil!

Gebrochen taumelte ich aus seinem Untersuchungszimmer.

Draußen toste das Leben der Großstadt. Der Stadt, in der ich einmalige Triumphe gefeiert, in der jeder Mensch meinen Namen kannte.

Und nun stand ich wieder in ihren Straßen, kaum ein halbes Jahr seit meinem letzten Auftreten; zerschmettert, aus dem Himmel meiner Kunst, von dem Gipfel meines Ruhmes geschleudert, arm, arm, tausendmal ärmer als ein Bettler! Über Nacht zum bemitleideten Krüppel geworden!

Es war Hochsommer, die Sonne brütete auf dem verstaubten Asphalt, doch mich schüttelte es vor eisiger Kälte.

Ich fühlte mich so einsam, so verlassen! Ich hatte alles verloren: Ruhm, Namen, Lebensinhalt. Mein Leben war ausgelöscht, erstorben, und doch atmete ich, konnte ich denken. Und dieses Denkenkönnen war mir das Entsetzlichste, schien mir das Ungerechteste. Oh, wie über alles Menschenmaß groß erschien mir meine Not!

Ich war hilflos wie ein Kind; ich stand und vermochte keinen Schritt zu tun; ich wusste nicht, wohin ich den Fuß setzen sollte. Ich habe mich in dieser Stunde von aller Welt verlassen gefühlt.

Da plötzlich tauchte ein Bild auf, das Bild aller Bilder, das mir ein jähes Schluchzen aus der Kehle trieb: Ich sah die Stube meiner Eltern, sah Vater am Werktisch, Mutter, von der Arbeit des Tages ruhend, in die sinkende Sonne schauen. Und ich hatte nur mehr einen Gedanken, einen einzigen Gedanken, den mein Herz schrie in Todesnot: heim, heim! In die Heimat, zu den Eltern! Mich überfiel plötzlich jener tiefste Urtrieb, der bei jedem Menschen in der höchsten Not erwacht und ihn mit neuem Leben erfüllt und als letzter Trost, als süße Hoffnung vor ihm aufsteigt, als könnte dort jedes Leid getilgt, jede Wunde geheilt werden: das Heimverlangen ins Elternhaus!

Ich warf mich in die Bahn, immer nur von dem einen Gedanken erfüllt: heim, heim!

Und dann war ich endlich daheim! Wie ein zu Tode gehetztes Wild sank ich an die Brust meiner Mutter. Ich habe es diesmal als eine Erlösung empfunden, dass Vater noch nicht zu Hause war. Er war unterwegs mit seinen Musikanten. Er hätte es längst nimmer nötig gehabt, denn ich hatte meinen Eltern eine Summe angelegt, die für sie ein Vermögen war. Aber Vater hielt es daheim nicht aus, wenn die Sonne warm zu scheinen begann. Die Gewohnheit und das Blut seiner Vorväter rumorten in ihm und zogen ihn hinaus in die Welt, auf die Straßen, auf denen einst ihre Füße gewandert.

Ich war glücklich, dass ich mit Mutter allein war! Er sollte mich nicht so sehen. Sollte seinen zerschlagenen Sohn nicht sehen, den er liebte wie einen Abgott, der der Stolz seiner alten Tage war. Denn Mütter, die schwachen, zarten Mütter sind viel stärker in Stunden der Not, in Stunden des Leides.

Und die Mutter hat mich in ihre Arme genommen und getröstet, genau auf die nämliche Art, wie sie es getan hat, wenn ich als Bub mich mit meinen kleinen Kümmernissen im Herzen zu ihr geschlichen.

Ich danke heute noch dem Herrgott, dass ich in jener furchtbarsten Stunde meines Lebens den Trost meiner Mutter hatte!

Ich sperrte mich wochenlang in die Werkstatt. Ich spielte, spielte, spielte! Mühte mich mit der Hartnäckigkeit und Zähigkeit eines Menschen, der um sein Leben ringt.

Die Fürstin schrieb an die Mutter, ob ich bei ihr sei. Ich habe sie gezwungen zu lügen. Und Mutter hat mich verstanden und hat mit blutendem Herzen geschrieben, dass ich nicht heimgekommen wäre. Ich konnte keinen Menschen mehr sehen, am wenigsten den, der mir so viel geworden war. Ich wollte ihr die Totenschau meiner Künstlerschaft ersparen.

Viele Wochen vergingen. Ich spielte, übte mit der Kraft der Verzweiflung. Der Schweiß der Todesangst stand auf meiner Stirne, floss wie Tränen auf meine Geige. Nachts quälten mich grauenhafte Bilder. Die Not ließ mich nimmer schlafen. Endlos schlichen die Nächte! Das waren keine Nächte mehr, es waren Ewigkeiten. Ewigkeiten der Hölle! Ich habe halbe Nächte durchgebetet, habe den Herrgott angebettelt wie ein kleines Kind, wie ein Verurteilter, der dicht vor der Hinrichtung noch Abwendung seines Schicksals erfleht. Ich habe Gelöbnisse gemacht, habe Ihn gebeten, mir alle Freuden des Lebens zu verwehren und mir nur mein Spiel wiederzugeben. Vergehens!

Der Ewige hat mich nicht erhört und kein Erbarmen gehabt mit meiner Not. Da habe ich zum Himmel aufgestöhnt, die eine große, ewige Frage, jene verzweifelte, auflehnende Frage, die allen Leides Folge ist: Warum, warum!?

Doch so verzweifelt ich auch rief – der Ewige ist stumm geblieben!

Ich habe wild aufgeschrien, mit der ganzen Auflehnung eines Menschen, der sich ungerecht gegeißelt fühlt.

Es ist kein Laut, nicht das leiseste Zeichen an mein Ohr gedrungen.

Da habe ich eines Nachts die Geige genommen, habe sie geküsst und gesegnet, habe alles, alles mit blutendem Herzen und bebenden Händen von mir getan und mit dem Instrument meine ganze Seele. Mit wenigen Zeilen habe ich von den Eltern Abschied genommen.

Heimlich bin ich aus dem Elternhaus fort, namenlos hinaus auf die namenlose Straße ...“

Beatus hatte die letzten Sätze nur noch gemurmelt. In sich zusammengesunken, kauerte er neben der ausgebrannten Feuerstelle. Heinrich Truckenbrodts frisches Gesicht war bleich bis in die Lippen. Er war der Erzählung mit ganzer Hingabe gefolgt; ihm war zumute, als hätte er dieses tragische Schicksal selber erlebt. Mit wehmütiger Ehrfurcht umschlossen seine Augen den geliebten Freund.

Atemlos still war die Nacht.

Da erhob sich der Wunderapostel etwas, beugte sich leise vor und legte seinen Arm von hinten um Beatus’ Brust. So zog er ihn väterlich an sich und fuhr liebkosend über die heiße Stirne des Trauernden.

Beatus hielt still wie ein Kind.

Und die Hand des Erhabenen koste ihn und gab ihm Frieden.

Und als das Herz des Schülers so weit gefestigt war, begann der Meister mit einer Stimme, die mild war wie das Säuseln des Abendwindes in weichen, biegsamen Halmen, also zu reden:

„Sei ruhig, mein Sohn, und freue dich! Denn wisse das Eine: Wir Menschen entwickeln uns alle nur durch das Leid aufwärts. Es geht kein anderer Pfad in die Höhe als durch die Pforte des Leides. Der Weise, der dies erkannt hat, bittet den Ewigen um Prüfungen. Was den Menschen aber den Sinn verwirrt und was auch dein Herz zerquält hat, ist dies: Sie erkennen den Grund nicht. Da sind die einen, sie hadern mit dem blinden Wüten des Zufalls; da sind die andern, die Gott wohl näher stehen, doch auch sie halten für ungerechte Verfolgung, was entweder liebevollstes Befreien von alter Schuld oder gnadenreiches Emporheben auf höhere Seelenstufen ist. Denn sie sind gewohnt, von Gottes Liebe nur Angenehmes, Freudebringendes zu erwarten. Wenige nur sind es, ich habe sie Weise genannt, die wissen, dass Gott nie straft, nie züchtigt und dass selbst dies, was uns als härteste Geißel erscheint, nichts anderes ist als ewig barmherzige, liebevolle Hilfe. Tief ist das Geheimnis der Ratschlüsse der Gottheit, doch klar ist es und hell wie funkelnder Edelstein für den Weisen.

Wer dies einmal erkannt hat, der nimmt jedes Leid an aus der Hand der Gottheit, denn er weiß nun den verborgenen Sinn. Es geschieht nichts auf Erden und in allen Welten, das nicht im weisen Gesetz stünde!

Und ich weiß, es wird die Zeit kommen, Beatus, in der du stets ruhig, mit freudigem Gleichmut annehmen wirst, was das weise Schicksal für dich bestimmt! Dann wird es für dich kein Leid mehr geben, nur Licht!"

Und der Erhabene neigte sich über die Stirne seines Jüngers und küsste sie.

Da lächelte Beatus leise. Heiliges Schweigen umwehte sie. Zeitlos …

Zehntes Kapitel

Auf der Kuppe des Sonnenwirbels liegt schon den ganzen Nachmittag über eine Gestalt und späht unverwandt in das Dorf hinab. Ab und zu zeigt sich eine Frau in einem der Höfe oder Gärten. Kinder, wie Hasen so klein, bewegen sich in der Moorheide. Es ist all die Stunden durch kein Mannsbild zu sehen.

Lustige Schattenfiguren zeichnet die Sonne in unermüdlicher Erfindung. Plötzlich ist sie es müde geworden und wischt alles Licht von der Tafel unten. Auf der schweigsamen Hochfläche sinnt der Abend. Atmet in langsamen Zügen Werktagsruh. Im Osten steigt die Scheibe des Vollmonds auf, goldgelb wie die Blüte der Königskerzen in den mystischen Hochsommernächten des Frauendreißigers.

Wie Falken kreisen die Augen des Spähers. Kehren immer einem Horste zu. Dem obersten Hause am Hang, ein wenig seitab von den andern. Dort tritt jetzt eine Frau aus der Tür; sie hat zwei Holzbütten in den Händen und schreitet dem Nebengebäude zu. Den Lugvogel reißt es fast vom Boden des Sonnenwirbels in die Höhe. Mit Mühe nur kann er einen Schrei unterdrücken. Seine Augen spähen mit aller Kraft. Nach geraumer Weile erscheint sie wieder und geht über den Hof. Bleibt halben Weges stehen und blickt zum Sonnenwirbel hinauf. Es ist, als ob ihre Seele von etwas getroffen würde, dann wendet sie sich langsam und tritt in das Haus.

Dem oben am Bergrücken steigt es heiß in die Kehle. Jäh reißt er das Ränzel vom Boden auf, blickt noch einmal in die volle Scheibe des Mondes, die, blanksilbern geworden, über den lichten Himmel rollt, dann steigt er mit langsamen Schritten, die spärlichen Bäume als Deckung benützend, niederwärts.

Im Dorf unten ist es still. Die mannlosen Frauen kriechen früh mit ihren Kindern ins Bett. Wer keinen Kummer hat, ruht in friedlichem Schlaf. Über ihren Dächern wacht der Mond.

Sie haben alle Frieden, bis auf eine, die keine Ruhe finden kann, bei Tage nicht und noch weniger im Schweigen der Nächte. Und die vollends von ihrer Unruhe beherrscht wird in den Monden, in denen ihr Mann in der Ferne ist. Das ist die grauköpfige Klingohrmutter.

Ihre Gedanken irren immerzu in Sorge und Mutterliebe hinter ihrem unglücklichen Sohne her, den der Jammer seines Herzens irgendwo auf namenloser Straße treibt. Drei Jahre schon, drei ewig lange Jahre! Für ein bekümmertes Mutterherz, das sich in dem Schmerze zergrämt, dem geliebten Sohne nicht helfen zu können, eine qualvoll endlose Zeit!

Magdalena Klingohr sitzt am offenen Fenster und sinnt regungslos in den Abend hinaus. Weit, weit sind ihre Gedanken; bei ihrem Sohn. Ihr leidüberhauchtes Antlitz ist von edler Schönheit in seiner Bekümmernis, wie die Künstler die Züge jener Frau bilden, die seit zwei Jahrtausenden allen Müttern, denen ein Schwert durch ihr liebendes Herz geht, Sinnbild ist. So entrückt sind ihre Sinne, dass sie ein merkliches Schwanken des großen Busches im Garten nicht wahrnimmt, obwohl ihre Augen nach seiner Richtung gehen. Doch schon steht der Busch wieder in Regungslosigkeit. Eine geraume Weile sinnt sie so, ist dann vom Fenster verschwunden und kommt gleich darauf wieder mit einem Brief zurück, den sie entfaltet und in der Mondeshelle zu lesen beginnt. Zum wievielten Male? Sie weiß ihn längst auswendig, wie sie alle Briefe im Herzen hat, die ihnen ihr geliebter Sohn geschrieben, seit er vor drei Jahren in jener unvergesslichen Nacht in seiner grenzenlosen Not spurlos verschwand. Wie hat sie all die Wochen, als er sich in der verschlossenen Werkstatt mühte, seine Not mitgefühlt! Sie hat ihn verstehen können, dass er hinaus in die Welt ging, sich in ihr verstecken und betäuben und im buntbewegten Leben der Straßen sein früheres Ich vergessen wollte.

Wort um Wort umfangen ihre Augen. Und wie immer quellen Tränen auf, die ihr das Lesen schließlich unmöglich machen.

Behutsam faltet Magdalena Klingohr den Brief zusammen. Tiefer Kummer liegt auf ihren Zügen. Da beginnt eine Drossel vom alten Fichtenbaum zu flöten, so heimatwarm und hold, dass es wie verheißungsvolle Freude in die alte Geigenbauerstube fließt. Aber Magdalena Klingohrs Herz ist zu sehr von ihrem Kummer erfüllt, um sich dem seligen Liede hingeben zu können. Und während die Drossel weiter ihr wonniges Märchenlied jauchzt, greift die Hausmutter nach dem großen, uralten Gebetbuch, schlägt es auf und beginnt halblaut zu beten.

Schwerfällig und dumpf dringen die feierlichen Worte über den Hof hinaus bis zum Busch, umschlossen und getragen von den Melodien der seltsamen Drossel, deren Sang immer schmelzender und seliger wird, dass das Herz der Betenden unbewusst von diesen Tönen erfüllt und gestärkt wird.

Da bewegen sich noch einmal leise die Zweige des großen Busches und behutsam löst sich eine Gestalt aus ihm, die lautlos wie ein Schatten an der Wand des Stalles entlang huscht.

In diesem Augenblick schließt die Versunkene das Gebetbuch, verklammt ihre Finger darum.

Da geht die Tür auf. Leise hat es sein sollen, aber es ist, als ob selbst die Tür sich mitfreuen wollte; hellauf muss sie knarren vor Lust.

Magdalena Klingohr wendet den Kopf nach der Tür. Unbewusst, denn ihre Seele ist noch in ihrem Gebet. Und was ihre Augen sehen, die Gestalt in der Türe, ist ihr erst wie eine holdselige Vision.

Doch als die Gestalt sich von der Tür löst und mit einem Jubelruf auf sie zueilt, sie in die Arme schließt und herzt und küsst, da erwacht das Mutterherz aus seinem Traumbild und wird sich der Wirklichkeit bewusst.

Und Magdalena Klingohr möchte reden, tausend liebe Worte sagen und kann es nicht! Ihr kleiner, zierlicher Körper bebt, Tränen stürzen aus ihren Augen. Die Arme aber haben ihr Liebstes umklammert, als müsste sie es gegen eine neue Gefahr verteidigen, und ihre Hände kosen Gesicht und Scheitel des ans Herz Gepressten.

Draußen im alten Fichtenbaum ist die Drossel stumm geworden und auch in der Stube drinnen ist es lange Zeit still. Bloß die Hände der Mutter reden ihre ausdrucksreiche Sprache, die tief ins Herz des heimgekehrten Sohnes dringt. Endlich hebt er den Kopf von der Wange der Mutter, und ihr mit leuchtendem Blick in die Augen sehend, spricht er halblaut: „Mutter, wie ist mir wohl, dass ich wieder bei dir bin!“

Und sie: „O Kind, dass du wieder heimgekommen bist! Nun ist alles gut!“

Und Beatus, ihre guten Hände küssend: „Verzeih mir, Mutter, dass ich so gehandelt und dir und Vater so viel Kummer bereitet habe! Ich hab nicht anders gekonnt in meiner grenzenlosen Not!“

Sie nickt stumm:

„Ich weiß es, Beatus!“

Und in ängstlichem Eifer, als wollte sie jedes düstere Bild im Aufsteigen ersticken: „Aber nun bist du heimgekommen, nun ist alles vergessen, vorüber!“

Da nimmt der Sohn den Kopf der Mutter zärtlich in seine Hände und betrachtet sie voll unendlicher Liebe.

„Bist noch immer wie früher, Mutter“, scherzt er. „Und größer bist du auch nicht geworden! Bist immer noch mein kleines, liebes Mütterchen. Nur die Haare sind grau geworden, Mutter“, klagt er mit leisem Schmerz.

Und seine Gedanken erratend, kommen ihre Worte mit überstürzter Hast aus ihrem Munde: „Das muss so sein, mein

Beatus! Längst steh ich ja auf der Abendseite des Lebens und die Stürme hier heroben sind rau und kalt. Das macht uns Frauen des Erzgebirges früh weiß. Das Haar meiner Mutter ist mit vierzig weiß gewesen."

Beatus nickte ernst. Ja, hart ist das Leben hier heroben auf karger, windumwehter Moorheide; härter aber war das Leid, das seine Eltern um seinetwillen in ihren Herzen getragen.

Und von erneutem Heimweh überfallen, fragt er nach dem Vater.

Stockend sagt ihm die Mutter, was ihm als jähe Angst ins Herz gestiegen. Sie muss sich die große Not von der Seele reden.

„Seit jener Stunde hat der Vater nie mehr gelacht. Und er ist doch immer so froh gewesen! Du weißt es ja. Der Winter ist vergangen, der Frühling ist längst im Lande gewesen, Vater aber war immer noch wie versteinert. Tagelang ist er vor seinem Werktisch gestanden, ohne ein Stück Holz anzurühren. Kein Laut, keine Klage ist über seine Lippen gekommen. Er hat nur immerzu den Kopf geschüttelt.

Mich hat jedes Mal geschaudert, wenn ich gesehen hab, wie Vater mit dem Ewigen stumm gerechtet hat. Ich hab gespürt, er hat immer nur an dich gedacht. Doch so sehr wir auch gehofft und uns verzehrt haben, es ist kein Brief von dir gekommen, kein Lebenszeichen. Zweimal hat die Frau Fürstin geschrieben; ich bin nie imstande gewesen, ihr zu antworten.

Nun aber hab ich sie angefleht, zu kommen, denn ich hab gewusst, wie sehr Vater sie lieb hat. Ich hab die starke Hoffnung gehabt, dass es ihr gelingen würde, ihn aus seiner Starre zu reißen."

Gespannt blickte Beatus auf die Erzählende.

„Gott segne die Gute! Kaum eine Woche später ist sie bei uns gewesen. Sie ist als Engel Gottes gekommen. Wenn du mich fragen würdest, wie es geschehen ist – ich weiß es heute noch nicht; aber sie hat Vater wieder zu sich selbst geführt. Sie hat

Glaube und Hoffnung in unsere armen Herzen gegossen und uns wieder aufgerichtet. Und dann ist der Tag gekommen, an dem Vater mit ihr in den Wald gegangen ist und sie den Sonnenwirbel hinaufgeführt hat und ihr die Plätze gezeigt hat, wo ihr das Holz für die Geigen geschlagen habt. Vater hat der hohen Frau die Stelle weisen müssen, wo der Baum gestanden ist, aus dessen Holz er deine Geige gebaut hat, die dich berühmt gemacht hat.

Und mit einem Mal hat Vater wieder die Freude an seiner Arbeit gefunden, ist der Alte geworden.

Viele Wochen lang ist die Fürstin bei uns heroben geblieben und manchmal, wenn sie abends allein auf der Hofbank gesessen ist und ich sie betrachtet hab, ist es mir gewesen, wie wenn sie selber ein tiefes Leid im Herzen hätt und hergekommen wär, um sich hier zu verkriechen. Doch sie hat es so tapfer getragen, dass ich mir nicht danach zu fragen getraut hab – und ich hätt ihr doch so gern geholfen.

Und dann ist uns allen noch ein warmer Sonnenstrahl ins Herz gefallen. Dein erster Brief ist aus Bregenz gekommen nach fast einem Jahr des Verschollenseins! Du glaubst nicht, wie der Brief uns erlöst hat! Er hat uns gesagt, dass du weiter auf der Landstraße leben willst – aber er ist doch ein Lebenszeichen gewesen! Wir haben jetzt wenigstens gewusst, wie es dir geht und wo du gewandert bist! Und hast uns auch gelobt, von nun an öfter zu schreiben!

Als wir aber im Brief zu der Stelle gekommen sind, wo du so lieb und gut über Frau Uta schreibst und uns gebeten hast, sie von dir zu grüßen und sie stets in unser Gebet einzuschließen, sind Tränen aus ihren Augen gestürzt. Bald darauf ist sie von uns fort.

Von diesem Brief an haben wir beide nun Tag um Tag gehofft, dass du plötzlich in unsere Stube treten und wieder bei uns sein würdest. Doch auch das zweite Jahr ist umgegangen, und wieder ist es Sommer geworden, und wieder ist die Fürstin gekommen – doch du bist fern geblieben! Wie haben wir uns über den Vögeli-Heini gefreut, den dir der liebe Gott so recht zur richtigen Zeit und Stunde zugeführt hat!

Und dann ist der harte, schwere Winter gekommen. Ein Winter, wie wir ihn seit Menschengedenken nicht so grimmig gehabt haben! ‚Mutter, Mutter, wo mag jetzt unser Bub sein, hat Vater oft mitten in der Nacht zu reden begonnen, wenn es draußen geheult und gestürmt hat. Wir sind beide in diesen Nächten schlaflos gelegen und es ist wie Stiche durch unsere Herzen gegangen, wenn die Schindeln vor Kälte gekracht haben. ‚Wir wollen beten, Mutter', hat Vater gesagt, wenn es schauerlich ums Haus geheult hat oder wenn es wieder laut in die Stille unserer Schlafstube geknackt hat, ‚dass unser Beatus nicht in Wintersnot ist'.

Und im heurigen Frühjahr ist dein langer Brief aus Zams gekommen, der uns berichtet hat, dass du in jenen grimmigen Winternächten im fernen Frankreich mit Heinrich Truckenbrodt um dein Leben gekämpft hast. Kind, warum hast du dich so in die Gefahr begeben!" Mit bekümmerten, liebevollen Augen sieht sie ihren Sohn an.

Beatus fährt zärtlich über ihre Wange.

„Was auch habe ich um Tristan, den armen Hund, zusammengeweint!"

„Ach, Mutter, sprich nicht davon! Ich darf noch immer nicht daran denken. Ja, ich habe viel mit ihm verloren. Mehr, als ich dir sagen kann, wenn er auch nur ein Hund war! Doch wir wollen nicht darüber reden, Mutter. Der Gedanke an dieses edle Tier ist zu schmerzhaft für mich!"

Und sich erhebend und auf den Mond weisend, dessen volle Scheibe zum Fenster herein grüßt: „Komm, Mutter, wir wollen uns noch ein wenig auf die Bank ins Mondlicht setzen." Und seinen Arm um ihre Schultern legend, geht er mit ihr hinaus. Lange sitzen sie dort, schweigend, den Rücken an die Wand gelehnt, die verschlungenen Hände vom weichen Lichte beschienen. Wohlig genießen sie die Seligkeit des so lange entbehrten Vereintseins. Die Luft ist lau und die Nacht feierlich still und so viel Friede liegt im Hofe. Beatus muss an die lichten Nächte seiner Kinderzeit denken, wie er oft mit seinem Vater auf dieser Bank gesessen und in die Silbernächte gelauscht und in den Mond geschaut. Und plötzlich überfällt ihn herber Schmerz, klagend kommt es von seinem Munde:

„Ach, Mutter, wie traurig bin ich, dass Vater nicht daheim ist!"

„Tröste dich, mein Sohn", will ihn Magdalena Klingohr begütigen. „Nun ruhst du dich erst fein aus und dann wird auch der Vater bald heimkommen! Wie wird der sich freuen, wenn er dich wiedersieht!"

Da legt sich ein schmerzlich zerquälter Zug auf sein Gesicht. Ängstlich sieht es die alte Frau.

Beatus schüttelt leise den Kopf: „Ich weiß, ich werde Vater nicht sehen. Ich muss auch dies tragen."

In bangem Schmerz schreit die Mutter auf: „Beatus, du wirst doch nicht wieder von uns gehen!" Angstvoll klammern sich ihre Augen an sein Gesicht.

Da nimmt er ihren Kopf zwischen seine Hände, und ihn beinah ungestüm an seine Brust pressend, spricht er mit schmerzdurchbebter Stimme:

„Es muss sein, Mutter! Wir wollen uns das Herz nicht schwer machen. Für mich gibt es keine Ruhe mehr. Ich kann nur leben, das Leben nur ertragen als Namenloser auf der Landstraße."

Und plötzlich überwältigt, laut aufstöhnend:

„O Mutter, warum hat mich das Leben so hart angefasst! Warum?"

Und nach einer Weile: „Denkst du noch an den Abend meines ersten öffentlichen Auftretens in Wien? Weißt du noch, wie ich euch in die Loge geführt habe, dich und Vater, und du dich nicht satt staunen konntest, dass es so etwas gab an Größe und

Pracht! Wie war ich glücklich! Weitaus glücklicher darüber, dass ich, der einstige arme Erzgebirglerbub, euch in einen solchen Prunksaal führen konnte, der mein Saal, mein Haus war, als über die Auszeichnung, dort vor der glänzenden Zuhörerschaft spielen zu können! Erinnerst du dich noch an das Gold der Wände, an das Gleißen der Hunderte von Lichtern? Du sagtest, es sei dir, wie wenn du beim Kaiser wärest?"

„Ja, und die Menschen, die vielen Menschen!", fiel Magdalena Klingohr eifrig wie ein Kind ein. „Ich hab bis zu jener Stunde gar nicht gewusst, dass es so viele Menschen gibt! Und dann bist du auf die Bühne herausgekommen und hast auf uns geschaut und uns zugenickt. Und die Leute haben es bemerkt und auf uns hergeschaut. Wir haben vor Stolz, und Scham nicht aus und ein gewusst. Und weil Vater sich nicht anders zu helfen gewusst, als er die vielen Augen auf sich gerichtet gesehen hat, hat er sein Taschentuch umständlich auseinander genommen und sich mit aller Kraft hineingeschneuzt. Und dann hast du gespielt! O Beatus, am Sterbebett werde ich das noch hören und selig hinüberschlummern. Wie danken wir es dir, Beatus, dass du uns das hast erleben lassen!

O Kind, ob ich an das alles denke! Wir zehren davon unser Leben lang!"

Schmerzhaft bewegt drückt er den Kopf zurück, die Augen geschlossen und rührt sich nicht. Dumpf steigt es aus seinem Munde:

„So würde auch mich die Erinnerung überfallen und zerfressen, wenn ich hierbliebe, Mutter. Ich kann nicht hierbleiben und ich kann nicht anderwärts bleiben; ich muss wandern, wandern, muss die Erinnerung an mein zerbrochenes Leben mit dem ewigen Wechsel der Welt betäuben. Verstehst du mich?"

Die Mutter versteht ihn mit wundem Herzen.

„Ich habe das Höchste verloren: den Frieden der Seele. O bete, dass ich ihn wiederfinde!"

Da legt Magdalena Klingohr ihre Hände auf die Wangen ihres Sohnes und redet ernst und feierlich wie im Gebet:

„Sei ruhig, mein Kind, sei ruhig! Zerquäle dir nicht dein armes Herz und werde nicht irre! Ich habe viel nachgedacht in schlaflosen Nächten und ich habe mir den Sinn wirr gegrübelt, warum der Ewige dies Leid über uns verhängt. Ich hab nicht hinter den Sinn kommen können. Aber eines habe ich erfahren, eines weiß ich felsenfest: Gott ist die Liebe! Wo ich hingetreten bin mein Leben lang, wo ich hingesehen hab, überall hab ich das Werk Seiner Hände geschaut und überall im Werk Seiner Hände die Liebe atmen gefühlt. Wie sollte da der Schöpfer selber grausam sein, der in jedes Samenkorn, in jedes Vogelei die Liebe senkte, der alles in Liebe geschaffen hat!

Und auch diese Erkenntnis ist mir in schlaflosen Nächten geworden, wenn Vater sich ruhelos im Bette von einer Seite auf die andere gedreht und hart aufgestöhnt hat: Gottes Werk ruht auch in Gottes Hand! Und so, wie es Seine Liebe geschaffen hat, so regiert es Seine Weisheit. Denn was möchte alle Liebe zu dem Geschaffenen helfen, wenn die Weisheit sie nicht lenken würde! Ich kann es nicht so ausdrücken, kann's nicht so sagen, wie ich es meine, aber mir ist eine Ahnung gekommen, dass alles Sein sinn- und hilflos wäre, wenn es Gottes Weisheit nicht lenkte! Glaube mir dies, Beatus, und trage geduldig dein hartes Leid, wie es deine Mutter für dich trägt! Es muss sich ein Sinn hinter dem verbergen, was Gott über uns verhängt hat! Weiß ihn einstweilen auch nur Gott, so wollen wir dennoch demütig und gläubig bleiben in dem Gedanken an Gottes Liebe!"

Erschüttert nimmt Beatus die kleine, zarte Mutter in seine Arme und küsst ihr Stirn und Augen.

Und dankt ihr, sagt ihr, wie groß der Trost sei, den sie ihm damit gegeben, und dass er diese Worte heilig halten würde bis in seinen Tod.

Dann erzählt er lange vom Wunderapostel, der gestern nachts, wohl um die nämliche Stunde, ähnliche Worte zu ihm gesprochen, und kommt ins ausführliche Berichten. Tiefer und tiefer senkt sich der Mond auf den Sonnerwirbelberg hinab.

In das Herz der Mutter aber zieht eine unsägliche, erlösende Freude, denn sie weiß das wunde Herz ihres Sohnes in der Hand eines Heiligen.

Und Tag reiht sich an Tag. Magdalena Klingohr ist wieder selig wie in jenen alten Zeiten, da sie mit unermüdlicher Hand die Wiege ihres Kindes bewegt. Und Beatus fühlt sich so wohl, wie sich der Mensch nur an einer Stätte der weiten Erde wohlfühlt: am liebenden Mutterherzen. Ihr Glück ist einzig nur wehmütig getrübt durch die Abwesenheit des Vaters, der mit sehnsüchtigem Herzen in der Welt herumzieht und seinen einzigen Sohn sucht.

Und dann kommt der Tag, an dem der Wunderapostel mit dem Bäckergesellen im Dorf erscheint.

Und wiederum später ist die Stunde, in der sie alle Drei mit dem Ränzel auf dem Rücken von der grauköpfigen Mutter Klingohr Abschied nehmen.

„Geh in Frieden, mein Kind, mein lieber, lieber Beatus!"

Aufweinend schlingt sie ihre Arme um den Nacken ihres Sohnes.

„Gott beschütze dich, Mutter! Und grüß mit den Vater – und sag ihm, wie sehr ich ihn liebe!"

Und die alte Frau mit tränenerstickter Stimme:

„Komm wieder, Beatus! Komm bald wieder! Denk an uns alte Eltern! Wir können das Leben sonst nicht ertragen, denn wir leben nur mehr in dir."

So lange der Weg durch die spärlichen Haferfelder geht, winkt er zurück.

Dann sind sie hinter dem Hang verschwunden. Magdalena Klingohr aber lehnt sich an den Pfosten der Tür, über deren Schwelle eben ihr Sohn geschritten, und weint bitterlich.

Elftes Kapitel

Man schrieb den 10. August und die Sonne brannte über den deutschen Landen mit einer Glut, dass die Leute in den Städten nach Luft schnappten wie Fische. Wer draußen nichts zu schaffen hatte oder es auf den Abend verschieben konnte, suchte im Hofe oder in der Graskammer einen halbwegs kühlen oder schattigen Platz und rührte sich nicht.

Nur wer einen Obstgarten besaß, konnte lachen und war trotz der strömenden Perlen, die ihm auf der Stirne standen, mit dem Wetter zufrieden. Denn es war ein Lostag heute, und eine alte Bauernregel prophezeite: „Ist's hell am St.-Laurentius-Tag, viel Früchte man sich versprechen mag."

Die Gassen von Rothenburg ob der Tauber waren wie ausgestorben. Nur die Dohlen lärmten im Glockengestühle der St.-Jakobs-Kirche. Es mochte gegen vier Uhr nachmittags sein.

Schweißgebadet trat der Bäckermeister Leonhard Burkhard aus der Backstube in den Verkaufsladen, sich mit einem Tuche Gesicht und Brust trocknend. Er holte mehrmals tief Atem, stellte sich an die große Glasscheibe der Geschäftstür, zu der ein mannshoher, mit Hunderten zartrosafarbener Blüten übersäter Oleanderbaum hereingrüßte, und blickte auf die Herrengasse hinaus. Der Apotheker drüben hatte schon kühlen Schatten. Der heilige Georg aber droben auf der hohen Brunnensäule, der musste sich noch in voller Sonnenglut mit seinem Lindwurm plagen!

Sorgfältig putzte Meister Burkhard seinen eisgrauen Schnurr- und Knebelbart und stäubte das Mehl von seinem Krauskopf. Er war ein stattlicher Mann und sah einem würdevollen Ratsherrn aus Rothenburgs großen Tagen gleich. Gestalt und Bartes wegen hatte er alljährlich bei den Pfingstspielen, an denen man des ehrbaren Glasermeisters Adam Hörbers historisches Festspiel aus kampftrutzigen Zeiten des Dreißigjährigen Krieges, „Der Meistertrunk“, aufführte, den Bäckermeister Nusch zu geben, der durch seinen Heldentrunk dem Rate das Leben gerettet.

So ein Tag wie der heutige mochte wohl Anno Domini 1631 am 29. September gewesen sein, an dem der strenge Feldherr Tilly nach hartnäckigem Kampfe die Stadt erstürmt und der wackere Meister, den Burkhard seit vielen Jahren mimte, seine staubtrockene, hitzgedörrte Kehle und mit ihr des Siegers stählern Herz bezwungen hatte.

Burkhard sah nochmals straßauf und -ab, dann sagte er mit brummender Stimme:

„Mutter, das sag ich dir: Und wenn der nächste Bursche, der bei mir zuspricht, nur eine Hand hat, wird er aufgenommen! Bei solchem Herrgottswetter den ganzen Tag in der Bäckerei stehen und gar nimmer in den Garten hinaus können zu den Rosen und zu den Kakteen, das halte aus, wer will! Ich nicht!“

„Das sollst du auch nicht, Leonhard“, gab die Frau mit freundlicher Stimme zurück, „aber es hat eben noch keiner zugesprochen, seit Engelbert von uns weg ist.“

„Das ist es ja grad! Alles läuft, wenn die Sonne am Himmel lacht, auf und davon, hinaus zum fröhlichen Walzen, und wir Meister, wir Narren, können die Nase an die Scheibe drücken. Der Teufel soll sie alle miteinander schinden!“

„Aber Vater!“, begütigte die Frau, „du musst nicht so reden! Tu dich nicht ärgern! Du bist der Letzte, der die Jugend nicht verstünde! Willst du ja doch selber den ganzen Tag in deinem Garten draußen am Wehrgang stehen, wenn im Frühjahr die ersten Knospen der Obstbäume aufbrechen.“

„Wahr ist es, recht hast du, Frau“, gab der Bäckermeister zu und auf sein Gesicht legte sich ein warmes Lächeln. „Aber du kennst mich doch! Ich hab halt nun einmal diese Narretei mit meinem Garten in mir. Der Garten ist mir das halbe Leben und ich kann nicht hinaus!“

„Ich weiß es, Vater, und es wird ja wieder anders werden. Ich mein grad, es müsst jeden Tag ein neuer Bursch einstehen“, tröstete die Frau ihren Mann.

„Gott geb’s!“, seufzte der Meister auf, erneut einen sehnsüchtigen Blick über die verwitterten Giebel in den azurblauen Himmel werfend.

Und sich wieder an sein Eheweib wendend:

„Du, ist Marie im Garten draußen gewesen, und hat sie die Cereus grandiflorus in den Schatten gestellt?“

„Ich denk es wohl; sie tut’s ja jeden Tag!“

„Ich will es doch von ihr selber hören, Mutter. Geh, ruf sie herein!“

Und sich gegen die eintretende Tochter, ein blondhaariges, rotwangiges Mädchen von achtzehn Jahren, wendend:

„Sag, Mädel, bist du schon im Garten draußen gewesen und steht die Cereus grandiflorus im Schatten?“

„Ei freilich bin ich draußen gewesen, Vater! Aber eine Hitze hat es, schier zum Verschmachten. Der ganze Garten hat nur so gebrütet vor Wärme und Duft.“

Der Mann seufzte schwer:

„Und hast sie auch fein begossen, wie sie’s braucht?“

„Sie hat alles, hab kei Sorg! Aber weißt, was ich glaub?“

Erwartungsvoll blickte der Meister auf sein Kind.

„Dass sie heut Nacht aufblüht, Vater!“

Leonhard Burkhard fuhr ordentlich zusammen.

„Die Knospen sind zum Aufplatzen; die gelben Hüllblättchen liegen nur mehr mit Müh und Not über den weißen Blütenkronen.“

„Was du sagst! So weit ist es also schon, Mädel? Dann blüht sie heute Nacht bestimmt noch auf! Aber ich hab es mir ja beinah gedacht! Die heißen Tage, und wo’s obendrein jetzt auf Vollmond zu geht, da konnt es ja nimmer länger dauern.“

Und sich beinah ungestüm an seine Frau wendend:

„Mutter, da kann ich dir nicht helfen, da musst heut Nacht du das Dampfl ansetzen! Wie viel Mehl wir jeden Tag nehmen, weißt du ja, und vor halb drei Uhr früh wird ohnedies nicht geknetet. Bis dahin bin ich ja sicher wieder hier."

„Aber ja, Leonhard, lass das nur nicht dei Sorg sein!"

„Ich muss dabei sein, Mutter, wenn meine Grandifloria aufbricht. Sieben Jahre schon hat sie nimmer geblüht", sagte er wie zur Entschuldigung.

„Freilich musst du das", bestärkte die Frau ihn mit Nachdruck in ihrer gutmütigen Stimme. „Und denk nur ja draußen nicht an die Zeit! Ich schaff's schon daheim!"

Da sprang das Mädchen auf den Vater zu und bat:

„Gelt, ich darf auch mit? Ich möcht's halt auch für mein Leben gern sehen, wenn die Königin der Nacht aufblüht!"

Schmunzelnd legte Leonhard Burkhard den Arm um den Nacken seiner Tochter:

„Eigentlich gehörst du ja in die Federn, aber weil du den Stock so brav betreut hast die ganze Zeit, will ich dich mitnehmen."

Jubelnd hüpfte der Blondkopf an dem Vater empor und gab ihm einen Kuss.

Und der Meister:

„Nun tust du mir aber noch schnell einen Gang, Mädel! Du läufst gleich zum Oberlehrer Konrad Hahn in die Hafengass, bestellst einen schönen Gruß vom Vater, und wenn er Lust hätt heut Abend, so möcht er auf ein Schöpple Rotwein zu mir in den Garten 'nauskommen. Sag, die Grandifloria würd heut Nacht aufbrechen!"

„Ja richtig, Vater, weil du davon redest, fällt mir's ein! Heut Vormittag, wie ich durch die Hafengass gangen bin, hat mich Herr Kloppenburg in seinen Buchladen 'neing'rufen und mir gesagt, er ließ dich schön grüßen, und ob du heut Abend nicht zum ‚Goldenen Löwen' kämst!"

„Unmöglich, ganz unmöglich heut! Da spring nur gleich im

Vorbeigehen auch bei ihm hinein und sag ihm ebenfalls einen schönen Gruß von mir, und ich könnt heut ganz und gar nicht abkommen!"

Da legte das Mädchen den Kopf schelmisch in die Seite und neckte: „Soll ich dort auch sagen wegen der Cereus gran–"

„Willst du den Schnabel halten, verflixter Nichtsnutz!", wetterte Burkhard mit verstelltem Grimm. „Das ging mir grad noch vollends ab! Damit sie mich im Wirtshaus noch mehr hänseln!"

Das Mädel wollte zur Tür hinaus, hielt aber verdutzt an.

„Ach seht doch!", kam es überrascht von ihren Lippen. Neugierig traten die beiden an den Mullvorhang des Türfensters. Und waren nicht weniger überrascht als ihre Tochter.

„Wahrhaftiger Gott", redete Burkhard mit gedämpfter Stimme, „solch ein Mann ist mir auch mein Leben lang noch nicht begegnet! Der sieht ja aus – ja, wie sieht denn der nur gleich aus!"

„Wie ein König kommt er mir vor!", flüsterte die Tochter eifrig dazwischen. „Der lange, seltsame Bart und sein Gesicht – schaut, es leuchtet ja geradezu, sein Gesicht!"

„Ja, du hast recht, Mädel, und jetzt weiß ich auch, wie er aussieht! Wie ein König aus dem Morgenland! Wenn er nicht den einfachen Rock trüg, bei Gott, ich würd ihn für einen hohen Fürsten halten!"

„Wer die drei wohl sind?", flüsterte das Mädchen, neugierig ihren Kopf an die Scheibe pressend.

„Unser Haus scheint ihnen zu gefallen", sprach der Bäckermeister mit behaglichem Brustton. „Jetzt gucken sie zu dem hohen Stufengiebel 'nauf. Ja, wer die wohl sind? Gewöhnliche Walzbrüder sind das nicht! Dafür geb ich meinen Kopf!"

Und nach einer kleinen Pause scharfen Betrachtens:

„Kinder, ich kann und kann mir nicht helfen, der Alte kommt mir tatsächlich wie ein morgenländischer König vor! Oder einen Propheten aus dem Alten Testament könnt ich mir so vorstellen."

„Ja“, flüsterten beide Frauen scheu und wie aus einem Munde.

„Und schau den mit dem schmalen Kopf! Wie fein der aussieht“, tuschelte das Mädchen.

Dieser trat eben auf den blühenden Oleanderbaum zu und nahm einen Zweig mit dem Ausdruck großen Entzückens in die Hand. Dabei neigte er sich halb nach dem Alten zurück und sprach etwas mit leuchtenden Augen. Der nickte und hob lächelnd die Hand.

Jetzt erst musterte Leonhard Burkhard den dritten. Auf den ersten Blick hatte er heraus, dass dieser aus einer anderen Welt war. Das war ein Handwerksbursche durch und durch! Dem frischen, rotbäckigen Menschen stand es zu deutlich in sein treuherziges Gesicht geschrieben. Und einen Blick auffangend, mit dem dieser das Gebäck im Schaufenster durchforschte, schoss es ihm wie eine Eingebung durch den Kopf: Der ist von der Zunft! Das ist ein Bäckergeselle!

Da wandten sich die drei Gestalten draußen und schritten langsam, aufmerksam die Häuser zu beiden Seiten betrachtend, die Herrengasse hinunter.

Voll innerer Erregung sprachen die Burkhardischen noch geraume Zeit über den rätselhaften Alten.

Der Meister aber sagte zum Schluss mit beinah wehmütiger Ergebung:

„Und ich lass mir's nicht nehmen, der Dritte war ein Bäckergesell!“

*

Drüben auf der Engelsburg liegen die drei im Grase und schauen staunend hinüber auf Rothenburg und hinab ins tief eingeschnittene Tal der Tauber.

Sie können sich nicht satt trinken und ihre Herzen sind von einer tiefen Andacht erfüllt. Seitwärts von ihnen steht ein weißhaariger Schäfer bewegungslos auf seinen langen Stock gestützt und manchmal kommen einzelne Tiere der Schafherde bis zu den Füßen der Lagernden. Doch die bemerken sie nicht; sie sind zu sehr eingesponnen in den unaussprechlichen Zauber des Bildes. Weit über eine Stunde liegen sie schon da, schweigsam, nur in seliges Schauen versunken. Ihre Augen sind anspruchsvoll, zu viel des Schönen haben sie schon getrunken in der Welt – unvergleichbar mit allem aber ist dieses Bild!

Ist es möglich, gibt es denn so etwas noch? Was hier vor ihnen liegt, Tal und Stadt, ist nicht etwa nur ein Überbleibsel aus stolzen, waffenklirrenden Tagen verflossener Jahrhunderte – es ist die Seele des deutschen Mittelalters selber!

Wie ein Blumenbogen aus längst verklungenem Schäferreigenspiel liegt das vielfach gewundene Tal in der Tiefe. Obstgärten säumen die Straße, malerische Mühlen und stille Gehöfte schlafen zwischen den mächtigen Kronen der Obstbäume. Doppelreihen von Pappeln marschieren wie ein Fähnlein lanzentragender Kriegsknechte durch das Märchen. Oder ist es eine fromme Prozession, die mit hohen Kreuzen und wehenden Fahnen singend und betend von dem Dörfchen, das dort draußen im Norden liegt, herauf gegen Rothenburg zieht?

Wie ein süßes Volkslied singen dazu die hellen Wasser der Tauber durch das Tal.

O romantische Verträumtheit! Mag's draußen in der Welt lärmen und jagen, hier webst du im Taubertal, hier atmest du aus jedem Weidenstumpf, aus jedem Fachwerkgiebel, aus jeder gründelnden Ente. Da wär ich gerne, da möcht ich hausen und dereinst begraben liegen!

Traulich klingen die Glocken von der Jakobskirche über das tiefe, friedliche Tal. Es ist der anheimelnde Abendsegen, der weit über die Stadt ins Land hinausschwingt. Die Stadt leuchtet über und über in glühendem Rot, vom Wehrgang bis zur höchsten Turmzinne hinauf, im zauberhaften Widerschein der sinkenden Sonne.

In majestätischer Erhabenheit grüßt hinter der Stadt der blaue Zug der Frankenhöhe. Malerisch ziehen sich die Ackerbreiten rings um sanfte Anhöhen hinauf.

„Vater“, flüstert Beatus ergriffen, „ich meine, wenn einer den Glauben und die Treue verloren hat, er müsste beides wiederfinden, wenn man ihn hierher führt!“

Ernst nickt der Wunderapostel.

Schweigsam, ganz erfüllt von dem großen Erleben, steigen sie ins Taubertal hinab. Regungslos lehnt oben der Schäfer auf seinen Stock gestützt.

Und dann stehen sie unten im Tal vor dem Kaiserstuhl. Sie sind entzückt und ihre Herzen sind verliebt in die Niedlichkeit des Topler-Schlösschens. O große Zeit, in welcher der ungekrönte König von Rothenburg in diesem luftigen Nest, das wie der Horst eines Adlers über die Obstgärten ragt, dem deutschen Kaiser Herberge gab!

Und weiter wandeln sie wie durch ein Märchen, sich selber als Gestalten eines solchen fühlend, durch die erquickende Kühle des Tales. Zwischen schwer niederhängenden Obstbäumen hindurch sehen sie immer wieder das Bild der Stadt Rothenburg in der Höh.

Und dann kommen sie zur riesigen Steinbrücke. Lehnen lang über die Brüstung gebeugt und gucken den letzten friedlich gründelnden Enten zu. Ein alter, glattrasierter Bauer mit typischem Frankenschädel treibt mit seinem Enkelbüble Kuh und Kalb über die Brücke. Aus den Gehöften der Mühlen tönt sattes Schweinegrunzen.

Oben beim Cobolzeller Tor schauen sie noch einmal ins Tal. Dämmerig ist's unten geworden; die Höfe schlafen.

Nur die gewaltige doppelbogige Steinbrücke hält noch immer, wie einst in längst verschollenen Tagen, trutzige Wacht. Es ist, als wüchse sie, würde größer. Sie träumt vom Gestampf dröhnender Kriegsrosse, vom Funkeln klirrender Harnische. Sie sehnt sich nach jener fernen, großen Zeit.

Das Licht des Mondes hat sich sanft auf ihre Umfassungsmauer gelegt.

Es geht wie ein Raunen aus versunkenen Zeiten über das Land.

*

Behaglich sitzen Meister Leonhard Burkhard, sein Freund, der Oberlehrer Konrad Hahn, und Maria im Obstgarten am Wehrgang draußen beim Rödertor. Lau ist der Abend, und der Mond scheint anheimelnd durch die Kronen der Bäume.

Sie haben sich Tisch und Stühle aus dem Gartenhäuschen vor die Kakteensammlung getragen und warten geduldig auf das lautlose Aufbrechen der keuschen Wunderblüte. Die Männer haben rubinleuchtenden Wein in den Gläsern und daneben einen großen, grün glasierten Krug.

Sie reden von den drei seltsamen Wanderern. Von dem rätselhaften Alten. Geben sich den buntesten Vermutungen hin.

Plötzlich schellt die Gartenglocke durch die Stille. Überrascht blicken sich die drei fragend an. Dann erhebt sich Leonhard Burkhard kopfschüttelnd und verschwindet unter den dunklen Bäumen.

Er prallt fast zurück, als er dem geheimnisvollen Fremden mit seinen beiden Begleitern gegenübersteht.

Beatus lüftet den Hut und redet ihn mit den Worten an:

„Verzeihen Sie unsere Störung! Aber man hat uns gesagt, Herr Oberlehrer Hahn befände sich hier in diesem Garten; dürfte ich einige Worte mit ihm reden?“

Der Bäckermeister, dem noch immer der Schreck in der Kehle steckt und den dabei doch etwas wie stolze Freude durchfährt, bejaht dies und bittet sie, hereinzukommen. Rasch verriegelt er die Pforte hinter den Eintretenden.

Herzlich geht Beatus Klingohr auf den mittelgroßen, graubärtigen Mann zu:

„Herr Oberlehrer, Sie sind mir längst ein guter Bekannter! Ich soll Ihnen herzlichste Grüße bestellen von Ihrem lieben Vater aus Bernau!"

„Was, von meinem Vater? Sie kennen meinen guten, alten Vater?"

„Und ob ich ihn kenne!", antwortet Beatus mit warmer Stimme. „Ein treuer Freund ist er mir! Ungefähr vor Jahresfrist bin ich das letzte Mal bei ihm gewesen. Die Stunden, die ich in seinem Hause verbracht habe, gehören zu den kostbaren meines Lebens."

Da sieht ihn der Oberlehrer überrascht an und ruft aus:

„Ja, dann sind Sie am Ende gar der Beatus?"

Und als der Angeredete stumm nickt, breitet Konrad Hahn seine Arme weit aus und drückt ihn stürmisch an seine Brust.

„Seien Sie mir herzlich willkommen in Rothenburg, mein lieber Beatus!"

Und ihn an den Händen haltend und treuherzig ansehend:

„Und nehmen Sie es mir nicht übel, dass ich Sie so anrede wie mein Vater! Aber Sie müssen wissen, ich war heuer über Ostern bei ihm unten und er hat mir so viel von Ihnen erzählt, dass Sie mir wie ein Bruder geworden sind!"

Erstaunt und verwundert gucken die beiden Burkhardischen auf die zwei, die auf so seltsame Art miteinander bekannt sind.

„So lebt er also noch, mein alter, guter Hahnvater?", kam es freudig von Beatus' Munde.

„Ja und ob er lebt! Er ist seit Jahren nicht so frisch gewesen!"

So gibt ein Wort das andere und Leonhard Burkhard, der die Gastlichkeit und Gutmütigkeit selber ist und eine angenehme Gesellschaft über alles schätzt und es als einen ganz besonderen Glücksfall empfindet, den geheimnisvollen Alten in seinem Garten zu haben, lädt sie, sich ehrerbietig an den Wunderapostel wendend, ein, seine Gäste zu sein und, falls sie Lust hätten, das Aufbrechen der Blüten der Königin der Nacht mitzufeiern.

Würdevoll nickt der Wunderapostel. Im Nu stehen weitere

Stühle um den Tisch, füllen sich die neuen Gläser mit würzigem Wein.

Wie stolz und erstaunt ist aber der Bäckermeister, als der königliche Fremde eingehend die große Kakteensammlung betrachtet und jedes ihrer kostbaren Exemplare mit lateinischem Namen zu nennen weiß, Namen, die nicht einmal der Oberlehrer kennt, und von Eigenschaften und Heilkräften berichtet, von denen ihr Besitzer nicht das Leiseste geahnt. Wie ein lernfrohes Kind hört er zu und sein Herz hüpft ihm dabei immer lebendiger im Leibe.

In einer Viertelstunde hat er mehr der Wunder erfahren, als er an seinen Pfleglingen in zwei Jahrzehnten beobachtet. Staunen erfüllt alle Zuhörer, wie stets, wenn der Weise spricht.

Der sieht zum Mond empor, neigt sich zur Königin der Nacht und sagt nach kurzem, prüfendem Blick:

„Wir wollen nun scharf die Knospe hier beobachten! In kaum fünf Minuten werden die gelben Kelchfähnchen sich zu bewegen beginnen.“

Alle verlassen ihre Plätze und stellen sich dicht vor die mannshohe, schlanke Säule, gespannt auf die Knospe blickend, die sich ungefähr in halber Höhe befindet. Da geht auch schon ein leises Zerren durch die vielen goldgelben Lanzettblättchen, ein Zucken läuft mehrmals durch sie und behutsam öffnen sich die Kapselbänder wie zahlreiche zum Himmel erhobene Finger. In schneeiger Keuschheit liegt die Krone im Ring der goldenen Hüllblätter. Nach geraumer Zeit öffnet sich mit leisem Ruck der Kelch. Langsam, ganz, ganz langsam lösen sich die weißen Blätter, spreiten sie sich, offenbart sich ein himmlischer Stern! Doch so herrlich das Erleben bisher war, das Göttlichste erschließt sich erst jetzt ihren Blicken. Ein goldgelber Kranz von langen, fadendünnen, leise erzitternden Staubgefäßen richtet sich auf zu einem himmlischen Kronenreif, in inbrünstiger Liebe die sternförmige Narbe umgebend, die nun in silbriger Mondnacht dem heiligsten Mysterium des Lebens entgegenharrt. Dazu entströmt dem Kelch ein unirdischer Duft, dass alle wie beklommen sind. Atem des Göttlichen umweht sie.

Sie wissen nicht, wie lange sie geschaut, wie sie sich gesetzt. Sie hören nur plötzlich die Stimme des würdevollen Fremden, welche durch die Stille der Nacht klingt, als käme sie von weit her; Raunen von oben.

Und die Stimme redet also:

„Groß ist die Stunde, Brüder, die ihr erlebt. Größer als ihr es trotz der Schauer, die eure Seelen durchfließen, ahnt! Wir haben das Mysterium des Lebens geschaut. Wir haben die Offenbarung vom Sinn des Lebens mitgefeiert.

Wer von euch hat es begriffen? Wer von euch hat das Walten der ewigen Macht erfasst?

Alle aber fühlen wir ein Erschauern in uns, die grenzenlose Ehrfurcht vor dem Geheimnis des Lebens! Und uns allen ist es, als wären wir der Gottheit selber nahe gewesen, als hätte uns der Hauch ihres Odems berührt! Ja, Brüder, groß ist die Stunde und heilig!

Groß und heilig ist das Mysterium des Blühens!

Sieben Jahre in Gleichmut stand diese unscheinbare, beinahe unschöne, stachelbewehrte Stange. Wäre sie nicht Jahr um Jahr ein Stück größer geworden, wahrlich, man hätte nicht gewusst, dass sie lebte! Was ging all die sieben Jahre in ihr vor? Was fühlte sie, was ersehnte sie? Was wissen wir von ihrem Streben? Und plötzlich weiß sie, dass ihre Zeit da ist, treibt sie eine Knospe, bildet sie eine Blüte von nicht mehr irdischer, sondern himmlischer Schönheit! Ist das nicht Zauberei?!

Gedankenlos blickt der Mensch gewöhnlich auf die Blüte. Die aber, die in der heutigen Zeit noch Sinn und Liebe für ein Blütenwunder haben, die es noch zu beglücken, denen es noch ein Erlebnis zu sein vermag, die nehmen es dankbar als ein Geschenk der Natur.

Und doch müsste jede einzelne Blüte auf Erden, wo immer sie steht, die Menschen mit Unruhe erfüllen und in ihnen ein

Ahnen erwecken, das sie, wenn sie sich noch Zeit nähmen für die unauffälligen Predigten Gottes und sich diesem Ahnen tief genug hingäben – unentrinnbar in den Schoß der Gottheit führen würde!

Wenn alle Gotteshäuser der Erde versänken und alle heiligen Bücher verloren gingen, vermöchte allein diese eine Blüte dem, der willens ist zu hören, Kirche und Buch und Predigt des Priesters zu ersetzen, vermöchte ihn fromm zu machen und demütig. Denn wer sich der Sprache dieser Blüte hingäbe mit aller Inbrunst, der würde den Ewigen selber schauen!

Die Menschen aber haben so wenig Zeit mehr für das Göttliche – und Gottes Predigten sind ganz, ganz leise, denn der Ewige liebt es, keinen Lärm zu machen.

Viele aber fragen mit Spott und Geringschätzung, wo denn das Göttliche zu suchen und zu finden sei – denn sie seien ihm nirgends begegnet. Und sie lachen und sagen, Gott sei lange, lange gestorben. Und sie sagen, dass es nichts Göttliches in der Welt gebe, die Seele ein bloßes Gerede wäre und das Leben nichts anderes sei, als das Ergebnis aus Kraft und Stoff.

Wie arm ist die Welt geworden, wie leer an Licht die Herzen solcher Menschen! Ihnen ist das Leben kein Wunder mehr, ihnen ist das Sein ein Jammertal. Freudlos ist ihr Weg.

Wie anders dagegen jener, der sich dem Raunen der Natur noch hinzugeben, der noch zu hören vermag! Er sucht das Wunder nicht in den Winden, er richtet sein Auge nicht in die Fernen – er fühlt den Hauch des göttlichen Lebens allüberall, sieht ringsum das Wunder, fühlt sich eins mit allem Seienden und in dieser Gemeinsamkeit innig verbunden mit Gott.

So kommt und lasset uns mit feinem Ohr hinhören, was diese königliche Blüte predigt!“

Hier hält der Sprecher ein, als wolle er seinen ehrfürchtig lauschenden Hörern Gelegenheit geben zur Kraftsammlung für neues Erleben, dann fährt er fort:

„Noch einmal sage ich: Groß und heilig ist das Mysterium

des Blühens! Wieso brach aus dieser herben Stachelstange diese Blüte? Woher nimmt sie die Fähigkeit, sie zu bilden? Kein Gelehrter der Welt vermag uns zu sagen, wie das gemacht wird, welchen Gesetzen sie folgt, um dieses Wunder hervorzubringen.

Über alle Maßen sinnvoll und schön an Form und Symmetrie ist diese Blüte, wie sie die Phantasie eines Künstlers nicht vollendeter ausdenken könnte! Woher hat die Pflanze den Plan? Woher die künstlerischen Gaben, sie nach diesem Plan zu formen?

Was für unerklärliche, unfassbare Kräfte müssen in diesem schlichten Kaktus am Werke sein, um ein derart vollendetes Kunstwerk zu schaffen!

Oder ist das alles bloßer Zufall?

Was ist das aber dann für ein seltsamer Zufall, der immer wieder mit mathematischer Genauigkeit durch die Jahrmillionen dasselbe wiederholt, ohne sich zu irren!

Im Worte Zufall liegt das Einmalige, Unplanmäßige. Hier aber, wie überall in der Natur, stehen wir vor einem ehernen, sinnvollen Gesetz!

Wenn diese Blüte aber kein Zufall ist, wieso kam diese Königin der Nacht zu der ihr eigenen Gestalt und zu dieser zauberhaft schönen und wunderbaren Blüte? Was sind das für Kräfte in ihr? Warum bewirken sie bei ihr gerade dies? Woher stammen sie? Eine Frage gewichtiger als die andere; erdrückend in ihrer Gewalt, unlösbar ihr Geheimnis.

Können wir auch nur einen Augenblick zweifeln, wenn wir diese planmäßigen Schönheiten und Gesetzmäßigkeiten sehen, dass diese Kräfte intelligent sein müssen?

Woher sonst alle diese organisierten, individuellen, charakteristischen Formen! Und woher überhaupt diese Formen? Woher die Pläne, die ihnen zugrunde liegen? Und warum diese Mannigfaltigkeit an Pflanzenbildungen?

An 200 000 Pflanzenformen trägt die Erde. Wozu? Warum nicht ein paar Hundert, warum nicht ein paar Dutzend? Schon eine Form allein vermöchte der Mittler zu sein zwischen Stein und Tier. Vermöchte der Tierwelt die Existenz zu ermöglichen, die ihr die Erde allein mit all ihren unermesslichen Gold- und Diamantenfeldern nicht bieten kann.

Welches ist der Zweck dieser Vielheit?

Sie muss einen Sinn haben! Die Natur kennt keine Sinnlosigkeit, ebenso wenig wie sie Leichtsinn kennt!

Die Natur ist ewig und überall grenzenlos weise.

Und zu welchem Zwecke dieses beinah an Prunksucht grenzende und weit über ihre Bestimmung hinausgehende Übermaß an Schönheit der Blütenformen und -farben? Ist es der Ausdruck von Freude? Ist es ein künstlerisches Schaffensschwelgen? Wer aber freut sich dann bei diesem Schwelgen? Oder ist auch dies alles, dieser Ausdruck höchster Künstlerschaft, bloßer Zufall? Ist es denkbar, dass sinnloser Zufall ein so göttlicher Künstler sein kann? Das unerreichbare Vorbild aller Gottbegnadeten? – Wie wäre dies seltsam!

Und wie wäre der Gedanke traurig! Sehet dies himmlische Wunder dort! Aus dem Zufall soll es geboren sein! Dann ist es das lieblose Werk der Gleichgültigkeit, denn Zufall ist Unbewusstheit und somit Teilnahmslosigkeit! O sagt, könnt ihr euch dies denken!? Jauchzt euch nicht dieses Blütenmirakel zu, dass Liebe und Freude es gebaut haben? Wir können nicht anders denken, wenn wir uns gründlich darein versenken! Freuende Liebe aber ist Schöpferlust! Und wieder stehen wir dann vor der Frage: Wer empfindet diese Lust, wer ist ihr Schöpfer?

Umwehet euch nicht leiser Hauch des Göttlichen?

Doch damit lange nicht genug!

Warum alle Farben in allen Abstufungen, die nur möglich sind! Wenn aber schon alle Farben sein müssen, wozu diese verschwenderische, unnütz erscheinende, jedoch in der Farbenharmonie stets von vollendetstem Geschmacke zeugende Vielfarbigkeit der einzelnen Blüten? Und wieso statt buntem

Kunterbunt der Farben diese geometrisch genaue Regelmäßigkeit? Wiederum Zufall? Ein gar seltsamer Zufall!

Oder ist auch dahinter ein Etwas, ein Sinn verborgen?

Denn wie anders als durch die Annahme eines Willens, eines Gesetzes, ist dieses zähe Festhalten, diese stete, peinlich genaue Wiederkehr scheinbarer Nutzlosigkeiten erklärbar! Wer denkt darüber nach? Die Menschen machen es sich in ihrer Flüchtigkeit leicht und sagen: Es ist so, und somit ist es selbstverständlich! Es ist aber nichts selbstverständlich, sondern alles ein großes, unlösbares Rätsel. Es ist alles ein Wunder.

Und wieso irrt sich die Pflanze in ihren Lebensgesetzen nie? Wie oft irren Menschen! Es ist noch nie vorgekommen, dass eine Pflanze sich geirrt hätte! Was ist das? Ist dies nicht unheimlich?

Seht diese göttliche Blüte! Das leuchtende Gold der Kelchblättchen, das Schwanenweiß der Blütenkrone! Wieso verwechselt sie nie die Farben?

Woher weiß sie überhaupt, dass sie, nachdem sie durch sieben endlose Jahre den Schaft grün gemacht hat – eine Zeit, die jedem Menschen derart zur Einförmigkeit würde, dass er nichts anderes mehr dächte – auf einmal andere Farben anwenden muss! Ist das nicht über alle Maßen überwältigend? Warum macht sie nicht ruhig, mechanisch die Blüte auch grün?

Ihr werdet vielleicht sagen, das kann sie nicht, es zwingt sie ein Gesetz. Kaum aber sagt ihr dies, stehen wir schon wieder vor dem großen, namenlosen Etwas, weht es uns wie ein Hauch vom Webstuhl des Göttlichen entgegen.

Und nun wohl eine der ungeheuerlichsten Fragen überhaupt: Wie vermag die Pflanze diese verschiedensten, leuchtendsten Farben aus dem gleichen Lebenssafte zu zaubern? Unsere Grandiflorus gold und weiß, die Gladiole das feurigste Zinnober, die Schwertlilie das dunkelste Violett! Welch tiefes chemisches Können! Welch unergründliches Geheimnis!

Und gleich die andere Frage, nicht weniger groß und wuchtig: Wie vermag sie das aus dem gleichen Häufchen Erde?

Wie stellen die Pflanzen dies an?

Und warum macht es jede anders?

Und dann: Wer sagt ihr die Zeit des Blütenerwachens? Die Sonne?

Weshalb aber erblüht dann jede Pflanze zu anderer Stunde? Früh morgens steigt die Lotosblume Indiens wie eine keusche Nixe aus dem Wasser, duftet, blüht und sinkt lautlos wieder unter den glatten Spiegel, wenn sich die Bahn des goldenen Rades gegen Abend senkt. Um zwölf Uhr mittags erst, wenn die Glut der Sonne schon stundenlang auf der Erde brütet, öffnet die Passionsblume leise ihren Schrein. Warum nicht zugleich mit der Lotosblume und allen anderen Morgenblütlern? Wieso versagt bei ihr die Gewalt der Sonne? Die Gewalt, die so mächtig ist, dass ihre Glut ganze Länder versengen kann. Was muss das für ein großes Geheimnis, was muss das für ein eherner Wille sein, der stärker ist als der lockende Morgenruf des Lichtgottes!

Es muss ein Gesetz sein, ein weises, uns Menschen unerforschliches Gesetz, das jeder Blume aus ihrem verborgenen Lebensrhythmus heraus die Stunde vorschreibt, in der sie ihr Heiligstes auf dem Altar des Lebens festlich darbringen soll.

Und die Königin der Nacht! Warum opfert sie dem Gotte des Himmels nicht? Warum erschließt sie ihr heiliges Tabernakel erst, wenn die erste Stunde nach Mitternacht voll geworden ist? Geschieht es aus Demut? Oder ist ihr Lebenshauch so zart, dass er die Gewalt der Sonne nicht erträgt?

Oder ist sie mit der ganzen Hingabe ihrer Liebe dem milden, verträumten Silberprinzen verfallen? Wer weiß den Grund?

Eines nur ist sicher: Die Blüten erschließen sich nicht achtlos dem Sonnenstrahl!

Oh, es ist der Rätsel kein Ende!

Wonneselig, wie leise, leise Musik, aus weiter Ferne hergetragen, strömt ihr Duft zu uns.

Tiefste Rührung überwältigt mich.

Woher nimmt sie diesen Duft? Und was ist es, dass die eine lieblich wie die Wunder des Himmels duftet, die andere betäubt, die dritte bestrickt und die vierte so dämonischen Pestatem ausströmt, dass wir sie fliehen? Und wiederum alles aus dem gleichen Stück Erde! Aus welchen stofflichen Teilen besteht er?

Durch welchen Vorgang wird er erzeugt?

Frage um Frage, Rätsel um Rätsel!

So unermesslich ist die Zahl der ungeklärten Wunder, dass es den Oberflächlichsten besinnlich, den Stolzesten demütig machen müsste, so er auf die Sprache der Natur hörte! Wie aber wirkt es auf den Forschenden, Grübelnden?"

Der Wunderapostel schweigt. Die Zuhörer sind wie gebannt und hängen förmlich an seinem Munde. Es ist eine heilige Unruhe in ihnen, die sehnlich auf sein Weiterreden harrt. Selig duftet die Blüte.

Zwölftes Kapitel

Und der Erhabene fährt also fort:

„Ja, die Schöpfung ist ein einziges, unausdenkbares Wunder, und in ihren Wundern ein Quell der Schönheit und der Freude, der unerschöpflich ist. Und wo immer ihr hinblickt, seht ihr nur Schönheit, und so wie ihr die rechte Liebe aufwendet und das Wunder sorgfältig zu betrachten beginnt, ob es ein silberflügliges Mücklein ist oder diese Blüte hier – im selben Augenblick schließt eine Schönheit die andere auf, öffnet sich Türe um Türe zu immer neuen, immer tieferen Geheimnissen, gibt euch das Mirakel eure Liebe so tausendfältig zurück, dass sich euer Sinn verwirren will ob dieser nie versiegenden Wunder jeder Lebensform.

Und je mehr ihr in die Tiefe der Rätsel steigt, umso geheimnisvoller, unerklärlicher, umso göttlicher werden sie. Was hat uns diese Blüte der Königin der Nacht für eine Fülle ungelöster Fragen gewiesen!

Und doch ist eine der allerschwergewichtigsten noch nicht gestellt!

Die weltentiefe Frage, wie die Pflanze überhaupt aus der Erde Lebenssaft zu ziehen vermag? Durch welches Können, welche Vorgänge sie Erde in göttliches Lebenselixier verwandelt?! Keinem Gelehrten der Welt, soviel er auch geforscht und versucht, ist dies je gelungen!

Achtlos geht der Mensch an diesen Wesen vorbei, und während sein Fuß sie gleichgültig zu Boden tritt, ahnt er nicht, dass sie, die Stillen, Demütigen, es sind, die ihm das Leben ermöglichen. Denn gefiele es dem Ewigen, die Pflanzen verdorren zu lassen, und jätete er sie aus den Gärten der Welt – zur selbigen

Stunde würden die Sensen des Todes in die Scharen der Tiere und in die Reihen der Menschen fallen, sie erbarmungslos mähend, bis das letzte Geschöpf dahingesunken. Und die Sicheln des Hungertodes würden den Adler treffen im höchsten Blau des Himmels und den weisesten Gelehrten inmitten seiner Wälle von Retorten und all seinem weltumspannenden Wissen. Denn mit ihrem Hinsterben wäre die Brücke zerschlagen, die das Anorganische mit dem Organischen verbindet. Und wenn sich die Erde erbarmte ob dieses grauenhaften Sterbens und die Brust aufrisse, dem Pelikan gleich den Verhungernden ihr Kostbarstes gebend, und all ihre Schätze an edlen Steinen und wertvollen Metallen böte, dass darob der Schein der Sonne verblasste – es hülfe nichts! Elend müssten die Wesen verderben, denn begraben mit ihrem Tode hätte die letzte Pflanze das große Geheimnis ihrer Sippe.

So ist unser aller Leben in die Hand der Schweigsamen gegeben, die einzig und allein den Schlüssel haben, der das Anorganische in Leben verwandelt.

Die Pflanzen sind die großen Alchemisten der Erde, die in Myriaden von Tiegeln und Retorten aus den Mineralien des Bodens, den Wassern der Atmosphäre und den unsichtbaren Strömen der Sonne Säfte mischen und verwandeln und aus ihnen die Elixiere des Lebens brauen.

Und so groß ihre Demut ist, so heilig ist ihre Reinheit! Kein Tier, kein Mensch ist so rein wie die Pflanze, denn ihre Nahrung ist das Wasser des Himmels und der Strahl der Sonne!

Wer wird da nicht bescheiden und in sich versunken, wenn er diese Gedanken durch seine Seele ziehen lässt! Wen überwältigt nicht Dankbarkeit gegen jene, an denen er so achtlos vorbeiging! Wem steigt nicht Scham ins Herz, und eine heiße, brennende Abbitte, dass er denen nicht mehr Liebe, mehr Achtsamkeit entgegengebracht, die unsere Nährmütter sind!

Und wer redet noch abfällig von der Unscheinbarsten unter ihnen? Wer wagt es noch, sinnlos Blüten zu raffen und Äste zu brechen? Oder ärgerlich das Wort Unkraut zu sagen? Das scheinbar Nutzloseste ist heilig; das scheinbar Zweckloseste trägt in seiner Hand den Schlüssel zu unserem Leben! Die Völker des Morgenlandes wissen dies und verehren die Pflanzen und lieben sie. Hegen sie als Bruderwesen und halten sie heilig. Nie begegnen sie ihnen achtlos, nie sind sie ihnen gleichgültig! Vielleicht ist überhaupt erst die Hartherzigkeit in die Welt gekommen, als die Achtlosigkeit gegen die Pflanze begann! Und vielleicht ist umgekehrt im brutalen Menschen der Urzeit erst in dem Augenblick das Gemüt erwacht, als die Blume sein wildes Herz zu erfreuen begann!

Doch die Menschen des Abendlandes haben die Wege zum tiefen Sinn der Blumen verloren! Und sie haben damit das Wissen verloren, dass die höchste Krone des Lebens uneigennützige Liebe ist! Ach, dass sie sich doch bloß einen Tag im Jahre vom frühen Morgen bis zur sinkenden Sonne mit den Blumen beschäftigten! Sich ihnen hingäben, sich in sie versenkten! Die Blumen würden unmerklich und allmählich den obersten Götzen der Menschen von seinem goldgleißenden Throne vertreiben: die ewig hungrige, unerbittliche Ichsucht!

Diese Hingabe an die Blumen würde den Menschen den wahren Sinn des Lebens offenbaren und ihnen die Seligkeiten der All-Liebe erschließen.

Wie betrübt es mein Herz, wenn ich welkenden, lechzenden Blumen begegne, die achtlose Menschenhand nach froher Festesfeier teilnahmslos auf die Straße geworfen hat. Warum ist der Mensch so flüchtig gegen jene, die ihm so viel Freude spenden und demütig in Liebe dienen?

Zärtlich trägt der Sohn des Morgenlandes die Welkenden an das fließende Wasser, sie mit freundlichem Dankesgruß den Wellen übergebend. Und so lange sie den Wohnraum mit ihrer Schönheit begnaden, wird der Gast sich erst vor ihnen neigen, ehe er den Herrn des Hauses grüßt. Und es gibt heute noch unzählige Menschen drüben, die sich zu sündig fühlen, in ehrfürchtiger Liebe die Reinen zu pflücken, und die ihre Gäste, wenn sie ihnen eine besondere Freude bereiten wollen, an die Stelle ihrer Gärten und Parke führen, wo der Lotos duftet oder der Pfirsichbaum blüht.

Wie oberflächlich dagegen geht das Abendland mit den Pflanzen um! Wer empfindet sie als Wesen, wer begegnet ihnen mit der Achtung, die man dem Lebendigen zu zollen hat! Wie viele Menschen brechen sie in dem Wunsche, Heiliges im Heime zu haben? Oberflächliche Lust am Schönen, in dessen tiefere Mysterien jedoch fast niemand dringt, ist der gewöhnliche Grund des Pflückens.

Sie ist ihnen nur Augenweide, Sinnenlust – und leider so selten religiöses Erleben, feierliche Ehrfurcht vor dem grenzenlosen Wunder des Lebens!

Wie freue ich mich, Brüder, und wie danke ich es euch, hier im stillen Garten zu Rothenburg nach langer Zeit wieder mit Menschen das Fest der lebendigen Blume feiern zu können!"

Und wieder schweigt der große Prediger. – Dunkles Ahnen blüht in den Herzen der Hörer zu heiliger Liebe auf. Glückliche Augen lassen die Blicke hingebend zur göttlichen Blüte gehen.

Und abermals beginnt der Wunderapostel zu sprechen:

„Heilig ist die Pflanze und ein einziges Mysterium mit tausend unlösbaren Rätseln des Lebens. Doch das größte Rätsel birgt das Samenkorn! Schon sein Entstehen aus dem duftzarten, keuschen Blütengebilde ist in einen Zauber der Schönheit eingebettet, der nicht auszusprechen ist! Und dieses Rätsel ist lange nicht ausgeschöpft und geklärt mit der Tatsache: ‚Pollenkörnlein vereinen sich mit der harrenden Narbe!' Tausend Fragen steigen dem auf, der denkend sich in dieses Mysterium versenkt.

Wie spaltet sich das Leben jenes Apfelbaumes dort in den unzähligen kleinen Samenkörnchen seiner Früchte in die Vielheit, ohne dass er selbst an seiner Einheit etwas einbüßt? Und wie wächst sich nachher jedes seiner Lebensfünkchen zur vollen Einheit aus? Jedes ein Teil vom Gottesfunken jenes Apfelbaumes, und dennoch ein volles Ganzes in jedem einzelnen der unzähligen Samenkörner!

Offenbart nicht jede Pflanze das heiligste Schöpfungsmysterium? Zeigt uns nicht jede Pflanze – wenn uns auch das Geschehen unergründlich bleibt – wie Gott das Leben schuf: Sich in die Vielheit gießend, dennoch vollkommen Einheit bleibend!

Was ist dies für ein Rätsel, diese uns allüberall und immerzu begegnende, wirkende, webende, treibende Kraft, welche die Menschen das Leben nennen?

Viele Tausende von Jahren ruht ein Becher mit Nilkorn in der Kühle der Pyramide am Prunksarg des großen Pharao. Nach Tausenden von Jahren wühlt ihn neugieriger Menschen Hand ans Licht der Sonne, fällt das Roggenkorn, dessen Halme ein längst versunkenes Volk gemäht, in die Erde und siehe, o Wunder, grüner Keim sprießt auf, wächst, steigt, blüht, und schwankende, segenschwere Ähren wiegen sich im Abendwinde.

Wen durchrieseln da nicht ehrfurchtsvolle Schauer? Wessen Herz wird da nicht durchrüttelt bis in die Tiefe?

Was ist das für eine unheimliche, Menschenzeitalter überdauernde Kraft, die im Innern des Samenkorns ruht! Völker vergehen wie der Schnee im Frühlingssturme, Jahrtausende rauschen dahin und tragen auf ihren Schultern das ewige Sterben – und dieses winzige Körnlein trotzt! Wen weht da nicht der Hauch des Göttlichen an!

Doch nicht genug damit! So lange der Schlaf auch währte, das Körnlein hat nicht nur das Leben, es hat auch ein Zweites nicht verloren, das den Denkenden mit nicht geringerem Staunen erfüllt: sein Artwissen!

Über die brausende, tosende Flut der Jahrtausende hinweg, in der Kulturen versinken und Menschen heiligstes Wissen und Religionen vergessen, hat dieses winzige Körnlein treu das Wissen um seine Art bewahrt! Fern davon, dass es, sich je so weit verlöre und etwa ein Rosenstrauch oder eine Lilie würde, irrt es sich selbst innerhalb seiner Familie nie, vielleicht ein Hafer- oder Gerstenhalm werdend. Nie ist das eine noch das andere jemals in der ganzen Pflanzenwelt vorgekommen. Was ist das für eine unerhörte Gabe des Ichbewusstseins im unscheinbaren Korn, das nie, selbst durch Jahrtausende, erlischt oder einschläft?

Wagt hier auch noch jemand von Zufall zu reden?

Zufall, der sich als ehernes, göttliches Weltgesetz zeigt! Die Menschen sprechen von Artinstinkt. Was ist das aber, der Artinstinkt? Wie kam er ins Korn? Wie lebt und webt er?

Inwieweit sind diese unverwüstliche Lebenskraft und dieser Artinstinkt miteinander verwandt, verschwistert? Oder sind sie am Ende eine Kraft! Wer weiß es? Was wissen wir alle darüber?!

Seit Menschen denken, ist dies eine von jenen Fragen, die sie am nachhaltigsten beschäftigten, denn wohin das Menschenauge sah, ob ins Reich der Pflanzen, auf die von ihr losgelöste Blüte, den Schmetterling und das Heer der Insekten, und von ihnen auf die Tierwelt überhaupt, oder in die eigene Brust – überall fanden sie den Pulsschlag des Einen, Großen, Ungeheuerlichen: den Pulsschlag des Lebens!

Doch was ist das LEBEN?

Das Leben, das in der Mikrobe ebenso leidenschaftlich glüht und hämmert, sucht und kämpft und ringt und strebt und fühlt, wie in der Brust des größten Forschers. Was ist es?!

In Millionen und Abermillionen von Formen ist es am Werk, baut und bildet es Tag und Nacht. Richtet es Dome auf von unglaublicher Schönheit aus unscheinbarem Samen. Pocht es in einer Überfülle von Geschöpfen, die selbst Gott nicht zu zählen vermag.

Menschen, die Kopf und Augen von Propheten und Sehern hatten, sagten: Alles stammt aus Gott und lebt durch Gott und kein Mensch wird je den Sinn des Lebens und sein Geheimnis ganz ergründen, ebenso wenig, wie er je Gott schauen wird.

Andere aber bäumten sich in Stolz auf, durchsuchten die

Räume der Welten, durchwühlten die Leiber der Geschöpfe, und da sich ihren Augen und ihrem Willen nirgends Gott zeigte, das Geistige sich nirgends sichtbarlich vorfand, sagten sie hart und feindselig: Es gibt keinen Gott, ebenso wenig wie es ein Göttliches, Geistiges in den Geschöpfen gibt! Wir finden immer nur eines: den Stoff! Stoff allein und keinen Geist!

Wie aber entstand dann dieser göttliche Dom aus dem Samenkorn? Das Korn an sich ist Materie wie ein Häufchen Erde. Und Erde zu Erde gelegt, hat noch nie Leben gegeben, ebenso wenig, wie Erde an sich allein keine Pflanze, kein Tier je schuf! Denn Materie an sich ist bewegungslos und bestimmungslos! Nie ist es Erde aus sich selbst eingefallen, sich zu türmen, zu wachsen, zu bauen, ein Gebilde zu schaffen, das lebt!

Und das Samenkorn, das doch nur Materie sein soll, kann es!

Wer baut durch die Jahrmillionen fort und fort diese Lebenswunder aus winzigen Körnern?

Es ist sinnlos, zu denken, dass Materie dies aus sich selber kann!

Man kam zwingend notwendig zu einer Kraft, die im Samen, also in der Materie steckt, alles trieb, baute, schuf und mittels des Stoffes die göttlichen Lebensdome aufrichtete.

Da fragten jene mit dem visionären Prophetenkopf: Und wie kam diese Kraft in die Materie? Wie überhaupt zu ihrer millionenfältigen Individualisierung? Zu der ihr eigenen Bestimmung? Der Mensch kennt keine Kraft, die intelligent ist und aus sich selber wirkt und schafft!

Kraft an sich hat ebenso wenig bestimmte klare Willensimpulse wie Stoff! Hier sehen wir aber Schritt um Schritt eine intelligente Macht am Werk! Wie sollen wir das verstehen?

Und ihnen wurde die finstere Antwort: Das wissen wir nicht, aber es ist, wie wir sagten!

Da führten die Weisen schweigend ihre Jünger vor die erhabene Größe eines gotischen Gotteshauses. Lange standen sie mit ihnen stumm davor, sie ganz in ergriffenes Schauen ziehend, dann sprachen sie also: Wer von euch, ihr Schüler, kann sagen, woraus dieser erhabene Dom besteht.

Da wunderten sich die Schüler ob dieser selbstverständlichen Frage, denn sie hatten erwartet, die Meister würden ihnen in beredten Worten die Herrlichkeit des Domes weisen. Enttäuscht sprachen sie: Aus Stein, aus Mörtel, Holz, Metall und Glas.

Was sind diese Dinge?

Materie, antworteten die Schüler gleichgültig.

Fügten und gliederten sich die einzelnen Bestandteile von selber zum Dom?

Nein! Es war die Kraft der Werkleute nötig!

So ist also der Dom das Ergebnis von Stoff und Kraft?

Diese Frage machte die Schüler stutzig. Aufmerksam wandten sie ihr Gesicht dem Meister zu. Und einer der Jünger, in dessen Geist das große Erleben des gotischen Domes glühte, sprach: Nein, o Meister! Nicht der Kraft der Werkleute und nicht den Baustoffen verdankt der Dom sein Bestehen! Denn die Kräfte der Arbeiter, und wären sie zyklopenhaft, sind an sich bestimmungslos.

Da nickten die Meister beifällig und sprachen: So sage uns, o Schüler, wem der Dom sein Leben verdankt!

Dem Dombaumeister, der ihn erdacht, ersann, durch dessen Gedanken er Form und Leben bekam und der hierzu die Pläne entwarf, nach denen erst gebaut werden konnte.

Da bestand der Dom also längst, ehe er gebaut war, als Ganzes, mit allen seinen Teilen in der Vorstellung, der Phantasie des Baumeisters? Ist dieser Ideendom, den der Baumeister in seinem Geist und seiner Seele, gleichsam hellsichtig, vor sich sah, etwas Sichtbares?

Nein!

Ist er deshalb, weil er noch nicht gebaut ist, etwas Unvorhandenes, Unwirkliches?

Nein, er ist im Reiche des Geistigen, in der Ideenwelt, in seinem inneren Wesen schon da und ist eigentlich der wahre Dom, der tausendmal wirklicher ist als dieser Dom vor uns! Denn ohne diesen Ideendom hätten niemals die Kräfte der Werkleute aus den Materialien dieses erhabene Gotteshaus aufführen können!

Recht so, bestärkten die Weisen, und sie setzten hinzu: Ja, der Baumeister mag sogar seit Jahrtausenden tot sein, und doch kann der Bau nach seinen Gedanken gebaut werden, die er in den Plänen niederlegte. Es ist vielleicht kein Stäubchen mehr von ihm in der Erde, seine Gedanken aber leben in ungebrochener Kraft; sie sind unzerstörbar und unsterblich.

Die Idee also ist das Organisierende, Gliedernde, das Kräften und Materie erst Bestimmung gibt. Sie allein ist das einzig Wahre! Und da sie unsichtbar ist, nennen wir sie das Geistige.

Geist also ist der Herr, der Lenker, Leiter!

Und dieser Dom vor unseren Augen ist nur sein sichtbares Ergebnis, der sichtbare Ausdruck des unsichtbaren Ideendomes. Wer feines Empfinden hat, der spürt den Geist, der in den Mauern des Domes webt.

Und ohne ein weiteres Wort zu reden, gingen die Weisen mit ihren Schülern auf einen freien Platz hinaus, auf dem ein großer Kirschbaum blühte und duftete. Es summte in ihm vom frohen Arbeitslied unzähliger Bienen, und ein Rotkehlchenpaar sang darin sein märchenzartes Liebeslied.

Und einer der Meister nahm das Wort und sprach: Wer von euch, ihr Schüler, empfindet nicht diesen Pulsschlag des Lebens? Und wem von euch kommt nicht der Gedanke, dass dieser Baum, die Bienen und jenes Vogelpaar ebenso herrliche Bauwerke, ja, weit herrlichere Bauwerke sind als der zum Himmel weisende gotische Dom!

Und wem von euch steigt nicht die Frage auf nach dem erhabenen Baumeister, der diese göttlichen Dome des Lebens ersonnen!

Denn ist es zu denken, dass diese über alle Maßen wunderbaren Lebensdome aus sich selber entstanden? Dass sie ihre Pläne nicht einem Meister verdanken, der höher über uns Menschen steht als wir über Holz und Stein!

Nein, jauchzten die Schüler. Es ist dies ebenso wenig zu denken, als dass der Dom aus sich selber entstanden ist!

Das Geheimnis der Geschöpfe ist also ebenso wenig ergründet, wenn ich ihre Gehäuse durchwühle und in ihre chemischen Bestandteile zerlege, wie das Geheimnis eines gotischen Domes gelöst wäre, wenn ich vor den gewaltigen Haufen seiner Baubestandteile stünde.

Der Denkende wird hineingeschleudert in die Ansicht, dass es ein geistiges Prinzip im Weltall geben muss, das all die Millionen von Lebensdomen ersann und nach seinen Ideen gegliedert hat! Da es aber Geist an sich nicht gibt, so müssen wir ein Wesen annehmen, das all die Pläne erdachte, und dies haben die Weisen aller Völker und Zeiten in Demut stets mit dem Namen Gott bezeichnet.

Wer also mit ungetrübten Sinnen und mit dem Willen, selbst zu denken und tief genug zu denken und mit liebender Freude an den Herrlichkeiten des Lebens sich dem Geheimnis der Geschöpfe hingibt, der muss in ihnen das Werk des göttlichen Meisters erkennen!“

Hier hält der Wunderapostel inne. Sein Blick scheint in weite Ferne gerichtet und es liegt ein Glanz in seinen Augen, der die Zuhörer mit tiefer Unruhe erfüllt. Süß dringt der Duft der königlichen Blüte zu ihnen, als wollte er in beredter Predigt von der Kraft des göttlichen Lebens künden.

Da schleudert es Beatus beinah ungestüm die Frage aus dem Munde: „Wie aber, o Vater, fanden diese Pläne Verwirklichung? Und wie kam das, was wir das Leben nennen, in die Dome?“

Langsam wendet der Wunderapostel den Kopf, und ernst in die Augen des Fragers sehend, spricht er:

„Du machst einen Trugschluss, Beatus! Nicht das Leben kam

in die Formen, sondern die Formen wurden von diesem rätselhaften Etwas, das wir Leben nennen, gebaut!"

Und mit Nachdruck fortfahrend:

„Großes fragst du, mein Sohn, und wenn es auch nicht zur Gänze zu erklären ist in einigen kurzen Nachtstunden, so will ich doch versuchen, euch immerhin ein Bild zu geben.

In Urwelttagen, als die Erde noch kein Leben trug, schwebte Gott über ihr wie eine riesige Feuerwolke. Schöpferfreude war in seiner Brust, und Gedanke um Gedanke bildete sich in seinem Haupte und wurde zum göttlichen Plane. Und diese unsichtbaren geistigen Ideendome des Lebens senkten sich auf die ganze Erde wie niederfallende Funken.

Jeder dieser Funken war also, wie ich es nochmals sagen will, ein Gottesgedanke, und da er aus Gott ist, ist er ein Teil der Gottheit selber und somit göttlich und deshalb ewig.

Auf Erden begann jeder dieser unsichtbaren Gedankenfunken nach den in ihm webenden, von Gott ihm eingesenkten Impulsen – vermittels des das ganze All erfüllenden und sich zu Atomen zusammenballenden Urbaustoffes – sein sichtbares irdisches Haus zu bauen, so ungefähr, wie die Muschel ihr Gehäuse formt.

Im Gegensatz zum Ideendom des winzigen menschlichen Baumeisters, der an sich zu schwach ist, um das Gebäude ohne die physischen Kräfte von Werkleuten aus der Materie aufbauen zu können, begann der Ideendom, den Gott gedacht und der dessen gigantische Gewalten in sich trägt, aus sich selber, vermittels dieser ihm innewohnenden Gotteskraft das vom Schöpfer ausgedachte sichtbare Gehäuse auszubauen.

Diesen Gottesgedanken, der in sich selber die Kraft trägt, nenne ich den Gottesfunken. Groß ist sein Mysterium und göttlich wie er selber!

Denn genauso, wie Gott sich in all den Gottesfunken in die unfassliche Vielheit teilte und dennoch voll und ganz Er selber: die Einheit, blieb, genau das gleiche göttliche Wunder vollbringt seit Ewigkeit jeder Gottesfunke!

Aus Gott stammend, somit göttlich, vermag er darum dies Göttliche.

Dieser geheimnisvolle Gottesfunke ist es, der in den Geschöpfen lebt und webt, ringt und fühlt und denkt, und dem wir Menschen den Rätselnamen Leben gegeben haben.

Er, der Unsichtbare, ist das Wahre an allen Lebensdomen, das in allen Erscheinungsformen, ob Atom, Pflanze, Tier, Mensch oder Sonnensystem, glüht und hinter ihnen als das allein Wirkliche steht.

Und die körperliche, irdische Erscheinung der Geschöpfe ist nichts anderes als das äußerliche, sichtbare Abbild des unsichtbaren, göttlichen, innewohnenden Geistes!"

Nach kurzem Schweigen, während die Blicke der Zuhörer gebannt an dem großen Meister hängen:

„So ihr mir also andächtig und in Liebe gefolgt seid, werdet ihr nun zu der Erkenntnis gekommen sein, dass alles Sichtbare dem Unsichtbaren entspringt und es gar keine Welt der sichtbaren, gesetzmäßigen Wirkungen geben könnte, wenn ihr nicht eine Welt der unsichtbaren, geistigen Ursachen vorausginge!

So ihr dies aber zwingend erkannt habt, dann wisst ihr auch, dass dies, was wir sehen, nicht das Wahre, nicht das Geschöpf an sich ist, sondern bloß Schein, Trug, holder Wahn oder, wie der Inder sagt: Maja.

Maja ist alles, wohin wir schauen, dieser Baum und diese Blume, ja selbst der Himmel mit seinen Millionen von Sternen ist Maja. Wir selbst sind Maja: das sterbliche Gehäuse des in uns wohnenden unsterblichen Gottesfunkens, für den unser Leib ein Ähnliches ist wie für unseren Körper das Kleid.

Und wehe dem Menschen, der sein Wahres, Göttliches nicht erkennt, es vernachlässigt und, vom Irrtum der Maja bestrickt, sein ganzes Augenmerk auf das vergängliche Gehäuse, auf die Sorge um das Wohlergehen des irdischen Leibes verwendet!

Denn Stoff ist sterblich vergänglicher Wahn; Geist aber ist unsterbliche Wirklichkeit!

Wenn wir die Dinge selbst sehen könnten, wie sie in Wahrheit sind, das unsichtbar Göttliche, so würden wir etwas rein Geistiges schauen, das weder mit der Geburt anfängt noch mit dem Tod endet, denn dieses Geistige ist ewig, und was uns als Tod erscheint, ist kein Tod, denn auch der Tod ist Maja, Menschenwahn, auch Tod ist Trug! Tod ist nichts anderes als das Ablegen eines Kleides, das unbrauchbar geworden ist. Denn was wir ins Grab senken, ist nicht das Wesen, sondern bloß das Gehäuse, in dem das Wahre gewirkt hat.

Ihr könntet mich nun bange fragen, ob es also nicht vonnöten wäre, sich gänzlich über die Maja zu erheben, sie vollkommen geringzuachten und sich zu bemühen, ganz nur im Geistigen zu leben und in ihm aufzugehen.

Ich entgegne euch: Einst wird die Zeit kommen, wo es kein Irdisches mehr, wo es nur Geistiges geben wird, doch bis diese Zeit sein wird und solange uns die Maja noch so ganz umstrickt, wir selber noch so sehr als Majamensch uns fühlen, so lange müssen wir uns auch mit ihr auseinandersetzen, ja, müssen sie heilighalten und lieben, denn sie ist das Tabernakel des Göttlichen.

Und die Maja des Stoffes ist ja so schön, so himmlisch und über alle Maßen weise und wunderbar in ihrem Bau, dass es sich wahrlich lohnt, sie zu erforschen.

Wer dies aber mit der Hingabe des Herzens tut, treibt Gottesdienst – und nähert sich der Gottheit selber. Und der Geist des Lebens umweht diesen Frommen mit seinem himmlischen Hauche und erschließt ihm das höchste Glück der Erde.

Er wird zu einem Menschen, von dem es in der Bibel heißt: ‚Und sie werden Gott schauen'.

Und in diesem Schauen, das durch die vergänglichen Hüllen sieht, wird er sich eins fühlen mit aller Kreatur, ihm erschließt sich die geistige Bruderschaft alles Seienden und in diesem Einswerden verschmilzt er mit Gott. Gott nicht nur in sich selber, sondern in jedem Geschöpfe erkennend.

In diesem Sinne sollen wir die Maja des Stoffes von ganzem Herzen lieben: in ihr den Dom sehend, den der heilige Gottesfunke sich gebaut und in dem er thront. Und in dem er sich mühend aufwärts ringt zum Licht der Gottheit, dem er einst entströmt.

Aus diesem Erkennen heraus wird ihm das Leben erst etwas Heiliges. Eine gemeinsame Pilgerfahrt der göttlichen Funken aufwärts zum Throne des Vaters."

Der Erhabene schweigt. Der Mond ist untergegangen und aus dem Dämmerdunkel des Gartens leuchtet die heilige Blüte wie ein großes, mildes Auge. Die Lauschenden sitzen regungslos wie die Jünger eines Vollendeten. Auf ihren Herzen lastet die Wucht des Geoffenbarten. Die Worte des Erleuchteten haben eine Welt vor ihnen erschlossen, so groß, so strahlend, dass sie in überirdisches Lichtland zu schauen vermeinen.

Sie haben jedes Zeitmaß verloren in ihrer Versunkenheit.

An ihr Ohr dringt eine Stimme:

„Groß und heilig ist die Aufgabe des Menschen. Die Natur hat ihn hoch hinaufgehoben über jede Kreatur, deren Helfer er sein soll. Darum ist Gleichgültigkeit oder gar Rohheit gegen die Geschöpfe der Natur eine Sünde, die nicht vergeben wird!

Lasst uns geloben in dieser Stunde, nie mehr ohne helfende Liebe den Garten Gottes zu betreten und mit freudiger Hingebung der heiligen Aufgabe zu leben, die unsere Krone ist: helfende Brüder zu sein!"

Zwölf Augen ruhen auf der einem Märchenwunder gleichenden Blüte. Umfangen sie mit der Zärtlichkeit wissender Herzen. In diesen Herzen aber brennt eine Flamme, die nie mehr verlöschen wird. Die Flamme wissender Bruderliebe zu allem Lebendigen.

Weihevolle Tempelstille erfüllt den Garten.

*

Mehrere Tage hernach, beim ersten Hahnenschrei, schreiten die drei Wanderer durch die wehrhaften, kühlen Schwibbögen über die kleinen Ringhöfe und den Wassergraben des Spitaltores am Südende Rothenburgs. Es ist, als ob die Füße der Jungen mit jedem Schritt an den Steinen kleben; sie wollen nicht aus der Stadt. Wer auch vermag sich ihrem Zauber zu entziehen!

Schweigsam marschieren sie neben dem Wunderapostel einher, ihre Gedanken aber sind in den Mauern dieses Zauberreiches längst verklungener Tage.

Sie gehen nochmals die alten, lieben Wege und hören die Worte des freundlichen Oberlehrers Konrad Hahn, der sie viele Stunden herumgeführt und ihnen mit dem feinen Sinne und der Liebe eines Menschen, dessen ganze Seele mit der Stadt verwachsen ist, die wundervollen Schönheiten gewiesen und sie zu deren heimlichsten Schätzen gebracht hat. Und sie schlendern durch die anheimelnden Gässchen mit ihren malerischen Giebeln; sie lugen durch die engen Schießscharten des Wehrgangs, zwischen dem Gezweig der Obstbäume des zugeschütteten Wallgrabens über das fränkische Bauernland hinaus bis zum Waldrücken der Frankenhöhe; sie horsten stundenlang auf dem Rathausturm und spähen mit den krächzenden Dohlen von Sankt Jakob hinab auf das steilgiebelige, rote Dächergewirr; und wieder ergreift sie das namenlose Entzücken vor der unaussprechlichen Lieblichkeit des Taubertals.

O Rothenburg, wie tut mir das Herz weh, dass du mir nicht Heimat bist!

In dir möcht ich leben und träumen und glücklich sein! Und ihre Gedanken gehen in den großen Obstgarten Leonhard Burkhards am Wehrgang draußen, in dem sie die Abende verplaudert. Und ihre Herzen segnen die Frauen der beiden Rothenburger, die in rührender Hausmütterlichkeit für ihr Leibliches gesorgt.

Heinrich Truckenbrodt hat bei Leonhard Burkhard genistet, die beiden anderen im Schullehrerhaus.

Das Herz des Bäckergesellen ist schwer.

Er sieht die blühblanke Backstube, in die ihn der Meister geführt, die alte, getäfelte, urgemütliche Wohnstube mit den schweren, guten Möbeln aus Großvaterszeiten, und sieht die behäbige Herrengasse mit dem blühenden Oleanderbaum vor der Tür.

Und es ist ihm grad, als müsst er umkehren und schnurgerad zu Meister Burkhard laufen und bei ihm einstehen. Ach, in dem sauberen Backraum schaffen und feierabends zum Giebelfenster hinausgucken können! Und mit den gemütlichen Meistersleuten behaglich zusammensitzen und plaudern!

Doch was die zwei blonden Zöpfe nur immer wollen! Immerzu, was er auch sinnieren mag, schieben sich zwei dicke, blonde Zöpfe drein! Legen sich um sein Herz und ziehen dran. Und der Bäckergeselle seufzt schwer auf.

Immer wieder muss er sich umdrehen und nach der Stadt zurücksehen. Sind es die Giebel, die ihn so locken? Oder sucht er etwa die zwei lieben Augen, die ihn beim Abschied für eine Sekunde so seltsam wehmütig angeblickt, als er die Hand des Mädchens in der seinen gehalten? Scheu blickt er dabei auf seine beiden Begleiter. Des Wunderapostels Augen sind unverwandt in die Ferne gerichtet, doch Beatus scheint mit seinen Gedanken auch in der Stadt zu sein.

Langsam steigen sie die Straße am Hang des Taubertales gegenüber der Stadt hinauf.

Noch immer dreht sich Heinrich Truckenbrodt um. So oft, dass es Beatus trotz seiner Versunkenheit auffällt. Aufmerksam beobachtet er seinen Freund. Und er liest aus seinem Gesicht die Not seines Herzens: den Kampf zwischen Freundestreue und Liebe zur Stadt und friedsamer Sesshaftigkeit.

Sein Herz überfällt tiefe Rührung.

„Du“, flüstert Heinrich Truckenbrodt leise, „weißt du was? Dort drüben möcht ich einmal begraben sein.“

Beatus lächelt ergriffen über die Schüchternheit des Kameraden.

„Ich möchte dort vorerst lange leben", erwidert er.

„Ach ja", seufzt der andere auf, „wer das könnte!"

Nun sind sie oben angekommen. Drüber dem Taubertal grüßen die Giebel und Türme der Stadt. Oh, wie sie locken, wie sie ziehen! Das Gesicht des armen Bäckergesellen wird immer trübseliger.

Da legt Beatus seine Hand zärtlich um den Nacken des Freundes und fragt:

„Und warum kannst du es denn nicht?"

Wortlos greift der Gefragte nach der Hand seines Kameraden und die Art, wie er sie umschließt und hält, kündet mehr als eine lange Rede.

Da spricht Beatus gerührt das erlösende Wort:

„Heinrich, lieber, treuer Kerl du, meinst du denn, mir sei verborgen geblieben, was du seit Tagen in deinem Herzen auskämpfst? Du bist dem Zauber der Stadt verfallen und hältst nun für schnöde Untreue, was das heiligste Recht deiner Seele ist! Schau, wie die Dächer und Türme dir winken! Sie rufen dich! Kannst du ihrem Locken widerstehen? O segne sie, dass sie dir ihre Mauern erschließen! Dort ist Friede und Ruhe; dort ist Geborgenheit! Du gehörst nicht auf die heimatlose Straße, Heinrich, denn du hast nichts hinter dir, was du begraben musst! Dein Herz ist voll Hoffnung und Hoffnung braucht ein stilles Stück Erde, um Wurzeln zu schlagen! Darum geh zurück nach Rothenburg, folge deiner inneren Stimme – du weißt, wie gut die uns führt, wenn wir auf sie hören! – Birg dein Herz in dieser Stadt und an einem kleinen, lebendigen Herzen, das dort für dich schlägt – und finde dein Glück! Denn glaube mir, es ist etwas Herrliches, eine Heimat zu finden!"

Und der andere, wie zur Entschuldigung, während ihm heftige Röte ins Gesicht steigt:

„Burkhard hat mir gesagt, ich sei ihm zu jeder Stunde willkommen!"

Und nach starkem Würgen:

„So meinst du also, dass ich zurückgehen soll?“

„Ja, Heinrich, dies meine ich, denn deine Heimat soll nicht die Landstraße sein – und das danke Gott!“

Und dem noch immer Kämpfenden beide Hände entgegenstreckend:

„Leb wohl, mein Freund, und finde dein Glück!“

Da fällt der treuherzige Bäckergeselle ihm um den Hals und weiß nur eines zu sagen:

„Hab Dank, Beatus, dass du mich in Frankreich nicht hast umkommen lassen! Und gelt: Du vergisst mich nicht!“

Die Freunde halten sich lange stumm umschlungen.

Scheu blickt der Abschiednehmende zum Wunderapostel auf. Der streckt ihm mit warmem Lächeln die Hand entgegen und sagt: „Ja, geh in die Stätte, in die dich dein Herz zieht! Dein Herz führt dich gut. Dieser Ort wird dein Glück eines langen Lebens bergen und dir einst ein friedvolles Grab schenken!“

Dann wenden sich Beatus und der Wunderapostel und schreiten rüstigen Fußes über die Hochebene, auf welcher der Glanz der Morgensonne liegt.

Heinrich Truckenbrodt aber steht regungslos und sieht mit zwiespältigem Herzen unverwandt auf die zwei Gestalten, die sich zusehends entfernen.

Mehrmals drehen sie sich um und grüßen den auf dieses letzte Liebeszeichen Harrenden, dessen Herz weint und sich müht.

Solange er sie noch erkennen kann in der Ferne, steht er wie angewurzelt, ihren Gestalten mit wehen Blicken folgend.

Dann kehrt er sich langsam um und schaut lange mit weitgeöffneten Augen auf die feierlich thronende Stadt.

Tief in sich versunken, steigt er ins Taubertal wieder hinab. Doch als er im Tal unten ist, beginnen seine Füße plötzlich hurtig zu werden. Denn er sieht zwei helle, junge Augen vor sich, die mit so seltsamer, scheuer Traurigkeit auf ihn blickten, als er heute morgen Abschied genommen.

Dreizehntes Kapitel

Immerzu wehte über die Hochfläche der Rauen Alb ein leiser Wind. Unausgesetzt raschelten die Fahnen des spärlichen Hafers, wiegten sich die Stängel der Blumen.

Über den Himmel liefen seit einer Stunde ballige Wolken von Westen her den Schwarzwald herauf. Drängte eine die andere. Zwischendurch strahlte die Sonne hervor, doch es lag etwas in der Luft, das auf Umschwung deutete. Die Falken stießen kampfwilde, klirrende Schreie aus. Wie windgetriebene Blätter schaukelten sie in der Luft.

Beatus schritt durch das Sommerland wie ein Schwebender. Manchmal kam es ihm selber zum Bewusstsein und er wunderte sich dann, warum er eigentlich nicht flog, warum es ihn nicht in die Luft hob und er nicht dahinglitt wie das Falkenpaar da oben unter den drängenden Wolken.

Nie noch war sein Schritt so leicht gewesen, nie noch war er so durch die Natur gegangen, wie seit Rothenburg! Ihm war, als würde er von der ringsum auf ihn zuflutenden Sehnsucht der ganzen Kreatur getragen, als befreite die glühende All-Liebe, die er nun wissend versprühte, seine Seele von den schweren Fesseln des Fleisches.

Die Stunden des Tages waren ein unaufhörliches Jauchzen der Seele, ein Ausgießen der Liebe; jeder Wandertag war seither eine verklärte Wallfahrt zu den heiligen Schreinen der Gottheit!

Von früh bis nachts redete seine Seele mit den Brüdern, grüßte sie die Gottheit. Und es gab Stunden, in denen er sein Ichsein vergaß und Wiese, Wolke oder Baum und Vogel wurde.

So schritt er über die geliebte und vertraute Hochfläche der Rauen Alb an der Seite des Wunderapostels.

Auf dessen Zügen lag die feierliche Ruhe des Wissenden. Hin und wieder hob er die Hand wie grüßend oder segnend gegen einen Baum oder er neigte den Kopf, als erwidere er einen Gruß.

Seit die Wolken so unruhig über den Himmel liefen, tat er dies oft hintereinander.

Beatus war zu sehr in den Allgeist versunken, um dieses seltsame Gebaren zu bemerken, das ihm früher schon öfter aufgefallen, ohne dass er den Mut gehabt hätte, nach dessen Ursache zu fragen.

Nun lief sie der erste Windstoß an. Vom Schwarzwald stieg bleigraues Gewölk auf. Die Luft heroben wurde frisch und ein Gefühl, als bewege er sich in kühlen Wasserfluten, erweckte Beatus aus seiner Versunkenheit.

Mit wachem Blick umspannte er die ganze Herrlichkeit von Landschaft und Himmel, dann sprach er, zum Wunderapostel gewendet, die Worte: „O Vater, was hast du mir gegeben, was hast du aus mir gemacht! Als du mir das erste Mal das tiefe Geheimnis der Schöpfung enthülltest und mir zeigtest, wie alles Seiende die Gottheit selber ist, und meinen armen Wahn von der Macht und Wirklichkeit des Stoffes zerstört hast, da hat es mir fast das Herz zersprengt, so mächtig war das Fühlen dieses erhabenen Naturerkennens.

Doch es war zu neu, war zu fremd für mich, um es sogleich bis in die tiefste Tiefe zu erfassen. Die Ansicht der Kindheit, die Gott nur immer oben, über allem Geschaffenen weiß, und später dann die Lehre der Wissenschaft, welche die Seele leugnet, geschweige, dass sie die Dinge als das Sekundäre, als die Schreine der Gottheit ansprechen würde, die sich das Ewige gebaut, um unsichtbar in ihnen zu wohnen, dies alles waren noch trübe Schleier vor meinen Augen und ließen das Licht der Erkenntnis nicht gleich durchbrechen.

Als du aber in Burkhards Garten in der Nacht der Kakteenblüte uns mit hinreißender Wucht das Geheimnis des Lebens wiesest und die Gewalt des heiligen Gottesfunkens uns zeigtest, und so die Wahrheit des Seins uns enthüllt hast, da hat dieses tiefe Gottesmysterium mich vollends erleuchtet und in die Knie gezwungen! Denn mit hereinbrechender Macht ist plötzlich das Einswerden mit Gott über mich gekommen, hat sich mir das Erfassen Gottes in allen Formen des Lebens erschlossen! Denn ich habe durch die Hüllen gesehen und nur Ihn geschaut.

Und ich werde mir wohl nie klar werden, was mich mehr überwältigt hat: das Wissen und sinnfällige Fühlen des Allüberall-Seins der Gottheit, dieser Gott-All-Einigkeit, oder das grenzenlose Erschauern vor der gigantischen Kraft seiner Formenbildungsphantasie und der nie, nie zu erfassenden, sinnverwirrenden Mannigfaltigkeit aller Lebenserscheinungen bis hinein in ihre geheimsten Wunder an Aufbau, Weisheit und Schönheit! Was hat der Ewige doch für eine unausschöpfbare Lebensallgewaltigkeit hinab bis ins Atom und Urlicht, hinauf bis in die funkelnden Sterne!"

Und während seine Worte jäh zu betendem Murmeln herabsanken:

„Heilig ist mir das Leben geworden und über alle Maßen herrlich! So wunderbar ist es, dass ich in dieser Stunde nicht fasse, wie ich einmal traurig sein, wie ich mein Leben einmal für vernichtet und das Sein für wertlos halten konnte! Mir ist es, als hätte ich das wahre Dasein überhaupt erst gewonnen durch die Not meines Lebens!"

Da blieb der Wunderapostel stehen, und während der Wind über die einsame Hochfläche brauste, dass die Wälder zu orgeln begannen, und die düsteren, bleischweren Wolken über den Himmel stießen, sprach er mit tiefem, nachdrucksvollem Klang in der Stimme:

„Wahr fühlt deine Seele, Beatus! Denn du wirst wiedergeboren in diesen Tagen!"

Weit öffneten sich die Augen des also Angesprochenen.

„Ich werde wiedergeboren? Wiedergeboren in diesen Tagen? Wie soll ich das verstehen?“

Mit großer Liebe in den Augen sprach der Wunderapostel:

„Es leben unendlich viele Menschen, die jagen von früh bis spät den irdischen Dingen nach. Sie mühen und plagen sich stets und haben den Schweiß auf ihren Stirnen und häufen die Dinge der Erde in ihren Scheunen und Kammern. Sie freuen sich an der Mehrung ihres Besitzes und beginnen ihn mehr und mehr zu lieben und machen ihn, ohne dass sie es ahnen, zu ihrem Gott. Und sie haben nur eine Sorge in all ihren Tagen und all ihren Nächten: das Wohlergehen ihres Leibes! Und sie haben nur einen Gedanken: die Erwerbung irdischen Gutes! Ist dies Ziel erreicht, dann sprechen sie: ‚Herr, ich danke dir, dass du mein Leben nicht vergeblich sein ließest! Siehe, was ich gesammelt habe! Ich habe meine Stunden, die du mir gegeben, wohl genützt!‘

Schau, Beatus, diese Menschen haben gelebt und sind alt geworden und haben dennoch nie gelebt und sind längst gestorben und tot gewesen, als sie noch auf Erden weilten. Denn diese Menschen sind zeit ihres Lebens nicht hinter den Sinn des Lebens gekommen! Sie haben die Dinge geliebt, so wie sie ihren Leib liebten, und haben beides für das Wahre gehalten. Sie sind als Sklaven ihrer Irrmeinung über die Erde gegangen wie Schatten, da in ihrer Brust kein Licht gebrannt hat. Denn sie haben über der Sorge um das Wohlergehen des äußeren Menschen vergessen, um ihren inneren sich zu sorgen. So ist ihr Leben im kosmisch-geistigen Sinn nutzlos gewesen, weil sie, die alle Äcker der Erde genützt und gehegt haben, jenen einzigen Acker brach liegen ließen, welcher der wahre ist: den himmlischen, ihre unsterbliche Seele! So ist ihr Leben vergebens gewesen trotz aller Plage, denn sie haben das Göttliche in sich nicht aufwärts entwickelt!

Auf sie gelten die Worte aus dem Evangelium Matthäi: ‚Wer sein irdisches Leben in sinnlichem Genusse, in irdischen Bestrebungen sucht, der wird das innere Leben verlieren.‘

Als Tote sind sie über die Erde gegangen. Unheimlich groß ist ihre Zahl."

Hier schwieg der Wunderapostel und sah gegen den Himmel, denn es war dunkel geworden auf der windüberfegten Hochebene. Auch Beatus, ganz erfüllt von den Worten, hob seinen Kopf. Drohend stand der Himmel in finsterer Gewitterpracht. Pechschwarze Wolken stürmten über das Neckartal, verknäulten sich ineinander. Regenschwanger war die Luft und kalt.

Beatus' Herz aber brannte und mit hungrigem Blick sah er auf seinen Meister. Strahlen brachen aus dessen Augen und es schien seinem Begleiter, als leuchteten aus seinen Schläfen und seiner Stirne Flammenbüschel auf, wie ein magnetischer Lichtschein, der über das Firmament zuckt.

Und der Weltwanderer redete weiter:

„Zwischen ihnen aber leben andere, die fühlen im Werken des Tages und in den einsamen Stunden der Nächte ein Ahnen, dass das Aufgehen in der Sorge für das Leibliche nicht der wahre Sinn des Lebens sei. In ihrer Brust pocht eine starke Unruhe. Und sie zerquälen sich den Kopf um den Sinn des Lebens und suchen und legen die Liebe ihres Herzens in die Kreatur; sie heben die Not ihrer Seele in den feierlichen Lichtglanz des Sternenhimmels. Ihre Not aber ist groß. Und sie schreien aufwärts zum Himmel um Licht, denn sie haben ein Ahnen in sich, dass sie nicht das Wahre schauen und ihre Brüder nicht der Wahrheit dienen.

Und siehe, die Natur lohnt ihnen die Liebe und das Vertrauen; plötzlich fallen die Schleier von ihren suchenden Augen und sie erkennen die Wahrheit! Dieser ewigen Wahrheit aber, die als strahlendes Licht ihren Weg erhellt, dienen sie hinfort mit der ganzen Hingabe des Wissenden. Und das Wissen macht sie frei. Sie leben dem Unsterblichen in ihnen und achten es liebend in allen Dingen. So werden sie zu Lebzeiten schon werktätige Mithelfer des Waltens des göttlichen Geistes.

Sie haben sich aus den Fesseln der Materie befreit, den Wahn von der Wirklichkeit des Vergänglichen besiegt; sie haben das Wissen von der Wahrheit alles Seins – dass der Geist die einzige Wirklichkeit alles Lebens ist – ergründet und dadurch das Reich Gottes gewonnen."

„So ist also das Reich Gottes die Erkenntnis des Geistigen, Göttlichen in allem Sein? Mit einem Wort: der geistige Urgrund in aller Schöpfung?", fiel Beatus ein.

Der Wunderapostel nickte. Grell fuhr der erste Blitz wie eine dämonische Lichtfackel über den düsteren Himmel.

„Ja! Und nun wird dir klar werden, was Christus in der Bergpredigt mit den Worten meint: ‚Trachtet zuerst nach dem Reich Gottes, so wird euch alles andere von selbst zufallen.'"

Dröhnend, als wollte der Himmel bersten, grollte und schütterte der Donner über die sturmgepeitschte Hochfläche.

Die Blicke in den Aufruhr des Himmels geheftet, sprach Beatus ernst:

„Wie tief ist der Sinn dieser Worte! Möchten doch alle Menschen den Weg ins Reich Gottes finden! Was würde dies den blind über die Felder des Irdischen Irrenden für Erlösung und Seligkeit bringen! Wie danke ich dem Schicksal, dass du das innere Leben in mir erweckt und mich von den Wegen des Weltlichen auf die Pfade der Gottheit geführt hast!"

Ein wilder Blitz fuhr über ihre Häupter, die dunkle Landschaft taghell übergrellend.

Der Wunderapostel hob die Hand zum Himmel. Tosender Donner krachte über die Raue Alb, dass der Boden dröhnte. Die Hand immer noch zum Himmel erhoben, sprach er unter dem Vergrollen des Donners:

„Es könnten alle den Weg finden, Beatus, denn das Wort Gottes ist leuchtend, wie der Blitz des Himmels den Menschen verkündet, doch die Menschen achten es nimmer! Sagt nicht Christus: ‚Mein Reich ist nicht von dieser Welt!' Und ein andermal: ‚Das Reich Gottes ist inwendig in euch!' Was kann das für ein Reich sein, das nicht von dieser Welt ist und im Menschen thront! Und das Sein Reich ist, also göttlich! Es wäre nicht schwer, dies zu verstehen, wenn die Menschen mehr über Gott nachdächten als über das Irdische!

Gott ist Geist. Also muss Sein Reich ein Reich des rein Geistigen, ein Bezirk des Ewigen, Unvergänglichen sein. Die sichtbare Welt aber ist vergänglich und auch der Mensch welkt dahin wie Gras. Unvergänglich nur ist das Unsichtbare in uns, der göttliche Geist, durch den wir sind und leben! Wer ihm nachhängt, ihm dient, ihn in der Welt der sichtbaren Erscheinungsformen sucht, mit ihm sich verschmilzt und so eins wird mit Gott in sich und in aller Kreatur der Schöpfung, der hat das Reich Gottes gefunden.

Sein Sinn ist nimmer auf das Anhäufen von irdisch vergänglichem Gut gerichtet, gering achtet er Ehren und Würden, gering das Wohlergehen des Leibes. Er hat dies alles als wesenlos Vergängliches erkannt und hat nur einen Gedanken: eins zu werden mit dem Allgeiste der Gottheit und seine sterbliche Seele, von allen Fesseln des Irdischen befreit, hoch aufwärts zu entwickeln in das Reich des reinen Geistes.

An ihm haben sich die Worte Christi erfüllt: ‚Wer aber sein irdisches Leben verliert um meinetwillen, der wird das innere finden.‘

Dir ist ein Ahnen geworden von diesem ewigen Reich Gottes und in deiner Seele brennt das Feuer der Weihe; darum habe ich gesagt, du würdest in diesen Tagen wiedergeboren!

Denn du wirst wiedergeboren aus dem Reiche des Vergänglichen in das Reich des Unvergänglichen. Nimmer liegt deine Seele in den Fesseln der Maja, ausgetreten bist du aus der irdischen Welt des Scheins, hinein trittst du in die lichte, geistige Welt der unvergänglichen Wahrheit, in das Reich Gottes!“

Beatus, der mit tiefer Erschütterung regungslos vor dem Erhabenen stand, als empfinge er unter dem Toben der Naturgewalten eine heilige Weihe, hob wortlos die Arme zum Himmel, als wollte er den Segen des Ewigen herabflehen.

Da brach Blitz um Blitz aus den pechschwarzen Wolkenwänden und es war ein Zucken und Flammen über den beiden Wanderern, als taufe der Ewige unter dem Dröhnen und Wuchten der Donner den flehenden Menschensohn mit den lohenden Flammen des Heiligen Geistes und den Wassern des Ewigen Lebens.

Hochaufragend wie ein Prophet stand der Wunderapostel regungslos im wild aufzuckenden Lichtschein der Blitze. Wie ein Unirdischer stand er in der Finsternis der schweigsamen Hochfläche und wieder sah Beatus deutlich, wie jener seltsame magische Heiligenschein über Schläfen und Stirne lief.

Unter dem Brennen und Donnern des Himmels sank Beatus, überwältigt von der Erhabenheit der Einweihung, die sein Lehrer an ihm vollzog, auf die Knie, den Kopf an dessen Schoß pressend.

Liebevoll zog ihn der Meister an sich und sprach mit einer von Kraft getragenen Milde in der Stimme die Worte, die Beatus bis ins Mark durchschauerten:

„Der Ewige hat dich erkoren! Erwählt bist du und aufgenommen in den hehren, schweigenden Kreis der kämpfenden und strebenden Ritter des Heiligen Grals! So strebe mit heißem, unermüdlichem Herzen Seinem Reiche zu! Unermesslich sind die Wunder und die Gnaden, die deiner harren!“

Schwer fielen die ersten Tropfen, klatschend schlugen sie auf ihre Häupter und Schultern. Doch Beatus verspürte sie nicht, so ganz erfüllt war er von dem Weihespruch des Wunderapostels.

Als er wieder zu sich kam, wunderte er sich über alle Maßen, dass trotz des gewaltigen Tobens des Himmels nahezu kein Regen fiel. Und er sah mit Überraschung, dass sich das ganze Gewitter gewendet und als ungeheuerlicher Wolkenbruch über dem Neckartal niederging. Gewaltig war das Schauspiel; wie ein schräg vom Himmel niederwehender Vorhang fegte es die Wasser ins Tal.

Lange gaben sie sich dem prachtvollen Anblick hin.

Da geschah plötzlich etwas schreckhaft Wildschönes. Jäh blendete es im Gewölk über der Rauen Alb auf und mit einer Grelle, die ihnen die Augen zuschlug, fuhr eine schmerzende Lichtgarbe nieder. Krachte ein Donnerschlag nach, dass der Boden hohl dröhnte.

Als sie die Augen öffneten, brannte eine alte, mächtige Eiche vor ihrem finsteren Tempelvorhang des Wolkenbruches wie eine riesenhafte Fackel hell auf.

Unbeschreiblich war der Anblick!

Rasch ergriff der Brand den einsamen Riesen. Wie tausend zornwild aufzischende Schlangen züngelten die Flammen in die Höhe.

Sie waren beide gebannt von dem tragischen Schicksal des jahrhundertealten Baumhünen. Es war, als hätten Götter sich ein Feuerfanal errichtet zu einer irdischen Weltberatung. Sogar der Wind erstarb mit einem Male und in überwältigender Feierlichkeit lohten die Flammen steil gegen den Himmel.

Wie ein heidnischer Germanenpriester streckte der Wunderapostel plötzlich beide Arme gegen die alte Eiche, das Gesicht von wilder Gewalt überstrahlt.

Nie noch hatte Beatus bei ihm eine Macht des Ausdruckes gesehen, die sich auch nur im Entferntesten mit dieser vergleichen ließ. Es schien, als ob alles an ihm größer geworden, ins Überirdische gewachsen sei. Er war kein Mensch mehr, er war ein Wesen, das Erde und Himmel verband.

Mit starrem, neugierigem Staunen blickte Beatus dem mit erhobenen Armen auf die brennende Eiche Zuschreitenden nach, jede Bewegung mit atemloser Spannung verfolgend.

Mit der Ruhe eines Magiers, der das Bewusstsein der Beherrschung der Elemente in sich trägt, schritt der Wunderapostel unter den brennenden Baum. Wildauf sangen die Flammen in ihrer Lust! Beatus bebte vor Angst, doch er wagte keinen Laut von sich zu geben.

Nun stand der Wunderapostel wie ein heidnischer Zauberer

unter der flammenden Krone; ein Regen von Funken rieselte nieder. Wie ein Hoherpriester legte er die Hände auf den Stamm. So stand er bewegungslos.

Von solch erhabener Heiligkeit war das Bild, dass es in dem starren Zuschauer den Schrei der Not erstickte, den ihm die Angst um den geliebten Meister aus dem Herzen pressen wollte.

Was hatte das alles zu bedeuten? Was tat der Gewaltige unter der brennenden Eiche, die in wildem Trotze grimmig krachte, so dass Beatus bangte, sie würde jetzt und jetzt in rasendem Zorn ihre wuchtigen Arme in die Tiefe schleudern und den Meister mit ihren Flammen verzehren. Doch jeder der glutenden Funken erstarb in unbegreiflicher Jähheit, sowie er dessen Körper berührte.

Dem Ewigen sei gedankt! Nun wandte sich der Wunderapostel und schritt in gleichmütiger Ruhe, als träte er vom Opfertisch des Allerheiligsten zurück, aus dem Flammenmeer heraus.

Wieder die Arme erhoben, im Gesicht die Gewalt seines Geistes gesammelt, schritt er wie ein Beschwörer aus grauer Vorzeit über den weiten, freien Almboden.

Unheimlich war Beatus das Tun des Meisters in seiner unergründbaren Größe und Zaubergewalt.

Mit fiebernder Spannung hingen seine Blicke an seinem Lehrer.

Der schritt auf eine junge, schön gewachsene Eiche zu, die in ziemlicher Entfernung von dem brennenden Riesen auf der freien, einsamen Hochfläche stand, legte auch hier seine Hände auf den Stamm und verweilte so einige Atemlängen.

Wandte sich dann und schritt ruhig über die Weidefläche auf den wie angewurzelt Stehenden zu. Auf seinem Antlitz lag große Feierlichkeit. Mit scheuer Ehrfurcht hingen die Blicke des Schülers an ihm. Er war keines Lautes mächtig. Tiefe Schauer erfüllten ihn. Seine Seele flackerte wie die obersten Flämmchen auf den glühenden Ästen der Eiche. Sie zerwehte zum hilflosen Nichts neben diesem Übermenschen.

Mit solchen Gefühlen in der Brust blickte er zusammen mit dem Wunderapostel schweigend auf die brennende Eiche. Unverwandt betrachteten sie das gewaltige Schauspiel der wilden Vernichtung des Baumes. Rotglutende Äste brachen nieder, Funkenmeere schwirrten auf wie ein Schwarm in Aufruhr geratener, glühender Bienen; Wut schnob der Riese.

Und die Flammen wurden schwächer und schwächer, bissen wütend um sich; und nun waren sie es, die sich verzweifelt um ihr Leben wehrten. Und plötzlich war die letzte erstorben. Finster drohte der riesenhafte Stamm mit seinen verkohlten Armstummeln gegen den Himmel. Sieger war er geblieben gegen die Feuer der Götter.

So wird er nun wohl weiter stehen in machtvollem Trotze durch die Einsamkeit der Zeit in brütendem Schweigen.

Nimmer hört die weite Hochfläche der Rauen Alb das gewaltige Sturmlied seiner Krone. –

Erst die Hand des Wunderapostels weckte Beatus aus seinem Traum.

Das Gewitter war vorüber, über dem Neckartal und der Rauen Alb lachte blauer Himmel.

Schweigend folgte er dem Gewaltigen über die Hochfläche. Mehrmals noch gingen seine Blicke zurück zu der alten und der jungen Eiche.

In seinem Gehirn kreiste das Erlebnis. Was war das alles gewesen! Was bedeutete es? Was für ein geheimnisvolles Geschehen hatte sich vor seinen Augen zugetragen auf der Rauen Alb? Rätselhaft war alles; am unbegreiflichsten das mit der jungen Eiche!

Endlich blieb er stehen; zu sehr bedrängte ihn das Erleben.

„Vater, bitte sage mir, was hast du getan?“

Der Angesprochene sah ihn mit tiefem Ernst an und sagte:

„Das Schicksal will es, dass du jetzt schon davon erfährst, so höre denn! Erinnerst du dich noch der Worte, die ich vor dem Blitz zu dir sprach, dass die Wunder und Gnaden, die deiner harren, so du unermüdlich dem Reiche Gottes zustrebst, unermesslich sein werden! Und siehe, schon hat dich Gott mitten in das Geheimnis Seiner Geheimnisse hineingestellt! Hat er dich machtvoll vor das Tor der Zweiten Welt geführt!"

„Vor das Tor der Zweiten Welt!?" In seinem Gesicht stand eine große Frage. „Wie soll ich das verstehen? Was ist das für eine Welt, welche du die Zweite nennst?"

„Es ist das Astralreich! Und du bist eben Zeuge gewesen, wie ich ein Geschöpf jenes Reiches, ein Baumwesen, vor der Vernichtung bewahrte, indem ich ihm in der jungen Eiche einen neuen Nähr- und Lebensboden gab."

„Ein Baumwesen!", staunte Beatus. „Was ist das, Vater, ein Baumwesen? Ist es ein Tier? Ich habe doch nicht das Geringste gesehen!"

„Das glaube ich dir gerne", lächelte der Wunderapostel, „denn die Kinder dieses Reiches sind unsichtbar!"

„Unsichtbar!? So gibt es also tatsächlich unsichtbare Wesen?"

Der andere nickte: „Ja, mein Sohn! Neben dieser sichtbaren Stoffwelt besteht, lebt und webt eine zweite Welt von unsichtbaren Körpern – die Astralwelt – die nicht weniger wirklich ist als die sichtbare!"

Verblüfft blickte Beatus eine Weile auf seinen Meister. Dann kam es stockend von seinen Lippen:

„So hat Vögeli-Heini also wirklich recht, wenn er immer behauptete, es gäbe in der Natur unsichtbare Wesen, also Astralwesen, wie du sagst!"

„Erscheint dir dies so unmöglich und verwunderlich? Der Mensch vergisst eben immer wieder so leicht, dass er nur aus dem beengten Gesichtskreis seiner Erdgefesseltheit zu betrachten vermag und nicht aus jenem unbegrenzten der Gottheit!

Und es ist darum einer der traurigsten Irrtümer des Menschen, stets zu glauben, es könne nur das geben, was seine schwachen Sinne und sein Verstand zu erfassen vermögen, und um kein Quentlein mehr! In kurzsichtiger Selbstüberhebung hält er sich für den Maßstab alles Seienden. Das ist eine arge Anmaßung, denn er stellt sich damit dem Allmächtigen gleich.

Für Gott aber, der unausdenkbar hoch über uns steht, die wir, ebenso wie alles andere, bloß Geschöpfe aus Seiner Hand sind, gibt es eben auch dort noch Welten und Möglichkeiten, wo unsere ans Irdische gefesselten Sinne versagen!

Er ist der reinste Geist, wir sind der gröbste Stoff. Ist es dir da so unausdenkbar, dir vorzustellen, dass Gott aus dem unsichtbaren Urbaustoff, dem Baustein alles Lebens – von dem ich dir einst erzählte, dass er so fein ist, dass ihn nicht einmal der Verstand erfassen kann – noch andere Lebensformen schuf (indem Er dessen Schwingungszahl erhöhte), feinere, die wir nicht zu sehen vermögen, sowenig wir die Gottesfunken sehen, die in den sichtbaren Dingen weben!"

„Du hast recht, Vater, nur ist mir alles immer wieder so neu und wunderbar!"

Und nach kurzem Schweigen:

„Was war es dann aber für ein Wesen?"

„Es war ein jahrhundertealter, sehr weiser Faun, der mich bat, ihn zu befreien."

„Ein Faun!", rief Beatus laut.

„Ja, ein Faun, ganz so wie du ihn von den Bildern kennst."

„Vater, verzeih, aber dies stürzt über mich, dass mir schwindelt! So ist es also keine Märchengestalt aus frühen Vorväterzeiten! Ein wahrer, wirklicher Faun! Ein Faun mit menschlicher Gestalt? Ich fasse es nicht!"

„Du wirst es leicht fassen, wenn du mehr erfahren hast! Vor allem will ich eines richtigstellen, es gibt keine Märchenwesen im Sinne der Menschen! Es gibt nur eines: die Wirklichkeit! Alle Wesen, die anscheinend die Phantasie des Menschen erdacht hat, leben seit urdenklichen Zeiten, so wie sie heute noch leben! Sie sind keine Gebilde des träumenden Menschengehirns, sondern ebenso leibhafte Geschöpfe der Allmacht Gottes wie wir! Denn hältst du es für möglich, dass eines sterblichen

Menschen Gehirn etwas auszudenken vermöchte, das Gott nicht längst schon vorher gedacht und somit geschaffen hat? Wisse, Beatus, des Menschen ganzes Denken ist nie etwas anderes als ein Nachdenken der Gedanken Gottes. Wenn du diesen Erwägungen genügend nachhängst, wird es dir klar werden, dass alles Wirklichkeit sein muss, was unserer Einbildungskraft entsteigt!"

„Was du da sagst, leuchtet mir vollkommen ein; und ich glaube es doppelt gern, ist es doch hohe Lebensbeglückung, sich vorzustellen, dass solche Wesen wirklich leben! Aber sage mir, weshalb hat der Faun nicht die brennende Eiche verlassen?"

„Er konnte dies nicht, denn er war die Seele des alten Baumes und kann nicht über den äußersten Bereich seiner Wurzeln hinaus!"

Beatus blieb ruckartig stehen. Überrascht starrte er auf seinen Meister:

„Die Seele des Baumes! Nun kann ich nimmer mit! Ein Faun, und dieser nun gar die Seele der Eiche, dies geht über mein Vorstellungsvermögen!"

„Bald wird es dir einfach erscheinen; höre! Dass alles in der Natur beseelt ist, das weißt du bereits, denn alles ist vom Geiste Gottes durchdrungen. Doch haben nicht alle Wesen eine Eigenseele wie der Mensch; nur der Mensch rang sich bis zur persönlichen Seele durch. Die anderen Lebensformen besitzen sogenannte Gruppenseelen, das heißt, eine größere Anzahl von ihnen ist miteinander durch eine gemeinsame Seele verbunden.

Es wird dir im Augenblick schwer sein, dir darüber klar zu werden, doch nimm es einstweilen ruhig als Tatsache hin, ich will es dir hernach genau erklären! Denke dir diese Gruppenseele als ein unter der Erde befindliches magnetisches Kraftfeld, das so weit reicht, als Bäume einer Art zu einer solchen gemeinsamen Seele gehören.

Von allen Baumarten, die es gibt, sind Eiche und Linde die höchstentwickelten. Von ihnen vermögen sich immer wieder einzelne, besonders jene, die ein hohes Alter erreichen und nicht verstümmelt werden, aus der Gruppenseele zu lösen und ein Eigenwesen zu werden wie der Mensch. Denn denke ja nicht, dass die Bäume, weil sie regungslos stehen, ohne inneres Streben sind! Es gibt keinen Grashalm, ja keinen Stein, der nicht das heiße Sehnen in sich hat, sich aufwärts zu entwickeln Dies alles mag dich jetzt noch befremden, bis du mehr gehört haben wirst, dann aber wird es dir selbstverständlich sein!

In heißem Streben und Bemühen haben Einzelne immer wieder eine Eigenseele errungen. Sie sind die Fürsten der Bäume. Diese Individualseele, die ein eigenes Wesen geworden ist, hat nun vom Schöpfer bei Eiche und Linde faunartige Gestalt bekommen. Bei den Nadelbäumen hingegen ist sie ein Zwerg oder Moosmännlein. Du wirst dich nun wundern, weshalb diese Individualseele menschliche Gestalt hat. Ich will dir gleich sagen, dass es dem Schöpfer gefiel, alles, was sich aus dem Chaos der Vielheit zum eigenen Ich, zur eigenen Persönlichkeit durchkämpfte, in seinem Seelischen dem an Gestalt ähnlich zu machen, der sich für immer die völlige Ichheit errang und zu dem alle anderen Wesen als zu ihrem Gott und Erlöser aufschauen – dem Menschen!

Solche Baumseelen oder Astralwesen vermögen jederzeit aus dem Bauminnern herauszutreten und sich in die ihnen von Gott zugedachten Gestalten zu verdichten! Sie sitzen dann in der Baumkrone auf einem Ast und treiben ihr Lebensspiel."

„Nun entschleiert sich mir das Rätsel, weshalb du so oft vor schönen Bäumen die Hand zum Gruße hobst oder auf den Stamm legtest!", rief Beatus freudig aus.

„Ja, ich habe sie gesegnet. Diese Baumwesen vermögen auch den Baum zu verlassen und auf den Boden zu treten, doch können sie sich auf ihm nur bis zur äußersten Wurzelspitze bewegen, da dort ihr körperlicher Baumleib aufhört.

Anders verhält es sich, wenn viele Eichen beieinander stehen, deren Wurzeln unter der Erde geflechtartig ineinander greifen. Dann können die Baumwesen auf der magnetischen Brücke der Wurzeln sich sehr weit fortbegeben, ja gegebenenfalls stundenweit, und wenn sich in diesem Bezirk mehrere Bäume zum Eigenwesen entwickelt haben, besuchen sich die faunartigen Astralgeschöpfe und unterhalten sich in ihrer Art wie Menschen. Ich habe mich in meinem Leben mit manchem derartigen Wesen unterhalten, das viel klüger und weiser war als viele Menschen!"

„Du hast mit ihnen geredet, Vater?", kam es neuerlich erstaunt über Beatus' Lippen. „Diese unsichtbaren Wesen können doch nicht etwa sprechen?", entrutschte es ihm.

„In der Art der Menschen allerdings nicht! Der ganze Verkehr mit Geistern, Pflanzen und Tieren ist ein gefühlsmäßiger, ein geistiges einander Zuströmen von Empfindungen. Und ist denn die Sprache der Menschen etwas anderes als der sinnfällige, plumpe Ausdruck ihrer Gedanken und Gefühle? Was ist sie anderes als das Bestreben der Verständigung und Vereinigung des Geistes mit dem Geiste! Doch dadurch, dass sich der Mensch aus der brüderlichen Verschmelzung gehoben hat und Einzelwesen wurde, jeder eine eigene Welt für sich, fremd für den andern, hat er das Band inniger Verbundenheit mit der Allnatur zerrissen und durch das völlige Sichabgrenzen in seiner Ichheit den Zusammenhang mit der Natur verloren, und damit auch die Fähigkeit, mit ihr zu verkehren. Er versteht sie nimmer, und selbst unter sich können die Menschen sich nur auf jene plumpe, langwierige und höchst schwerfällige Art verständigen, indem sie vermittels ihrer Sprechorgane durch Erschütterungen der Luft mühsam mechanische Schallwellen erzeugen, welche das Ohr als Ton aufnimmt und dem Gehirn vermitteln muss.

Wie ungemein schwerfällig und dürftig ist dieser Verkehr gegenüber dem rein geistigen, durch die unausgesprochene Macht des Gedankens und Gefühls! Können alle Worte der Welt den Gehalt eines aus tiefster Seele kommenden Blickes ausschöpfen, können sie das innig behutsame, zärtlich kosende

Streicheln einer Hand wiedergeben? Wie zutiefst erfassen wir diese Sprache der Seele, diese echte Sprache: die Sprache des Gefühls!

Je mehr nun Geschöpfe empfindlich sind, desto weniger brauchen sie unser jetziges plumpes Verständigungsmittel für ihr Gefühlsleben.

Hast du es noch nie erlebt, wie seelische Harmonie zwischen zwei Menschen die Lautsprache immer entbehrlicher macht; wie die andere Seele deutlich weiß, was du denkst?"

Vor Beatus' Augen trat das holde Bild Frau Utas und ergriffen sprach er:

„Wie wahr ist es, was du sagst, Vater! Wie oft habe ich mich darüber gewundert und ausgerufen: Du sprichst aus, was ich gerade dachte!"

„Siehst du! Und nun denke dir diese Fähigkeit ausgebaut, die der Mensch, wie so viele Gaben, schlummern lässt, und du wirst dir gut vorstellen können, dass man in späteren Epochen der Menschheitsentwicklung sich nur mehr der weit haushälterischen und adeligeren Sprache der geistigen Gedankenübertragung bedienen wird. Dies ist eigentlich selbstverständlich und wird es vollends, wenn du bedenkst, dass die Seele des Menschen göttlich ist und alles kann und weiß! Der Mensch gibt ihr nur so wenig Gelegenheit, ihr Wissen und Können zu äußern. Sie, die ohnehin ans Leibliche gebunden ist, wird von ihm völlig niedergehalten und fast nie in die Gelegenheit gebracht, zu ihm sprechen zu können. Wohl gibt sie immer wieder blitzartig dem Menschen ein Zeichen von ihrem Leben und göttlichen Wissen, doch nur in den seltensten Fällen achtet er darauf!

Wer denkt zum Beispiel viel nach über das Ahnungsvermögen! Wieso fühlen, ja wissen wir oft im Leben Geschehnisse, die sich erst viel später ereignen? Was ist es anderes als ein Vorausschauen der göttlichen Seele! Doch wer wird sich dessen bewusst, denkt darüber nach und leitet davon Schlüsse ab? Immer wieder aber haben zwischen den Menschen Begnadete gelebt, die sich der Göttlichkeit ihres inneren, wahren Menschen bewusst waren und dessen Kräfte entwickelten. Sie haben eine hohe Macht über das Leben gehabt und man hat sie Propheten oder Zauberer genannt.

In unserem Sonnensystem sind die Bewohner der Erde die einzigen, welche noch in der Lautsprache miteinander reden. Die Wesen aller anderen Planeten bedienen sich seit Ewigkeiten nur mehr der göttlichen Gewalt des Gedankens."

Verblüfft kam es von Beatus' Mund:

„So gibt es also tatsächlich auch auf anderen Himmelskörpern Wesen?"

„Mein lieber Sohn", sprach der Wunderapostel, „es gibt nicht nur auf anderen Gestirnen Wesen, sondern es gibt überhaupt keinen von Gottes Allmacht geschaffenen Stern, der ohne Wesen wäre! Lass die Menschen reden, was sie wollen, du aber denke stets nur das eine, dass Gott überall ist und somit überall Leben sein muss, da Gott das Leben selber ist! Oder vermagst du dir vorzustellen, die lebendige Kraft Gottes vermöchte irgendwo zu sein, ohne dass sie dadurch nicht auch schon Leben schüfe? Es ist das ebenso wenig vorstellbar wie dies, dass eine Stelle der Erde, die vom göttlichen Licht der Sonne getroffen wird, nicht hell wäre! Dies ist unmöglich und ebenso unmöglich ist es, dass Gottes Kraft, die überall ist, irgendwo nicht Leben zu schaffen vermöchte; ja nicht schon durch ihre bloße Gegenwart schüfe! Deshalb müssen alle Sterne mit Wesen bevölkert sein.

Und wäre es umgekehrt nicht auch ein trauriger Gedanke, abgesehen von der Sinnlosigkeit, dass unsere Erde mitten in einem unendlichen Ozean von Friedhöfen triebe? Ist es nicht im Gegenteil etwas Erhebendes, Beglückendes, in hellen Nächten aufwärts zu schauen in das Heer der Sterne und sich zu sagen: Alle Sterne sind hohe Intelligenzen, gewaltige Wesen, Engel Gottes, die wie wir leben und sterben und hindrängen zu Gott!

Sag, ist dies nicht hohe Beglückung? Vermehrt es nicht die Freude am Leben? Und ist es nicht ein erhabener Gedanke, im Blinken der Gestirne Lichtgrüße zu erkennen, die sie sich gegenseitig und auch uns selber senden?

Ja, arm ist die Welt und das Leben nur für den, der aus seiner kärglichen Scheinbildung heraus nicht an Gott glaubt. Der wähnt, wer weiß wie hoch im Sattel zu sitzen, und nicht ahnt, wie kläglich und erbarmenswert tief er im Staube liegt!

Klar ist es freilich, dass Gott nicht auf allen Himmelskörpern die gleichen Wesen schuf. Sie sind an Aussehen und Dichtigkeit des Stoffes verschieden, entsprechend dem Wesen des Gestirnes und dem allmächtigen Willen Gottes.

Für heute begnüge dich mit der Erfahrung, dass von allen mit bewusstem, hohem Geist begabten Wesen unseres Sonnensystems die Erdmenschen die grobstofflichsten sind. Auf allen anderen Planeten ist ihr Körper aus einem so dünnen Stoff wie beim Eichenfaun, den du nicht sahst, obwohl er so wirklich und körperhaft war wie wir. Und auf der Sonne leben nur noch Wesen aus reinem Geist, bar jedes physischen Körpers. Daraus magst du ermessen, wie hoch entwickelt diese Geschöpfe sind!"

„Ja, aber wie vermag denn etwas in Flammengluten zu leben?", entfuhr es Beatus.

„Du bedenkst nicht, dass Feuer für die Geistwesen genauso Stoff ist wie alle anderen Elemente und der Geist vom Stoff nicht berührt wird! Feuer gibt es nur für uns Menschen, deren grobstofflicher Leib von diesem Element verzehrt wird. Die Geistwesen aber gehen durch die Flammen so ruhig wie wir durch die Luft."

„Gott im Himmel, was sind das für Ausblicke, die du da eröffnest!", rief Beatus lebhaft aus.

„Sie sind nicht wunderbarer und unerhörter als dieser schwebende Falke dort oder als wir selber! Es ist alles ein gleich großes Wunder – und es ist alles gleich selbstverständlich bei Gott!

Nur der Mensch findet alles unerhört, was von weither

kommt oder eine Äußerung aus dem Bereich des Übersinnlichen ist, und er bedenkt nicht, dass jedes Blümlein, das am Wege steht, ein genauso großes, in seinen letzten Geheimnissen unergründbares Wunder ist!"

Beatus dachte an all die Mysterien des Lebens, die ihm sein Meister schon erschlossen, und sprach tiefernst:

„Wahrlich, Vater, du hast recht! Es ist alles ein grenzenloses Wunder!"

„Und die Unterschiedlichkeit der Wunder zeigt die unvorstellbar reiche Phantasie der Gottheit! Dies ist es, was uns immer wieder neu erstaunt! Doch wir wollen von der Erde sprechen und von ihren nichtmenschlichen Kindern, die die meisten von uns nicht mehr verstehen.

Anders ist es unter ihnen selbst. In der Natur versteht sich alles untereinander: Vogel und Baum, Grashalm und Insekt.

Wenn ich durch die Natur wandere, rede ich mit jedem Baum, jedem Tier, mit jedem Stein. Ich sehe ihre Seele und rede mit ihnen durch die Sprache der Empfindung! Und die Geschöpfe teilen mir ihre Leiden und Freuden mit und bitten um Hilfe. Ich vernehme die Klagen der Bäume, wenn es lange nicht geregnet hat; erlebe ihr Behagen mit, wenn das Wasser des Himmels durch Stamm und Äste aufwärts steigt und jedes Blatt erquickt; sie sagen mir, wie ihnen wohl ist, wenn ein Wind kommt und ihre Kronen bewegt; ich höre, wie sie die Vögel rufen und sich sehnen, dass die Gefiederten in ihren Zweigen ruhen und singen; wie sie die Insekten bitten, ihre Blüten zu bestäuben! Doch das Seligste, was mir die Bäume künden, ist, wenn sie in ihren Armen ein Vogelnest tragen mit junger, piepsender, unflügger Brut. Wie Mütter sind sie dann und von jedem Vogelnestbaum geht eine solche Welle der Freude aus, dass ich gar nicht erst den Kopf heben muss, um zu sehen, welches unermessliche Glück ihm zuteilwurde.

Und was erst erzählen mir die Tiere!

Wie viel Freude, wie viel Leid! Doch das Bitterste haben mir immer wieder in meinem Leben die edlen Pferde erzählt! Wenn die Menschen wüssten, wie hoch gerade dieses Tier geistig entwickelt ist, sie würden sich in die Erde verkriechen vor Scham, dass sie einem Brudergeschöpf so roh begegnen! Und sie würden sich nimmer getrauen, den Kopf aufrecht zu tragen vor der Größe dieses willigen Duldertums. Doch die Tiere sind so dankbar und jeder Liebesbeweis tröstet und entwickelt sie geistig aufwärts, und gibt den Tieren Kraft, Leiden zu ertragen, die ihnen zugefügt werden."

Erschüttert hatte Beatus zugehört. Wie köstlich erquickenden Quell schlürfte er diese Worte in sich. Dann aber erstarb das Leuchten seines Blickes in schmerzlicher Trauer.

Klagend kam es von seinem Munde: „Wie schmerzt es mich, dass ich so blind bin und mir all das zu schauen verwehrt ist! Namenlos muss das Glück sein, so wie du durch die Welt zu wandeln, eins mit aller Kreatur, ihre Leiden und Freuden hörend, Liebe zu geben und tausend Wunder sehend, die uns anderen verborgen sind!"

„Sie sind es nur so lange, Beatus, als der Mensch sich selbst gegen sie verschließt!"

„Ich bitte dich sehr, oh, sage mir, was muss ich tun, um diese Gabe zu erringen?"

Da legte der Wunderapostel seine Hand auf die Schulter des Bittenden und von seinen Lippen kamen die Worte:

„Eines ist vor allem Not: die Liebe! Uneigennützige, reine Liebe! Ich habe dir gesagt, dass alle Wesen zum Menschen drängen, weil sie in ihm ihren Helfer und Gott sehen. Je mehr du mit reiner Liebe und dem heißen Wollen zu helfen in die Natur gehst und dein Herz in dieselbe versprühst, je mehr drängt alles dir zu und entwickelt sich unter der Zaubermacht deiner Liebe aufwärts. Geh von nun an nur mehr so durch die Natur, dass du überall nur Brüder siehst, und sag immer wieder: ‚Ihr seid meine Brüder und Schwestern. Ich bin nicht mehr als ihr, ich bin auf dem Wege der Entwicklung bloß weiter vorgeschritten.

Ich liebe euch mit der ganzen Kraft meines Herzens und habe den heißen Wunsch, euch zu helfen! Kommt alle zu mir! Wärmt euch an meiner Brust, stärkt euch an den Strömen meiner Liebe!'

Glaube mir, Beatus, wenn du mit dieser helfenden Inbrunst in die Natur gehst, bist du ein Segenspender! Wirst du zu einem Helfer, der unzählige Geschöpfe aufwärts führt und sie erlöst!"

Beatus war von tiefer Ergriffenheit erfüllt.

„Doch glaube ja nicht, du empfingest nichts! Du empfängst im selben Maße, wie du gibst, denn ringsum fließen Ströme der Reinheit und des Vertrauens auf dich, fließen in deine Seele und wandeln unmerklich deine Sinne; Schleier um Schleier fällt allmählich von ihnen, und siehe, eines Tages wirst du gewahr, wie es um dich zu huschen beginnt und immer wundersamer klingt und du das Lied des Vogels verstehst und die Sprache der Blumen!

Darum fliegen den Heiligen die Vögel auf die Schulter und ranken sich ihnen die Blüten um die Füße! Das ist das Geheimnis der grenzenlosen Macht der Liebe eines reinen Herzens!

Wie anders der, welcher mit bösem, hartem oder verschlossenem Herzen in die Natur geht! Er ist ein Schrecken für alle Kreatur, da er nicht nur sich in der Tiefe hält, sondern alle Geschöpfe von sich treibt und sie durch seine gleichgültigen oder sündhaften Gedanken auf dem Wege der Aufwärtsentwicklung zu Gott hemmt!"

Da konnte sich Beatus nicht halten und presste seinen Kopf an des großen Meisters Brust. Ruhig ließ ihn der Wunderapostel gewähren. Dann legte er seine Hand mit dem großen Smaragd auf den Scheitel seines Schülers und wieder fühlte dieser erschauernd, wie eine starke, balsamische Kraft seinen ganzen Körper durchrieselte.

Als er den Kopf hob, lag ein beredter Dank und eine inbrünstige Bitte in seinen Augen.

Zu reden vermochte er kein Wort.

Stumm gingen sie lange nebeneinander her. Tief stand die

Sonne am westlichen Himmel über den fernen Bergen des Wasgengaues. Die Wolken glühten wie flüssiges Gold. Auf die weite Fläche der Rauen Alb senkten sich die ersten Schleier der Abenddämmerung.

Erst nach langer Zeit sprach Beatus:

„Und nun lebt das Baumwesen der verbrannten, toten Eiche als Seele der jungen Eiche weiter?"

„Ja, nun ist die junge Eiche aus dem Alltraum zur wissenden Ichheit erwacht und der Lebensboden des alten Faunes geworden."

Leise schüttelte Beatus den Kopf. Auf seinem Gesicht lag tiefe Versonnenheit.

Vierzehntes Kapitel

Bedächtig legte der schlohweiße Schäfer von Gerhausen den Querbaum vor das Tor des Schafstalles.

Schweigend setzte er sich zu den zwei Menschen auf die Bank, die ihn in seiner Weltabgeschiedenheit aufgesucht hatten. Keiner sprach ein Wort. Zu groß und feierlich war die nächtliche Stille heroben auf der Rauen Alb. Klar wölbte sich der Sternenhimmel über ihren Häuptern. Aus den Kronen der tausendjährigen Eichen, die den alten Schafstall überdeckten, schudderte in kurzen Zwischenräumen ein Käuzchen mit hohlklagender Stimme. Ab und zu drang das gedämpfte Blöken eines Schafes durch die dünne Bretterwand.

Beatus, der zwischen den beiden begnadeten Männern saß, hatte den Kopf an die Wand gelehnt und sah in die Sterne.

Die Bilder der Vergangenheit standen vor seiner Seele, jeder Laut, die leiseste Stimmung der Tage des Sommers im Vorjahr, die er bei dem prophetischen Hirten hier heroben verbracht. Und es war ihm alles so unendlich wunderbar. Er hörte deutlich die Worte wieder, die der hellsichtige Schäfer gesprochen, als er ihn aus der Trauer seines Herzens gefragt, wo hier der rechte Weg weiterführte: „Du bist auf dem rechten Wege. Der Weg, den deine Seele braucht, führt zu mir, mein Sohn!“

Und dann die mysteriösen Worte, die ihm mit Erschauern die prophetische Gabe des Alten offenbart hatten, der ihm wie ein heidnischer Druidenpriester erschienen war. „Du bist voll tiefem Leid in deinem Herzen und fluchst dem unfassbaren Schicksal, das dein Leben zerschlagen hat, aber ich sage dir, es wird einst die Stunde kommen, in der du dieses Schicksal segnen wirst!“

Hatte sich diese Stunde, die der alte Schäfer von Gerhausen vorausgesehen, nicht schon erfüllt? Segnete er nicht stündlich das Schicksal, das ihn in die Arme seines Meisters geführt? Ob der Alte diese Vereinigung vorausgesehen? Ob er dortmals schon gewusst hatte, dass ihn das Schicksal mit seinem großen, geliebten Lehrer verbinden würde? Ohne Zweifel! Was gab es doch für unbegreifliche Wunder in der Welt! Und was für unergründbar rätselhafte Menschen!

Und nun saß er, nach kaum einem Jahre, frei von jedem Leid und jener Düsterkeit, von der er gewähnt, dass sie sein ganzes Leben trüben würde, zwischen den zwei geheimnisvollen Männern, denen die Mächte des Himmels so viel mehr gegeben als den anderen Sterblichen.

Und er umfasste den gestirnten Himmel mit all seinen magischen Lichtern mit innig dankbarem Blick und pries den Allmächtigen. Inbrünstig stiegen die lieben, vertrauten Worte aus seinem Herzensgrunde empor:

„Ihn, Ihn lass tun und walten,
Er ist ein weiser Fürst
und wird sich so verhalten,
dass du dich wundern wirst,
wenn Er, wie Ihm gebühret,
mit wunderbarem Rat
das Werk hinausgeführet,
das dich bekümmert hat.“

Ohne dass es ihm selber voll bewusst wurde, griff er nach den Händen der beiden Männer und umklammerte sie fest. Und die zwei Wissenden fühlten, was in seiner Seele vorging. Die Ströme ihrer Liebe vereinten sich in seinem jungen Herzen.

Und während die sternklare Nacht lautlos ihre Märchen wob, begann der Wunderapostel leise zu reden:

„Heilig ist die Natur und ein gewaltiges Wort der ewigen Weisheit, durch das der Schöpfer zu den Menschen redet. Und durch das Er offenbar macht die Allmacht Seines Seins.

So höre denn in dieser Stunde das göttliche Geheimnis vom Kreislauf des Lebens! Denn von Gott ging alles Leben aus und in Ihm muss es enden. Höre das Wunder des geheimnisvollen Weges, den die Funken der Gottheit vor ihrer Ausgießung aus Seinem Schoß in das Ur-Baufeld der Materie bis zu ihrer Rückkehr zum Allvater gehen!

Im Anfang ist Gott. Und Gott ist reiner Geist. Und in Ihm erwacht der Wunsch sich zu offenbaren.

Doch auch der Ewige macht es nicht anders als der irdische Baumeister, der einen Dom baut. Ehe dieser das Gotteshaus aufzuführen beginnt, ist es zuerst in all seinen Teilen bis in das kleinste Zierrat hinein von ihm ausgedacht, also geistig vorhanden. Ich nannte dies den Ideendom.

Ebenso war auch die ganze Welt mit ihrer unausschöpfbaren Fülle von Lebensformen zuerst geistig vorhanden, ehe sie physisch wurde. Also zuerst nur vorhanden im Schöpfungswillen der Gottheit.

Und diese ganze, vorerst nur geistig vorhandene Schöpfung war für Gott wirklicher als für die Menschen die sichtbare physische Welt – ja überhaupt ist nur sie allein die einzige tatsächliche Wirklichkeit im ganzen All – denn bei Gott ist jeder Gedanke auch schon Leben, Form und also Wirklichkeit. Ich habe dir schon oft gesagt, dass Stoff nichts anderes ist als irdischer Wahn und dass es nur ein Wahres, Wirkliches gibt: den Geist. Und wie dieser Geist, der wohl uns, nicht aber Gott und den Hellsichtigen unsichtbar ist, wirklicher, fester und unvergänglicher ist als der härteste Stahl, der ja nur Stoff und somit vergänglich ist."

Beatus nickte stumm. Vorgebeugt schaute der greise Schäfer von Gerhausen in das nächtliche Land. Für ihn war die Welt längst Geist geworden.

„Nachdem Gott nun die ganze Welt mit ihrer unausschöpfbaren Vielheit von Lebensformen geistig ausgedacht hat, geht Er daran, diese Geistgeschöpfe stofflich sichtbar zu gestalten. Denn so wie das Leben nur am Tode, das Licht nur an der Finsternis, der Sommer nur am Winter sich bewusst wird, so wird die Geistwesenheit des Geschöpfes ihrer erst am Gegenpol ihres stofflichen Körpers endgültig bewusst.

Um sich also einerseits bewusst zu werden und andererseits sich offenbaren zu können, strahlte Er von sich einen rein geistigen und einen materiellen Teil aus.

Diesen geistigen Teil will ich die Christuswelt nennen und den stofflichen Teil die Luziferwelt.

Letzterer ist das dir bereits bekannte Urlicht, das Urbaufeld, Akâsha oder Weltäther. Aus ihm ist die ganze stoffliche Welt aufgebaut.

Um die stoffliche Welt aufbauen zu können, musste sich der geistige Teil mit diesem Urlicht, der Urmaterie, verbinden. Du weißt, dass aus ihr, zufolge eines göttlichen Willensgesetzes, die Atome (die Bausteine des stofflichen Lebens) sich ballten und mit diesen die vier Elemente geschaffen wurden. Und aus diesen vier Elementen ist nun die ganze sichtbare Welt aufgebaut worden.

Nun halte dir vor Augen, was dir schon genugsam bekannt ist: Da Gott überall und alles aus Gott ist, muss das ganze All von Seinem belebenden Geiste erfüllt sein, und es ist darum ganz unausdenkbar, dass im ganzen Weltenraum auch nur ein Atom vorhanden wäre, das ohne Leben ist. Wo Gottes Geist hindringt, dort schafft Er Leben. Es ist darum selbstverständlich, dass Erde, Wasser, Luft und Feuer mit Leben erfüllt sein müssen, das gleichsam die Seele der vier Elemente ist.

So alt die Menschheit ist, so lange träumt sie von unsichtbaren Wesen. Gnomen und Bergmännchen steigen aus ihrem Erdreich, in dem sie unermessliche Schätze von Edelsteinen bewachen; Nixen von holdseliger Schönheit verwirren die Herzen der

Glücklichen, die sie geschaut; Sylphen brausen durch die Lüfte und rütteln das böse Gewissen auf; Feuerwesen leben in der roten Lohe.

Jahrhunderttausende gehen dahin und wandeln Denken und Wissen, eines nur nimmt die Menschheit auf ihrem Weg der Entwicklung wie ihr heiligstes Vermächtnis treu durch den Wandel der Zeiten mit: den Glauben an die Belebtheit der vier Elemente mit unsichtbaren Wesen. Ist dies nicht seltsam? Einst gab es eine Zeit, da glaubte die ganze Menschheit an diese Wesen. Heute hält man sie für Märchengestalten. Doch so sehr sich Anschauungen und Geschmack ändern mögen, sie allein bleiben unverändert und erlöschen nicht im Herzen der Menschheit!

Woher kommt dies? Bloß, weil der Glaube an sie schön ist? Wie oft hat sich der Begriff des Schönen verändert! Oder weil der Glaube an sie magisch ist? Es sind Gottanschauungen nicht magisch genug gewesen, um nicht gewechselt zu werden!

Wie, wenn in diesen Märchen doch ein tieferer Sinn sich verbergen würde? Ein Geheimnis, ein heiliges Wissen, das die Menschen verloren haben.

Ein Musiker, der sich nicht dauernd übend seinem Instrument hingibt, verliert die Fertigkeit. Ist es da nicht denkbar, nein, selbstverständlich, dass Menschen Fähigkeiten verlieren müssen, die sie nimmer üben? Einst lebte die Menschheit in einem ganz anderen, viel näheren und unmittelbareren Verhältnis zur Natur. Ihr Leben war buchstäblich ein Aufgehen und innigstes Verbundensein mit ihr. Dies aber hat bei vielen Menschen Sinne geschärft, die bei der heutigen oberflächlichen Naturverbundenheit eingeschlafen sind. Zu allen Zeiten aber ist die Zahl der Begnadeten, die diese unsichtbaren, aus feinem Stoffe bestehenden Wesen gesehen haben, eine verhältnismäßig geringe gewesen. Der Ewige hat stets nur so vielen die Gnade gegeben, in die lichteren Reiche Seiner Wunder zu sehen, als nötig war, um das Wissen von ihnen nicht erlöschen zu lassen.

Denn den Menschen sollte stets ein Ahnen bleiben von der unausdenkbaren Allmacht Gottes und dem Weben der unzähligen lichten Wesen neben uns."

Leise nickte der greise Schäfer.

„Es wäre ein arger Trugschluss, dort nicht Leben anzunehmen, wo man seine Formen nicht sieht. Vielmehr müssen wir annehmen, dass Gott noch Millionen Erscheinungsmöglichkeiten geschaffen hat, die wir Menschen mit unseren plumpen, irdischen Organen nur nicht zu erfassen und zu schauen vermögen!

Diese menschliche Unfähigkeit aber berechtigt uns ebenso wenig, ihre Existenz zu leugnen, wie wir die Existenz Gottes nicht leugnen, weil wir Ihn nicht zu schauen vermögen!

Durch Millionen von Jahren hat der Mensch das Wasser getrunken, ohne zu ahnen, welch ungeheure Fülle von Leben jeder Tropfen desselben birgt. Das Mikroskop hat diesen Wahn unserer Blindheit zerstört und aufgezeigt, dass jeder Tropfen bis zum Bersten erfüllt ist von Leben, erfüllt von Millionen absonderlichster Lebewesen. Und du wähnst dich in unheimlichen Urwelttagen, denn es wimmelt darin von Riesenschlangen, Drachen und greulichsten Ungeheuern, die aneinander vorbeischießen, sich aufeinander stürzen und verschlingen. Eine unermessliche Welt von Leben – und vor dem Auge des Menschen dennoch ein Nichts!"

Tief atmend kam es aus Beatus: „Noch nie ist mir so wuchtend die Klarheit geworden: Was ist groß, was ist klein? Unausdenkbar ist dieser Gedanke, dass eine ganze Welt von Wesen in einem Tropfen Platz hat zu wirbelndstem Leben! Wie seltsam doch unsere Wissenschaft ist! Sie genügt sich, mit kühlen Worten festzusetzen, was sie entdeckt hat, statt immerzu mit Posaunengewalt zu verkünden und zu predigen, wie ungeheuer groß die Herrlichkeit Gottes ist."

„Und, siehst du, da Gott in einen Tropfen eine ganze Welt von Geschöpfen zu zaubern vermag, dicht an Stoff und wirklich an Gestalt, und dennoch für das menschliche Auge unsichtbar, nur weil sie zu klein sind, sollten wir da nicht zur Annahme berechtigt sein, dass es Ihm umgekehrt genauso ein Leichtes ist, Wesen zu schaffen, die groß an Gestalt und ebenso für unser Auge unsichtbar sind, nur weil der Stoff, aus dem sie gebaut sind, so unendlich verdünnt ist!?

So wenig es für Gott bei groß und klein Grenzen gibt, ebenso wenig bei dickt und dünn!

Ja, es ist ganz im Gegenteil eine Selbstverständlichkeit, dass es diese unsichtbaren Lebensformen geben muss! Denn wie ich dir heute schon einmal erklärte, vermag kein Mensch etwas zu denken und in seinem Kopfe zu formen, das Gott nicht schon vor ihm gedacht hat. Gott hat, wie du weißt, die ganze sichtbare Welt aus dem unsichtbaren Urstoff aufgebaut. So unsichtbar dieser für uns sein und bleiben mag, so wirklich ist er. So wirklich wie das Leben im Wassertropfen! Und sollte es da Gott nicht möglich gewesen sein, diese Bausteine des Alls so zu fügen, dass auch das ausgeführte Lebensgebäude unsichtbar bleibt? Ich denke, die Entscheidung fällt dir nicht schwer! Und du brauchst in diesem Falle nicht einmal zu sagen, dass bei Gott überhaupt alles möglich sei, denn hier handelt es sich um eine Selbstverständlichkeit!

Töricht, ja geradezu ein Zeichen von Vorstellungsarmut wäre es also, das Vorhandensein einer unsichtbaren Welt zu leugnen! Die Menschen sollten seit dem Wassertropfenerlebnis zurückhaltender mit ihren Verneinungen sein, denn Gottes Möglichkeiten sind derart ohne Zahl wie die Schönheiten der von ihm geschaffenen Wunder. Das Recht der Annahme jeder Art von Möglichkeiten ist viel begründeter als jenes der Leugnung derselben! Denn steht Gott nicht so hoch über uns und unserem menschlichen Gehirn, wie wir über dem Wassertropfentierchen? Wie entrüstet würden die Menschen eine Gleichstellung mit dem Tier zurückweisen und umgekehrt haben sie nicht die Demut, die gebührende Schranke zwischen sich und Gott zu ziehen!

Der durch Demut und Liebe erkennend Gewordene aber weiß, dass es zwischen Gott, der nur Geist ist, und uns, den Wesen aus gröbstem Stoffe, eine endlos lange Kette der Entwicklung gibt!

Er schaut, wie Gott den unsichtbaren Urbaustoff immer mehr verdichtet, langsam und schrittweise, wie wir dies überall in der Entwicklung sehen. Die ganze Natur kennt keine Sprünge, alles vollzieht sich allmählich und warum sollte Gott allein nur in der Verkörperung der Formen den ungeheuren Sprung vom rein Geistigen zum gröbsten Stoff gemacht haben?!

Dies wäre gegen das Gesetz der rhythmischen Entwicklung und es ist auch nicht so!

Du weißt, dass alles Schwingung ist! Auch Gott ist Schwingung. Er ist der reinste Geist und Seine Schwingung deshalb die größte.

Aus Ihm strahlt der Urgeist: die Gottesgedanken, und das Urlicht: der Urbaustoff, aus.

Diese Gottesgedanken haben nach Gott die höchste Schwingungszahl. Die nächstniedrigere Schwingung hat dann das Urlicht: die erste und dünnste Form des Stoffes.

Und Gott baut nun dadurch das Leben, dass Er die Höhe der Schwingungszahl des Urbaustoffes immer mehr verringert. Je mehr sich dessen Schwingung aber verlangsamt, umso mehr verdichtet er sich und umso grobstofflicher wird der Körper des betreffenden Geschöpfes oder Dinges."

„Wie überzeugend ist das!", rief Beatus erregt aus. „Gott ist also zu vergleichen einer Glocke und die ganze Schöpfung einem mächtig angeschlagenen Ton. Und je mehr dieser Ton von der Entstehungsquelle sich entfernt und ausschwingt, umso mehr verdichtet sich der unsichtbare göttliche Urstoff. Und dort erst, wo er nahezu verhallt, hätten wir uns das sichtbare, grobstoffliche Leben zu denken."

„Sehr recht!", bejahte der Wunderapostel. „Und so unmöglich es ist, dass ein stark angeschlagener Ton nur in seiner größten

Lautstärke aufklingt, also in der höchsten Schwingungszahl, und sogleich als nächste Schwingungszahl die geringste Lautstärke hätte, was unserem Leben entspräche, ebenso unmöglich ist es, dass zwischen Gott und der sichtbaren Welt nicht unzählige unsichtbare Lebensformen bestehen als deren Zwischentöne!

Der unmittelbare Gegensatz: Gott und sichtbare Welt ist ebenso wenig möglich wie im Geschöpf Mensch das Zusammenspiel von Geist und Körper ohne das Zwischenglied der Seele!"

Beatus nickte lebhaft.

„Dass die Menschen aber die Schwingungsstufen des Lebens zwischen der gröbsten Form und Gott, dem reinsten Geiste, auf ihrer derzeitigen Entwicklungsstufe nicht zu sehen vermögen, sollte sie jedoch nicht veranlassen, dieselben feindlich zu leugnen, bloß deshalb, weil es ihren Stolz verletzt, sich sagen zu müssen, dass es Dinge gibt, die sie nicht zu erfassen vermögen! Wenn aber die Menschheit einst vor Gottes Größe demütiger geworden sein wird und der göttlichen Stimme in ihr, als ihrem Wahren, weil Unsterblichen, einen höheren Rang einräumen wird als dem nüchternen, irdisch vergänglichen Gehirn, dann wird die Zeit kommen, da sie jene lichteren Welten schauen wird, die zu allen Zeiten jene wenigen Auserwählten schauen durften, die in demütiger Liebe vor Gott lebten und nur einem zustrebten: Ihn zu erkennen!

Ganz im Gegenteil sollte sie sich mühen, sie einstweilen mit dem Gemüt zu erfassen, bis dieses die Sinne umgebildet hat, und sich durchaus nicht verwundern, dass es diese feinstofflichen Wesen geben soll; denn bei Gott, der alles geschaffen, nicht nach unserem Verstande und unseren Gedanken, sondern weit über unsere Gedanken und über unseren Verstand hinaus, ist alles möglich!

Gottes Wunderwerke sind selbst in ihrer kleinsten Kleinheit, ob es das emsige Bein einer stäubchengroßen Spinne oder der Bau eines Atoms ist, so über die Maßen groß, dass der Menschengeist sie in ihrem letzten Urgrund nicht zu erfassen vermag.

Denn wenn sonst nichts geschaffen wäre, als was dem Menschen zu glauben und zu erfassen möglich ist, dann wäre Gottes Herrlichkeit gering! Und mit demselben Rechte könnte die Mikrobe glauben, es gäbe nichts mehr, als was sie zu begreifen vermag!

Denn nochmals sei es gesagt: Weniger denn eine Mikrobe ist der Mensch vor dem Schöpfer der Welten!

Gott hat aber millionenfach mehr geschaffen, als seine Kreatur, der Mensch, erfassen kann, und dieser muss sich darob ewig vor den Wundern in Ehrfurcht beugen.

Unsere Vorväter, die in dieser Demut vor Gott und in innig liebendem Verhältnis zur Natur lebten, haben dies nicht nur gewusst, sondern die dichteren Glieder dieser immer feinstofflicher werdenden Kette noch gesehen.

Du weißt, dass die vier von Gott geschaffenen Elemente ebenso wie der ganze Weltenraum von Ihm durchdrungen und somit verlebendigt sind. Doch diese Lebendigkeit der Elemente ist nur dasselbe wie die Lebendigkeit jeder Zelle unseres Körpers. Das aber ist noch keine persönliche Durchgeistetheit! Diese bekommt unser Körper erst durch den unsterblichen, bewussten Gottesfunken. Und die vier Elemente haben diese selbe persönliche Durchseelung in den feinstofflichen Naturgeistern.

Aber nicht nur die Märchen, das heiligste Volksgut der Menschen, welche tiefste Naturwissenschaft, also höchstes Gotterkennen unendlich lieblich verkleiden, sondern auch die Heiligen Schriften künden oft davon. Erinnere dich an die poetische Stelle im Alten Testament, wo Jakob, müde geworden, sich zur Erde legt und im Traume eine Leiter sieht, die von ihm weg bis zum Throne Gottes hinaufreicht und auf deren Stufen immer lichter und glänzender werdende Engelsgestalten aufsteigen! Was war es anderes als ein inneres Schauen dieser lichten, feinstofflichen Wesen! Eine Offenbarung der langen Brücke des sich mehr und mehr Vergeistigen des Stoffes, der Gottheit zu!

Doch die Menschen haben Ohren und hören nimmer, sie haben ein Herz und fühlen die feinen Schwingungen nicht mehr.

Ja, Beatus, es gibt diese Elementarwesen, wie ich sie nennen will, da sie in den Elementen hausen. Sie sind gleichsam die Seele der Elemente und von ihnen will ich dir einiges erzählen!"

Gespannt hing Beatus am Munde des Wunderapostels.

Nur ab und zu drang ein kurzes Blöken aus dem Schafstall und manchmal klagte ein kleiner Baumkauz. Es war die rechte Stunde für diese Worte.

„Vor allem musst du wissen, dass für diese Wesen ihr Element, in dem sie hausen, ganz dasselbe ist, was uns die Luft ist. Und dies ist gar nicht so unglaublich, wenn du immer ein wenig mit Gott denkst und dir klar wirst, wie Er aus Seinem Wissen wog und einrichtete. Des Menschen Leib ist dicht und kann nicht durch die Mauer gehen; darum schuf Gott die Luft zu Seinem Element, in dem der Mensch lebt, ohne sich für gewöhnlich klar zu werden, dass diese unsichtbare Luft etwas genauso Wirkliches und Stoffliches ist wie die Erde oder das Wasser!

In die Erde aber, die das gröbste der vier Elemente ist, zauberte Gott das Volk der Gnomen und Zwerge: die verkörperte Seele dieses Elementes. Soll ihnen die Erde dasselbe sein, was uns die Luft ist: ihre Lebensluft, ihr Lebenselement, dann muss ihr Körper so hauchdünn sein, dass er durch Fels und Berg so leicht zu gehen und sich zu bewegen vermag, wie wir dies in der Luft oder die Fische es im Wasser können. Dies erscheint uns Menschen für den ersten Augenblick seltsam, doch wisse, die Gnomen verwundern sich nicht weniger darüber, wie wir in der Luft leben und dass wir nicht in ihrem Element leben können. Ihnen ist Stein und Feld ebenso ein Nichts wie uns die Luft, und so wie wir durch die Luft sehen, so klar sehen sie durch das Erdreich.

Die Nixen hingegen, die im Wasser leben und die Seele des wässrigen Elementes sind, haben ein Reich, das, die Dichte betreffend, zwischen Erde und unserer Luft steht. Ihr Leib ist deshalb schon aus dichterem Astralstoff gefügt und sie ertrinken im Wasser ebenso wenig, wie wir in der Luft ersticken.

Während die Gnomen die Größe kleiner Kinder erreichen, gleichen die Nixen an Größe der Gestalt vollkommen dem Menschen und sind von bezaubernder Schönheit.

Die Salamander oder Feuerwesen ähneln den Wasserleuten, während die Sylphen oder Windgeister die Gestalt der Menschen um ein Riesiges überragen. Sie leben mit uns im gleichen Element und sind uns darum am nächsten. Oft reden sie zu uns im Säuseln der Winde und im Wüten der Stürme, doch die Menschen verstehen ihre Sprache nicht mehr. Sie sind es auch, denen wir die Schönheit der Wolkenwunder zu danken haben, die sie in unermüdlicher Freude formen.

So hat Gott auf wundersame Weise allen vier Elementen mit diesen Wesen eine Seele gegeben. Jede Art kennt das Element, in welchem sie lebt, am besten und ist sein Beherrscher.

Da sie um Unendliches feinstofflicher sind als unser Leib, oder in die Sprache der Schöpfung übersetzt: Da die Schwingungszahl ihrer Lebenserscheinung eine gewaltig höhere ist als jene des Menschen, stehen sie somit auch dem göttlichen Schöpfungsgedanken weit näher als unser grobstoffliches Gehirn. Deshalb hat sie der Ewige als Seine Werkleute, die ihr Material bis ins Letzte hinein kennen, beim Aufbau der aus den vier Elementen geschaffenen sichtbaren Lebensdome erkoren."

„Sie sind die Werkleute der sichtbaren Welt? Wie soll ich das verstehen?", warf Beatus erstaunt ein.

„Ganz so, wie ich es sagte! Merke dir, dass bei Gott stets alles ineinandergreift, eines immer das andere bedingt und es in Seinem Schöpfungswerk nichts gibt, sei es die Welt eines Planeten oder das Astralgewebe eines Elementarwesens, das für sich allein da ist, ohne im weisen, zwingenden Zusammenhang mit allem anderen zu stehen.

Gottes Wunderwerk des Lebens ist eine ungemein komplizierte Uhr, in der ein Zahnrädchen in das andere greift, eines dem anderen unerlässlich notwendig ist.

Wo du hinschaust, alles ist mit dir in irgendeiner Weise verbunden: die Sterne dort oben, die Eichen, die ihre flüsternden Kronen über uns dachen, und jene unsichtbaren Kinder der Elemente.

Gott, der die ganze Welt ausgedacht hat und in Seinem weisen Ratschlusse die sichtbare, materielle Welt aus den Stoffen der vier Elemente aufgebaut haben wollte, hat in tiefer Vorsehung jene unsichtbaren Wesen erdacht, welche dienen sollen, die sichtbaren Körperdome Seiner unsichtbaren Gedankenpläne aufzuführen.

Nun erst wird dir die ungeheure Bedeutung und Notwendigkeit dieser Geschöpfe klar werden, die Gott durchaus nicht schuf, damit sie als liebliche Märchengestalten durch die Träume unseres Lebens gehen. Sie sind die emsigen, unermüdlichen Bauleute der sichtbaren, grobstofflichen Welt, die jeweils ihr Element, das sie vollkommen beherrschen, so in den Bau des betreffenden Lebensdomes fügen, wie Gott ihn ausgedacht und gewollt hat."

„Mein Gott, wie tief ist die Welt!", sprach Beatus feierlich vor sich hin. Ernst nickte der schneeweiße Schäfer von Gerhausen. Eine Weile war es still, dann hub der Wunderapostel von Neuem an:

„Höre nun weiter, wie der Aufbau der sichtbaren Welt vor sich ging und welch geheimnisvollen Weg in ihm der Kreislauf des göttlichen Lebens nimmt!

Gott dachte im Morgengrau einer neuen Schöpfungsperiode alles aus und sprach dann: ‚So werdet nun alle, ihr Geschöpfe, wie ich euch gedacht habe!'

Die ganze Welt mit ihrer unausschöpfbaren Fülle an Lebensformen war, wie du bereits weißt, zuerst geistig vorhanden.

Wir wollen aber von der Unflut der Weltengestirne nun nur unsere Erde betrachten. In diese geistige Erde senkte Gott dann alle jene Schöpfungsgedanken, die sich auf ihr auswirken sollten.

Um dir ein Bild zu geben: Im selben Augenblicke, da Gott zum Beispiel das Gänseblümchen in all seiner Gänze ausgedacht hatte, senkte Er diesen unvergänglichen, weil ja göttlichen Gedanken, in die geistige Erde. In diesem Gänseblümchengedanken oder geistigen Gänseblümchen muss selbstverständlich die göttliche Kraft, welche auch schon das Leben ist, stecken. Dieser vom göttlichen Leben erfüllte Gedanke durchdringt die ganze Erde und ist nun für alle Zeiten in ihr.

Ebenso verhält es sich mit allen anderen Schöpfungsgedanken: Sie füllen die ganze Erde aus, und da sie geistig sind, durchdringen sie alle einander.

Diese Gottesgedanken oder geistigen Urwesenheiten sind die Ur-Entwürfe, die Ur-Modelle, oder um mit Plato zu reden: die Monaden.

Als die geistige Erde nach der Bildung der vier Elemente dann physisch wurde, entstand überall dort das betreffende Geschöpf, wo die für sein Leben nötigen Bedingungen vorhanden waren. Diese ewigen Gedanken in der mütterlichen Erde kann man auch als die Urseelen der sichtbaren Wesen bezeichnen.

Und da solch eine Urseele oder Monade stets die ganze Erde erfüllt, wird dir nun klar sein, warum manche Lebensform auf der gesamten Erde vorzukommen vermag und weshalb sie stets und überall gleich ist!

Nun wird dir das Rätsel gelöst sein, warum alle Gänseblümchen der Welt, alle Spatzen auf Erden einander nicht nur vollkommen ähnlich sind, sondern stets die gleichen Gewohnheiten haben. Es ist der Ausdruck der allgegenwärtigen Urseele.

Jede dieser Urseelen strahlt die Fülle ihres Seins in die Welt, genauso wie Gott die Fülle Seines Seins in Form der vielen Gottesgedanken: Urseelen, in das All hinausstrahlt.

Und so wie Gott trotz dieser von Ihm ausgestrahlten ungeheuren Vielheit dennoch voll und ganz Einheit bleibt, genauso verhält es sich zwischen einer Monade und der Unzahl der von ihr ausgegossenen Lebensfunken.

Sie sind ein Teil dieser Monade und dennoch voll und ganz von ihrem Sein und Wesen erfüllt.

Jeder dieser ausgeströmten Lebensfunken heißt bei den drei niederen Reichen: Gruppenseele, und beim Menschen: Göttlicher Geist. Ich will dir das näher erklären.

Du weißt, dass es vier sichtbare Lebensreiche gibt: die Welt der Steine, Pflanzen, Tiere und Menschen. Jedes dieser Reiche ist beseelt – aber nur ein Reich, jenes der Menschen, hat von Uranfang an eine von jeder Gemeinschaft abgetrennte Individualität, also eine persönliche Einzel-Seele.

Die Wesen der andern drei Reiche hingegen besitzen keine selbständige Eigen- oder Einzelseele, sondern sind in Gruppen zu Hunderten oder mehreren Tausenden durch eine ihnen gemeinsame Gruppenseele zu einer Gemeinschaft verbunden.

Sie tragen nicht, wie der Mensch, den göttlichen Funken in sich, sondern er ist außerhalb ihres Körpers und wirkt von außen in das Wesen hinein.

Diese Gruppenseelen, die den Willensplan der Gottheit in sich tragen, lenken nun als wissende Baumeister in höchster Einsicht die vorgenannten Astral-Wesen der vier Elemente (Gnomen, Nixen) und bauen mit ihrer Hilfe in wundervollster Genauigkeit die Körper jedes einzelnen Geschöpfes."

„Wie ist dies alles seltsam", murmelte Beatus beeindruckt vor sich hin.

„Es ist dir neu und darum befremdend. Wenn du dich aber mit unermüdlicher Logik darein versenkst und dich auch noch bemühst, dir klar zu werden, dass es für das Geistige weder Zeit noch Raum gibt – an diese beiden Begriffe ist nur der irdische Körper gefesselt – dann wird sich dir das Seltsame zum Selbstverständlichen wandeln.

Wir wollen uns einmal ansehen, wie solch ein Dom des Lebens entsteht! Bleiben wir beim Gänseblümchen! Es besteht aus den vier Elementen, wobei du dir als Feuer neben dem groben, physischen Feuer jenes feine Astralfluidum zu denken hast, das die unsichtbaren Lebenskräfte trägt. Sie also sind das Baumaterial, aus dem die Form aufgeführt ist. Die Werkleute nun, die diesen Pflanzendom aufbauen, sind die unsichtbaren Elementarwesen. Da ihnen aber der Plan des Domes ebenso wenig offenkund ist wie den irdischen Werkleuten, werden sie von dem Gruppengeist überwacht und gelenkt, welcher der organisierende Baumeister ist und den Bau nach den ihm bekannten, weil ihm innewohnenden Plänen und Wünschen des großen göttlichen Architekten ausführt.

Jetzt wirst du erst verstehen, was dir vordem durch nichts erklärt werden konnte, weshalb eine bestimmte Kristallart in mathematisch-geometrischer Gesetzmäßigkeit stets gleich kristallisiert und dieselbe Farbe hat; warum die Pflanze sich nie irrt in Art, Bau, Blütenform, Farbe und Frucht; und warum, um ein Beispiel herauszugreifen, die Rotschwänzchen einander durch alle Ewigkeit gleich sind, dieselbe Art der Bewegung und des Singens haben und weshalb sie immer wieder die Nester auf dieselbe Art und Weise bauen.

Es ist das Werk ihrer Seele, des Gruppengeistes, der als Teil des betreffenden Gottesgedankens: der Urseele oder Monade, voll und ganz nach ihren Gesetzen das Leben der Geschöpfe lenkt und führt.

Der Gruppengeist ist es, der erst Sinn und Klarheit ins Weben der Natur bringt, der den Wahn vom blinden und sinnlosen Zufall aus der Welt der Lebewesen schafft und an seine Stelle die Weisheit des Gotteswillens setzt.

Der Gruppengeist ist es, der unter gegebenen gleichen Verhältnissen die Kristalle immer wieder zwingt, in der nämlichen Form ihre blitzenden Lebensschreine aufzurichten; er ist es, der die Pflanzen lehrt, wie sie das große alchemistische Geheimnis zu üben haben, um diese starren, funkelnden Schreine in ‚Brot des Lebens' zu wandeln und daraus die himmlischen Mysterien der Blüte und Frucht zu bauen. Der Gruppengeist ist es, der die Schnecke unterweist, wie sie die wundervolle Spirale ihres Hauses zu konstruieren hat, und die Biene zwingt, ihre Zellen mit größter geometrischer Genauigkeit als Sechsecke zu bauen und von dieser Form nicht abzuweichen durch alle Ewigkeit.

Und noch etwas wird dir durch sein Wirken klar, das uns ob des unerklärlichen Rätsels, das sich dahinter verbirgt, allzeit in höchstes Erstaunen versetzt hat und für das der Mensch bis heute keine Erklärung weiß: der sogenannte Instinkt der Tiere, ganz im Besonderen jener der Zugvögel! Der Gruppengeist ist es, der dem jungen Vogel, der noch nie in seinem Leben ein Nest gebaut hat, genau eingibt, wie es beschaffen sein muss; und der Gruppengeist ist es, der die Vogelscharen im Herbst sammelt und vom nördlichen Sommernest über Tausende von Kilometer hinweg in die südliche Winterzuflucht führt und sie nach für Vogelhirne endlos langer Zeit zielsicher wieder zu den alten Brutplätzen zurückgeleitet.

Deutlich kannst du in jenen Tagen des herbstlichen Sichzusammenrottens oder des Abfluges sehen, wie viel Tiere zu einem Gruppengeiste gehören. Es kann kein Vogel eines anderen Gruppengeistes sich zu einer fremden Schar gesellen, ebenso wenig wie eine Blüte nicht auf eine andere Pflanze hüpfen kann.

So verrät dir in den Herbsttagen jeder gegen Süden strebende Vogelzug die Größe des körperlichen Hauses seiner gemeinsamen Gruppenseele."

„Wie ist das wunderbar!", rief Beatus. Und sich an den alten Schäfer wendend: „Denkst du noch an das Ziehen der hauchzarten Wildgänsewolke im Vorjahr? Wie atmet doch alles höchste Weisheit und schönste Poesie!"

„Du redest sehr recht", sprach hier der silberhaarige Schäfer von Gerhausen zum ersten Mal. „Es ist die Poesie des Himmels!"

Eine Weile war tiefes Schweigen, nur ab und zu durchwirkt vom seufzenden Klageruf eines Käuzchens; dann fragte Beatus:

„Weißt du, Vater, was ich bei mir denke?"

„Wohl weiß ich es, mein Sohn!", fiel der Wunderapostel ein.

„Du denkst dir, ob ich diese Gruppenseelen ebenfalls zu sehen vermag, ähnlich wie ich die Seele der alten Eiche sah."

Beatus fuhr überrascht zusammen.

„Ja, jeder wirkliche Hellseher vermag dies und kann mit ihnen verkehren und beobachten, wie weise sie die Geschöpfe lenken. Und diese lichten Geistwesen sind weit intelligenter als ein guter Teil der Menschen.

Dieser Gruppengeist wiederholt nach dem Satze des Hermes genau dasselbe Geheimnis wie Gott oder die Monade: Auch er steckt in jedem irdischen Geschöpf, das zu seiner Gemeinschaft gehört, voll und ganz, und bleibt dennoch völlig in seiner Ichheit.

Du siehst, es wiederholt sich von Gott abwärts ständig das Gleiche, bis hinab in die Lebensform des Weltäthersplitterchens: Immer das Sichspalten der Einheit in die Vielheit, und dabei dennoch das völlige Verbleiben in der Einheit!

Diesen Teil der Gruppenseele nun, der in jedem Einzelgeschöpf einer Gesamtheit steckt und brennt, wollen wir den Gottesfunken nennen.

Alle Gottesfunken einer Gemeinschaft sind dann genauso die Gruppenseele, wie alle Gruppenseelen einer Art eine Urseele oder Monade sind.

Die unausdenkbare Unzahl aller Urseelen der Erde jedoch, die wir die Gedanken Gottes nannten, sind die Ausstrahlung, die Ausatmung des Unaussprechbaren, der Gottheit selber!

Dieser Funke in allen Wesensformen ist das, was wir das Leben nennen. Er ist der kleinste Teil der Ausgießung Gottes. In seinem Weben und Leben offenbart sich der Allmächtige.

Und in diesen Gottesfunken beginnt nun zuerst der große, gewaltige Kreislauf des Lebens, oder besser gesagt: das glühende Sehnen und rastlose Sichheimwärtsringen der göttlichen Vielheit in die unausdenkbare Einheit des Ewigen!"

Beatus ergriff von Neuem die Hände der beiden Wissenden. Es war ihm, als zersprenge es ihm das Herz. Jene Nacht stand vor ihm, wo er das erste Mal, ein gänzlich Ahnungsloser, an der Seite des Wunderapostels Venuskräuter sammelnd, den ersten Lichtstrahl aus der Werkstätte des Allmächtigen erhalten hatte. Was hatte sich ihm seither für ein Weltbild, für ein tiefes, beglückendes Naturerkennen erschlossen! Und was das Überwältigendste war: Je tiefer er in die Geheimnisse schaute, umso mehr schloss sich die ganze Schöpfung zu einer sinnvollen, harmonischen Einheit zusammen!

An Stelle der bunten Wirrnis trat Klarheit, an Stelle des stumpfen Zufalls harmonische Weisheit!

Das Gefühl der eigenen Nichtigkeit und Beziehungslosigkeit gegenüber dem All, dessen Geschöpfe dem Menschen, trotz all seines liebenden Interesses, dennoch ein abwehrendes, ihr Geheimnis sorglich verbergendes Rätsel blieben, wandelte sich unter den Offenbarungen dieses so ganz neuen Naturerkennens in ein unsäglich beglückendes Wissen der Allbrüderschaft. Dieses Gefühl brachte eine Erlösung, nach der das Herz jedes Suchenden ewig verlangt: die Festigung des Ichs in den tobenden, wilden Strudelwogen der Welt. Diese Naturerkenntnis glättete das wilde, wogenschlagende Meer des scheinbar unergründbaren Naturwebens zu einem blanken Spiegel, der all die Millionen zuckender Lebensstrahlen in einen einzigen Brennpunkt führte, der weise seine Ratschlüsse in alle Rätselwunder goss.

Lange herrschte Stille an der mondlichtbeschienenen Wand der großen Schafhürde. Auch die ächzenden Klageschreie des Baumkauzes hatten aufgehört.

„Es ist Zeit, zur Ruhe zu gehen."

Sie erhoben sich und traten in die dunkle Hürde. Warm wehte ihnen der Hauch der Tiere entgegen.

Die beiden alten Freunde beugten sich beim Verschlag über die friedlich ruhenden Schafe.

Dann lagen auch sie nicht minder friedlich auf dem vom alten Schäfer fürsorglich aufgeschütteten weichen Stroh.

Fünfzehntes Kapitel

Am darauffolgenden Abend, nachdem sie wieder die große Schafherde in die Hürde gebracht, setzte der Wunderapostel das Gespräch fort:

„So höre den gigantischen Weltenwanderungsweg, den der göttliche Funke des Lebens durch Weltenzeiten nimmt, bis er dereinst wieder heimgekehrt ist in den Schoß der ewigen Einheit!

Die erste und älteste physische Lebensform, die alle andern erst bedingt, war das Mineral. In ihm offenbarte sich also die Gottheit zuerst, nahm das Weben des Gottesfunken seinen Anfang.

Als die Gegebenheiten für die weitere Lebensentwicklung geboten waren, verdichteten die Gottesfunken der zwei nächsten Reiche ihre Astralkörper zu physischen Leibern und es erschienen Pflanzen und Tiere. Viel später erst erfolgte die Verdichtung des paradiesischen Astralmenschen in seine heutige Form.

Da in Stein, Pflanze und Tier aber das Göttliche noch im Zustand des Unbewusstseins webt und die ausdrückliche, klare Ichbewusstheit erst im Menschen erwacht, bildet sich auch im Menschen erst das willentliche Zurückgehen zu Gott aus.

Alles in der Natur strebt deshalb dem wissenden gotterkennenden Menschenbruder zu und sieht in ihm, wie ich dir schon sagte, seinen göttlichen Helfer.

Jeder Stein, jeder Grashalm muss über den Menschen gehen.

Die Gottesfunken der Steine glühen nun durch viele Jahrhunderttausende in ihren Gehäusen. Und jeder Stein nimmt in dieser langen Zeit durch den in ihm wohnenden Funken allmählich alle Erfahrungen seiner Umwelt auf. Er fühlt, wie die Gluten der

Sonne auf ihm brüten und in sein Inneres drängen. Ungezählte Jahrtausende gehen dahin, bis er sich dessen bewusst wird, was die Wärme des Sommers vermag. Wie sie die Moleküle dehnt und lockert und in das Herz der Atome dringt. Und abermals dauert es viele Jahrhunderte, bis er erfahren und beobachtet hat, wie die grimme Kälte des Winters auf die winzigsten Bruchteile seines Körpers wirkt, wie sie dieselben erstarrt und zusammenzieht. Und allmählich wird ihm klar, welche Rolle das Wasser in seinem Leben spielt und wie dieses und die Schwester Pflanze ihm zum liebevollen Befreier aus seiner Gebundenheit werden.

Der göttliche Gedanke, der in diesen vielen zu einer Steingruppenseele gehörenden Gottesfunken lebt, steigert sich immer mehr zum Bewusstsein und gibt ihnen die strebende Kraft, nach oben zu gehen.

Da aber die einzelnen Gottesfunken keine Persönlichkeit sind, sondern von ihrer Gruppenseele geleitet werden und wissen, dass sie allein nicht aufwärts kommen können, trachten sie einen Gottesfunken herauszuheben, der ihr Lehrer und Helfer werden soll. Sie strömen deshalb ihre Lebenskraft und all ihre Liebe und Sehnsucht in ihn, und dieser eine Gottesfunke nimmt sozusagen die Wesenheit all seiner Brüder in sich auf.

Das ist das Geheimnis, weshalb du bei Kristalldrusen stets einzelne Kristalle findest, welche rascher wachsen als die andern, und warum unter ihnen immer ein Kristall ist, das an Größe und Schönheit alle anderen übertrifft.

In diesem einen, durch die Kraft der Liebe zur höchsten Entwicklung gebrachten Kristall, das die Individualität der ganzen Gruppenseelengemeinschaft an sich genommen hat, vollzieht sich das hohe, heilige Mysterium der Überwindung der Materie, der Entfesselung des göttlichen Funkens aus den Banden des Stoffes.

In diesem höchstgeführten Gottesfunken konzentriert sich der Geist der Gruppenseele und bergen sich die ganzen Erfahrungen des Steindaseins.

Diese freigewordene Seele nimmt, wie alle Astralformen, menschenähnliche Form an und wird zum Berggeist. Dieser Berggeist, dessen irdischer Körper der Stein ist, vermag diesen ebenso zu verlassen wie das faunische Baumwesen den Baum.

Dieser Berggeist ist nun, dem Gesetz entsprechend, gezwungen, so wie er durch die Liebe seiner Brüder zur vollen Ichheit gelangt ist, seine zurückgebliebenen Brüder durch sein Wissen und seine Kraft ebenfalls zum Höchsten zu führen und ihre Gottesfunken auch aus den Banden der Materie zu erlösen.

Denn keine irdische Erscheinungsform vermag auf anderem Wege in die nächsthöhere überzutreten, als auf jenem über die Astralform.

Es kann kein Stein Pflanze werden, ich meine selbstverständlich das Wahre am Steine: das Göttliche in ihm, ohne das Astralreich zu durchschreiten.

Der Übergang eines Reiches in das nächsthöhere ist nur geistig-astral möglich.

Und ganz besonders diese von ihren Brüdern herausgehobenen Astralwesen des Stein-, Pflanzen- und Tierreiches sind es, die den Menschen immer zudrängen und die reinen und guten Menschen stets umgeben.

Denn sie sehen, wie ich schon öfter sagte, im Menschen den Mittler zu Gott, zu dem alles will und muss, und drängen deshalb innig zum großen Bruder, von dem heißen Wunsche erfüllt, durch ihn erlöst zu werden.

Der Berggeist zieht im Laufe unendlicher Zeit die Gottesfunken seiner Gemeinschaft immer mehr in sich, bis er sie in einer Millionen von Jahren währenden Entwicklung voll aufgesogen hat.

Nun ist der erste Teil des Weltwanderungsweges überwunden und die Steingottesfunken können nun durch den Berggeist übertreten in das Reich der Pflanzen.

Und dieses Mysterium des Eingehens des Berggeistes in das Reich der Pflanze ist so schön und lieblich, dass es dein Herz entzücken wird. Es ist wie holde Zauberei. Und der weise Berggeist folgt freudig dem Gesetz, obwohl er weiß, dass ihn der Eintritt in dieses höhere Reich und die Wiedergeburt in der Pflanzenwelt ebenso zum unmündigen Wesen macht, wie den sich in einem Mutterleib wiedergebärenden Menschengeist. Und dass seiner erneut der Kampf der Aufwärtsentwicklung aus der Gebundenheit in die Freiheit harrt.

In gespannter Aufmerksamkeit betrachtet der Berggeist die Pflanze, wenn ihre Knospe sich anschickt; sich zur Blüte zu entfalten. Er weiß, dass nun seine große, heiß erstrebte Stunde nahe ist: Die Stunde des Eintrittes in das höhere Reich, des freudigen Aufgebens seiner bewussten Ichheit. Und dann kommt die Stunde, in der die blühende Blume unter der Gewalt des Sonnengottes das heilige Fest des ewigen Lebens begeht. Und siehe, in dem Augenblick, wo der Pollen des männlichen Staubgefäßes die weibliche Narbe berührt, sich mit dem Fruchtknoten vereinigt und sich die Befruchtung vollzieht, wird der hingebungsvoll harrende Berggeist durch ein Schwingungsgesetz gezwungen, sich in diesen Lebenstabernakel zu senken. Restlos ist dann seine Ichheit vergessen in der neuen Kindschaft als Gottesfunke der blühenden Pflanze.

Und der Berggeist ist nun zum Beispiel zum Gottesfunken einer Arnika geworden.

Der in das Pflanzenreich eingetretene Berggeist lernt nun unter der Führung des Gruppengeistes der betreffenden Pflanzenart das ungeheure alchemistische Können, Erde und Wasser in das Lebenselixier des Saftes, des geheimnisvollen Baustoffes der Pflanze, umzusetzen. Und mit den Blättern das Licht der Sonne und das in diesem Lichte befindliche Prana: die Lebenskraft des Alls, den Atem Gottes, einzusaugen und die magnetischen Kräfte des Mondes in sich aufzuspeichern. Er lernt die vollendete technische Meisterschaft, wie man das unvergleichliche Wunderwerk seines Lebensdomes baut und ihn vor Trockenheit und Sturm feit. War er bisher Architekt, Physiker und Chemiker, so wird er bei der Gestaltung der Blüte zum Künstler, der lernt, wie man die Farben macht und mischt und mit ihnen die hinreißendsten Kunstwerke pinselt. Er lernt, wie man in diesen Blütenwundern den Honigseim bereitet, um die Insekten für den schwierigen Vorgang der Befruchtung zu gewinnen. Und er wird in vielen Früchten zu einem so vollendeten Kellermeister, dass er jeden menschlichen Winzer in den Schatten stellt.

Tausendfältig sind die Aufgaben, die der Gruppengeist, der das ewige Urwissen der Monade in sich trägt, den Gottesfunken lehrt, um das Verhältnis zwischen Stein- und Tierreich und den vier Elementen zu erfahren und die für das eigene Reich der Pflanzen notwendigen Kenntnisse zu erwerben.

Denn auch bei den Pflanzen ist es nicht anders als bei den Steinen: Tausend Arnikastöcke sind nicht tausend Individuen, sondern nur ein Individuum, nämlich die Verkörperung der Gruppenseele.

Und genauso wie bei den Steinen – der Sinn des Lebens ist ja in allen Formen der Natur, ob sie groß oder klein sind, noch so entwickelt oder unentwickelt scheinen, stets der gleiche – drängt und führt nun die wissende Gruppenseele die Gottesfunken der Arnikablumen zur Entwicklung.

Wissend, dass jede einzelne Pflanze, also jeder einzelne Gottesfunke, zu schwach ist, um das Ziel der Befreiung zu erringen, strömen auch sie alle, wie beim Steinreich, ihre Kräfte auf eine bestimmte Schwester, so dass deren Lebenskraft äußerst gesteigert wird. Zärtlich umhegt und umwebt diese Herausgehobene und Erwählte bei Tag und Nacht ihre sich freudig opfernden Schwestern und zieht dabei immer mehr die Gesamtseele in sich. So wird dieser herausgehobene Gottesfunke allmählich zur starken, bewussten Individualseele.

Dem Wachsen der inneren geistigen Kräfte entsprechend, ändert sich auch der äußere, sichtbare Ausdruck dieser Arnikapflanze. Sie ist weit stattlicher geworden als all ihre tausend Geschwister, und ihre Blütenscheiben sind wesentlich größer.

Doch was das Seltsame ist: Dem aufmerksamen Wanderer, der über die Arnikaalmwiese streift, mag es begegnen, dass er plötzlich vor einer Blüte steht, die ihm nicht nur wegen ihrer auffallenden Größe, sondern vor allem wegen ihrer seltsamen Färbung auffällt. Das blendende Gold ist einem Mattgelb gewichen, das nahezu ein Weiß ist.

Sinnend betrachtet er die sonderbare Pflanze inmitten ihrer goldstrahlenden Schwestern, doch er vermag sich das Seltsame nicht zu erklären. Wohl steigt ihm vielleicht die Erinnerung auf, ähnliche weiße Blütenwunder auch schon bei anderen Pflanzen gefunden zu haben, doch da er hierfür keine Lösung kennt, geht er ruhig weiter, ohne zu ahnen, dass er an einer Elfenwiege gestanden.

Denn du musst wissen, die Gottesfunken einer Gruppenseelengemeinschaft sind nicht nur bestrebt, eine Schwester von ihnen zum Höchsten zu führen, sondern sie trachten auch in ihr jene Farbe zu entwickeln, die über allen Blumenfarben steht, und diese höchste, edelste Farbe, der sie alle zustreben, ist die Farbe des Lichtes der Sonne, die ihr lebenspendender Gott ist, also weiß.

In dieser weißblühenden Arnikaschwester erfüllt sich in einer klaren Mondnacht das große Mysterium des bewussten Erwachens ihrer Seele und der damit verbundenen Befreiung aus der Materie.

Ebenso aber haben sich alle anderen Blumenarten bemüht, ihren Elf zu erringen, und so entsteigen ihnen im magischen Lichte des Mondes die holdesten Astralwesen, kaum die Länge einer Fingerspanne überragend. Sitzen mit unaussprechlicher Anmut, die nur jenen feinstofflichen, schwebenden Wesen eigen ist, auf wiegendem Blatt und duftender Blüte, schweben mit himmlischer Anmut, gegen die das heiterste Gaukeln der Schmetterlinge ein grobes Fliegen ist, von Kelch zu Kelch oder vereinen sich untereinander zu Reigentänzen von überirdischer Schönheit.

Doch nur wenige Stunden sind diesem seligen Genießen ihres Seins geweiht, zu groß sind ihre Aufgaben. Denn außer der Befreiung ihrer Schwestern ist ihnen die Sorge um die ganze Pflege und das Wohlergehen ihrer Art auferlegt. Sie haben vor allem zu wachen, dass sich ihr Geschlecht richtig fortpflanzt, sie lehren die Blumen ihr Heiligstes vor dem Regen schützen, damit der Pollen nicht verderbe, sie helfen den Berggeistern, in das Pflanzenreich überzugehen, und ihnen obliegt neben unzähligen anderen Dingen die Aufgabe, die Pflanzen vor dem Zugrundegehen zu bewahren.

Denn der Elf ist der Träger des chemischen Gedankens in der Erde."

„Der Träger des chemischen Gedankens?", fragte Beatus. „Was soll ich mir darunter vorstellen?"

„Nehmen wir an, die Blume braucht zum Beispiel dringend Kohlenstoff, also mehr Wärme. So wird der Elf trachten, die Organe oder die Retorten in der Pflanze zu bearbeiten, die den Kohlenstoff in der Erde aufsaugen. Oder, damit du dies besser verstehst: Angenommen, auf der Bergwiese, wo unsere tausend Arnikastöcke stehen, die eine Gruppenseelengemeinschaft bilden, wachsen zweihundert Schwestern in einer Mulde, die zufolge anhaltenden Regens übermäßig mit Wasser durchtränkt ist. Plötzlich sieht der Arnikaelf, dass die Erde wegen der Übersättigung mit Wasser keinen Stickstoff mehr aufzunehmen vermag, den die Pflanzen nötig brauchen. Alsogleich geht der Elf auf ganz wundersame Art daran, den zweihundert kämpfenden Schwestern zu helfen. Er zwingt sämtliche Würmer des Umkreises durch seinen Willen, nach dieser Mulde sich zu begeben und dort die Erde von unten nach oben gehörig zu durchwühlen, dadurch die nötigen Kapillarröhrchen schaffend, durch welche die Luft eindringen und der Stickstoff sich binden kann.

Die Würmer jedoch haben nicht im Leisesten geahnt, dass sie nicht ihrem eigenen Wunsche, sondern dem Willen eines hoch über ihnen stehenden Geistes gefolgt sind."

Staunend legte Beatus seine Hände ineinander. In erregten Worten gab er seinen Gefühlen über das Gehörte Ausdruck.

„Ja, bedenke, in der Natur ist alles bewusste Tätigkeit! In der ganzen Gotteswelt gibt es nirgends unbedachte Sinnlosigkeit! Und mag uns das Tun manches Geschöpfes noch so zwecklos erscheinen, es steckt immer wieder irgendwo eine leitende Macht dahinter, die ein klares Wollen im Auge hat! Ob Wurm, ob Mensch, über beiden stehen höhere Wesen, deren Absichten und Wünschen alles zu dienen hat."

Einen Augenblick war Stille; dann schleuderte es Beatus förmlich die Frage heraus:

„Auch über dem Menschen stehen höhere Wesen? Auch er wird geleitet? Ja, ist denn der Mensch dann noch frei?

Kann dann noch von Willensfreiheit gesprochen werden?"

„Frei, ganz frei auf Erden ist kein Geschöpf, Beatus! Alle Entwicklung ist der sinnvolle Weg weiser Vorsehung und du kannst dich im Gegenteil glücklich preisen, von Wesen, die höher über dem Menschen stehen, als dieser über dem Regenwurm, geführt zu werden und ihnen dienen zu dürfen! Du hast nur eine Pflicht, rein und gut zu leben, damit du es diesen Dienern Gottes möglich machst, dich führen und dir aufwärts helfen zu können, wie der Elf seinen Geschwistern hilft.

Doch auch der Elf jeder Gruppenseele weiß, dass ihm viele Geheimnisse der Mutter Natur unergründbar sind, deshalb schließen sich ihrerseits die Arnikaelfen wieder untereinander zusammen und heben einen von ihnen durch die Ströme ihrer Liebe hoch über sich empor in noch geistigere Höhen. Und dieser höchstgehobene Elf, dessen Seele weiter über und tiefer in die geheimen Zusammenhänge des Lebens zu schauen vermag, wird nun der Lehrer der Elfen, ebenso wie diese die Lehrer der Gottesfunken der Blumen sind.

Doch auch über die Elfen kommt, wie bei den Berggeistern, die Zeit, in der das Gesetz des heiligen Kreislaufs des Lebens sich an ihnen erfüllt und sie über die Grenze ihres Reiches in jenes der Tierwelt eintreten dürfen. In der sie das Schwingungsgesetz der Aufwärtsentwicklung erfasst und über die Brücke des Vergessens ins Reich des nächsthöheren Seins führt.

Und auch hier im Tierreich ist es wie in der Pflanzenwelt.

Im Augenblick, da zwei Tiere einer Gattung sich vereinigen und der männliche Same das weibliche Ei durchdringt, in diesem Augenblick wird der Elf in das befruchtete Ei gerissen. Wohl verliert er, ähnlich dem Berggeist, seine Elfenwesenheit, aber er löst sich nicht auf in der Seele des Muttertieres, sondern wird zum Gottesfunken des heranwachsenden Jungtieres im Mutterleib. Und glüht sodann im Leibe eines schillernden Käfers oder eines bunten Waldvogels.

Und der gewesene Elf sammelt nun als junger Tier-Gottesfunke ebenfalls unter der Führung des Gruppengeistes seiner Art seine Erfahrungen im Leibe des Käfers, Vogels oder eines friedlichen Rehes und lernt nun kennen, wie das Tier sich mit Erde, Wasser, Luft und Feuer, mit Sonnenbrand und Winterkälte auseinandersetzen muss, um sein Leben behaupten zu können. Welche Nahrung es aus dem Pflanzen- und Tierreich braucht und was es unbedingt zu meiden hat.

Der einstige Elf lernt nun als Gottesfunken im Tier die ständige Erhaltung des wichtigsten Geschenkes, das ihm Mutter Natur gegeben hat: des Urgefühls, dem die Menschen in ihrer Hilflosigkeit den Namen Instinkt gegeben haben, durch das es mit allen Reichen verkehren und sie erwittern kann. Er lernt alles für die Erhaltung seiner Art Notwendige: sei es der Nestbau, die zweckmäßige Einsenkung der sich selbst überlassenen Eier bei den Insekten, der Schutz der Brut, oder die Schlauheit des Angriffes, die List des Verbergens und die Entziehung bei bedrohlichen Nachstellungen."

Beatus blickte mit staunendem Kopfschütteln seinen Meister groß an:

„Mein Gott, wie weise und schön ist der Weg des Lebens durch die Gehäuse des Irdischen!"

„Ja, mein Sohn, so schön die Welt der Maja auch ist, so ist sie doch nur das Gefäß des ewigen Lebens, in dem sich das Gewaltige, das heiße Aufwärtsdrängen der Gottesfunken, vollzieht. Wer nur an die Maja glaubt, wen beim andächtigen Betrachten der erhabenen Wunder kein tiefer Schauer überläuft, der kommt nie hinter den Sinn des Lebens, der wird nie das Weben der Gottheit ergründen, denn dieses ist ewig ein geistiges!"

Hier schwieg der Wunderapostel längere Zeit.

Plötzlich sagte Beatus: „Was ist das für ein merkwürdig kühler Hauch, der mich umweht! Es regt sich doch nicht das leiseste Lüftchen!"

„Es sind die unsichtbaren Wesen, von denen ich dir erzählt habe", erwiderte der Wunderapostel mit dunkler Stimme.

„Sind denn die unsichtbaren Wesen so nahe bei uns?"

„Was dich eben umweht hat, ist ein weises Elementarwesen, das schon über tausend Jahre alt ist. Es ist der Führer der unsichtbaren Wesen dieser schweigsamen Hochfläche. Als wir vorgestern hier ankamen – du musst wissen, dass es sich mit großer Freude viel in der Nähe unseres gemeinsamen Freundes aufhält – hat es mich gegrüßt und ... "

„Bruder, sage nicht so", fiel hier der alte, schweigsame Schäfer ein. „Das tausendjährige Wesen hat dir in tiefster Ehrfurcht gehuldigt, denn es hat in dir den höchsten Meister erkannt! Es ist in der Nacht ein großer Aufruhr gewesen. Denn von weit her hat es die Wesen gerufen und von der ganzen Alb sind sie herangeeilt und haben dir gehuldigt und sind die ganze Nacht nicht von deinem Lager gewichen; du hast viel Arbeit gehabt und Liebesmüh! Ganz hell ist es in der Hürde gewesen und die Schafe haben es gespürt, denn sie sind sehr lebhaft und unruhig geworden."

Beatus: „Die Schafe haben es gefühlt und ich habe geschlafen und nichts gespürt! Oh, enggefangener Menschengeist!"

Der Wunderapostel hob abwehrend die Hand.

Doch der schlohweiße Schäfer, der sonst ein so großer Schweiger war, redete eifrig weiter:

„Und eben zuvor, ehe du zu reden begonnen hast, hat es dich ehrfürchtig gefragt und gebeten, ob es die Brüder alle, die es hier heroben zu führen und zu belehren hat, wieder holen dürfe, damit der große Meister sie segne und sie durch deine Liebe und Hilfe aufwärtskämen. Und nun wimmelt es seit Stunden vor uns über dem Rasen, mehr wie von Sternen oben am Himmel. Und immer noch kommen neue Wesen an, vom Neckartal herauf und aus dem Donauland. Ich glaube fast sogar vom Bodensee!"

Mit weitgeöffneten Augen starrte Beatus eine Weile vor sich über die Rasenfläche, dann sprach er betrübt:

„So viel Liebe habe ich im Herzen für alle Geschöpfe und kann doch kein einziges dieser Wesen sehen! Was muss es für ein Glück sein, diese reinen, lichten Geschöpfe schauen und bewusst mit ihnen leben zu können!"

„Du wirst sie sehen, Beatus! Einst wird die Zeit kommen, wo du alles sehen wirst, und dir nichts mehr verborgen sein wird. Bis dahin gedulde dich! Du musst noch vieles lernen und musst dich dafür erst schulen und wappnen, denn nicht alles ist lieblich, was dein inneres Auge einst schauen wird. Die Welt der feinstofflichen Wesen birgt Geschöpfe von so grauenhafter Furchtbarkeit und markerstarrender Abscheulichkeit, dass dich ihr Anblick in Wahnsinn versetzen würde, wenn du dich von ihnen nicht befreien oder sie nicht zu bannen vermöchtest."

„So ist die Welt der Astralwesen also nicht eine Welt des Himmelszaubers?"

„Doch, sie ist von einer Schönheit und Lieblichkeit, dass darob die Engel des Himmels jauchzen, aber sie ist auch eine Welt des Grausens, der scheußlichsten Ausgeburten der Hölle! Gut und böse ist in ihr in weit stärkerem Maße gemischt wie unter den sichtbaren Formen, und einen ganz schwachen Begriff davon geben dir die Bilder der mittelalterlichen Maler, in denen sie die Versuchungen der Heiligen und Eremiten darstellen."

Auf Beatus' Gesicht hatte sich tiefer Ernst gelegt.

„Ich habe gedacht, die Welt der astralen Wesen hätte nur Licht."

„Das soll dich nicht traurig machen, mein lieber Sohn! Denn nur der Gegensatz schafft das Maß der Dinge! So wie wir uns nicht des Tages bewusst und uns seiner freuen würden, wenn es die Nacht nicht gäbe, so würde uns das Schöne und Gute nicht zum Quell der Glückseligkeit, wenn es das Hässliche und Dämonische nicht gäbe!

Für Gott, für den es die Begriffe Schön und Hässlich ebenso wenig gibt, wie Zeit und Ewigkeit, gibt es auch nicht die Begriffe Gut und Böse. Von Ihm gesehen ist alles immer nur eines: das Göttlichgeistige auf dem Wege zu Ihm. Denn Er steht über den Dingen. Wir Menschen aber, die wir zwischen den Dingen stehen und uns erst über sie hinausringen müssen, werden von ihren Wirkungen noch berührt und beeinflusst und haben mit ihnen zu kämpfen. Um uns aufwärts ringen zu können ins Lichte, hat Gott die Welten des Finsteren geschaffen, damit wir sie scheuen und durch die Überwindung ihrer Versuchungen und Schrecknisse die innere Freiheit erlangen.

Doch merke dir heute schon das eine: Je heller das Licht ist, umso stärker und finsterer der Schatten. Untrennbar gehört beides zusammen – ein göttliches Gesetz! Und dieses Gesetz erfüllt die ganzen Räume der Welten bis zu Gott hinauf! Je heller und reiner, je lichter die Wesen werden, umso dunkler und böser werden ihre Gegenpole. Ihr habt in eurer Religion die zwei bittersten Gegenspieler gezeichnet in Christus und Luzifer. Ihn sollen die Menschen fürchten, ihn sollen sie zitternd meiden, doch ihn sollen sie ebenso segnen wie Gott, denn nur durch sein Dasein ist es den lichtzustrebenden Seelen möglich, Gott und ihr Ziel zu erkennen. So befremdend dir dies klingen mag, so wahr ist es: Der Satan ist der hingebendste Diener und Prediger Gottes! Kein Engel, und mag sein Glanz noch so himmlisch sein, vermag einer Seele, die innerlich selber licht geworden ist, Gottes Herrlichkeit so übermächtig zu predigen, wie das Grausen des Dämons. Wer dies einmal erkannt hat, der segnet den Finsteren ob des heiligen Dienstes, den er zu erfüllen hat: die Prüfung und Läuterung der Herzen! Er ist der Pförtner zur Gottheit, denn kein Wesen vermag einzugehen in den Schoß des Ewigen, das nicht sieghaft durch das Land der Finsternis geschritten ist! Denn nur über den Satan geht der Weg zu Gott."

Und nach einer kleinen Pause:

„Nun aber lass uns weiter den Weg des Gottesfunkens verfolgen! Ebenso wie bei Stein und Pflanze ist es nun auch bei den Tieren.

Auch die Tiere heben einen Bruder innerhalb ihrer Gruppenseelen- oder Lebensgemeinschaft heraus, nur wird uns das nimmer so sichtbar wie bei den Pflanzen. Nur bei einer Tierart erlebt dies der Mensch deutlich, ohne sich des wahren Grundes bewusst zu werden: bei den Bienen! Denn hältst du es aus dem bereits Gesagten noch möglich, dass eine gewöhnliche Arbeitsbiene bloß dadurch zur Königin zu werden und der wunderbare Umbau ihres Leibes und Wesens bloß dadurch vor sich zu gehen vermag, weil ihr die anderen Schwestern besseres Futter geben oder die Zellen größer bauen? Menschenwahn ist dies, wie so vieles, weil der Mensch die Ursache in der Macht des hilflosen Stoffes statt in der göttlichen Gewalt des unvergänglichen Geistes sucht! Und wieder sage ich es, weil es nicht genug betont werden kann: Es gibt nur ein Wahres und das ist der Geist! Und es gibt nur ein Leben, das ist das Leben des Geistes! Und alles Sichtbare ist bloß ein Spiegelbild dieser inneren Wahrheit!

Diese Herauskristallisierung eines bestimmten Gottesfunkens durch alle anderen innerhalb der Gruppenseelengemeinschaft wird bei den Tieren Elementarwesen genannt.

Dieselben verhalten sich in allen Dingen ebenso wie die Astralwesen aller anderen Reiche.

Doch je höher das Reich, umso länger währt die Lebens- und Lehrzeit eines Astralgeschöpfes, denn umso größer ist der Kreis seiner Erfahrungen.

Das astrale Tierwesen, das der Lehrer und Führer der Geschöpfe auf der Rauen Alb hier heroben ist, wirkt schon über tausend Jahre in seiner Form und es hat nur mehr den einen Gedanken: eingehen zu dürfen ins Menschenreich."

„Darf ich dich hier noch einmal fragen, obwohl du es schon angedeutet hast und es deine ganzen Ausführungen ja zwingend darlegen, dass es also Menschenwahn ist zu behaupten, die Körper der einzelnen Reiche könnten durch Deszendenz oder Abstammung ineinander übergehen?"

„Ja, es ist einer der größten Irrtümer der Menschheit! Keine Form auf Erden vermag je in die andere überzugehen. Niemals kann das Tier Mensch werden, ebenso wenig wie je ein Stein ein Grashalm werden kann! Denn die Körper sind nicht der Herr, das Wesen, das Wahre! Sie sind nur Schein, die Schale, Hülle, das Gefäß des Wahren, Wirklichen: der Gottesfunken!

Wohl aber vermag die Seele des Steines, der zum Berggeist emporgehobene Gottesfunke, ins Seelenreich der Pflanze überzugehen.

Es wäre eine vollständige Verkennung der Schöpfungsgesetze zu glauben, ein physischer Tierleib könne sich je in einen Menschenleib verwandelt haben! Die Wahrheit der Dinge ist Geist und der Weg zur Aufwärtsentwicklung führt, wie ich dir zur Genüge gezeigt habe, nur über das Geistige. Nur im Geistigen vollzieht sich diese ewige Weltwanderung von einer Stufe zur anderen.

Der Gottesfunke, der sich aus dem Stein durch den Berggeist ins Pflanzenreich und aus diesem durch den Elf ins Tierreich emporgeschwungen oder entwickelt hat, steht nun schließlich vor dem Tor des Menschenreiches.

Von jeher hat der Gottesfunke, dieser gebundene, in den Unschuldstälern der Unmündigkeit lebende und sich darum in der vollen Kindschaft Gottes befindliche Geist, im Menschen seinen Erlöser gesehen!"

„Und was geschieht nun?" Heftig entfuhr es Beatus, von

einer aufregenden Ahnung wie von einem heftigen Wetterleuchten durchflammt.

„Das Elementarwesen, das die vielen Gottesfunken seiner Gruppenseelengemeinschaft in sich gezogen hat, will und muss, dem Gesetz der Fortentwicklung und Vervollkommnung entsprechend, weiter auf seiner Bahn und harrt auf seine Stunde. Es sieht nur einen Weg: den Menschen; und so ist seine ganze Aufmerksamkeit auf diesen gerichtet.

Und nun geschieht ganz dasselbe, was dir schon aus dem Pflanzen- und Tierreich bekannt ist.

In dem Augenblick, da ein Menschenpaar sich körperlich vereint und der männliche Same in das weibliche Ei eindringt, wird die Tierseele zufolge des großen Gesetzes, das über allem Leben steht, in dieses Ei hineingerissen und ist nun der Geist des befruchteten Eies, des heranwachsenden Embryos, des jungen, kommenden Menschen.

Das Gewaltige ist geschehen: Die Tierseele ist hinübergetreten in das Reich der Menschen. Der bis dahin in den drei Reichen unmündig gewesene Gottesfunke steht nun im Reich der bewussten Individualität!

Doch das Geheimnis dessen, was geschieht, ist noch viel tiefer! Denn das Reich des Menschen ist mehr als eine weitere Stufe der bisherigen Entwicklung. Es ist das große Durchgangstor in die Freiheit der vollen Bewusstseinserlangung. Es ist der magische Schmelztiegel der Großen Verwandlung!

In diesem Reich befindet sich der Gottesfunke zufolge seiner gänzlichen Gelöstheit von der Gruppenseelenführung im Zustand erhöhten Bewusstsein und ist zur Eigenseele erhoben.

Stufe um Stufe steigt er langsam immer höher und bewusster den Weg der vollen Verpersönlichung und bewussten Vergeistigung empor.

Da dieser Menschenweg alle Phasen vom materiell gebundenen Wahnwähnen bis zum kosmisch freien Gottgeistwissen umfasst, ist es selbstverständlich, dass das Elementarwesen nicht nach seinem Belieben in jedes befruchtete Ei einfahren kann!

Dieses noch völlig in der Unmündigkeit und stofflichen Gebundenheit befindliche Elementarwesen kann sich nur einem Menschenpaar nähern, das sich auf seinem Entwicklungsweg noch nicht in den lichtdurchflossenen Bezirken kosmischer Erkenntnis und All-Liebe befindet, sondern in den Bezirken stofflicher Gefangenheit, also im Reiche des Wahns. Denn dieses unschuldige Kind geistiger Gebundenheit kann nicht sofort in die Sphäre geistiger Freiheit, oder, anders gesagt: Das Kind des dämmerigen Schlafes kann nicht sofort in das lichte Reich des Wachseins treten.

Der gebundene Gottesfunke muss zum gebundenen Menschen sich gesellen. Diese Sphäre zieht ihn an. Zu ihr wird er von dem unbestechlichen Gesetz geführt.

Und da das Elementarwesen aus dem Reich der Tierwelt kommt, so benimmt es sich als erstmaliger Menschen-Gottesfunke auch ‚tierisch'. Er hat, ebenso wie Millionen Menschen, noch nicht die leiseste Ahnung von der Wahrheit des Lebens, weiß nichts von Gott und Unsterblichkeit, von Schuld, Karma, den hohen Sittengesetzen und von Selbstüberwindung, von All-Liebe und bewusster, brennender Heimkehr in die lichte, geistige Urheimat. Er kennt nur sich, lebt nur sich und benimmt sich so recht wie ein Kind Luzifers. Er ist blutdürstig, mordlüstern, hartherzig, mitleidlos, brutal, gierig, tückisch, listig, kurz, er ist ‚tierisch'.

Wenn dir ein solcher Mensch begegnet, der der Schrecken und Abscheu der anderen Menschen ist, dann weißt du, was mit diesem Menschen los ist. Er ist noch eine ganz junge Menschenseele oder vielleicht ein eben erst ins Menschenreich herübergetretenes tierisches Elementarwesen, das sich im neuen Lebensbezirk noch nicht zurechtfindet.

Du siehst also, wie verkehrt es ist, diese ‚jungen' Menschen einzukerkern und zu töten. Man müsste sie in eigenen Landgebieten mit doppelter und dreifacher Liebe, Geduld und Wachsamkeit behandeln, müsste sie aufs Sorgfältigste lehren, führen, erziehen und ihnen helfen, sich im Neuen Reich zurechtzufinden. Doch da die Menschheit nicht mehr kosmischgeistig zu denken und zu schauen vermag, so muss dieser junge, vom Tierreich noch schwer beschattete Menschen-Gottesfunke durch Kerker und Tod. Statt dass er die Schule der Lösung und Verwandlung hier auf Erden erlebte, muss er sie im Jenseits durchmachen!"

„Das alles ist tief erschütternd", warf hier Beatus ganz benommen ein, „aber, um auf die Eingeburt des Elementarwesens ins Menschenreich zurückzukommen, so habe ich selbst erfahren und es auch gehört, dass verbrecherische Menschen durchaus nicht nur in primitiven Kreisen in Erscheinung treten, sondern häufig der unfassbare Kummer gebildeter, höchst ehrbarer und bekannt guter Menschen sind! Wie lässt sich das nur erklären?"

„Das ist vollkommen richtig und ist doch ein Trugschluss dabei! Gebildet, vornehmes Haus, ja selbst gut ist zuwenig für den wahren Stand des Menschen. Das wahre Menschsein beginnt erst bei der Reinheit! Denn wer zu Gott vorgedrungen ist, der weiß, dass Gott die vollkommene Reinheit ist und vor Gott nur Reinheit bestehen kann. Denn die Reinheit ist der Urboden aller Tugenden und der ganzen Schöpfung. Und der Betrachter kommt zu der Erkenntnis, dass die Ehe nicht nur, wie die Menschen so häufig glauben, aus der Liebe bestehen soll, sondern dass die Liebe auf dem zweifachen Boden von Treue und Reinheit stehen muss.

Wenn es also vorkommt, dass das Elementarwesen des Tierreiches in ein gebildetes oder gutherziges Haus eintritt, dann muss bei diesem Menschenpaar eine Atmosphäre vorhanden sein, eine geheime, der Welt unbekannte Gegebenheit, die das Elementarwesen wittert, es anzieht und ihm die Möglichkeit gibt, sich hier zu verkörpern.

Du weißt, dass die stärkste Macht, mit der Luzifer, der Herr des Stoffes, die Menschen in seinen Bann zieht und sie an seine Stoffwelt bindet, die Leidenschaften sind.

Die gewaltigste aller Leidenschaften aber ist die Geschlechtslust!

Und hier hast du den Schlüssel zu deinem unerklärlichen Rätsel!

Du weißt, dass durch das Geschlecht alle Wesen geschaffen sind. Dass im Geschlecht der Mensch zum Leben zeugenden Gott aufrückt und das Geschlecht der heilige Tabernakel des Lebens ist.

Darum ist das Verhalten der Menschen bei ihrer geschlechtlichen Vereinigung und Zeugung von entscheidendster Bedeutung!

Der Mensch kann in dieser schöpferischen Stunde ehrfürchtiger Priester oder wilder Tempelschänder sein!

Aufmerksam hält das Elementarwesen, wenn seine Stunde gekommen ist, Ausschau, wo die Gegebenheit für seine Eingeburt in das Menschenreich sich findet.

Vermählen sich zwei Menschen aus großer Liebe, also aus innerstem Einklang, so dass diese körperliche Vereinigung gleichsam nur die Folge und der sichtbare Ausdruck ihrer innigllichsten Seelenverschmelzung ist, dann schwebt über ihnen wie eine heilige, lichte Wolke die tiefste Keuschheit und Reinheit. Sie befinden sich dadurch in der lichten Sphäre des Himmels und haben Gott zum Segner ihrer körperlichen Vereinigung und Zeugung herabgerufen. Und so ist es sonnenklar, dass dem Elementarwesen hier das Tor verschlossen ist und nur der Gottesfunke eines bereits gewesenen, guten Menschen in das befruchtete Ei Einzug halten kann.

Vereinigen sich hingegen zwei Menschen körperlich, ohne dass überhaupt die heilige Flamme brennt und die göttlichen Bezirke ihrer Seelen somit unvereint bleiben; sind sie also einzig nur vom fordernden Fleisch, vom Drang ihrer Sinnenbrunst und der Begierde nach Geschlechtslust getrieben, dann steht über diesen armen Menschen die dunkle, luziferische Wolke der Unreinheit, und ihr trüber Trauzeuge ist der Herr des Stoffes, der Herr des Dämonischen.

Von dieser Atmosphäre wird das wartende Elementarwesen angezogen und in einem solchen Ei muss es sich verkörpern.

Und nun beginnt das große Geschehen für den Gottesfunken! War er bisher auf seinem Wege durch die drei Reiche des Steines, der Pflanze und des Tieres das unmündige ‚Kind der Erde', das demütig in der Kindschaft Gottes und gänzlich unter der Führung der Gruppenseele stand, so ist er im Reich der Menschen nun in die volle, bewusste Ichheit gehoben. Dadurch hat er sich aus der schützenden Behütung begeben und steht nun allen Angriffen und Versuchungen des Herrn der Hölle gegenüber. Das ist seine Tragik und seine hohe Auszeichnung zugleich. Er muss nun im Reiche des Menschen, dem Bezirk der ‚Großen Verwandlung', sich allmählich zum klaren Bewusstsein und zur Eigenseele durchringen, muss in diesem Tempelbereich der Freiheitserringung sich mehr und mehr umschmelzen zum ‚Kind des Himmels' und in dem gewaltigen Irrgarten der Welt und des Lebens immer mehr die Selbstführung übernehmen.

Da er anfangs der gottgeistigen Welt und ihren Gesetzen gegenüber blind ist, in Schlaf, Wahn und Traum lebt und die ihn rings umgebende Stoffwelt für die einzige Wahrheit hält, so wird er dauernd von ihr verführt und gefangen. Er verstößt immer wieder gegen die wahre Welt: die Geistige Welt und ihre erhabenen, göttlichen Gesetze.

Er geht durch Irrung.

Er häuft Schuld auf sich.

Er gerät in Leid.

Er ist im vollen Sinn des Wortes der ‚Verlorene Sohn'.

Das Leid aber ist der wunderbare, gesegnete Schlüssel, der ihm allmählich das ‚Tor der Wahrheit' aufschließt! Denn das Leid erweckt den im Wahnschlaf liegenden Geist und ihre schmerzenden Feuer durchglühen die Seele.

So sammelt der göttliche Geist im Menschen im Laufe gewaltiger Zeiträume seine Erfahrungen und erlangt immer mehr sein wahres Ichbewusstsein, die Tiefe des Gemütes und die Erkenntnis Gottes, der geistigen Welt und des wahren Sinnes des Lebens.

Und so wird sein anfänglich blinder Weg mehr und mehr zum erkennenden Weg, zum ‚Königlichen Pfad'! Und je weiter er diesem Königlichen Pfad folgt, umso mehr erringt er sich das höchste und schwierigste Besitztum, das die Natur zu vergeben hat und von dem törichter Menschenwahn glaubt, dass es jedem Menschen schon von Haus aus mühelos und selbstverständlich in die Wiege gelegt wäre: – den freien Willen!

Mit diesem Augenblick aber schlägt die Große Stunde seiner Wiedergeburt, von der Christus im Nachtgespräch zu Nikodemus spricht, die Stunde der beginnenden Einswerdung mit Gott.

Der Mensch wird nun zum ‚Heimkehrenden Sohn', der, getragen von den Kräften des Gemütes, der Erkenntnis und des Willens, immer mehr ins lichte ‚Vaterhaus' zurückkehrt, indem er, dem heiligen Georg gleich, den Drachen seiner eigenen Leidenschaften, Triebe, Begierden, Lüste und Wünsche besiegt und die Versuchungen von außen bezwingt, die ihm der Herr des Stoffes, Luzifer, entgegenstellt. Er wird zum ‚Siegfried', der durch diesen Kampf und Sieg über alles erdgebundene Dämonische sich den Frieden in seiner Brust und mit Gott errungen hat.

So wird dieser Mensch, ohne dass er es selber weiß, zum Mitglied des höchsten Ordens der Erde, zum Ritter des Heiligen Grals, der Stufe um Stufe die Höhen des heiligen Montsalvat, des gesegneten Berges der inneren Freiheit, sich emporringt. Und allmählich aus dem gefallenen König Amfortas, dem Adam-Menschen, sich in den strahlenden, selbstüberwindenden Gralskönig Parzival, den Christus-Menschen, verwandelt!

Schwer ist dieser Weg.

Weit ist dieser Weg.

Doch königlich ist dieser Weg wie nichts sonst auf Erden!

So wirst du verstehen, dass der Mensch, dieses heilige, goldene Tor der Befreiung, das den Weg erschließt von der irdischen Welt in die geistige Welt, das ‚Reich Gottes', von aller Kreatur der drei Reiche unter ihm sehnsüchtig und heiß umdrängt ist und dass sie in ihm ihren Gott und Erlöser sehen!"

Am Himmel begannen die Sterne mit jener starken Kraft zu leuchten, die nur die Mitternacht kennt. Sinnend blickte der Wunderapostel in das glitzernde Lichtermeer des Firmaments.

Atemloses Schweigen war um die Hürde.

Beatus' Seele war weit, ob des Vernommenen, wie der Weltenozean. Ihm war es, als schwämme er auf den Wogen der Unendlichkeit.

Nach einer großen Pause, während der Beatus nicht nur wieder wie gestern den Atem kalter Schauer, sondern darüber hinaus deutlich ein gewaltiges Andrängen unsichtbarer Kräfte verspürte, so dass er heimlich auf das Antlitz des Schweigenden blicken musste, schloss der Wunderapostel mit den Worten:

„Dies, Beatus, ist der erste Teil des Weltwanderungsweges des Gottesfunkens.

Über den anderen Teil des Weges, welcher der Pfad der Überwindung des Leides und die ‚Wahnversiegung' genannt wird, werde ich dir ein andermal erzählen."

Sich erhebend, segnete er die unsichtbaren Wesen. Im selben Augenblick ging ein mächtiges Aufrauschen durch die vollkommen windstillen Kronen der hohen Bäume.

Feierlich durchlief es Beatus bei diesem Anblick. Und die brennende Bitte flammte aus seinem Herzen zum Himmel, der Ewige möchte ihn dereinst würdig sein lassen seines Meisters.

Auf dem Antlitz des Gewaltigen aber lag der Glanz leuchtender Liebe.

Sechzehntes Kapitel

Rüstigen Schrittes wandern der Wunderapostel und Beatus am Ufer des tiefblauen Thunersees entlang. Es ist früh am Morgen. Vom See her streicht frische Luft. Die Uferwiesen haben kurzes Gras und sind über und über mit weißen Fencheldolden bedeckt: Oktobergruß. Die Strahlen der Morgensonne brechen mit Gewalt in die schweren Nebelhauben, die auf den Gebirgen liegen, und reißen breite Löcher hinein. Flatternd quirlen die Fetzen.

Da werden noch einmal die schneebedeckten Bergriesen des Berner Oberlandes sichtbar, bei deren Anblick sie gestern in Sigriswil den ganzen Nachmittag verschwelgt. Noch einmal hemmt das gigantische Bild ihren Fuß, dann verlassen sie das Seeufer und wandern querein durch die Wiesen dem rauschenden Wasser der Kander zu.

Bedächtig steigen sie bergauf; immer neben sich das Glucksen und Schäumen des eilig talab stürmenden Baches.

Beatus ist so froh zumute wie einem hoch in Lüften schwebenden Adler. Seit jenen Dachsteintagen im Frühjahr ist sein Fuß über kein Gebirge mehr gestiegen.

Spät am Nachmittag geraten sie auf eine große, smaragdgrüne Alpwiese, die sich keilförmig in das Gehänge der schroff aufsteilenden Wände der Blümlisalp und des Breithornmassivs hineinzieht. Der Schnee auf den Häuptern der Riesen wird von der untergehenden Sonne in blendendes Gold verwandelt. Und wie geschmolzenes Gold rieselt die Quelle der Kander aus dem gelbgrünen Felstal.

Der Weg führt die Wanderer nach rechts hinüber gegen den Gemmipass, über den sie ins Rhonetal hinabsteigen wollen.

„So meinst du also wirklich, dass wir bereits in zwölf Tagen in Genua sind?“, fragt Beatus.

„Das ist das späteste“, entgegnet der Wunderapostel. „Wenn wir auf dem Sankt Bernhard droben nicht von den üblichen Rasttagen Gebrauch machen, können wir auch schon in zehn Tagen dort sein.“

„Ach Vater, ich kann dir nicht sagen, wie ich mich auf das Meer freue! Und wie reizvoll muss das Leben dort sein, nach all dem, was du mir davon erzählt hast.“

„Ja, Langeweile wirst du im Hafen von Genua wahrlich nicht kennenlernen! Da unten machen die deutschen Vagabunden das Unmöglichste möglich!“

Beatus bleibt stehen und weist mit der Hand zur Passhöhe hinauf:

„Sieh, dort sitzt ein Mensch auf der Höhe bei einem Feuer!“

„Er wird sich seine Abendsuppe kochen!“

Neugierig schreiten sie vorwärts. Kalt bläst ihnen der Wind vom Pass herunter ins Gesicht; bald haben sie den Rauch des Feuers in der Nase.

Gespannt blickt Beatus auf den Kauernden, dessen Kopf sonderbarerweise zur Hälfte hinter der Schulter versteckt ist. Was ist das für ein merkwürdiger Buckel auf der rechten Schulter des Mannes?

So kommen sie rasch näher. Wie eine Fahne treibt es den Rauch über den Hockenden. Beatus lässt kein Auge von ihm.

Nun sind sie keinen Steinwurf mehr hinter dem Fremden. Der hört sie nicht; unverwandt scheint er ins Feuer oder in seinen brodelnden Kochtopf zu starren.

Ja, aber was ist denn jetzt das? Der obere Teil des Buckels beginnt sich zu drehen und starrt mit zwei großen Lichtern auf die Herankommenden. Mit zwei leibhaftigen Augen schaut ein Baumkäuzchen von der Schulter seines Herrn auf die beiden fremden Gestalten, die ein paar Sprünge weit entfernt lautlos stehen und das heitere Bild genießen.

Beatus kann kaum mit seinem Lachen an sich halten, denn der Vogel lässt immer wieder seine Lider so urkomisch über die pechschwarzen Lichter fallen, als wollte er sagen: Ich bitte, nur ruhig weiterzugehen, denn wir sind augenblicklich durchaus nicht zu Hause und wollen unsere Suppe auch ganz für uns allein verspeisen.

Dass hier tatsächlich eine Suppe kocht, das riechen sie nun deutlich.

Da die beiden seltsamen Menschen aber keine Anstalt treffen, zu gehen, tritt der Kauz von einem Bein auf das andere und rückt einen Schritt die Schulter hinaus, als wollte er ihnen damit andeuten, was er eben gemeint habe.

Als aber auch diese deutliche Erklärung nicht verstanden zu werden scheint, stößt er einen halblauten, ärgerlichen Gurrer aus.

Dies veranlasst seinen Herrn, den Kopf zu ihm zu drehen, und deutlich vernehmen die beiden Zuschauer, wie er den Vogel mehrmals zärtlich mit dem Namen Jakerle, Jakerle lockt.

Aus der Stimme hören sie, dass der Rastende ein junger Mensch sein muss, und Beatus ist es, als sei ihm der Ton dieser Stimme bekannt.

Als der Vogel aber wieder von einem Fuß auf den andern tritt, als wollte er sagen: Aber ich bitte dich, ich kann mich jetzt mit dem besten Willen nicht umdrehen, wo ich doch die beiden Herren hier im Auge behalten muss, da wendet sich der Hockende vollends herum.

„Vögeli-Heini!“, jubelt Beatus auf.

Fassungslos, die Hände auf den Rasen gestützt, starrt der Angerufene die beiden an.

Auch bei Beatus ist der freudige Schreck nach dem Ruf, den es ihm entrissen, so groß, dass er sich erst nicht rühren kann.

Da aber rappelt sich der so unerwartet Angerufene blitzjäh in die Höhe und eilt mit weitgeöffneten Armen auf den Freund zu.

Schwankend schlägt der Baumkauz mit lebhaften Flügelschlägen, um das Gleichgewicht wiederzuerlangen, das er bei dem heftigen Ruck seines Herrn verloren hat.

Und bald sitzen sie alle drei beim Lagerfeuer und schlürfen die heiße Suppe. Und Vögeli-Heini, der zuvor ein wenig schwermütig auf windiger Passhöhe gesessen, ist ganz so, wie er in seinen besten Stunden zu sein pflegte. Vor Freude macht sein Herz wahre Bocksprünge.

Und auch der Jakerle scheint das gute Einvernehmen zu fühlen, denn er sieht ruhig und, wie es den Anschein hat, erfreut über den Gesellschaftszuwachs von der Schulter seines Herrn auf die beiden Fremden.

Frage auf Frage fliegt hin und her und bald kennt Beatus Vögeli-Heinis ganze Sommertippelei, bis auf Ort und Umstände der Gewinnung seines drolligen Weggenossen. Er hat ihn im Frühjahr im Walde gefunden, als vom Baum gefallener, hilfloser Nestling, und da das possierliche Tier in der Nacht unausbleiblich das Opfer eines Fuchses geworden wäre, hat er es adoptiert.

„Und nun scheint der Vogel entschlossen zu sein, mit mir durch die Welt zu tippeln, denn er mag nachts, wenn ich unter einem Baum penne, noch so hoch in den Ästen hocken, ich brauch morgens nur einen Pfiff hören zu lassen und schon kommt er auf meine Schulter geflogen!"

Und seinen Kopf an das weiche Gefieder des Nachtvogels pressend: „Gelt, Jakerle, wir haben tagaus, tagein alle Wegkreuze und Hauswände nach dem klingenden Ohr und dem Herz mit der Blume abgesucht und wir sind schon recht traurig gewesen!"

„Wie in aller Welt aber, Heini, kommst du nur auf den Gemmipass?"

„Weil ich nach Genua hinuntersteigen wollte!"

„Nach Genua! So willst du auch dorthin?"

„Jawohl! Das heißt, jetzt ist es mir einerlei, wo es hingeht! Nach Genua hab ich bloß wollen, weil etwas in mir gesagt hat, ich müsst euch dort finden! Und jetzt müssen wir uns ausgerechnet in einer Höhe von über zweitausend Metern im Berner Oberland treffen! Ist das nicht seltsam?“

Die beiden Freunde werden in ihrer Freude weder die merkliche Kälte noch das Einbrechen der Dunkelheit gewahr und hätten wohl die halbe Nacht verplaudert, wenn der Wunderapostel nicht zum Aufbruch gemahnt hätte.

Ein kurzes Stück unterhalb des Passes liegt der Ort Leukerbad. Dort bleiben sie über Nacht.

Dann ging es durch das Rhonetal bis Martigny. Auf dem großen Sankt Bernhard machten sie im Kloster von dem Herbergsrecht Gebrauch und verweilten zwei Tage.

Genau sieben Tage später standen sie am südlichsten Abhang des Ligurischen Apennin, unvermittelt das weite, weite Meer vor ihren Augen. So überwältigend war der Anblick der endlos blauen, in den Abendhimmel sich verlierenden, sanft bewegten Irisfläche, dass die drei Wanderer in einen Ausruf des Entzückens ausbrachen.

Quer über die unübersehbare Wasserfläche schob sich ein breiter, goldener Keil.

Ihr Winterquartier war erreicht! Zu ihren Füßen lag Genua, die stolze Hafenstadt, genannt die Prächtige.

Trunken vor Freude umspannten sie das göttliche Bild.

Da unten waren Sonne und Wärme! Lebensseligkeit!

Evviva la vita!

Evviva Genova, la Superba!

*

Es ist ein halbes Jahr später.

Tief in Gedanken versunken tritt Beatus Klingohr aus dem Hauptpostamt in der Altstadt. Ein glutend heißer Apriltag brütet in den Straßen Genuas. Er merkt es nicht. Den Kopf gesenkt, geht er langsam durch die Via Carlo Felice, in der Hand einen Brief haltend.

Auf der weiten Piazza Fontane Morose bleibt er plötzlich mitten im lärmenden Gewirr der Menschen stehen und blickt versonnen auf den Brief. Er ist von der Fürstin Uta. Mit hungernder Sehnsucht hat er ihn erwartet, wie jedes Schreiben von ihr die Jahre hindurch, doch keiner noch hat ihn mit so starker Unruhe erfüllt wie dieser. Eine Erregung arbeitet in ihm, die bis in die Schläfen hinauf hämmert. Es ist nimmer Aufwühlung alten Leides, nicht Aufsteigen herzzerquälender Bilder aus seiner großen Glanzzeit. Nein, dies ist vorbei, besiegt und zur Ruhe gebracht durch die gewaltigen Offenbarungen der neuen Welt, die der Wunderapostel in sein wundes Herz gesenkt und die aus ihm einen neuen Menschen gemacht haben. Einen Wiedergeborenen, wie der Meister sagt. Nein, Leid ist es nicht, das seine Seele durchflutet, und dennoch ist es eine Not, die mit diesem Brief stark über ihn gekommen ist.

Not der Liebe, die nun, wo der Riegel der Qual nicht mehr vor seinem Herzen blockschwer liegt, jäh aufgelodert ist.

Hier, heute, mitten in dem ohrenbetäubenden Lärm der Straßen Genuas, wird es ihm wie eine Offenbarung bewusst, wie unsagbar sein Herz die wunderbare Frau liebt, die die schönsten Jahre seines Lebens mit ihm geteilt. Heute sieht er plötzlich, als wären schwere, trübe Schleier von seinen Augen gefallen, was ihm die Edle gegeben und wie auch sie stark und groß ihr Leid getragen haben mag, ohne dass es ihm in seiner Selbstsucht, sein Leid zu ersticken, bewusst geworden.

Heute spricht sie es aus, heute kommt zum ersten Mal die große Klage von ihren Lippen, die ihm plötzlich die Not ihrer Seele klar vor Augen stellt, jenes stille, große Duldertum, an das er all die Jahre so wenig gedacht!

Unbewusst hebt er das Blatt und beginnt mit umflorten Augen die Stelle zu lesen:

„Du wähntest durch Fliehen Dein Leid begraben zu können. Wohl, Du hast das Deine begraben. Weißt Du aber, um welchen Preis dies geschah? Weißt Du nicht, dass Du die Last auf dem Herzen eines anderen Menschen noch schwerer und drückender gemacht hast?

Du hast Erlösung gefunden. Wie danke ich dem Himmel dafür und wie segne ich Deinen herrlichen Wunderapostel! O grüße ihn von mir! Und sage ihm, dass ich ihm danke Tag um Tag! Doch Du, Beatus, mein Geliebter, willst Du mich von meinem Leid nicht erlösen?

Bald werden die Feuerlilien wieder blühen und die Geißblatthecke wird ihren süßen, betörenden Honigduft erneut in die Tage des jungen Sommers verschwenden. Und ihr Duft wird unsere Liebe suchen. Oh, weißt Du es noch, mein Geliebter!?

Siehe, mein Herz ist so schwer im Gedenken an die Zeiten, die fern sind und die mein ganzes Sein erfüllen.

Alles in mir ist Hoffen und schmerzend gespanntes Sehnen …

Schon stehen die Wiesen am Hang des Schlosses im zarten Frühlingsgrün. Wenn die ersten Rosen blühn, erwarte ich Dich."

Unverwandt blickt Beatus auf diese Zeilen. Ein tiefer Atemzug spannt seine Brust. Sorgfältig legt er den Brief zusammen und steckt ihn in die Brusttasche.

Sinnend blickt er auf das rege und bunte Leben der Piazza. Eine ganze Reihe von Pferde- und Eselgespannen poltert und rasselt über den Platz, Menschen eilen kreuz und quer, gleich aufgeschreckten Ameisen, Fruchthändler preisen schreiend ihre Ware an, Limonadeverkäufer plärren kreischend in den Strudel der Passanten hinein. Ein Trupp Matrosen von einem Oberseedampfer marschiert Arm in Arm, lachend und übermütig an Beatus vorbei. Es sind Deutsche, auf der Heimfahrt begriffen.

Doch seine Gedanken vermögen heute nichts zu erfassen. In ihm ist ein einziger verzehrender Wunsch. Eine flammende, heiße, heimwehschwere Liebessehnsucht schmerzt durch seine Brust. Er hat das Bedürfnis, mit sich ganz allein zu sein, um sich den Bildern und Gefühlen, welche der Brief so lebhaft auslöste, hingeben zu können.

Mit raschem Schritt über die Piazza gehend, wobei er beinah einen Buben umwirft, der eben vor einem Touristen seinen Purzelbaum schlägt, dabei sein: „un soldo, prego!" bettelnd, steigt er die schmalen, mit Steinplatten belegten Gässchen hinauf, die in ihrer Unregelmäßigkeit teilweise so eng sind, dass man mühelos mit ausgespannten Armen die beiderseitigen Mauern der vielstöckigen Häuser erreichen kann; gottlob, in den düsteren Gassen ist es kühl!

Steil geht der Weg den Berghang hinan, über Marmortreppen, die immer wieder die einzelnen Quergassen verbinden, häufig unter Stricken durch, die über die Straßen gespannt und malerisch mit Wäsche und bunten Tüchern behangen sind.

Weiber hocken auf den Steinstufen ihrer Haustüren, kochen im Freien oder suchen den Kopf ihrer Sprösslinge mit größter Gemütsruhe und Selbstverständlichkeit nach Läusen ab, dort und da reitet ein Schuster auf seinem Holzbock und hämmert auf seinen Schuh los, wenn er nicht gerade eine leidenschaftliche Debatte mit ein paar Frauenzimmern oder einem ganz ungeniert quer über dem Gässchen liegenden Lazzaroni führt.

Aus den unzähligen Cafes dringen Lärmen und Lachen.

Gelassen geht Beatus durch das bunte Treiben der Altstadt, das ihm in dem halben Jahre seines Aufenthaltes selbstverständlich geworden ist, dort und da angerufen und befragt, wie es ihm gehe und wo er heute seine Freunde gelassen habe. Besonders, ob der große Zauberer, der Wunderapostel, noch hier sei. Und sie fragen, ob sie noch lange bleiben oder bald wieder hinauf nach Deutschland wandern. Und sie brechen in lautes Bedauern aus, das sie mit lebhaften Gebärden begleiten, wenn Beatus ihnen sagt, ihre Tage in Genua seien gezählt.

Und es wird ihm überall dieselbe Antwort: Wiederkommen, sie müssen wiederkommen zu ihnen nach Genua! Er, Beatus, und der große Heilige und auch der andere, der Lustige, mit dem drolligen Vogel!

Und er solle dem großen Zauberer sagen, dass es dem Cosimo

wunderbar gut gehe, und die Caterina mit der Annunziata heute schon zum Segelschiffhafen hinuntergegangen sei.

Man kennt sie überall in ganz Genua, aber nicht bloß bei den Vagabunden und Lazzaronis, den Fischern, Matrosen und Handwerkern. Nicht nur in den Latterien und in den zerbröckelten Häusern der Armen! Der Ruhm des Wunderapostels ist bis in die stolzen Marmorpaläste der Via Garibaldi gedrungen. Wohl aber am besten sind sie bekannt in diesen alten, winkeligen Straßen. Häufig sind sie in dem halben Jahre durch diese Gässchen vom Hafen herauf zum Kapuzinerkloster gestiegen, um sich mit den vielen Vagabunden aus aller Herren Länder vor dem Klostertor einzufinden und die dicke Mittagssuppe in Empfang zu nehmen, welche die ehrwürdigen Brüder aus großen Kesseln ausgiebig verteilten. Sie machten von dieser Gepflogenheit der frommen Brüder hauptsächlich deswegen Gebrauch, weil das Klostertor ein noch interessanterer Treffpunkt des internationalen Vagabundentums war, als das weite Hafengebiet, in dem sich die südwärts geflohenen Zugvögel doch stark verteilten. Hier aber konnte man um die Mittagsstunde, wenn die erzenen Glocken der Kathedrale zu San Lorenzo ihre zwölf dröhnenden Schläge über die ganze Stadt sandten, die merkwürdigsten und abenteuerlichsten Gestalten in dem bunten Gewirr sehen, die man sonst ganze Tage lang nicht vor die Augen bekam.

In malerischen Gruppen lagen und standen sie im Schatten der Klosterhofbäume, schwatzend und lärmend, wie eine Schar Stare.

Und während Beatus nun zum Kloster hinaufgeht, steigen all die Gestalten vor ihm auf, die er hier gesehen. Es ist keiner darunter, den er nicht kennt, denn sie alle drängen sich um den Wunderapostel wie um ihren heimlichen König. Milchgesichter, voll unschuldiger Lebensfreude und Wanderlust, meist Deutsche; Männer mit offenen, klaren Blicken, die der unbändige Drang nach Freiheit auf den Straßen festhält, und andere darunter mit harten Köpfen und Augen scharf wie das Messer, das locker und leicht in ihrer Tasche sitzt, Und Greise hinwieder mit krummem Rücken und silbernem Bart.

Alle Sprachen schwirrten an sein Ohr, portugiesisch, schwedisch, russisch, doch eine Sprache ist immerzu die vorherrschende, das ist die deutsche! Denn keinem steckt die Wandersehnsucht so im Blut wie dem Deutschen!

Was hat er da oben vor dem Kapuzinerkloster mit dem prachtvollen Ausblick auf Stadt und Hafen für merkwürdige Menschen kennengelernt! Welch unerhörte Lebensschicksale erfahren!

Da war vor allem der alte, silberbärtige Russe, der wie ein ehrwürdiger Patriarch aussah. Der Zar hatte ihn wegen eines politischen Vergehens auf lebenslänglich nach Sibirien geschickt in die Bleigruben. Zwölf Jahre hat er dort geschmachtet, neunmal war er geflohen, zweimal bis Petersburg. Jedes Mal wieder aufgegriffen und in die grauenhafte Verbannung geschleppt, hat ihn die Sehnsucht dennoch immer wieder nach der Heimat gezogen. Das neunte Mal jedoch hat er sich durch die Mongolei bis China hinunter durchgeschlagen. Jahrelang hat er sich dort herumgetrieben, dann ist er als Heizer mit einem Überseeschiff nach Europa gefahren. Bis hierher nach Genua. Das war vor fünfzehn Jahren gewesen. Seit dieser Zeit liegt er hier im Hafen, zerfressen von Heimweh nach seinem Mütterchen Russland. Der Wunderapostel, der ein alter Freund von ihm ist und viel mit ihm spricht, hat Beatus gesagt, der alte Russe sei ein Universitätsprofessor von tiefgründigem Wissen.

Wohl eine der merkwürdigsten Gestalten aber war ein ehemaliger Benediktinermönch, der sich täglich zur Mittagssuppe bei den Kapuzinern einfand und mit seinem runden, stets säuberlich glatten Gesicht und seinen rosigen Wangen tatsächlich ganz danach aussah. Kein Mensch konnte aus ihm herausbringen, wieso er aus der Stille seiner Klosterzelle unter die Vagabunden gekommen sei. Beatus hatte ihn die ganze Zeit nie anders gesehen, als ständig unter ein und demselben Baume hockend und eifrig sein Brevier betend. Er trug stets Sandalen und einen weiten, langen Rock, den er mit einem Strick um die Mitte zusammenband und der dadurch die Ähnlichkeit mit einer Kutte bekam. Kein Mensch wusste, womit er sich fortbrachte, denn er gab sich im Hafen weder ehrlichen noch unehrlichen Geschäften hin, und wenn die andern Kunden abends noch am Hafen entlang streiften, konnte man ihn schon längst ruhig und mit dem zufriedensten Ausdruck im Gesicht in einem leise schaukelnden Kahn schlummernd finden.

Der Benediktinermönch war es auch gewesen, der ihm jenen unübertrefflichen Platz mit der gottvollen Aussicht oben am Berge hoch über der Stadt im Schatten mehrerer alter Edelkastanien gezeigt hatte, dem er nun zustrebte.

„Wohin so eilig, Beatus?“, drängte eine Stimme an sein Ohr.

Beatus' Gesicht heitert sich auf. Der gute, liebe Fra Bartolomeo! Mit zwei großen, geflochtenen Körben kommt er eben beim Tor der Klosterhofmauer heraus.

„Gott zum Gruß, ehrwürdiger Bruder!“

„Der Segen des Himmels über dich!“, erwiderte der junge Mönch, der im gleichen Alter stehen mochte, mit dem stets frohen, sonnigen Gesicht, dessen Zufriedenheit Tag um Tag jeden Schöpflöffel Suppe würzt, den er den Vagabunden aus dem großen Kessel holt. Der freundliche Bruder! Für jeden hat er ein liebes Wort und ein heiteres Sprüchlein! Und der alte, patriarchalische Russe lässt sich seine Suppe nie von einem anderen Klosterbruder eingießen, nur von dem jungen, guten Fra Bartolomeo!

Herzlich schütteln sich die beiden die Hände.

„Geht's auf den Berg hinauf, zum Aussichtsplatz?“

„Ja, Fra Bartolomeo! Ich will noch einmal so recht das herrliche Bild genießen.“

„Noch einmal? Das klingt ja, als wäre es das letzte Mal?“

„Das wird es wohl sein, Bruder! Wir ziehen nun bald wieder nordwärts."

„Das ist schade! Ich will sagen, mir ist es leid, dass wir uns dann nicht mehr sehen", verbessert der junge Klosterbruder.

„Ja, auch mir ist Genua mehr als lieb geworden, ich werde oft an Euch denken, Bruder!"

„Wirklich? Und wirst du auch wiederkommen?"

„Ich denke es!"

Der Mönch nickt beifällig. Und sich in Bewegung setzend:

„Das trifft sich fein! Ich muss zum Pfarrer von San Nicolo hinauf; da können wir den Weg zusammen machen!"

„Das ist mir von Herzen lieb, Fra Bartolomeo! Doch wollt Ihr mir nicht einen Eurer Körbe geben?"

„Nicht doch, Bruder, du sollst dich nicht beschweren!"

„Ich möcht Euch aber einen Gefallen tun!"

So stiegen sie jeder mit einem Korb den steilen Berg hinauf.

Der Klosterbruder nach einer Weile: „Doch sag, wo hast du heute den Meister?"

„Er ist bei der Marchesa."

„Bei der Marchesa Margherita Deferrari?"

„Ja!"

„Wie geht es der Marchesa? Ist es wirklich wahr, was man sich bei uns im Kloster erzählt? Sie soll von ihrem entsetzlichen Siechtum geheilt sein?"

„Ja, es ist so, ehrwürdiger Bruder, wie Ihr hörtet! Die Marchesa ist heiter und ging vorgestern mit uns beiden über eine Stunde lang im Park ihres Schlosses am Meer spazieren!"

Fra Bartolomeo blieb jäh stehen:

„Bruder, hier ist ein Wunder geschehen! Die ganzen Ärzte Italiens haben vergebens ihre Kunst versucht. Was ist dein Meister doch für ein rätselhafter Mensch!"

„Die Lazzaronis und die armen Fischer haben ihm den Namen ‚Der heilige Zauberer' gegeben."

Der Klosterbruder nickte lebhaft:

„Ja, so darf man ihn wahrhaft nennen! Er hat Unerhörtes getan in Genua an den Armen und Siechen! Danke dem Himmel, der dir einen solchen Freund gegeben hat!"

„Das tue ich Tag und Nacht, Fra Bartolomeo!"

Und dieser, lächelnd: „Wenn ihr noch länger geblieben wäret, ich glaube, das Volk würde deinen Meister eigenmächtig bei lebendigem Leib heiliggesprochen haben!"

Unter solchen Gesprächen kamen sie zu der Stelle, wo der Klosterbruder den Hang links hinüber musste, während Beatus' Weg steil bergauf führte.

Nach herzlichem Abschied trennten sie sich und bald stand er oben auf der Höhe unter den Kronen der mächtigen Bäume. Wie ein flügelspannender Adler breitete er die Arme aus. Es war ihm zumute, als müsse er das grobe Gewicht des Leibes ganz von sich abstreifen und sich in die azurblaue Luft erheben. So über alle Maßen überwältigend war das Bild zu seinen Füßen. Unzählige Male, zu allen Stunden des Tages und tief in den Nächten silberscheibiger Vollmonde, war er schon hier heroben gestanden, doch jedes Mal war es ihm ein neues, immer überwältigenderes Wunder.

Genova, la Superba! Ja, mit Recht trug sie diesen Namen! Sie war die Prächtige, die Unvergleichliche! Wie ein gleißendes Geschmeide von den tiefblauen Wogen des Meeres aus unterirdischem Zauberreich an die Oberfläche des endlosen Spiegels gehoben und an die Küste gespült, lag sie halbkreisförmig in die tiefe Bucht des ligurischen Apennins geschmiegt, dessen Höhenrücken nach beiden Seiten in dem blaugrauen Dunst des Himmels verlief. Funkelnden Edelsteinen gleich strahlten die zahlreichen Kuppeln der Kirchen und die Prunkpaläste aus der göttlichen Spange.

Ach, und das Meer! Du ewiger, blauer Traum! Du seelenentfesselnde, geistentrückende Sehnsucht!

Gewaltige Zauberin, die du alle Seelen in deine Netze lockst Die du den Menschen ein Vorahnen gibst von den Gefilden der Seligen, den Harmonien der Ewigkeit!

Wie oft bin ich in silberfunkelnden Nächten, wenn dein Spiegel aufleuchtete und blitzte, dass das Herz schier vergehen wollte vor sehnsüchtiger Unruhe, mit den Fischern hinausgefahren und habe mich die ganzen Nächte lang deinem Zauber hingegeben mit all meiner Liebe! Wie hast du unsere Kähne umschmeichelt, wie hast du gelockt und geflüstert! Und wie hast du sie uns gefüllt mit zuckenden, schnellenden Glitzerfischen!

Was magst du erst dem seligen Bruder Benediktiner und all den anderen obdachlosen Vögeln in ihren leise schaukelnden Wiegen zugeflüstert haben in bunten Träumen!

Und die Sternennächte! Nie waren Sternennächte so majestätisch und die Lichter des Himmels so nah wie hier in Genua, wenn ich mit Vögeli-Heini und ein paar anderen Brüdern die Berge der Baumwolllager im Freihafen erklettert und wir uns auf den weichen Ballen sanft zur Ruhe gebettet hatten! Wie steckte der Körper warm in dem weißen Flaum und wie prickelnd überlief es uns, wenn wir oben mäuschenstill lagen und unten auf dem Pflaster der taktmäßige Schritt der Hafenpolizisten erklang. Der weite Himmel mit den beinah zum Greifen nahen Sternen über uns und das Klatschen und hohle Dröhnen des Meeres im Ohr! O Nächte, wie unvergesslich seid ihr mir! Wer mag in Genua in dumpfen Häusern schlafen? Wer kann dem Zauber des Leuchtturmes auf dem Capo Faro drüben widerstehen, wenn sein Schein traumhaft geheimnisvoll über den pechschwarzen Spiegel des Meeres hinausblinkt? Und wer ist imstande, das Gefühl zu beschreiben, wenn mit einem Mal, wie ein Geisterschiff, ein Fischkutter aufleuchtet im grellen Lichtkegel!

Oder wenn man im matten Schein der Hafenlaternen am Molo Vecchio entlang schleicht im gewaltigen Schatten der mächtigen Ozeanriesen, deren Leib ewig stampft und dröhnt!

Man kennt alle „Kästen". Das ist der Schwede, der will nach Smyrna hinüber, und dieser Koloss dort ist die „Borussia", der ist auf der Fahrt nach Hause, von Rio de Janeiro her, den Rumpf mit Getreide voll. Der Kasten neben ihm ist ein Engländer, aus Japan kommend. Er liegt erst seit gestern Vormittag am Kai.

Was ist das jedes Mal für ein Aufruhr unter den Vagabunden! Zu Hunderten stehen und hocken sie tagaus, tagein vom frühen Morgen an auf den Hafenmauern, lassen die Füße über das Wasser hängen, schwatzen und lärmen und spähen ins Meer hinaus. Wie eine riesige Schar von Zugvögeln.

Hurtig laufen sie zum Seemannsamt und lesen auf den großen, schwarzen Tafeln der verschiedenen Gesellschaften, welcher Leuchtturm das Schiff gesichtet hat, welcher Nationalität es ist und wann und an welchem Kai es anlegt.

Als der Schwede kam, hat sich keiner vom Platze gerührt. Der schwedische Kasten ist nichts wert, da kann man nicht abkochen, hieß es von Mund zu Mund. Die Vagabunden haben große Erfahrung darin, die alten Vögel unter ihnen, die sich von dem angenehmen Klima, der Schönheit des Hafens und Buntheit des Lebens und Treibens und wohl auch der Bequemlichkeit des Sichfortbringens in Standvögel verwandelt haben, kennen nicht nur die Eigenarten jeder Nationalität, sondern auch jene jedes einzelnen Schiffes, das des Öfteren während ihrer Jahre in Genua im Hafen eingelaufen ist.

War das ein Gefieber, als der Engländer einlief! Kinder, da gibt es Geld! Der Engländer kommt aus Japan, da haben die Matrosen Seide zum Schmuggeln! Du, was sollen wir da? Dumme Frage, bist wohl erst seit gestern hier, Junge? Aufs Schiff zu kommen, musst du trachten! Dort tust du so, als wenn du zu den Arbeitern gehörtest, zwinkerst den Matrosen zu, und dann wirst du bald merken, wie schnell sie dich in ihren Kabinen haben und dir die Seide unters Hemd stecken! So fein, wie auf den Engländern, kochst du nirgends ab! Du bringst es kaum in den Magen, was dir die alles geben! Ja, dies ist wahr, die Engländer, die sind zusammen mit den Deutschen die Freigebigsten!

Was mach ich aber mit der Seide? Was du mit der Seide machst? Nichts machst du mit der Seide, aber mit dir machst du, dass du glimpflich wieder vom Schiff kommst! Immer frech und ungeniert! Ja, du darfst beileibe nicht ängstlich tun oder dich scheu herumdrücken, sonst hat dich der Zollbeamte beim Genick! Der Matrose wird dir schon irgend etwas zu schleppen geben, und wenn nicht, dann nimmst du die Menageschüssel und trägst sie recht auffällig, dass die Zollbeamten sehen, du warst abkochen.

Gut; aber werden mich die Offiziere nicht fassen an Bord? Was fällt dir ein, Junge! Die haben ja selber irgend etwas zum Schmuggeln und sind froh, wenn wir kommen! Na, und wenn du mal einem bärbeißigen Fanatiker zwischen die Beine gerätst, dann verdrückst du dich eben schleunigst!

Wohl, doch was mach ich mit der Seide? Da wartest du fein, bis dein Matrose oder Offizier kommt, und dann geht ihr miteinander zum Juden. Und dann fällt für dich extra noch ein Teil ab!

Oh, wo sind die Zeiten, wo solche und ähnliche Unterweisungen ihn in die prickelnde Erwartung neuartiger Abenteuer versetzt hatten!

Fast tat es ihm leid, dass sie für immer vorbei waren, denn heute gab es keinen Winkel in den Riesenschiffen mehr, den er nicht kannte, keine Nationalität, die er nicht erprobt.

Und was war das für ein wildes Leben hernach in den Matrosenkneipen!

Der Wunderapostel war nie dabei, aber den zwei Jungen riet er, das Hafenleben auszukosten, das unerschöpflich war in seinen vielgestaltigsten Erscheinungen.

Den Rücken an einen der Stämme gelehnt, saß Beatus und träumte, ganz in die bunten Erinnerungen versponnen, in den Hafen hinab.

Ja, was hatte er hier alles erlebt an Menschen und Geschehnissen! Wie ein buntes Karussell war das Leben des Winterhalbjahres an ihm vorbeigewirbelt! Welch tiefen Blick hatte er hier an dieser Sammelstätte der Landstreicher aller Welt in deren Brust getan! Und was hat er da alles über Unternehmungen erfahren, denen er selbstredend ferngeblieben und die im schweigsamen Dunkel der Nächte ausgeführt wurden! Der Vagabund will nicht nur abkochen und betteln gehen. Er will auch Herr sein! Will Geld haben ab und zu und einmal auftrumpfen können! Was er nirgends kann, hier in Genua, im Vagabundeneldorado, kann er es! „Junge, tust du heute mit?“, kann man es hören. „Heute Nacht wollen wir uns Roheisen aus den Magazinen holen und zum Juden tragen!“ Oder: „Leute, wer von euch weiß, in welchem Magazin Leder verstaut ist? Wir wollen uns doch mal unsere durchgetretenen Stiefel sohlen lassen!“

Ach und durstig, durstig sind sie alle! Die Sonne ist ja so heiß und der Dunst vom Salzwasser, der ihnen den ganzen Tag in die Kehle steigt, kratzt so greulich! Und im Hafen liegen Berge von Fässern mit edelstem Wein aufgetürmt! Wein, der reichen Leuten gehört, halbe Meere von Wein! Was sollten denn da ein paar durstige Kehlen armer, ausgetrockneter Landstreicher viel aus einem Meer wegtrinken können! Das war ja nicht der Rede wert! So schleichen nachts, trotz der Hafenpolizei, immer wieder einzelne unbefugte Kellerleute zu dem Weinlager, zapfen dreist ein Fass an und lassen den köstlichen Saft kühl ins Bäuchlein rinnen, bis ihre Augen so zärtlich glänzen, wie die Sterne in klaren Nächten. Spunden das Loch mit großem Geschick wieder zu und verduseln das selige Räuschlein zwischen den Baumwollballen oder in einem Waggon der Hafenbahn. Und machen dann noch obendrauf frühmorgens eine kleine unentgeltliche Lustfahrt um den Hafen herum nach dem Molo Nuovo hinüber, von welchem Frachtgut das Eisenbahnverkehrsamt allerdings keine Kenntnis hat. Und sind gar nicht sonderlich beunruhigt, wenn sie das Rütteln des Wagens aus dem Schlummer erweckt und sie sehen, dass sie das rechtzeitige Verduften verschliefen. Wissen sie doch, dass ein treuherziges „tedesco“ genügt, um von den Eisenbahnern lachend laufen gelassen zu werden. Und es sagt manch einer mit harmlosem Gesicht tedesco, der kein Deutscher ist.

Ja, auch er und Vögeli-Heini haben mehrmals solch eine harmlose Spazierfahrt um den Hafen herum mitgemacht und sind auf diese Weise billig und bequem dort zum großen, weit über hundert Meter hohen Leuchtturm auf dem Capo Faro hinübergekommen.

Dortmals hat er sich nicht träumen lassen, dass er ein Vierteljahr später mit dem Wunderapostel an der Seite der bestrickend schönen Marchesa Margherita Deferrari im eleganten Landauer in dieselbe Gegend fahren würde, um die so wunderbar Genesene in den Park ihres Schlosses am Meer zu begleiten, den sie sieben Jahre nicht gesehen hatte. Wie haben die dunklen Augen der Marchesa geleuchtet und wie hat sie sich über jeden Schritt gefreut, den sie nun wieder machen konnte! Sie war in ihren Mädchenjahren viel in Deutschland gewesen und sprach fließend die Sprache dieses Landes. Was war das für ein unvergesslicher Nachmittag an der Seite dieser adeligen Frau gewesen, der Schwermut die Seele zu verdüstern gedroht hatte.

Seine Blicke gingen in die Stadt hinunter. Stolz ragte der Prachtbau der Villa Mylius draußen am Molo Giano auf. Dort lag das gewaltige Freilager. Wie das Alabaster der Kathedrale zu San Lorenzo schimmerte! Und dies da war die Piazza Fontane Morose, die er vor einigen Stunden überquert. Rechts von ihr hinauf, die breite Straße, ist die vornehme Via Garibaldi. Und dort, ja nun hat er ihn deutlich, dort ist der prunkvolle Palazzo der Marchesa! Nun ist der Wunderapostel bei ihr und heilt sie vollends mit seinen Zauberhänden. Gibt ihr von der unerhörten wunderwirkenden Fülle seiner Lebenskraft. Großes, ewiges, unlösbares Rätsel du! Je länger ich an deiner Seite weile, je mehr ich dich zu ergründen glaube, umso tiefer, geheimnisvoller wirst du mir! Bist du denn überhaupt ein Mensch? Manchmal ist es mir, du seiest keiner, denn unbegreiflich sind deine Fähigkeiten, so unbegreiflich wie die Größe deines Wissens! Ob das Rätsel deines Seins sich mir wohl je ganz erschließt? Ob ein gewöhnlicher Sterblicher es überhaupt zu erfassen vermag?

„Er ist mein Schüler“, hat der Meister zur Marchesa an einem Nachmittag gesagt. „So wird also der Segen Ihres unerhörten Wissens der Menschheit nicht verlorengehen?“, fragte die Marchesa. „Er wird im selben Maße auf ihn übergehen, als er ihn erstrebt!“

Oh, wie war ihm dortmals zumute gewesen! Auf die Knie hätte er sinken mögen vor seinem Lehrer, so war er überwältigt, geheiligt. Denn noch nie hatte der Wunderapostel so klar ausgesprochen, was er mit ihm bezweckte, welche unausdenkbare Gnade ihm zuteil wurde! Mit ihm, der gemeint hatte, dass sein Leben zertrümmert und sinnlos geworden wäre, und der mit blutendem Herzen auf den Landstraßen der Welt herumgeirrt war, von dem heißen Wunsche erfüllt, ein Namenloser zu werden, der alles vergessen konnte, Leben und Ruhm und Hoffnungen!

Wie seltsam das Leben, das Schicksal des Menschen doch war!

Seit jener Stunde glühte sein Herz noch heißer in dem Wunsche, des Meisters würdig zu werden.

Und sein Auge ging weiter über die Stadt und genoss schwelgend Stück um Stück derselben, wie einer, der, in einem alten Kästchen kramend, Ringe, Ketten, Gemmen und edle Steine durch seine Hände gleiten lässt. Draußen im Meer leuchteten in schimmerndem Weiß die Segel der Fischerboote. Majestätisch fuhr ein Dampfer mit qualmender Rauchfahne nach Südosten ab, dem Orient zu. Bis zum Hafen zurück schäumte das aufgepflügte Kielwasser als weiße Linie in dem blauen Spiegel.

Und plötzlich fiel ihm etwas ein: die Brillenschlange! Die wollte doch mit diesem Dampfer als Schwarzfahrer mit nach Japan hinüber! Ob es ihm gelungen war, sich im Kohlenbunker zu verstauen? Ich glaube ja, denn der Mensch hat Übung und hat die halbe Welt als blinder Passagier bereist. Nun hockt er tief unten im stockfinsteren Kohlenbunker, bis er eines Tages mit den abrutschenden Kohlen dem Kohlentrimmer zwischen die Beine fährt und dem überraschten mit verbindlichem Lächeln ein herzhaftes good day entbietet.

Was es doch für rätselhafte Menschen gibt! Zwölf Sprachen spricht der Mann und jede so vollkommen, dass seine Nationalität nie zu erfahren war, und kein Mensch, ob Engländer, Deutscher oder Russe, in ihm den Fremden sah! Selbst mit den chinesischen Hafenarbeitern, die fern der Heimat des Reiches des geschwänzten Drachens hier ihr Brot verdienten, vermochte er in der Sprache ihres Landes zu reden! Die Navigazione Generale Italiana hat ihm vor Jahren das Angebot gemacht, als Dolmetsch und Korrespondent mit glänzendem Gehalt in ihren Betrieb einzutreten, er hat ohne Weiteres abgelehnt. Er hat die Ungebundenheit des Kundenlebens mit der märchenhaften Mannigfaltigkeit seiner Erlebnisse dem Wohlleben und der Geborgenheit vorgezogen.

Gab das nicht zu denken?! Ein Mensch von solch hohen Gaben, der obendrein nie trank und spielte, von dessen Lippen er nie ein gemeines Wort gehört hatte, so oft er auch in seiner Gegenwart gewesen, durfte man solch einen Menschen. so ohne Weiteres mit geringschätzigem Gesicht einen Vagabunden nennen? Was wissen jene anderen, die so leicht zu Gericht sitzen, was in diesem Menschen vorging! Auf die Fünfzig ging er, doch seine Augen blitzten in jugendlichem Feuer! Wie mag dessen Vulkanseele all die Jahre seines Lebens gelodert und gebrannt haben! Was mag der Mann seelisch durchgemacht haben! Niemand wusste es, ebenso wenig wie man wusste, warum er die Brillenschlange hieß. Ob wegen seiner Geschmeidigkeit? Wer ihm den Namen gegeben, oder ob er ihn selber gewählt, niemand wusste Bescheid.

Aber wenn er, auf der Kaimauer hockend, nach Schiffen ausspähte und dabei ins Erzählen aus seinem Wanderleben kam, dann vermeinte man den fesselndsten Abenteuerroman zu hören. Dann verstummten die ewig plapperlustigen Schnäbel der Zugvögel augenblicks und alles lauschte mit erregten Sinnen.

Nun fuhr er mit der „Columbia“ in neue Erlebnisse hinein, rastlos getrieben von seiner brennenden Seele.

Und was gab es da noch für eine Fülle anderer Gestalten! Jede ein Rätsel, jede eine Welt für sich!

Der Tätowierer, der ständig im Hafen lag und mit drei, vier Nadeln und chinesischer Tusche und Holzkohle Kunden, Hafenarbeitern und Matrosen alle erdenklichen Dinge auf Arme, Hände und Brust stichelte. Wie oft war er nicht halbe Tage lang bei dem geschickten Burschen gestanden und hatte ihm zugesehen, dabei die eigentümlichsten Dinge aus aller Welt vernehmend!

Und dann der Zinkenfritz! Ein Geselle, der mit meisterhaftem Geschick jede gewünschte Fleppe und jedes Dokument herstellte und mit einer Hosenschnalle, einem Stück weichen Steins und Farbe jeden Stempel nachmachte und der stets heiß begehrt war. Schlau wie ein Fuchs und stets auf der Hut vor der Polizei.

Was hatte er in diesem halben Jahre nicht alles erlebt an Menschen vom barfüßigen Eseltreiber und schweißtriefenden Lastträger bis hinauf zur vornehmen Marchesa Margherita Deferrari!

Von der marmorschimmernden Kathedrale zu San Lorenzo dröhnten sieben laute Schläge. Die anderen Kirchenuhren fielen mit ein. Und während die Uhren noch schlugen, begannen die Glocken das Angelus zu läuten.

Unendlich melodisch erfüllte der Klang die weite Bucht des Ligurischen Apennin, drang weit hinaus ins abendblaue Meer und stieg feierlich die Bergzüge empor, alle Menschen in Frieden und Weichheit spinnend. Und der trauliche Klang der Angelusglocken hüllte auch Beatus Klingohr in seinen Frieden ein und erfüllte seine Brust mit Sehnsucht. Und die Sehnsucht wurde heiß und weh und stellte die Bilder seines fernen Elternhauses und die Züge der Geliebten so lebendig vor ihn, dass sein Herz schmerzte. Längst waren die Glockentöne verklungen, doch aus seinem Herzen eilte weiterzu Welle um Welle nordwärts. Er sah die Augen der Eltern schmerzlich Ausschau halten nach ihm. Und er sah die heißgeliebte, unbeschreiblich holde Gestalt der jungen, einsamen Frau, deren Bild der Brief heute so flammend geweckt. Und sie sah ihn an mit großen fragenden Augen. Und er begütigte und tröstete sie und gelobte zu kommen.

So sehr war Beatus versunken, dass er die Schritte nicht vernahm, die auf dem steinigen Weg näher kamen. Sein an den Zypressenstamm gelehnter Kopf war auf das Meer hinausgewandt, doch die weitgeöffneten Augen sahen weder dessen tiefe Bläue noch die vielen weißen Segel. Diese Augen blickten durch Raum und Zeit und sahen nur eines.

Lange stand der Wunderapostel und betrachtete seinen Schüler. Unendliche Güte lag auf seinen männlichen Zügen.

„Gott zum Gruß, mein lieber Beatus!", drang es wie die Stimme aus einer anderen Welt an das Ohr des Versunkenen. Sanft und schrecklos löste diese unnachahmliche, unausdrückbare Stimme den Entrückten aus seinem Traum. Doch die gehobene Feierlichkeit der Stunde wich nicht von ihm, ja sie wurde durch das so unerwartete, sein Herz zutiefst beglückende Erscheinen des geliebten Meisters nur noch vergrößert, und so verharrte die Seele in einem Zustand heiligster Schwingung. Ohne recht zu wissen, wie es geschah, erzählte er von der fernen, geliebten Frau.

„Vater, ich habe dir einst nicht alles gesagt; ich konnte es nicht! Ich konnte nicht reden vor einem Dritten.

Als ich damals, auf die Einladung des Fürsten hin, ihr so unerwartet in ihrem eigenen Schlosse gegenüberstand, wie habe ich da an alles andere eher gedacht als an leidvolle Nächte, die als düstere Schatten in den so schönen, Freude atmenden Gemächern lagen! Reichtum und Schönheit, wohin das Auge fiel. Hier musste das Glück zu Hause sein!

Und als ich mit der Fürstin an jenem ersten Nachmittag musiziert hatte und noch ganz erregt von ihrem wundervollen

Spiel mit ihr plauderte, bei jedem Satz den Zauber ihrer vollendeten Kultur fühlend, da ist fast etwas wie Neid gegen ihren Gemahl in mir aufgestiegen, der solch einen Schatz sein Eigen nennen durfte.

Was mir die ersten Stunden verbargen, das hat mir die Zeit enthüllt. Du weißt, ich bin ein häufiger Gast auf dem Schlosse geworden. Nur äußerst selten habe ich den Fürsten angetroffen. Bald war er in Berlin, Paris oder Monte Carlo, bald hieß es, er sei bei seinen ungarischen Freunden in den Karpaten auf der Bärenjagd.

Aber schließlich hat sich meine Ahnung trotz der adeligen Beherrschung der Fürstin zu klar erkennendem Wissen erhärtet. Als ich die grenzenlose Vereinsamung ihrer Seele erkannt hatte, kam ich so oft, wie ich konnte. Ich sah immer deutlicher, wie mein Kommen ihr Freude bereitete und wie durch unser gemeinsames Musizieren die Schatten aus ihrem Gemüt schwanden. Ich sah, wie sie aufblühte und alles in ihr hell wurde. Wir verbrachten die Tage wie Kinder, die sich an jedem Blatte, jeder Wolke freuen. Und wenn sie mich beim Abschied einlud, bald wiederzukommen, dann wusste ich, dass ihre Seele eine tiefere Bitte tat, als ihr Mund es mit Worten ausdrückte.

So gingen Jahre dahin. Nur im Sommer, in der Zeit der Ferien, war der Fürst bei seiner Gemahlin und wir verlebten dann viele Wochen an den norditalienischen Seen, im Engadin oder auf einer Fischerinsel in der Nordsee. Er war ein vollendeter Kavalier, und wenn ich die auserlesene Ritterlichkeit sah, mit der er der Fürstin begegnete, konnte man ihm nur aufrichtig zugetan sein. Er wusste von all meinen Besuchen auf dem Schloss und die Art, wie er mir dankte und mich bat, seine Frau, der die Musik Lebensinhalt sei, zu zerstreuen, verband mich ihm in aufrichtiger Freundschaft.

Als Fürstin Uta aber mehr und mehr meine Konzerte besuchte, oft wochenlang mit mir reiste und ich für meine anderen Gastfreunde immer unerreichbarer wurde, da blieben denn auch deren Klagen und Vorwürfe nicht aus, zwischen denen schließlich immer unverschleierter Andeutungen gegen meine hohe Freundin durchsickerten.

Ich schenkte dem lange keine Beachtung, aber als man mir ins Gesicht sagte, alle Welt rede bereits über meine innigen Beziehungen zur Fürstin, erzählte ich ihr alles und bat sie zu entscheiden.

In dieser Stunde, Vater, habe ich erfahren, was ich ihr bedeutete. Als ich mich erbot, das schwere Opfer auf mich zu nehmen und in Hinkunft ihr Schloss zu meiden, brach sie zusammen.

Ich habe dortmals noch am gleichen Abend abreisen müssen, nie aber bin ich so leicht und freudig in die Welt gefahren; nahm ich doch das Wissen mit, dass der Fürstin unsere Freundschaft ein heiliges Gut war und wichtiger als die Meinung der ganzen Welt! Und immerzu, während die Eisenbahnräder durch die Nacht rollten, sah ich das erlöste Aufleuchten zweier Augen vor mir, das mir so vieles, so viel zu denken und Anlass zum Grübeln gab.

Weshalb ihre Augen an jenem denkwürdigen Nachmittag aber gar so strahlend aufgeleuchtet hatten, als ich ihr sagte, ich würde unbeirrt zu ihr stehen bis in den Tod, das sollte ich ein paar Wochen später, als ich in München einige Konzertabende gab und wieder in den vertrauten Räumen meines väterlichen Gönners wohnte, aus dessen Munde hören. Und ich danke dem Himmel, dass mir diese Enthüllungen von einer so vornehmen Seele gemacht wurden.

Und so erfuhr ich, dass der Fürst, obwohl gutmütig, ein gänzlich haltloser Mensch war, dessen maßlose Ausschweifungen in aller Welt ein öffentliches Geheimnis waren. Was seine Gemahlin gelitten, vermöge nur der zu ermessen, der ihr Wesen kenne. Die Größe dieser Frau aber enthüllte sich mir erst vollends, als Wilhelm Ysenberg mir mitteilte, dass sie ihren Mann, obwohl alles Vermögen ihr gehöre, dennoch nicht verstoße, damit er nicht gänzlich untergehe.

Doch die Zeit ist eine seltsame und mächtige Zauberin! Unaufhaltsam, wie es ja nicht anders sein konnte, wuchs in meinem Herzen ein Gefühl für sie, das nimmer Teilnahme, nimmer Freundschaft war und das mir mit Schrecken immer deutlicher als tiefe, machtvolle Liebe bewusst wurde. Dagegen ankämpfen, dies konnte ich ebenso wenig, wie der Künstler ankämpfen kann gegen seinen heiligen Schöpferdrang. Aber verborgen gehalten habe ich meine Liebe mit der ganzen Kraft meines Wesens. Wieweit mir dies gelungen, weiß ich nicht. Eines nur weiß ich, dass die Freundin froh war und ihre Augen glänzten, wenn wir beisammen waren und musizierten oder uns den Schönheiten der Kunst und den Freuden der Welt hingaben.

In diesem Sommer gingen wir nach Karlsbad. Während der Fürst die Kur gebrauchte, besuchte ich meine Eltern im nahen Erzgebirge, wohin mich, wie du schon weißt, Uta begleitete.

Aus der Liebe und Zärtlichkeit, mit der sie meine einfachen Eltern umhegte, sah ich, wie sehr sie mich liebte.

Es waren Wochen grenzenlosen Glückes!

Und diese große unausgesprochene und dennoch beiderseits so stark empfundene Liebe hat uns gehoben und getragen und all die Jahre umrankt.

Als ich nach dem Eisenbahnunglück im Spital lag und sie in fliegender Herzensnot an mein Lager kam, da haben ihre Blicke und ihre betenden Hände, die immer wieder über meinen verwundeten Arm und mein Gesicht strichen, mir unmissverständlich die Liebe ihres Herzens verraten. Und in den langen, bangen Wochen auf ihrem Schloss haben Sorge und Hoffnung das ganz selbstverständlich aus uns herausblühen lassen, wozu wir in all den Jahren des Glückes nicht den Mut gehabt. Wir wussten, dass wir dazu vor Gott das Recht hatten, denn ihre Ehe war vor den Augen des Allwissenden längst gelöst.

Doch Ihm hat es anders gefallen!

Du weißt, was dann kam und wie mich die grenzenlose Not und Verzweiflung schließlich auf die Landstraße trieb. Ich habe in der Verwirrung meiner zerquälten Seele meine Eltern gemieden, ja ich habe mir sogar die Liebe zu Uta aus dem Herzen reißen wollen, beides in der Meinung, auf diese Weise eher mein zertrümmertes Leben vergessen und den Wurm töten zu können, der mir die Brust zerfraß.

Es ist vergebens gewesen! So sehr ich auch namenlos werden wollte, so sehr ich mich ins bunte Leben stürzte, ewig machtvoll stiegen die Erinnerungen auf. Und zwei reine, tiefe Augen schauten dann nur umso heller auf mich, wenn ich ihnen, in der Hoffnung, sie und mein armes Leben vergessen zu können, ungetreu wurde.

Dies, Vater, ist die ganze Geschichte meines Lebens.

Eng bist du mit dem letzten Teil, den ich dir eben erzählte, verbunden, denn im selben Maß, in dem du mein leeres Leben mit dem neuen, heiligen Inhalt tiefster Natur- und Seinserkenntnis erfülltest, das Leid von mir lösend und mir den Frieden wiedergebend, ist in meinem Herzen jenes Bild und mit ihm die Sehnsucht lebendiger geworden, die ich doch mit der ganzen Kraft der Verzweiflung aus meiner Seele herauszureißen versucht habe.

Ich weiß, Vater, du wirst uns verstehen, wie ich fühle, dass uns der Allmächtige verstand."

Beatus schwieg und sah unverwandt auf den weiten, perlmutterschillernden Spiegel des Meeres hinaus.

Und wieder hielt die Hand des Wunderapostels, wie so oft, andauernd den linken Arm des Beichtenden umschlossen, immerzu das Ellbogengelenk umstreichend.

Unendlich gütig kam es von seinen Lippen:

„Was der Mensch aus der Reinheit seiner Seele tut, ist gut, mein Sohn!"

Dankbar drückte Beatus die Hand des Meisters.

Lange schauten sie beide in andächtiger Versunkenheit auf die Stadt und auf die weite, in allen Farben weich irisierende Fläche des Meeres hinaus, auf der das Leuchten der Nacht lag, das aus der Tiefe zu kommen schien.

Segel hauchten wie zarte Träume darüber und ab und zu blinkte ein Licht auf.

Weit draußen, irgendwo, dem Auge nicht ergründbar, verschmolz die Unendlichkeit des Meeres mit der Unendlichkeit des Himmels, die beiden Träumer in die Schauer der Ewigkeit ziehend.

Als der Himmel in gleißendstem Sternprangen stand, sprach Beatus leise:

„Sie hat mich heute gerufen. Wir wollen zu ihr gehen, Vater!“

Siebzehntes Kapitel

Und in Deutschland standen die Rosen in blühender, duftverströmender Pracht.

Aus allen Gärten leuchteten die roten, gelben und weißen Knospen und Blüten der prangenden Königin aller Blumen.

Durch die laue Stille der Nächte flossen die schmelzenden Lieder der Nachtigallen.

Es ist ein köstlicher Nachmittag voll regungsloser Sonnenwärme. Fürstin Uta von Neuenburg steht vor ihrem Rosenhain und wählt mit sorgsam prüfendem Blick die Zweige, von denen sie langstielige Rosen schneidet. Sie scheint mit jeder Blüte vorher eine geheimnisvolle Zwiesprache zu halten, denn ihre schlanke Gestalt ist leise vorgeneigt. Ihre dunklen Augen aber gehen durch die Rose in weite Ferne.

So schreitet sie langsam von Stock zu Stock.

Über dem Garten liegt tiefer Friede. Die Welt ist versunken und es gibt einzig nur diesen blütenübersäten, von der wuchtigen, grauverwitterten Mauer des Schlosses und dem uralten Park mit seinen mächtigen Baumriesen umschlossenen Erdenfleck. Und es gibt die bittersüße Erinnerung und die schmerzlichgläubige Hoffnung. Die Stille redet eindringlich zur Träumenden. Die fährt sich des Öfteren mit ihrer Hand an die Schläfe, als streiche sie eine Locke zurück. Das Haar aber liegt wohlgeordnet um ihren Kopf.

Und der Garten raunt und flüstert.

Ganz verloren steht sie vor einer Marie van Houtte mit duftverheißenden, erdbeerfarbigen Knospen.

Da ist es ihrem Ohr wie ein leises Sausen, und ehe es ihr bewusst wird, fällt etwas leicht zu ihren Füßen nieder.

Eine wunderbare Rosenknospe an langem Stiel!

Überrascht blickt die Fürstin zu Boden. Sollte ihr die Rose entfallen sein? Doch nein, sie hat deutlich gehört, wie sie durch die Luft geflogen ist. Befremdet sieht sie sich um. Im ganzen Garten ist keine Seele, so scharf sie auch späht!

Nun erst entdeckt sie einen schmalen Streifen Papier, der unter den grünen Blättern um den Stiel gewunden ist.

Gedankenversunken hebt sie die Rose auf und löst den Zettel. Auf dem kleinen, weißen Blatt aber steht in innig vertrauten Schriftzeichen: „Nun blühen in Deutschland die Rosen!“

Da durchläuft sie ein Beben, einen Augenblick ist es ihr, als schwanke sie, als müsse sie sich krampfhaft anhalten, um nicht zu fallen, doch nur einen Augenblick, und in Glückseligkeit wendet sie sich um. Vor ihr, kaum einen Baumschatten weit, steht der Geliebte, dem ihr ganzes Leben gehört, mit Ränzel und Stock, dicht neben den Rosensträuchern.

Und auch in seinem Antlitz ist unendliche Seligkeit.

„Beatus!“

Dieses eine Wort durchtönt das Schweigen des Gartens. Aber in ihm liegt alles, was ihre Seele drei lange, endlose Jahre hindurch für ihn getragen hat. In ihm liegt die Liebe und rastlose Sehnsucht freudloser Tage, der Kummer und nagende Schmerz endloser Nächte. Doch hoch über allem jauchzt nun, dem Morgenlied eines sonnegrüßenden Vogels gleich, der Jubel des unerwarteten Sichwiederhabens.

Sie liegen einander in den Armen und küssen sich lange und innig. Und ihre Arme wollen sich nicht lösen. Sie gehen, wie einst so oft, ohne zu reden nach der rosenumrankten Laube. Ganz aufgelöst in Seligkeit. Und sie vergessen die Welt.

Während sie sich immerzu mit leuchtenden Augen ansehen und einander klagen, was all die langen Jahre hindurch die Not ihrer Herzen gewesen, singen und jubeln die Vögel des Parkes dazu, und es ist wie eine Himmelssymphonie der Liebe.

Stunden fließen hin, doch die zwei Menschen wissen es

nicht; die Sonne neigt sich dem Abendrand zu, doch sie merken es nicht.

Erst die weiche Melodie der Aveglocken, die von der nahen Stadt im Tale die Bergstraße herauf zum Schlosse zittert, weckt sie aus ihrer Versunkenheit.

Mit leisem Schreck ruft Beatus: „Meine Freunde!" Aber schon haben sie wieder die heitere Ruhe in ihren Gesichtern.

Mit freudiger Gastlichkeit eilt die Fürstin ins Schloss.

In der offenen Halle, die einen weiten Blick in die Rheinebene hinaus gewährt, aus deren Abendfrieden da und dort das Silberband des Stromes aufblitzt, sitzen der Wunderapostel und der hünenhafte Evangelist.

Überwältigt hält die Fürstin an der Schwelle den Schritt an. Sie ist von Kind auf gewöhnt, sich zu beherrschen, doch der Anblick dieser beiden Männer, die wie zwei alttestamentarische Propheten vor ihr stehen, ist so übermächtig, dass ihr Fuß stockt.

Herzlich heißt sie hierauf beide willkommen und es ist für Beatus ein Bild unsäglicher Schönheit, die zarte, junge Frau zwischen den gewaltigen, bärtigen Gestalten zu sehen.

Der Speisesaal prunkt in seinem vollen Glanze.

Unter der Lichterflut der venezianischen Luster sitzen sie an köstlicher, blumengeschmückter Tafel auf hochlehnigen Stühlen. Golden leuchtet der Wein und sein starker Duft vermählt sich mit der lauen Würze der Abendluft, die zu den offenen Fenstern hereinfließt. Lautlos handreichen zwei alte, livrierte Diener. Um den Festtisch herum aber schlingt sich ein Ring innigster Harmonie. Und auf ihren Gesichtern ist ein Glanz, der nicht von den Lichtern der wachsduftenden Kerzen herrührt. Es ist eine Vertrautheit in ihren Seelen, als wäre es immer so gewesen, immer sie vier, eine Ewigkeit durch.

Nach Beendigung des Mahles begeben sie sich in den großen Bibliotheksraum mit seinen prachtvoll geschnitzten Schränken und bald ist die Fürstin in die Erzählungen der drei Männer eingewoben, wie sie fesselnder und seltsamer in keinem der vielen Tausende von Bänden stehen.

Und plötzlich, in dieser Stunde höchsten und vollsten Glückes, sieht Beatus ein Bild vor seinem inneren Auge aufsteigen, das sein frohes Herz jäh mit schmerzender Wehmut erfüllt und seine eben noch so heiteren Züge überschattet. Das Gefühl des Geborgenseins in den Herzen der anderen hat unvermittelt den Gedanken in ihm ausgelöst, dass er und sie alle, die ihm teuer waren, in warmer Liebe ruhen durften – sogar seine beiden heißgeliebten Eltern, die fern sich sorgen und sehnen und denen der letzte heimwehschmerzliche Gedanke jedes seiner Tage gilt – alle bis auf den einen, den Treuen, Unvergesslichen, der ihm in der schwersten Stunde seines Lebens auf so grausame Weise in Frankreich entrissen worden: Tristan, sein kluger, schöner, unvergesslicher Hund. Wie eine Sturzwelle überfällt ihn tiefer Gram, wie es dem Tiere wohl ergehen mag, wie es trauern wird in dem fremden Lande, und ob es vielleicht nicht gar zu leiden hat unter einer rohen, herzlosen Behandlung.

Die Fürstin sieht die Trauer auf seinem Gesicht und versteht sie.

Unauffällig greift die Hand der Hausfrau nach der Klingel.

Ihnen gegenüber öffnet sich die Tür und in ihrem Rahmen erscheint ein schöner, schokoladebrauner Jagdhund von edlem Wuchs. Er macht einige Schritte in den Raum, wird die fremden Gäste gewahr, hält ein, hebt den klugen Kopf mit den großen, hängenden Ohren und wittert.

Wie ein Blitz fährt Beatus aus seinem Lederstuhl auf. Starrt entgeistert auf das Tier und unwillkürlich, ohne sich dessen bewusst zu sein, fährt das Wort aus seinem Munde, das ihm so teuer ist: „Tristan!“

Zu groß ist die Ähnlichkeit ...

Da reißt es dem Hunde den Kopf zum Rufer, sie alle sehen deutlich, wie das schöne Tier stutzt und mit funkelnden Lichtern den Stehenden mustert.

Der aber breitet die Arme weit auseinander und ruft noch einmal den geliebten Namen voll Zärtlichkeit und Glückseligkeit. Es ist kein Zweifel, es ist Tristan, sein Hund, sein lieber, teurer Gefährte!

Da stößt das Tier einen Jubellaut aus, so menschlich beredt, wie sie es alle, mit Ausnahme des Wunderapostels, noch nie von einem tierischen Wesen gehört, schießt wie ein Pfeil auf seinen so plötzlich wiedergefundenen Herrn zu und springt mit einem Freudengebell an ihm in die Höhe. Beatus will den Wiedergefundenen umklammern, der fortgesetzt in unbändiger Freude und wie von Sinnen heulend und bellend an ihm emporspringt. Und er fällt auf die Knie, nimmt ihn in seine Arme, presst ihn an seine Brust, schmiegt sein Gesicht an den Kopf des Tieres und ruft immer wieder seinen Namen. Und Tristan leckt seine Wange, redet zu ihm und erzählt ihm, wie viel Seelennot er gelitten seit jener grausamen Trennungsstunde, wie er getrauert und sich gesehnt und wie er nur einen Gedanken gehabt die ganze Zeit: ihn!

Beatus versteht sein Tier, versteht jeden Laut. Zwischen Zärteln und Liebkosen laufen ihm die hellen Tränen über die Wangen.

Aufs Tiefste ergriffen folgen die drei dem überwältigenden Vorgang, der in der Seele der Frau das starke Gefühl aufsteigen lässt, dass nicht bloß im Menschen Göttliches steckt.

Unerwartet macht sich der Hund frei, springt auf seine Herrin zu, legt seine Pfoten auf ihren Schoß, leckt ihr zärtlich die Hände, schmiegt seinen Kopf an sie, ganz so, als wollte er ihr danken, wendet sich nach seinem Herrn, dreht erneut den Kopf zurück und müht sich ihr klarzumachen, dass er sie sicher liebhabe und ihr allzeit dankbar sein würde, aber der dort, das wäre der Unvergessliche, um den er getrauert all die Jahre. Und so möge sie ihm nicht böse sein, wenn er ihr jetzt nun Lebewohl sagen müsse, denn jenem dort gehöre sein treues Hundeherz und sein Leben.

Tränen perlen aus den Augen Frau Utas, und überwältigt von der unfasslichen Ausdrucksfähigkeit des Tieres, nimmt sie seinen Kopf in ihre Hände, presst ihn an ihre Wange, streichelt und kost ihn, nickt ihm zu und weist mit ermunterndem Wort auf den Wiedergefundenen.

Da drängt Tristan an ihr empor, schmiegt und presst sich an sie, wendet sich, kommt zu seinem Herrn zurück, springt wie toll an ihm hinauf, und als Beatus hernach sich in seinem Stuhl niederlässt, schiebt der Hund sich zwischen seine Füße, legt den Kopf auf seine Knie und wendet den ganzen Abend über keinen Blick mehr von seinem geliebten Herrn.

Nur manchmal, wenn die Fürstin im Laufe ihrer Erzählung, um die Beatus sie lebhaft gebeten, seinen Namen nannte, zuckte das Tier leise mit dem Kopfe.

Und nun erfuhren die drei Männer folgende Geschichte:

„Als du mir aus dem Kundenspital zu Zams den langen, todtraurigen Brief über den so grausamen Verlust deines geliebten Hundes schriebst und mir mit so viel hingebender Liebe von ihm erzähltest, da stand es bei mir fest, dass alles versucht werden müsse, damit du deinen Tristan wiederbekämest und das arme Tier aus seiner Not erlöst würde. Ich wandte mich sofort an den Magistrat der Stadt in Frankreich, in der du gewaltsam von deinem Hund getrennt worden warst, bat, alle erdenklichen Nachforschungen anstellen zu lassen, setzte eine hohe Finderprämie aus, doch monatelang kein Ergebnis! Ich verdoppelte die Summe – alles umsonst!

Aber es ließ mir keine Ruhe, denn eine klare Stimme in mir sagte, Tristan lebe.

Mittlerweile war es längst Frühling geworden und so bin ich kurz entschlossen mit meinem verlässlichsten Diener nach Frankreich gefahren. Ich mietete mich in dem kleinen Städtchen ein und ließ es von meinem Diener nach allen Richtungen durchforschen. Mir war auch die Vermutung gekommen, Tristan könnte sich in der Hand eines reichen Hundeliebhabers befinden, dem das Tier mehr bedeutete als Geld. Doch alles vergeblich!

Schon wollte ich kleinmütig werden, als mir ein Gedanke durch den Kopf fuhr, so eindringlich, als wäre er mir eingegeben worden. Wie, wenn Tristan, den Bahnhof erkennend und erratend, was mit dir und Heinrich Truckenbrodt geschehen sollte, zur Stadt hinaus und auf den Bahndamm gelaufen war, von einer unfasslichen Macht des Instinktes in der rechten Richtung getrieben! Der Gedanke wich nimmer von mir. Ich fuhr mit einem Wagen an der Bahnstrecke entlang, und wo immer wir ein Bahnwärterhaus sahen, schickte ich meinen Diener zum Wärter, um nach dem Tiere zu fragen. Wir stellten auch in jedem in der Nähe der Bahnlinie liegenden Dorfe Nachforschungen an, da Tristan, von Hunger getrieben, sich in eine der Ortschaften gewandt haben konnte. So kamen wir nur langsam vorwärts. Doch so ergebnislos auch unsere Suche am ersten Tage verlief, unbeirrt setzte ich sie am anderen Morgen fort. Gegen Mittag gelangten wir wieder an einen kleinen Bahnhof, und wer beschreibt meine grenzenlose Freude, als mir der Stationsvorsteher mitteilte, dass um jene Zeit im Zwielicht des Winterabends ein Jagdhund in die Station gekommen sei, der so erschöpft gewesen war, dass er taumelte und willig in die warme Stube gefolgt wäre und mit ihm sein Abendbrot geteilt habe. Danach aber sei er auf keine Weise zu halten gewesen und auf und davon. Für mich gab es keinen Zweifel mehr. Die einzige Frage, die mich bang vorwärts trieb, war nur noch die, ob Tristan auf dem Bahngeleise später zusammengebrochen und elend verendet oder von mitleidigen Menschen gefunden worden war.

So schnell die Pferde laufen konnten, ging es von einem Bahnwärterhaus zum andern – vergeblich! Schon wollte ich verzagt die Hoffnung aufgeben, denn wir waren gut drei Stunden weit von der Station entfernt, da wurde ein weiteres Wärterhaus an der Strecke sichtbar. Ohne Zögern fuhren wir hin, traten ein, fanden ein weißköpfiges Ehepaar eben bei ihren Kaffeeschalen, und ich habe noch kaum mit meiner Frage begonnen, als es sich unter dem Tisch der Leute bewegt und ein Hund hervorkommt: – Tristan! Es war kein Irrtum möglich – dies konnte nur Tristan sein! Ich fragte gar nicht weiter, sondern jubelte nur das eine Wort heraus, das seit Monaten mein Denken erfüllte. Das Tier fuhr zusammen, stutzte und kam, als ich es erneut bei dem Namen rief, mit einem ganz unbeschreiblichen Laut auf mich zugesprungen, der Freude und Klage in einem war und ungefähr geheißen haben mag: Ja, ich bin es wohl, ich bin der Tristan, aber ich kenne dich nicht und wo ist mein Herr?"

Frau Uta neigte sich vor und liebkoste das Tier, das, als sein Name erklang, sich wieder nach ihr gewandt hatte.

„Gelt, Tristan, so hast du wohl zu mir geredet!", fragte sie freundlich.

Tristan sah sie klug an und stieß ein kurzes Freudengekläff aus, als wollte er sagen: Ja, so war es! Ach, ich bin so glücklich, dass du gekommen bist!

„Er wich nicht mehr von mir, er mag sich gesagt haben, dass der Mensch, der seinen Namen wusste, wohl auch den Weg zu seinem Herrn kennen würde.

Bald waren die beiden alten Leute über die näheren Umstände aufgeklärt und hernach erfuhr ich, wie der Bahnwärter den Hund an jenem Abend, als er zum Spätzug hinaustreten wollte, gänzlich erschöpft und halb erstarrt vor der Tür liegend gefunden hätte. Der alten Frau traten dabei sogleich die Tränen in die Augen und es hätte ihrer Worte nicht bedurft, um mir zu sagen, dass sie mit ganzem Herzen an ihrem Ajax, wie sie ihn getauft hatten, hingen. Mit dem Schmerz, den ich ihnen bereiten musste, versöhnte mich nur der Gedanke, dass der Betrag, den ich ihnen gab, sie in die Lage versetzte, in den Ruhestand zu treten und sorglos ihren Lebensabend beschließen zu können. Unvergesslich aber wird es mir bleiben, wie ergreifend die beiden Alten von dem Hunde Abschied nahmen.

Wie froh ich heimgefahren bin, kannst du dir denken; schwer aber ist es mir manchmal geworden zu schweigen, um dich überraschen zu können. Tristan scheint sich bei mir wohlgefühlt zu haben, ganz glücklich ist er aber erst heute geworden. Gelt, Tristan?"

Da drehte das schöne Tier den Kopf schief zur Seite, rieb ihn zärtlich an seinem Herrn und bellte freudig zu ihm empor.

Und dann musste der Evangelist ihnen seinen Hieronymus zeigen.

Mit strahlendem Gesicht nestelte der Riese die Kapsel unter seinem Bartbusch hervor, öffnete den Deckel und sogleich kam die große Spinne mit hurtigen Füßen auf seinen breiten, tief durchfurchten Handteller gelaufen, unterrichtete sich sorgfältig und krabbelte hernach behutsam auf die Tischplatte hinab, wo sie neugierig und behutsam das ihr neue Terrain durchforschte.

Lange ergötzten sie sich an dem wirklich klugen Gebaren dieses seltsamsten Leibarztes, den sie je gesehen.

Bis spät in die Nacht saßen sie beisammen und die Stunden waren eine heilige Feier gleichschwingender Seelen.

Und auf diesen Abend folgte der Morgen und wieder ein Tag, aus den Tagen wurden Wochen und die Wochen wurden Monde. Und die Monate waren voll bis zum Rande mit Sonnenleuchten, Liebesseligkeit und trautester Harmonie der Herzen.

Es herrschte eitel Freude in den Räumen des Schlosses. Und wenn die beiden jungen Menschen von der Lindenlaube über das endlose Meer der Buchenwälder in die sinkende Sonne träumten, war ihnen, als flögen ihre Seelen, zwei Adlern gleich, durch duftdurchströmten Äther.

Immer wieder musste Beatus der Geliebten all seine Erlebnisse bis ins Kleinste hinein erzählen. Oft kehrten in seinen Gesprächen die schelmisch verträumte Gestalt Vögeli-Heinis wieder und die unvergesslichen Tage beim alten Bernauer Flickschuster Vater Hahn und dem schweigsamen Schäfer von Gerhausen.

Und er berichtete von ihrer Wanderung aufwärts durch Tirol und wie der Wunderapostel sicherlich infolge seiner vorausschauenden Hellsichtigkeit sie so geführt, dass sie eines Tages plötzlich im Heimatdorfe seines Freundes gestanden, das dieser trotz seines heißen Heimwehs all die Jahre scheu gemieden, seit der Vater den von unstillbarem Wandertrieb erfüllten Sohn verstoßen. Und das gerade zu einem Zeitpunkt, da jener auf den Tod krank darniederlag, und wie erschütternd das Wiedersehen zwischen Eltern und Sohn gewesen sei. Wie der Wunderapostel ihm nicht nur den Vater gerettet, sondern auch die Herzen der Eltern zurückerobert und Vögeli-Heini dann glückselig bei den Wiedergeschenkten in Heimat und Werkstatt zurückgeblieben war.

Der alte Evangelist hatte nach wenigen Tagen wieder seinem Beruf nachgehen wollen, aber die Fürstin ließ es nicht zu und erwirkte ihm bei der Stuttgarter Bibelanstalt die wohlverdiente Rast. So war er mit frohem, behaglichem Lächeln geblieben.

Beatus und Uta konnten die beiden Männer oft in tiefen Gesprächen unter den mächtigen Bäumen des großen Parkes wandeln sehen oder sie trafen den Evangelisten irgendwo zwischen den Blumen des Gartens, zärtlich ins Treiben seiner klugen Spinne versunken, die emsig über Buchsbaum oder zwischen duftendem Flox und leuchtendem Rittersporn ihre Wundernetze wob.

Der Wunderapostel aber erhöhte das Glück durch manch tiefes Wort der Erkenntnis, das in den gehobenen Herzen wie Funken zündete.

Häufig auch zog er sich halbe Tage lang in die Bibliothek zurück, wo er sich eifrig dem Studium der deutschen Literatur hingab. Hierbei ließ er sich von der Schlossherrin beraten, die ihm Bücher geben musste, welche als besondere Vertreter der deutschen Volksseele gelten konnten. Diese scheinbare Fremdheit auf dem Felde des deutschen, schöngeistigen Schrifttums passte so gar nicht zu dem Meister, dessen Wissen sonst auf allen Gebieten ein bis zur letzten Wurzel gehendes war, und bestärkte die beiden erneut in der Vermutung, dass der Wunderapostel kein Deutscher – überhaupt kein Abendländer sei!

Alles an ihm wies eigentlich auf einen Orientalen. Doch war hinwieder die Beherrschung des Deutschen eine so verblüffende und der Grund eines Aufenthaltes im Abendland, dazu noch in einer Lebensform, die mit seiner hohen Weisheit in keinem Einklang stand, ein so rätselhafter, dass sie trotz aller Vermutungen und Erwägungen zu keiner Klarheit gelangen konnten.

Umso eifriger führte Beatus die Geliebte in die Wunderwelt der Erkenntnisse ein, die ihm der hohe Meister erschlossen, und er tat es mit jener liebenden Sorgfalt, die kein Wort vergisst.

So wurde auch Uta erweckt und hineingeführt durch die Gewalt des Wunderapostels in die befreienden Weiten der geistigen Welt.

*

Es war wiederum eine laue Hochsommernacht. Sie hatten sich, um die Erhabenheit der Stunde zu genießen, hinaus in den Park zum Teich begeben, auf dessen bläulicher Schwärze die weißen Wasserrosen schimmerten. Mit tiefen Atemzügen sogen sie den würzigen Hauch der Mutter Natur in sich, eins werdend mit ihrem Geiste. Über ihren Häuptern prangte zwischen den Kronen uralter, verknorrter Buchen das Gefunkel des Sternenhimmels, der sich wie ein Reigen liebesglühender Johanniskäfer auf der dunklen Fläche des Wassers spiegelte.

Der Wunderapostel war stumm und schien in sich versunken; so wagte keines die Stille zu stören. Ihre Augen aber gingen von der Erhabenheit des Himmels ständig voll Verehrung auf die regungslose Gestalt des Meisters.

Endlich hob er sein Haupt und begann, während seine Augen sich auf die drei richteten, also zu reden:

„Zu einer Zeit weilte Gautama Buddha im Jetavana Vihara,

in der Stadt Sravasti. Um diese Zeit nun hatte der Erhabene – es war in der voll aufgegangenen Mondnacht – inmitten der Mönchsgemeinde unter freiem Himmel Platz genommen. Da erschien Subho, ein junger Brahmane, vor dem Erhabenen, verneigte sich ehrerbietig vor ihm, wechselte höflichen Gruß und freundliche, denkwürdige Worte und setzte sich seitwärts nieder.

Seitwärts sitzend sprach nun Subho, der junge Brahmane, zum Erhabenen also:

‚Darf ich, o Herr, den Erhabenen über etwas befragen?'

‚Wohlan denn, o Mönch, frage nach Belieben!'

Und der junge Brahmane sprach also:

‚Mir ist die Erkenntnis geworden, o Herr, dass es unter denjenigen Wesen, welche als Menschen geboren werden, solche gibt, welche frühzeitig sterben, und andere, die ein hohes Alter erreichen.

Und mir ist ein Zweites geworden: Es gibt unter ihnen solche, welche Krankheiten unterworfen sind, und andere, welche sich der besten Gesundheit erfreuen.

Und ich beobachtete ein Drittes: Ich sah Leute, die gut gewachsen und von schöner, gefälliger Erscheinung sind, und andere, welche verkrüppelt und hässlich sind.

Und suchend sah ich ein Viertes: Manche, beobachtete ich, werden berühmt und stehen hoch in Ehren, andere bleiben unbekannt ihr Leben durch.

Und wiederum wurde mir eine fünfte Erkenntnis: Arm sind viele Menschen und sterben in Armut, andere aber sind reich bis an ihr Ende.

Und ich fand ein Sechstes: Die einen sind von niederer Abkunft, die andern aber werden in vornehmen Häusern geboren.

Und schließlich ist mir noch eine siebente Erkenntnis geworden: Manche sehe ich, unverständig und arm am Geiste, andere hingegen sind weise und klug.

Was, o Herr, ist die Ursache dieser Verschiedenheit?'"

Hier hielt der Wunderapostel eine Weile inne, dann fuhr er fort:

„Die Frage, die der junge Brahmane an den Erhabenen richtete, ist jene große, gewaltige Notfrage, die sich durch alle Zeiten jeder die Umwelt denkend betrachtende Mensch stellte, die er in ruhlosen Seelenkämpfen zum Himmel rief und die manchem den Geist bis zur Verzweiflung oder Abtrünnigkeit von Gott verwirrte.

Wenn es Gott gibt, grübelt der Denker, dann ist Er der Vater aller Geschöpfe. Also auch der Vater aller Menschen. Dann aber muss Er gegen alle ausnahmslos gleich gut sein. Gott kann nicht anders, grübelt der Lichtsuchende weiter, denn Er ist die Gerechtigkeit selber. Es ist eine gar nicht in Erwägung zu ziehende, sich von selbst verstehende Unmöglichkeit, sich Gott parteiisch zu denken.

Wir müssten also alle in der kurzen Spanne dieses einmaligen Lebens auf Erden die gleichen Lebensbedingungen haben, müssten alle im gleichen Maße Seiner Liebe teilhaftig sein.

Wieso aber kommen dann jene furchtbaren Ungleichheiten in den Schicksals-Losen, die uns ein Vater austeilt, der in seiner Ungerechtigkeit grausamer ist als der ärgste, hartherzigste Rabenvater?

Oder sollte Gott, der alles so weise schuf, hernach alles achtlos von sich tun und dem Zufall überlassen? Dies widerspräche jeder weisen Weltordnung, widerspräche der Möglichkeit des Seins, denn Zufall ist gleichbedeutend mit Chaos. Und es widerspräche vor allem dem Begriffe der Gottheit selbst! Denn Gott, der nicht nur alle Weltenräume, sondern auch alle Lebensformen durchflutet, kann nirgends dauernde Ungerechtigkeit dulden. Denn Gottes Wesen ist ewige Weisheit, Gerechtigkeit, Liebe, oder um es mit einem Worte zu sagen: Harmonie.

Doch der Denkende sieht seine Mitmenschen kommen und gehen, sieht ihre ungleichen Geschicke auf ihrer Lebensbahn, sieht die scheinbar so willkürlich verteilten Freuden und Leiden und es will ihm den Sinn verwirren, denn er kann es nicht vereinen mit Gott.

Und da verzagt der eine, der nicht stark genug ist, dieses bedrückende Rätsel zu lösen, und sagt sich, er habe sich vom Schein der Dinge trügen lassen und es könne Gott doch nicht geben.

Der andere aber, der stärker ist, harrt mit leuchtenden Augen bei Gott aus, denn immer wieder, sooft er den Blick in die Sterne erhebt oder in den Bau des kleinsten Wesens versenkt, überall sieht er das große, erhabene, das eine Gesetz, das sinnloses Chaos in weise Gliederung zwang und allem Geschaffenen seine eigene Lebenszahl und den Rhythmus zum Kosmos gab, und ohne den kein noch so winziger Insektenflügel zu schwirren vermöchte: das Gesetz der Harmonie – Gott!

Und da er weiß, dass Gott und Ungerechtigkeit so wie Zufall unvereinbar sind, muss sich ein tiefes, unergründbares Geheimnis hinter den ungerechten Schicksalen der Menschen verbergen. Ein Geheimnis von so erhabener Göttlichkeit, dass sich hinter ihm sichtbare Ungerechtigkeit in heiligste Gerechtigkeit wandelt. Menschenhirn scheint es nicht fassen zu können und es bleibt, wie bei so manchem, nur die gläubige Demut vor Gottes allmächtiger Weisheit.

Einmal aber mag es im Leben dieses gotttreuen Denkers geschehen, dass der Ewige als Lohn für sein loderndes, heiliges Suchen und sein inbrünstiges Versenken plötzlich die Schleier von seinen inneren Augen zieht und ihn geistig wiedergeboren werden lässt.

Und der Wiedergeborene ist nun mit einem Male sehend geworden und schaut mit Ehrfurcht, wie vor dem weisen Ratschluss der Gottheit sich selbst das Ungerechteste und scheinbar Verworrenste in klare Weisheit löst auf seinem heiligen Wege.

So höret denn weiter den heiligen Kreislauf des Gottesfunkens durch das Reich der Menschheit und das Weben der weisen

Pläne Gottes, die jenem jungen Brahmanen und so vielen Menschen schon heiße, qualvolle Not schufen!

Wie ihr wisst, leben die drei Naturreiche unter den Menschen restlos den göttlichen Gesetzen, vom Willen des Gruppengeistes geführt, der nie gegen die kosmische Harmonie verstößt. Ihre Entwicklung vollzieht sich in den Traumtälern schuldloser Unmündigkeit.

Auch der Mensch hat die Erfahrungen seiner Umwelt zu sammeln. Bei ihm aber hat die Entwicklung des Gottesfunkens eine derartige Höhe, dass er aus der Gebundenheit der Gruppenseelengemeinschaft befreit ist und die volle Individualität besitzt.

Drei göttliche Geschenke legte ihm Mutter Natur dafür in den Schoß: das volle Bewusstsein seines Ichs, die Tiefe des Gemütes und die Fähigkeit, Gott zu erkennen.

Aus den beiden ersten Erkenntnissen erwächst ihm das Gefühl der Achtung und Heilighaltung des Lebens um ihn herum, aus der Gotteserkenntnis die Aufgabe, Gott zu dienen.

Durch das Losringen aus der Vormundschaft des Gruppengeistes und das siegreiche Erlangen der Individualität hat der Mensch jedoch auch die eigene Verantwortung für sein Tun übernommen.

Dieses Durchdringen zur Selbst- und Gotterkenntnis ist aber notwendig, da der Mensch sonst ewig bloß eine wunderbare Puppe bliebe.

Der Sinn und Zweck seines Daseins ist ganz derselbe wie bei den anderen drei Reichen: sich aufwärts zu ringen. Das heißt: sich von seinen Fehlern, Mängeln, Sünden, von der irdischen Gebundenheit frei zu machen und sich immer mehr zu vergeistigen und zu vollenden, denn kein Gottesfunke kann auf seinem Weg zum Urgrund sich mit Gott früher voll vereinigen, bevor er sich nicht völlig vergöttlicht hat.

Nur muss der Mensch nun bewusst und aus Eigenem das tun, was bisher die Gruppenseele tat: nicht gegen die Harmonie verstoßen! Dieser Weg aber wäre kein göttlicher und trotz der

Freiheit bliebe der Mensch dennoch eine Gliederpuppe, die nicht das leiseste Verdienst hätte, wenn dieser Weg zu Gott nur die eine Möglichkeit des bedingungslosen Zustrebens auf dieses Ziel böte.

Erst dadurch, dass Gott vom Menschen an dem Gottesfunken die volle Freiheit gibt und ihm ständig die Wahl lässt, ob er auf diesem Wege zu Ihm hinstreben oder sich von Ihm entfernen will, indem er nach den Gesetzen Gottes lebt oder den Regungen seiner niederen Begierden sich hingibt, sich also immer wieder für Gut oder Böse entscheiden kann, erst dadurch wird dieser Entwicklungsgang des Menschen göttlich!

Er ist das einzige Wesen, das klar zwischen Gut und Böse zu unterscheiden vermag. Und dem ein starkes Gefühl das Gute als Segen weist, das ihn in Harmonie belässt mit Gott, Seele und Leib ihm erquickend, während es ihm das Schlechte als Fluch und Gottzerwürfnis durch das Missbehagen der Seele und oft auch des Leibes deutet.

Wohl also wüsste der Mensch stets das Wahre, doch mit der Erringung der Willensfreiheit hat sich zum ersten Mal für ihn neben Gott Luzifer gestellt, der ihn unermüdlich mit seinem Blendwerk versucht.

Die Versuchung aber ist das entscheidendste Mittel zur Vergöttlichung und der Schlüssel zum Himmelreich.

Denn ohne Prüfung wäre keine Selbstüberwindung und somit keine Aufwärtsentwicklung möglich.

So ist Luzifers Tun für den Menschen höchster Liebesdienst, der seinen Lebensweg erst zum Königlichen Pfade macht, so er ihm widerstehen kann. Luzifers Walten, gehorsam dem göttlichen Auftrag, wird jedoch von den Menschen missverstanden.

Doch der Mensch ist ein schwaches, irrendes Geschöpf, das viele Fehler begehen und oft den Versuchungen unterliegen muss. Dadurch aber vergeht er sich gegen die göttlichen Bestimmungen, stört die Harmonie und lädt somit Schuld auf sich.

Dies aber kann nicht ohne Bedeutung sein für die Seele des Menschen.

Wo wir in der Welt hinsehen, überall finden wir, dass nicht das Winzigste vergehen kann, sondern nur in anderer Anordnung wiedererscheint. Und dass im Körperlichen jede Ursache unaufhaltsam ihre Wirkung auslöst. Sollten da Taten im Geistigen vergehen, sollte Schuld ohne Sühne, Verdienst ohne Lohn bleiben? Sollte es im Geistigen nicht ebenfalls das eherne Gesetz von Ursache und Wirkung geben? Umso mehr, als wir wissen, dass sogar alles Stoffliche letzten Endes doch nichts anderes ist als Geist!

Nein, die Welt wäre von Gott nicht nur schlecht erdacht, sie wäre geradezu unmöglich, da sie, dem Zufall anheimgegeben, in blinde Unordnung zerfallen müsste, wenn es das harmonische Walten der ausgleichenden Gerechtigkeit für das Geistige – das doch die treibende Wahrheit alles Sichtbaren ist – nicht geben würde! Und wenn schon die Spiegelbilder des unsichtbaren Geistes, nämlich die sichtbaren Körper, nicht ohne das gewaltige Gesetz des Gleichgewichtes bestehen können, wie sollte dann der Geist selbst bestehen können, wenn er nicht noch zwingender dem ehernen Gesetz von Ursache und Wirkung unterworfen wäre!

Es ist ohne jeden Zweifel: Im ganzen Weltensein muss alles, vom kleinsten Energiekorn bis zum größten und gewaltigsten Stern, vom kleinsten Gedanken bis zur größten Tat, diesem unbestechlichen Weben von Ursache und Wirkung unterworfen sein, das überall, wo die Harmonie gestört ist, so lange wirkt, bis das Gleichgewicht wiederhergestellt ist.

Darum ist dieses Gesetz der ausgleichenden Gerechtigkeit, das die Inder Karma nennen, auch das Fundament aller Religionen der Welt!

Es kann keine Schuld vergehen und vergeben werden, ehe sie nicht gesühnt ist!

Alle Handlungen tragen unausbleiblich jene Früchte, die ihnen entsprechen.

Es ist unausdenkbar, dass der Gute ohne Lohn und der Böse ohne Strafe bleibt.

Deutlich sprechen dies das Christentum und der Buddhismus, die beiden höchsten Religionen der Erde, aus.

Erinnert euch an das Wort des Apostels Paulus: Irret euch nicht, Gott lässt Seiner nicht spotten, denn was der Mensch säet, das wird er ernten!

Und tönt es uns nicht immer wieder dröhnend entgegen aus dem Alten Testament: Aug um Aug, Zahn um Zahn!

Unheimlich klingt es, und doch ist es das erhabenste, göttlichste Gesetz in seiner scheinbaren Unbarmherzigkeit, das keine Verzeihung kennen will.

Ich sage: scheinbaren Unbarmherzigkeit, denn es gibt kein herrlicheres Gesetz für ein willensfreies Wesen, als jenes der tätigen Selbstsühne! Das werklose Empfangen der Verzeihung ohne eigene Sühne wäre eines sich aufwärts ringenden Gottesfunkens nicht würdig!

Reue ist wohl die erste Stufe auf dem Wege der Wandlung, sie ist der stärkste Willensantrieb und die beste Kraft zur Umkehr zum Guten, aber kein Mensch soll sich dem Wahne hingeben, Reue allein vermöge Schulden zu tilgen!

Kein Mensch entgeht den Folgen seiner Schuld!

Dies aber soll ihn nicht bedrücken!

Mutig soll er sich sagen: Ich war zu schwach, der Versuchung zu widerstehen. So will ich nun dafür Sühne leisten!

Ich weiß, dass Du, Gott, mich nicht verstößt und die Sühne Deine liebevollste Hand ist, mit der Du mir wieder aufwärts hilfst zu Dir!

Mutig sehe ich darum dem Sühneleid entgegen.

Der Mensch, der sich diese tiefste Wahrheit errungen hat, fürchtet das Leben nicht mehr.

Er weiß, dass Karma unermüdlich bestrebt ist, indem es

scheinbar straft, in allen Dingen wieder das Gleichgewicht, die Harmonie herzustellen.

Gott bevorzugt niemanden, noch zürnt Er einer Seele. Er liebt die dunkle Seele ebenso innig wie die lichte, denn Er ist der Vater aller!

Nicht Gott bestimmt jeweils das Maß von Lohn und Strafe, sondern der Mensch setzt sich beides durch sein Verhalten selber.

Gott aber harrt in endloser Geduld auf den Heimgang all Seiner Kinder und sieht auf die langen, trüben Wege mit der nämlichen Liebe wie auf die lichten.

Denn für Gott gibt es weder Gut noch Böse, für Ihn gibt es nur Fortschritt oder Rückschritt in der Aufwärtsentwicklung. Und wenn Er auf das Ringen der Seelen schaut, sieht Er keine guten und keine bösen Seelen, sondern nur lauter heilig brennende Flämmchen, die in heißen Kämpfen sich aufwärts mühen in ewigem Steigen und Sinken und Wiedersteigen.

Gut und Böse kennt nur der Mensch und selbst bei ihm sind diese Begriffe wandelbar! Vieles, das heute als böse erscheint, ist morgen gut. Aus der Gottschau heraus betrachtet aber ist selbst das Böse noch von Nutzen, da es im selben Maße, wie es für den Verursacher zur Schuld wird, jenem, dem es zugefügt wird, zur Sühne gereicht und somit auch Hilfe ist.

Denn das Leid, das einem Menschen widerfährt, kann ihm nur deshalb geschehen, weil er einst selber Leid über andere brachte. Und es ist nun die segensvolle Sühne für das einst Getane, durch welche die Seele gleichzeitig von ihrer Schuld befreit wird. Der Leidbetroffene findet dadurch zu seinem Gott zurück, von dem er sich entfernt hat, indem er früher selbst ein Leidverursacher war.

Darum ist es irrig, von Gott zu erwarten, dass Er Mitleid im menschlichen Sinne haben soll, denn vor Seinen Augen offenbart sich Leid nicht als strafender Fluch, sondern als befreiender Segen, und das Böse wandelt sich zu gnadenvoller Hilfe.

Es kann also keiner Menschenseele anderes geschehen, als

was sie sich einstens selber verursachte, denn ‚was der Mensch sät, das wird er ernten'. Jede aber findet einmal Gelegenheit, wieder voll und ganz sühnen zu können.

Darum kündete Buddha seinen andächtig lauschenden Schülern die Worte, die leuchten wie der funkelnde Sternenhimmel in lauen Nächten: Mein Gesetz ist das Gesetz der Gnade für alle!

Der Gnade für alle! – Indem Gott dem Sünder die Möglichkeit gibt, durch Sühne seine Schuld zu tilgen. Wie stillt dies Wort das peinvolle Aufstöhnen hunderttausender irregegangener Seelen, wie bringt es Mut und Zuversicht und neuen freudigen Willen zum Guten! Wie fällt es als warmer, leuchtender Sonnenstrahl in das Düster des Glaubens an eine seelenzerstampfende ewige Verfluchung.

Nein, Gott verstößt, Gott verdammt keine einzige Seele, kann es gar nicht, da Er sich selber damit träfe, denn Er ist ja im Fehlenden nicht minder, als in jenem, der den Pfad der Tugend wandelt.

Das widerspräche aber auch der Vorstellung, dass Gott die Liebe und die Gerechtigkeit selber sei. Denn empfinge der Mensch tatsächlich nach diesem einmaligen Erdenleben auf ewige Zeit sein Urteil, dann wäre die so verschiedene Verteilung der Lebenslose bei der Geburt die ungerechteste Lieblosigkeit. Und es wäre göttlichem Geiste und göttlicher Gerechtigkeit nicht gemäß, wenn Er von der einen Seele, die Er in die düsterste und moralisch verkommenste Umgebung steckte und die vom ersten Kinderschritt an nichts anderes als Lüge und Verworfenheit erlebt, dasselbe verlangte, wie von jener anderen Seele, die Er in die besten Verhältnisse bettete, wo sie obendrein die fürsorglichste Erziehung empfängt und in einer Umgebung aufwächst, die voll der edelsten Ideale ist.

Welcher Mensch brächte es fertig, diesen vor den brennenden Augen des Unseligen zu belohnen, weil sein Leben in einer Umgebung verlief, in der ihn tausend gute Kräfte vor jedem Fehltritt bewahrten, und den Unglücklichen, in dessen Herz nie auch nur ein Schimmer von echter Moral fiel, zu verdammen!

Und was kein Mensch über sich zu bringen vermag, dies sollte Gott tun, Er, die ewige Liebe und Gerechtigkeit?

Gottes Werke müssen die Weisheit selber sein in kristallener Klarheit. Und es wäre eine ärmliche Erwiderung, etwa zu entgegnen: Sie haben beide Willensfreiheit. Denn wiederum wiese darauf die Frage, aus welchem Grunde es der Seele in den menschlichen Niederungen dann umso vieles schwerer gemacht würde, die schreiendste Ungerechtigkeit auf.

Diese Seelennot aber wird noch vergrößert durch die Beobachtung, dass umgekehrt auf Erden manch Böser trotz seiner schlechten Taten das angenehmste Leben führt und straflos stirbt, während manch Guter von sinnlos erscheinenden Leiden heimgesucht wird.

Und wieder wird der Mensch von der Weisheit des Karma weg in den Strudel sinnlosen Zufalls gezogen.

Die suchende, ringende Seele schreit nach dem Licht des Erkennens in ihrer Not, in der sie wie ein verflogener Vogel gegen die hemmenden Wände stößt und wirr zu werden droht.

Und wieder gibt ihr darauf ein sonnenleuchtendes Wort Buddhas Klarheit und Selenfrieden, ihr alle Wirrnisse in Gottes himmlische Weisheit wandelnd. Dies Wort aber, das jedem Menschen in die Wiege gelegt werden sollte und das Jesu Christi Wort von der Wiedervergeltung erst völlig klarmacht, heißt:

‚Die Schrift hat, Brüder, recht! Der Menschen Sein
Als Folge geht auf früheres Sein zurück,
Vergangener Sünd entsprießen Sorg und Leid,
Vergangener Guttat, Glück. –
Ihr erntet, was ihr säet.'"

Hier schwieg der Wunderapostel. Seine Seheraugen waren auf die regungslose Fläche des Teiches gerichtet. Gebannt hingen die Zuhörer an seinem Antlitz. Dieses Antlitz aber leuchtete wie eine eherne Gesetzestafel.

Und wieder begann der große Prediger nach einer Weile also zu reden:

„Dies Wort ist die erlösendste und erhebendste Botschaft der Gottheit an die Menschen.

Es zerstört den Wahn, die Erde sei ein Jammertal, und zeigt sie uns als einen herrlichen Kampfplatz strebender Geister.

Es macht den Irrwahn vom blinden Geschehen in der Welt zunichte, überall Gottes weisen Ratschluss kündend.

Es erhebt den Menschen aus der unwürdigen Rolle eines Spielballes in der Hand der blinden Willkür zum selbsttätigen, selbstbestimmenden Gott.

Wer sich den Sinn dieser Botschaft erkämpft, wer wissend geworden durch Aufweckung des Geistes und diese Wahrheit fand, der sieht nun plötzlich, dass das Leben nicht ein sinnloses Aufzucken und Verlöschen, sondern nur eine kurze Wegstrecke des heiligen, großen Kreislaufes ist, voll des heißesten, strebendsten Aufwärtsringens zur Vergottung.

Besiegt ist der Wahn vom einmaligen Leben im Fleische, erloschen das Wähnen vom Tode!

Es gibt keinen Tod, es gibt nur eines: ewiges Leben!

Es gibt kein Vergehen, es gibt bloß ein Wechseln der irdischen Hüllen.

Ich bin nicht ich, du bist nicht du. Was ich bin, das siehst du nicht; was du bist, das ahn ich nur. Wir sind nicht nur ein Gegenwärtiges, wir sind ein Vergangenes ebenso wie ein Künftiges. Wir sind etwas, was du nicht fassen kannst und ich nicht fassen kann: Wir sind ein Ewiges, Weltenwanderndes in vielen wechselnden, irdischen Hüllen.

Ich sehe nicht so aus und du nicht so; mein ist nicht Glück, dein ist nicht Leid; ich heiße nicht so und du nicht anders. Wir haben endlose Gestalten und unzählige Namen und wir haben dennoch keine Gestalt und keinen Namen!

Gestaltlos trotz aller Gestalten, namenlos trotz aller Namen leben wir durch die Ewigkeit, sind wir nur eines, das unser Gehirn nie ganz begreifen und unser menschliches Auge nie zu schauen vermag: ein Göttliches!

Aus Gott kommend, zu Gott strebend, in Gott ruhend und Gott in uns tragend.

Wer dies erkannt hat, der geht aufrecht durch die Welt, denn er ist sich seiner göttlichen Bestimmung und somit auch seiner Pflichten bewusst. Er hält sein Leben heilig und hegt es jede Stunde. Und hütet sich wohl und müht sich heiß, keine Schuld auf sich zu laden, denn er weiß, dass wohl vielleicht der derzeitige Körpermensch ungestraft dem Weben des Karma entgehen kann, nie aber das Wahre, das diesen Körper beseelt und bewohnt und das der Arm Gottes dennoch irgendeinmal erreicht.

Er weiß, dass seine Erdenbahn eine große Prüfungsstunde ist, in der Gott ihm Gelegenheit gibt, Fehler der Vorstunde auszubessern und ihm neue Aufgaben gibt. Dass er aber mit jedem Fehler, den er macht, seine Höherentwicklung hemmt, sein zukünftiges Lebenslos verschlechtert und somit die Zahl der Wiederverkörperungen mehrt.

Dankbar nimmt er das Glück, in ihm den Lohn vergangener Guttaten, demütig das Unglück, in ihm die Sühne einstiger Fehler erkennend. Und er trägt das Leid mit zuversichtlicher Dankbarkeit, wissend, dass es Gottes gütige Helferhand ist, die ihn durch Sühne aus Schuld befreit. Und er lässt sich die Freude heißen Ansporn sein zur weiteren, sieghaften Überwindung aller prüfenden Versuchungen.

So lebt der Erkennende sein Leben bewusst, wissend an der Gestaltung seiner kommenden Wiedergeburten arbeitend; von der Erkenntnis erfüllt, dass er im selben Maße, wie er in Vergangenheit und Gegenwart eine Quelle des Glückes oder des Leides für seine Mitmenschen war, das Schicksal seines nächsten Lebens formt, also die Umgebung und die Lebensumstände seiner Wiederverkörperung. War sein ganzes Leben ein Geben von Liebe, so wird er in eine sonnige, glückausströmende Umgebung geboren, säte er Hass und Eigennutz, wird er sich in freudlose, leidvolle Lebensumstände versetzt finden.

Denn wisset, das jeweilige Leben eines Menschen ist ein zauberisch zwiefacher Spiegel, aus dem der Wissende ganz wundersam die Lebensumstände des vorigen Seins und das Schicksal der kommenden Wiederverkörperung zu ersehen vermag."

Überrascht blickten die Zuhörer auf den Wunderapostel. Aus ihren Augen las er die große Frage. Und diesmal war es Frau Uta, die voll tiefer innerer Erregung über die heilige Gesetzmäßigkeit des Lebens an den Wunderapostel lebhaft die Bitte richtete:

„Möchtet Ihr die Güte haben, Meister, uns dies näher zu erklären!?"

Der Wunderapostel blickte sie mit seinen sonnenhaften Augen an und sprach, leise lächelnd, mit unendlich gütiger Stimme:

„Du hast nun, meine Schwester, dieselbe Bitte ausgesprochen wie Subho, der junge Brahmane, nachdem Gautama Buddha ihm seine siebenfältige Frage dahin beantwortet hatte, dass alles die Auswirkung des Karma sei, das die Menschen diesen Verschiedenheiten unterwirft. Gern will ich es dir näher erklären und kann es wohl nicht besser, als wenn ich mich jener Antwort bediene, die der Erhabene seinem Schüler gab.

Als Subho die Bitte getan hatte, begann Buddha ihm seine erste Frage, weshalb die einen Menschen frühzeitig sterben, während andere ein hohes Alter erreichen, folgendermaßen auszulegen:

‚Wer einen Menschen oder Tiere böswillig tötet und somit das heilige Leben verkürzt, der wird in der Wartezeit nach seinem Tode, bis die Stunde seiner nächsten Wiederverkörperung sich erfüllt hat, in der Hölle schmachten und hernach auf Erden nicht lange leben, sondern frühzeitig sterben. Und dieses unsinnig erscheinende frühe Sterben, oft schon im Säuglingsalter, hat seinen tiefen Sinn darin, dass der Gottesfunke, der im Jenseits nur von dem einen ungestümen Drang erfüllt ist, seinen Entwicklungsweg auf Erden so rasch wie möglich weiter zu führen, sich erneut gehemmt und zurückgehalten sieht durch eine lange jenseitige Wartezeit.

Wer aber das Töten in Ehrfurcht vor der Heiligkeit des Lebens meidet, Mensch und Tier als Brüder achtet und sie mit Liebe umhegt, gütig und mitleidig gegen sie ist, der wird nach seinem Tode den Himmel ernten, und wenn er wiedergeboren wird, ein hohes Alter erreichen."

„Wie ist das wunderbar! Wie weise gleicht doch das große, karmische Gesetz die Fehlcr der Menschen aus!"

Ernst nickten die Männer.

„Die Ursache aber", fuhr der Wunderapostel fort, „weshalb die einen viele Krankheiten erdulden müssen, während die anderen sich bester Gesundheit erfreuen, erklärte ihm der Erhabene also:

‚Wer Menschen oder Tiere misshandelt, sie peinigt und kein Mitleid gegen seine Mitgeschöpfe kennt, der wird, wenn er wiederkommt, von vielen Krankheiten heimgesucht werden.

Wer aber gegen alles Lebende gut war, wird von keiner schweren Krankheit befallen werden.'

Und zur nächsten Frage übergehend, fand der Erhabene, unter dem Feigenbaum thronend, diese Worte:

‚Ein Mensch, der in seinem Leben neidisch, falsch und boshaft ist, also eine hässliche Seele hat, wird bei seiner Wiedergeburt am Leibe gezeichnet und von unschöner oder verkrüppelter Gestalt und abstoßenden Gesichtszügen sein.

Der aber, der wahr, liebevoll und friedfertig ist, wird schön sein an Wuchs und Angesicht.'

Die Frage jedoch, warum manche berühmt und von aller Welt gekannt und verehrt würden, während die andern im Dunkel der Unbekanntheit leben müssten, legte Buddha dem jungen Brahmanen folgenderweise aus:

‚War ein Mensch bescheiden, vermag er sich am Glücke anderer eifersuchtslos zu freuen, obwohl er im Schatten stand, so wird er ins Licht gehoben werden und sein Name wird glänzen.

Ist er aber auf das Glück seiner Mitbrüder eifersüchtig oder auf seine angesehene Stellung oder auf seine vornehme Herkunft stolz und von maßloser Eingebildetheit, dann wird er in seinem nächsten Leben gänzlich unbedeutend und unbekannt sein.'"

Und während die Zuhörer immer begieriger am Munde des Meisters hingen, sprach dieser weiter:

„Warum, fragen gleich Subho täglich Millionen von Menschen zum Himmel, sind wir, gerade wir arm, während so viele andere in Reichtum leben? Ihnen gibt Buddha, der große Erleuchtete, diese Antwort:

‚Wer gegen die Menschen, im Besonderen gegen die Armen, geizig, ungastlich und unbarmherzig ist, wird, um lernen zu können, wie weh Armut tut und um sie lindern zu helfen, im nächsten Leben selber arm geboren. Gott, der nicht Rang und Stellung in dieser Welt, sondern nur die Stufe, auf der die Seele sich befindet, ansieht, für den es nicht Menschenleiber, sondern nur Seelen gibt, zwingt in weiser Liebe die Seele des hohen Adelssohnes, der gegen die Armut nur Verachtung übrig hatte, oder jene des reichen Patriziers, der den Notschreien des Elends gegenüber mitleidlos sein Herz verschließt, im nächsten Leben in die düsteren Behausungen der Armut und des Unglücks, ihnen so Gelegenheit gebend, ihre Schuld abzutragen und die volle Erkenntnis dieser Lebensumstände zu gewinnen.'"

Fürstin Uta konnte sich hier eines Ausrufes staunender Hingerissenheit nicht erwehren:

„O Meister, je mehr ich in Eure Welt dringen darf, umso mehr schließen sich die scheinbar entferntesten Dinge zur weisesten Gesetzmäßigkeit zusammen! Wie gütig ist doch Gott, der jeden Menschen durch die Umstände seines Lebens die genaue Höhe seiner Seelenentwicklung zeigt, mit diesem Werk der Gerechtigkeit gleichzeitig jenes der Liebe auswirkend, indem Er jedem weist, worauf er das Hauptaugenmerk seiner Selbsterziehung vor allem zu richten hat!"

Zustimmend entgegnete der Wunderapostel:

„Ja, Schwester, du hast recht, Gott ist die grenzenlose Liebe! Und diese Liebe, die helfen will, ist so groß, dass Er der Menschheit immerwährend durch die Erscheinungsformen der Natur ein getreues Spiegelbild ihres jeweiligen Entwicklungszustandes vorhält, doch die Menschen sind für die feine Sprache der Gottheit unempfindlich geworden und nur mehr wenige verstehen diese Bildersprache der Natur oder jene ihres Lebens zu deuten."

„Wie traurig ist es, dass die Menschen aus ihrem Leben keine Lehre mehr zu ziehen vermögen", sprach Frau Uta leise, „und dass sie Fehlern nicht mit jenem leidenschaftlichen Kampfeswillen entgegentreten, den man gegen sie als Mehrer der Wiederverkörperungen aufbringen müsste."

„Einst wird es anders sein! Es wird die Zeit kommen, und sie ist nicht mehr fern, in der Menschen sich all dieser Erkenntnisse wieder klarer bewusst werden, und unsere Aufgabe ist es, Wegbereiter dieser neuen Zeit des Wassermann-Äons zu sein."

Der Wunderapostel schwieg.

Feierlich blickten die drei auf den großen Prediger; dann suchten sich ihre Augen. In ihnen lag ein heiliges Gelöbnis.

Nach längerer Zeit tiefen Schweigens sprach Frau Uta mit leise bebender Stimme:

„Dürfen wir dich, Meister, bitten, uns das Geheimnis des karmischen Gesetzes zu Ende auszulegen?"

Wieder richtete der Angeredete seine Augen voll auf die Frau und nickte unmerklich.

„Die letzte Frage Subhos nun, worin die Gerechtigkeit läge, so viele Menschen arm am Geiste oder überhaupt als Narren zu finden, während andere voll der höchsten Weisheit und Geistesschärfe sein dürften, legte ihm Buddha also aus:

‚Wer brennenden Herzens nach dem Lichte der Erkenntnis sucht und kein heiligeres Gut kennt als die Weisheit, dessen Streben wird dadurch belohnt, dass er als geistig hochstehender Mensch wiedergeboren wird.

Der aber, der alles Geistige verachtet, den Lichthöhen desselben feindselig gegenübersteht, wird, ob dieser Versündigung gegen den heiligen Geist, als Narr zur Welt kommen und sein göttlicher Geist hat im Jenseits, wo er das schwere Los seiner Wiedergeburt sah, unendlich viel gelitten und dadurch drüben gesühnt.‘

Dies, meine Freunde, ist das Geheimnis der Ungleichheiten des Lebens! Es wird dem Menschen auch nicht im Geringsten etwas anderes vorherbestimmt, als was er sich selber schafft!

Wie ein Mensch am Morgen des nächsten Tages sein Werk dort wiederaufnehmen muss, bis wohin er es führte, ehe er zur Ruhe ging, gerade so ist es mit seinem Lebenswirken nach der großen Ruhe, welche die Menschen Tod nennen.

Was soll ein Mensch darum tun, um weise zu handeln?

Er soll bewusst mit einem Leben uneigennützigster Liebe beginnen, denn er weiß, dass nur durch diese das Böse besiegt und gemäß dem karmischen Gesetz von Ursache und Wirkung der Weg der Erdenleben allmählich beendet werden kann.

Nur durch Liebe wird der Mensch wissend; Liebe bewahrt vor Schuld; Liebe überwindet das Irdische. Nur durch Liebe geht der Mensch ein zu Gott!

Alle Menschen suchen im Leben das irdische Glück, jagen ihm nach, einem ungekannten Ziele zu.

Doch, ob König oder Bettler, keiner vermag diesermaßen restlos glücklich zu werden, denn alles Erreichte ist nur vergängliches Glück der Erde.

Es gibt nur ein Glück, das wahr und ewig ist und das ihre Seelen hungrig suchen, so lange, bis es ihnen offenbar wird – dies Glück aber ist das bewusste Einigsein mit Gott, das Leben für Gott, das hinführt zum Aufgehen in Gott und zum großen Endziel: die heilige Einmut.

Für Gott aber vermag nur der zu leben, der ganz Liebe ist, denn Gott ist die Liebe selbst! Dieser Mensch hat bewusst Unsterblichkeit erstrebt, er stellt seine Seele immer mehr vom Irdischen auf das Göttliche ein, da er klar erkannt hat, dass sein Erdenweg nicht sein Leben selbst, sondern bloß ein Durchzugsort zu höheren, lichteren Zielen ist, und er sich dieser wahren Bestimmung umso rascher nähert, je weniger er sich an Irdisches fesselt, sein Herz an Vergängliches hängt und Torheiten nachjagt.

Darum haben Christus, Buddha und der heilige Franziskus arm gelebt, weil sie wussten und damit zeigen wollten, dass alles Irdische nur Schein ist, der vom Wahren abhält: vom Leben in Einmut.

Und diese Drei haben uns auch den Weg gewiesen: den Weg der uneigennützigen Liebe, die in allen Erscheinungsformen immer nur das eine sieht: Gott!

Und darum ist die christliche Religion die höchste der Welt, weil sie mehr als jede andere Religion die uneigennützige Liebe predigt! Immer wieder tönt das eine Wort durch alle Evangelien: Liebe!

Liebe deinen Nächsten wie dich selbst. Was ihr dem geringsten eurer Brüder tut, das habt ihr mir getan.

Einst, als Christi Gemeinde jung war, lebten die Menschen nach diesem Wort. Im selben Maße aber, wie sich die Menschheit mehr und mehr dem Stoff zuwandte, hat sie die Erkenntnis der Gesetze des Lebens verloren. Und so hat sie die uneigennützige, geschwisterliche Liebe verloren. Wer aber die Liebe nicht hat, sinkt in Schuld und kommt auf den Weg der Leiden.

Doch es wird die Zeit wiederkehren, da immer mehr Menschen das tiefe Geheimnis der Liebe erkennen werden. Dann werden die Leiden im selben Maße sich verringern, wie die Menschen bewusst diesem Worte nachleben, wird die Schuld versiegen, werden Krankheit und Trübsal aus der Welt verschwinden. Die Schatten werden fliehen, die Erde wird lichter und wärmer werden, die Menschen werden dann Jahrhunderte leben in sündenmeidender Glückseligkeit und unmerklich in eine reinere, höhere, feinere Region gehoben werden, in eine durchgeistigtere Region, die sie immer mehr der Materie entwindet.

Darum ist das Geheimnis vom Leid und von der Liebe dieses: Der Unwissende verstößt gegen die Gesetze Gottes, häuft Schuld auf sich und kommt in Leid. Er aber bedarf des Leides, denn dies ist der Erwecker, der ihn zur Besinnung und schließlich zur Erkenntnis bringt.

So führt den Menschen die erste Strecke seines Weges das Leid empor.

Der Wissende aber erkennt die Gesetze, müht sich, nicht mehr gegen sie zu verstoßen, meidet dadurch die Schuld und bleibt dem Leide fern. Ihn führt die zweite Strecke seines Weges die Liebe empor.

Wenn der Mensch sich aber so weit emporgerungen und geläutert hat, dass er keine vergangene Schuld mehr sühnen muss und die Verlockungen und Versuchungen der Erde keine Gewalt mehr über ihn haben, dann ist er ein Meister der Natur geworden.

Er ist den Gesetzen der Natur nicht mehr wie ein gewöhnlich Sterblicher unterworfen, er gebietet über sein Leben und sogar über den Tod. Karma hat sich an ihm ausgewirkt, er hat alle Erfahrungen des Menschseins gesammelt. Er ist ein Heiliger, ein Wahnversieger, Endiger. Er hat das Werk gewirkt, die einst so schwere Last der Irrungen längst überwunden, die körperlichen Daseinsfesseln abgestreift, sich durch vollkommene Erkenntnis erlöst, das Heil sich errungen. Er ist zielbewusst der vollen Befreiung des Geistes entgegengeeilt. Und triumphierend kann er mit Buddha sagen:

‚Der Höchste bin ich in der Welt,

Der Hehrste bin ich in der Welt,
Der Erste bin ich in der Welt,
Für ewig bin erlöst ich,
Das letzte Leben leb ich,
Und nicht mehr gibt es ein Wiedersein.'"

Nachtstill war's unter den uralten Buchen am Teich. Wie unirdische Augen schimmerten die Wasserrosen.

Der Wunderapostel hatte geendet und sprach kein Wort mehr. In sich versunken blickte er auf den Teich hinaus.

Oder sah er dort etwas, das ihn ganz gefangennahm?

Wer konnte es wissen!

Eines aber wussten sie alle: Sie selber saßen einem solchen heiligen Endiger, einem Wahnversieger, der die Daseinsfesseln abgestreift, sein Leben meisterte und dem Tod gebot, gegenüber ...

Achtzehntes Kapitel

Sie tranken den Kaffee nach dem Mittagsmahl des nächsten Tages im kühlen Schatten der alten Buchen am Teich.

Die drei hatten den Wunderapostel in ihre Mitte genommen, auf ihren Gesichtern lag noch immer die Feierlichkeit der Offenbarungen des gestrigen Nachtgespräches. Frau Uta und Beatus schienen angegriffen, besonders die Fürstin war erregt.

Nur aus dem Gesichte des Wunderapostels sprühte die allzeit gleiche Jugendkraft.

Tristan saß wie immer zwischen den Knien seines Herrn, den Kopf auf dessen Schoß gelegt und seine klugen Augen von Zeit zu Zeit zu ihm erhebend.

Mit einem unbeschreiblichen Blick von Güte und Besorgtheit beobachtete der Wunderapostel die Fürstin, welche ein wenig unruhig die Tassen füllte und ihren Freunden reichte. Er wusste, dass sie die Nacht kaum geschlafen und bis zum Morgengrauen von den Bildern und Gedanken des gestrigen Abends erfüllt gewesen war.

„Komm, Schwester", sagte der Wunderapostel zu ihr lächelnd, als sie die Tassen gefüllt hatte, „gib mir deine Hand!"

Sofort fühlte Frau Uta einen starken befreienden Strom in sich fließen und nach wenigen Atemzügen hatte sie eine Frische in sich wie nach langem, köstlichem Schlafe. Mit warmem Blick dankte sie stumm dem väterlichen Freunde.

„Ich habe gestern fast kein Auge zugetan", begann Beatus.

„Auch ich habe die Nacht unter den Sternen verwacht und keinen Schlaf finden können. Mir ist es immer wieder gewesen", fuhr Frau Uta fort, „als wandelten sich die unzähligen

Lichter des Himmels in lauter Gottesfunken, die alle auf seliger Pilgerschaft waren, aufwärts zum Ewigen!

Und der Gedanke, mit ihnen streben zu dürfen, inbrünstig mitzukreisen im großen Kreislauf des Lebens, hat mich mit einer Frömmigkeit erfüllt, wie ich sie so stark mein ganzes Leben nicht gekannt." Mit fieberhaft aufsteigender Röte sprach sie diese Worte.

„Ja, du hast recht", stimmte ihr Beatus begeistert zu. „Der Gedanke, dass das Ringen und Streben unseres werktätigen Lebens nicht auf dessen kurze Zeitspanne beschränkt ist, die an der Ewigkeit gemessen nur wie ein Hauch ist, sondern sich in einer Folge von Leben fortsetzt, macht mir das Leben erst zum freudigen Sein!"

„Ihr seid ergriffen von dem, was ich zu euch gesprochen habe", sagte der Wunderapostel, „und doch zeigt uns die Natur allezeit in unaufdringlicher Art dieses allerhöchste Mysterium!

Die Wiedergeburt ist ein Gesetz in der ganzen sichtbaren Natur. Die Blumen blühen und duften, verschwinden im Herbst und über die Felder ihres Seins breitet sich das starre Leichentuch des langen – aus der Seele der Pflanzen gefühlt: – eine Ewigkeit währenden Winters.

Dieser Winter ist im Pflanzendasein ähnlich dem menschlichen Tode. Ebensowenig wie der Mensch das Bewusstsein seines früheren Lebens hat, ebenso wenig haben die Pflanzen nach ihrem Winterschlaf das Bewusstsein ihres vorjährigen Seins. Die Eiche glaubt im Frühjahr, dass sie ein neues Leben beginnt. Nur der Elf der Eichen weiß es anders.

Wohl aber am sinnfälligsten und erschütterndsten wird den Menschen auf ihre kardinalste Notfrage, die jeden einmal bis in die Grundfesten seines Wesens durchrüttelt und an der keiner vorüber kann: auf die Frage über den Zustand des Menschen nach dem Tode, Antwort gegeben durch die Schmetterlinge.

Alljährlich offenbart uns der Ewige durch die Metamorphose dieser innigsten Schwestern der Blumen das Mysterium der Wandlung der Lebensform. Wir wollen es als Gleichnis ansehen.

Der Raupe gleich bewegt sich der göttliche Geist des Menschen, an die schwere Materie des Leibes gebunden, durchs Leben, bis die Stunde kommt, wo man die irdische Hülle in den Sarg legt, wie uns dies die Raupe weist, die sich in die Totenruhe der Puppe spinnt. Erloschen scheint das Leben, geendet jedes Sein, doch siehe, da trifft der Strahl des ewigen Lichtes den Schrein, und aus den zersprengten Hüllen steigt in leuchtendem, überirdischem Farbenglanz voll erdentbundener Leichtigkeit der sonnentrunkene Schmetterling: die erlöste, stoffbefreite Seele, hoch aufwärts schwebend zur ewigen Quelle des geistigen Lebens!

Millionen farbenfreudiger Schmetterlinge geben alljährlich auf feine, wunderbare Weise den Menschen Antwort, doch es sind stets nur wenige, die diese Sprache verstehen!

Denn zu groß ist die Zahl jener, die in der Natur nur ein bloßes Zufallsweben und nicht ein buntes Bilderbuch mit tausend wunderschönen und tiefen Gleichnissen sehen, die nur richtig gedeutet und gläubig verstanden sein wollen.

Die ganze Natur aber ist noch weit mehr als dies! So wunderbar ist sie von Gott geschaffen, dass sie in ihrem jeweiligen Entwicklungsgrad stets ein bis ins Kleinste getreues, sichtbares Spiegelbild der Eigenschaften der Menschen ist. Oder noch deutlicher: Die Natur ist stets in ihrer Gesamtheit nichts anderes als der Mensch!

Es hat allezeit Menschen gegeben, die aus den Erscheinungsformen der Natur Vergleiche mit menschlichen Eigenschaften ableiteten. Wie aber, wenn es sich hier um weit mehr: um die Verkörperung dieser Eigenschaften, um einen Teil des Menschen selber handelte!“

Die Zuhörer brachen über diese Worte in helle Ausrufe des Staunens aus. Näher erklärend fuhr der Wunderapostel fort:

„Betrachtet nur die Natur sorgfältig genug, versenkt euch

zutiefst in sie, und bald werden sich die vielen verschiedenen Erscheinungsformen mehr und mehr zusammenschließen, wird euch aus ihr die Summe aller charakterlichen Eigenschaften sichtbar werden, die der Mensch, oft viele vereint, besitzt. Die Lebewesen der Natur sind also gewissermaßen die Typen seiner vielen Charakterzüge. Daher benutzt der Mensch in seiner Sprache die Namen dieser Tiere als Vergleich mit den in ihm selber mehr oder weniger klar oder vermischt wirkenden Eigenschaften. So wird euch durch die Kinder der Mutter Natur packend, als riesiges Charaktergemälde, die ganze Reihenfolge menschlicher Wesenszüge wie in einem Mysterienspiel vorgeführt. Der Mensch, als die Krone der Schöpfung, das umfassendste Körper-Geistwesen, zeigt vereint in sich alles, was sonst in der Natur gesondert, auf verschiedene Wesen verteilt, auftritt.

Es wird euch also überall der Mensch entgegenschauen. Ihr werdet im Adler, dem stolzen König der Lüfte, den hochfliegenden, alle Religionen durchdringenden Geist des Menschen, ihr werdet in Biene und Ameise dessen zähen Fleiß, in Hund und Eiche dessen Treue, in der Lilie die Reinheit und in der Schlange die gefährliche Tücke, in der Katze die geschmeidige List, im Moos auf dem Stein die Genügsamkeit, im Gänseblümchen die Bescheidenheit und im Diamanten die Lauterkeit sehen.

Im selben Maße aber, wie sich im Laufe der Weltenzeiten der Mensch entwickelt, muss sich auch die Natur verändern. Darum sehen wir, um nur ein Beispiel zu geben, dass mit dem Augenblick, als die Urmenschen ihre Plumpheit und Schwerfälligkeit verloren, die ungeschlachten Riesentiere der Vorwelt ausstarben.

So verschwinden die grobschlächtigen Riesenformen der Tierwelt im selben Maße, wie der Mensch sich vergeistigt und veredelt und zierlicheres Getier ersteht zur selben Zeit.

Dies ist wunderbar und ein großes Geheimnis, doch gibt es

heute noch viele Menschen, die an diese großen Zusammenhänge nicht glauben.

Für uns aber ist es nicht wunderbarer als das Blühen einer Blume, denn in der Natur ist alles ein gleich großes Wunder."

Nachdem die Zuhörer eine Weile stumm dem Gehörten nachgehangen, sprach die Fürstin den sich daraus ergebenden Gedanken aus:

„Viel hat mir Beatus von dieser geheimen, tiefsinnigen Einheit in der Natur, ja im ganzen Kosmos erzählt, und es hat mich zutiefst ergriffen, was er mir über die Zusammenhänge zwischen Pflanzen und Gestirnen enthüllte. Je mehr es mir aber klar wird, dass nichts in der Natur für sich allein zu sein vermag, ohne mit dem andern in Wechselbeziehung zu stehen, im selben Maße drängt sich mir das Gefühl auf, es müsse auch der Mensch in Beziehung stehen zu den Gestirnen und die Sterndeuterei kein Aberglaube sein."

„Ganz richtig, meine Tochter! In jeder menschlichen Seele sind die Universalkräfte der ganzen Natur bis zu einem gewissen Grade schlummernd vorhanden. Ja, noch mehr sogar: Der karmische Verlauf jedes Menschenlebens und die Zeit der Wiederverkörperung eines Egos, wie man den Gottesfunken im Menschenreich auch nennt, werden rechnerisch genau durch den Lauf und die Stellung der Gestirne angezeigt."

„So hat die alte Lehre der Astrologie also recht? Des Menschen Schicksal steht in den Sternen!", rief Frau Uta überrascht aus.

„Ja, die Lehre hat recht, und ich betone, dass es keine Wissenschaft zu allen Zeiten gab, die so erfahrungsstreng ist wie diese, welche die Unwissenheit und Glaubenslosigkeit der Menschen so sehr verhöhnt haben, ohne zu ahnen, wie tief sie sich damit selber erniedrigt und entwürdigt haben!

Astrologie ist die höchste, heiligste Wissenschaft, sie ist die Gottwissenschaft."

Lebhaft wandte sich Frau Uta an den Wunderapostel:

„Darf ich Euch bitten, Meister, uns einiges über diese hohe Lehre zu sagen?“

„Gern will ich das, Schwester! Es ist das älteste Wissen der Erde, dass das ganze Universum ein einziger Organismus ist. Und das ist nicht im Geringsten befremdend, wenn ihr an die wirbelnde Sternenwelt der Weltäthersplitter eines Atoms denkt! Die Himmelsgestirne in ihrer ungeheuren Größe und mit ihren noch tausendmal größeren Kräften sind verhältnismäßig nicht weiter voneinander entfernt als die kreisenden Weltätherteilchen im scheinbar ruhigen und geschlossenen Atom. Und für Gott, der so unermesslich über all diesen Sternen steht, wie wir über den Splittern im Atom, wird sich das ganze Sternenuniversum ebenso zu einem einheitlichen Organismus zusammenschließen, wie für uns der Organismus des Atoms. Und so, wie sich die Teilchen desselben um den Mittelpunkt des Atomkerns drehen, so muss sich auch das ganze Weltenall um einen geistigen Kraftkern drehen, um Gott!

Für den aus Erkenntnis Gottgläubigen ist es nicht schwer, sich alles als einen einzigen Organismus zu denken, denn er weiß, dass es in allen Tiefen des Raumes nur eines gibt: Gott! Dass alles Sichtbare in Gott ist, alle Kräfte von Ihm sind und alles im letzten Ende Er selber ist!

Wer dies erkannt, für den ist die weitere Folgerung nicht schwer: Jeder Stern, als ein Teil dieses großen Weltengefüges, muss auch die waltenden Kräfte des ganzen Systems empfangen, mit ihnen verbunden und somit ihrem Einfluss auch unterworfen sein.

Was aber vom Ganzen gilt, muss ebenso vom Teile gelten. Und so muss also auch jedes Atom, in unserem Falle jeder Mensch, die Quintessenz der göttlichen Kraft, die im ganzen System vorhanden ist, in sich haben und somit beeinflussbar sein sowohl vom großen Allgeist im Allgemeinen, wie auch von dessen stofflichen Manifestationen, den Gestirnen des Himmels im Besonderen; und unter diesen im erhöhten Maße

– ihrer großen Erdnähe halber – von der Sonne, dem Mond und den Planeten.

Wie ungeheuer und vielgestaltig diese Kräfte sind, wissen wir von Sonne und Mond. Mehr als naiv aber wäre es, sie bei den übrigen Gestirnen anzuzweifeln oder zu leugnen, nur weil ihre Kräftewirkungen nicht allen Menschen vorstellbar oder bewusst und unterschiedlich fühlbar sind.

Die Weisen und Magier der alten Chaldäer und Ägypter haben dies nicht nur vor Jahrtausenden schon gewusst, sondern die Sternenkräfte des Himmels so gut gekannt, dass sie mit wunderbarster mathematischer Genauigkeit ihr physikalisch-dynamisches Kräftespiel aufeinander berechnen konnten und im Besonderen die sich daraus ergebenden kosmo-biologischen Verhältnisse für die Erde und damit auch für den einzelnen Menschen.

Die Himmelskörper strahlen ewig ihre ihnen eigenen geistigen Kräfte aus, die natürlich auch die Erde treffen.

In der Sekunde nun, in welcher ein Mensch geboren wird, findet er eine ganz bestimmte Gestirnstellung vor und er muss selbstverständlich von den Ausstrahlungen dieser augenblicklichen Konstellation beeinflusst werden, oder besser gesagt: Diese drückt ihm ihren Stempel auf und legt dadurch die Grundlagen seines Wesens und Schicksals fest.

In diesem Kräftespiel der Strahlungen sowohl der Gestirne untereinander als auch ihrer gemeinsamen Einwirkungen auf die Erde sind die Winkel entscheidend, in denen diese Kräfte sich gegenseitig und uns treffen. Dies ist eigentlich jedem Menschen von der Sonne her bekannt, deren Strahlen im Winter, obwohl sie in dieser Zeit der Erde um viele Millionen Meilen näher steht, nur deshalb weniger Wärme geben, weil der Winkel, unter dem ihre Kräfte die Erde treffen, ein weit schrägerer ist als im Sommer.

Was aber für ein Gestirn gilt, muss selbstredend für alle anderen gelten. Dies ist besonders dem Erkennenden offenkundig, der weiß, dass der Ewige immer alles nach einem einheitlichen Gesetze gebaut hat.

Deshalb rechnet die Astrologie nach Winkeln und beurteilt nach diesen Wirkungen der Strahlenkräfte, folgernd, dass, gleichermaßen wie bei der Bestrahlung der Erde durch die Sonne, andere Winkel andere Bedingungen schaffen müssen.

Nun wisst ihr, dass das Universum in zwei Teile gesondert werden muss: den Fixsternhimmel, der aus unendlicher Höhe auf die Erde herniedergrüßt, und in die Wandelsterne oder Planeten, die sich, von der Erde betrachtet, wie die Zeiger einer Uhr über das große, strahlende Zifferblatt bewegen. Und es sind ganz besonders diese Planeten, die uns ihrer großen Nähe halber dauernd auf das Nachhaltigste beeinflussen, je nachdem sich deren Kräfte durch ihre verschiedenen Winkelstellungen zueinander entweder zusammenschließen, aufheben oder sonst auf die mannigfachste Art vermischen.

Um nun den jeweiligen Stand des Planetenzeigers auf dem Fixsternzifferblatt festzustellen und dadurch die Winkel berechnen zu können, hat man den Fixsternhimmel, den die Sonne in einem Jahr scheinbar durchschreitet, in zwölf Teile geteilt und ihn mit dem Namen Tierkreis bezeichnet.

Durch diese Einteilung des Tierkreises ist es nun möglich, jederzeit den Stand der Planeten genauso abzulesen wie jenen des Uhrzeigers.

Dauernd dreht sich die Erde in 24 Stunden um sich und in 365 Tagen um die Sonne; dadurch ändert sich unausgesetzt ihre Stellung zum Tierkreis.

Aber auch die Planeten ändern auf ihrer Bahn um die Sonne fortwährend ihre Stellung sowohl zueinander wie zur Erde und damit, von dieser aus gesehen, auch zum Tierkreis.

Infolgedessen muss auch das kosmische Kräftespiel ständig ein anderes sein und mit ihm dauernd die Kräfteessenz sich ändern, die jeweils auf eine bestimmte Stelle der Erdoberfläche einwirkt.

Dies ist das A und O der Astrologie.

Bedenkt man, dass in jedem Augenblick in einem anderen Ort – also auf anderem Breitengrad, und somit unter einem anderen Einfallswinkel der Strahlen – ein Mensch geboren wird, so ist es einleuchtend, dass stets jeder Neugeborene mit dem ersten Schrei, dem ersten eigenen Atemzug, einen anderen Stempel der Gestirnstellungen aufgedrückt bekommt. Jedem wird somit eine andere Lebensessenz eingegossen, wodurch er eine andere Grundveranlagung und -artung erhält. Dadurch ist aber auch bedingt, dass jeder Mensch sich nach anderen Lebensumständen entwickeln – also ein anderes Schicksal haben muss.

Wie dieses Schicksal aber sein wird, das zeigen die unausgesetzt sich ändernden Gestirnkonstellationen an, mit denen sein Leben gleichzeitig verläuft und von deren wechselndem Kräftespiel es peinlich genau bestimmt wird.

Ich will euch dies alles noch klarer machen.

Ich habe zu Beginn dieses Gespräches gesagt, die Seher längst vergangener Jahrtausende hätten die Lehre aufgestellt, unser ganzer Kosmos sei ein einheitlicher Organismus.

Nun will ich dies ergänzen und euch sagen, als was sich dieser Organismus des Universums ihrem geübten, hochentwickelten Geiste offenbarte, der in tiefer Versenkung sich aus den Beschränkungen der Materie und deren Bindung an Zeit und Raum entwinden konnte und in diesem gelösten Zustand Göttlichkeit erlangte.

So überwältigend mag die Entdeckung ihres göttlichen, durch fremde Länder ziehenden Geistes gewesen sein, dass sie es wohl nicht zu glauben vermochten und sich wieder und wieder in den Zustand schauender Versenkung versetzten, doch je öfter sie ihren Geist als Kundschafter ausschickten, desto überzeugender offenbarte sich ihnen das Erkannte.

Und so schrieb einer von ihnen, ein altjüdischer Seher, mit bebender Hand die wuchtende Erkenntnis in das heilige Geheimbuch der Kabbala: ‚Was ich in mir fand, fand ich im Universum. Was unten ist, ist oben, was oben ist, ist ebenso in mir! Das ganze Universum sah ich gebaut nach den gleichen Gesetzen wie den Menschen. So nenne ich das Universum Adam Kadmon, den großen Urmenschen.‘

Ganz zum selben Ergebnis waren weit früher die Seher Indiens und Ägyptens gekommen.“

Überwältigt blickten sie auf den Wunderapostel.

„Höret weiter! Die Seher fanden, dass eine innige Verwandtschaft zwischen den einzelnen Körperteilen des Menschen und den Teilen des Tierkreises besteht.“

Und sich an Beatus wendend:

„Willst du mir dein Tagebuch reichen, Beatus? Ich will die gegenseitigen Entsprechungen aufzeichnen, damit ihr es besser behalten könnt!“

Und mit rascher Hand entwarf der Wunderapostel den Tierkreis mit folgenden Einzeichnungen.

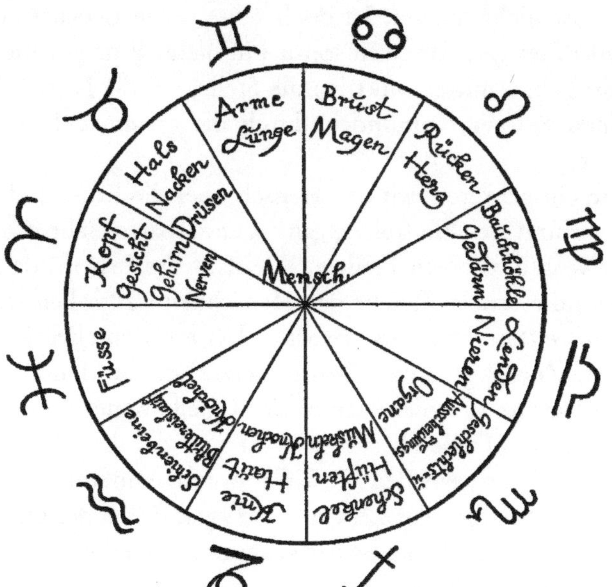

„Aus dieser Zeichnung erseht ihr nun genau die Entsprechung zwischen dem Erdmenschen und dem Adam Kadmon, dem großen Urmenschen des Himmels.

Jener Teil des Himmels, in dem sich das Tierkreiszeichen Widder befindet, entspricht also beim Menschen dem Kopfe und beherrscht diesen sowie das Gehirn und das Nervensystem. Der Stier entspricht Hals und Nacken, beides sowie die Drüsen beherrschend; das Zwillingsfeld des Tierkreises den Armen des Menschen; und so geht es über die ganze Kugel unseres Universums.

Denkt euch nun den Körper eines Menschen zu einem Kreis geschlossen, so kommen die Füße zum Kopf, ganz so wie die Fische zum Widder.

So umspannt der Tierkreis wie ein Riese die ganze Erde.

Und gibt es nicht zum Denken Anlass, dass diese gleiche Körperstellung jeder Embryo im vorgeburtlichen Zustand einnimmt? Diese Analogie ist kein Zufall. Den Grund dafür zu erkennen ist nicht schwer. Ist doch seine ganze Lebensweisheit nur auf Eines gerichtet und somit um dieses Eine geschlossen, das sein Lebensmittelpunkt ist: die Stelle, wo die Nabelschnur in seinen Körper einmündet, durch die er alle Lebensstoffe empfängt.

Aufrecht geht hernach der Mensch über die Erde, und auch darin verbirgt sich ein hohes, ganz wunderbares Geheimnis.

Wir wissen aus dem heiligen Kreislauf des Lebens, dass der Gottesfunke erst im Reiche der Menschheit zur vollen Ichheit und zur Gotteserkenntnis erwacht, dass im Menschen erst das bewusste Zurückgehen zu Gott einsetzt. Das im Menschen bewusst erwachte Göttliche strebt der Quelle seines Geistes zu, welche ja die Quelle alles Lebens ist und die der Mensch im Weltall weiß. Er weiß Gott im Kosmos und empfängt von dort bewusst die Strahlen des Lebens. Und zwar durch das Herz der Gottheit: die Sonne! Dies ist der geheimnisvolle Grund, warum der Mensch aufrecht geht.“

Atemlos hatten die drei bisher dem Wunderapostel gelauscht. Die Augen der beiden jungen Menschen leuchteten, der alte Evangelist, das gewaltige Haupt in die Hand gestützt und mit Inbrunst zuhörend, schüttelte anhaltend den Kopf.

„Und nun“, fuhr der Wunderapostel fort, „lasst mich euch gleich alles mitteilen und erläutern, wie sich auch das ganze Leben tatsächlich zum Kreise schließt, gleich dem Adam Kadmon.

Haltet dabei an der Tatsache fest, dass das einzig Wahre immer nur der Geist ist als die Quelle des Lebens und jede Form sich somit diesem zuwendet.

Betrachten wir zuerst die Pflanze!

Sie ist die erste Lebensform auf dem Leibe des Minerals.

Wie euch bereits bekannt ist, besitzen die Pflanzen keine Einzelseele, keinen in sich abgeschlossenen Gottesfunken, sondern viele Schwestern derselben Art sind miteinander zu einer Gruppenseele vereint. Diese Gruppenseelen hausen in der Erde, sie weithin durchdringend. Sie also sind das Wahre, Lebengebende der Pflanzen; von ihnen fluten die Ströme des geistigen Lebens zu allen Geschwistern dieser Gruppenseeleneinheit und dringen durch die Wurzeln der Pflanzen und Bäume in deren Leib hinauf zu ihren Lebensflämmchen. Das ist der primäre Grund, weshalb die Pflanzen ihr Edelstes, die Wurzeln, in der Erde haben, von wo aus sie dem Gott ihres Lebens, der Sonne, entgegen wachsen.

Auch die Tiere haben noch Gruppenseelen. Doch diese befinden sich nicht mehr in der Erde, sondern über ihr; sie haben sich bereits aus ihr gelöst – da sich in den Tieren das Bewusstsein schon zu entwickeln beginnt – und umschweben die Erde wie ein Gürtel. Darum ist die Achse der Tiere, das Rückgrat, waagrecht zur Erde, in derselben Richtung, in der die Lebensströme der Tiergruppengeister die Erde umkreisen.

Der Mensch aber zog auf diesem Entwicklungswege des wandernden Gottesfunkens die Seele in sich und erwachte dadurch zur vollen Individualität. Er weiß sein wahrhaft Lebensbestimmendes über sich und richtet diesem sein Haupt zu.

Wer nun genau hinsieht, dem kann die innige Beziehung zwischen Mensch und Pflanze nicht entgehen.

Er wird bald finden, dass der Mensch nichts anderes ist als die umgewandelte Pflanze!

Der Kopf der Pflanze, die Wurzeln, sind der Erde zugekehrt; der Kopf des Menschen dem Universum, der Gottheit, von der er durch die Sonne das geistige Leben empfängt. Die Pflanze streckt Rumpf, Äste und Zweige gegen den Himmel, der Mensch aber hat die Hände und Füße zur Erde gerichtet. Ebenso hat die Pflanze die Organe des heiligen Mysteriums der Fortpflanzung zur Sonne, der Mensch sie hingegen zum Erdmittelpunkt gewendet.

Diese geheimnisvollen Beziehungen der drei Reiche zu den geistigen Lebensströmen haben bereits die altägyptischen Eingeweihten durch das sogenannte Henkelkreuz symbolisiert, das so aussieht:

Denn die Pflanze empfängt den Lebensstrom von ihrer Gruppenseele aus der Erde herauf; darum der senkrechte Balken. Die Tiere empfangen ihn von ihrer Gruppenseele, die um die Erde schwebt; darum der waagrechte Balken. Die Menschen jedoch sind gelöst und besitzen jeder einen voll in sich geschlossenen Gottesfunken; daher der Kreis!

Da in dieser Ausrichtung der Lebensweg der Erfahrungen der drei Reiche, den der Gottesfunke zu gehen hat, dargestellt werden kann, sagte Plato, der große Eingeweihte Griechenlands: ‚Die Weltseele ist gekreuzigt.'

Und jeder von euch weiß, wie wahr er damit die Ausrichtung des Verlaufes des heiligen Lebens gekennzeiclnet hat.

Die ganze Entwicklung des Lebens ist gewissermaßen eine kreisförmige und lässt sich mit der Lage des Adam Kadmon oder jener des Embryos im Mutterleibe vergleichen. Wenn wir den Kreislauf, den der Gottesfunke nach seiner Ausgießung aus Gott durch die drei Reiche antritt, schematisch darzustellen versuchen, dann erhalten wir folgendes Bild:

Das ist der Weg des Gottesfunkens oder des reinen Geistes durch das Irdische, Stoffliche. Am Ende dieser äonenlangen Entwicklungswanderung durch die drei Reiche entfesselt er sich wieder aus dem Stoff und kehrt in die rein geistige Urheimat zurück.

Dieser rein geistige Urgrund, Gott, ist allzeit ganz in jedem Geschöpf und bleibt doch in Ewigkeit voll und ganz Er selbst. Kein Geschöpf kann Gott verlassen und auch nicht zu Ihm zurückkehren. Denn jede Kreatur ist immerzu in Ihm. Der Mensch kann Ihn nur vergessen und leugnen – oder Ihn wiedererkennen."

Gefesselt blickten die Zuhörer auf die Zeichnung. Eine Gewalt ging von diesen neuen Darlegungen aus, die sie mit starker Erregung durchströmte. Vor ihrem gesammelten Geiste formte sich ein ganz neues Weltbild.

„Ich bin überwältigt, Meister!", sprach die Fürstin, nach geraumer Zeit den Kopf erhebend und tief Atem schöpfend.

„Ja, bei Gott!", stimmte Beatus bei, „auch mir geht es durch Kopf und Herz, als woge der ganze Kreislauf des Lebens durch mich!"

Der Wunderapostel lächelte. Die smaragdfunkelnde Hand um seinen Bart legend, richtete er seine Augen lange auf den Teich hinaus und verharrte in ernstem Schweigen.

Keiner sprach ein Wort. Brütend heiß brannte die Sonne draußen im Garten. Mit dem Duft der Rosen flossen ganze Wellen von Erdatem zu ihnen in den Schatten unter den Buchen und Fichten. Leise spann sie die Mittagsglut in ihre weiche Verträumtheit ein. Bewegungslos saßen sie auf ihren Stühlen, unverwandt auf den Rätselhaften blickend.

In Beatus und Uta stiegen erneut ihre alten Vermutungen auf.

Endlich setzte sich der Wunderapostel wieder aufrecht und reichte der Frau des Hauses mit liebenswürdiger Gebärde seine leere Schale. Nachdem sie allen nachgegossen, wandte sich Beatus, in dem Unruhe brannte, an seinen Lehrer:

„Schilt mich nicht unbescheiden, Vater, dass ich noch Fragen stelle, aber es lässt mir keine Ruhe, bis mir dies von Adam Kadmon und dem Erdenmenschen vollkommen klar ist."

„Frage ruhig, mein Sohn!"

„Ich ersehe aus jener Zeichnung dort, wie die Entsprechungen zwischen beiden zu denken sind, und nach dem Gesagten fällt es mir auch nicht schwer, mir den Tierkreis als den großen kosmischen Urmenschen vorzustellen. Was mir aber nicht klar ist: warum die einzelnen Teile des Tierkreises gerade dies und dies beherrschen, der Widder zum Beispiel den Kopf – und wie haben das die Seher gefunden und feststellen können?"

„Da tust du eine sehr berechtigte Frage, Beatus! Damit verhält es sich folgendermaßen: Die alten Seher haben in heißem, zähen Ringen durch Schauung erforscht, dass in den einzelnen Himmelsabschnitten verschiedene Schwingungen herrschen, und es wurde ihnen die ungeheuerliche Offenbarung, dass ganz die gleichen Schwingungen sich in den ähnlichen Teilen des menschlichen Körpers wiederfinden.

In der gegenseitigen Entsprechung der Schwingungsformen ist also der Gleichklang zwischen den Teilen des Tierkreises und des menschlichen Organismus begründet.

Dies hat naturnotwendig zu der Schlussfolgerung geführt, dass der Makrokosmoshimmel und der Mikrokosmosmensch den gleichen Gesetzen unterstehen, auf dieselbe Art gebaut sind, mit einem Wort: ihnen derselbe Plan zugrunde liegt.

Diese Erkenntnis der Gleichheit von Mensch und Universum hat sich im Gegensatz zu anderen menschlichen Forschungen, die stets wieder durch tiefgründigere verbessert, überholt und so häufig verneint worden sind, durch die Jahrtausende unverändert erhalten. Viele große Männer des Abendlandes haben sich zu ihr bekannt, so Kepler, Newton und der große Arzt und Alchemist Theophrastus Paracelsus, ein hoher Eingeweihter, dem sich alle Geheimnisse des Himmels und der Erde erschlossen.

Paracelsus nun sagt einmal wörtlich: ‚Die Kräfte, die beim Menschen im Herzen wirken, entsprechen denselben Kräften, die im Kosmos im Tierkreiszeichen des Löwen schwingen.‘ Und er war kein Mensch, der etwas sprach, das er nicht selbst erkannt!

Der Löwe hat deshalb auch seit Jahrtausenden den Namen ‚Das brennende Herz des Zodiaks‘. Und die Geister, die auf ihm leben, heißen ‚Die Herren der Flamme‘.

Innerhalb dieses Tierkreises, von ihm umschlossen wie ein Obstkern von einer großen Fruchthülle, müsst ihr euch die Sonne vorstellen.

Es ist selbstverständlich, dass auf sie die gewaltigen Kräfte des Zodiaks wirken, und so rissen sie – die Abschleuderungskraft des Sonnenkörpers vergrößernd – schließlich aus ihrem wirbelnden Leibe ihre heutigen Planeten los.

Doch haben zur Losreißung gewisser Planeten sogar zwei Tierkreisfelder zusammengewirkt."

Und wiederum nach Tagebuch und Bleistift greifend, zeichnete der Wunderapostel die folgende Tafel ein:

Sonne	☉	♌
Venus	♀	♉ ♎
Merkur	☿	♊ ♍
Mond	☽	♋
Saturn	♄	♑ ♒
Jupiter	♃	♓ ♐
Mars	♂	♈ ♏
Uranus	♅	♒
Neptun	♆	♓

„Diese Aufstellung zeigt euch nun übersichtlich die Verhältnisse dieser kosmischen Patenschaft.

So wurde zum Beispiel von der Tierkreiszone Wassermann jener Teil losgerissen, den wir heute Planet Uranus nennen.

Und es ist klar, dass seine Individualkraft, die er als Sonnenteil inne hatte, sich mit den Kräften vermählte, welche ihn losrissen.

Auf diese Art sind alle Planeten entstanden: Sie sind Kinder der Sonne und somit von ihrer Kraft erfüllt, die sich jedoch mit jener Kraft vermischte, die das Patengeschenk jenes Tierkreisteiles ist, welcher ihre Loslösung aus dem Leibe der Sonne bewirkte."

Und auf das Siegel der Sonne zeigend:

„Da nun zum Beispiel auf die Sonne ganz besonders der Sternlöwe wirkt und sie somit ähnliche Schwingungen hat wie dieser, sagt man: Die Sonne ist innerhalb ihres Systems die Vertreterin oder die Herrscherin des Tierkreiszeichens Löwe.

Schauen wir von der Erde nachts zum Himmel, verschwinden für unser Auge natürlich die unendlichen Entfernungen zwischen Planeten und Tierkreis und wir sehen, wie die Wandelsterne ‚im Fixsternhimmel drinnen' in der ihnen eigenen Umlaufzeit unausgesetzt in diesem ihre Bahnen ziehen. Auf seinem Weg kommt jeder Planet stets wieder einmal auch in jene Zodiakfelder, mit denen ihn Schwingungsverwandtschaft verbindet, und man sagt dann: Der Planet befindet sich in seinem ‚Hause'.

Die Sonne, um bei unserem Beispiel zu bleiben, braucht zu ihrer scheinbaren Durchwanderung des Tierkreises gerade ein volles Jahr, verbringt also in jedem Zeichen einen Monat, und befindet sich somit in der Zeit vom 22. Juli bis 22. August, wo sie im Sternlöwen steht, in ‚ihrem Hause'.

Es ist selbstredend, dass jeder Planet während der Zeit, wo er sich in seinem Hause befindet, am wirksamsten ist, da seine Schwingungen noch durch jene seines ähnlich gestimmten Hauses verstärkt werden.

Diese seine Kraft wird aber in den fremden Häusern naturgemäß auf das verschiedenartigste vermischt, gereizt, gehemmt, ja in ‚feindlichen' Häusern geradezu vernichtet. Ihr wisst, dass es feurige, irdische, luftige und wässerige Häuser gibt, und es ist deshalb klar, dass ein Planet, der Verwandtschaft mit einem feurigen Tierkreisfeld hat, in seiner Kraft geradezu vernichtend sein muss, während er durch ein Haus mit wässerigem Zeichen geht.

Werden dadurch schon die Kräfte der Planeten stark beeinflusst, so erhalten sie eine neuerliche und noch weitaus ausschlaggebendere Beeinflussung durch ihre ewig wechselnden, verschiedenartigsten Stellungen zueinander. Man nennt diese Winkelstellungen Aspekte und spricht von ‚freundlichen, feindlichen oder gleichgültigen Anblickungen', je nachdem die Winkel derartige sind, dass sich ihre Kraftstrahlen zusammenlegen und verstärken oder einander entgegenwirken und aufheben.

Dies möge euch fürs Erste genügen! Überdenkt alles Gesagte reiflichst und haltet als Angelpunkt an der Urwahrheit fest, dass alle Formen des Lebens das Ergebnis schwingender Kräfte sind, wobei der reine Geist die höchste Schwingungszahl besitzt! Und es wird euch dann bald heilige Ehrfurcht vor der Astrologie erfassen, denn ihr werdet in ihr Gotteswissenschaft erkennen, die dem Geheimnis des Lebens am nächsten kommt und einzig und allein den Sinn des Lebens zu ergründen vermag.

Euch nun die Wirkungen dieser unnennbaren Zahl von Mischungen des Kräftespiels von Tierkreiszeichen und Planeten aufzuzeigen, ist selbstverständlich in einem Gespräche ohne gründlichste Einzelkenntnisse unmöglich.

Doch will ich euch das Einschneidendste sagen!

Wie ihr bereits wisst, ist der gesamte Tierkreis der Mensch, oder besser: die Summe all seiner auf die Erde strahlenden Kräfte schafft den Körper des Menschen.

Da sich aber die Erde unausgesetzt um sich und um die Sonne dreht, fallen somit die Kräfte des Tierkreises ständig in anderen Winkeln auf jeden Punkt der Erde, und deshalb ist ihr Zusammenwirken mit dem der Planeten immerwährend ein anderes. Dies aber muss nach dem Adam-Kadmon-Prinzip zur Folge haben, dass dadurch sowohl die Glieder wie die Organe jedes

Körpers, gehöre er welchem der Naturreiche immer an, eine andere Beschaffenheit haben müssen.

Doch nun zum Menschen selber!

Ich habe zuvor gesagt, dass die Summe der Kräfte aller zwölf Tierkreisfelder den Menschen geschaffen hat.

Nun sieht jeder Betrachter aber mit einem Blick, dass nicht alle Menschen gleich sind.

Weder in ihrer Gestalt und ihrem Gesicht noch in ihrem Charakter.

Wer die Menschen nun sorgfältig studiert, der findet früher oder später, dass trotz aller Verschiedenheit und Eigenprägung jedes einzelnen Menschen gewisse Körperformen und gewisse Charaktereigenschaften sich immer wiederholen, und zwar in einem nahezu gleichen oder mehr oder weniger ähnlichem Maße.

Er vermag schließlich zwölf Menschen-Typen zu erkennen.

Und er findet bei tiefgründiger Betrachtung, dass immer jene Menschen eine gewisse Ähnlichkeit miteinander haben, die während der 30-tägigen Herrschaft eines Tierkreisfeldes geboren sind!

Und man kann diesen zwölf Tierkreisfeldern zufolge von Ur-Modellen oder Ur-Formen sprechen.

Denn ist es auch dem ganzen Tierkreis zu verdanken, dass der Mensch seine allgemeine, sichtbare, stoffliche Form hat, so erfolgt doch die besondere Typen-Prägung immer gerade durch jenes Tierkreisfeld, in dessen Monats-Herrschaft ein Mensch geboren wurde.

So haben also alle Menschen, die zum Beispiel zwischen dem 21. Juli und dem 21. August geboren wurden, also in der Regentschaft des Löwen, eine gewisse körperliche und charakterliche Ähnlichkeit. (Ihr wisst ja, dass zufolge des Beginnes des Frühlings mit dem 21.März jeder astrologische Monat nicht mit dem 1., sondern mit dem 21. beginnt.)

Dass aber, um bei unserem Beispiel zu bleiben, alle Löwe-

Typen – (also alle Menschen, die aus dem gleichen kosmischen Modell kommen) – dennoch nicht völlig gleich sind, sondern sich nur mehr oder weniger ähneln, kommt davon, dass bei dieser Monats-Regentschaft noch eine andere Macht mitspricht: der Aszendent!

Was ist das, der Aszendent?

Um euch das klarzumachen, muss ich darauf verweisen, dass die Erde nicht nur eine 365-tägige Jahresbewegung um die Sonne, sondern auch eine 24-stündige Tagesbewegung um sich selber macht.

Zufolge der 365-tägigen Bewegung um die Sonne schaut die Erde immer einen vollen Monat lang in ein bestimmtes Tierkreisfeld und sieht vor sich die Sonne in diesem Felde stehen.

Da die Sonne aber seit alters her nicht nur als der irdische, sondern auch als der geistige Urgrund und Gott alles Lebens gilt, – so verkörpert sie zugleich das geistige Ich jedes Menschen.

Und so sieht der Geborene also durch sie sein Ich in dem betreffenden Tierkreisfeld stehen und bekommt von diesem ‚Herrn des Monats' seine Typen-Prägung.

Zufolge der 24-stündigen Kreiselbewegung durchwandert jeder Punkt der Erde auch alle Tage den ganzen Tierkreis und schaut immer zwei Stunden lang in ein bestimmtes Tierkreisfeld.

Oder anders gesagt: Alle zwei Stunden steigt scheinbar ein anderes Tierkreisfeld am Osthimmel der Erde empor.

Das Tierkreisfeld nun, das im Augenblick der Geburt eines Menschen am Osthimmel emporsteigt und für zwei Stunden herrscht, ist also der Aszendent oder der ‚Emporsteigende'.

Dieser ‚Herr der Stunde' gießt seine gewaltige Kraft gleichsam in den vom ‚Herrn des Monats' geformten Menschen-Typ hinein und schattiert ihn mit seiner Kraft ab.

Es kann somit innerhalb eines 24-stündigen Tages dieser Monats-Typ (dieser Geborene) zwölffach abschattiert werden, entsprechend den zwölf aszendierenden, also aufsteigenden Tierkreisfeldern.

Trifft es sich nun, um bei unserem Löwe-Typ zu bleiben, dass der von diesem ‚Herrn des Monats' geprägte Mensch den Löwen auch als emporsteigenden ‚Herrn der Stunde' hat, dann ist der betreffende Geborene ein gänzlicher Voll-Löwe-Typ!

Stieg aber ein anderes der noch verbleibenden elf Felder bei seiner Geburt empor, dann werden sowohl die körperlichen wie die geistig-seelischen und charakterlichen Eigenschaften je nach der Kraft des betreffenden Tierkreisfeldes abgestuft.

Das ist der Grund, warum die Menschen ein und desselben Tierkreis-Typs einander nie gleich sein können, sondern einander nur mehr oder weniger ähneln.

Der Mensch ist also einem Wanderer zu vergleichen, den sein eigenes Gesetz (die Summe seiner früheren Leben) in der Stunde der Geburt sowohl unter die Herrschaft eines ihn prägenden kosmischen ‚Herrn des Monats', wie unter die Mitbeeinflussung eines ‚Herrn der Stunde' stellt.

Auf diesem gewaltigen kosmischen Lebensbaufeld stehen im Augenblick der Geburt die Planeten in verschiedenen Tierkreisfeldern und in besonderen Stellungen zueinander.

Dieses Gesamtbild von Tierkreisfeldern, Aszendent, Sonne und Planeten ist das genaue Spiegelbild des Schicksals, das sich der Mensch im letzten Erdenleben gestaltete und das er nun weiter zu entwickeln hat.

Seit alters her heißen die Planeten die ‚Boten Gottes'. Denn sie sind die Hüter der Gerechtigkeit, die sowohl durch ihre Grundstellung im Augenblick der Geburt des Menschen, wie durch ihre nun dauernd wechselnden Stellungen in den Tierkreisfeldern und zueinander das karmische Schicksal des Menschen auswirken!"

Hier legte Beatus seine Hand auf den Arm des Wunderapostels:

„Verzeih, Vater, dass ich dich unterbreche. Du sagst eben,

dass die Planeten das karmische Schicksal des Menschen ‚auswirken'. Dann gibt es doch keine Willensfreiheit! Denn die Sterne können ihre gesetzmäßig rhythmischen Bahnen nicht je nach dem Willen und Streben des Menschen ändern. Und so müssen wir also, um mit Goethe zu reden, ‚nach diesen ehernen, ewigen Gesetzen unseres Daseins Kreise vollenden'. Dann aber ist der Mensch doch nicht mehr willensfrei!"

„Nein und ja. Er ist es nicht und er wird es doch!

In diesem ‚ist' und ‚wird' liegt das Geheimnis. Darin auch liegt das Geheimnis und Gesetz des ‚Menschenweges', des ‚Königlichen Pfades' verborgen!

Wer heißen Herzens in die Welt der geistigen Urgründe dringt und wen es glühend verlangt, zum ‚Brunnen des ewigen Lebens' vorzudringen und von seinen Wassern zu trinken, dem erschließt sich dieses Zwiespalts Rätsel zur Einheit und Weisheit.

Drei Tiere stehen am Weg: ein Stier, ein Adler und eine Taube.

Sinnbild für die drei Tore, durch die der Mensch schreiten muss auf der Bahn seiner Weltenwanderung.

Schlafend durch das eherne Tor.

Wach durch das silberne Tor.

Gebietend durch das goldene Tor.

So wird er vom ‚Kind der Erde' zum ‚Sohn des Himmels' und schließlich zum ‚Herrn der drei Reiche'.

Und im selben Maße, wie der Mensch von der Irdischen Welt in die Mystische Welt eindringt und von ihr sich in die Magische ringt, wandelt sich sein Verhältnis zum gestirnten Himmel, wird er vom Geführten zum Führer, vom Knecht zum König des Lebens.

Das ist der Sinn und das Geheimnis.

Dazwischen aber liegen die Mysterien: liegen Tod, Auferstehung und Wiedergeburt.

Lasst diese Urgeheimnisse euch für heute genügen!"

Lange schwieg der Wunderapostel.

In tiefster Beeindruckung verharrten die Zuhörer in Schweigen. Schauer vor den gigantischen Gesetzen und königlichen Aufgaben, die erfüllt werden müssen, um den Sinn des Menschseins zu verwirklichen, wogten durch sie.

Endlich nahm der Meister wieder das Wort:

„Seit Ewigkeit gehen Menschen über die Erde; sie leben, ringen, kämpfen und leiden – und dennoch ist ihre Erdenfahrt nur ein Traum! Ihr wisst, dass sie, Schlafwandlern gleich, durch die kurze Spanne ihres Seins schwanken, denn sie leben ihr Leben lang nur im Fleische und ahnen nichts von den großen Gesetzen und dem Sinn des Lebens. Und so verstoßen sie gegen die göttlichen Gesetze. Doch eine wacht ewig: Karma, die unbestechliche Hüterin, und bucht in unwandelbarem Gleichmut Gutes und Böses.

Erst der Tod bringt dem Gottesfunken oder Ego dieser Menschen das wirkliche Erwachen, erst der Tod öffnet ihnen die Augen, ihnen zeigend, dass ihr irdischer Leib, um den sie sich gesorgt, Trug war, sie dem Wahren gar nicht gelebt haben und in ihnen gar nicht aufgewacht ist: der Geistmensch!

Mit Erschrecken sieht nun das Geistwesen den furchtbaren Trug, erkennt sich staunend als ein Ewiges. Und dass der stoffliche, in die Grube gelegte Leib nur sein sichtbares Spiegelbild ist. Und sieht die Aufgabe vor sich, der es zu leben gehabt hätte: sich aufwärts zu ringen, zuzustreben dem Göttlichen.

Forschend blickt es über sein Leben.

Und der Gottesfunke wird sich in diesem Zustand des Gelöstseins vom fleischlichen Leib seiner Göttlichkeit wieder voll bewusst und sieht nun die Früchte seiner Saat.

Doch er sieht mehr!

Überwunden sind Zeit und Raum, die nur Begriffe des Irdischen sind, und er sieht eine Flamme niederfahren aus einem Lichtquell, der so strahlend ist, dass ihn selbst ein Gottesfunke nicht zu ertragen vermag. Und er sieht die Flamme lodern im heiligen Kreislauf einer endlosen Kette von Formen. Sieht sie sprühen in den gläsernen Schreinen edler Steine, sieht sie aufbrennen in den blütenduftenden Kelchen seltsamer Blumen und in gewaltigen Bäumen. Sieht eine lange Reihe von Tierköpfen geisterhaft auftauchen, Tiere mit Blicken so sanft wie die Nacht, Tiere mit Blicken so wild wie zuckende Blitze. Und er sieht Menschen, eine lange, lange Reihe von Menschen. Und der Gottesfunke sieht die endlose Kette von Gehäusen, in denen er geglüht, die endlose Zahl der Hüllen, deren er sich bedient auf seinem Weg durch die Reiche der Materie, auf seinem immer bewussteren und willentlicheren Weltenwanderungsweg heim in den strahlenden Urquell des Ewigen.

Rasch eilt sein Blick über die Strecke des Entwicklungsweges, die durch die Traumreiche der Stein-, Pflanzen- und Tierwelt führt; forschend und unverwandt aber betrachtet er nun die Entwicklungsbahn, welche der freie Geist durch das Reich der Menschen nahm. Und einer flammenden Lichtspur gleich sieht er die Gipfel der Tugend und die Täler des Lasters und der Sünde, sieht er die Wege aufwärts zum Ziele und das Zurücksinken und Vergrößern der Entfernung von der Urheimat. Unverwandt blickt der Gottesfunke auf diese flammende Bahn, nun die Wahrheit erkennend: heimzukehren zum Ewigen Vater, zu enden den Großen Weg.

In diese Betrachtung versunken, das ganze Sein nur von der einen, großen Sehnsucht erfüllt, sieht das Ego die Gestalten. Doch ihm sind die einzelnen Gestalten gleichgültig, einem nur gibt es sich ganz hin: – diesem Entwicklungsweg.

Sorgsam misst es die leiseste Schwankung, prüfend vergleicht es die einzelnen Stücke seiner Erdenfahrten. Das Ego sieht Menschenwege auf der Bahn seiner großen Prüfung, die nutzlos waren, und es sieht Wege, die in die Tiefe gingen, und andere Wege, die aufwärts strebten zum Ziel. Und es umfasst die ganze Kurve und sieht den Stand seiner Entwicklung. Und es erleidet Qualen, wenn die Gesamtkurve in die Tiefe weist, und es ist von himmlischen Freuden und Glückseligkeiten erfüllt, wenn der Pfad aufwärts geht.

Mit aller Aufmerksamkeit aber gibt sich das Ego der letzten Erdenbahn hin! Sie zeigt ihm den Stand seiner seelischen Entwicklung.

Zeigt ihm, ob es in seinen vielen Erdenleben gelernt hat und sein Pfad sieghaft aufwärts führt oder ob alle Erfahrungen nutzlos waren und es in die Tiefe sank.

Und das lichte Auge sieht auch das Schicksal der künftigen Erdenbahn.

Diese erkennende Schau des Egos ist der Himmel oder die Hölle, von denen die Religionen reden! Sie sind beide ebenso wenig örtlich wie ewig. Beide schafft sich der Gottesfunke erst selber. Und es ist auch nicht anders möglich, denn ewige Orte wären ebenso ungerecht wie unmöglich, da das göttliche Sein ein Kreislauf ist, der ewige Zeiten im Lichten oder im Dunkeln ausschließt.

Namenlos im Leid, namenlos in der Seligkeit ist also der Zustand des Egos in diesen jenseitigen Wartezeiten zwischen je zwei irdischen Leben. Und erfüllt von diesen Empfindungen, sammelt es die Erfahrungen und verzehrt sich im Wunsche, diese nutzen zu können.

Und das Ego sieht die Wege der anderen Brüder; Brüder unter ihm noch und hoch über ihm. Und sieht ein Meer von Geistern, vieltausendmal zahlreicher als alle Sterne am Himmel. Und es sieht, wie die hohen, reinen Brüder den schwer ringenden hilfreich beispringen.

Doch in gleicher Ungeduld harren all diese Gottesfunken auf die Stunde, in der sie das große göttliche Gesetz der Gerechtigkeit durch die Gestirnuhr zum Antritt der neuen Prüfungszeit aufruft.

Sie beobachten gespannt das Kreisen der Gestirne, doch so stürmisch das lichte Ego auch streben mag, seine Lichtbahn fortzusetzen, und so machtvoll sich das Dunkle müht, sich wiederverkörpern, sühnen und bessern zu können – es kann keines auch nur um eine Sekunde früher sein neues Werk beginnen, ehe Karma nicht das Zeichen gibt.

Einmal aber kommt im Kreisen der Sterne für jedes Ego die Stunde, wo Karma ihm durch die Konstellation der Gestirne das genaue Spiegelbild seines geistigseelischen Entwicklungsstandes aufzeigt. Ihm durch die Stellung der Sterne das Zeichen gibt, dass seine Stunde gekommen ist. Hohe, ahnende Erregung hat das Ego längst durchwallt und kaum, dass es nun die Umstände seiner Reise – die es sich durch sein früheres Leben selber geschaffen – von den Zeigern der karmischen Himmelsuhr abgelesen hat, wird es machtvoll von der Kraft des Karmas erfasst, niederwärts gezogen und zur Wiederverkörperung in eine eben befruchtete menschliche Eizelle hineingehaucht.

Doch in diesem selben Augenblick, da das Ego sich aufs Neue mit dem irdischen Stoffe verbindet, erlischt sein göttliches Wissen fast ganz. Übrig bleibt ihm nur ein Ahnen der durch die jenseitige Überschauung gewonnenen Erfahrung, die im Laufe des neuen irdischen Lebens immer stärker aus seinen Urgründen steigt und diesem neuen Leben immer klarer und fester Weg und Ziel weist.

Das ahnungslose, unmündige Menschlein aber, das nach neun Monaten in den Armen einer Mutter liegt, ist weder ein neues Ego und auch vielleicht nicht mehr das wehrlose Gebilde einer Gestirnkonstellation – sondern das neue Gehäuse eines vielleicht schon Jahrmillionen alten Gottesfunkens, der in dieser neuen Hülle jenes Schicksal findet, das er sich selber schuf und an dessen Gestaltung im diesmaligen Leben er nun weiter zu wirken hat. Und den die Sterne einzig und allein in jene gesundheitlichen, geistigen und sozialen Verhältnisse hineinversetzten, die dem Entwicklungsstande aus der Summe seiner Verfehlungen und Tugenden entsprechen.

Trotz dieser Schicksalskonstellationen über seinem Haupte bleibt noch genügend freier Raum im sittlich-ethischen Bereich des Strebens und heiligen Bemühens. Und darauf kommt es an!

Wie oft immer dieses Streben vorerst auch noch ein ohnmächtiges gewesen sein mag – es war nicht vergebens! Denn was hier auf Erden nicht gelang, aus redlichem Wollen aber erstrebt wurde, das wird drüben als gute Tat gebucht und hebt den unsterblichen Gottesfunken empor auf seiner nächsten Erdenbahn.

Die Gesinnungen sind es, die uns langsam zur Erkenntnis führen und uns so mit immer mehr gelingender Tat Stufe um Stufe emporheben und die Sterne überwinden lassen.

Doch noch einem Zweiten haben die Planeten außer der Prüfung des Menschen zu dienen, dem sich kein Ego entziehen kann: dem Auswirken der Gerechtigkeit. Sühne haben sie zu verhängen, einstige Schuld tilgend, und vergangener Guttat Lohn zu bringen.

Dies sind die aus den derzeitigen Lebensumständen nicht erklärbaren und deshalb unverdient scheinenden Glücks- oder Unglücksfälle, die der Mensch darum dem Zufall zuschreibt, so lange, bis er wissend geworden ist.

So lange er aber schlafend durch sein Leben geht, in den Niederungen seiner Entwicklung nur seinen Trieben sich hingibt, ahnungslos dem großen Walten gegenüber, das über seinem Haupte webt, und gleichgültig dem Gesetze Gottes, den Sittengeboten gegenüber – so lange vollzieht sich sein Leben auch nahezu blind nach dem Lauf der Gestirne.

Doch die Macht des Guten oder die Liebe der Gottheit ist trotz ihrer Unpersönlichkeit so stark, dass es tausendmal leichter ist, ein Gott zu werden als ein Teufel.

Und so kommt für jedes Ego einmal die Stunde im Laufe von Tausenden oder Zehntausenden von Jahren, in der der Gottesfunke, dem Dornröschen gleich, aus seinem Schlafe erwacht, das wilde Gerank der Materie mit dem süßen Duft ihrer Verlockungen durchbricht und, die Wahrheit erkennend, sieghaft am Adler vorbei durch das silberne Tor schreitet.

Dieser Mensch ist nun bis in die tiefste Wurzel seines Wesens erfüllt von der wunderbaren Weisheit der göttlichen Gesetze und dem Wissen, dass die Ethik der hohen Religionen nicht Menschenwerk, sondern Gottesgebot ist! Und er beginnt sein ganzes Leben nach diesen Gesetzen einzurichten – denn er hat nun bereits die starke Hilfe der Erkenntnis. Er durchschaut die Prüfungen und bemüht sich, sie mit wachen Sinnen zu bestehen. Wohl nimmt im selben Maße der Ansturm aus der Dunkelwelt zu, welche die sich befreiende Seele nicht verlieren will, doch je stärker der Kampf wird, umso mehr stählt sich auch sein erkenntnisdurchdrungener Wille.

Dazu ist die Witterung seiner Seele aus den Erfahrungen vorhergegangener Erdenfahrten bereits so stark, dass das Böse, mag es sich auch noch so listig verkleiden oder ihn noch so wütend anfallen, wenig Aussicht mehr auf Sieg hat, denn dieser Mensch hat die Tragweite der Gefahr des Bösen für sein Hinstreben zu Gott erkannt und lässt immer freudiger jeden Genuss und Vorteil, ehe er sein Unsterbliches von der Lichtbahn in die Tiefe stößt. So wird er immer mehr zum Erweckten.

Und einmal kommt die Große Stunde, in der durch die Macht des Guten, dem er sich ergeben, die letzten Fesseln von ihm fallen und er im fleischlichen Leibe geistig wiedergeboren wird. Aufrecht schreitet er, an der Taube vorbei, durch das goldene Tor. Nun ist er ein Freier geworden. Herr seines Schicksals! Herr der Irdischen Welt und Herr der Geistigen Welt.

Gewaltig ziehen die Sterne weiter ihre Schicksalskreise, doch ihre Lichtzeichen gelten für ihn nicht mehr – er ist ein Überwinder geworden, der sich mit Göttergewalt sein eigenes Schicksal formt."

Hier schwieg der Wunderapostel; in seinen Augen aber leuchtete der Glanz jener Welten, die keine Gewalt mehr hatten über ihn.

Lange war es still am sonnengleißenden Teiche. Machtvoll wogte das Gehörte durch die Brust der Lauschenden.

Endlich wandte sich Beatus mit den Worten an seinen Lehrer: „Unbeschreiblich groß ist, was du uns von den Reichen des Stieres, des Adlers und der Taube gesagt hast, die der Mensch zu durchringen hat und die uns Gottes Weisheit in einem Maße zeigen, dass man mit Sicherheit annehmen darf, dass auch der Rhythmus der Wiederkehr nach ihnen geregelt ist."

„Ja, es ist so, wie du vermutest!", bestätigte der Wunderapostel. „Und zwar wird er bestimmt durch den Lauf der Sonne."

Gespannt blickten alle drei auf den Sprecher.

„Ihr wisst, die Sonne symbolisiert das geistige Ich des Menschen. Durch die Drehung der Erde um das Herz der Gottheit scheint dieses eine vollständige Umwanderung des Tierkreises durchzuführen. Das ist der Ablauf eines 365-tägigen ‚Erdenjahres' für die Erdbewohner.

Neben dieser scheinbaren Bewegung führt die Sonne mit ihrem ganzen Planetensystem aber eine tatsächliche über die Scheibe des Tierkreises aus, doch braucht sie dabei trotz ihrer geradezu rasenden Geschwindigkeit zur Durchschreitung eines Zeichens ungefähr 2 100 Jahre – zur Durchwanderung des ganzen Zodiakus also 26 000 Jahre.

Diese Zeit nennt man ein ‚Welten- oder Sonnenjahr'. Somit ist also erst nach 26 000 Jahren die Gestirnstellung wieder die gleiche und auch nach diesem ungeheuren Zeitraum erst wird wieder ein Mensch geboren, der jenem, der dortmals zur Welt kam, vollkommen gleich ist.

Bedenkt ihr aber nun, dass mit jedem Atemzug Menschen zur Welt kommen, und stellt ihr euch das durch Wochen, Monate, Jahre und durch ein ganzes ‚Sonnenjahr' vor, dann werdet ihr ein Ahnen bekommen von der unerschöpflichen Fülle der Menschenschicksale! Doch dies nur nebenher!

Dieser Lauf der Sonne durch die zwölf Tierkreisfelder muss naturgemäß innerhalb eines Sonnenjahres die einschneidendsten Veränderungen und Bedingungen auf Erden schaffen, da die

Sonne rund alle 2 000 Jahre mit dem Eintritt in ein neues Zeichen in eine gänzlich andere Schwingungszone kommt.

Dadurch aber verändert sich die Kräftemischung und zufolge dieser auch der Schwingungsrhythmus der Sonne.

Da nun aber, wie ich nochmals betonen will, die Sonne das geistige Ich der Menschheit darstellt, so muss diese Geistigkeit alle 2 000 Jahre eine starke Veränderung in ihren Anschauungen und Erkenntnissen erfahren, oder anders gesagt: Es muss alle 2 000 Jahre eine große geistige und kulturelle Umwälzung durch die Völker der Menschheit gehen.

Auch dieser Zusammenhang von Mensch und Kosmos war den Völkern früherer Jahrtausende vollkommen bewusst und fand seinen sinnbildlichen Ausdruck in ihren Religionen.

Innerhalb solch eines Zeitraumes trifft die menschliche Seele keine einschneidenden Änderungen an, weshalb sie während dieser Dauer auch keine neuen Erfahrungen zu sammeln brauchte. Da sie aber zweigeschlechtlich ist und die Erfahrungen des Mannes und Weibes weit auseinandergehen, muss sich jedes Ego während des Weges der Sonne durch das Tierkreisfeld als Mindestes wenigstens zweimal verkörpern, damit sie jede Entwicklungsepoche sowohl aus der Perspektive des Mannes wie aus jener des Weibes erlebt. Doch erfolgt die Wiederverkörperung im Durchschnitt natürlich bedeutend öfter!“

Der Lauschenden hatte sich starke Erregung bemächtigt. Keines war fähig, ein Wort zu sprechen, und ihre lebhaften Bewegungen waren mehr eine Gebärde, das Gewaltige, das sich immer wuchtiger auf ihre Brust legte, von sich abzuschütteln.

Erst nach einer Weile des Schweigens fragte Fürstin Uta:

„Und geht dieser Wechsel der Geschlechter ewig so fort?“

„Nein, er währt nur so lange, bis man ein Wissender geworden ist und volle Macht über sich und die Natur erlangt hat. Dann kann das Geistwesen das Geschlecht seiner kommenden Wiederverkörperung selbst bestimmen.“

„Wie ist das alles wunderbar“, sprach Frau Uta versunken.

„Immer machtvoller steigt vor mir das Eine auf, das du zuvor aussprachst, Beatus, und das kein Irdischer je erfassen wird: die geradezu mathematische Gesetzmäßigkeit!"

„Dies ist auch Mathematik, meine Tochter! Und zwar himmlische Mathematik! Und es gibt nichts an allen Welten, das nicht aufs Sorgfältigste nach dieser mathematischen Gesetzmäßigkeit gebildet wäre; sei es der Bau einer Pflanze, Leben und Tod eines Insekts, Wiedergeburt eines Egos oder Zeitdauer und Umfang einer Gestirnbahn. In allem liegt die Zahl verborgen, alles ist nach gewissen heiligen Zahlen aufgebaut und in seinem Ablauf geregelt.

Und ich will dir gleich noch solch eine weitere göttliche Gesetzmäßigkeit zeigen, die sicherlich dein Herz tief erfreuen wird! Wie du weißt, ist der ganze Kreislauf des Lebens nichts anderes als ein Sammeln von Erfahrungen, ein Lernen und Überwinden.

Gottes Weisheit hat es nun nicht nur so gefügt, dass das menschliche Ego diese Arbeit im nächsten Leben genau dort wieder aufnehmen muss, bis wohin es sie gebracht hat, sondern diese göttliche Gesetzmäßigkeit geht so weit, dass sie zur weiteren Auswirkung der Schicksale dieselben Egos wieder zusammenführt, die im früheren Leben miteinander in Freundschaft oder Feindschaft verbunden waren. Denn die Liebenden müssen lernen, sich auch in den wunderbarsten Verwandlungen wieder zu lieben, bis ihre Seelen sich in den buntesten Hüllen erkennen und sie in unerschütterlichem Liebesreigen durch die Weltenzeiten schweben; und die Seelen der Hassenden müssen sich so lange aneinander üben, bis sie lernen, das Gift dieser Leidenschaft durch die Überwindung umzuschmelzen in den Segen der Liebe."

„Dann wären also auch wir einstens schon miteinander vereint gewesen?", rief die Fürstin entzückt aus.

„Ja, so ist es! Kein Mensch ist zufällig mit dem andern verbunden! Menschen, die sich jetzt nahe sind, haben schon im früheren Leben zusammen gelebt!"

Da ging eine tiefe Bewegung durch die Zuhörer; über ihre Gesichter wetterleuchtete Freude.

„Und ich kann euch sogar künden, dass wir durch eine ganze Reihe von Wiedergeburten im engsten Familienverhältnis miteinander verbunden waren!“

Bei diesen Worten wurden die Blicke der beiden Liebenden strahlend und gingen mit unendlicher Zärtlichkeit zueinander. Ihre Gesichter wurden verklärt von dieser seligen Enthüllung.

So saßen sie lautlos, ganz erfüllt von der Größe und Glückseligkeit des Geoffenbarten.

Beatus' Hand war um die seines geliebten väterlichen Meisters geschlossen. Tief versunken, die Faust in seinen gewaltigen Bart verwühlt, sann der alte Evangelist vor sich hin; die beiden Liebenden aber umfingen sich mit Blicken, in denen nur zu deutlich zu lesen stand: ich und du, immer ich und du durch alle Ewigkeiten hindurch!

Nach geraumer Zeit erst wandte sich Frau Uta mit leiser, ein wenig bebender Stimme an den Gewaltigen:

„Woher nur wissen Sie dies alles, Meister?“

„Weil ich es sehe.“

„Weil Sie es sehen?“, kam es langsam von den Lippen der Frau, in deren Zügen sich fassungsloses Staunen malte.

„Es würde für Sie im Augenblick zu schwer sein, es zu begreifen, darum hören Sie nur dies: Ähnlich, wie keine Tat vergehen kann, ohne vom karmischen Gesetz gebucht zu werden, erfolgt in einer anderen, unsäglich feinen, geistigen Welt, die das Abendland gar nicht kennt, die Einzeichnung aller Spiegelbilder des Lebens! Alles Weltgeschehen ist darin eingezeichnet, ähnlich wie der Wasserspiegel alles weist, was über ihm geschieht, nur mit dem Unterschied, dass diese Bilder für die Ewigkeit festgehalten sind.“

Wieder herrschte tiefes Schweigen unter den Kronen der Buchen. Die unfassbare Tiefe der Geheimnisse der göttlichen Schöpfung wuchtete mit erdrückender Gewalt auf ihnen. Und das Staunen über die unirdischen Fähigkeiten des großen Meisters steigerte sich fast zur Scheu. Immerzu brach es wie flammendes Wetterleuchten durch ihre feierlichen Seelen. Es waren die Flammen des Wissens um das Beglückende: Wir sind Weltenwanderer, vereint seit Ewigkeit!

Ihre Augen suchten sich erneut und in ihren Blicken lag ein Leuchten:

Ich grüße euch, Gefährten meines Schicksals!

Und ihr Denken in Worte kleidend, sagte Frau Uta:

„So gebe Gott, dass wir uns ewig in Liebe wiederfinden!“

Ihr Auge ging dabei fragend zum Wunderapostel.

Der erwiderte ernst:

„Dein Wunsch wird Erfüllung, meine Tochter! Denn unsere Seelen wandern lange schon und sind sehr alt! Sie dienen nur mehr der Liebe!“

Neunzehntes Kapitel

Aus dem Geäst der Buchen und Fichten am Teich glühten, einem Reigen schwebender Johanniskäfer gleich, rote, gelbe, grüne und blaue Punkte durch die pechdunkle Nacht. Es war eine zauberhafte Helle unter den Kronen der Bäume. Die malerischen Farbenstreifen zitterten weit in den Teich hinaus und vermählten sich ab und zu mit den welligen Spiegelbändern geisterhaft dahingleitender Lichter, die, wasserentstiegenen Naturwesen gleich, über die dunkle Fläche tanzten.

Überrascht blieben die drei Männer stehen; mit größtem Wohlgefallen genossen sie das malerische Bild. Die Ausrufe ihrer Freude mit Worten des Lobes für die Gastgeberin mischend.

Unter den bunten Lampions, die den Ruheplatz unter dem Dach der Bäume mit magischem Licht überfluteten, prangte die blumenüberschüttete Tafel.

Auf Beatus' staunende Frage, was all dies Festliche zu bedeuten habe, sprach die Fürstin mit feierlicher Stimme zu ihren Gästen: „Lasst uns heute das Fest unserer Weltwanderschaft feiern! Das Fest unserer ewigen Verbundenheit!

Und lasst uns die Bitte an den Allmächtigen richten, Er möge uns allen das Wissen unserer Brüderschaft bewahren durch alle Zeit, auf dass wir uns wiedererkennen!“

Mit tiefem Ernst blickten die Männer auf die edle Frau.

Gehobene Stimmung herrschte während des ganzen Mahles. Jeder fühlte, wie zugleich mit den weichen Blüten der bunten Lichtbälle tausendmal seligere Fluten inniger Liebe sie alle umflossen und einten.

Als sie hernach beim funkelnden Wein saßen, ganz der hohen Stimmung ihrer Seelen und dem Zauber des malerischen

Farbenspiels der Lampions hingegeben, ergriff der Wunderapostel das Wort und begann:

„Edle Freundin, du hast uns das höchste Fest geschenkt, das Seelen feiern können, und so will ich euch, meine Freunde, als kleines Zeichen des Dankes von jener weiteren Pilgerfahrt berichten, die euer harrt, wenn sich an euch einst das Wort Buddhas erfüllt hat: ‚Das letzte Leben leb ich und nimmer gibt es Wiederkehr.'

Wahn wäre es, wenn jemand glaubte, damit sei der heilige Kreislauf beendet! Die ganze Entwicklung des Gottesfunkens, von dessen Ausgießung und Wanderung durch die Lebensformen der Materie bis zu deren endgültigem Verlassen, ist vielmehr erst die eine Hälfte des Weges – und vielleicht die kleinere!"

Überrascht sahen die Zuhörer auf den Wunderapostel.

„Nun erst beginnt jener andere Weg durch die ständig höheren Sphären des Geistigen, die immer bewusstere und gewaltigere Vergottung des Egos, die immer werktätigere Mithilfe an den Werken des Ewigen. War bis zur Beendigung des Weges durch die Erscheinungsformen des irdisch-menschlichen Lebens das Weben des Egos in der Hauptsache dem Ich geweiht, so gehört es nun in immer mehr sich steigernder Selbstlosigkeit einer ständig sich weitenden Wirkungsfähigkeit im Dienste der Gottheit.

Frei von den Fesseln der Materie befindet sich das Ego nun in einer wissenden Glückseligkeit, die ohne Grenzen ist. Groß und unnennbar in ihrer Vielheit sind seine Aufgaben im ganzen Kosmos; eine der schönsten aber, der es mit größter Hingabe dient, ist die Hilfe, welche es seinen noch auf Erden ringenden Brüdern bei deren Aufwärtsentwicklung leisten muss.

Diese Egos sind nun in diesem Entwicklungszustand die guten Schutzgeister der Menschen. Stets umgeben sie uns mit liebender Sorgfalt und wachen unermüdlich über uns bei Tag und Nacht. Sie trachten die Menschen vor der Sünde zu bewahren und ihre Seelen immer mehr dem Göttlichen zuzuführen; sie mühen sich heiß, sie vom Laster zu erretten und für die Tugend zu gewinnen. Freudig helfen sie dem zäh um Erkenntnis Ringenden. Und sie sind es, die in würdige, lichtzustrebende Menschenkinder den Strahl des Göttlichen gießen!

An sie ganz besonders sollte sich der Erdenpilger Tag um Tag in seinem Gebete wenden; sie sollte er um Hilfe anrufen, denn sie sind die Diener Gottes, welche unsere Bitten zu erfüllen haben – die wir an den Ewigen richten – soweit sie rein und lauter sind und das karmische Gesetz es nicht anders will!

Eure christliche Kirche kennt sie, wenn auch unter anderer Voraussetzung, als Schutzengel und Heilige. Doch machen die Menschen von diesen unsichtbaren Helfern zu wenig bewussten Gebrauch. Die Menschheit wäre sonst auf einer doppelt, ja dreifach so hohen Entwicklungsstufe! Denn sie sind die guten Engel unseres Lebens!

Und immer wieder kommt es vor, dass einer von ihnen der Menschheit zuliebe freiwillig menschliche Gestalt annimmt und sichtbar unter den Erdenbrüdern wandelt, um durch sein Wissen und Beispiel ihnen Lehrer und Führer sein zu können. Denn diese hohen Wesen vermögen jederzeit sich einen Körper zu bauen und ihn aufzulösen, wann es ihnen lieb ist. Denn als Geister sind sie vollkommene Herren des Stoffes. Manche von ihnen bedienen sich jahrhundertelang eines solchen Leibes.

Noch nie war die Menschheit ohne solche sichtbar zwischen ihr lebende Brüder aus dem Jenseitsreiche. Aber die Kinder der Erde haben sie fast nie erkannt.

Doch einmal, nach Unendlichkeiten für Menschenbegriff, kommt auch für diese geistigen Wesen die Zeit, da sie ihre Werke gewirkt und ihre Prüfungen bestanden haben."

„So haben auch diese Wesen noch Prüfungen zu bestehen?", fragte Beatus.

Der Wunderapostel lächelte seltsam.

„Blindes Müssen, Beatus, würde dem Ewigen bei diesen

hohen Wesen noch weniger gefallen als bei den Menschen! Entwicklung ist auf allen Stufen des Bewusstgeistigen nur möglich durch Überwindung. Glaube mir, die Versuchungen, die jene Wesen zu bestehen haben, sind ungeheuerlicher Art. Das eine nur wisse: Je höher die Entwicklungsstufe eines solchen Wesens ist, je näher es bei Gott ist, umso furchtbarer naht sich ihm der Versucher! Es ist bei ihnen genauso wie bei den Menschen, nur dass die Leiden der gefallenen Geister und die Freuden der sieghaften so riesenhaft sind, dass sie Menschenphantasie sich nicht auszumalen vermag.

Wer aber auch das Reich der Geister sieghaft durchschritten hat in Weltenaltern, der ist zu Hohem erlesen, das in den Wirkungsbereich der Götter ragt: Er wird zur Seele eines werdenden Sternes und dieser selbst sein sichtbarer Leib."

„So sind auch Sterne beseelt! Lebende, wissende Wesen!", rief Frau Uta überwältigt aus.

„Erstaunt dich dies noch?", sprach der Wunderapostel langsam und mit Nachdruck.

„Wäre es nicht vielmehr seltsam und unbegreiflich, wenn es sich nicht so verhielte? Wo du hinsiehst, in allen Wesen, bis hinab zum winzigsten, glühen Gottesfunken, und die Millionen und Abermillionen von Sternen, die doch genauso Gebilde des Ewigen, Unausdenkbaren sind, sollten von diesem universellen Prinzip abweichen! Wäre es nicht sinnlos, wenn nicht überhaupt unmöglich, dass die Sterne – die Träger einer nicht ausdenkbaren Fülle von Leben – keine von einer gewaltigen Geistigkeit durchseelten Geschöpfe sein sollten, wo Gott doch jedes Atom beseelte! Wohl könnte der Allmächtige Welten ohne Eigengeistigkeit durch die Macht Seines Willens lenken, aber wie sollte es Ihm, dem es gefällt, dem kleinsten Geschöpfe sein eigenes Gottesfünkchen in die Brust zu senken, Freude machen, diese ungeheuren Gebilde Seiner Phantasie nicht in den Kreislauf geistiger Entwicklungsmöglichkeiten zu ziehen! Dies zu denken, ist ganz unmöglich, denn Gott, der das Leben selber ist, will überall Leben, eigenes Ringen und Streben! Und ein toter Stern, wenn dies möglich wäre, müsste Ihm tausendmal geringer sein als die winzigste, lebendurchhauchte Mikrobe! Gott würde Totes, Lebloses vor Seinem Angesicht gar nicht dulden.

Dies haben schon vor Jahrtausenden weise Seher erkannt und diese hohen Genien, die Seelen der Welten, Elohim genannt. Wohl ist der Stern ihr sichtbarer Leib, ihre geistige Wesenheit aber ist derart göttlich, dass sie die stoffliche Hülle ähnlich dem weltüberwindenden Meister vollkommen beherrschen und sie ihnen nimmer leisestes Hindernis ist. Diese hohen Engel hausen für gewöhnlich im Innern ihres Sternleibes wie unser Geist in unserem Körper, doch vermögen sie auch jederzeit von außen auf ihn zu wirken. Wenig ist es den Menschen des Abendlandes bekannt, dass Newton sich diese Erkenntnis abrang, Herschel dies behauptete und Kepler sich freudig zu geistigen Leitern, welche den Lauf der Gestirne regeln, bekennt! Diese drei Forscher aber waren die größten Astronomen des Abendlandes! Und nun wird euch auch klar werden, dass Goethe in seinem tief geheimwissenschaftlichen ‚Faust' mit seinem Erdgeist mehr meint als bloß ein poetisches Bild!

Der Mensch begeht eben heute noch immer den groben Fehler, sich als das Maß aller Dinge zu betrachten.

Und es ergeht ihm hierbei nicht anders als einer erst bei tausendfacher Vergrößerung sichtbaren Mikrobe, die, auf dem Rücken eines Elefanten zwischen den tiefen Schluchten und hohen Bergen seiner Haut sich bewegend, ihr Leben lang nie auch nur ahnen würde, dass sie sich auf dem Rücken eines lebenden Wesens befindet! Denn das Verhältnis der Größe des Elefanten zu jener ihres Erfahrungsvermögens ist so riesenhaft, dass sich die Mikrobe darüber nie Erkenntnismöglichkeit verschaffen kann.

Noch unendlich viel größer aber ist der Unterschied zwischen dem Gottesfunken des Menschen und dem Geistwesen der Erde.

Unvergleichlich aber unterscheidet er sich von der Mikrobe durch seinen göttlichen Geist, den er in alle Tiefen des stofflichen Raumes und alle Höhen des Himmels zu senden vermag und in seelisch-geistige Bezirke, die an keinen Raum und keine Zeit gebunden sind, bis hin zur Gotterkenntnis. Und diesem Geiste wird einst bewusst werden, dass es nicht nur sinnlos und gotteslästerlich, sondern geradezu von abstoßender Trostlosigkeit wäre, sich das ganze Weltenall als einen öden Riesenfriedhof zu denken, über den in rätselhaft-weisem Schementanze all die Myriaden toter Riesen torkeln! Wir aber wissen, dass der Ewige, der in die kleinste Blume so viel jauchzendes Leben goss, um Seinen Thron und in all Seine Himmel nicht leblose Riesenkolosse, sondern hohe, erhabene Intelligenzen, gewaltige Götter und verantwortungsbewusste, strenge Statthalter Seiner Macht und Herrlichkeit stellte!

Und sage", fuhr der Wunderapostel mit väterlicher Eindringlichkeit fort, „ist es nicht von erhabener Beglückung, da oben Millionen von hohen, uns weit vorausgeeilten Brüdern, Lichtwesen zu wissen, Cherubime und Seraphime, die in himmlischem Glanze mit rauschenden Fittichen anbetend den Thron des Allmächtigen umkreisen!

Erfüllt es dich nicht mit andächtiger Freude, Leben da oben zu wissen, bewusstes, heiliges Leben, das über dir wacht, seine Zwecke erfüllt und demütig den unerforschlichen Ratschlüssen des Ewigen dient! Nun wird euch vollends klar werden, wieso sie durch ihre Strahlen die Auswirker Karmas werden, wenn ihr in den Sternen hohe Intelligenz seht."

Hingerissen vor dem grandiosen Ausblick, den der Wunderapostel erschlossen, entfuhr es Frau Uta: „Um des Himmels willen! Bin ich denn noch Mensch!?" Schweigend saß der Meister, dann sprach er bedachtsam weiter:

„Und so wie kein Stern unbeseelt ist, so ist auch keiner unbelebt! Ob ihn Gluten des Feuers oder Dünste des Eises einhüllen, überall ist Leben! Nur in anderer Form, nur in anderer

Dichte. Denn die sichtbaren Gebilde der Erde verdanken ihr Dasein nur einer der Millionen von Erscheinungsmöglichkeiten, welche die Allmacht des Ewigen hervorbringt, dessen Geist die Flamme ebenso durchdringt und erfüllt wie die Dünste des Eises.

Welcher Form die Geschöpfe aber auch immer sein mögen, die auf dem Leibe eines Sternengels hausen, sie sind seine Kinder, die solch ein Sterngeist zu bewachen, zu leiten und um deren Entwicklung er sich zu sorgen hat, so wie um alles kosmische Geschehen, das auf und in seinem Leibe vor sich geht. Ähnlich wie der Erkennende weise auf seinen Körper achtet, die Tätigkeit und das Zusammenspielen der Edelorgane hütet und ihn als Heiliges empfindet.

Ihm ist die ganze Entfaltung des vom Ewigen für diesen Stern erdachten Lebens anvertraut, er ist Herr und Behüter desselben.

Ihm strebt alles unbewusst zu, er ist das Ziel alles Ringens.

Doch wähne ja nicht, dass der Engel der Erde, der um den Thronstuhl des Ewigen kreist, sich selig der Anschauung Seines Lichthauptes hingeben kann! Sein Auge vermag kaum den Fußschemel des Unaussprechlichen zu schauen!

Denn wisse, so wie die Menschen von der Kraft Gottes leben, die den ganzen Erdenraum erfüllt, ebenso empfangen der Engel der Erde und die Planetenengel die Kräfte ihres Seins und Lebens vom Sonnengott, welcher der Vater des Planetensystems ist und in dessen gewaltigem geistigen Leibe hinwieder das ganze System kreist."

„Wie ist das zu verstehen, Vater, vom Leben der Planeten im geistigen Leibe der Sonne? Was ist das für ein Leib?"

„Du weißt, dass das Geistige trotz seiner Unsichtbarkeit ein weitaus Tatsächlicheres ist als der Körper.

Je mehr sich nun ein Ego vergottet, umso mehr wächst dieses Geistige ins Riesige, zu einer tatsächlichen Kraftwelt, zu einem Kraftkörper werdend.

Ähnlich nun wie Gott das All mit Seinem Geiste umfasst

und erfüllt, so bilden diese hohen Sternengel riesige Geistkugeln, welche ganze Welträume umfassen, und zwar reicht der Geistkörper der Sonne, also des Sonnengottes, noch ein Stück über seinen äußersten Planeten hinaus, somit sein ganzes System umhüllend.

Nun werdet ihr verstehen, wieso ich sagen konnte, die Planeten kreisen im geistigen Leibe der Sonne! Und so leben also auch wir buchstäblich im Leibe des Sonnengottes!"

„Wie ist das beglückend!", sprach Beatus nachdenklich.

Nach einer Weile fuhr der Wunderapostel fort: „Aber auch Welten haben ihre Entwicklung durchzumachen wie Menschen; auch Welten entstehen, kreisen und vergehen – auch ihr sichtbarer Leib ist nur Maja, Schein. Die Wahrheit aber ist, wie überall, die Entwicklung des Unsichtbaren: der Sterngeister! Auch diese Engel haben sich in heißen, glühenden Kämpfen aufwärts zu ringen, aufwärts zum großen, unnennbaren Ausgang alles Lebens.

Ein Sternengel aber, der im Laufe vieler Jahrmillionen sieghaft sein Sternsein vollendet und die ihm übertragene Aufgabe gewirkt hat, wächst erneut so gewaltig ins Göttliche, dass ihn der Ewige zu einem Sonnengotte erhebt, ihm nun die Lenkung und Erhaltung eines ganzen Gestirnsystems übertragend. Er ist nun der Lebensspender einer ganzen Welt! Er ist es auch, der für seine Planetenkinder die Erschaffung der Fülle an Lebensformen durchführt, welche der Ewige, Unnennbare für dieses Sonnensystem vorausgedacht hat.

Er ist es, aus dem nun die Gottesgedanken quellen, welche die Allgottheit einst erdachte, die sich auf den Planeten manifestieren und den heiligen Kreislauf des Lebens beginnen.

Darum habe ich seinen physischen Leib – die sichtbare Sonne – das strahlende Herz des unsichtbaren Gottes genannt. Und auf dieses Herz hin entwickelt sich alles Leben! Sagt, ist es nicht unsagbar beglückend, dass wir allzeit das Herz unseres Schöpfers sehen, allzeit Seine Liebe fühlen, in ihrem Lichte wandeln, diesem Herzen zustreben und es anbeten können! Sagt, ist es nicht unsäglich, das Glück, dass der Schöpfer unseres Lebens uns Sein Herz sichtbarlich als Mahnung für unser Ringen und als Ziel für unsere Heimat an den Himmel gestellt hat!

Wer, wenn er dies einmal erkannt hat, vermag noch unter dem heiligen Licht der Sonne eine Sünde zu begehen?

Und sehet die unzählige Saat an Sternen, die nachts am Himmel aufziehen, sie alle, alle sind solche Sonnengötter!

Mit brausendem Flügelschlag und himmelerbebendem Donnergesang ziehen diese gewaltigen Erzengel, diese strahlenden Götter, durch die Unendlichkeit des Himmels ihre Bahn, zärtlich und liebevoll die Planetenengel in ihrer Brust tragend."

„Mein Gott, was entwirfst du für einen Ausblick in die Unermesslichkeit, o Vater! Die Gewalt droht meine Seele zu erdrücken!"

Beide Hände an die Schläfen gepresst, starrte Beatus in die kosmische Unendlichkeit.

Uta hielt die Hand über die Augen und atmete tief.

Nur der hünenhafte Evangelist saß regungslos, weltentrückt, wie aus Stein gemeißelt, die großen, dunklen Augen weit offen ins Leere gerichtet.

Unter den Bäumen erlosch langsam Lampion um Lampion und nur noch vereinzelte Ampeln hingen wie farbige Feuerkugeln in der Finsternis.

Auf dem Teich verzuckte eben das letzte Licht. War es das Spiegelbild einer kämpfend sich ins All versprühenden Sternseele? War es das Vergehen eines Sonnengottes? Und das unergründbare Dunkel, das ihn verschlungen, war es die Brust des – –?

Wer wagte den Namen zu nennen, der unnennbar war, wer wagte das Wesen sich vorzustellen, das dem Menschenverstande ewig unausdenkbar bleibt?

Ganz in die unfassbare Gewalt der Gottheit versponnen, starrten die Entrückten in das Dunkel über dem Teiche.

Träumten ihre Seelen zwischen Weltenmorgen und Weltendämmerung.

Doch was war dies? …

Was glühte dort oben auf? Sprühend und gleißend in brennender Pracht! War es ein Sonnengott, der aufstand zu neuer Tatenbahn? Gehen auch Sonnengötter nicht ein in den ewigen, kampflosen Frieden? Müssen auch sie noch wandern, wandern Äonen hindurch? Aufwärts, immerzu aufwärts, dem großen Urgrund und Endziel zu?

Gebannt hingen ihre Augen an dem funkelnden Licht.

Und wie aus weiter, grenzenloser Ferne drang eine Stimme an ihr Ohr, die ihnen vertraut war, eine Stimme, die sie gekannt hatten. Und während das funkelnde Licht sie hob, zog und um sie zu kreisen begann, schwebend in Schauern der Unendlichkeit, vernahmen sie Worte, die zu ihnen drangen wie das Raunen der Unendlichkeit:

„Durch Ewigkeiten kreisen die Sonnengötter um die Knie des Unausdenkbaren, preisen sie Ihn anbetend mit lautem Sphärensang.

Doch immer noch ist es dem unnennbaren Wesen nicht genug! Und einmal, an irgendeinem Weltenmorgen, erwacht auch der Sonnengott nach sieghafter Wirkung seines Werkes zu noch höherem Sein und findet sich wieder als Herz eines ganzen Sternenhimmels mit all seinen ungezählten Millionen von Sonnen in seinem geistigen Leibe! Und er sieht nun die leuchtenden, goldfunkelnden Sonnengötter – in deren Brust wiederum die vielen kleinen Planetenengel schweben – anbetend um sein Herz sich drehen, so wie er einst unausdenkbare Weltenalter hindurch um die Zentralsonne gekreist, sie in ihrer göttlichen, namenlosen Pracht für das ewige Wesen haltend.

Und er lebt nun selber die himmeldurchflutenden Freuden der Zentralsonnengottheit, sieht nun selber das selige Kreisen und Pulsen alles Lebens, und er merkt plötzlich mit großer Überraschung, dass dies alles sein Leib ist und der ganze Himmel nur durch seine Kraft lebt! Und wie er die Abhängigkeit all der Millionen Sonnengötter von sich erkennt, ballt er all seine Kraft zusammen und strömt ein solches Maß von Liebe und Lust in alle Tiefen des Himmels, dass die Heere von Sonnen erbeben und aufleuchten in blendendem Glanz. Und wie er das Werk seiner Liebe sieht, lächelt er leise, so wie nur Götter lächeln können, und lauscht mit gespanntem Ohr den Gesängen des Himmels.

Und als er genug gelauscht und die Blicke aus seiner Ichheit nun in den Raum um sich her richtet, siehe, da bemerkt er staunend, dass er nicht allein ist! Brüder schweben gleich ihm rings im unergründbaren Raume, leuchtend und strahlend in gleicher Göttlichkeit. Lange blickt er auf sie und bemerkt erst jetzt, dass sie alle auf ihn sehen und ihn grüßen. Und er grüßt sie wieder in unaussprechlicher Freude.

Und er blickt von einem zum andern und schaut, dass es sieben mal siebenundsiebzig solche Brüder sind, die im Weltenraume kreisen, alle wie er, Myriaden von Sonnen-Erzengeln und Planeten-Engeln in der Brust! Und sein Staunen ist maßlos ob dieser gewaltigen Schar!

Und wie er sie mit seraphischem Blick umfängt, entdeckt er, dass sie alle, zu göttlichem Reigen verbunden, etwas zu umschweben scheinen – und mit einem Male fühlt er Kräfte, jauchzende, selige Kräfte seine Brust durchströmen, Kräfte, die berauschend sein gewaltiges Göttersein erfüllen, und trunken hebt er sein sonnenhaftes Auge!

Erschreckt muss er es schließen, denn es sieht in einen solchen Quell des Glanzes, dass ihn selbst sein göttliches Sonnenauge nicht erträgt. Doch wieder und wieder zieht es ihn zu dieser Quelle alles Lichtes hin und einmal ist im Laufe von Zentralsonnenäonen sein Auge so weit geübt, dass er den gewaltigen Glanz ertragen kann, und was er erblickt, ist so erschaudernd, dass er aus dem Weltentakt zu schwanken droht.

Denn er schaut das GROSSE WESEN. Das keinen Namen

hat, für das es überhaupt keinen Namen gibt und dem auch Sonnengötter keinen Namen zu geben vermögen.

Verwirrt, bestürzt, bis ins Innerste getroffen, senkt er seinen Blick, heftet er ihn hilfeheischend auf seine Brüder. Doch wie maßlos ist seine Befremdung, als er nur schwache Lichter statt der zuvor so hell prangenden Brüder sieht!

So gewaltig ist der Glanz des GROSSEN WESENS!

Und wie er nun auf den Reigen der Brüder sieht, weiß er, dass all die sieben mal siebenundsiebzig Zentralsonnenbrüder im Herzen des Unnennbaren kreisen.

Da reißt er jubelnd sein Auge aufwärts, und wieder nach Sternenläuften, in denen Hunderttausende von Welten vergehen, kann er das Auge nimmer wenden von dem Angesicht, das Anfang ist und Ende alles Lebens.

Und er versenkt sich mit aller Inbrunst in die Anblickung des Unnennbaren.

Lächelt das GROSSE WESEN? Blickt Es ernst? Wer vermag es zu ergründen? Es scheint beides zu sein und dennoch nicht das eine und auch nicht das andere.

Aber auch Seelen von Zentralsonnen-Göttern werden alt!

Das Werden und Vergehen von Sonnensystemen misst ihre Zeit.

Das Aufblitzen und Verlöschen von Sonnensystemen ist wie das Ticken einer Uhr in der Ewigkeit ...

Da sieht er, wie einzelne der Brüder ständig ihr Licht verstärken, wachsen und wachsen und sich zusehends dem UNNENNBAREN nähern. Und er betrachtet sie gespannt und voll fragendem Verwundern.

Und er verfolgt ihr Tun mit großer Begierde.

Und während er das gewaltige Anwachsen ihres Lichtes beobachtet, wird er mit namenlosem Staunen gewahr, dass sie sich langsam, ganz langsam dem GROSSEN WESEN nähern.

Unruhvoll starrt er auf sie. Mit großer Frage. Und ständig schrumpft die Entfernung; ständig wächst ihr Licht!

Was soll das! Was hat dies zu bedeuten? Was geht vor unter ihnen?

Dort! Der! … Gleich wird er IHN berühren! … Wie der Bruder strahlt, wie er loht!

Jetzt gleich, werden sie sich – –

Was ist dies!? …

Was ist geschehen?! …

Wo ist der Bruder!? – –

Spurlos verschwunden, eingegangen ins Große, Ewige Licht! –

Ehrfürchtig blickt er ins Antlitz des UNNENNBAREN.

Lächelt ER? Blickt ER ernst –?

Wer vermag solch gigantischen Gleichmut zu deuten! Wer vermag zu sagen, was geschehen ist!

Und weiter tickt die Uhr der Ewigkeit, verrinnen die Weltenalter, verlöschen die Sonnensysteme …

Glühen Bruder um Bruder strahlend auf – und vergehen.

Und er, er wird alt. Und er wird weise.

Und er vermag das GROSSE WESEN mehr und mehr zu erfassen.

Und er sieht neue, junge Brüder an die Stelle der andern treten, die ins GROSSE WESEN gingen.

Und wie er auf diese Brüder blickt, erkennt er, dass er alt ist.

Und es erfasst ihn eine namenlose Sehnsucht nach Ruhe; nach großer, langer, ewiger Ruhe.

Und er sieht mit einem Mal seinen unendlich langen, durchwanderten Weg bis hinab zu einem kleinen, blitzenden, funkelnden Edelstein. Bis zu einem winzigen Flämmchen …

Und ihm ist dies alles wie ein Traum.

Blumen, Tiere, Menschen und Geister, Welten und Sonnen. Was ist das für ein bunter, seltsamer Reigen!

Und was ist das für ein seltsames Heimverlangen in ihm?

Er sieht auf den UNNENNBAREN. –

Wie nah ER mir ist! …

ER ist groß. Ich bin es auch.

Wir sind alt – beide.

Ich bin müde geworden. Bist DU es auch?

Ach, VATER, dass DU so gleichmütig bist!

Oh, nur einen Augenblick lass mich an DIR ruhen! Nur einen ...“

Dröhnen Welten an die Ohren der Lauschenden? Singen Sterne?

Wuchtet sie die Kraft einer Sonnengottheit durch den Weltenraum?

Sind sie das All?

Sind sie das Nichts?

Da hören sie von fern, unendlich fern, wie aus den Tiefen der Welten:

„Das ist des heiligen Kreislaufes Ende. – – –“

Gebannt sitzen sie im Dunkel unter den Buchen am Teich.

Mit großen, benommenen Augen wie aus schwerem Traum suchen sie den erhabenen Künder, der nun schweigt.

Ins Überirdische gewachsen sitzt er vor ihnen.

Ein Wissender, ein Weltüberwinder.

Kaum ist sein Gesicht zu erkennen.

Lächelt es leise? Blickt es ernst in unergründbarem Gleichmut? Vielleicht lächelt es leise; vielleicht blickt es ernst – sie sehen es nicht!

Sie sehen nur das Licht seiner Augen.

Dieses aber funkelt und gleißt wie das Sternlicht des Sirius, der über dem Teiche dort hinter dem himmlischen Jäger Orion steht.

Und der übernatürliche Strahl dieser Augen bannt sie wie der Schein einer Ampel im düsteren Schweigen eines Gotteshauses.

Wie lange sie so saßen, sie wissen es nicht.

Sie können nimmer denken, nur mehr empfinden.

Nur einmal, tief in der Nacht, stößt Beatus scheu die Worte heraus:

„Vater sag, wer bist Du? O künde uns deine Heimat!"

Da leuchten die Augen im Antlitz des Erhabenen und mit einer Stimme, in der unerklärbarer Klang schwingt, antwortet er:

„Ja, ich bin ein Mensch, der längst seine Bahn geendet! Meine wahre Heimat ist die Ewigkeit! Meine irdische aber ist fern von hier, wo die Sonne ewig glüht und der Sommer nie endet – ist Indien!"

Ein Ruck geht durch die drei Menschen.

Durch den Schüler wogt sturzartig ein Meer wechselnder Gefühle.

In dieser Nacht sagt keiner mehr einen Laut.

Zwanzigstes Kapitel

Am nächsten Morgen waren sie schon in aller Herrgottsfrühe in den weiten Fluren der fürstlichen Ländereien. Es war ein feierlich froh gestimmter Tag.

Schon beim ersten Hahnenschrei waren Dutzende von Gespannen in das Land gefahren. Seit Stunden zogen nun von allen Seiten ununterbrochen die hochbeladenen Erntewagen mit dem goldenen Korn nach den Scheunen. Lebensfroh schnaubten die starken Rosse mit stampfenden Hufen und glänzendem Fell vor den knarrenden Wagen die Feldstraßen einher, die in der ausgedörrten Trockenheit der letzten Wochen wie Kreide aussahen. Mit stolpernden Beinen hasteten große funkelnde Käfer vor dem Gedröhn der gefährlichen Hufe ins Gras der Böschungen.

Stachelige Hauhechel und pastellblaue Wegwarten standen an den Straßenrändern und blickten versonnen auf das lebhafte Treiben. Nur die Schmetterlinge waren wie immer ganz unbekümmert, tanzten ihre sorgenfreien, völlig unbeschwerten Gaukelflüge oder ließen sich mit einer Anmut auf die Kelche der Feldrainblumen nieder, wie es eben nur Schmetterlinge vermögen, die nicht wie Bienen oder Hummeln ihr vollgerütteltes Maß an Pflicht haben.

Auf den Feldern wurde emsig gearbeitet. Blitzende Gabeln türmten die Garben höher und höher auf die harrenden Wagen. Nur ab und zu helles Frauenlachen oder der leitende Ruf einer vollen Männerstimme. Stahlblaue Schwalben schossen wie Blitze zwischen den unendlichen Reihen der Getreidemännchen und werkenden Menschen dicht über die Stoppelfelder, als wollten sie die Feldarbeiter, denen der Schweiß über die Stirne floss, aneifern, nicht zu erlahmen. Und das war Not. Denn die Sonne stand sengend als glutendes Rad am wolkenlos blauen Himmel.

Wie zwei Patriarchen standen der Wunderapostel und der hünenhafte Evangelist im weiten Fruchtland. Immer wieder ruhten Beatus' und der Fürstin Augen auf den zwei Gestalten, die ihnen wie die Seele der Landschaft erschienen. Nur Tristan war von unbeschreiblicher Erregung. Er fegte über die Felder, lief zu den Erntearbeitern, sprang um die Wagen, dass der Staub der Feldstraßen um ihn wirbelte wie gemahlenes Mehl, stand regungslos auf den Böschungen oben und witterte in das Land. In der Ferne blauten die Höhenzüge der Berge. In ihnen allen war die Freude über das gesegnete Erntewetter. Lange saßen die vier Betrachter auf einer Anhöhe im Schatten einer weit ausladenden Linde.

Den ganzen Nachmittag verbrachten sie teils in der Kühle des geräumigen Bibliotheksaales, teils im Schatten des Parkes unter den dichten Ästen der riesenhaften, tausendjährigen Trauerbuche, die ihre Zweige bis in die ruhigen Wasser des großen Teiches hängen ließ.

Spät abends noch, nachdem sie die emsige Heimkehr der wie eine Sturzflut durch das alte Hoftor drängenden Schafherde mit ihrem silberbärtigen Schäfer genossen hatten und wieder in ihren Stühlen saßen, die sie gestern um diese Stunden innegehabt, hörten sie das einförmige Singen des heimfahrenden Gesindes und das polternde Trommeln der über die Eichenbohlen der weit ausladenden Scheunen stampfenden Rosse. Lange gaben sie sich schweigend dem Hohen Lied der Erde hin, das in keiner Stunde des Jahres so erhaben ist wie in den Tagen, in denen die Menschen das heilige Korn einbringen und mit ihm die Liebe der Erde und den Segen des Himmels. Plötzlich erlosch wie mit einem Schlag jeder Laut von Arbeit, Mensch und Tier. Die Lauschenden wissen es. Bleischwer fallen in den Nächten dieser lohenden Tage die Menschen auf das Lager. Schwer wie Kornsäcke. Im düsteren Sparrenholz der Scheunengiebel aber hocken lauschend die mit dem Segen der Felder mitgekommenen Erdgeister. Nur die Fledermäuse vollziehen unermüdliche lautlose Schemenflüge durch den stillen Park. Und fern vom dürren Ast einer alten Eiche tönt immer wieder das klagende, hohle Gestöhn eines Käuzchens: Schuhuhu – huuu ... Schuhuhu – huuu.

Klar wie ein Diamant steht der Abendstern am westlichen Himmel.

Endlich bricht Beatus das wohltätige feierliche Schweigen und richtet an seinen väterlichen Freund und Lehrer die Frage:

„Du hast uns in den letzten Tagen so Unermessliches gegeben, dass ich die Bitte an dich richten muss, uns zu sagen, wie denn die ganze Schöpfung und der Mensch überhaupt entstanden sind!"

Der Wunderapostel blickte seinen Schützling mit der tiefen Liebe eines Vaters an und sprach nickend:

„Gern will ich dir deinen Wunsch erfüllen, denn ich habe auf diese Frage gewartet – und so höret denn alle!

Ihr wisst, dass jede Religion aus dem Boden kosmisch-biologischer Erkenntnis wächst und in ihrer tiefsten Tiefe Kosmosophie ist: – Enthüllung des Schöpfungs-, Natur- und Lebensgeheimnisses.

Dieses tiefste Erkennen führt zum lebendigen Gotterleben und aus diesem heraus zur Aufrichtung der volkserziehenden und veredelnden Sittengesetze. Da diese höchsten Erkenntnisse des Menschheits-Urwissens den frühen Sehern aber zu heilig waren, als dass sie in weiheloser Form im nüchternen weltlichen Leben stünden, haben sie diese heiligsten Dinge, die sie aus ihrer kühlen, geistigen Höhe in die blutwarmen Bezirke der Menschen herab geholt hatten, voll ehrfürchtiger Weisheit in höchster Genialität hinter geheimnisschweren Siegeln und lebensnahen Gleichnissen verborgen. Und zwar das eine Mal durch die himmlische Form der Religion und das andere Mal durch die irdische Form der Märchen.

Genauso ist auch eure christliche Religion vorgegangen. Sie hat diese gewaltigsten Geschehnisse der Entstehung der Schöpfung und des Lebens in einen ganzen Ring dramatischster Legenden gefasst, die in Moses' Genesis ihren Anfang haben mit der Erschaffung der Welt und dem Leben aller Geister im Himmel. Darauf folgt der Aufruhr Luzifers mit seiner Verführung der Menschengeister und ihrer aller Sturz aus der lichten Höhe des Himmels hinab in die Tiefe des Paradieses.

Und diesen dramatischen Bildern schließen sich an die nicht minder tragischen von Luzifers Versuchung des ersten Menschenpaares durch die Schlange, das Essen des Apfels vom ‚Baum der Erkenntnis', der neuerliche Zerfall mit Gott, die Austreibung aus dem Paradies, die Verstoßung auf die Erde und die Verwehrung des ‚Baumes des Lebens' durch den Engel mit dem hauenden Schwert.

Wenn ihr diesen gewaltigen Bericht genau durchdenkt, findet ihr in ihm drei Orte: den Himmel, das Paradies und die Erde.

Ich will gleich vorwegnehmend sagen, dass dies aber nicht drei Orte sind, sondern dass damit in der unübertrefflichen Meisterschaft der Symbolsprache, in die der ganze Bericht gehüllt ist, die drei Stufen oder Entwicklungszustände der Schöpfung und des Lebens ausgedrückt sind!

Zuerst die Stufe des Geistes, dann die Stufe der Seele und schließlich die Stufe des Körpers.

Also: Der rein geistige oder mentale Zustand der Schöpfung, der dünnstoffliche oder astrale Zustand und der grobstoffliche, irdische Zustand.

Oder anders noch gesagt: Die Welt des eingeschlechtlichen Hermaphroditen oder der reinen Geistigkeit, die Welt der Geburt der Seele und der Zweigeschlechtlichkeit in ihrer ersten Verstofflichung; und die Welt der grobstofflichen Körper und ihre zweite Verstofflichung.

Denn Gott hat jedem Ding einen bestimmten Dichtigkeitsgrad zugedacht und so nimmt jedes Geschöpf in allmählicher rhythmischer Entwicklung des Urbaustoffes die ihm zugehörende Dichtigkeit an.

Genauso wie der Mensch, die höchste Form der Schöpfung, aus der Dreiheit Geist, Seele und Körper besteht, so hat die ganze Schöpfung auf dem Wege ihrer Entwicklung diese drei Stufen durchlaufen müssen.

Denn Gott dachte die Schöpfung so dicht und fest, wie sie heute ist.

Aber da Er sie geistig dachte, so war sie vorerst nur geistig.

Denn es war am Anfang nichts da als Gott allein.

Diese rein geistige Erschaffung war der erste Zustand der Schöpfung, die mentale Form: – der Himmel.

Alles war bei Gott, war in Seiner Sphäre.

Damit die Erde und alle Geschöpfe nun stofflich werden konnten, musste Er das Urlicht schaffen, den Urbaustoff. Nun war das materielle Baufeld gegeben.

Aber es war noch ein weiter Weg bis zu dem heutigen Dichtigkeitsgrad der Schöpfung. Denn jede Entwicklung im ganzen Weltall vom Größten bis zum Kleinsten geht rhythmisch vor sich und somit langsam. So auch der Weg von der reinen Geistigkeit zur dichtesten Stoffform.

Die erste Verdichtung der geistigen Urbilder oder dieser zweite Zustand der Schöpfung war die astrale Form. Diesen Zustand nennt eure Kirche: – das Paradies.

Die Hülle war noch so dünnstofflich, dass das heutige menschliche Auge sie nicht gesehen hätte und die Fesselung des Geistes somit so gering, dass es noch immer ein Seligkeitszustand war, in dem der Mensch nahezu alle seine uranfänglichen göttlichen Kräfte besaß.

In unendlichen Zeiträumen schritt die Verdichtung in ihren zweiten, endgültigen Grad hinein und führte zum dritten Zustand der Schöpfung, zur heutigen irdischen Form: – die Erde.

In dieser ist der Geist so gefangen und belastet, dass eure

Kirche diesen Eintritt in die dritte Phase der Verdichtung mit Recht die ‚Austreibung aus dem Paradies' und die ‚Verstoßung auf die Erde' nennen konnte.

Und nun, meine lieben Freunde, höret wie die Schöpfung und der Mensch entstanden sind!

Der Urgrund aller Schöpfung ist Gott. Gott ist der ewig Unberührbare, Unoffenbare. Eure Frühväter hatten für ihn das Symbol des Punktes in einem Kreis und nannten dies den ‚Punkt Rühr-mich-nicht-an'. Gott ist die Allmächtigkeit und ist der reinste Geist allen Geistes. Er durchdringt und erfüllt das ganze Weltall. Und Er durchdringt und trägt somit jedes Geschöpf und gibt allem das Leben. Gott ist überall – aber Er ist nirgends gebunden. Ganz so wie unsere Sonne, die mit ihrer Wärme, ihrem Licht und ihrer Lebenskraft das ganze Planetensystem durchdringt und dennoch völlig ungebunden ist.

Eines Tages überkam Gott das Bedürfnis, sich Seiner Selbst voll bewusst zu werden. Denn Gott hatte keinen Gegenpol. Und so wie jedes Ding sich nur an seinem Gegensatz messen und bewusst werden kann – das Licht an der Finsternis, das Große am Kleinen, das Gute am Bösen – so war es auch bei Gott. Auch Er, der reine Geist, konnte sich nur an dessen Gegenpol, dem Stoff, messen und bewusst werden!

So begann Gott aus Schöpferlust und Tatendrang zu schaffen, ganz so wie jeder Mensch.

Und Er schuf als Erstes Seinen ältesten Sohn Christus und mit ihm das Geistfeld. Dieser älteste Sohn ist gleichsam die Seele des Geistfeldes.

Was war nun das Geistfeld?

Das Geistfeld war die Unflut seiner Gottesgedanken. Da Gott aber das Leben und die Allmacht ist, so war jeder Seiner Gedanken im Augenblick, wo Er ihn gedacht hatte, auch schon Leben und somit Wesen.

So schuf Gott zuerst alle Seine Urengel, die Gestirne. Hernach dachte und senkte Er in jeden Gestirnengel die Unzahl jener Kreaturgedanken oder Geistwesen hinein, die diesem Gestirn zugehören sollten, so wie die heimlichen Wasserquellen in den Leib der Erde eingesenkt sind. Damit der Urengel zu jenem Zeitpunkt, wo er selbst zu schaffen beginnen sollte, sie aus sich heraushole, so wie der Künstler seine Gedanken schöpferisch aus sich heraushebt oder die mütterliche Erde ihre Wasserquellen sprießen lässt.

Diese Gedanken Gottes sind die ewigen Ur-Modelle jeder Art und jeder einzelnen Kreatur. Sie sind die ewigen trächtigen Urmütter, welche Plato die Monaden nannte.

Diese Gottesgedanken oder Monaden spalten bei den drei niederen Reichen aus sich die Gruppen-Seelen heraus und diese gießen dauernd die einzelnen Lebensflämmchen, die Gottesfunken, aus sich, so wie die Wolke die Tropfen oder das Feuer die Funken. Jedes einzelne Lebensflämmchen ist mit der Gruppen-Seele durch eine geistige Nabelschnur ebenso verbunden wie die Gruppen-Seele mit der Monade, die Planeten mit der Sonne oder die Urengel mit Gott.

In dieser ersten Schöpfungsfrühe war die ganze Schöpfung nicht nur rein geistig: eben das Geistfeld um Gott, sondern sie war ganz bei Gott, sie lebte in der geistigen Welt, also: ‚im Himmel'! Das war die erste Stufe der Entwicklung der Schöpfung. Die Zeit vor der Aussendung des Logos oder das Reich der geschlechtslosen Hermaphroditen.

Und nun setzte die zweite Phase der Entwicklung ein.

Die Unflut der rein geistigen Wesen, das Geistfeld, wollte nun ebenfalls wie Gott das volle Bewusstsein gewinnen, das sie nur durch den Widerstand gewinnen kann. Denn das Unendliche und Ungebundene wird sich erst durch das Endliche und Begrenzte, durch die Welt des Stoffes, voll bewusst. So begann Gott Seinen Logos auszusenden, also Sein großes ‚Es werde!' zu sprechen, damit die ganze geistige Welt sich bewusst und offenbar werde.

Und so schuf Er zu diesem Zwecke Seinen zweiten Sohn Luzifer, das ist: ‚Träger des Lichtes', und das Stofffeld. Und machte Luzifer zur Seele des Stoffes.

Was ist nun dieses Stofffeld?

Es ist das ‚Licht', das Luzifer ‚trägt' und von dem Moses in seinem Schöpfungsbericht als von dem Geschaffenen des ersten Tages spricht. Es kann damit aber nicht das Licht der Sonne gemeint sein, denn Moses spricht deutlich, dass die Sonne, die den Tag, also das Tageslicht, macht, von Gott erst am vierten Schöpfungstag geschaffen wurde. Also scheint hier ein Widerspruch zu sein, denn wir sind gewöhnt zu wissen, dass das Licht von der Sonne kommt. Da bei Moses, diesem gigantischen Geist, aber ein so grober Irrtum nicht möglich sein kann, so kann das Licht des ersten Schöpfungstages nicht das Sonnenlicht sein, und wir stehen somit vor einem großen Rätsel. Um dieses Rätsel zu ergründen und dieses Licht zu erkennen, geben uns die Berichte der großen Frühvölker klare Auskunft.

So steht in den indischen Upanishaden: Brahma, also Gott, habe am Anfang das Licht geschaffen und aus ihm dann alle anderen Lebensformen gebildet!

Also muss dieses Licht ein Stoff sein und ich will euch gleich sagen, dass es eben der Urbaustoff aller Schöpfung ist, der Weltäther, das Urlicht, Akâsha, also das Stofffeld. Es ist das Licht des ersten Schöpfungstages in Moses' Genesis. Die babylonischen Tontafeln berichten dasselbe. Und sowohl die alten Ägypter wie die keltischen und germanischen Druidenpriester sagen, dass das Urlicht die geistigste Form aller materiellen Dinge sei.

Also seht ihr, dass auch diese Völker das Urlicht als Urmaterie bezeichnen, als den Urbaustoff aller stofflichen Gebilde!

Sie sagten wörtlich: ‚Das Licht ist dasjenige Element im materiellen Weltall, das Gott am nächsten steht.' Es muss also ein so dünner Stoff sein, dass er noch Geist ist, und bereits ein so verstofflichter Geist, dass er schon als Stoff angesprochen werden kann. Jene Form somit, wo Geist und Stoff sich berühren und in Eins übergehen. Eure Wissenschaft wird bald zu ihm hinfinden und von ihm sagen, dass er konzentrierte, strahlende Energie ist, also konzentriertes, strahlendes Urlicht!

Gott schuf dieses Urlicht, dieses Urbaufeld nun ebenso aus sich, wie die Spinne den Faden aus sich schafft. Dieser Urbaustoff wurde von den frühen Sehern ‚Licht' genannt, weil er aus der Sonne aller Sonnen, aus Gott dringt und seine Leuchtkraft darum eine derart ungeheure sein muss, dass das menschliche Auge sie gar nicht mehr wahrzunehmen vermag. Und wir verstehen, dass vorerst dieser leuchtende Urlichtstrahl sein muss, bevor aus ihm in unfassbaren Zeitläuften unsere Sonne sich bilden und ihrerseits in ihr Planetensystem jenes schwache Licht senden kann, das wir kennen und anbeten. Und dass es sich (abgesehen davon, dass Moses deutlich sagt, die Sonne sei erst am vierten ‚Gottes-Tag', also im vierten, viele Millionen von Jahren umfassenden Schöpfungszyklus, geschaffen worden) um das Urlicht dreht, sagt uns ja auch schon die Erwägung, dass das Sonnenlicht nur in den kleinen Raum ihres Planetensystems strahlt, während es sich bei jenem Urlicht des ersten Schöpfungstages um ein ‚Licht' handelt, das alle Weltenräume erfüllt!

Nun ist das Stofffeld, der Gegenpol des Geistfeldes, vorhanden!

Nun stehen sich Christus, der Herr des Geistfeldes, und Luzifer, der Herr des Stofffeldes, gegenüber – und jetzt kann die Schöpfung wirklich beginnen. Gott hat Sein großes ‚Es werde!' gesprochen, nun kann alles rein geistig von Ihm Gedachte sich offenbaren, kann Form annehmen, kann der Geist sich am Stoff und Gott sich an Seiner gesamten Schöpfung erkennen!

Zu diesem Behufe beginnt Gott nun die große ‚Ausatmung', das heißt: strahlt Gott Seine ganze rein geistige Schöpfung ebenso in den Weltenraum, in das unermessliche Urbaufeld hinaus, wie wir im Winter unseren Atem in Form einer Wolke von Wasserdampfbläschen sichtbar in die kalte Luft hinausstoßen. Der ‚Tag Brahmas' beginnt, oder wie die Inder sagen, das ‚Manvantara'.

Zwei gigantische Vorgänge setzen nun ein!

Luzifer beginnt durch seine ewig wirkende Kraft das Licht, also Urbaufeld, in dauernde Elektronenwirbel zu versetzen, so dass die Urlichtteilchen sich zu Atomen zusammenschließen, und bereitet so den ersten ‚Urbaustein', den ‚Urziegel' für alle kommende Körperwelt vor.

Der Stoff lockt nun den Geist an: – Das ist die Versuchung Luzifers!

Hierauf wirft er um ihn seinen fesselnden Mantel und zieht ihn dadurch völlig von der geistigen Welt in das materielle Reich des Stoffes: – Das ist der Aufruhr Luzifers!

Und die Ausstrahlungskraft Gottes, Seine Ausatmung, also die Zentrifugalkraft, stößt alles Geistige von sich in den Weltenraum, in das Stofffeld hinaus.

Diese Zentrifugalkraft Gottes wird bildlich als der ‚Erzengel Michael' dargestellt, der die Geistwesen ‚aus dem Himmel in die Tiefe des Paradieses stößt'.

Wir verstehen nun diesen ganzen Vorgang. Er heißt nichts anderes als: Die zweite Phase der Entwicklung setzt ein, die Verstofflichung der geistigen Schöpfung!

Durch diese Berührung des Geistes mit dem Stoff vollzieht sich aber eines der größten Geschehnisse der ganzen Schöpfung: die Geburt der Seele!

Und so stehen wir unerwartet vor einem der größten Mysterien des Lebens. Seit die Welt steht, tasten die Menschen um die Seele. Mit Heftigkeit haben die Forscher unseres Jahrhunderts sie geleugnet und im gleichen Atemzug doch nicht ohne sie auszukommen vermocht. Die Klugen unter den Menschen aber haben gesagt: Die Seele ist alles! Sie ist Instinkt, Artwissen und Intelligenz. Sie ist die ‚Innere Stimme'. Aus ihr kommen Gefühl und Erwägung, Einfall und Anpassung. Aus ihr steigen Empfindung, Streben, Wünschen und Wollen, Liebe und Hass, Freude und Schmerz, Sanftmut und Zorn. Und wenn ihr mich fragt, was die Seele eigentlich sei und ob wir sie uns als Wesen vorstellen müssen, dann sage ich ja!

Sie ist genauso ein reales Wesen wie der Vogel, jeder Baum, denn sie ist das ebenso gegenständliche Gebilde von Geist und Stoff wie das Kind von Mann und Weib! Nur ist dieses Seelenwesen unsichtbar wie das Geistwesen (Gottesfunke), denn die Seele ist halb reiner Geist, nach dem väterlichen Gottesfunken, und halb Stoff, nach dem mütterlichen Urlicht. Da dieser Urbaustoff aber noch unter der Grenze des für das gewöhnliche, unerweckte Auge Erfassbaren liegt, so kann man die Seele nicht sehen.

Sie entsteht also immer, wenn der positive, elektrische, männliche Geist auf den negativen, magnetischen, weiblichen Stoff aufprallt – ob an jenem frühen Schöpfungsmorgen, in dem der Geist das erste Mal den Stoff berührte, – oder später dann in den schon materiellen Zeiten, wenn sich der Gottesfunke bei seinem Einfahren in das befruchtete Ei am Stoffe reibt.

Durch den Widerstand, den der Gottesfunke findet, wenn er zentrifugal vom Innern der befruchteten Zelle auf deren Leib hinausstrahlt, wird er sich seiner bewusst, erhält er das von ihm erstrebte Bewusstseinsvermögen.

Und durch den Gegenstoß, den der Körper zentripetal auf den Geist hineinsendet, erlangt die sich gebärende Seele ihr Empfindungsmoment und der Körper durch sie seinen Empfindungsleib.

So wird also die Seele durch diesen Stoß und Gegenstoß zwischen Geist und Körper geboren und mit ihr wird geschaffen: die erste Verstofflichung der Schöpfung, die astrale Welt, das Paradies! Der Geist hat sein erstes Kleid bekommen, die Schöpfung ihre erste wenn auch noch so dünne und unsichtbare stofflich-körperliche Urlichthülle.

Denn der von Gott in das Weltall hinausgestellte Geistfeueratem (die geistige Schöpfung) erfährt durch seine Entfernung von Gott seine erste Abkühlung und erste Verringerung seiner Schwingung und somit seine – erste stoffliche Verdichtung.

So ist also die Seele das Mittel, das Verbindungsglied, die

Brücke zwischen den beiden gegensätzlichen Welten, durch die es dem Geist erst möglich wird, auf den Körper wirken zu können, ihm also dauernd die göttliche Lebenskraft zustrahlen und in ihm und mit ihm leben zu können.

Durch die Einbindung des Geistes in den Stoff hat aber der Gottesfunke völlig das Wissen der ewigen Lebensgesetze seiner Art verloren; und der Körper hat ja von Haus aus keine höhere Kenntnis der Organisationsgesetze seines Lebensdomes.

Die Seele aber, das Kind beider Welten, ist sowohl nach der einen wie nach der anderen Welt völlig wach und besitzt ebenso voll und klar das Wissen der ewigen Urgesetze der Monade, welcher ihr Gottesfunke zugehört, wie sie auch das Wissen der irdischen Bedürfnisse des stofflichen Leibes in sich trägt.

Mit einem Wort: Die Seele übernimmt das Urwissen, das vom Geist auf sie übergeht und das dieser bei seiner Verbindung mit der Materie verliert.

So wird sie zur großen Wächterin, zur Hegerin und Betreuerin des aus Geist und Stoff bestehenden irdischen Lebewesens. Sie hat die volle Leitung des gewaltigen Wunderwerkes ‚Körper'!

Sie holt die Atome heran, sie bildet mit den Atomen die Elemente und Chemikalien, die für die Erhaltung der Riesen-Fabrikanlage notwendig sind. Sie baut mit anbetungswürdiger Weisheit und Sicherheit die herrlichen Körperdome des Lebens. Sie ist der große Baumeister, Ingenieur, Physiker, Chemiker, Biologe und Künstler. Sie lenkt und überwacht die Funktionen der einzelnen Organe, ohne dass Kristalle, Pflanzen, Tiere oder Menschen auch nur einen einzigen Augenblick daran denken müssen, und es auch gar nicht könnten, da sie dies Wissen verlernt und vergessen haben.

Die Seele ist es, die weiß, wie man das Nest baut, die dem Wild sagt, welche Kräuter es zu äsen hat, die den Zugvogel über Länder sicher in die alte Heimat führt, dem einen Tier das Schwimmen, dem andern das Fliegen beibringt. Die jedes Rotschwänzchen aus sich selbst die duckende Bewegung vollführen lässt und jedem Tier durch die Jahrtausende den ihm eigenen Schrei aus der Kehle presst. Die Seele ist es, die Wunden und Brüche heilt, die jedem Geschöpf die unfassbaren Arten und Schliche seiner Selbsterhaltung und Fortpflanzungssicherung eingibt und die bei der geschlechtlichen Vermählung zweier Menschen die Eigenart der Eltern in die Eizelle des künftigen Kindes senkt. Und die Seele ist es, die Kräfte aus der Natur und dem Kosmos holt, von denen wir noch gar keine Ahnung haben.

Sie ist die Meisterin aller Wunder. Sie selbst ist das Wunder! Denn die Seele ist ebenso himmel- und gottausgerichtet, wie sie erderfahren ist. Der Geist aber ist gefangen und hat zufolge seiner Stoff- und Weltzugekehrtheit das kosmische Wissen und die göttlichen Fähigkeiten verloren. Der Geist handelt, aber er handelt großteils blind. Die Seele dient, aber sie wirkt immer weise. Darum wird der Mensch umso weiser und harmonischer sein, der sorgfältig und viel in seine Seele, die ‚Innere Stimme', hineinhört und sich von ihr führen lässt. Denn die Seele ist allwissend und ihr müsst ihr nur Gelegenheit geben, zu euch reden zu können, dann werdet ihr in Weisheit, Gesundheit und Frieden leben!

Die Seele thront in der linken unteren Herzkammer.

Von hier aus schaut sie den Weg des Menschen. Von hier aus mahnt, ruft und warnt sie. Von hier aus leidet und freut sie sich und von hier aus lenkt und leitet sie alles.

Das Herz ist die Kammer des Blutes. So haust die Seele also nicht nur im Herzen, sondern auch im Blute. Somit steht im Talmud richtig geschrieben: ‚Das Blut ist das Haus der Seele!' Es ist darum nicht nur von größter Bedeutung, was der Mensch denkt, was also der ‚Vater Geist' in die Seele strahlt, sondern von ebenso großer Entscheidung ist, was der Mensch isst, ob also die ‚Mutter Körper' die Seele mit reinem oder verschlacktem Blute ernährt! Denn je reiner das Denken, Wollen und Handeln und das Essen eines Menschen ist, umso wirkungsfähiger, gesünder und hellschauender wird die Seele! Wer aber edel und rein in seiner Gesinnung und rein in seiner Ernährung ist, betreibt im kosmisch-biologischen Sinn Hochzucht an sich und macht aus seiner Seele, diesem Götterbezirk zwischen Mensch und Himmel, ein edelstes Werkzeug, in dem die einstigen Gottgeistkräfte in alter Vollendung sich entfalten können. Ein derart kosmisch bewusst lebender Mensch steht über den vom Stoff und den Leidenschaften befangenen Menschen wie ein kraftstarker, lichtüberflossener Adler über sandbestaubten Hühnern. Und so ist es kein Wunder, dass ein solcher Lichtmensch von den dunklen, gottabgekehrten und stoffbesessenen Menschen instinktiv gemieden, ja gehasst wird. Dieses Reinhalten sowohl des Geistes wie des Körpers aber ist die wahre Rassenhochzucht! Denn diese ist eine durchaus geistig-seelische Angelegenheit und hat nicht das Geringste mit einfältiger Volksüberheblichkeit zu tun! Denn derart edle, reine, geistig-seelisch hochgezüchtete Menschen gibt es in jedem Volk der Erde. Das Problem der Rassenhochzucht ist mit das älteste Wissen der Menschheit. Aber es ist einzig und allein nur das Wissen um Licht oder Dunkel, edel oder niedrig, also die Entscheidung, ob ein Mensch ein Geist- und Christussohn oder ein Stoff- und Luzifersohn sein will!

Der Gottesfunke hingegen thront in der Zirbeldrüse. In der heiligen ‚Hochzeitskammer'. In ihr soll einst (bis es der Seele gelungen ist, den Geist zum Erwachen und vollen Erkennen der Wahrheit des Lebens zu führen) die ‚Chymische Hochzeit' zwischen Mönch und Nonne, zwischen Geist und Seele vollzogen werden.

Dann werden sich die zwei so lange schmerzlich getrennten Geschwister zum heiligen Hermaphroditen vereinen und das Wunder vollziehen, dass aus dem kühlen Verstand und dem blutwarmen Gemüt, einem Vogel Phönix gleich, die göttliche Vernunft entsteht, die den Menschen nun nicht mehr den trüben Weg des Schlafes und der Dämonen führt, sondern den lichten Weg des Wachseins und der Engel – also den ‚Königlichen Pfad'!

Und nun lasst uns nach dieser Abschweifung wieder zurückkehren zu unserer Seele, die sich in der zweiten Phase der Entwicklung der Schöpfung gebiert und formt, wenn die reingeistige Welt sich zu verstofflichen beginnt und das Astralreich bildet, das eure Religion das Paradies nennt.

In dieser zweiten, gewaltigen Schöpfungsperiode – der ersten Verstofflichung – ist die körperliche Hülle, die sich um den Geist legt, noch so dünn, dass sie dem Gottesfunken wenig Behinderung auferlegt und der Mensch noch nahezu alle seine göttlichen Kräfte und Fähigkeiten besitzt. Darum spricht die Religion mit Recht vom glückseligen Zustand des Paradieses!

Aber zufolge der Wirkung der Ausatmung Gottes oder der Zentrifugalkraft, welche die geistige Schöpfung in den Raum hinausträgt, schreitet im Laufe unermesslicher Zeitenräume die Verstofflichung weiter, ähnlich wie die Wärme immer schwächer wird, je weiter sie von ihrem Kern wegstrahlt, oder das Licht blässer wird, je weiter es in den Raum eilt. Denn je weiter sich die geistige Schöpfung von ihrem göttlichen Urgrund entfernt, umso mehr nimmt die Schwingung ab.

Je mehr aber demzufolge auch die Schwingung des Urbaustoffes abnimmt, umso mehr verdichtet sich derselbe zur groben Materie.

Eure Religion drückt dies durch das Bild der Vertreibung des ersten Menschenpaares Adam und Eva aus dem Paradiese aus.

Je mehr sich aber der Urbaustoff verdichtet, umso schwerer wird die Last, die sich auf den Gottesfunken legt, umso stärker die Fessel, die ihn umschließt, und umso mehr geht er seiner Freiheit verlustig, werden seine einstigen im ‚Himmel' (der ersten, freien Schöpfungsphase) innegehabten gottgeistigen Kräfte und Fähigkeiten gebunden.

Diese starke Fesselung, Behinderung und Einengung erscheint dem Gottesfunken als ein ‚Ausgetriebensein' aus einstiger seliger, paradiesischer Unbeschwertheit.

So erreicht die Schöpfung langsam jene schwerste, grobstoffliche Verdichtungsform, die sie heute hat. Der aus dem ‚Himmel' gestürzte Geist ist tatsächlich auch aus dem ‚Paradies', aus der dünnstofflichen Astralform, ausgetrieben und lebt nun auf der bitteren ‚Erde', im grobstofflichen Gehäuse, wo er tatsächlich ‚im Schweiße seines Angesichtes sein Brot essen muss'. Das heißt, wo er von der dichten Materie schwer behindert ist und obendrein gegen die schweren luziferischen Verführungen und Versuchungen des Stoffes einen langen und harten Kampf führen muss, bis er den Trug der Materie erkennt, den Schleier der Maya von seinen Augen zu reißen vermag und nach vielen Irrungen, Fehlgängen, Verstößen und Leiden den Weg der Befreiung einschlägt. Er ist in dieser dritten, grobstofflichen Phase der Entwicklung der Schöpfung tatsächlich der gefangene Adler, der gefesselte Prometheus, der verschleierte Gott. Es sind die Zeitläufte des höchsten Triumphes Luzifers. Die Zeiten seiner vollen Herrschaft.

Moses hat im 2. und 3. Kapitel seiner Schöpfungsgeschichte diese endgültige Verstofflichung und tragische Bindung der Gottesfunken in die grobe Materie und das volle Verlieren der einstigen Gottgeistkräfte in geheimnisvoller Meisterschaft ausgedrückt mit den erschütternden Bildern von der Versuchung durch die Schlange, dem Essen vom ‚Baum der Erkenntnis', dem Verlieren des ‚Baumes des Lebens' und der Absperrung von diesem durch den Engel mit dem hauenden Schwert.

Hinter all diesen Bildern aber verbirgt sich ein ungeheuer tiefer, weltentscheidender Sinn! Wer diesen Sinn zu ergründen vermag, hält den ‚Schlüssel' in Händen zur ‚Kammer der Meister' und zur ‚Großen Verwandlung', welche die Auferstehung, Wiedergeburt und sieghafte Heimkehr heraufführt.

Ich habe dich, mein Sohn, auf diesen Schlüssel nun verwiesen. Und ich weiß, dass du ihn dereinst finden und mit ihm die ‚Kammer der Meister' dir aufsperren wirst. So bewahre dir diese geheimnisvolle biblische Kunde um den Weg zu ihm wohl, bis die Stunde hierzu reif sein wird."

Tief war der Blick des Wunderapostels in die Augen seines Schülers gesenkt. Dann fuhr er fort:

„Wie aber nun alles auf der Welt zweipolig ist, so ist auch der Rhythmus der ganzen Schöpfung zweipolig! Einmal, in unermesslichen Zeiträumen, ist die Ausatmung Gottes beendet. Auf die große Hinausstellung Seiner geistigen Welt in den Raum und in die Materie folgt nun die Einatmung Gottes, das Zurückholen der geistigen Welt aus dem Exil, aus der Gefangenschaft des Stoffes, die ‚Nacht Brahmas', das ‚Pralaja' oder der Beginn des Wirkens der Zentripetalkraft.

Nun nimmt der andere Sohn, der erste, älteste Sohn, Christus, die Führung in die Hand und beginnt in ebenso unendlichen Zeiträumen die Entfesselung der Gottesfunken und die Vergeistigung des Stoffes. Also die Rückführung des Geistes aus der Welt der groben Materie in das Paradies der dünnstofflichen Astralform und von dieser in das uranfängliche Reich Gottes, den ‚Himmel', also in den Zustand der völlig ungefesselten freien Geistigkeit und der vollen Wiedervereinigung mit Gott. Und demzufolge die Auflösung der groben Materie in die dünnstoffliche Astralform und von ihm in den einstigen Urzustand des Urlichtes!"

Hier fiel Beatus lebhaft ein: „Verzeih, Vater, dann kann also in den vielen unendlichen Zeiträumen der Verdichtung der Schöpfung und Fesselung der Gottesfunken und in den ebenso langen Zeiten während des allmählichen Vergeistigungsvorganges kein Gottesfunke in die Gottheit zurückkehren?"

„Nein. Er ist an seine Schöpfung gebunden; wohl kann er innerhalb dieses gewaltigen zweipoligen Rhythmusses jederzeit seine volle innere Vollendung gewinnen, aber er bleibt seiner Schöpfung, zumindest der gesamten Menschheit zugeordnet und muss ihr als unsichtbarer Helfer und Führer dienen. Das ist das Geheimnis der ‚Ältesten Väter' und der ‚Großen Brüder', der Meister der Menschheit!"

Und sich wieder allen zuwendend, setzte der Wunderapostel

seine vorherigen Darlegungen fort: „Bis dieser Zustand der vollkommenen stofflichen Auflösung und Vergeistigung der Schöpfung erreicht ist, hat Gott mit Ausatmung und Einatmung, mit Manvantara und Pralaja einen vollen Atemzug Seines Seins vollbracht."

Hingerissen rief Frau Uta aus: „Wie über alle Maßen wunderbar ist diese Schöpfungsschau! Habt Dank, Meister, für alles, was Ihr uns damit geschenkt habt!"

„Ja, auch ich danke dir von Herzen, geliebter Vater", wandte sich Beatus an seinen Lehrer, „für all das Weitschauende, das du uns mit diesen Darlegungen der Entstehung der Schöpfung und Menschwerdung und der Aufhellung der Gleichnisse der Kirche gegeben hast! Wie herrlich ist dieses Bild von der Ein- und Ausatmung Gottes! Was mögen dazu für ungeheure Zeitenräume notwendig sein! Wie unvorstellbar sind, gemessen mit diesem Atemzug Gottes, Seine Allmacht und Ewigkeit!"

„Du hast recht, mein Sohn", fuhr der Wunderapostel mit feierlicher Stimme fort, „und ich will dir nun einiges über die Zeitdauer einer solchen Atmung Gottes an der Hand unseres Sonnensystems erzählen. Die enträtselten Keilschriften der chaldäischen Astrologen sagen uns, dass in dem Rhythmus des Weltgeschehens die Zahl 432 eine große Rolle spielt. So erstaunlich uns das erscheint, dass dieses Urvolk auf diese Zahl kam, so noch weit überraschender ist es, dass der große Denker und Astrologe Kepler auf ganz genau dieselbe Zahl kam!

Wenn du die Zahl mit 60 multiplizierst, erhältst du 25 920 Jahre – das ist genau die Zahl, welche der Tierkreis zu einer vollen Umdrehung braucht. Oder deutlicher gesagt: welche die Sonne zur Durchwanderung des ganzen Tierkreisringes benötigt. Es ist genau die Zeit des großen ‚Sonnenjahres'!

Über die Dauer einer Ausatmung Gottes: eines zentrifugalen Manvantaras, lehren uns die Brahmanen, dass die Verstofflichung unseres Sonnensystems 10 Zeitalter umfasse und jedes einzelne dieser Zeitalter aus 4 Perioden besteht.

Da nun alle vier Perioden eines einzelnen Zeitalters 4 320 000 Jahre umfassen, so betragen alle zehn Zeitalter zusammen 43 200 000 Jahre.

Und da die Einatmung Gottes, das zentripedale Pralaja, genau denselben Zeitraum währt, so umfasst also ein voller Atemzug Gottes die doppelte Zeitdauer, also 86 400 000 Jahre.

In diesem unermesslichen Zeitraum vollzieht sich die ‚Weltenfahrt alles Geistes' vom ‚Himmel'-Zustand über die ‚Paradies'-Phase bis zum ‚Erden'-Zustand und von diesem wieder zurück in die einstige ‚Himmel'-Stufe der reinen Geistigkeit.

Innerhalb dieser Zeitdauer von 86 400 000 Jahren hat Gott eine Seiner Weltenschöpfungen hinausgestellt und wieder in Sich eingesogen, so wie ein Feuer die von seiner Flammenkraft emporgeworfenen Funken nach kurzem, seligem Lebenstanz wieder in seinen Glutschoß zurückholt.

Und zwar ist der Weg nun umgekehrt: Die Gottesfunken werden von den Gottesgedanken, den Monaden, eingesogen; die Monaden von den Urengeln der Gestirne und die Urengel von Gott. In die leer gewordenen Räume treten durch erneute Ausatmung Gottes neue Welten hinaus und so erfüllt sich in stetem Rhythmus der ewige Kreislauf der Schöpfung."

Die ganze Nacht, als Beatus auf seinem Lager ruhte, wichen die Bilder nicht aus seinem stark angeklungenen Geiste und wie eine helle, unruhig zuckende Flamme stand in seinem Innern das Wort vom „Baum der Erkenntnis" und dem „Baum des Lebens", in welchen Bildern der Schlüssel liegen sollte zur Aufschließung der „Kammer der Meister".

Beatus grübelte lang um die Geheimnisse dieser biblischen Bilder und rief tief in der Nacht heiß zu Gott empor, dass der Ewige gnädig sein und ihm den Schlüssel zur Großen Verwandlung dereinst in die Hand geben möge.

Einundzwanzigstes Kapitel

In der alten, verwitterten Kirche an der Porta Genova zu Mailand scheint man eine seltsame Messe zu lesen. Lärmen und Johlen, wilde Musik und Geschrei dringt aus Fenstern und Portal; der ganze ehrwürdige Bau fiebert wie ein summender, brodelnder Bienenstock.

Wie ein Hexensabbath klingt's eher als ein christlicher Gottesdienst und die Andächtigen, die sich in ununterbrochenem Zuge zur Messe drängen, haben ein seltsam Aussehen. Kommen mit Stöcken und in merkwürdigem Wandertakt angeschoben, arg unchristlichen Frohsinn oder helles Lachen im Gesicht.

Reißen die Türe auf und treffen nicht die geringsten Anstalten, ihren Filz in Ehrfurcht vom Kopf zu nehmen. Werfen die alte eisenbeschlagene Eichentüre, dass sie krachend ins Schloss fällt, ein Glockengeläute überdröhnend, das wie Gläserklirren klingt. Zelebriert hier drinnen der Mönch mit gläsernen Glocken?

Und was ist das für ein heidnischer, landsknechtwilder Chorus, der eher nach „Jupeidi – Jupeida“ denn nach „Großer Gott, wir loben dich“ klingt!?

Der Fremde, der zu dieser Abendstunde, von Neugier getrieben, auf das Portal zugeht und sich dicht hinter ein paar dieser absonderlichen Wallfahrer mit in die Kirche drängen will, fährt entsetzt zurück, auf der ausgetretenen Marmortreppe beinahe ins Straucheln kommend.

Ist es denn möglich! Was er schaut, scheint die Hingabe an einen wilden Kult zu sein, der leidenschaftliche Götzendienst einer Sekte, deren Bekenner etwas Fremdes, Nordländisches an sich haben. Im flackernden Zwielicht des Gotteshauses, das sich eher als Teufelstempel offenbart, sieht er unzählige Gestalten um die Tische hocken, die laut johlend und sich wild in den Hüften wiegend zu einer gellenden Musik singen und gröhlen.

Einige ihren Opfertrank mit hochgereckter Faust ihrem Dämon, den sie zu verehren scheinen, in wilder Lust entgegenstreckend.

War es denkbar! Dicht an der Porta Genova, im Schatten des leuchtenden Marmordomes zu Mailand dieser wilde Teufelsdienst! Dicht innerhalb der Bastei dieser ehrwürdigen Stadt, in der täglich von hundert Altären die frömmsten Psalmen zum Himmel steigen, dieses ketzerische Gebaren! Scheinbar geduldet von der gewaltigen Macht der Geistlichkeit! Ungesehen vom scharfen Auge der Richter!

Wie es drinnen rumort! Wie das dröhnt! Erschrocken fährt der Fremde zusammen. Eine Hand schlägt auf seine Schulter, lachend tönt in gutem Deutsch dabei die Frage: „Was stehst du da draußen, Bruder, wie ehedem der Kaiser von Canossa! Willst wohl vorher noch einen Paternoster tun?“

Da reißt sich der Fremde los und ist im nächsten Augenblick schon im Dämmer einer Straßenecke verschwunden. Kopfschüttelnd treten die Männer mit lachenden Gesichtern in die einstige Kirche, die nun schon so manches Jahr als Weinhaus in Verwendung steht.

Und die Gestalten drinnen sind keine unheimlichen Kultjünger, sondern sorglose, heitere, deutsche Walzbrüder, Zugvögel, die der raue Winter Germaniens in die warmen Quartiere nach Italien trieb; Kunden, Vagabunden und Handwerksburschen, alles deutsche Brüder, die auf ihrem Südflug in der berühmten Weinkirche in Mailand sich sammeln, nach verlorenen Kameraden fragend, zu vereinbartem Stelldichein sich treffend oder Gesellschaft suchend zu gemeinsamer froher Tippelei nach Genua hinüber oder hinunter nach Rom und Neapel. Alles, was die Freiheit liebt und deutsche Zunge redet, pilgert nach Mailand in die Weinkirche an der Porta Genova. Und der genaue Kenner der Stadt weiß, dass man in ganz Italien kaum einen so guten Tropfen zu trinken bekommt wie in dem Flughorst der nordischen Zugvögel, dem Treffpunkt der deutschen Walzbrüder! Und dass man nirgends sonst so frohe, heitere Lieder hört!

Wer da nun ein Freund eines vino buono ist und deutschem Sange gerne lauscht, der geht in den Wochen, wo jenseits der Alpen die schweren Herbstnebel durch die Täler wogen, allabendlich zu dem lustigen Völklein, den tedeschi, lässt ein paar Soldi springen und kann dafür ihre heimatlichen Liedweisen hören. Und die sind, bei Gott, so schön wie der Chianti gut ist!

Rufen und lachendes Durcheinander schwirrt durch die Herberge. Funkelnde Gläser beschließen und begießen Wander- und Bruderbund, Gestalten gehen fragend und suchend von Tisch zu Tisch. Es ist ein Treiben in der einstigen Kirche, dass der Rauch in ewiger Unruhe durch das Zwielicht irrt. Und das Gesurre steigert sich zu wildester Ausgelassenheit, wenn Geige, Ziehharmonika und Flöte einen strammen Marsch in die erregten Gemüter wirbeln, dass die Körper sich wiegen und die Füße stampfen. Die Musikanten machen ein gutes Geschäft an den italienischen Gästen – aber sie würden auch spielen, wenn sie nichts bekämen! Wer wollte in Italien denn nicht musizieren – vollends, wenn er an der Porta Genova in der Weinkirche unter seinen Brüdern sitzt!

„Da capo, da capo!“, schreien die Italiener, funkeln mit den Augen und klatschen in die Hände, dass die weite Herberge scheppert. Und: „Bravo, bravissimo!“, rufen in heißer Glut ihre Kehlen.

„Un soldo, un soldo pei buoni tedeschi!“, klingt es von allen Seiten. Und Geldstück um Geldstück fliegt in die Hüte der Musikanten. Und auch in manchen Hut eines Gelegenheitsgeschäftemachers, der nicht sonderlich bei Kasse ist und die gute Stimmung nützt.

Und immer wieder lautes Auflachen und freudige Ausrufe, wenn Genossen alter Wanderfahrten einander finden, herzliches Händeschütteln, lebhafte Fragen über Woher und Wohin und frohes Pläneschmieden. Köpfe von Gelehrten und Kindergesichter darunter; junges Blondhaar und eisgraue Schläfen. Ein wildes Kunterbunt von Menschen und Schicksalen!

Heut aber ist ein ganz besonderer Tag für die deutschen Walzbrüder, denn in ihrer Mitte weilen jene beiden Männer, deren Namen sie als Schutzheilige der Kundenzunft von Palermo aufwärts bis Königsberg verkünden und verehren: der gewaltige, unheimliche Zauberer, der unzählbare Kameraden auf wundersame Weise von schmerzenden Übeln befreit und vielen von ihnen ein seltsames Licht in der Seele entzündet, so dass sie nun doppelt freudig durch die Gotteswelt wandern, und sein Freund, der Kundendichter, dessen Lieder sie im frohen Wandertakt auf allen Straßen der Welt singen.

Man weiß, dass der Kundendichter der älteste Freund des großen Dottore ist, der seit Jahren immer wieder mit ihm Italien durchquert. Neugierige Augen blicken von allen Seiten beinah scheu auf den gewaltigen Mann mit den blitzenden Augen, dem Brüder von ihnen den Namen Wunderapostel gegeben. Die paar Plätze an ihrem Tisch sind frei. Es hat keiner den rechten Mut, sich zu ihnen zu setzen. Nicht dass man sich fürchtete! Es ist eher ein Zeichen der Achtung, das man ihnen dadurch erweist. Eine Anerkennung ihrer Führerschaft über sie! Ab und zu tritt ein älterer Kunde zu ihnen, gibt dem Wunderapostel die Hand und sie sehen, wie trotz des Gewirres und all der ungebundenen Heiterkeit sein Gesicht feierlich wird, und es erfüllt die Beobachter mit leisem Neid, wenn sich der Betreffende an die Seite des Gewaltigen setzen darf und dieser eine Weile mit ihm plaudert.

Sie beobachten jede Geste, jeden Zug im Gesicht ihres heimlichen Königs. Und wenn ein leises Lächeln über sein ernstes Antlitz huscht, ist es ihnen, als liefe ein warmer, belebender Strom durch ihre Herzen.

Umso heiterer ist der Kundendichter! Ewig leuchten seine

Augen in sprühender Lebensfreude. Jede Bewegung ist überquellendes Temperament. Schön passt diese innere Glut zu dem Grau, das auf Vollbart und Haupthaar liegt, Letzteres noch immer wild gelockt wie in Jünglingstagen. Wenn die Musik laut aufklingt und die Weisen den Walzbrüdern durch das Blut zucken, kann er lachen wie ein ausgelassener Bub.

„Der ist heut ganz besonders aufgeräumt; passt auf, da gibt's noch ein neues Kundenlied!"

„Mitten in dem Durcheinander, wo keiner sein Wort verstehen kann?"

„Na, pass nur auf! Grad das ist sein Element!"

„Und wer ist denn der dritte, der junge, zwischen ihnen, mit seinem Hund?"

„Ja, da fragst du mich zu viel! Das möchte ich selber gern wissen!"

„Sie sind schon zu dritt in die Herberge gekommen."

„Es muss ein guter Bekannter sein; seht nur wie sie lachen!"

Beatus ahnt nicht, dass er das Ziel manch gutmütig neidischen Blickes ist. Er ist in gehobenster Stimmung. Seine Seele ist bis zum Rande erfüllt von der Heiterkeit der Stunde, erquickt von wohltätiger innerer Freiheit und Leichtigkeit! Oh, was ist es für ein Wonnegefühl, die Sonne nicht gestorben zu sehen! Wie frei und blau war der Himmel heute und was hat ihm der Kundendichter für lockende Wunder erzählt von den luftigen Gebirgsnestern tief unten im Apennin!

Der Kundendichter! Was ist das für ein Sonnenmensch! Wahrhaftig, sie haben ihm einst nicht zu viel erzählt in der Herberge „Zur Heimat" in Ulm, der Maler, der brennende Schneider und der alte, weißhaarige Vagabund, der in Wirklichkeit ein pommerscher Graf war!

Ob der Greis noch lebte? Oder ob sein wandermüder Leib schon zur ewigen Rast in der geliebten Erde seiner Heimat gebettet lag?

Doch das Treiben um sie ist heiterstes, daseinfreudigstes

Leben und Beatus wird von den Wellen, die ihn stürmisch umschlagen, hochgehoben und frei gemacht von aller Erdbeschwernis.

Die Musik verstummt. Einer schlägt klirrend ans Glas und beginnt ein Schelmenlied:

„Einst im gelobten Lande
ein Bienenkönig war,
der hatte Bienen[1] nicht wenig,
nie war er ihrer bar.

Und griff er in die Staude[2],
so hatt er zehn auf einmal;
gefleckt und mit doppeltem Sattel,
die waren ohne Zahl.

Und als er kam ins Kittchen[3],
brennt man die Staude ihm aus;
und als er griff, da fand er
nicht eine einzige Laus.

Das grämte den Bienenkönig
er legte sich hin und starb.
Die ausgebrannte Staude
ihm die Lust am Leben verdarb."

Immer mehr fallen lachend und johlend mit ein, brausend hallt das Schalklied durch den weiten Raum.

Die italienischen Gäste horchen mit grinsenden Gesichtern scharf hin, verstehen einzelnes, lassen sich das andere verdol-

---

1 Bienen – Läuse
2 Staude – Hemd
3 Kittchen – Gefängnis

metschen, lachen aus vollem Halse, immerzu ihr Bravo, bravissimo! Da capo, da capo! schreiend und ihre rubinfunkelnden Chiantigläser den Sängern entgegenhaltend.

Ein Lächeln spielt um den Mund des Kundendichters, während das Lied gesungen wird. Hände weisen auf ihn, machen den Italienern verständlich, wer der Schöpfer dieses Liedes ist. Die klatschen und rufen stürmisch gegen ihn, er aber scheint es nicht zu bemerken. Starrt vor sich hin, das Auge in sich gekehrt, angestrengt denkend. Ein zunächst Sitzender stößt seinen Nachbar an, weist mit dem Kopf auf den Versunkenen und blickt den Kameraden bedeutungsvoll an. Auch Beatus sieht, dass in seinem Nachbarn etwas vorgeht, und er weiß zu genau Bescheid, um nicht zu ahnen, was es ist. Er sieht, wie es in seinen blauen Augen aufzuckt und seine Hand immer lebhafter einen eigentümlichen Takt zu schlagen beginnt. Alles das in wenigen Augenblicken.

Und schon fährt der feurige Mann empor, springt auf seinen Stuhl, breitet seine Arme auseinander und ruft mit einer Stimme wie schmetternder Hörnerklang: „Höret, Brüder, ein neues Lied: das Kundenparadies!"

Von ringsher erschallen jubelnde Rufe, denen sofortiges Schweigen folgt, und nun singt der Kundendichter mit voller, wohltönender Stimme:

„Aus alten Märchen winkt es
hervor mit weißer Hand,
vom Paradies der Kunden,
von einem Wunderland.
Dort an den Bäumen wachsen
die Stauden[1], Trittchen[2], Kluft[3],
Banknoten flattern dorten
gleich Vögeln in der Luft.
Und in den Bächen fließet

statt Wasser Bier und Wein,
und Soreff[4] allenthalben
in jedem Brünnelein.
Auch brennen dort nicht Steine,
weil man die Putze[5] jetzt
in gutverwahrte Kittchen
zeitlebens reinversetzt.
Nie braucht man dort zu sorgen
um seinen Schlummerkies[6];
auf, Kunden, lasst uns suchen,
das Kundenparadies!“

Brausender Beifall tönt von allen Seiten, auch aus dem entferntesten Dunkel, durch die alte Weinkirche an der Porta Genova. Ringsum funkeln Gläser hoch in der Luft, fuchteln Arme. Der Umjubelte springt vom Stuhle, lacht, nickt, wehrt ab und muss anstoßen an viele Gläser.

Aber schon sind einzelne hinter dem Liede her, versuchen und summen, andere fallen mit ein, und bald klingt es ihm wider aus einem Dutzend liedfroher, sangeskundiger Kehlen.

Da überkommt Beatus plötzlich übermächtige Schöpferfreude. Ihm selber gänzlich unbewusst wird das Göttliche in ihm lebendig, das er begraben hat in jener entsetzlichen, furchtbaren Nacht, in der er in wahnsinniger Verzweiflung fluchtartig das Haus seiner Eltern verlassen, und schlägt so urkräftig durch, dass er den klaren Sinn verliert. Da ertönt dicht an seinem Ohr das süße, einschmeichelnde Singen einer Geige. Lockend und

1 Stauden – Hemden
2 Trittchen – Schuhe
3 Kluft – Kleidung
4 Soreff – Branntwein
5 Putze – Gendarmen
6 Schlummerkies – Schlafgeld

versuchend, tief die Seele verwirrend, alte Leidenschaften zu neuem Leben erweckend!

Die Gestalten um ihn scheinen sich zu verlieren, die Töne durchwühlen sein Blut, und nicht wissend, was er tut, reißt er dem Spieler, der dem Kundendichter huldigt, die Geige aus der Hand, schiebt sie unbewusst unters Kinn, holt mit dem Bogen aus und beginnt zu spielen. Allen entgeht dabei ein geheimnisvolles Lächeln, das blitzartig über die Züge des Wunderapostels gleitet.

Und die Gäste lauschen dem Spiel des Fremden.

Einer um den andern verstummt; bald ist es in der Weinkirche totenstill. So still, dass man den seufzenden Atem der Lauschenden hört.

Ihre Augen werden groß und starr; die Menge ist ganz Ohr und ein einziges Auge und dieses Auge ist unverwandt, in gewaltiger Gebanntheit auf den jungen Freund des großen Zauberers gerichtet. Und sie fühlen, dass auch er ein Zauberer ist von unerhörter Macht! Vermag das die Hand eines Sterblichen! Vermögen solche Töne einer Geige zu entsteigen!

Auch sie werden in den nämlichen Taumel der Verzückung gezogen, gewirbelt, der den Geiger durchtobt. Und ständig nimmt die Gewalt des Spieles zu! Die Töne fluten durch die Stille, die so lautlos ist wie der schweigende Marmelstein der alten Kirche. Singen und zwitschern wie Vögel, flüstern wie leise, süße Frühlingslüfte im duftenden Flieder, schallen auf so sphärenhaft wie der Preisgesang auf Wolken schwebender Engel.

Die alte Weinkirche ist wieder zum Gotteshaus geworden! Der fremde, junge Zauberer hat sie zu Ehren gebracht und seltsam geschmückt. Hunderte sonderbarer Sandsteinfiguren stehen lebensgroß wie ein Wald wunderlicher Heiliger im weiten, halbhellen Raume.

So klang all die Jahrhunderte hindurch nie eine Geige in diesen Mauern! Weder in den Zeiten, als man dem Allmächtigen mit Lobgesängen diente, noch hernach, als in ihnen die Freude des Lebens jauchzte!

Nur einer ist bei aller inneren, genießenden Freude vollkommen Herr seiner selbst, mit scharfem Blick den Spieler prüfend: der Wunderapostel. Er ist zufrieden; er hat es so gewusst.

Und Beatus erwacht aus dem Rausch, kommt zu sich, sieht sich stehend, die Geige unter dem Kinn; hört die Töne, lauscht seinem Spiel, so, als wäre es das eines anderen, wähnt zu träumen, mit offenem Auge zu träumen.

Sieht die Steingewordenen und durch diesen Anblick kommt er wieder zu klarem, vollem Bewusstsein. Die entrückten Gesichter und die Grabesstille im mächtigen Raum sagen ihm, was sein Spiel vermocht!

Verwirrt hält er inne. Dunkle Schleier ziehen sich vor seine Augen. Er wankt, es ist ihm, als müsste er fallen, hinfallen und zerschmettern mitsamt der Geige. Erwartet mit jedem Atemzug das Ende des Spukes. Zitternd schließt er die Augen. Doch als er sie aufschlägt, stehen ganz wie zuvor all die Gestalten regungslos; gebannt ihm zugewandt.

Da schiebt er in wilder Erregung die Geige wieder unters Kinn. Er muss es wissen! Muss wissen, ob es Wahrheit ist, was ihm wie ein böser, schwerer Traum, wie ein unbarmherziger Spuk erscheint.

Und er beginnt neuerlich zu spielen; und achtet mit der ganzen Kraft des Künstlers auf sein Spiel. Und droht das zweite Mal zu wanken und besinnungslos hinzuschlagen. Doch er darf es nicht, muss sich letzte Gewissheit verschaffen, muss die Wahrheit erfahren!

Und er erkennt, dass es Wahrheit ist!

Und die Offenbarung, dass sein Arm wieder die einstige, volle Gelenkigkeit besitzt, reißt ihn zu einer so gewaltigen und unausdrückbaren Freude empor, dass ihm nun wieder diese übergroße Freude die Seele zu erdrücken droht. Doch diese Überwältigtheit findet einen Ausweg und ergießt sich aus seinem Herzen in die Geige und die Geige jauchzt und singt in meisterlichster Vollendung.

Mit einem Mal wird es merkwürdig still in ihm und plötzlich wird ihm nicht nur die ganze Größe dieses Wunders, sondern auch ihr Quell bewusst.

Und diese Erkenntnis trifft seine aufgewühlte Seele sturzartig. Jäh bricht er ab, seiner nimmer mächtig. Tränen schießen aus seinen Augen, die ein Ziel suchen: den, der sein Denken, der sein Inhalt ist, aus dessen Hand ihm aller Trost, aller Halt, alles Glück, aller geistige Reichtum und nun auch dieses Gnadenwunder kam – den Wunderapostel! Mit tränenumflortem Blick vermag er ihn noch zärtlich zu umfangen, dann bricht er zusammen, von dem großen Meister liebevoll an die Brust gebettet. Krampfhaftes Schluchzen erschüttert seinen Körper.

Tosender Jubel braust von allen Seiten über ihn. Beatus hört ihn nicht; er ist bis in die Grundfeste seines Wesens durchrüttelt. Zärtlich liegt die Hand des Wunderapostels auf seinem Haupt. Leidenschaftlich wogt der Sturm der Begeisterung weiter über den Weinenden.

Groß blickt der Kundendichter bald auf Beatus, bald auf seinen alten Freund. Der Jubel ist verstummt.

Raunend eilt das Sonderbare, Unerklärliche durch den Raum. Und zum zweiten Male wird es still in der großen Herberge. Nur erregtes Flüstern tuschelt um die Tische.

Endlich hat sich Beatus wieder gefasst. Gespannt blicken die Herbergsgäste, deren Inneres noch ganz in Aufruhr ist durch die unerhörte Zauberkraft des Spieles, auf den sich so rätselhaft Gebärdenden. Der steht auf. Verharrt ein paar Augenblicke stumm und gibt ihnen dann Aufklärung über sein sonderbares Verhalten, in ergreifenden Worten das Schicksal schildernd, das ihn einst betroffen, und das große, unfassbare Wunder erklärend, welches er, der Große, ihrer aller Helfer und Schützer, an ihm vollbracht hat.

Tief erschüttert lauscht die Menge. Dann aber bricht ein

Sturm los, der mit einer Leidenschaftlichkeit, in der religiöser Fanatismus glüht, den Wunderapostel umtobt.

Wild zucken und flackern plötzlich die Flammen der Lampen, schießen wie von Winden angefaucht auf und ab, werden jäh klein und sind mit einem Male alle zugleich wie vom selben Hauch erloschen zum glosenden Docht. Pechfinster ist es in der Weinkirche. Verblüfft verstummt die Menge, ist starr. Doch ehe sie sich noch aus der Überraschung befreit, glimmen fahle Fünkchen über ihr, schwellen gleichzeitig rasch an – und hell wie zuvor und ruhig brennen die roten Flämmchen! Fassungslos starren sie alle die Lampen an.

Da bemerken die näher Sitzenden, dass der Platz des Wunderapostels leer ist ... Niemand sitzt mehr an dem Tisch. Alle drei sind spurlos verschwunden!

Ein Gruseln läuft den Gästen über den Rücken.

„Fort! Sie sind fort! Sono andati!“, ruft es von allen Seiten.

„Fort? Der Wunderapostel?“

„Ja, er! Und der Geiger und auch der Kundendichter!“

„Er war es, der die Lichter ausgelöscht hat!“, schreit einer.

„Egli ha soffiato le candele!“

„Ja, er hat sie ausgelöscht! Er wollte nicht von uns gefeiert werden!“

„Ja, ja, so ist es! E vero!“

Und die erste Stimme wieder:

„Habt ihr gesehen, wie die Flammen ausgegangen sind! Alle zugleich wie mit einem Hauch!“

„Come un soffio!“

„Ja freilich! Wie mit einem Hauch!“, schreien einige Dutzend Stimmen in fiebernder Erregung.

„Es war, als wenn jemand rasch alle Dochte herunterdreht und in die Flamme bläst!“

„Hört, ich habe deutlich gesehen, wie er zu den Lampen emporgeschaut hat! Wie wenn er sie verzaubern möchte, so war's!“

„Wahr ist es! Ich hab es auch bemerkt!“

„E vero me ne sono accorto anch'io!“

„Ja, er hat gezaubert! Er hat uns alle verzaubert!“

„Ha incantato!“

„Er hat Geister beschworen!“, schreit einer mit gellender Stimme in die aufgeregte Schar. „Geister haben die Lampen ausgelöscht und wieder angezündet!“

Wie Zunder fallen diese Worte in ihr Feuer! Geister! Si, dei demoni! Ja, er hat Geister beschworen, hat Geister mit Zaubergewalt gerufen und ihnen befohlen, ihm zu dienen! Er hat Macht über sie, denn er weiß alle Beschwörungsformeln! Es gibt keinen Geist, der ihm nicht willig dient, ihm zu Willen sein muss – e un incantatore tremendo!, er ist ein gewaltiger Zauberer!

„Habt ihr's nicht eben gehört, was er an dem jungen Geiger tat! Kann nicht jeder Zweite von uns Ähnliches erzählen!“

Einzelne blicken scheu zwischen den Lichtern zum Deckengewölbe empor. Suchen im Dunkel mit scharfen Augen. Spähen beklommen nach etwas, das sie nicht zu nennen wagen.

Wilde Erregung wogt durch die Schar.

Bis tief in den Morgen hinein währt das Stimmengesurre.

Es kann sich keiner zum Schlaf hinlegen diese Nacht.

*

Noch einer kann diese Nacht keinen Schlaf finden.

Aufgewühlt wälzt er sich auf seinem Lager von einer Seite auf die andere. Schauer der Seligkeit durchrütteln seinen Körper; namenlose Freude jauchzt, zuckt in ihm, brennende Gebete steigen inbrünstig zum Himmel. Ungestüm aufquellender Dank will ihm das Herz zerpressen. Dazwischen läuft es ihm kalt über seinen Rücken. Zu ungeheuerlich ist das Erlebte! Es war kein Spuk! Nicht das Blendwerk eines unseligen Wunschtraumes! Er kann sich an alles bis ins Kleinste hinein erinnern, weiß, dass es Wirklichkeit ist, unfassbare Wirklichkeit. Er hat gespielt, gespielt wie einst in großen Tagen! Ein Wunder ist an ihm geschehen – er hat die volle Gelenkigkeit seines Armes wieder, er vermag die Geige wieder zu meistern wie in seinen gesegnetsten Jahren! Ja, ein Wunder ist an ihm geschehen, aber er kennt die Quelle des Wunders! Er weiß, aus welchen Händen diese Gnade strömte, nur strömen konnte! Und er denkt und grübelt und plötzlich steht es klar vor ihm! Fühlt er die Hand, die so häufig in scheinbar liebevoller Zärtlichkeit seinen Arm umstrich! O heilige, gottgesegnete Hand, o du Großer, Rätselhafter, trotz alles Kennens Ungekannter sei gepriesen!

Seine Seele ergreifen Schauer der Ehrfurcht vor ihm, den das Schicksal ihm gab.

Doch die Freude siegt! Wilde, verwirrende Freude.

Bilder steigen auf. Lockende, gleißende, schläfenzersprengende Bilder!

Ein weiter, lichtüberschütteter Saal. Tausende von Menschen wogen in festlichen Kleidern und festlicher Stimmung. Und er sieht sich, die Geige unter dem Arm, oben, allein auf dem Podium. Ein Beifallssturm begrüßt ihn. Er verbeugt sich; wirft einen flüchtigen Blick über die Zuhörer; erblickt bekannte Gesichter … Nun setzt er die Geige an … Bis hierher kann er denken. Nicht weiter! Es ist ihm, als berste seine Stirne. Die Schläfen hämmern, die Pulse schlagen. Schwer seufzt er auf; wie Stöhnen klingt es. Unruhig wirft er sich hin und her. Er will sich zum Schlafen zwingen.

Aber die Gedanken lassen ihm keine Ruhe. Fallen wie tückische Nachtmahre über ihn, tuscheln ihm zu, flüstern und locken und legen sich schwer auf seine Brust!

Zeigen ihm Glanz und Ruhm, Ehre und Reichtum. Und als dies alles nichts hilft, spielen sie ihren stärksten Trumpf aus: zeigen ihm die Schöpferwonnen.

Tief sitzt der Stachel! Das Künstlerblut schreit in ihm auf.

Hoch bis zum Himmel! Denn er ist Künstler bis in die letzte Faser seines Wesens!

Übergewaltig ist die Versuchung.

Da steigt ein anderes Bild auf: Eine weite, romantische Landschaft, durch die sich eine Straße windet, und an ihr sitzend, verstaubt, wegemüde: er selbst. Aber neben ihm einer, thronend wie ein Heiliger, umflossen von vollem, silberfädendurchzogenem, dunklem Barte, mit funkelnden Augen. Und dieser Andere redet. Spricht von den heiligen Mysterien der Schöpfung, Natur und des Lebens und von der hohen, wissenden Ersiegung der inneren Freiheit! Und was er sagt, klingt wie Posaunenton, schwillt an, wird Sphärenhymnus. Dann wechselt jäh das Bild. Er sieht wieder den altvertrauten Konzertsaal, hört seine Geige jauchzen und klingen, sinnverwirrend sein Herz bestrickend – doch das andere Tönen nimmt zu, schwillt an zu himmelragender Herrlichkeit, machtvoll den Raum durchhallend.

Aber das neugeschenkte Künstlerglück ist groß – und ist heilig!

So ficht das Heilige mit dem Heiligen den schweren Kampf in ihm.

Heiß, schmerzhaft tobt dieser Kampf! Die ganzen Leiden der Welt zerwühlen seine Brust.

Doch als er beendet ist, zeigt das Gesicht des Menschen, in dessen Herzen er ausgetragen wurde, weder Erschöpfung noch Spuren der Leidenschaft.

Es liegt eine Klarheit auf ihm, die leuchtend ist.

Ein Strahlen geht von ihm.

Der Lohn der Selbstüberwindung.

Der Himmelsglanz der Aufopferung des Ichs dem großen Ziele!

Wie friedvolles Sommerland ist sein Herz. Mit einem Male ist es ihm, als sähe er deutlich zwei Augen in der Dunkelheit scheinen, mit wunderbar sich steigerndem Licht unverwandt auf ihn gerichtet.

Und er starrt auf die magische Erscheinung.

Es geht ein Glück und ein Friede von diesen Flammenaugen aus, wie ihm solches so wohltätig noch nie widerfahren in seinem Leben.

Doch nein, nur einmal noch, als er auf der einsamen Dachsteinalm plötzlich das Aufleuchten des gleichschenkeligen Kreuzes in der schroffen Felswand gesehen!

Und er hat nicht die leiseste Scheu mehr vor diesen unirdisch aus der Finsternis blinkenden Zeichen.

Es ist ihm, als wären sie ihm innig vertraut und in irgendeinem rätselhaften Zusammenhang mit jener einstigen Lichterscheinung.

Lange währt die Erscheinung. Zergeht nur ganz langsam ins Nichts ...

Bei Tagesanbruch im ersten Morgenschein wollen sie ihn noch einmal anfallen, die Geister der Versuchung: Doch sie zerschellen jäh an dem errungenen Sieg.

Als Beatus sich vom Lager erhebt, prangt auf seiner Stirne – unsichtbar für gewöhnliche Augen – das Mal entsagender Überwindung: das heilige Zeichen der Einweihung.

Zweiundzwanzigstes Kapitel

Seit Tagen liegen sie hier heroben auf den würzigen Matten des Monte Gorzano im Bereiche des gewaltigen Gran Sasso, der sein alabasterleuchtendes Firnhaupt stolz über die Kette der wildzerklüfteten Abruzzen erhebt.

Gastlich beherbergt von dem Gebirgsnest, dessen zehn armselige Hütten wie Falkenhorste wettergeschützt in die malerisch zerspaltenen Kalksteinwände geklebt sind. Mit blitzenden Augen willkommen geheißen von den kaum ein paar Dutzend Erwachsenen. Wetterharte, wortkarge Hirten, von patriarchalischer Gastlichkeit und voll geheimnisvollem Wissen um Dinge, die Menschen unten in den Marmorstädten Aberglauben nennen.

Dort drüben weiden ihre Ziegen – ihr einziger Reichtum – von denen sie sich ernähren.

Mächtige Wände brechen senkrecht in schwindelnde Tiefen, saftige Almwiesen verlieren sich unter die Kronen der Buchen, Wildkastanien und Steineichen.

Es ist nicht zu sagen, wie gottvoll das Bild ist! Man kann es nur genießen, immer wieder in sich trinken, wie man ganz edlen Wein schlürft. Das Land da unten mit seinen Bergen und Ebenen ist Umbrien! O selige Wandertage von Florenz herab ins Tal des Tiber! Am Fuß der umbrischen Berge entlang über Weinhügel, durch Olivenwälder, lagernd im Schatten riesiger Maulbeerbäume. Perugia, Assisi! Wie das durchs Gemüt singt und klingt! Warum? Weil es so seltsam schön ist in Umbrien? Oder weil dort der liebe, liebe Heilige lebte, der Freund der Armut, der Bruder der Tiere, Blumen und Wolken? Er, der große Poverello, der gute Bruder Habenichts, der doch umso vieles reicher war als der König und der Papst zusammen trotz ihrer schweren Goldornate! Wie würde er mit seinem feinen Lächeln sie anblitzen, wenn er sie, die beiden armen und doch so reichen Weltwanderer, hier heroben sehen könnte! Sie würden sich gut stehen mit ihm, mit dem heiligen Franz von Assisi! Pace, caro frattello! Ich grüße dich und das glückselige Land, das deine Füße trug!

Nun sind deine Wiesen und Anger unten längst ein einziger, wonniger Teppich aus Hyazinthen, Narzissen und Anemonen!

Ich mag gerne leben, so gerne wie du, großer, gotterfüllter Bruder, aber wenn ich einmal sterben muss, dann möchte ich nirgendwo lieber sterben als in Umbrien, bei dir, Bruder Franziskus! ...

Der lange, blaue Bergzug dort in der Ferne ist das Sabinergebirge. Hinter ihm liegt Rom! Die ewige Stadt! Ja, ewig ist deine weltüberstrahlende Herrlichkeit und sinnverwirrend der Glanz der Schätze deiner Kunst! Die Peterskirche! Mich wundert, dass man nicht einen Lichtschein gegen den Himmel brechen sieht! Mir tun die Augen weh: Marmor und Gold! Ich sehe nichts als das erdrückende Gleißen von Marmor und Gold! Ich bin vor dem Moses des Michelangelo gestanden, vor dem Jüngsten Gericht, den Stanzen Rafaels! Und bin nun so hoch im Blau des Äthers, entrückt allem Lärm der Welt, im feierlichen Schweigen des Gran Sasso! Schläfst du noch, großer Bruder? Hörst du den Schrei der kreisenden Adler im Himmelsblau? ... Und nachts das Bellen der Wölfe? Taddeo hat wahrhaftig recht! Ich habe gestern Nacht das Bellen der Wölfe gehört! Wie unheimlich klagend es in das ewige Schweigen der Bergeinsamkeit klang! Und darüber der Sternhimmel, so klar, so prangend, zum Greifen nah! Ich könnte für immer bei diesen schweigsamen Hirten bleiben – ihrer Sterne wegen! Und es sind wohl die Lichter des Himmels, die sie beeinflussen, durch die sie wurden, wie sie sind: wahr, treu, gut! Sie spüren den Ewigen gewaltiger als die unten in den Tälern. Das ist es!

Italien, Italien, du Land der ewigen Sehnsucht, wie unaussprechlich schön bist du! Am schönsten aber ist es hier oben in deinen Bergen, in der wilden Pracht deiner Felshänge, dem seligen Frieden deiner Matten, bei deinen unberührtesten Kindern, den Hirten der Abruzzen!

Oh, wie die Fernen blauen! Wie die Städtlein emporgrüßen aus der grünen Tiefe!

Da drüben ist das Adriatische Meer! Wenn der Abend klar bleibt, schimmert es herauf, sehe ich es in der Ferne draußen! O Welt, wie groß sind deine Wunder!

Dass ich das erleben darf! dass ich hier oben mich so selig sonnen und freuen durfte! Wie dankbar bin ich dem Kundendichter! Was hat er sie die vielen Wochen durch für herrliche Wege geführt, seit sie ihren Fuß in die Hänge der Abruzzen gesetzt! Jeden Steig scheint er zu kennen, jedes Bergnest, mag es sich noch so versteckt ins Gefels verkrochen haben!

Auf wie viel Türschwellen sind sie nicht gesessen, wenn die Vesperglocke geläutet und die Hirten mit ihrer Herde heimgekommen sind! Der Musik ihrer Sprache und den Geschehnissen ihres Lebens lauschend, dabei hinunterspähend ins Tal, in weite, blauende Fernen hinaus, bis sich Land und Geschichten verwoben zu gewaltig ergreifender Mär.

Und in wie vielen Feuerküchen haben sie nicht gesessen, die Füße behaglich rings um den Mauersims des focolare gestützt, auf dem die Flammen um den großen, brodelnden Kessel schlugen, der an langer Kette schnurgerade unter dem Rauchfang hing, die großen, henkellosen Schalen, die so fein wärmen konnten, mit beiden Händen umfangend und den heißen Kaffee schlürfend, während draußen der Sturm an den Dächern rüttelte und der Rauch durch die Küche zog, oder sie den Duft des carne di capra, des Ziegenfleisches, einsogen, das verlockend im Kessel sott. Wie Urmenschentum war es. Die kauernden Gestalten um das Herdfeuer hockend und um sie wie stumme Schemen ihre zuckenden Riesenschatten, gespenstisch über die

Wände huschend. Wie sich das anhörte, wie man das erlebte, wenn sie von dem großen, grauen Wolfe oder den Bären erzählten, die in harten Wintern bis an ihre Türe kamen, lüstern durch die Ritzen schnuppernd! Oder wie der kleine Hirtenbube Filipe, der alle übertünchten Mauern und jedes Brett mit Tieren und Menschen vollkritzelte, plötzlich seine Ziegen verlassen hatte und ins Tal gestiegen war und dort ein weltberühmter Madonnenmaler wurde. Wie er dann später als großer Künstler einmal im Dorfe erschienen und, an ihren Feuerstellen sitzend, ihnen anvertraut hatte, ihn habe dortmals die Santissima Virgine geholt, ihm sagend, er müsse viele schöne Bilder malen ihr zu Ehren und Ruhm.

Ach, was wussten diese weltentrückten, einfachen Menschen nicht alles zu erzählen! Und wie erzählten sie es! Herb und wuchtend, wie die alten Bildschnitzer der Gotik ihre Skulpturen schnitten!

Doch warum soll er es nicht denken! Sündenlose Wahrheit ist es ja! Am seligsten waren diese schlichten Menschen, wenn er für sie spielte. Wie dankt er dem Herrgott, dass er seinem inneren Drang gefolgt war und dortmals unten in Perugia dem alten Straßenmusikanten die Geige abgekauft hat!

Er, der einstens für die Reichen, Satten, die Verwöhnten, für fürstlichen Lohn gespielt, er wollte nun den Armen, seelisch Hungrigen, den Kümmerlichen sein Spiel schenken, wollte ihnen von dem anderen Himmelslicht ins Herz gießen, von jenem Himmelslicht, das ihren großen Sohn, den Filipe, ins Tal gezogen und das ihre unberührten, unverdorbenen Seelen mit einer Gewalt in sich sogen, die ihn jedes Mal während seines Spieles fast mehr durchschauerte als diese weltfremden Hirten selber! Es war kein Genießen, kein Schwelgen mehr – es war ihnen Religion, sein Spiel! Und er spielte ihnen mit einer Hingabe und Zärtlichkeit, wie er sie in dem größten lichtdurchfluteten Saal nicht gekannt! Und während er spielte, hauchten die würzig-herben Matten und Almen ihren balsamischen Duft hernieder, und über ihren Häuptern kreisten die Wildadler, zog das Heer der Sterne auf. Und es war ihm, als wenn die Geister der Natur ihn grüßten und selbst die Sterne lauschten. Und in hellen Vollmondnächten blitzte und leuchtete das Meer herauf ...

Er war nie so glücklich gewesen wie jetzt.

Wie wunderbar weise hatte Gott ihn geführt!

Zum Herrgottsgeiger war er geworden, seit er sein Spiel den Armen weihte ...

Da kommt Giuseppe mit seinen Ziegen den Berg herunter. Nun wird der Platz unten vor den Häusern gleich ein einziges Gemecker sein. Wie malerisch ist das Bild, wenn die Tiere auf der Straße gemolken werden.

„Saluti, Signori!"

„Saluti, Giuseppe! War es schön heut, oben."

„Si, si, Signore! Bellissimo!" Des Jungen rabenschwarze Augen blitzen.

„Ebbene! Das höre ich gern!"

Tristan hat sich erhoben und springt an dem Hirtenbuben empor. Sie kennen sich gut, die beiden.

„Piano, Tristan! Stai fermo!"

Und den Hund in seine Arme schließend:

„Kommt Ihr nicht gleich mit herunter? Es gibt gute Milch! Würzige, ausgezeichnete Milch."

„Ich glaube, dir ist es mehr um meine Geige zu tun als um meine Milch!", lacht Beatus.

„Ma Signore, che pensa! Wie könnt Ihr so etwas denken!" Dabei aber funkeln seine schwarzen Augen unter dem dunklen Lockenschopf und seine strahlende Miene ist zu verräterisch.

Mit Wohlgefallen blickt Beatus hinter dem sehnigen, schlanken Jungen her. Wie er abwärts steigt! Elastisch und schwebend; wie Musik ist sein Gang. Das lebendige David-Modell des Donatello! Wie viele solcher Davide Freundschaft hat er nicht gewonnen auf ihrer Wanderung durch die Einsamkeit der Abruzzen! In wie viele Herzen solcher Prachtjungen hat er sich nicht hineingespielt!

Wie ist der Gedanke schwer, fort zu müssen von diesen Burschen, die ein freundlicher Gott aus seinen Händen gestreut; nimmer mitten unter den schlichten Berghirten leben zu können, so nah dem Himmel und seinem Frieden ...

*

Und dann waren sie doch hinuntergestiegen ins Tal! Hinunter in das Italien des lauten Lebens, das Italien der Reisenden.

Singend und geigend zogen sie nordwärts.

Ihre Wanderfahrt wurde zum Triumphzug. Wie ein Lauffeuer schlugen die Flammen der Begeisterung rings ins Land. Wo des Ärmsten Haus stand, wo ein Unglücklicher krank lag, dort spielte Beatus. Meilenweit kamen die Menschen zu Fuß oder auf ihren Eseln angeritten, um den Geigerkönig zu hören. Der Widerhall seiner Kunst drang in die Landsitze und Paläste reicher Leute. Sie baten ihn zu sich.

Beatus lächelte – und spielte für die Armen. So mussten die Reichen und Verwöhnten zu den Armen kommen. Und der Reiche kam zu dem Armen, lauschte dem Spiel und vergaß die Standesunterschiede und fühlte sich Bruder ...

In Verona erwartete Beatus ein schwarz umränderter Brief auf dem Postamte. Deutsche Marke, die geliebten, teuren Schriftzüge.

Hastig riss er ihn auf. – Die Todesanzeige des Fürsten! Seit Monden lag er in der kühlen Erde. Mit fiebernder Eile las Beatus den beiliegenden Brief. Der Fürst war Ende Januar den Folgen seines zügellosen Lebens erlegen. Sie, Uta, lebe ganz in der Welt der unvergesslichen Wochen des Sommers und habe nur einen Gedanken Tag um Tag ...

Lange starrte Beatus auf das Blatt.

Lange, lange ...

Schwere Gedanken wühlten in seinem Kopfe.

Drei Nächte hintereinander wurde er gequält von unruhvollen, ihn tief erregenden Träumen.

Jede Nacht war er auf Schlössern, Herrschergefühle versuchten ihn – und immer war neben ihm eine edle Frau, die Frau, deren Züge sich ihm nur zu tief ins Herz gegraben hatten.

Elend erwachte er jeden Morgen. Seine Geige war stumm geworden. Wortkarg ging er neben seinen beiden Freunden. Zerquält war seine Seele. Stets aufs Neue überfielen ihn die unruhevollen Bilder.

Nach einer Woche hatte er sie besiegt.

Bald darauf nahm der Kundendichter am nördlichen Ende des Gardasees von ihnen Abschied.

Beatus musste an die bangen Wochen denken, die er vor zwei Jahren hier gewartet.

Herzlich schüttelten sich die Männer die Hand.

„A rivederci!", rief der Kundendichter ihnen nochmals nach; sein Gesicht sprühte trotz seiner grauen Haare.

„A rivederci!", klang es warm zurück.

Rüstigen Schrittes wanderte der seltsame Mensch wieder seinem geliebten Italien zu, ohne das er nicht leben konnte.

*

Und wieder hat sich eine laue Hochsommernacht über das Erzgebirgedorf gesenkt.

Und wieder liegen die beiden alten Leute in ihrer Schlafstube und sinnieren und lauschen durch die offenen Fenster ins lautlose Dunkel. Und ihre Gedanken haben dasselbe Ziel, nehmen Abend um Abend, wenn das Tagwerk beendet ist, stets den nämlichen Weg. Womit sollten die zwei Menschen sich auch sonst beschäftigen! Sie sind alt und haben keinen Wunsch mehr ans Leben; ihr Sinnen dreht sich nur um eines – ihr Kind

– ihren Sohn! Ihn suchen sie, ihn umkreisen sie, um ihn sorgen sie sich. Und für ihn beten sie.

Leise tönt draußen eine Geige. Ein junger Sonnenwirbler, den seine Jugend nicht schlafen lässt in den warmen Sommernächten. Sie sind es gewohnt im Geigenbauerdorf.

Die Laute bilden den warmen Hintergrund für das Denken der beiden. Trauliche, uralte Volksliedweisen. Es hat sie jeder Sonnenwirbler einmal gespielt in jungen Jahren. Weich verschmilzt sich die Melodie mit ihren Gedanken. Zaubert ihnen ihr Kind so lebendig vor Augen.

Ganz allmählich treten die Töne aus dem Unterbewusstsein, spielt sich der Geiger in das feine Ohr des alten Mannes. Immer mehr lauscht er neben seinen Gedanken her auf die Violine. „Der Junge spielt gut!“, flüstert er. Und dann kommt er weiter ins Sinnieren. Und es ist ein erregendes Schwelgen in seines Sohnes einstiger Größe. Aber die Geige lässt ihm keine Ruhe. Wieder holt sie den alten Mann aus seinen Träumereien, zwingt ihn in den Bann ihrer Töne, die mittlerweile machtvoll angeschwollen sind. Er schüttelt den Kopf und rät, wer es sein könnte.

Und das Spiel wird meisterlicher von Takt zu Takt.

Der Alte fährt in seinem Bette auf.

„Mutter, was ist das!“

Da richtet sich auch die Frau auf und angestrengt horchen sie beide in die Nacht.

„Mutter!“, flüstert der Alte erregt, „so kann keiner im Dorf spielen! Das ist kein Sonnenwirbler!“

Angespannt lauschen sie weiter in die Nacht.

Und das Spiel wird gewaltiger, schwillt an zu hinreißender Kraft und Herrlichkeit. Die Frau ist sich dessen nicht ganz bewusst: Sie greift nach ihrem Manne hinüber, wie um Hilfe zu suchen. Krampfhaft umklammert seine Faust die Hand seines Weibes.

Atemlos, gebannt lauschen sie dem Spiel.

Die beiden Weißköpfe beben wie von Fiebern geschüttelt.

Jeder Ton klingt ihnen so vertraut, jeder Ton jubelt in ihrem Ohr, singt ihnen etwas zu, für das sie zu jeder Stunde freudig ihr Leben lassen würden und das ja doch nicht sein kann, das Trug, quälendes Blendwerk ist!

Aufs Tiefste erregt verfolgt der Alte Ton um Ton. Fährt plötzlich mit jähem Sprung aus dem Bette, in unbändiger Freude die Worte schreiend:

„Mutter, Gott sei uns barmherzig! So kann nur einer spielen auf der Welt! Ein Wunder ist geschehen!"

Sie stürzen in ihre Kleider. Nesteln mit bebenden Händen, die in wilder Erregung zucken. Ununterbrochen murmelt der Alte dabei einen Namen, murmelt ihn wie Beten: – den Namen des Sohnes!

Reißt die Tür auf, hebt die Hände unter dem Glanz der ewigen Sterne und schreit mit einer Stimme, die erschütternd durch die Nacht dringt, das eine Wort, um das sich sein ganzes Leben dreht:

„Beatus! Beatus, mein Sohn!"

Da bricht die Geige jäh ab, mitten im Sang.

Heftig löst sich eine Gestalt aus dem Schatten des Busches und mit den jauchzenden Worten: „Vater, lieber, liebster Vater!", stürmt sie mit weitgeöffneten Armen auf den Harrenden zu, sich an dessen Brust werfend. Mit zärtlicher Gewalt umklammern den Sohn zwei alte, durch die Liebe machtvoll verstärkte Arme. Tränen netzen die Wangen. Tränen unaussprechlicher Freude. Der Mund vermag nur zu stammeln; nur die Arme, die sich immerzu um die Leiber krampfen, führen eine eindringliche Sprache.

Und Magdalena Klingohr steht neben den beiden Männern, die sich nach schweren Jahren auf so wunderbare Art wiedersehen. Und das Wunder, das jede heimliche Wehmut tilgt, verklärt sie in seliger Erlösung.

Es ist zu viel für das Herz des Vaters, das den Sohn heimsehnte – und den Künstler in den Armen hält!

Aber Magdalena Klingohr ist die Mutter und so muss der Vater den Sohn mit ihr teilen!

Und die Mutter ist es, die zuerst nach dem Wunderapostel fragt.

Da trennt sich neuerlich eine Gestalt vom Busche und auf sie zu kommt der große Meister. Und es ist wie ein erdgelöstes Wandeln. Mit tiefer Ehrfurcht im Herzen schauen die Eltern auf den Herannahenden. Und wissen mit demselben Atemzuge, wer das Wunder an ihrem Sohne vollbracht.

Und sie empfangen ihn in grenzenloser Ehrfurcht. –

Nun kamen Wochen des Glückes, wie sie das schlichte Erzgebirglerhaus in den stolzesten Jahren nicht gesehen. In seinen Räumen wob jener heilige Friede, den nur schwindendes Leid auszustrahlen vermag, wenn die Schauer eines Wunders oder sieghafte, bewusste Selbstüberwindung zur Befreiung geführt hat.

Der Vater verstand den Entschluss seines Sohnes.

Untertags saßen die drei Männer viel im Garten oder sie stiegen auf die Koppe des Sonnenwirbels. Häufig konnten Kinder sie auch im Schweigen der Heide sehen.

In den Nächten aber strömten Melodien ins Dorf, welche die Frauen nicht schlafen ließen. Weit hinaus ins Hochland trugen sie die Kunde von dem Wunder.

So war der ganze Sommer hingegangen. Die Laubbäume trugen ihre roten und goldenen Festkleider und begingen seit Wochen mit leuchtender Freude die erhabene Feier des Beginnes der großen Ruhe.

Es war in den Nächten, in denen die Schreie der nordischen Wildgänse seltsam aus der Finsternis des Himmels durch die Stille geistern …

In einer Herbstnacht liegt Beatus im Bett und kann lange nicht einschlafen. Aufmerksam lauscht er den wilden Melodien des Nordsturmes. In der Werkstatt rasselt die alte Stockuhr; ein endloses, überhastetes Rasseln. Ein Halbstundenschlag. Wie spät mag es sein? Wohl gegen Mitternacht ... Wie Beatus so scharf nach der Tür horcht, ist es ihm, als höre er ein leises Geräusch. Angestrengt lauscht er. Wieder! Er hat es deutlich vernommen. Es scheint aus der Werkstatt herüberzukommen. Befremdet liegt er einige Minuten unschlüssig, erhebt sich dann, fährt rasch in die Kleider und geht lautlos aus der Stube. Durch die obere Ritze der Werkstatttür dringt ein schwacher Lichtstreif. Bewegungslos horcht er, dann legt er vorsichtig die Hand auf die Klinke und drückt sie unhörbar nieder. Vorn an der Hobelbank sitzt sein Vater, den Rücken gegen ihn gekehrt, emsig in eine Arbeit vertieft.

Überrascht betrachtet ihn der Sohn. Was hat er so Dringliches in der Nacht zu tun? Es muss etwas sein, für das die Stunden des Tages nicht heimlich genug sind. Zärtlich beobachtet er den Alten, dessen Weißkopf tief vorgebeugt ist. Neugierig verfolgt er jede seiner Bewegungen. Es muss eine besonders heikle Arbeit sein. Er erkennt es aus seiner ganzen Haltung. Nun beugt sich der Vater seitwärts und langt mit der ausgestreckten Hand ein Werkzeug herüber. Dabei sieht Beatus sein Gesicht. Es ist gerötet von freudiger Erregung.

Beatus räuspert sich leise. Lauter.

Da wendet der Alte den Kopf und fährt ein wenig zusammen, wie er des Sohnes gewahr wird.

„Du schläfst nicht, Vater! Was machst du so spät noch in der Werkstatt?“

Sebastian Klingohr gibt keine Antwort. Es ist Beatus, als suche der Vater nach einer Ausrede. Doch das schlichte Herz des alten Mannes lässt ihn keine Notlüge finden. Er winkt ihn heran:

„Komm her, Beatus, und setz dich zu mir. Du hättest es die Tage ja doch erfahren.“

Und der Sohn tritt an die Hobelbank und sieht auf ihr eine Geige liegen. Und er erkennt sie mit einem Blick. Es ist die alte Geige, die seinen Ruhm in die Welt trug, die gleich ihm unrettbar zerbrochen war in jener schauerlichen Nacht. Unrettbar, wie er damals glaubte.

„Vater, um des Himmels willen, sehe ich denn recht?“

Da nickt der Vater mehrmals lebhaft, während ein beglücktes Lachen seine lieben Züge verschönt.

„Als die ersten Wochen des Glückes über deine so wundersame Heilung vorüber waren, ist mir in einer Nacht deine Geige in den Sinn gekommen. Und der Gedanke ist nimmer von mir gewichen: ‚Wenn der Herrgott an meinem Kinde das große Wunder hat geschehen lassen, vielleicht findet Er meine Hände nicht zu gering, an der alten Geige unserer Väter auch eines zu vollbringen.‘

Manche Nacht lang bin ich bei den Trümmern gesessen, habe sie eingehend untersucht und habe hin und her gegrübelt, und dann habe ich mich in Gottes Namen daran gemacht!“

Und seine Hand zärtlich um die Geige legend und sie aufnehmend:

„Es war keine leichte Arbeit!“

Und mit dem Finger zeigend: „Dieses Stück und hier der Teil mussten völlig neu ersetzt werden. Ich habe den ganzen Dachboden mehrmals durchsucht, um Hölzer zu finden mit der nämlichen oder doch ähnlicher Maserung. Fand auch manch gutes Stück für eine treffliche Geige, aber wenn ich damit noch so hoffnungsfroh in die Werkstatt hinuntergestiegen bin und vorsichtig zu vergleichen begonnen hab, hat es doch immer wieder nicht mit den zerbrochenen Teilen gestimmt.

Wie ich da einmal wieder in der Nacht so sitze und ganz verzagt werden will, geht mein Blick wie zufällig auf unsere alte Muttergottes dort. Die müsste eigentlich deine Bitte erhören und dir helfen, denn sie ist lange mit unserem Geschlechte beisammen und hat schon oft geholfen, denke ich.

Da ist es mir, als flüstere mir jemand zu: Bitte sie recht inständig! Und ich habe es getan. Und plötzlich war mir, wie wenn sie sagte, ich solle zu ihr kommen. Und ich stehe auf und gehe zu ihr. Wie ich so vor ihr stehe und sie anschaue, fällt mein Blick auf den Wandsims. Meine Augen bleiben plötzlich an den paar dünnen Brettchen hängen, die einer unserer Vorfahren einmal unter die Holzfigur geschoben haben muss, wohl damit sie höher stehen sollte. Ich will mich schon wenden, da denke ich: Sie sind dünn wie Geigenholz; und alt sicher auch. Wenn gerade dies brauchbar wäre! Eigentlich ganz gedankenlos hebe ich das Muttergottesbild in die Höhe und lange die Brettchen herunter. Es liegt dicker Staub darauf. Ich kenne es mit dem ersten Griff, dass es uraltes Geigenholz ist. Hastig scheuere ich die Bretter blank, und was meinst du, was ich in Händen habe! Dasselbe Holz, aus dem die Meistergeige unserer Vorfahren gemacht ist! Ich wusste, es war kein Irrtum, nur zu gut kannte ich ja deine Geige bis in die kleinste Faser! Beatus, in jener Nacht wäre die Freude beinah zu viel geworden für mich!“

Fest klammert sich die Hand des andächtig Zuhörenden um die des Vaters.

„Gelobt sei der ungekannte Vorahn, der die Geige baute!“, fährt der Alte fort. „Er hat gewusst, was für ein Meisterwerk sie werden würde. Sonst hätte er die Stücke, die ihm übrigblieben, nicht aufbewahrt! Wer weiß, wie lange sie die Gottesmutter schon treu behütet!“

„Und all die Zeit wusste, weshalb sie es tat!“, setzte der Sohn mit schwerer Stimme dazu.

Der Alte nickt. „Ja, wer weiß es! Sicher ist, dass der Vorfahr es nicht über das Herz gebracht hat, die Überreste dieses seltenen Geigenholzes wegzuwerfen. Vielleicht auch hat er es gleichsam als Dank für das gelungene Werk der Beschirmerin unseres Hauses unter die Füße gelegt.“

Sebastian Klingohr wendet seinen weißhaarigen Kopf, der dieselbe Schmalheit wie jener seines Sohnes hat, der Himmelskönigin zu und blickt versonnen auf das alte Standbild. Lautlos sitzt Beatus neben ihm, die Hand fest um jene des Vaters geschlossen.

Und dieser fährt mit frohem Gesichte fort:

„Morgen, Beatus, kannst du wieder auf der Geige unserer Väter spielen! Auf deiner Geige!"

Da schlingt der Sohn seinen Arm um den Nacken des alten Mannes und küsst ihn innig.

„Und das hast du für mich getan und dir in vielen Nächten den Schlaf verwehrt!"

„Mein Sohn", entgegnete der Alte und es ist ihm wohl in der Umarmung seines einzigen Kindes, „dein Unglück hat mir mehr Ruhestunden geraubt und jene schlaflosen Zeiten waren voll Kummer und Leid! Diese Nächte aber sind mir ein guter Trost gewesen, denn in ihnen habe ich ja doch vor Freude nicht schlafen können."

Merklich bebt der Arm auf seinem Nacken.

„Siehst du", fährt der Alte fort, „so hat Gott alles zu gutem Ende geführt!"

Und mit einem feinen Lächeln um den glattrasierten schmalen Klingohrmund: „Die alte Geige hat mir bei Tag und Nacht keine Ruhe mehr gegeben, seit sie ihren Meister geheilt wusste. Sie hat wieder zu dem wollen, der der größte Sohn unseres Geschlechtes ist. So nimm sie nun, Beatus, und bleibe fortan so glücklich, wie es dein alter Vater ist!" –

Als der Schnee die schweigsame Hochfläche bedenklich einzusacken begann, nahmen sie von den beiden alten Leuten Abschied.

Die alte, geliebte Geige zärtlich unter dem Arm, schritt Beatus über die Schwelle seines Elternhauses.

Die Gewissheit, ihn im kommenden Jahr wieder bei sich zu haben, wie einst nach beendeten Konzertreisen, gab ihren alten Herzen Ruhe. Ihn an der Seite des Heiligen, der ihrem Kinde und ihnen Erlöser geworden, in die Welt hinausziehen zu sehen, erfüllte sie mit frommer Feierlichkeit. Liebend umschlangen ihre Blicke den Sohn, ehrfürchtig die seltsam wandelnde Gestalt des großen geheimnisvollen Meisters.

Und plötzlich senkte sich ein unerklärlicher Schauer in ihre Herzen. Das Ahnen eines Großen, das mit ihrem Sohne geschehen sollte. Sie erkannten mit einem Male, dass er ein Erwählter sei, der von dem großen Meister berufen worden war.

Geholt zur Jüngerschaft und in die Welt geführt zu einem Werke, das heiliger war als sein einstiges.

Längst waren die Wanderer ihren Blicken entschwunden. Die beiden Menschen aber standen noch immer regungslos, mit hängenden Armen, die Augen weit geöffnet und ins Leere gerichtet, als vermöchten sie in eine Zeit zu sehen, die sich zu Erhabenem erfüllen würde an ihrem Sohne. – –

Einige Wochen später schritten zwei dick beschneite Gestalten, an deren Seite ein brauner Jagdhund lief, um die Stunde des Lichtansteckens durch den mächtigen Torbogen der Burgmauer des Schlosses Neuenburg. Freudig bellte der Hund auf.

Dort blieben sie den ganzen Winter durch bis tief hinein in den Frühling.

*

Und Jahr reihte sich an Jahr. Immer brausender rollte für Beatus die Zeit dahin, gleich den schäumenden Wassern eines talwärts donnernden Gebirgsbaches.

Groß und reich und voll Seligkeit war das Erleben draußen in der Welt. So gewaltig oft, dass es seine Seele aufwärts wehte wie einen sturmgetriebenen Vogel mit aufgeplustertem Gefieder.

Wo das leuchtende Antlitz des Wunderapostels erschien, wurden die Augen der Menschen groß und feierlich. Hoben sich die Hände von selbst zu flehender Bitte, zog es die Seelen zu ihm, wie zu einem Erlöser. Doch er gab ihnen Höheres, als nur Befreiung von körperlichen Leiden! Er sah in ihre Züge und ihr Herz und er sah, in welcher Brust die heilige Flamme lohte, in welcher sie kümmerlich brannte oder mit dem Verlöschen kämpfte, und er sah die Brust, in der es finster und tot war. Und er half diesen Flammen durch sein Wirken und Wort, so dass die wild lohenden in festem, ruhigem Schein brannten, die kleinen Flämmchen stark anschwollen zu leuchtendem Glanz und die erstorbenen Lichter wieder aufglühten in herzerwärmender Beglückung. Wen seine Hand berührt, wer den Klang seiner Worte gehört, wer bloß das Leuchten seines Sonnenauges aus der Ferne gesehen, der war entzündet, der trug beseligendes Ahnen oder machtvolles Wissen der gewaltigen Gottheit fernerhin durch sein Leben. Zog er weiter, folgten ihm Dankgebete und Lobpreisungen wie die Abendlieder der Vögel, die sie der scheidenden, lebenspendenden Sonne nachsenden.

Und wo Beatus' Geige ertönte, gerieten die Menschen in Aufruhr. Er aber spielte nach wie vor nur den Armen. Und immer kamen die Reichen und setzten sich zu den Mühseligen und Kranken. Und wurden unter der Gewalt des Spieles Brüder und fühlten sich als Kinder eines gemeinsamen Vaters, des Großen, Ewigen, Allmächtigen.

Immer mehr verdichtete sich der Glaube, der Jünger an der Seite des gewaltigen Zauberers vermöge Kranke durch die Macht seiner Töne gesund zu machen. Tatsache war, dass Kranke von der Stunde an, in der sie sein schönes und zu Herzen gehendes Spiel hörten und erlebten, zu genesen begannen.

So zogen die zwei Menschen, Licht und Trost bringend, unermüdlich durch die Welt – der Sohn des fernen Ostens, den unergründliches Geheimnis ins Abendland geführt, und jener des Westens, der an ihm mit der ganzen Glut seines Wesens hing.

Und ihre Wege waren wundersam.

Reich wie die Welt war ihr Erleben. Zweimal noch führte ihr Fuß sie tief nach Italien und in die vogelseligen Nester der Abruzzen.

Mehrere Male waren sie längere Zeit, einmal sogar über ein halbes Jahr, mit der Familie des alten Zigeunerhäuptlings beisammen, der des Wunderapostels engster und ältester Freund war und Beatus einst auf so seltsame Weise in Frankreich vor dem Erfrieren gerettet hatte.

Ungeahnte Welten erschlossen sich Beatus bei diesen ewig ruhelosen Wanderern über die ganze Erde, denn ihr Fürstengeschlecht war im Besitz jenes rätselhaften, für fremde Augen unentzifferbaren ältesten Tafelbuches der Erde, dessen Zeichen schon auf den Denkmälern Altägyptens eingegraben sind: dem Taro. Unaufhörlich verfolgten ihn die 78 magischen Karten, auf denen in unergründbarem Geheimnis die Anleitung zur höchsten Vollendung des Menschen aufgezeichnet war.

Jahr für Jahr stiegen sie zu den beiden alten, sehnsüchtig harrenden Menschen ins Erzgebirge hinauf und es waren stets Zeiten heiligsten Friedens.

Die Eltern aber sahen den eigentümlichen Glanz auf dem Gesicht ihres Sohnes, der nicht von Jugend und Wiedersehensfreude herrührte und der Jahr um Jahr strahlender auf seinen Zügen leuchtete, und ihr einstiges Ahnen vertiefte sich in scheuer Ehrfurcht vor dem Schicksal ihres Kindes.

Und auch Frau Uta sah mit tiefer Ergriffenheit dieses immer stärker werdende Leuchten seines Antlitzes.

Doch den Grund dieses Leuchtens, das wie der Abglanz des großen, erhabenen Meisters war, den wusste nur sie. Sie, die als einziger Mensch erleben durfte, wie der Oberirdische auf seinen Jünger wirkte, ihn formte und prägte und langsam seine Seele der göttlichen Freiheit zuführte.

Doch auch sie kannte die ganze Wahrheit nicht, ahnte sie nur.

Denn längst war der Zeit des erschütternden Lauschens jene des Ringens und glühenden Erkämpfens gefolgt.

Was in Nächten zu später Stunde, wenn sie längst ruhte, was an manchem Tage in ihrem Schlosse zwischen den beiden Männern in strenger Abgeschlossenheit vor sich ging, das erfuhr auch sie nicht. Und danach wagte sie auch nie mit einem einzigen Worte zu fragen. Doch sah sie hernach das Antlitz des Geliebten oft mit der fahlen Blässe der Askese bedeckt. Und in ihre offene Seele zog weites Ahnen.

Ewig gleich nur war das Antlitz des Erhabenen.

So rang der Jünger an der Seite des Meisters.

Und der Meister führte die erwählte Seele und hielt sie in loderndem Brand.

Beatus stürzte sich in diese Flammen mit der Leidenschaft des wissend Gewordenen. Doch so sehr diese Flammen auch lohten, sie verzehrten ihn nicht. Ja, es schien, dass Mutter Natur im selben Maße, als er sich um ihr Vertrauen mühte und die Liebe und die Kräfte seines Wesens ihr zuwandte, sie ihm umso gewaltiger die ihren zuströmte.

Immer mehr weckte Beatus unter der Anleitung des Meisters seine inneren schlummernden Kräfte. Längst übte er sich heiß in der Erforschung der Gesetze der Natur und der Beherrschung ihrer Kräfte. Doch je weiter er vordrang zu den Urgründen des Lebens, umso gewaltiger türmten sich Mauern auf, die jene göttlichen Machtbezirke behüteten.

Wenn er vor Erschöpfung hinsank, dass sein irdischer Leib wie tot dalag, mühte sich seine Seele weiter in rastlosem Verlangen.

Gelassen saß der Erhabene stundenlang neben dem Glühenden, mit der überirdischen Gewalt seines Geistes die unruhevolle Seele beherrschend und befriedend.

Er selber hatte keinen Schlaf nötig.

Die Gewalt seiner Augen aber wuchs in den tiefen Nächten zu einer Macht an, die auch der Schlafende nie geschaut. Magischen Lichtbüscheln gleich brach die Strahlenflut aus ihnen.

Geister kamen in solchen Stunden aus seraphischen Lichtbereichen, grüßten in brüderlicher Ehrfurcht den regungslosen Herren des Lebens und umschwebten segnend den schlummernden Menschenbruder.

Wesen standen und saßen plötzlich, wie durch Zauber, um den Schlafenden, der Gestalt nach wie ein Mensch, mit langem, patriarchalischem Silberbart, doch mit eigentümlich durchsichtigem Antlitz, auf denen ein Friede lag, der nicht von dieser Welt war, nicht in ihr errungen werden kann. Der Friede der vollkommenen Wahnversieger, Endiger. Bewegungslos saßen sie neben dem Schlafenden, ihn: den Auserwählten, Erkorenen, mit unendlicher Liebe betrachtend und die Ströme ihrer Liebe in ihn gießend. Bewegungslos. in vollkommenem Gleichmut, als habe sein Sonnenauge sie nicht wahrgenommen, verharrte der Erhabene.

So erklomm Beatus Stufe um Stufe der Einweihung. Doch je mehr ihm das Wissen um die Gesetze der geheimnisvollen Welt des Übernatürlichen wurde, umso mehr wurde ihm erst bewusst, wer der Meister war, dem die Kinder der Landstraße den Namen „Der Wunderapostel" gegeben, und immer ehrfürchtiger beugte er vor dem Unergründlichen die Knie.

Und Beatus lebte sieben Jahre lang an der Seite des großen Meisters aus dem fernen Osten.

Und strebte im strahlenden Lichte der Tage wie im geheimnisvollen Dunkel der Stunden, die den Geschöpfen der Astralwelt gehören. Und strebte allerorts auf Erden nach dem Lichte des erwachten Geistes.

So rang der Schüler sieben Jahre um die Befreiung der Seele aus der Beschränkung des irdischen Leibes.

Dreiundzwanzigstes Kapitel

Und nun war jene Stunde gekommen, deren Annäherung Beatus all die Jahre oft jäh bewusst geworden war und sein Herz mit panischer Angst überfallen hatte. Jene Stunde, die er nie auszudenken vermocht hatte.

Und nun hatte auch sie sich erfüllt!

Die Stunde, welche die letzte sein sollte, die er an der Seite seines unsäglich geliebten Meisters weilen durfte.

Beatus wusste nicht, wie er sie tragen sollte.

Es waren Jammer und Elend in ihm, die ihn lähmten und hilflos machten, so dass seine peinerfüllte Seele neben dem großen Meister flatterte wie ein verängstigter Vogel.

Und es war hinwieder ein Bestreben in ihm, jedes Wort des Erhabenen als unvergesslich heiliges Gut in sich zu ziehen und mit ihm die ganze Seele des väterlichen Lehrers, der nun für immer von ihm gehen wollte.

Beatus saß neben dem Wunderapostel, zerrissen, wie betäubt, den Kopf tiefgeneigt, die Hand mit der ganzen Not seiner Seele um jene des gewaltigen Mannes geklammert, der ihm Vater, Erwecker und Erlöser geworden. Und er hörte mit todwundem Herzen die Worte der letzten Stunde und legte jedes derselben wie heilige Saatkörner in die blutenden Furchen seines Herzens.

Laut rauschten die Kronen der uralten, mächtigen Bäume im Frühmorgenwind, doch er hörte ihr Aufrauschen nicht; mit qualvoller Hingabe hing er an den Worten des väterlichen Meisters.

Und der Meister sprach:

„Gewirkt ist mein Werk, geendet meine Aufgabe, so gehe ich wieder nach jenem Orte, der mir Heimat ist.“

Schwer stöhnte Beatus auf.

Liebevoll legte der Wunderapostel seinen Arm um den Hilflosen, ihn an sich ziehend. So, ihn an seine Brust gebettet, sprach er weiter:

„Gräme dich nicht, mein Sohn, mein lieber Beatus, und sei stark! Denn wieder sage ich dir die nämlichen Worte: Es geht kein anderer Weg aufwärts zum letzten und höchsten Sieg als durch die Einsamkeit und das Leid! Darum sei nicht traurig, denn es ist gut und nötig, dass ich gehe und dich allein lasse. Denn das Licht deines Geistes, das ich geweckt, wird erst vollends in dir aufbrennen, wenn ich nun von dir gehe. Die Kräfte deines Geistes werden sich nur dann vollends in dir entwickeln wenn du allein und ganz auf dich gestellt bist.

Denn groß ist die Aufgabe, für die du erwählt wurdest!"

Bei diesen Worten hob Beatus sein leidgezeichnetes Gesicht und sah mit großer, stummer Frage zum Erhabenen empor.

Der senkte seine dunklen Augen mit strahlender Liebe in die fragenden seines Jüngers.

„Ja, Beatus, du bist ein Erkorener, erwählt für ein großes Werk. Und du musst es vollbringen! Musst deiner Aufgabe dienen und ihr dein Leben weihen mit all seinen Kräften, wie ich der meinen gedient habe!

Freue dich und höre!

Fern drüben im Osten, hoch zwischen den Gebirgsgraten des Himalaja, liegt ein uraltes Kloster an einem See, umgeben von einem Bambuswalde.

Nie noch hat der Fuß eines uneingeweihten Sterblichen diesen Erdenfleck betreten, nie wird die Stimme eines Menschen je durch dieses Tal klingen.

Nur der Wind musiziert dort morgens und abends im Bambuswald, wenn er von den Hängen des Gebirges niederwärts braust, wie eine kosmische Weltenorgel.

In diesem verborgenen Kloster hausen seit undenklichen Zeiten Wesen in harmonischer Bruderschaft, die das Menschsein für alle Zeit geendigt haben. Ihre Aufgabe ist, den Irdischen bei ihrer Entwicklung zu helfen und sie aufwärts zu führen zum Licht. Sie sind die unsichtbaren ‚Helfer der Menschheit'.

Ihr Ruheort, wo sie sich stets treffen, wenn sie von großen Aufgaben aus aller Welt zurückkehren, ist dieses von keinem Erdenmenschen geahnte Kloster, in bewusstester Magie verborgen in den riesigen Massiven des himmelragenden Himalaja.

Seit Jahrhunderten schon gehen ihre Blicke immer aufmerksamer zu den Völkern des Abendlandes, an deren Himmel mehr und mehr die Sonne der Wahrheit zu verblassen begann und die von allen Völkern der Erde am tiefsten in den Materialismus versunken sind.

Immer besorgter hefteten darum die ‚Großen Brüder' ihre Augen auf den Irrgang dieser einst so hohen Kulturvölker, die sich von Jahrhundert zu Jahrhundert immer mehr von der Natur entfernten und dadurch nicht nur den Zusammenhang mit ihr, sondern auch mit dem Urgrund alles Lebens verloren und sich im selben Maße, wie das düstere Äon des Tierkreisfeldes Fische seinem Ende entgegengeht, immer unheilvoller in die nebligen Tiefen des Stoffwahnes verirrten.

Du weißt, dass die Sonne seit fast zweitausend Jahren in diesem kosmischen Todesbezirk steht und demzufolge der Geist der Menschheit diese ganze Zeit durch vom ‚Totenlicht' dieses Feldes überschattet ist.

Und du weißt ferner, dass dieses Feld das letzte des Tierkreises ist, das Feld des Endes, des Todes, des Grabes. Und so ist es begreiflich, dass in diesem Äon die Menschheit ihr kosmisch-göttliches Wissen ebenso völlig verlieren musste, wie die Natur im Winter ihr irdisches Leben verliert. Und so wie die Natur in diesen Monaten im Grabe liegt, so liegt auch der Geist der Menschheit auf seinem rund 24 000-jährigen Entwicklungsweg in diesem letzten Äon im finsteren Grab der völligen Gottferne und der Stoffgefangenschaft.

Wohl hat Gott in Seiner Weisheit es so gefügt, dass Er mit

Beginn dieses Todes-Äons Seinen Lichtsohn Jesus Christus auf die Erde sandte, die sich in jenen Tagen anschickte, das große Grab zu werden oder die Höhle, damit in ihre Finsternis, die aus sich selber kein Licht mehr besaß, das Licht wenigstens hineinscheine. Und du begreifst heute, warum das Christentum seine Mission nicht voll erfüllen und nicht ein kosmisches, sondern nur ein weltliches Christentum werden konnte! Der dem Gottesgeiste feindliche Strahl des Fischefeldes ließ diese letzte Entfaltung des Christentums ins Kosmisch-Geistige nicht zu! Aber immerhin, das Christentum stand als große Verheißung und stärkende Kraft in diesem Äon des Todes und der ethischen Auflösung.

Und die ‚Großen Brüder' sahen, wie das Fische-Äon immer mehr seinem Ende zugeht und die Sonne sich zusehends der Stunde ihres Überganges in das nächste Tierkreisfeld des Wassermannes nähert.

Doch die Stunde des Überganges vom Fisch in den Wassermann ist diesmal keine gewöhnliche Stunde, wie sie sich alle 2 000 Jahre wiederholt, sondern die diesmalige Stunde ist die ungeheuerliche Stunde der Weltenwende, der Götterdämmerung, die Stunde der furchtbaren Erschütterung der Erde und der ganzen Menschheit!

Denn es ist die kosmische Stunde der Überwindung des Todes, in welcher der Tod sich in Leben verwandelt, das Stirb zum Werde wird! Also die Weltenstunde der Grabüberwindung und der Auferstehung zum neuen Leben, in der der Geist der Menschheit, der seit 12 000 Jahren immer mehr von der Materie erfasst und eingesponnen worden ist bis zu seiner völligen Gefangenschaft, nun sein Gefängnis sprengt und sich anschicken wird, seinen Heimgang in die lichte Welt des Geistes und seine Vereinigung mit Gott zu beginnen.

Diese Stunde der Abkehr von der Materie und der beginnenden Rückkehr zu Gott hat im 24 000-jährigen Ring nur eine Stunde, die ihr an ungeheurer Macht der Erschütterung gleich ist, und das ist jene Stunde, die ihr im Tierkreisring diametral gegenüber liegt – die Stunde, in der die Menschheit einst vom Himmel sich löste, um sich nach der Hölle zu begeben, oder anders gesagt – die Stunde, in der die Menschheit das Band mit Gott zerriss und sich der luziferischen Welt des Stoffes zukehrte.

So wie der Riss vor 12 000 Jahren, als die Sonne aus dem Tierkreisfeld Jungfrau in das des Löwen ging, jene furchtbare Erschütterung über Erde und Menschheit brachte, die wir als Sintflut kennen, so wird dieser andere Riss, in dem die Menschheit die Fessel der Materie zerreißt, um in heißer Sehnsucht wieder zur geistigen Welt und zu Gott zurückzukehren, ebenfalls eine sintflutähnliche Erschütterung auslösen und über Erde und Menschheit bringen.

Das wussten und sahen die ‚Großen Brüder'.

Da diesmal aber das furchtbare Geschehen, das über die Erde kommen wird, die Menschheit zu Gott zurückführen wird, so wollten die ‚Großen Brüder' den Menschen mit ihrer besonderen Liebe und Hilfe zur Seite stehen. Und da sie wissen, dass diesmal besonders die Völker des Abendlandes von übermäßigem Leid und Elend betroffen sein werden und in furchtbare Kriege und ein Meer von Blut, in Jammer, Not, Hass, Zerstörung und seelische Verlassenheit hineingerissen werden, so fassten sie den Entschluss, die abendländischen Völker in den Zeitläuften des Überganges und des sich über ihnen auswogenden Sintbrandes nicht allein zu lassen, sondern sich mitten unter sie zu begeben.

In dieser furchtbaren Geburtsstunde, in der die Menschheit sich aus dem Todesschoß des Fischefeldes in die geistige Lebenswelt des Wassermannfeldes hineingebären wird, wollten sie den Völkern des Abendlandes lockernd, lösend, führend und sie vor dem Ärgsten bewahrend zur Seite stehen.

Deshalb beschlossen sie, dass vorerst ein Bruder hinübergehen sollte, um die Seele der abendländischen Menschheit bis ins

Letzte zu ergründen und die passendste Stätte zu suchen und zu bereiten für ihren Aufenthalt.

Die Wahl traf mich."

Einen Augenblick, als verstünde er die Worte nicht, als vermöge er sie nicht zu erfassen, blieb Beatus regungslos, dann schleuderte es ihn förmlich von der Brust des Sprechers, und mit großen Augen starrte er den vor ihm Sitzenden an. So verharrte er eine Weile. Der Meister aber lächelte sein rätselhaftes, leises, seltsames Lächeln, das so gütig und mit irdischem Sinn nicht zu ergründen war, hob die Hand, die den großen Smaragd trug und legte sie Beatus auf die Stirne. Und der Jünger fühlte, wie Ruhe in ihn einzog, die an Gleichmut grenzte. Ihm wurde wundersam wohl und still in seinem Herzen.

Und der Erhabene fuhr fort:

„So habe ich vor einer Zahl von Jahren das schweigsame Kloster verlassen und mich aufgemacht auf den Weg nach Westen. Ich bin durch ganz Europa gezogen, und unser gemeinsamer Freund, der Fürst der Zigeuner, hat mir dabei große Dienste geleistet. So habe ich die verschiedenen Strahlungen der abendländischen Erde und der Seelen ihrer Völker kennengelernt.

Es war mir selbstverständlich, dass ich die Stätte des kommenden abendländischen Klosters meiner ‚Großen Brüder' innerhalb der uns wohlbekannten gewaltigen Gebirgskette zu suchen hatte, die ihr die Alpen nennt.

Denn die hohen Gebirge tragen von Urtagen her Kräfte der Reinheit und heimliche Mächte des kosmischen Lebens in sich, von denen die heutige Menschheit noch nicht das Leiseste ahnt. Die Grate dieser Gebirge sind gewaltige Antennen, welche die kosmischen Kräfte des Alls in ganz besonderem Maße anziehen und in ihrem Leib bewahren.

Bei der sorgfältigen Durchwanderung dieser Riesenkette der Alpen wurde ich von der Strahlung des Bodens immer mehr nach Österreich geführt. Und was die Strahlung mir wies, das bestätigte mir dazu noch der Name dieses Reiches! Denn keine

Benennung ist bedeutungsloser Zufall, sondern hinter jedem Namen steht ein göttliches Urwort, ob es in den Menschen und Völkern noch lebendig bewusst lebt oder nicht!

So sagte mir das Wort Österreich, dass es nicht allein das Reich im Osten des Abendlandes, sondern das nach Osten gerichtete Reich war, das Land der alten Göttin Ostara, der Göttin der ‚Morgenröte', und dass also am Ende des großen ‚Sonnenjahres' von diesem Lande aus die Morgenröte, der Anbruch des neuen, großen Weltentages der Menschheit seinen Ausgang nehmen würde!

So war es für mich klar, dass ich im Alpengebiet dieses Reiches den Sitz des künftigen Klosters zu suchen hatte!

Mit unfehlbarer Sicherheit wurde ich in das Banngebiet des Dachsteins geführt. Und als ich in seinem Bereiche stand, fühlte ich ganz dieselbe heimatlich vertraute Schwingung, die ich vom Himalaja her kannte. Hier atmete der gottgeeinte Friede, den das Tierkreisfeld der Waage ausströmt."

Immer atemloser hatte Beatus den Darlegungen gelauscht. Wie ein wildes Feuer lohte es in ihm, dass auch er in diesen erhabenen, gottgesegneten Bannbezirk geführt und dort von einer seltsamen Macht gehalten worden war bis zu jener Stunde des überirdischen, dreimaligen Erscheinens des gleichschenkeligen Lichtkreuzes. Und so brach die Frage heftig aus ihm:

„Und sind die ‚Großen Brüder' schon im Dachstein!?"

„Ja, mein Sohn!"

Da fuhr Beatus wie von einem gewaltigen Schlag getroffen zurück und wie betäubt stieß es ihm die Worte über die Lippen:

„Mein Gott, dann sind sie es gewesen, die mich mit dem Lichtkreuz gegrüßt haben!"

Und er berichtete dem Wunderapostel mit überstürzten Worten sein damaliges Erlebnis am kleinen See, mitten in der weiten, schweigenden Hochalm durch drei aufeinanderfolgende Nächte, und wie er greifbar stark ein Strömen gespürt, das von diesem gleichschenkeligen Lichtkreuz auf ihn gekommen sei und deutlich das Gefühl gehabt habe, dass dieses Zeichen nicht von sterblichen Menschen rühre und es ihm Großes sage.

Der Wunderapostel lächelte und sagte:

„Du musst mir das alles nicht sagen, mein Sohn, denn ich war in jenen Stunden bei meinen Brüdern im Kloster! Wir haben dich hinaufgezogen auf den heiligen Berg, damit du auf dem Boden dieses hohen Friedens und in der unmittelbaren Nähe von uns die Erweckung erfahren solltest! Wir haben dich gegrüßt und gesegnet, erweckt und mit den Flammen des Lichtes getauft."

Durch Beatus' Körper ging ein gewaltiges Beben:

„Oh, wie habe ich die Kraft gefühlt!"

„Und mit dieser Taufe haben wir dich bereitet für deine große Aufgabe und den Anstoß in dich gesenkt, nun zu gehen und dich mit mir zu vereinen, denn deine Stunde war reif und erfüllt!"

Beatus schlug seine Hände vor das Gesicht und beugte seinen Kopf fast bis zur Erde. So verharrte er lange Zeit. Dann kam es flüsternd von seinen Lippen:

„Meine große Aufgabe!? Geführt, gegrüßt, getauft, mit dir bewusst vereint? Was wollen die ‚Großen Brüder' von mir? Gott, mein Gott, wie soll ich das alles verstehen?"

Der Wunderapostel legte seinen Arm liebevoll um den Niedergekauerten und zog ihn väterlich an seine Brust:

„Ja, mein geliebter Sohn, du bist bestimmt und erwählt für eine große Aufgabe!"

Der Umfangene zitterte an der Brust seines Lehrers wie ein junger Baum, in den der Morgenwind fährt. Wie ein Hilfesuchender presste er sich an den geliebten Meister:

„Ich bin erwählt? Erwählt von dir und den ‚Großen Brüdern'?"

„Ja, mein Sohn, so ist es! Als du noch ein Kind warst und weltenfern von uns in deinem einsamen Dorf arglos mit deinen Gespielen spieltest, waren unsere Augen vom Himalaja schon auf dich gerichtet."

„Oh, Vater, sage mir um des Himmels willen, wie ich das alles verstehen soll, um nicht wirr zu werden in meinem Sinn!"

„So höre es in dieser Stunde, mein geliebter Sohn! Du bist uns seit unendlich langer Zeit ein Vertrauter! Denn deine Seele ist uralt und ist seit langem mit uns auf hoher, geistiger Weltwanderschaft. Und als du gleich uns nach deiner letzten Erdenfahrt im Jenseits drüben gesehen hast, wie tief die Menschheit von Gott und dem lebendigen Leben abgeirrt war und welch furchtbarer Zeit sie entgegenging, hast du dir von Gott mit gewaltigem Ruf erbeten, dich noch einmal wiederverkörpern zu dürfen, um dieser wassermannischen Zeit der ‚Großen Verwandlung' der Menschheit das Licht und das Wasser des ewigen Lebens bringen zu dürfen.

Wir alle, die wir dir längst im Geiste innig geeint sind, haben deinen mächtigen Ruf vernommen und deine Bitte unterstützt – und Gott hat sie erhört und dich erwählt!

Von jener Stunde an schwebte die Silbertaube des Heiligen Gral über dir und führte dich in deine Inkarnation und auf deinen Weg.

Und so bist du uns seit jener Stunde im Geiste völlig verbunden gewesen, denn du weißt, dass alle die, die nach Licht, Opfer und Tat rufen, geeint sind im ungekannten lichten, höchsten Orden der hehren Brüderschaft des Heiligen Gral!"

Hier hielt der Wunderapostel inne und machte eine Pause. Dann sprach er weiter:

„So haben wir dich geführt und bereitet von Kind auf, seit du wieder auf der Erde stehst. Du bist auf diesem Weg noch zu jung, so dass die Hüllen der Erde von deinem göttlichen Geiste noch nicht gefallen sind und du dich erkennen und schauen kannst in deiner Wahrheit und inneren Kraft. Doch du wirst bald ganz erwachen und abwerfen die Fessel und voll hinfinden zu deinem wahren Ich und seiner großen Aufgabe!

Damit dieser Prozess der Befreiung deines göttlichen Geistes aus den Banden des Stoffes sich schnell vollziehe, hat dich das göttliche Gesetz eingeboren in die Armut und Reinheit deines Elternhauses und in die Gnaden der seelenlösenden Musik und hat dich der Ewige Wille in schwerstes Leid geführt, damit diese liebevollste Schwester jeder Seele sie bereite für die Begegnung mit mir und für mein Wort.

So war das Leid der erste Lockerer deiner Seele. Die Natur war ihr zweiter. Ich habe dich nun vollends gelöst aus dem Dornröschenschlaf des Stoffwahnes und dich hineingestellt in die lichte Welt des geistigen Lebens. So bist du Lehrling gewesen und Geselle geworden.

Doch um dein Werk zu wirken und erfüllen zu können, musst du Meister werden!

Meister aber ist keiner geworden durch Lehre.

Meister muss jeder werden durch eigene Tat!

So wie das in die Welt drängende Kind allein das große Werk der Geburt wirkt, wie jeder Schmetterling ohne Hilfe sich aus der Umklammerung der Puppe kämpft – so muss der Geist, der ganz mit Gott sich vereinen will, den Weg allein gehen! Das ist das Königliche des Pfades!

Das ist der Stolz und die edle Würde des Gral-Weges!

Alle andern, die ihn geschritten sind, ihn sich errungen haben, sehen mit aufmerksamen, liebenden Augen zu. Doch helfen dürfen sie nicht! Sie dürfen nur die Ströme ihrer Liebe und ihres Glaubens zu dem Ringenden senden – und dieses, mein Sohn, werden wir Tag und Nacht tun. Wisse, dass Tag und Nacht unsere Liebe und unser Glaube als große Kraft um dich sein werden.

Ich gehe nun von dir zu meinen Brüdern in das Kloster im Dachstein und das Wissen, dass ich dir räumlich nahe bin, und ebenso meine Brüder, soll dich tragen, stärken und anspornen. Da du dieses hörst, wird diese Stunde der Trennung keinen Stachel und nichts Bitteres mehr für dich in deiner Brust haben. Denn wenn ich auch von dir gehe – weil ich von dir gehen muss, um deiner ‚Großen Verwandlung' nicht im Wege zu stehen – so sind wir doch immer um dich mit aller gespannten Aufmerksamkeit, wie du das bereits erlebt hast in den heiligen Stunden der Stille, im schweigenden Banngebiet des Dachsteins!"

Beatus richtete seine Blicke groß und fest in die Augen des geliebten Lehrers und nickte mit straff gespannten Zügen. Sein ganzes Angesicht war verklärter und geweihter Wille.

Mit feierlicher Stimme fuhr der Wunderapostel fort:

„Darum gehe mit festem Herzen heute von mir und sei wachsam gleich uns, jede Stunde deines Lebens! Gehe unermüdlich und freudig den königlichen Weg der ‚Großen Verwandlung', damit du die Wiedergeburt erlangst und auferstehen kann in dir der Meister und erfüllen sein großes Werk der Lobpreisung Gottes und der erlösenden Befreiung der Menschheit!"

„O Vater", rief hier Beatus laut aus: „Wie brennend gern will ich ihn gehen, diesen Heiligen Weg! Wie verlangt alles in mir, die Höhe zu erreichen, um das Werk wirken zu können, von dem du sprichst, und dereinst wiedervereint zu sein mit dir und den ‚Großen Brüdern'!

Doch elend und nichtig fühle ich mich vor der ungeheuren Aufgabe und weiß nicht, wo ich anfangen und beginnen soll! Wie ein Blatt, das im Winde treibt, so hilflos fühle ich mich bei dem Gedanken meines Alleinseins.

Wie komme ich auf diesen Weg? Wie bleibe ich allzeit auf ihm und wie vollziehe ich die ‚Große Verwandlung'?"

Der Wunderapostel lächelte liebevoll und sprach:

„Sei ganz ruhig, mein Sohn, und ohne jede Sorge. Denn du hast einen wunderbaren Führer: deine göttliche Seele! Sie weiß alles. Du musst ihr nur Gelegenheit geben, zu dir reden und dich führen zu können!

Vertrau dich ihr an, so wie du dich Gott und den himmlischen Mächten anvertraust und uns.

Darum ist nur das eine Not: Wache, strebe, rufe und lausche! Und sei allzeit bereit!

Wenn deine Zeit aber gekommen ist, wirst du in dir dreimal

den Adlerschrei hören. Dann ist deine Stunde da. Dann hat die Zeit sich erfüllt. Dann brich auf, wo immer du bist, und lass dich von nichts halten. Von keiner Versuchung, nicht von der Liebe, nicht vom Ruf deiner Eltern!

Denn gekommen ist dann die Stunde für deine ‚Verwandlung' und Bereitung zum Meister! Bedingungslos folge dem Ruf des Adlers, blind lass dich führen von deiner wissenden Seele. Wandere und gehe in die Stille!

Deine Seele wird dich einen weiten Weg führen, und wenn du am Ziel bist, wirst du es so sicher fühlen, wie du es auf allen Wegen empfunden hast, wenn dein Fuß dich ins Elternhaus trug. Denn du gehst in dein wahres Elternhaus.

Dort lass dich nieder und harre. Und die Stille wird deine große Mutter sein. Und die Geister des Himmels werden um dich sein und sich niederneigen und zu dir sprechen.

Dort in der Stätte der Einsamkeit und der Stille beziehe dein ‚Grab'.

Lege den Adam von dir, damit er völlig absterbe der Welt. Und siehe, tief in der Stille des Grabes wird aufwachen das, was in dir unsterblich und göttlich und was dein Wahres ist!

Und dieses Göttliche, Wahre in dir wird seine Wiedergeburt vollziehen bei deinem lebendigen Leibe. Und du wirst auferstehen und wirst mit großer Macht und Herrlichkeit aus deinem Grabe herausgehen.

Vor dir wird sich auftun der Schrein mit den Angeln der Schöpfung und du wirst die alten Siegel und Zeichen vor deinen Augen schauen und sie erkennen und wirst verstehen die ewige Sprache des Ur. Und du wirst machtvoll nach ihnen greifen und sie halten wie ein Schwert oder ein Szepter.

Und siehe, wie du die ältesten Zeichen der Menschheit in deinen Händen halten wirst, wird der Adler wiederum schreien, doch diesmal über deinem Haupte, und im selben Augenblick wird die Silbertaube aus dem Himmel niederfahren und sich mitten hineinsetzen in dein Herz.

Und in der nämlichen Stunde werden Schwert und Zepter in deinen Händen sich verwandeln in die heilige Schale. Und die Schale wird bis zum Rande gefüllt sein mit den Wassern und Feuern vom ‚Brunnen des ewigen Lebens'.

Und du wirst geworden sein zum ‚Großen Wassermann', zum großen Ausgießer, Erwecker und Laber der Menschen. Zum Herren des Lebens, zum König des Grals. Und so, wie du die Hand mit der Schale zum Himmel heben wirst zur großen Segnung für deine Sendung, wird in deinem Herzen aufbrennen wie flammende Pfingstzungen das Große Feuer! Und du wirst beschenkt sein vom Himmel mit dem vollen Wissen um das Wirken deiner Berufung!"

Hingeworfen wie der Baum von der Übermacht des Sturmes, lag Beatus vor dem Meister auf dem Boden, mit dem Angesicht zur Erde. So lag er lange Zeit. Dann hob er sein Gesicht, das verklärt und verwandelt war und voll eines heiligen Ernstes, wie das Gesicht eines frühen Propheten, und sein Mund stammelte zu seinem Meister empor:

„Wie bin ich bis ins Letzte willens, den Weg zu gehen! Mit jeder Faser meines Seins will ich ihn gehen, den ‚Königlichen Pfad', den ‚Weg des Grals', den du den ‚Menschenweg' nennst! Doch sei mir der Himmel barmherzig, dass ich ihn finde und nie abirre von ihm, auch nur eines Hauches Breite. Doch wieder frage ich dich: Wie, wie geht er, der Weg? Denn keine Minute möchte ich verlieren, um nicht die heilige Stunde der ‚Großen Verwandlung' hinauszuschieben. O Vater, dass ich nicht so hilflos wäre auf diesem gewaltigen Wege!"

„Du bist es nicht, mein Sohn, denn dein einstiger Ruf und die gnädige Gottheit sind über dir!

Doch damit du einen stützenden Stab in Händen hast, will ich dir in symbolischen Bildern die zwölf Stufen dieses Verwandlungsweges zeigen, die alle frühen Kulturvölker der Erde durch den Tierkreis ausgedrückt haben. Und die Bilder werden sich dir in den rechten Stunden zu klarem Erkennen wandeln.

Auch wirst du bald wissen, welche Stufen dieses Weges du dir bereits errungen hast. So setze dich wieder her zu mir und höre:

Auf diesem Pfad der großen Einweihung wirst du eines Tages eine mächtige Keule vor dir auf dem Boden liegen sehen. Freudig wirst du sie aufheben und denken, dass sie dir eine gute Waffe sei bei deinem Kampf, denn wunderbar schmiegt sie sich in deine Faust und ihr Schwung und Gewicht erscheinen dir köstlich, wie du keinen besseren Schutz dir denken kannst.

Aber siehe, diese verführerische Waffe musst du nehmen und in tausend kleine Stücke zerschlagen, so dass nicht der geringste Splitter mehr von der Keule vorhanden ist. Und es wird eine seltsam erlösende Freude darüber in dir sein, wie du sie nie gekannt hast. –

Und wie du frei und ohne Waffe weitergehst, wird sich dir ein hundertköpfiges Ungeheuer entgegenwerfen, das auf dem mittelsten seiner Köpfe eine goldene Krone trägt. Mit ihm musst du kämpfen auf Leben und Tod. Doch mitten in der höchsten Not, wenn deine Kräfte völlig zu erlahmen drohen, wird eine Stimme in dir sagen: Schlag ab dem Tier die goldene Krone vom Kopfe! Und du wirst der Stimme folgen und es tun. Und in dem Augenblick, da die Krone vom Kopfe des Ungeheuers gefallen ist, ist das unheilige Tier voll Ohnmacht und Winzigkeit und kriecht elend und hündisch vor dir im Staube.

Und wie du frohgemut mit selig geweiteter Brust deinen Weg fortsetzt über eine weite, lichte Ebene, stehst du plötzlich vor einem uralten Lindenbaum, und an einem seiner Äste hängt eine wundervolle Leier. Und alles in dir beginnt zu singen. Und siehe, wie du die Leier vom Aste nimmst und in die Saiten schlägst, wirst du mit Staunen gewahr, dass du sie zu spielen vermagst, und unendlich selige Lieder entströmen dem Klangwerk. Doch das Wunderbare für dich ist dieses: Je länger du spielst, eine umso größere herz- und körpererfrischende Kraft fließt in dich und erfüllt dich mit einer nie gekannten Glückseligkeit. Und siehe, plötzlich verstehst du die Sprache der

Vögel und Tiere. Und du wirfst die Leier über die Schulter und stürmst mit ihr über das weite Feld wie ein junger Wind.

Doch plötzlich steht vor dir ein dunkler Wald! So endlos an Ausdehnung, dass du erkennst, dass du ihn nicht umgehen kannst, sondern mitten durch ihn hindurch musst. Doch der Wald ist uralt und so dicht an Wuchs, dass jeder Schritt dir zum schwersten Mühen wird. Jedes Mal aber wenn du erlahmen willst, beginnt die Leier auf deinem Rücken zu klingen, und ihr Ton ist so erfrischend, dass er deine Seele und deinen Leib stets mit neuen Kräften füllt. So kämpfst du dich Schritt um Schritt durch den dunklen, dichten, unendlichen Wald.

Und mit einem Mal kommst du auf eine kleine Lichtung und plötzlich siehst du vor dir das scheue Tier.

Und das Tier verschwindet plötzlich in einer finsteren Höhle. Da zögert dein Fuß, doch laut redet die Stimme in dir und befiehlt dir: Folge dem Tier! Und du folgst dem scheuen Tier in die Finsternis und spürst vor dir in der unheimlichen Dunkelheit zwei geheimnisvoll leuchtende Augen. Zagheit will dich überfallen, aber mutig und unermüdlich folgst du dem Tier. –

Und siehst plötzlich ein großes Glänzen, und als du nahe bist, erkennst du, dass es von einem Weiher kommt, der mit Wasser gefüllt ist, das wie Silber schimmert. Und eine Stimme in dir sagt: Beuge dich nieder und trinke! Und wie du getrunken hast, fließt es wie Feuer durch dich, das dich in alle Himmel zu heben scheint. Es ist dir, als habest du vom Wasser der Unsterblichkeit getrunken.

Und nun bemerkst du am Wasser drei verhüllte Frauengestalten sitzen, die an einem Faden weben. Die erste hebt ihn aus dem Born, die zweite lässt ihn durch die Hände gleiten, die dritte reißt ihn ab.

Und du weißt, du stehst am ‚Brunnen des ewigen Lebens'.

Und wie du vor dich schaust, ist das scheue Tier verschwunden, das dich in die Höhle geführt hat zum silbernen Wasser, und ein immer heller werdender Schein fließt durch den Ausgang der Höhle.

Wie du hinausstürmst ins strahlende Licht, stehst du vor einer riesenhaften mächtigen Eiche. Und es ist dir, als ob diese Eiche der Baum der Welt wäre. Und im Stamme der Eiche siehst du stecken ein herrliches, blitzendes Schwert!

Jauchzend stürzt du auf dieses Schwert zu und willst es mit frischem Ruck aus dem Stamme reißen, denn du weißt, dass dieses Schwert dich zum unbesieglichen Helden macht.

Aber dein Mühen ist vergebens. Stundenlang, tagelang, wochenlang mühst du dich um das Schwert. Schakale, Luchse und Wölfe kommen und wollen dich schrecken des Nachts. Du vertreibst sie mit hölzernen Knüppeln. Nixen und Waldjungfrauen kommen des Tages und wollen dich in die Ferne locken, doch du verscheuchst sie nicht minder.

Da überfällt dich namenlose Einsamkeit, die dich vom Schwerte treiben will. Doch als du treu ausharrst, siehe, da weicht der Widerstand des Schwertes und hellauf blitzt es in deiner Faust. Und du fühlst in dir die Seligkeit des alles bezwingenden Willens.

Mit hurtigem Fuß eilst du unter den ungeheuren Ästen der riesenhaften Eiche, die der Mittelpunkt der Welt ist, hinaus ins Licht des freien Tages.

Und wie du den Fuß aus dem Schatten der Eiche setzt, tritt die herrliche, ewig junge Muttergöttin Isis auf dich zu in der ganzen Keuschheit ihres Frauentums und legt dem Helden mit dem Schwert ihre Hand auf das Herz.

Wie du aber von der Hand der Göttin berührt bist, vollzieht sich eine Verwandlung in dir, dass du vor Anbetung in die Knie sinkst. Und ringsum, wo Isis, die älteste Göttin der Welt, steht, wachsen hohe, blitzende, funkelnde Bergkristalle und Amethyste wie Blumen um ihre Füße. Und du neigst dich nieder und küsst lange den göttlichen Fuß und atmest mit tiefen Zügen den Odem ihrer Reinheit in dich. Und hörst den Mund der Göttin, der lieblich ist wie aller Vogelsang und aller Duft der Blumen, sagen: Diene mir! Sei mir getreu!

Und du hast nicht Ruhe bis der Tempel deines geistigen, seelischen und körperlichen Lebens leuchtet im strahlenden Glanz der Reinheit!

Weit geht deine Brust auf und du fühlst dich wie ein junger Gott.

Wie du von deinen Schauern und deiner Anbetung wieder zu dir findest, fühlst du eine Krone auf deinem Haupt und fühlst im selben Augenblick eine Verklärung in dir von unendlicher Hehrheit. –

Und weißt, dass du einen Tempel aufrichten musst der ewigen Gottheit. Und du baust den Tempel und richtest auf den Opferaltar. Entzündest auf ihm des Friedens heilige Flamme. Du hebst die Arme zum Himmel und gelobst der Gottheit, ewig ihr Priester zu sein in immerwährender Anbetung. Und dienst der Gottheit viele Jahre in seliger, friedenerfüllter Ausgeglichenheit.

Doch eines Tages fühlst du einen großen, heftigen Schmerz in deinem rechten Fuße, und als du hinabschaust, erblickst du eine große, scheußliche, stolz erhobene Schlange mit offenem, gifttriefendem Rachen. Und du weißt, dass du tödlich verwundet bist.

Und du greifst nach dem Schwert und schlägst nach der Schlange. Doch das tückische Tier stößt dem Schwerte entgegen, fängt die herrliche, unbezwingliche Klinge mit seinem Rachen und bricht es mitten entzwei.

Da weißt du, dass du verloren bist und sinkst neben dem zerbrochenen Schwert auf den Boden. Triumphierend richtet sich hoch neben dir und dem zerbrochenen Schwert die teuflische Schlange auf und züngelt mit doppelter Zunge. Und du fühlst, wie du unter ihrem Basiliskenblick in lähmende Todesstarre fällst und gestorben bist und tief im Grabe liegst.

Aber plötzlich, tief im Grab, hörst du das Klingen deiner

Leier und brennende Sehnsucht lodert durch dich. Und im selben Augenblick spürst du, wie aus deinem Herzen nach der vergifteten Wunde hin die silbernen Wasser fließen, die du aus dem ‚Brunnen des ewigen Lebens' im Walde getrunken hast.

Wie du dieses Rieseln fühlst und ein seliges Erwachen, tust du in der Tiefe deines Grabes den ersten notstarken Aufschrei. Und im selben Augenblick vernimmst du als Widerhall deutlich den Schrei eines Adlers.

Und wie du den Adlerruf hörst, fährt es wie ein Blitz durch dich, gebrochen sind Starre und Bann und jauchzend beginnst du dich in deinem Grab zu bewegen. Und rufst voll Sehnsucht zum zweiten Mal und wieder gibt Antwort der Adler.

Da vermagst du dich aufzurichten und dich zu erheben. Und zum dritten Mal löst sich ein Schrei aus deiner Brust. Gellend antwortet das Tier der Weiten des Himmels zum dritten Male.

Da hebst du die Arme empor und stößt die deckende Platte vom Grabe zurück und stehst aufrecht im Grab. Und bist in dieser Stunde der ‚Auferstehende' und hörst über deinem Haupte das Rauschen der Adlerfittiche.

Wie du die Hand an den Grabesrand legst, fühlst du in ihr einen Schaft.

Jubelnd hebst du ihn hoch und siehst mit Staunen, dass es eine Lanze ist, ganz aus gehämmertem Golde! Und du weißt mit innerer Gewissheit, dass es dein einstiges treues Schwert ist.

Und führst sie aus starkem Müssen an deine Wunde – und siehe, wie die Lanze die Wunde berührt, ist sie heil und geschlossen! –

Mit neuer, mannstarker Kraft schwingst du dich aus dem Grab und stößt die heilige Lanze mit machtvollem Gruß gegen den Himmel.

Da fährt vom Himmel hernieder der königliche Adler und setzt sich auf deine linke Schulter.

Und nieder fährt zum zweiten Mal das andere Tier des Himmels, die silberne Taube, und nistet sich neuerlich ein in das Nest deines bebenden Herzens.

Und als du benommen von diesem Geschehen auf deine Lanze blickst, ist sie verwandelt in die heilige Schale des Gral und in ihr funkeln die Wasser des ewigen Lebens. Und weißt, dass du bist geworden zum sieghaften Mann mit dem Wasserkrug.

Wie du aber das Wasser des ewigen Lebens in deiner Schale siehst, weißt du, dass du den Kampf gekämpft hast und siegreich den Weg gegangen und König geworden bist des doppelten Reiches, des Reiches im Süden und des Reiches im Norden. Du neigst dich vor dem Himmel und neigst dich vor der Erde. Und hebst den linken Arm mit der Schale zum Himmel und senkst den rechten Arm zur Erde. Und verharrest so unermüdlich. –

Und siehe, da kommen auf dich zu die ‚Ältesten Väter', und Er, der die höchste Krone der Welt, die Krone mit den drei Reifen, trägt. Treten an dich heran und legen um deine Schultern den Mantel der beiden Reiche. Gebietend blickt der Adler auf dem golddurchwirkten Ornat deiner linken Schulter.

Und du neigst in Demut dein Haupt, denn du, der du zum König der beiden Reiche geworden bist, weißt, dass nun das Schwerste beginnt: dein Weg zur dritten und höchsten Wiedergeburt!

Und der Kreis der ‚Ältesten Väter' führt dich zu deinem nun freiwillig gewählten Grab, in dem du die letzte, die ‚Große Verwandlung' vollziehen und bei lebendigem Leibe gänzlich absterben musst dir und der Welt, damit auferstehe der göttliche Mensch in dir.

Was nun geschieht, ist so heilig und groß, dass auch mein Mund schweigen muss.

Denn der Gottmensch in dir, der seine höchste Majestät sich erringen will, weiß Weg und Stunde in tiefstem Schweigen.

Wenn du aber die ‚Große Verwandlung' vollzogen hast nach dem Gebote des Dritten Reiches und, wiedergeboren zum dritten Mal, aus dem Grabe hervorgehst, trägst du auf deinem

Haupt die dreifache Krone und weißt, dass du geworden bist der ‚König des Grals', der sich errungen den Tierkreis und mit ihm die zwölf Entwicklungsstufen des Geistigen Weges, der seit Ewigkeit genannt wird der ‚Einweihungsweg'.

Das ist die Stunde, in der sie alle: die ‚Ältesten Väter' und die ‚Großen Brüder' und auch ich dir wiederbegegnen, um dich, den Gekrönten, den Überwinder, den Sieger, hinaufzuführen auf die lichte Burg von Montsalvat.

Du wirst in Händen tragen die gefüllte Schale in der linken und das Schwert des Herrn der Drei Reiche in der rechten.

Und du wirst in deinem Herzen tragen das Urwissen der Menschheit, die heilige Urreligion der Erde, die in der Zeit der Grabesruh auferstand in deinem Herzen, so wie der Keim des Kornes aufersteht im Schoße der Erde.

Und wirst von tiefstem Drange erfüllt sein, zu wirken dein dereinst erbetenes Werk."

Lange schon hatte Beatus, auf den Knien liegend, die Hände über seiner Brust gefaltet. So, die Hände andächtig gefaltet und das Haupt tief geneigt, hatte er den gewaltigen Worten seines Meisters und Lehrers gelauscht. Nun bröckelte es langsam und scheu von seinem Munde:

„Oh, sage mir, Vater, was ist dies, das Urwissen der Menschheit, die Urreligion der Erde, die wiederzubringen meine Aufgabe ist?"

Der Wunderapostel nickte.

„Einst in den gnadenreichen Tagen, in denen die Menschheit der Erde ganz bei ihrem Gotte war und Ihn als den lebendigen Grund ihres Seins und der Schöpfung wusste und das unsterbliche Geistige in den vergänglichen Erscheinungsformen aller Geschöpfe als die Wahrheit der Dinge, da gab es auf der ganzen Erde und unter allen Völkern nur eine Religion, so wie es nur einen Gott und eine Erde und eine Sonne gibt. Diese Urreligion der Menschheit war die universelle Urerkenntnis des Lebens. Das war das Zeitalter des Paradieses, das Zeitalter der Gotteskindschaft der Völker, das Zeitalter der Reinheit, der Gesundheit, der Liebe, des Glückes und des Friedens.

Als aber dann die Zeit kam, in der die Menschen sich vom lebendigen Gotte lösten, das Band des Bundes mit Ihm zerrissen und immer mehr von Ihm sich entfernten, um sich unselig immer mehr in die trüben Reiche des Stoffwahnes zu verlieren, hat jedes Volk je nach seiner Rasse, seiner geographischen Lage und seinem Charakter diese ewige Menschheits-Urreligion abschattiert und mit den aus seinem Wesen und Verstande erwachsenen Zeichen, Siegeln, Symbolen und Gleichnissen versehen, umgestaltet und verhüllt.

So sind die verschiedenen Religionen der Völker der Erde entstanden und mit deren Abspaltung auch die Scheidung und Trennung der einst durch das Band der Liebe friedlich geeinten Völker.

Denn kein Volk der Erde wusste nun noch, dass im Innersten seiner umgestalteten Religion das ewige Feuer der Urreligion brannte!

Da die Menschheit im Höchsten: im Lebens- und somit im lebendigen Gotterkennen, nicht mehr geeint war, war es den beiden Dämonen Ichsucht und Besitzgier ein Leichtes, die einstigen Brüder zu entzweien und zwischen sie Feindschaft und Tod zu werfen.

Diese bittere Zeit der Entfremdung, zufolge der Spaltung der Urreligion, macht die Menschheit seit 12 000 Jahren, seit der Sintflut, durch.

Aber auf Abfall und Tod folgen immer wieder Auferstehung und Heimkehr.

Wir leben derzeit, wie dir bekannt ist, in den Stunden des Grabes. Bald aber wird kommen die große Erschütterung und die Auferstehung und nahe ist die Zeit der beginnenden Heimkehr.

Du weißt, was das Tierkreisfeld Wassermann der Menschheit bringen wird und was deine Aufgabe ist: – den Menschen wiederzugeben die uralte, Heilige Urreligion: – das wahre Wissen vom Leben. Denn wer das Leben kennt, erkennt Gott! Und wer von Gott zutiefst erfüllt ist, kennt nur Liebe und Frieden.

Denn so erhaben und edel zum Beispiel das Christentum ist, auch diese Religion ist nur nach ihrer materialistischen Seite geöffnet. Ihre wahre kosmisch-esoterische Seite ist noch völlig verschlossen. Und die Anhänger dieser Religion sollen dabei ebenso wie die Anhänger aller anderen Religionen stets bedenken, dass sie kaum ein paar Jahrtausende alt ist, während die Menschheit viele Jahrhunderttausende über die Erde geht und in diesen Zeiten Kulturen geschaffen hat, die viele Male höher sind als die Kulturen der christlichen Fischezeit! Und sie sollen zum andern bedenken, dass Gott die Liebe ist und diese Liebe immer war, vom ersten Tag der Menschheit an! Und dass Gottes Liebe von aller Ewigkeit an voll und ganz gewirkt hat und nicht erst seit einer kurzen Zeitspanne!

Und wenn du dieses den Menschen immer mehr verkündest und die wahre Schöpfungs-, Natur- und Lebenserkenntnis, also Gotterkenntnis, aus deiner Schale in ihre hungernden Herzen gießt, dann werden die Völker der Erde bald sehen, wie Osiris, Tamudz, Vishnu, Apollo, Baldur und Christus, um nur einige Namen zu nennen, sich von allen Reichen der Welt und aus allen Richtungen der Erde immer mehr aufeinander zu bewegen, und sie werden mit Staunen und Andacht schauen, wie die Gesichter dieser Götter sich immer mehr verwandeln und verschmelzen zu einem einzigen Gesicht, und wie ein Gott in den andern übergeht. Und nur mehr ein Gesicht und ein Gott sein wird.

Weit ist der Weg noch zu dieser lebendigen, alle Völker umschließenden Menschheits-Urreligion. Doch sie kommt wieder, so wie auf den Winter der Frühling und der hohe Sommer kommen. Und so wie mit diesem das Glück und die Fülle wiederkehrt, kommt auf diesem immer bewussteren Heimgang zu Gott die immer innigere Vereinigung mit Ihm und

Verschmelzung aller Religionen und damit auch das Verstehen und die Verbrüderung der Völker. Und daraus wird erstehen das vieltausendjährige, so heiß ersehnte Reich der Liebe und des Friedens, das nur gebracht und gegründet werden kann mit der Wiederkehr der alle Völker vereinigenden Urreligion.

Darum, um dieses höchste Erlösungswerk zu wirken, geh nun und erringe dir den ‚Menschenweg', mein geliebter Sohn, um ihn wiederbringen zu können der Menschheit für ihren Heimgang zu Gott, zur Freiheit, Würde und zum Frieden.

Und nun lass mich zum Schluss noch das Letzte dir künden. Nach deinem dereinstigen Aufbruch aus deinem Ort der Einsamkeit und der Stille, wo Gott selbst Seine Hand auf dich legen wird, wirst du eines Tages in ein uraltes Gotteshaus geführt werden.

Du wirst lange in ihm verweilen und wie gebunden sein. Und plötzlich wird die Erleuchtung in dich fahren und du wirst erkennen, dass du in der heiligen wassermannischen Zentralkultstätte des Abendlandes weilst!

Und du wirst erkennen und schauen, dass ein großer, gewaltiger Geist das ganze Urwissen in diesen Dom hineingebaut und gesenkt hat und dass dieser Meister mit dem schauenden, wissenden Geist eines Titanen ein halbes Jahrtausend vor dir in christlichen Landen der ganzen Menschheit die alle Völker verbindende, versöhnende und erlösende Urreligion als höchstes Geschenk und Vermächtnis hingestellt hat.

Und so wirst du dem Abendlande nicht nur geben die Urreligion, sondern auch die alle Völker verbrüdernde, heilige Zentralkultstätte!

Ich aber will dir sagen, dass dieser mächtige Bruder, der ein halbes Jahrtausend vor dir diese Großtat gewirkt hat, einer der höchsten Eingeweihten des Abendlandes war, ein Bruder des Ordens vom Heiligen Gral!"

„So hat es diesen Gralsorden also wirklich gegeben?"

„Ja, es hat ihn gegeben seit Ewigkeit, so alt die Menschheit ist! Sie alle haben das Wissen um den ‚Menschenweg‘ besessen und die ‚Urreligion‘ gehütet.

Die frühen, vorsintflutlichen Könige von Atlantis waren Gralskönige.

Die ersten Pharaonen Ägyptens, nach der Sintflut, waren Könige des Heiligen Gral.

Die frühen chinesischen Kaiser und die Sonnenkönige von Peru und Mexiko hüteten das Wissen vom Heiligen Gral.

Der frühe Geist des Abendlandes war Gralsgeist!

Und im Mittelalter, wo er zufolge des verdunkelnden ‚Totenlichtes‘ der Fische verborgen werden musste, wirkte er heimlich im Geheimbunde der B a u h ü t t e. Die größten Brüder unseres Ordens, die verfemten ‚Heidnischen Meister‘, sind es gewesen, die der christlichen Kirche ihre unsterblichsten romanisch-gotischen Gotteshäuser gebaut haben.

Die Kirche hält diese Gotteshäuser, die der vollendetste und größte Schatz des Abendlandes sind, für die Häuser ihrer erhabenen Religion – in Wirklichkeit aber sind sie darüber hinaus geheime Gralstempel und die heiligen Stätten der kommenden wassermannischen Rückkehr der Menschen zu Gott. In sie haben unsere großen, wissenden Brüder – (die klar mit ihren adlerscharfen Augen weit durch die Nebelfinsternis des Fische-Äons hindurch in das kommende, lichte Wassermann-Äon und die Äone der folgenden kosmisch-geistigen Zeiten zu schauen vermochten) – lang vor der Zeit das Wissen der ewigen, alle Völker in Erkenntnis und Liebe verbindenden Menschheits-Urreligion gesenkt. Und haben ihr so zu Zeiten, wo die Menschheit noch in der Finsternis des Grabes lag, in unendlicher Liebe schon den Tempel der Erlösung, der Verbrüderung und des Friedens bereitet.

Bald wird die Zeit kommen, wo durch deine Tat die Steine zu reden beginnen werden und wo du die Wasser des ewigen Lebens aus ihnen schlagen wirst, zum Heile des Abendlandes.

In keinem Gotteshaus aber steht der Gralsschatz so erschöpfend und klar wie in dieser heiligen Zentralkultstätte, in der die Götter der Menschheit harren, um die abendländischen Menschen nach ihrer Auferstehung und Wiedergeburt hineinzuführen in das Land der wissenden, friedengesegneten Freiheit.

Wenn du in diesen Dom gekommen bist und sein Geist dich voll durchdrungen hat, wirst du erkennen, dass das Abendland in ihm das erhabenste Bauwerk und das religiöseste Heiligtum der ganzen Erde besitzt!

Gewaltiger noch durch das in seine Figuren eingesenkte kosmische Geistgut als das nur räumlich wuchtigere Bauwerk der Cheopspyramide! Mächtiger als die rätselhaften Steinkopfkolosse der ozeanumbrandeten Osterinsel. Wissensreicher als das bolivianische Sonnentor von Tiahuanaco. Bannender als der heilige, von frommer Raserei durchglühte meteoritische Kaabastein von Mekka!

Denn was als religiöses Vermächtnis in die Cheopspyramide in riesigen Ausmaßen gesenkt worden ist, ist zum irdischen Leben zu beziehungslos und dem Geiste der Menschen fern, denn in ihr reden die religiösen Geheimnisse nur in Zahlen, Linien, Flächen und Winkeln! Und ähnlich ist es bei allen anderen kultischen Frühstätten der Menschheit.

In jener heiligen, abendländischen Zentralkultstätte aber ist der höchste Schatz der Menschheit: die ewige Urreligion mit den Mitteln nie mehr zu übertreffender, vollendetster Kunst derart sinnfällig, anschaulich, blutwarm und lebensnah dargestellt. dass das schlichteste Herz des Landmannes und das verlangende Gemüt des Arbeiters sie ebenso mühelos und eindringlich in sich aufzunehmen vermag, wie der geistwachste Mensch.

Und du wirst dich tief vor dem großen Bruder neigen, der im wahrsten Sinne des Wortes tatsächlich dein Bruder am gemeinsamen Werke ist, dessen heiliges, erdumspannendes Vermächtnis du nun mit dem Schlüssel deines Geistes aufsperren und erschließen wirst, das seit über einem halben Jahrtausend unerkannt mitten im Herzen des Abendlandes steht.

Denn zufolge der immer mehr zunehmenden Macht des verdunkelnden Fischestrahles wurde der gottgeistfeindliche Materialismus und die Gier der Menschheit nach allem Dämonischen immer größer, so dass sich die Hüter des Grals ganz aus der Welt und in sich selbst zurückzogen. Denn die Finsternis wollte nicht mehr, dass das Licht scheine.

Der wahre, wirkliche Heilige Gral wird erst mit dem Augenblick wieder in die Menschheit kommen, in dem die Sonne die von ihr gesammelte Himmelskraft des Wassermannfeldes auf die Erde gießt, wo die ‚Großen Brüder' im Dachstein ihr Werk zu wirken anfangen und wo dein Geist sich anschicken wird, ihr Wollen sichtbarlich vor die Augen der Welt zu stellen."

Das Haupt des Schülers, der längst Geselle geworden, lag lange in den Schoß des Meisters gebettet. Er lag wie ein Toter. Jede Faser seines Wesens aber war geöffnet. Jede Zelle seines Seins bereit und hingegeben, die riesenhafte Last des Geoffenbarten, Enthüllten aufzunehmen und zu erfüllen – und koste es das Leben!

Lange ruhte die Hand des Wunderapostels auf dem Haupte seines geliebten Jüngers.

Endlich richtete sich Beatus von den Knien auf, hob den Arm und formte die Finger der Hand zu stummem Schwur.

Machtvoll lag Blick in Blick. Dann neigte er sich vor und küsste das Herz seines Meisters.

Tristan, das edle Tier, presste mit lautem Ruf seinen schmalen Kopf ungestüm an seinen jungen Herrn. Es war, als ob durch diesen Hund die ganze Kreatur als Erste gläubig und ermunternd zu dem Erwählten käme.

Während Beatus die Arme sinken ließ und mit unaussprechlicher Zärtlichkeit in das Antlitz dessen schaute, der seiner lichtsuchenden Seele väterlicher Führer geworden war, zog dieser den Ring aus silberähnlichem Metall mit dem großen, kraftvoll strahlenden Smaragd vom Finger und sprach, ihn seinem Schüler entgegenhaltend, die Worte:

„Nimm den Ring, Beatus, den ich ein Menschenleben lang getragen habe, und lass ihn dir stets Gruß sein von mir und Mahnung! Und freudige Zuversicht."

Er nahm des Jüngers Hand, die gestrafft war, und steckte ihm den funkelnden Ring an den Finger.

„Und höre das Geheimnis dieses Ringes! Uralt ist der Stein, der gebrochen wurde im Mutterlande der Menschheit, im untergegangenen Atlantis und von der Sintflut weiß. Königliche Priester meines Geschlechtes haben ihn schon vor vielen Jahrtausenden in heiligen Tempeln getragen, erst im frühen Ägypten, dann in Indien. Gewaltig sind seine magischen Kräfte und so feinempfindlich seine Reinheit, dass er sich sofort verdunkelt, wenn ein unlauterer Mensch sich dir naht. Doch das höhere Geheimnis birgt das scheinbar wertlose Metall des Reifens. Es stammt von einem Erz, das man einzig und allein auf Erden nur im Hochgebirge von Atlantis fand. Und aus dem der Siegelring der frühen chinesischen Kaiser und die Zepterspitze der peruanischen Sonnenkönige war, sowie das frühe Henkelkreuz der ältesten Pharaonendynastie. Wertlos ist es in der Hand des unerweckten Menschen. Dem aber, der wissend den ‚Königlichen Pfad' beschritt und dessen seelische Schwingungen rein und harmonisch sind, wird es zum unerhörten Helfer, denn es zieht im höchsten Maße die Kräfte des Kosmos an und bildet in dem Strebenden die Fähigkeit aus, nie und nimmer zu erlahmen.

Trage diesen Ring als Talisman, wohl nimmer gegen Menschen, sondern gegen die finsteren Gewalten der Geisterwelt und ihre Versuchungen, die dich immer heftiger befallen werden, je höher du dem Gipfel sieghafter Überwindung zuschreiten wirst."

Und mit einer Stimme, so weich, so warm und so grenzenlos gütig, dass es Beatus' Herz bis in die Tiefe aufwühlte:

„Und trage ihn als sichtbares Vermächtnis meiner Liebe!"

Da hob der Kniende die Hand mit dem menschheitsalten,

königlichen Ring, betrachtete ihn mit tiefer Andacht und küsste ihn ehrfürchtig.

Über den Hügeln im Osten strahlte in langen Streifen der Goldschein des Morgens gen Himmel. Der letzte Morgen brach an.

Sanft löst sich der Wunderapostel aus der Umarmung seines Jüngers und, auf den Morgenschein weisend, der immer mächtiger anwächst, spricht er:

„Nun ist die Stunde gekommen, Beatus! Beim starken Licht der aufziehenden Sonne lass uns Abschied nehmen, voll festen Glaubens, dass du das Werk, welches mit diesem Augenblick seinen Anfang nimmt, sieghaft aufwärts trägst zur Erfüllung!"

Betäubt, befallen von wildem Weh, und doch wieder erfüllt von dem Bestreben, noch ein letztes Mal den geliebten, väterlichen Meister mit seinem ganzen Wesen unauslöschlich bis in die Ewigkeit hinein in sich zu ziehen, steht Beatus vor ihm mit zerspaltener Seele.

Seine Blicke umklammern den Erhabenen mit all ihrer Liebe und all ihrer Not.

Und Beatus weiß nicht, wie er diesen Augenblick nun überleben soll. Den weltenschweren Augenblick, den er sich nie vorzustellen gewagt hat und der nun gekommen ist.

Er presst die Hände an die Brust und fällt überwältigt von der Wucht des Geschehnisses erneut auf die Knie.

Sein Kopf ist tief zur Erde geneigt vor namenlosem Leid.

Sanft zieht ihn der Erhabene zu sich empor, drückt ihn noch einmal an seine Brust, küsst ihn und küsst ihn wieder und küsst ihn zärtlich wie ein Vater ein drittes Mal und spricht die Worte:

„Gott segne dich, mein lieber Sohn, und führe dich zum Sieg!"

Beatus, seines Schmerzes nicht mächtig, mit wirren Augen, aus denen die Not schreit:

„O Vater, muss es denn wirklich sein!"

„Ja, mein Sohn, es muss sein!"

Da umklammert Beatus, durch dessen Herz Schwerter gehen,

den geliebten Meister mit der ganzen Kraft des Gefühles und fleht:

„Vater, lege noch ein letztes Mal deine Hände auf mich und segne mich!"

Und der Erhabene hebt beim Glanz der aufsteigenden Goldscheibe seine Hand und legt sie segnend auf den Scheitel des inbrünstig sich Neigenden.

Es geht eine Gewalt von dieser Hand aus, wie sie Beatus noch nie so mächtig gefühlt.

Als der Gesegnete das Haupt hebt, liegt der Glanz der Weihe auf ihm.

Fest, beinahe ein wenig jäh wendet sich dann der Wunderapostel und schreitet der eben voll aufgehenden Sonne entgegen.

Rüstig greift sein Fuß aus.

Beatus starrt auf den sich Entfernenden, starrt mit weit geöffneten Augen ihm nach, regungslos, wie gelähmt, keines Tones, nicht der geringsten Bewegung fähig.

Und die Entfernung wird größer und mit ihr der Jammer seiner Seele.

Plötzlich reißt es ihm die Arme weit auseinander und gellend löst sich aus seiner Brust ein Schrei, das Wort, das eine, alles umschließende, heilige, geliebte Wort: „Vater!"

Da wendet sich der Wunderapostel, hält ein und hebt segnend die Hand.

Und Beatus kann noch klar die geliebten Züge des dahingehenden Meisters erkennen, seine Augen saugen sie noch ein allerletztes Mal in sich mit aller Macht.

Und mit einem Male ist es dem sich verströmend Hingebenden, als sähe er wieder den geheimnisvollen Lichtglanz um die Gestalt des Meisters, und der Glanz wächst und wird strahlender mit jedem Schritt. Er sieht deutlich, dass der Schein nicht vom Licht der Sonne kommt, sondern aus ihm selber bricht. Und sieht, wie er leuchtender und größer wird, wie eine zweite, machtvoll wandelnde Sonne mit einem Kern.

Mit wachsender Erregung staunt Beatus diese Erscheinung an. Und das Wunder löscht die Not aus, es kommt ein Zustand der Verzückung über ihn, der mehr und mehr sein Inneres erfüllt.

Die Arme noch immer erhoben, das Gesicht von himmlischem Glanze überstrahlt, steht er in bewegungsloser Entrücktheit.

Und der Erhabene wandelt sich mehr und mehr in Licht, schwächer und schwächer erkennbar wird der irdische Leib.

Weit draußen ist die Erscheinung bereits, beim großen Lichte des Himmels, und nun ist die Glorie, die den Vollendeten einhüllt, schon so gewaltig, dass er die Gestalt kaum mehr wahrnehmen kann.

Angespannt sendet der staunende Jünger seinen Blick gegen den Leuchtenden.

Doch nichts mehr ist von dem Erhabenen zu sehen als dieser große, leuchtende Schein in der Ferne.

Und mit einem Mal vereint sich das Licht des Meisters mit dem Licht der Sonne – und beide sind nur mehr ein Licht!

Entrückt, mit weit gebreiteten Armen, das Gesicht von Verklärung überstrahlt, starrt Beatus in dieses eine große Leuchten. Durch seine Brust wogen die Urschauer des Göttlichen.

Vor ihm aber steigt strahlend, in siegverheißender Macht, das Licht empor, in das sein Meister ging.

Hans Sterneder und sein Wunderapostel

„Einer, der am Sternenzaun entlag geht, einer, der die Grenze, die zwischen die gestirnte und unsere irdische Welt gesetzt ist, zu überschreiten sucht, einer, der in der Ortsmark der Sterne, in ihrem Bereich heimisch ist."

So deutete Paul Wimmer in einer Rundfunksendung des ORF anlässlich des 75. Geburtstags des Dichters 1964 den Namen Sterneder und nannte den Jubilar einen kosmosophischen Denker, der „immer und immer wieder von der Kraft des All-Einen kündet".

Hans Sterneder (1889–1981) – vom österreichischen Staat in den 1920er Jahren mit einer Ehrenpensionierung für seine schriftstellerische Leistung ausgezeichnet, dekoriert mit einem Ehrenprofessor-Titel, Träger des höchsten Ordens für Wissenschaft und Kunst I. Klasse und laut Carl Egmont Paar eine der „liebenswürdigsten Dichterpersönlichkeiten Österreichs" – sah sich selbst als Wegbereiter einer neuen Art der Dichtkunst, in der es gilt, die Kunst als edles Gefäß mit dem Wein kosmisch-biologischen Lebenserkennens zu füllen.

Sein kosmisches Weltbild, wie er selbst es nannte, entwickelte Sterneder aus einem sehr wechselvollen Leben heraus, in dem er alle Höhen und Tiefen durchschritten und einen großen Erfahrungsschatz gesammelt hatte.

Geboren wurde er am 7. Februar 1889 als unehelicher Sohn eines Gutsbesitzersohnes und einer Bauernmagd in Eggendorf in Niederösterreich. Da der reiche Großvater die Verbindung seines Sohnes mit der erst 18-jährigen Magd anfangs ablehnte, wuchs der kleine Hans zunächst in ärmlichsten Verhältnissen bei seiner Großmutter mütterlicherseits in einer „Armeleuthausung" auf, einer außerhalb des Dorfes gelegenen Lehmhöhle, die dem jeweiligen Dorfärmsten eine Behausung bot.

Als er dann die weiterführende Schule besuchte, hatte der alte Sterneder ein Einsehen: Die Eltern durften heiraten und der junge Hans zog aufs großväterliche Rittergut. Musste er bis dahin einen mehrstündigen Fußmarsch zur Schule bewältigen, so wurde er nun mit der Kutsche gefahren.

Kurz nach seiner Matura (Abitur) trafen ihn schwere Schicksalsschläge. Innerhalb eines Jahres starben der Vater und die gutsbesitzenden Großeltern. Das Rittergut war verschuldet, ging verloren und Hans Sterneder verarmte erneut.

Er haderte mit seinem Schicksal und zog zwei Jahre als Walzbruder kreuz und quer durch Europa. Anschließend arbeitete er ein Jahr als Bahnbeamter und wurde dann auf Anraten des Dichters Richard Voss Dorfschullehrer.

Hier begann er zu schreiben. 1921 veröffentlichte er seinen ersten Roman „Der Bauernstudent", 1922 folgte „Der Sonnenbruder" und 1924 schließlich „Der Wunderapostel".

Die Reaktionen waren von Anfang an sehr positiv. Die Kritik stellte Sterneder auf eine Stufe mit Gerhard Hauptmann, Adalbert Stifter oder Gottfried Keller. Die Rheinisch-Westfälische Zeitung beispielsweise bewertete den „Wunderapostel" als „eine der wundervollsten Leistungen in der Romandichtung der Zeit nach 1900" und Sterneder reihte sie ein „in die erste Reihe unserer deutschen Epiker überhaupt".

Das positive Echo, das den Dichter traf, war überwältigend. So schrieb Fritz Arno Weisse in einer Dissertation über Leben und Werk Hans Sterneders 1941:

„Sterneder hat die Pressestimmen über seine Werke nicht gesammelt, weil sie für ihn nichts anderes bedeuten, als die jeweilige persönliche Stellungnahme eines kritischen Fachmannes. Weitaus mehr kündet ihm ein anderer Gradmesser seiner Bedeutung: Die Briefe aus der Feder des Lesers. Mit einem Stolz, zu dem kaum ein zweiter Dichter unserer Zeit berechtigt wäre, weist er heute auf eine Sammlung von rund 25 000 Briefen aus allen fünf Erdteilen.

Und gerade der ‚Wunderapostel' ließ seine Wirkungswellen über die ganze Erde kreisen. Ein flüchtiger Blick auf die Absender einiger Briefe diene zum Beweis: Da schrieben ihm deutsche Bauern, Arbeiter, Bürger, Gutsbesitzer, Mitglieder alter Fürstenhäuser, Hochschüler, Universitätsprofessoren, ferner Leser aus Russland, aus Italien, aus Frankreich, mexikanische Priester, argentinische Plantagenbesitzer, brasilianische Kaufleute, Ingenieure aus Peru, Chile und Bolivien, Kaufleute aus New York, eine Diamentenhändlerin aus San Franzisco, Deutsche aus Australien, Engländer aus Indien, eine Plantagenbesitzerin aus Java, mehrere Pflanzer aus Afrika, eine indische Fürstin, chinesische Studenten, Universitätsprofessoren aus Tokio. Unter diesen Briefen, deren Vielfalt nicht mehr zu übersehen ist, befindet sich kein einziges Autogrammansuchen der üblichen Art. Sie alle sind ernste Zeugnisse des Dankes und der glühenden Zustimmung. Lebensverzweifelte Menschen schreiben dem Dichter, sein Buch hätte sie vor dem Selbstmord bewahrt. Ungezählte danken ihm, dass er ihrem zerstörten oder inhaltsleeren Leben Ziel und Halt gegeben hatte, Tausende schreiben ihm, dass sie, die bisher blind durch die Welt gingen, durch sein Werk sehend geworden wären und sich in die Wunder des Alleinheits-Wissens eingefügt fühlten."

Für Sterneder selbst war „Der Wunderapostel" der Wendepunkt in seinem Leben. Er wandelte sich vom unbefangenen und fabulierenden Schriftsteller zum „Dichter des Menschheits-Urwissens" – wie er einmal genannt wurde – und widmete sein weiteres Schaffen der Verschmelzung von hoher Literatur und tiefer Geistigkeit und der Vermittlung kosmisch-biologischen Lebenserkennens.

Thomas Eich
7. Februar 2008

Hans Sterneder im Eich-Verlag

Hans Sterneder
Der Sonnenbruder
Roman – 384 S. – 19,90 EUR – ISBN 978-3-940964-00-7

Mit seinem Roman vom Walzbruder Beatus Klingohr ist Hans Sterneder ein Meisterwerk der Landstreicher-Literatur gelungen. In prächtigen Bildern lässt er den Leser eintauchen in die schillernde Welt der Landstraße des 19. Jahrhunderts. Himmel und Hölle erlebt Beatus Klingohr auf seiner Suche nach dem „Wunderapostel" und immer wieder kreisen seine Gedanken um den Sinn des Lebens, die Geheimnisse der Natur und – um Gott.

Spielfilm frei nach Hans Sterneder
Der Wunderapostel
DVD – 124 Min. – 19,90 EUR – Bestell-Nr.: 940964-DVD-01

Dieser Anfang der 1990er Jahre produzierte Spielfilm erzählt die Geschichte des Beatus Klingohr und seine Erlebnisse an der Seite des „Wunderapostels". Dabei beeindrucken neben der Geschichte ebenso die wundervollen Naturaufnahmen, die liebevolle Gestaltung des Bühnenbildes und die kraftvolle Musik. Der Film ist wie die Bücher – voller Schönheit, Weisheit und Tiefe.

Weitere Werke Hans Sterneders sind in Vorbereitung.

Gerne informieren wir Sie auf unseren Internet-Seiten über Neues und Interessantes rund um Hans Sterneder und unser Verlagsprogramm. Nutzen Sie auch unseren Newsletter und unseren Audio-Podcast:

www.eich-verlag.de